鲁迅著译编年全集

王世家
止庵 编

人民出版社

鲁迅著译编年全集

肆

目　录

一九二一

一九二二

一月

二月

四月

五月

一九二一

一月

一日

日记　晴,大风。休假。无事。

二日

日记　晴。休假。星期。上午得张伯焘信。下午孙伏园来。

三日

日记　晴。休假。午后得胡适之信,即复。

致 胡 适

适之先生:

寄给独秀的信,启孟以为照第二个办法最好,他现在生病,医生不许他写字,所以由我代为声明。

我的意思是以为三个都可以的,但如北京同人一定要办,便可以用上两法而第二个办法更为顺当。至于发表新宣言说明不谈政治,我却以为不必,这固然小半在"不愿示人以弱",其实则凡《新青年》同人所作的作品,无论如何宣言,官场总是头痛,不会优容的。此后只要学术思想艺文的气息浓厚起来——我所知道的几个读者,极希望《新青年》如此,——就好了。

树　一月三日

四日

日记　晴。休假。上午洙邻兄来。下午宋子佩来。

五日

日记　晴。午后往留黎厂买王世宗等造象二枚,杂造象五种六枚,共三元;杂专拓片七枚,一元;《豆卢恩碑》一枚,一元;又以《李璧墓志》,龙门廿品,磁州六种换得《元景造象》,《霍扬碑》各一枚。

六日

日记　晴。午同季市至益昌饭。下午代二弟寄羔皮一件于陈兴模,南京。

七日

日记　晴。午后寄马叔平信并还怡安堂振券,价泉五元。

八日

日记　晴。无事。

九日

日记　晴。星期休息。无事。

十日

日记　晴。午后从陈师曾索得画一帧。夜风。

十一日

日记　晴。无事。

十二日

日记 昙。午后往高师校讲。

十三日

日记 晴。无事。

十四日

日记 晴。午后往大学讲。

十五日

日记 晴。午后寄高师校信并名簿。

致 胡 适

适之先生：

今天收到你的来信。《尝试集》也看过了。

我的意见是这样：

《江上》可删。

《我的儿子》全篇可删。

《周岁》可删；这也只是寿诗之类。

《蔚蓝的天上》可删。

《例外》可以不要。

《礼！》可删；与其存《礼！》，不如留《失[希]望》。

我的意见就只是如此。

启明生病，医生说是肋膜炎，不许他动。他对我说，"《去国集》是旧式的诗，也可以不要了。"但我细看，以为内中确有许多好的，所以附着也好。

我不知道启明是否要有代笔的信给你，或者只是如此。但我先写我的。

我觉得近作中的《十一月二十四夜》实在好。

树　一月十五日夜

十六日

日记　晴。星期休息。晚得宋子佩信。

十七日

日记　晴。午后理发。

十八日

日记　昙。夜濯足。

十九日

日记　晴。上午得玄同信。午后往高师校讲。

二十日

日记　晴。上午寄李守常信。下午还图书分馆书。

二十一日

日记　晴。午后往北京大学讲。寄高等师范学校讲义稿并信。夜风。

二十二日

日记　晴。下午宋紫佩来。

二十三日

日记 晴。星期休息。无事。

二十四日

日记 晴。无事。

二十五日

日记 晴。午后寄张伯焘信并《国乐谱》一枚。下午同徐吉轩至护国寺视市集。夜得胡适之信。

二十六日

日记 晴。上午得啸嗋阮宅信,言姨母于阴历十二月十三日丑时逝世。午后往高等师范学校讲。在德古斋买得《元飅墓志》,《元详墓志》各一枚,共二元;又杂专拓片三枚,《李苞题名》残刻一枚,各五角。在利远斋买梨膏一瓶,糖果六十个。以胡适之信转寄钱玄同。

二十七日

日记 雨雪。上午寄朱可铭信。夜风。

二十八日

日记 晴。午后往大学讲。下午往留黎厂取得《簠室殷契类纂》一部四册,合前豫约所付共泉四元。寄高师校讲稿。

二十九日

日记 晴。无事。

三十日

  日记 晴。星期休息。无事。

三十一日

  日记 晴。无事。

二月

一日

日记 晴,夜风。无事。

二日

日记 晴。午后往蒯若木家吊其夫人。往师校讲。

三日

日记 晴。午后收去年十月份奉泉三百。付振捐十五,还齐寿山百元,寄日本京都其中堂信并泉四元四十钱购书。

四日

日记 晴。上午收去年十一月上半俸泉百五十。还李遐卿泉卅。午后往大学讲,复在新潮社小坐。寄蟫隐庐信并泉四元四角购书。下午在学界急振会。晚收大学九月十月薪水共泉卅六。

五日

日记 晴。上午寄阮宅信并奠仪三元。午后往留黎厂买《霍君神道》一枚,段济,郭达,李盛墓志各一枚,《段模墓志》并盖二枚,梁瑰,孔神通墓志盖各一枚,《樊敬贤造象》并阴二枚,共泉六元。买商务书馆所印宋人小说五种七册,共泉二元。下午同徐吉轩至护国寺集买得条卓一个,泉二元。

六日

日记 晴。星期休息。午后往留黎厂买《元鸾墓志》一枚,壹元;又买商务馆印宋人小说十五种共二十二册,六元。

七日

日记　晴。午后至山本医院为徐吉轩译。夜得胡适之信。

八日

日记　晴。春节休假。上午寄新青年社说稿一篇。

故　乡

我冒了严寒,回到相隔二千余里,别了二十余年的故乡去。

时候既然是深冬;渐近故乡时,天气又阴晦了,冷风吹进船舱中,呜呜的响,从篷隙向外一望,苍黄的天底下,远近横着几个萧索的荒村,没有一些活气。我的心禁不住悲凉起来了。

阿!这不是我二十年来时时记得的故乡?

我所记得的故乡全不如此。我的故乡好得多了。但要我记起他的美丽,说出他的佳处来,却又没有影像,没有言辞了。仿佛也就如此。于是我自己解释说:故乡本也如此,——虽然没有进步,也未必有如我所感的悲凉,这只是我自己心情的改变罢了,因为我这次回乡,本没有什么好心绪。

我这次是专为了别他而来的。我们多年聚族而居的老屋,已经公同卖给别姓了,交屋的期限,只在本年,所以必须赶在正月初一以前,永别了熟识的老屋,而且远离了熟识的故乡,搬家到我在谋食的异地去。

第二日清早晨我到了我家的门口了。瓦楞上许多枯草的断茎当风抖着,正在说明这老屋难免易主的原因。几房的本家大约已经搬走了，所以很寂静。我到了自家的房外，我的母亲早已迎着出来了，接着便飞出了八岁的侄儿宏儿。

我的母亲很高兴，但也藏着许多凄凉的神情，教我坐下，歇息，喝茶，且不谈搬家的事。宏儿没有见过我，远远的对面站着只是看。

但我们终于谈到搬家的事。我说外间的寓所已经租定了，又买了几件家具，此外须将家里所有的木器卖去，再去增添。母亲也说好，而且行李也略已齐集，木器不便搬运的，也小半卖去了，只是收不起钱来。

"你休息一两天，去拜望亲戚本家一回，我们便可以走了。"母亲说。

"是的。"

"还有闰土，他每到我家来时，总问起你，很想见你一回面。我已经将你到家的大约日期通知他，他也许就要来了。"

这时候，我的脑里忽然闪出一幅神异的图画来：深蓝的天空中挂着一轮金黄的圆月，下面是海边的沙地，都种着一望无际的碧绿的西瓜，其间有一个十一二岁的少年，项带银圈，手捏一柄钢叉，向一匹猹尽力的刺去，那猹却将身一扭，反从他的胯下逃走了。

这少年便是闰土。我认识他时，也不过十多岁，离现在将有三十年了；那时我的父亲还在世，家景也好，我正是一个少爷。那一年，我家是一件大祭祀的值年。这祭祀，说是三十多年才能轮到一回，所以很郑重；正月里供祖像，供品很多，祭器很讲究，拜的人也很多，祭器也很要防偷去。我家只有一个忙月（我们这里给人做工的分三种：整年给一定人家做工的叫长年；按日给人做工的叫短工；自己也种地，只在过年过节以及收租时候来给一定的人家做工的称忙月），忙不过来，他便对父亲说，可以叫他的儿子闰土来管祭器的。

我的父亲允许了；我也很高兴，因为我早听到闰土这名字，而且知道他和我仿佛年纪，闰月生的，五行缺土，所以他的父亲叫他闰土。他是能装弶捉小鸟雀的。

我于是日日盼望新年，新年到，闰土也就到了。好容易到了年末，有一日，母亲告诉我，闰土来了，我便飞跑的去看。他正在厨房里，紫色的圆脸，头戴一顶小毡帽，颈上套一个明晃晃的银项圈，这可见他的父亲十分爱他，怕他死去，所以在神佛面前许下愿心，用圈子将他套住了。他见人很怕羞，只是不怕我，没有旁人的时候，便和我说话，于是不到半日，我们便熟识了。

　　我们那时候不知道谈些什么，只记得闰土很高兴，说是上城之后，见了许多没有见过的东西。

　　第二日，我便要他捕鸟。他说：

　　"这不能。须大雪下了才好。我们沙地上，下了雪，我扫出一块空地来，用短棒支起一个大竹匾，撒下秕谷，看鸟雀来吃时，我远远地将缚在棒上的绳子只一拉，那鸟雀就罩在竹匾下了，什么都有：稻鸡，角鸡，鹁鸪，蓝背……"

　　我于是又很盼望下雪。

　　闰土又对我说：

　　"现在太冷，你夏天到我们这里来。我们日里到海边检贝壳去，红的绿的都有，鬼见怕也有。观音手也有，晚上我和爹管西瓜去，你也去。"

　　"管贼么？"

　　"不是。走路的人口渴了摘一个瓜吃，我们这里是不算偷的。要管的是獾猪，刺猬，猹。月亮地下，你听，啦啦的响了，猹在咬瓜了。你便捏了胡叉，轻轻地走去……"

　　我那时并不知道这所谓猹的是怎么一件东西——便是现在也没有知道——只是无端的觉得状如小狗而很凶猛。

　　"他不咬人么？"

　　"有胡叉呢。走到了，看见猹了，你便刺。这畜生很伶俐，倒向你奔来，反从胯下窜了。他的皮毛是油一般的滑……"

　　我素不知道天下有这许多新鲜事：海边有如许五色的贝壳；西

瓜有这样危险的经历,我先前单知道他在水果店里出卖罢了。

"我们沙地里,潮汛要来的时候,就有许多跳鱼儿只是跳,都有青蛙似的两个脚……"

阿!闰土的心里有无穷无尽的希奇的事,都是我往常的朋友所不知道的。他们不知道一些事,闰土在海边时,他们都和我一样只看见院子里高墙上的四角的天空。

可惜正月过去了,闰土须回家里去,我急得大哭,他也躲到厨房里,哭着不肯出门,但终于被他父亲带走了。他后来还托他的父亲带给我一包贝壳和几支很好看的鸟毛,我也曾送他一两次东西,但从此没有再见面。

现在我的母亲提起了他,我这儿时的记忆,忽而全都闪电似的苏生过来,似乎看到了我的美丽的故乡了。我应声说:

"这好极!他,——怎样?……"

"他?……他景况也很不如意……"母亲说着,便向房外看,"这些人又来了。说是买木器,顺手也就随便拿走的,我得去看看。"

母亲站起身,出去了。门外有几个女人的声音。我便招宏儿走近面前,和他闲话:问他可会写字,可愿意出门。

"我们坐火车去么?"

"我们坐火车去。"

"船呢?"

"先坐船,……"

"哈!这模样了!胡子这么长了!"一种尖利的怪声突然大叫起来。

我吃了一吓,赶忙抬起头,却见一个凸颧骨,薄嘴唇,五十岁上下的女人站在我面前,两手搭在髀间,没有系裙,张着两脚,正像一个画图仪器里细脚伶仃的圆规。

我愕然了。

"不认识了么?我还抱过你咧!"

我愈加愕然了。幸而我的母亲也就进来，从旁说：

"他多年出门，统忘却了。你该记得罢，"便向着我说，"这是斜对门的杨二嫂，……开豆腐店的。"

哦，我记得了。我孩子时候，在斜对门的豆腐店里确乎终日坐着一个杨二嫂，人都叫伊"豆腐西施"。但是擦着白粉，颧骨没有这么高，嘴唇也没有这么薄，而且终日坐着，我也从没有见过这圆规式的姿势。那时人说：因为伊，这豆腐店的买卖非常好。但这大约因为年龄的关系，我却并未蒙着一毫感化，所以竟完全忘却了。然而圆规很不平，显出鄙夷的神色，仿佛嗤笑法国人不知道拿破仑，美国人不知道华盛顿似的，冷笑说：

"忘了？这真是贵人眼高……"

"那有这事……我……"我惶恐着，站起来说。

"那么，我对你说。迅哥儿，你阔了，搬动又笨重，你还要什么这些破烂木器，让我拿去罢。我们小户人家，用得着。"

"我并没有阔哩。我须卖了这些，再去……"

"阿呀呀，你放了道台了，还说不阔？你现在有三房姨太太；出门便是八抬的大轿，还说不阔？吓，什么都瞒不过我。"

我知道无话可说了，便闭了口，默默的站着。

"阿呀阿呀，真是愈有钱，便愈是一毫不肯放松，愈是一毫不肯放松，便愈有钱……"圆规一面愤愤的回转身，一面絮絮的说，慢慢向外走，顺便将我母亲的一副手套塞在裤腰里，出去了。

此后又有近处的本家和亲戚来访问我。我一面应酬，偷空便收拾些行李，这样的过了三四天。

一日是天气很冷的午后，我吃过午饭，坐着喝茶，觉得外面有人进来了，便回头去看。我看时，不由的非常出惊，慌忙站起身，迎着走去。

这来的便是闰土。虽然我一见便知道是闰土，但又不是我这记忆上的闰土了。他身材增加了一倍；先前的紫色的圆脸，已经变作灰黄，而且加上了很深的皱纹；眼睛也像他父亲一样，周围都肿得通红，这我知道，在海边种地的人，终日吹着海风，大抵是这样的。他头上是一顶破毡帽，身上只一件极薄的棉衣，浑身瑟索着；手里提着一个纸包和一支长烟管，那手也不是我所记得的红活圆实的手，却又粗又笨而且开裂，像是松树皮了。

我这时很兴奋，但不知道怎么说才好，只是说：

"阿！闰土哥，——你来了？……"

我接着便有许多话，想要连珠一般涌出：角鸡，跳鱼儿，贝壳，猹，……但又总觉得被什么挡着似的，单在脑里面回旋，吐不出口外去。

他站住了。脸上现出欢喜和凄凉的神情；动着嘴唇，却没有作声。他的态度终于恭敬起来了，分明的叫道：

"老爷！……"

我似乎打了一个寒噤；我就知道，我们之间已经隔了一层可悲的厚障壁了。我也说不出话。

他回过头去说，"水生，给老爷磕头。"便拖出躲在背后的孩子来，这正是一个廿年前的闰土，只是黄瘦些，颈子上没有银圈罢了。"这是第五个孩子，没有见过世面，躲躲闪闪……"

母亲和宏儿下楼来了，他们大约也听到了声音。

"老太太。信是早收到了。我实在喜欢的了不得，知道老爷回来……"闰土说。

"阿，你怎的这样客气起来。你们先前不是哥弟称呼么？还是照旧：迅哥儿。"母亲高兴的说。

"阿呀，老太太真是……这成什么规矩。那时是孩子，不懂事……"闰土说着，又叫水生上来打拱，那孩子却害羞，紧紧的只贴在他背后。

"他就是水生？第五个？都是生人，怕生也难怪；还是宏儿和他去走走。"母亲说。

宏儿听得这话，便来招水生，水生却松松爽爽同他一路出去了。

母亲叫闰土坐，他迟疑了一回，终于就了坐，将长烟管靠在桌旁，递过纸包来，说：

"冬天没有什么东西了。这一点干青豆倒是自家晒在那里的，请老爷……"

我问问他的景况。他只是摇头。

"非常难。第六个孩子也会帮忙了，却总是吃不够……又不太平……什么地方都要钱，没有定规……收成又坏。种出东西来，挑去卖，总要捐几回钱，折了本；不去卖，又只能烂掉……"

他只是摇头；脸上虽然刻着许多皱纹，却全然不动，仿佛石像一般。他大约只是觉得苦，却又形容不出，沉默了片时，便拿起烟管来默默的吸烟了。

母亲问他，知道他的家里事务忙，明天便得回去；又没有吃过午饭，便叫他自己到厨下炒饭吃去。

他出去了；母亲和我都叹息他的景况：多子，饥荒，苛税，兵，匪，官，绅，都苦得他像一个木偶人了。母亲对我说，凡是不必搬走的东西，尽可以送他，可以听他自己去拣择。

下午，他拣好了几件东西：两条长桌，四个椅子，一副香炉和烛台，一杆抬秤。他又要所有的草灰（我们这里煮饭是烧稻草的，那灰，可以做沙地的肥料），待我们启程的时候，他用船来载去。

夜间，我们又谈些闲天，都是无关紧要的话；第二天早晨，他就领了水生回去了。

又过了九日，是我们启程的日期。闰土早晨便到了，水生没有同来，却只带着一个五岁的女儿管船只。我们终日很忙碌，再没有谈天的工夫。来客也不少，有送行的，有拿东西的，有送行兼拿东西的。待到傍晚我们上船的时候，这老屋里的所有破旧大小粗细东西，已经一扫而空了。

我们的船向前走，两岸的青山在黄昏中，都装成了深黛颜色，连着退向船后梢去。

宏儿和我靠着船窗,同看外面模糊的风景,他忽然问道:

"大伯!我们什么时候回来?"

"回来?你怎么还没有走就想回来了。"

"可是,水生约我到他家玩去咧……"他睁着大的黑眼睛,痴痴的想。

我和母亲也都有些惘然,于是又提起闰土来。母亲说,那豆腐西施的杨二嫂,自从我家收拾行李以来,本是每日必到的,前天伊在灰堆里,掏出十多个碗碟来,议论之后,便定说是闰土埋着的,他可以在运灰的时候,一齐搬回家里去;杨二嫂发见了这件事,自己很以为功,便拿了那狗气杀(这是我们这里养鸡的器具,木盘上面有着栅栏,内盛食料,鸡可以伸进颈子去啄,狗却不能,只能看着气死),飞也似的跑了,亏伊装着这么高底的小脚,竟跑得这样快。

老屋离我愈远了;故乡的山水也都渐渐远离了我,但我却并不感到怎样的留恋。我只觉得我四面有看不见的高墙,将我隔成孤身,使我非常气闷;那西瓜地上的银项圈的小英雄的影像,我本来十分清楚,现在却忽地模糊了,又使我非常的悲哀。

母亲和宏儿都睡着了。

我躺着,听船底潺潺的水声,知道我在走我的路。我想:我竟与闰土隔绝到这地步了,但我们的后辈还是一气,宏儿不是正在想念水生么。我希望他们不再像我,又大家隔膜起来……然而我又不愿意他们因为要一气,都如我的辛苦展转而生活,也不愿意他们都如闰土的辛苦麻木而生活,也不愿意都如别人的辛苦恣睢而生活。他们应该有新的生活,为我们所未经生活过的。

我想到希望,忽然害怕起来了。闰土要香炉和烛台的时候,我还暗地里笑他,以为他总是崇拜偶像,什么时候都不忘却,现在我所谓希望,不也是我自己手制的偶像么?只是他的愿望切近,我的愿望茫远罢了。

我在朦胧中,眼前展开一片海边碧绿的沙地来,上面深蓝的天空中挂着一轮金黄的圆月。我想：希望是本无所谓有，无所谓无的。这正如地上的路；其实地上本没有路，走的人多了，也便成了路。

一九二一年一月。

原载 1921 年 5 月 1 日《新青年》月刊第 9 卷第 1 号。

初收 1923 年 8 月北京新潮社版"文艺丛书"之一《呐喊》。

九日

日记　晴。休假。无事。

十日

日记　昙。休假。上午张仲苏来。

十一日

日记　晴。无事。

十二日

日记　昙。休假。校《嵇康集》一过。

十三日

日记　晴。星期休息。无事。

十四日

日记　晴。午后至浙江兴业银行购汇券五十。略看留黎厂。在商务印书馆买《涑水纪闻》一部二册，《说苑》一部四册，共一元二角。夜钱玄同送来《汉宋奇书》一部二十本。

十五日

日记　晴。上午寄宋紫佩信并汇券泉五十。晚风。

十六日

日记　晴。大风。上午其中堂寄来《水浒画谱》二册,《忠义水浒传》前十回五册,书目一册。午后往高等师范校讲。

十七日

日记　晴。午后游厂甸。

十八日

日记　晴,风。午后往大学讲。

十九日

日记　晴。上午得其中堂书店信。午后寄李遐卿信。寄蟬隐庐信。

二十日

日记　晴。星期休息。上午得李遐卿信。

二十一日

日记　晴。午后寄大学讲稿,三弟持去。晚得钱玄同信并代买《新话宣和遗事》四本,价泉四元。

二十二日

日记　晴。上午得阮宅信。得蟬隐庐信片并《拾遗记》二本,甚劣,价八角。

二十三日

日记 晴。上午寄蟫隐庐信。午后往高师校讲。过留黎厂,买《铁桥漫稿》一部四本,洋三元。

二十四日

日记 晴。夜得李守常信。得大学信。

二十五日

日记 昙。上午在途中捐急赈一元。下午往美术学校。得和孙信。

二十六日

日记 晴,大风。上午得宋紫佩信,廿一日绍兴发。夜濯足。

二十七日

日记 晴。星期休息。午后同重君,三弟及丰游公园,又登午门,在楼上遇李遐卿,又同游各殿,饮茗归。

二十八日

日记 昙。从张阆声假得《青琐高议》残本一册,托三弟写之。夜风。

三月

一日
日记 昙,大风。无事。

二日
日记 昙,风。午后往高师讲。买《邑义五十四人造象》一枚,云出山西大同;又《敬善寺石象铭》一枚,共泉一元。以明刻六卷本《嵇中散集》校文澜阁本。

三日
日记 晴。无事。

四日
日记 晴,风。午后往大学讲。

五日
日记 晴。无事。

六日
日记 晴,风。星期休息。无事。

七日
日记 晴。午后往徐吉轩寓,代为延医诊视。晚得李君宗武信。

八日

日记 昙。午后往徐吉轩寓。下午校《嵇中散集》毕。

九日

日记 晴。午后往高师校讲。往图书分馆访子佩,尚未到。

十日

日记 晴。下午访徐吉轩。晚子佩来并持来托购之宋人说部书四种七册,《艺术丛编》九册,共二十六元二角四分;又赠茶叶一袋,板鸭一个,笔四支。夜风。

十一日

日记 晴,风。午后往大学讲。

十二日

日记 晴,风。午后往孔庙演礼。

十三日

日记 晴。星期休息。下午风。无事。

十四日

日记 晴。午后访徐吉轩。李君宗武为买得『北斋水浒画传』一本,价一元二角,由退卿交来。夜写《青琐高议》讫。

十五日

日记 未明赴孔庙执事。昙。

十六日

日记　晴。上午寄马幼渔信。收去年十一下半月奉泉百五十，付振捐廿七，煤泉廿八。下午至图书分馆补还紫佩泉六元二角四分，合前汇买书余泉，共还泉卅。往留黎厂。寄邵次公以《域外小说集》一本。

十七日

日记　晴。午后蟫隐庐寄来《拾遗记》一本，又《搜神记》二本，不全。

十八日

日记　晴。上午寄蟫隐庐信并还《搜神记》。

十九日

日记　昙，夜风。无事。

二十日

日记　晴。星期休息。下午理发。夜校《嵇康集》，用赵味沧校本。

二十一日

日记　晴。无事。

二十二日

日记　晴。无事。

二十三日

日记　昙。午后往留黎厂买云峰山题刻零种三种四枚，杂专拓片三枚,共泉二元五角;又为历史博物馆买瓦当二个,三元。夜微雪。

二十四日

日记 微雪。无事。

二十五日

日记 昙。无事。

二十六日

日记 雨雪。无事。

二十七日

日记 晴。星期休息。上午得马叔平信。夜落门齿一枚。

二十八日

日记 晴。无事。

二十九日

日记 晴。上午得李鸿梁信。从齐寿山假泉五十。下午二弟进山本医院。

三十日

日记 晴。午后往山本医院。

三十一日

日记 昙。午后往留黎厂买《两赤齐造象》三枚,《孙卉卅人等造象》三枚,共二元;《宋仲墓志》一枚,五角。晚孙伏园来。

四月

一日

日记 晴。上午得俞物恒信。午后从许季市假泉百。

二日

日记 昙。午后往山本医院视二弟，取回《佛本行经》二本。夜
濯足。

三日

日记 昙。星期休息。午后李遐卿，王倬汉来。

四日

日记 晴，风。上午得蟫隐庐明信片。

五日

日记 晴。上午从齐寿山假泉五十。午后往山本医院视二弟。
下午蟫隐庐寄来《毛诗草木鸟兽虫鱼疏》，《永嘉郡记》辑本，《汉书艺
文志举例》各一本，共泉一元四角。夜风。

六日

日记 昙，大风。上午寄蟫隐庐信。下午往山本医院。夜小
不适。

七日

日记 晴。上午卖去所藏《六十种曲》一部，得泉四十，午后往

新华银行取之。

八日

日记 晴。休假。下午孙伏园来。

九日

日记 晴。上午寄蔡谷青信。下午往山本医院。

十日

日记 昙。星期休息。下午孙伏园来。

十一日

日记 昙。晚得伏园信附沈雁冰，郑振铎笺。夜得玄同等五人信，问二弟病。译《沉默之塔》讫，约四千字也。

沉默之塔

[日本]森鸥外

高的塔耸在黄昏的天空里。

聚在塔上的乌鸦，想飞了却又停着，而且聒耳的叫着。

离开了乌鸦队，仿佛憎厌那乌鸦的举动似的，两三匹海鸥发出断续的啼声，在塔旁忽远忽近的飞舞。

乏力似的马，沉重似的拖了车，来到塔下面。有什么东西卸了下来，运进塔里去了。

一辆车才走，一辆车又来，因为运进塔里去的货色很不少。

我站在海岸上看情形。晚潮又钝又缓的，辟拍辟拍的打着海岸的石壁。从市上到塔来，从塔下到市里去的车，走过我面前。什么车上，都有一个戴着一顶帽檐弯下的，软的灰色帽的男人，坐在马夫台上，带了俯视的体势。

懒洋洋的走去的马蹄声，和轧着小石子钝滞的发响的车轮声，听来很单调。

我站在海岸上，一直到这塔像是用灰色画在灰色的中间。

走进电灯照得通明的旅馆的大厅里，我看见一个穿大方纹羽纱衣裤的男人，交叉了长腿，睡觉似的躺在安乐椅子上，正看着新闻。这令人以为从柳敬助的画里取下了服饰一般的男子，昨天便在这大厅上，已经见过一回的了。

"有什么有趣的事么？"我声张说。

连捧着新闻的两手的位置也没有换，那长腿只是懒懒的，将眼睛只一斜。"Nothing at all！"与其说对于我的声张，倒不如说是对于新闻发了不平的口调。但不一刻便补足了话："说是椰瓢里装着炸药的，又有了两三个了。"

"革命党罢。"

我拖过大理石桌子上的火柴来，点起烟卷，坐在椅子上。

因为暂时之前，长腿已在桌子上放下了新闻，装着无聊的脸，我便又兜搭说：

"去看了有一座古怪的塔的地方来了。"

"Malabar hill① 罢。"

"那是甚么塔呢？"

"是沉默之塔。"

"用车子运进塔里去的，是甚么呢？"

"是死尸。"

---

① 马剌巴冈，马剌巴是地名，在印度。

"怎样的死尸？"

"Parsi①族的死尸。"

"怎的会死得这样多，莫非流行着什么霍乱吐泻之类么？"

"是杀掉的。说又杀了二三十，现载在新闻上哩。"

"谁杀的呢？"

"一伙里自己杀的。"

"何以？"

"是杀掉那看危险书籍的东西。"

"怎样的书？"

"自然主义和社会主义的书。"

"真是奇怪的配合呵。"

"自然主义的书和社会主义的书是各别的呵。"

"哦，总是不很懂。也知道书的名目么？"

"一一写着呢。"长腿拿起放在桌上的新闻来，摊开了送到我面前。

我拿了新闻看。长腿装着无聊的脸，坐在安乐椅子上。

立刻引了我眼睛的"派希族的血腥的争斗"这一个标题的记事，却还算是客观的记着的。

派希族的少壮者是学洋文的，渐渐有些能看洋书了。英文最通行。法文和德文也略懂了。在少壮者之间，发生了新文艺。这大抵是小说；这小说，从作者的嘴里，从作者的朋友的嘴里，都用了自然主义这一个名目去鼓吹。和 Zola（左拉）用了 *Le roman expérimental*（《实验的小说》）所发表的自然主义，虽然不能说是相同，却也不能说是不相同。总而言之：是要脱去因袭，复归自然的这一种文艺上的运动。

所谓自然主义小说的内容上，惹了人眼的，是在将所有因袭，消

① 派希是一种拜火教徒。

极的否定,而积极的并没有什么建设的事。将这思想的方面,简括说来,便是怀疑即修行,虚无是成道。从这方向看出去,则凡有讲些积极的事的,便是过时的呆子,即不然,也该是说谎的东西。

其次,惹了人眼的,就在竭力描写冲动生活而尤在性欲生活的事。这倒也没有西洋近来的著作的色彩这么浓。可以说:只是将从前有些顾忌的事,不很顾忌的写了出来罢了。

自然主义的小说,就惹眼的处所而言,便是先以这两样特色现于世间;叫道:自己所说的是新思想,是现代思想,说这事的自己是新人,是现代人。

这时候,这样的小说间有禁止的了。那主意,便说是那样的消极的思想是紊乱安宁秩序的,那样的冲动生活的叙述是败坏风俗的。

恰在这时候,这地方发生了革命党的运动,便在带着椰瓢炸弹的人们里,发觉了夹着一点派希族的无政府主义者的事。于是就在这 Propagande par le fait(为这事实的枢机传道所)的一伙就缚的时候,也便将凡是和社会主义共产主义无政府主义之类有缘,以至似乎有缘的出版物,都归在社会主义书籍这一个符牒之下,当作紊乱安宁秩序的东西,给禁止了。

这时禁止的出版物中,夹着些小说。而这其实是用了社会主义的思想做的,和自然主义的作品全不相同。

但从这时候起,却成了小说里面含有自然主义和社会主义的事。

这模样,扑灭自然主义的火既乘着扑灭社会主义的风,而同时自然主义这一边所禁止的出版物的范围,反逐渐扩大起来,已经不但是小说了,剧本也禁止,抒情诗也禁止,论文也禁止,俄国书的译本也禁止。

于是要在凡用文字写成的一切东西里,搜出自然主义和社会主义来。一说是文人,是文艺家,便被人看着脸想:不是一个自然主义者么，不是一个社会主义者么？

文艺的世界成为疑惧的世界了。

这时候，派希族的或人便发明了"危险的洋书"这句话。

危险的洋书媒介了自然主义，危险的洋书媒介了社会主义。翻译的人是贩卖那照样的危险品的，创作的人是学了西洋人，制造那冒充洋货的危险品的。

紊乱那安宁秩序的思想，是危险的洋书所传的思想。败坏风俗的思想，也是危险的洋书所传的思想。

危险的洋书渡过海来，是 Angra Mainyu① 所做的事。

杀却那读洋书的东西！

因为这主意，派希族里便学了 Pogrom② 的样。而沉默之塔的上面，乌鸦于是乎排了筵宴了。

新闻上也登着杀掉的人的略传，谁读了什么，谁译了什么，列举着"危险的洋书"的书名。我一看这个，吃了惊了。

爱看 Saint-Simon(圣西蒙)一流人的书的，或者译了Marx(马克思)的《资本论》的，便作为社会主义者论，绍介了 Bakunin(巴枯宁)，Kropotkin(克鲁巴金)的，便作为无政府主义者论，虽然因为看的和译的未必便遵奉那主义，所以难于立刻教人首肯，但也还不能说没有受着嫌疑的理由。

倘使译了 Casanova(凯萨诺跋)和 Louvet de Courvay (寇韦)的书，便被说是败坏了风俗，即使那些书里面含有文明史上的价值，也还可以说未免缺一点顾忌罢。

但所谓危险的洋书者，又并不是指这类东西。

---

① 拜火教里的恶神。

② 俄国内部渐要破裂的时候，政府想出方法来，煽动国民去仇杀异民族和异教徒，以转移他们的注意，世间谓之坡格隆，Po 是逐渐，Gromit 是破灭。

在俄罗斯文学里,何以讨厌 Tolstoi(托尔斯泰)的几篇文章呢,便因为无政府党用了《我的信仰》和《我的忏悔》去作主义的宣传,所以也可以说没有错。至于小说和剧本,则无论在世界上那一国里,却还没有以为格外可虑的东西。这事即以危险论了。在《战争与和平》里,说是战争得胜,并非伟大的大将和伟大的参谋所战胜,却是勇猛的兵卒给打胜的,做这种观念的基础的个人主义,也是危险的事。这样穿凿下去,便觉得老伯爵的吃素,也因为乡下得不到好牛肉;对于伯爵几十年继续下来的原始生活,也要用猜疑的眼睛去看了。

Dostojevski(陀思妥夫斯奇)在《罪与罚》里,写出一个以为无益于社会的贪心的老婆子,不必给伊有钱,所以杀却了的主人公来,是不尊重所有权;也危险的。况且那人的著作,不过是羊癫病的昏话。Gorki(戈理奇)只做些羡慕放浪生活的东西,蹂躏了社会的秩序,也危险的。况且实生活上,也加在社会党里呵。Artzibashev(阿尔志跋绥夫)崇拜着个人主义的始祖 Stirner(思谛纳尔),又做了许多用革命家来做主人公的小说,也危险的。况且因为肺病毁了身体连精神都异样了。

在法兰西和比利时文学里,Maupassant(莫泊桑)的著作,是正如托尔斯泰所谓以毒制毒的批评,毫没有何为而作的主意,无理想,无道德的。再没有比胡乱开枪更加危险的事。那人终于因为追蹑妄想而自杀了。Maeterlinck(梅迭林克)做了 *Monna Vanna* 一类的奸通剧,很危险呵。

意大利文学里,D'Annunzio(但农智阿)在小说或剧本上,都用了色彩浓厚的笔墨,广阔的写出性欲生活来。《死的市》里,甚至于说到兄妹间的恋爱。如果这还不危险,世间便未必有危险的东西了罢。

北欧文学里,Ibsen(易勃生)将个人主义做在著作中,其而至于说国家是我的敌。Strindberg(斯忒林培克)曾叙述过一位伯爵家的小姐和伊的父亲的房里的小使通情,暗寓平民主义战胜贵族主义的意思。在先前,斯忒林培克本来屡次被人疑心他当真发了狂,现在又有些古怪起来了,都危险的。

在英国文学,只要一看称为 Wilde(淮尔特)的代表著作的 *Dorian Gray*,便知道人类的根性多少可怕。可以说是将秘密的罪恶教人的教科书,未必再有这样危险的东西了罢。作者因为男色案件成为刑余之人,正是适如其分的事。Shaw(萧)同情于《恶魔的弟子》这样的废物,来当作剧本的主人公,还不危险么?而况他也做社会主义的议论哩。

在德国文学呢,Hauptmann(好普德曼)著一本《织工》,教他们袭击厂主的家去。Wedekind(惠兑庚特)著了《春的觉醒》将私通教给中学生了。样样都是非常之危险。

派希族的虐杀者之所以以洋书为危险者,大概便是这样的情形。

从派希族的眼睛看来,凡是在世界上的文艺,只要略有点价值的,只要并不万分平庸的,便无不是危险的东西。

这是无足怪的。

艺术的价值,是在破坏因袭这一点。在因袭的圈子里彷徨的作品,是平凡作品。用因袭的眼睛来看艺术,所有艺术便都见得危险。

艺术是从上面的思量,进到那躲在底下的冲动里去的。绘画要用没有移行的颜色,音乐要在 Chromatique(音色)这一面求变化,文艺也一样,要用文章现出印象来。进到冲动生活里去,是当然的事。一进到冲动生活里,性欲的冲动便也不得不出现了。

因为艺术的性质是这样,所以称为艺术家的,尤其是称为天才的人,大抵在实世间不能营那有秩序的生活。如 Goethe(瞿提),虽然小,做过一国的总理,下至 Disraeli(迭式来黎)组织起内阁来,行过帝国主义的政治之类,是例外的;多数却都要发过激的言论,有不检的举动。George Sand（珊特）和 Eugène Sue（修），虽然和 Leroux（勒卢）合在一起，宣传过共产主义，Freiligrath, Herwegh, Gutzkow（弗赖烈克拉德，海慧克，谷珂）三个人，虽然和马克思合在一起，在社会主义的杂志上做过文章，但文艺史家并不觉得有损于作品的价值。

便是学问，也一样。

学问也破坏了因袭向前走。被一国度一时代的风尚一掣肘，学问就死了。

便在学问上，心理学也是从思量到意志，从意志到冲动，从冲动到以下的心的作用里，渐次深邃的穿掘进去。而因此使伦理生变化，使形而上学生变化。Schopenhauer（勖本华）是称为冲动哲学也可以。正如从那里出了系统家的 Hartmann（哈德曼）和 Wundt（鸿特）一般，也从那里出了用 Aphorismen（警句）著书的 Nietzsche（尼采）。是从看不出所谓发展的勖本华的彼岸哲学里，生了说超人的尼采的此岸哲学了。

所谓学者这一种东西，除了少年时代便废人似的驯良过活的哈德曼，和老在大学教授的位置上的鸿特之外，勖本华是决绝了母亲，对于政府所信任的大学教授说过坏话的东西。既不是孝子，也不是顺民；尼采是头脑有些异样的人，终于发了狂，也是明明白白的事实。

倘若以艺术为危险，便该以学问为更危险。哈德曼倾倒于 Hegel（赫格尔）的极左党而且继承无政府主义的思谛纳尔的锐利的论法，著了《无意识哲学的迷惘的三期》。尼采说的"神死了"，只要一想思谛纳尔的"神便是鬼"，便也不能不说旧。这与超人这一个结论，也不一样的。

无论是艺术，是学问，从派希族的因袭的眼睛看来，以为危险也无足怪。为什么呢？无论那一个国度，那一个时期，走着新的路的人背后一定有反动者的一伙觑着隙的。而且到了或一个机会，便起来加迫害。只有那口实,却因了国度和时代有变化。危险的洋书也不过一个口实罢了。

马剌巴冈的沉默之塔的上头,乌鸦的唱工正酣畅哩。

原载 1921 年 4 月 21～24 日《晨报》"小说栏"。

初收 1923 年 6 月上海商务印书馆版"世界丛书"之一《现代日本小说集》。

十二日

日记 昙。上午寄孙伏园信并稿二篇。寄玄同等五人信。午后往山本医院视二弟,带回《出曜经》一部六本。下午托齐寿山从义兴局借泉二百,息分半。寄沈叝士信。

《沉默之塔》译者附记

森氏号鸥外,是医学家,也是文坛的老辈。但很有几个批评家不以为然,这大约因为他的著作太随便,而且很有"老气横秋"的神情。这一篇是代《察拉图斯忒拉这样说》译本的序言的,讽刺有庄有谐,轻妙深刻,颇可以看见他的特色。文中用拜火教徒者,想因为火和太阳是同类,所以借来影射他的本国。我们现在也正可借来比照中国,发一大笑。只是中国用的是一个过激主义的符牒,而以为危险的意思也没有派希族那样分明罢了。

一九二一,四,一二。

原载 1921 年 4 月 24 日《晨报》"小说栏"。

初未收集。

十三日

日记 昙。上午寄沈雁冰信。午后大风,霾。晚得孙伏园信。

十四日

日记 昙,大风。休息。午后晴。得沈兼士信。

十五日

日记 昙。上午寄孙伏园信并《俗谚论》一本。下午小雨。

译了《工人绥惠略夫》之后

阿尔志跋绥夫(M. Artsybashev)在一八七八年生于南俄的一个小都市;据系统和氏姓是鞑靼人,但在他血管里夹流着俄,法,乔具亚(Georgia),波兰的血液。他的父亲是退职军官;他的母亲是有名的波兰革命者珂修支珂(Kosciusko)的曾孙女,他三岁时便死去了,只将肺结核留给他做遗产。他因此常常生病,一九〇五年这病终于成实,没有全愈的希望了。

阿尔志跋绥夫少年时,进了一个乡下的中学一直到五年级;自己说:全不知道在那里做些什么事。他从小喜欢绘画,便决计进了哈理珂夫(Kharkov)绘画学校,这时候是十六岁,其时他很穷,住在污秽的屋角里而且挨饿,又缺钱去买最要紧的东西:颜料和麻布。他因为生计,便给小日报画些漫画,做点短论文和滑稽小说,这是他做文章的开头。

在绘画学校一年之后,阿尔志跋绥夫便到彼得堡,最初二年,做一个地方事务官的书记。一九〇一年,做了他第一篇的小说《都玛罗夫》(*Pasha Tumarov*),是显示俄国中学的黑暗的;此外又做了两篇短篇小说。这时他被密罗留皤夫（Miroljubov）赏识了，请他做他的杂志的副编辑，这事于他的生涯上发生了很大的影响：使他终于成了文人。

一九〇四年阿尔志跋绥夫又发表几篇短篇小说，如《旗手戈罗波夫》，《狂人》，《妻》，《兰兑之死》等，而最末的一篇使他有名。一九〇五年发生革命了，他也许多时候专做他的事：无治的个人主义（Anarchistische Individualismus）的说教。他做成若干小说，都是驱使那革命的心理和典型做材料的；他自己以为最好的是《朝影》和《血迹》。这时候，他便得了文字之祸，受了死刑的判决。但俄国官宪，比欧洲文明国虽然黑暗，比亚洲文明国却文明多了，不久他们知道自己的错误，阿尔志跋绥夫无罪了。

此后，他便将那发生问题的有名的《赛宁》（Sanin）出了版。这小说的成就，还在做《革命的故事》之前，但此时才印成一本书籍。这书的中心思想，自然也是无治的个人主义或可以说个人的无治主义。赛宁的言行全表明人生的目的只在于获得个人的幸福与欢娱，此外生活上的欲求，全是虚伪。他对他的朋友说：

> "你说对于立宪的烦闷，比对于你自己生活的意义和趣味尤其多。我却不信。你的烦闷，并不在立宪问题，只在你自己的生活不能使你有趣罢了。我这样想。倘说不然，便是说谎。又告诉你，你的烦闷也不是因为生活的不满，只因为我的妹子理陀不爱你，这是真的。"

他的烦闷既不在于政治，便怎样呢？赛宁说：

> "我只知道一件事。我不愿生活于我有苦痛。所以应该满足了自然的欲求。"

赛宁这样实做了。

这所谓自然的欲求，是专指肉体的欲，于是阿尔志跋绥夫得了性欲描写的作家这一个称号，许多批评家也同声攻击起来了。

批评家的攻击，是以为他这书诱惑青年。而阿尔志跋绥夫的解辩,则以为"这一种典型,在纯粹的形态上虽然还新鲜而且希有,但这精神却寄宿在新俄国的各个新的,勇的,强的代表者之中。"

批评家以为一本《赛宁》,教俄国青年向堕落里走,其实是武断的。诗人的感觉,本来比寻常更其锐敏,所以阿尔志跋绥夫早在社会里觉到这一种倾向,做出《赛宁》来。人都知道,十九世纪末的俄国,思潮最为勃兴,中心是个人主义;这思潮渐渐酿成社会运动,终于现出一九〇五年的革命。约一年,这运动慢慢平静下去,俄国青年的性欲运动却显著起来了;但性欲本是生物的本能,所以便在社会运动时期,自然也参互在里面,只是失意之后社会运动熄了迹,这便格外显露罢了。阿尔志跋绥夫是诗人,所以在一九〇五年之前,已经写出一个以性欲为第一义的典型人物来。

这一种倾向,虽然可以说是人性的趋势,但总不免便是颓唐。赛宁的议论,也不过一个败绩的颓唐的强者的不圆满的辩解。阿尔志跋绥夫也知道,赛宁只是现代人的一面,于是又写出一个别一面的绥惠略夫来,而更为重要。他写给德国人毕拉特(A. Billard)的信里面说:

> "这故事,是显示着我的世界观的要素和我的最重要的观念。"

阿尔志跋绥夫是主观的作家,所以赛宁和绥惠略夫的意见,便是他自己的意见。这些意见,在本书第一,四,五,九,十,十四章里说得很分明。

人是生物,生命便是第一义,改革者为了许多不幸者们,"将一生最宝贵的去做牺牲","为了共同事业跑到死里去",只剩了一个绥惠略夫了。而绥惠略夫也只是偷活在追蹑里,包围过来的便是灭亡;这苦楚,不但与幸福者全不相通,便是与所谓"不幸者们"也全不相通,他们反帮了追蹑者来加迫害,欣幸他的死亡,而"在别一方面,也正如幸福者一般的糟蹋生活"。

绥惠略夫在这无路可走的境遇里,不能不寻出一条可走的道路来；他想了，对人的声明是第一章里和亚拉藉夫的闲谈，自心的交争是第十章里和梦幻的黑铁匠的辩论。他根据着"经验"，不得不对于托尔斯泰的无抵抗主义发生反抗，而且对于不幸者们也和对于幸福者一样的宣战了。

于是便成就了绥惠略夫对于社会的复仇。

阿尔志跋绥夫是俄国新兴文学典型的代表作家的一人，流派是写实主义，表现之深刻，在侪辈中称为达了极致。但我们在本书里，可以看出微微的传奇派色采来。这看他寄给毕拉特的信也明白：

"真的，我的长发是很强的受了托尔斯泰的影响，我虽然没有赞同他的'勿抗恶'的主意。他只是艺术家这一面使我佩服，而且我也不能从我的作品的外形上，避去他的影响，陀思妥夫斯奇（Dostojevski）和契诃夫（Tshekhov）也差不多是一样的事。雩俄（Victor Hugo）和瞿提（Goethe）也常在我眼前。这五个姓氏便是我的先生和我的文学的导师的姓氏。

"我们这里时时有人说，我是受了尼采（Nietzsche）的影响的。这在我很诧异，极简单的理由，便是我并没有读过尼采。……于我更相近，更了解的是思谛纳尔（Max Stirner）。"

然而绥惠略夫却确乎显出尼采式的强者的色采来。他用了力量和意志的全副，终身战争，就是用了炸弹和手枪，反抗而且沦灭（Untergehen）。

阿尔志跋绥夫是厌世主义的作家，在思想黯淡的时节，做了这一本被绝望所包围的书。亚拉藉夫说是"愤激"，他不承认。但看这书中的人物，伟大如绥惠略夫和亚拉藉夫——他虽然不能坚持无抵抗主义，但终于为爱做了牺牲——不消说了；便是其余的小人物，借此衬出不可救药的社会的，也仍然时时露出人性来，这流露，便是于无意中愈显出俄国人民的伟大。我们试在本国一搜索，恐怕除了帐幔后的老男女和小贩商人以外，很不容易见到别的人物；俄国有了，而阿尔志跋绥夫还感慨，所以这或者仍然是一部"愤激"的书。

这一篇,是从 S. Bugow und A. Billard 同译的《革命的故事》(*Revolutions-geschichten*)里译出的,除了几处不得已的地方,几乎是逐字译。我本来还没有翻译这书的力量,幸而得了我的朋友齐宗颐君给我许多指点和修正,这才居然脱稿了。我很感谢。

一九二一年四月十五日记。

原载 1921 年 7 月《小说月报》第 12 卷第 7 号《工人绥惠略夫》译文之前。

初未收集。

十六日

日记 晴,风。上午寄沈兼士信。寄李遐卿信。三弟往留黎厂,托买来《青箱杂记》一本,《投辖录》一本,共泉五角。

十七日

日记 晴。星期休息。午后孙伏园来。夜得遐卿信,言谷青病故。

十八日

日记 晴。上午以《工人绥惠略夫》译稿一部寄沈雁冰。下午得沈兼士信。得钱玄同信。夜风。得沈雁冰信。

十九日

日记 晴,风。午后寄李守常信。

二十日

日记 晴。午后往留黎厂买得《严捄君刻石》二枚,二元;《张起墓志》一枚,杂造象二枚,一元。下午风。

二十一日

日记　晴。上午寄沈雁冰信。夜风。

二十二日

日记　晴。上午蟫隐庐寄来《楚州金石录》一本,《五馀读书廛随笔》一本,共泉一元五角。午后往山本医院视二弟。

二十三日

日记　昙,风。无事。

二十四日

日记　晴。星期休息。午后陶望潮来。孙伏园来。

二十五日

日记　小雨。无事。

二十六日

日记　昙。午后从齐寿山假泉廿。夜李遐卿与其弟宗武来。小雨。

二十七日

日记　晴。午后收九年十二月上半月奉泉百五十。还齐寿山泉廿。下午往山本医院视二弟,持回《起世经》二本,《四阿含暮抄解》一本。

二十八日

日记 昙。张仲苏母寿辰,在中央公园设宴,午间与齐寿山,戴芦舲同往。下午得小说月报社信并汇单一张。得沈兼士信。风。

医　生

［俄国］阿尔志跋绥夫

一

　　和一个沉默寡言的巡警做了伴,医生跨过了潮湿的边路,穿着空虚的街道走。他的高大的模样在这边路上,仿佛反映在破碎的昏暗的镜里一般。围墙后摇着干枯的树枝;大风一阵一阵的吹,冲着铁的屋山,而且将冷的水滴掷到人脸上。倘使他的怒吼停顿下来,那就暂时的寂静了,人便从远处听得隐隐的,然而十分清楚,忽而单响,忽而连发的枪声。在南边大教堂的黑影后面,交互的起伏着一道微弱的红色,从下面照着垂下的云;那云在熹微的光线中,宛然是一条大蟒的红灰色的蜿蜒的身体。

　　“在那里放枪呢?”医生探问说,两手深藏在袖子里,又看着自己的脚。

　　“这我不能知道,”巡警回答说,但医生在他音调上,就觉察出他是知道的,只是不愿意说。

　　“在坡陀耳么?”医生固执的问,其时他已经很嫌恶,几乎下颏要生痛了。

　　“那地方,我不知道,”巡警用了一样的声音答话。“我们该赶快了。先生。……”

"这被诅咒的蠢物!"医生一面想,一面咬了牙,赶快的走。

风还是一阵一阵的吹,在间断时,还只是听得这一样的远的隐隐的射击。

"但是谁将警厅长①打伤了?"医生一面生病似的仔细听着射击,并且追问说。

"被犹太人,大约是那里面的谁,……"巡警用了照样的毫无区别的声音回答;这神情,似乎无论谁伤了谁或者杀了谁,都于他全不相干,而且其时只是固执的想着一件全属于个人的事务。

"用了什么?"

"用一柄手枪……放了,据说,于是伤了他。"

"这为什么呢?"

"这我不能知道。"

在这单调的简短的回答里藏着些东西,就是各样详细的探问,请求,激昂,全都无用的事。

医生的胸脯里,沉重的不平只是升腾上来,几乎塞住了喉咙。他自己内中推定,那警厅长是被犹太人自卫团②的一个团员打伤的,据医生所知道,那哥萨克兵,曾经奉了他的命令,射击过他们。

他眼前浮出一幅图像来,是一群不整齐的人堆,都是没有好兵器的惊跳起来的气厥的人们,被他们的狂督的激昂和他们的同情所驱使,奔向市区里去,那地方是在狞野的非人类的咆哮里,捣毁房屋,撕裂可怜的破衣,弄在污秽里,而且在绝望的恐怖中已经发了狂的人,正受着屠戮。他们闯过去,拿着不完全的兵器,凌乱的去突击那凶徒队,于是整齐的毫不宽容的一齐射击,便径射这人堆;在污秽的街道上面撒满了他们的死尸。医生在自己面前看得这图像非常

---

① 一省中的最高警察官。

② 当虐杀犹太人的时候,犹太人民自己组织了一个武装的保护机关,名自卫团。

分明，便这样反对起来，至于他以为最好是即时回去，并且对这巡警粗鲁的说：

"哪，听他像一条狗子似的倒毙去！……生来是一条狗子便该狗子似的死！"但他又自己制住了。

"我没有这样做的道理……我是医生；不是法官！"

这根据在他已经觉得不可动摇。他却又从别的思路上，增加上去想：

"况且……倒在地上的人，不要去打他！"

这感想，是自己也以为含胡，同时又不愿意来承认的感想，激动而且苦恼他。这内心的战争和在光滑的路角上被风的吹着，使他很不容易向前进。

巡警在后面不停的走，而在医生，对于这乌黑的单调的形相的跟随，渐渐耐烦不得了。一种苦恼的冤屈的感情，仿佛无端被人叱责似的，紧紧的钉住了他。

"我想，人可以给我送一匹马来！"他的声音生病似的发着抖，他对于他这无谓的抗议，自己也觉得奇异。

"马是都在路上了。在全市里寻医生，我本想给先生叫一辆马车，然而他们，这鬼，全都藏起来了。"巡警用了较为活泼的仔细想过的音调说。

"还是赶快罢，先生！……"

二

警厅长的住宅面前站着许多巡警和两个骑马的哥萨克，鞍上横着枪。那马时时摇头，风将他的尾巴向着一旁吹拂。哥萨克人全不动，似乎他并非活人，却是那马的没有灵魂的附加物；……如果马匹走到街心，也仿佛是，只是他自己的意思，将骑者从这地方驼到别的地方去。巡警们默默的看着走来的医生，又默默的让给他路，灰色外套的沃珂罗陀契尼①恭恭敬敬的举手到帽檐。

"你得到了？……一个医士？……"他问。

"是的，医士!"巡警得胜似的回答，往前走去，开了通到楼梯的门。

"请，先生！……"

通到前房的门是开着的，……这地方颇暗，但邻室却点着一盏灯，那光斜射到前房的地上，走出一个胖的区官②来，门口还现出许多别的警官和一个漂亮的宪兵官。

"一个医士？"区官一样的明晰的问。"得到了么？"

"得到了!"那跑在前面的，灰色外套的沃珂罗陀契尼开了门才回答说。

医生不说话，勉强着态度，抱了屈辱的感想，似乎他意外的搅在不愉快的案件中间，不知道如何才能逃脱，他摸弄了许多时的领襟，脱去外套和橡皮鞋，于是又除下眼镜来，用手帕比平常格外长久的摩擦。

这瞬间他忽然想起了，怎样的当他还在学生时候，为着一件要事必须往一家人家去，而先前不久却因了误会被人从这里逐出的，而且那羞辱的感情怎样厉害的迫压于他，至使他肢节的每一运动都造成近乎天然的痛楚。这时他无端的咳嗽，皱了眉心，从眼镜边下放出眼光来，拙笨的踏着地板，走进那明亮的屋里去。

"病人在那里？"他烦恼的问，并不看人；他又努了力，不去注意那些正向他的专等的许多脸。他只看见，宪兵官便正是那一个，是近时来搜查过他的住所的。

"即刻，先生，……请这边，这边，……"区官急口的说，指着路。

迎面匆匆的走出一个苗条的女人，衣裳缠着伊的脚。伊长着漆

---

① Okolodotshnij 是最下级的警官。
② 一个警区的主任。

黑的,哭过的因此显得非常之大的眼睛;伊的柔软的脖颈全伸在衣领的花边镶条的外面。伊是这样美,至于连医生也吃惊的看了。

"柏拉通·密哈罗微支,医士么?"伊问,用了枯燥的,因为激动而迸散了的声音。

"医士,医士,安玛·华希理夫那,……那就,你放心罢,……现在一切都就好了。……现在——我们就使他站起来!……"区官急口的说,显出莽撞,男子常常对着标致的女人说的,不应有的家庭的亲切来。

伊抓住医生的两手,紧紧的一握,软软的,并且说,其时伊大开的两眼正看着他的脸:"体上帝的意志,先生,请你帮助,……你这边来,赶快,……如果你看见他怎样的苦恼!……我的上帝呵,他们将他……打在……肚里了,……先生!"

于是伊欷歔起来,用伊的柔软的两手掩了脸,也如伊的胸脯一般,在又白又软的花边镶条下,露出嫩玫瑰的颜色来。

"安玛·华希理夫那,你不要这么急! 现在,怎样了?"那胖区官抬起了短的两手。

"你镇静点,慈善的太太,……这即刻……"医生也喃喃的说,同情使他软和了声音。但当说话时,他的眼光落在伊手上,他就记得了,今日一个相识的人怎样对他说:凶徒们撕开了怀孕的犹太女人的肚皮,塞进床垫的翎毛去。

"你为什么不另请一个别人呢?"他很含混的问,没有抬起眼来。

伊诧异的圆睁了眼睛。

"上帝呵,我们请谁去呢? 合市里只有你是唯一的俄国的医生,……却不能去请犹太人:……他们现在对他都怀恨,……先生!……"

区官走近一些了;医生懂得这举动。他满抱着嫌恶一瞥周围,却又制住了自己;只是红了脸,而且愤愤的一睞他近视的眼睛。

"唔,好,那就……病人在那里?"

"这边,这边,先生!……"伊慌忙大声说,提起衣裳,赶快的往前走。

"大约你要人帮忙,……"区官急口说。

"我用不着人!"医生截断了话,自己得意着趁这机会的撒些野,跟了警厅长的妻走去了。

他们匆匆的经过了两间昏暗的房屋,大约是食堂和客厅;因为医生以为在昏黄中,看出一张白的桌上摆着还未撤去的茶炊,图画,一张翼琴,虽然漆黑,却在暗地里发光,以及一面镜。两脚互换的踏着坚硬的矸蜡的地板,和柔软的毛毡;一切东西上都带着不可捉摸的奢华的气味。医生因此又觉得非常苦闷起来,仿佛有一件不愉快的可耻的事的缠绕,使他自己堕落了。

在一个门后面响着在医生是听惯的,单调的,垂死的人的断续的呻吟,这音响却使他轻松了;他立刻明白,他什么应当做,和什么是搁下不得的了。这时他已经自己向前;他首先跨进了病人的屋里去。

这地方很明亮,嗅到撒勒蒐克精(Salmiakgeist),沃度仿谟(Jodform),和一些更烈的气息;其中透出沉重的深邃的从内部发出的呻吟。慈善的看护妇胸前挂着红十字站在床边;那褥子上,血污的罩布挂在一旁,没有枕,伸开了全身,异样的挺了胸脯躺着的,是警厅长。他的蓝色的裤子解了钮扣褪向下边,小衫高高的卷在胸上,而其间断续的,非常费力似的,起伏着精光的肚皮。

医生仔细的看定他,并且说:

"姊妹,你给亮,请……"

但警厅长的妻便自己跳到桌旁去,拿过灯来,很俯向前,似乎驼着一个可怕的重负。这时火焰从下面向伊照着伊眼里含着异样的闪光;如果这从伊丈夫的肚子上移到医生脸上的时候,又显出伊那孩子似的,天真的恐怖的神色。

医生弯下身去,在这眩目的光线的范围中,于他只剩下发红的肚皮带着一个暗色的肚脐以及下面的乌黑的毫毛，抖抖的起落。受伤的人的脸正在阴影里，医生是完全忘却了。

"哦，这里……"他机械的对自己说。

那地方，当肋骨弓的尽处，是一个细小的，暗红色的窟窿。那周围非常整齐，已经有些青肿而且染了玫瑰色的血污了，这似乎很微细，至于使人全不能相信他的危机，但那苦痛的挣扎，仿佛全身尽了所有的力，都在伤处用劲一般的，却分明说出了这可怕的苦恼和逼近的危险。

"哦，哦，……"医生重复说。

他伸出两个手指去按那伤口的周围，皮肉软软的跟着下去了，但这上面忽而轩起一道可怕的波纹来，一种简单的不像人的狂呼，便在左近什么地方，医生的肘膊底下发喊。

玫瑰色衣服女人手里的灯，到了这模样了，至于医生即刻机械的接住他。他前面看见一个苍白的，可怜的而且极美的脸，于是他的心又起了热烈的同情，伊放下臂膊，无助的挂在身上。

"伊抽紧了！"医生想，——仔细的察看着伊这仓皇的举动。

"慈善的太太，……你不要这样着急。……我们还是出去的好，……在这里没有你的事，"他拘谨的试向伊去劝告，同时又抓住了伊的臂膊。

伊用了粗野的圆睁的眼睛看定他。

"不，不……不用，不用……赶快，先生，赶快……体上帝的意志！"

但医生扶了臂膊只向外边送，伊也从顺的离开了房间。

使女在客厅上点了灯，那柔和的红光，便使弯曲的家具的圆面和画框的昏沉的金色，都从阴暗里显露出来了。门口是区官的红而且圆的脸，想问不问的往里看，医生将女人几乎勉强的引到这地方，给伊坐到躺椅上去。

"你不要到那边去，……你停在这里！……那边看护妇就够了。

我立刻去叫助手①来。你太着急了，……你停着，……"

"已经遣人到助手那里去了，"区官答应说。

伊听着，伊的黑而发光的眼并不离开了医生；似乎伊有点没有懂。医生刚一动，伊便敏捷的像猫一样，抓住了他的手。

"先生，体上帝的意志，你说实话，……这不危险么？……他要死么？……"

言语间有什么阻碍了伊；最末的话伊努了力才能含胡的说。

医生愈加悟到，伊正感着怎样的忧愁；他的同情更其强盛了。

"唔，什么，……"他想，是回答他自己的不分明的感情；"各有各的，……这暴行也和那各种别的暴行一样可怕。……在伊自然是只有他在世界上最贵重，纵然有一切的，……而在他便是他的性命最贵重，也如别的人。……我的职务是，救助一切，……不应当……将病人分出有罪和无罪来！……"

"你镇静点，慈善的太太，"他弯了过于高大的瘦身子，柔和的向伊俯视下去，"一切，靠上帝保佑，将要有头绪了。伤是重的，的确，但你们邀我，还是这时候，……真的，这幸而，邀我有这样快，……"他反复的说，使他的话加起斤两来。

虽然一切全未妥当不异从前，他还没有动手，那黑眼睛却柔软了，消失了伊的发热似的闪光；蕴藉而且感荷，伊忽然觉得很软弱，倒在躺椅里了。

" 我谢你，先生！……"伊用了深信的妩媚的调子低声说。

"你去就是，我不再搅扰了。……但如有事，……那边，……你便叫我。先生！"

医生违反了自己的意志，又将眼光瞥到洁白的花边工作的波纹，黑头发，玫瑰色的身体和瑟瑟发响的绢衣上面去。

---

① 是一个诊治的助手，所有的教育程度，是经过了国家的考试，可以在乡间代理医生。

"怎样的一个壮观的美呵!"他诧异的想。"而又是……女人,……这凶徒的同衾的人!……希奇,上帝在上!……是的,在这光明的世界上都这样!"——一面跨进房去,他转上了门的旋锁。先前一样的闻得药气味,先前一样的在床上笼着苦楚的声嘶的呻吟。慈善的看护妇不动的坐在旁边,在伊胸前是惹眼的红十字。

"你听,姊妹,你叫助手去,并且给我取了器具来,此外的我写给他罢,他应该自己给我,……他都知道。……"

"就是,"看护妇从顺的说,站起身。"但这已经遣人到各处去了,先生。……"

"你又说去,暂时不要有人来;……受伤的人要安静。……你止住了他的夫人。……"

医生独自留在受伤的人的床前,他小心的将灯安在几上,近些床,自己便坐在近旁的椅子上。

警厅长永远是不动的躺着。他的脸长着又多又美的胡子,他的手在指上戴着指环,他的腿登着长统的漆靴,也一样的不动。只有那精光的发红的肚子,却用了紧张的摆动,异样的难熬的而且受逼似的动弹,筋肉都杂乱无章的抽向一边,似乎他正在枉然费力,想推出一件什么深入在他里面的作祟的东西来。

每当枉然的费力之后,全身便发一回抖,又从蓬松的红须底下,迸出嘶嘎的声音,宛然是不自觉的病中的笑声,也像是极悲痛极恐怖的叹息。

医生知道,他能够怎样做,来助这有机组织对于苦痛的战胜;他第一眼先行看定,这警厅长的苗实的身体虽然重伤,倘其间不生变状,或疗治并不过迟,是担受得住的。他又照例的不耐烦起来了。

他拿过那满盖着金红色毫毛的手来,这先前确是很强壮,但现在却橡皮一般软了,于是便诊脉。

这刹时,呻吟停止了。医生忙向受伤的人看,知道他已经苏醒了。

"现在,你觉得怎样?"他问。

警厅长默着。他的肚子还照旧,艰难的高低。眼珠在低垂的眼睑底下昏浊的无生气的看。

医生已经相信他自己是看错了,但这瞬间胡子发了抖,一种异样的声音,似乎从身体的最里面的深处发出来的,轻微的而且分明的说:

"痛,……先生,……我要死了,……安玛在那里呢,……我的妻?"

"你的夫人由我送出去了。因为伊太兴奋。你不会死,没有的事。并没有这样重。……"医生回答说,安慰着。用了他常对病人说的,用惯的切实的声音。

"痛,……"警厅长更低声的重复说,叹一口气。

"不要紧,……我们将要一切理出头绪来了。……你只忍耐一点。"医生用了同样的声音回答说。

然而警厅长已经又昏过去了,从金红色的胡子底下,连续的进出艰苦的呻吟来。

医生看了表,叹息,站起身,那伤口早经看护妇洗净了,暂时也没有事情做。他觉得烦躁的不安。房里面闷而且热,灯火点得太明。他混乱起来了,思想像烟之在风中一般环绕。他走近窗户;他开了眺望窗^①,靠着冷玻璃向街上看;那清冷的洁净的空气,波涛似的从他头上流进房中,吹动他的头发,他觉得舒服了。

街上正寂静。寂寞的黄色的街灯俨然的无聊的点着,并且照着人家漆黑的窗户和沉默的招牌。许多屋脊上头,耸着大教堂里昏暗的钟楼的高轮廓;这后面是闪着才能辨认的远远的微红。

---

① 俄国的窗户上大抵有一个小半窗,可以开阖;那大窗框,在冬天往往用泥堵塞起来,不再动。

这提起了医生的坡格隆①的记忆了；他忽又含胡的失了主见，这正是整日的呕吐似的给他烦恼的事。他从眺望窗伸出头去，侧耳的听。确乎没有听到什么，但随后却风送了单发的远地里的枪声来。

……吧，……啪，……啪，………这隐隐的在空中飘浮，而在这短的钝的声响中，便跟着悲惨的运命。

"上帝呵，这何时有一个终局！……"医生想。

在房后面，对他回答似的发出提高的断续的呻吟。

迫压似的思想透过了医生的脑里了。

"上帝呵。他这里，……他有着怎样一个又美又可爱的妻，他自己多少强壮而且健康，围绕着他是怎样的丰裕的奢华，他还该有怎样的健康而且活泼的孩子；……但他却并不满足这幸福。欢喜这生活，并且宝重这欢喜；他倒去干这等事！这在他是无须的，属于分外的，可怕的，……他该明白罢。那是造了怎样的孽了。然而虽然……"

寒风更烈的吹着屋脊；床上又发了呻吟。

医生靠着窗边不安的细听；他以为听得一声喊，但也不能辨别，是否并非他自己的疑心。在他脸上，本已通红而且汗湿的，下起不甚可辨的雨的细滴来了。伸开长颈子，他左右的看，在正对面认出一方大的白色的招牌："鱼栈。"

隐约的有一种东西来到他脑里了，但忽而用了极大的速率弥满了他的思想，又从这长成一幅鲜明的眩目的图像来。六七个月以前他应过一个商人的邀请，这人是得了轻的中风症了。

这胖东西躺在安乐椅子上像一匹新剥皮的母猪；他的脸是青的，宛然一个死人；他的呼吸又艰难又嘶嘎，他的手脚抽搐了许多回，人就知道，他有怎样的苦闷了。

医生那时用尽了方法，只要是学问所及的事；他不睡而且不倦的整夜的医治，终于使他站起来了。而这一个商人墨斯科皤涅珂夫

———————

① 详见跋语。

在三日之前，曾对着一群破烂而且酩酊，几乎不像人样的人们，在大教堂前，分给他们烧酒和做旗的花布。他那又红又胖的脸兴奋得发亮，又用了他的嘶嗄的声音乱嚷些胡涂话，这就化了这一次的残虐，杀人与强奸。

"那我曾，……倘那时我不曾医好他，"医生想，"现在就许要多活出几十个人，……我做了什么事？……"

他惘惘的离开了窗门，似乎自己要唤起一种记忆来，而却没有。他走到床边，对了警厅长的脸锋利的看。这很青，衰惫，有许多回，呻吟每一厉害，金红色的胡子下面便露出白而且阔的牙齿；于是全脸上现了狡猾的，动物的表情。

一个忿怒的嫌恶的大波动忽而冲着医生了，所有环象——这卧室的奢侈的陈设，夫妇床的显然的无耻的并列，和裸露的身子带着他红肿的皮肤，……都成了难堪的实质的反感了。

"人应该自制，……我没有这权利，没有依照一己的感情的权利！"他自己在思想中叫喊。"而且，我自然是不走的，不要舍弃了将死的人，"他想，用了假作的切实，分明的决定了表情。

"何以舍他不得？何以！——这却不能。……"

完全的无主失了他的气力了。他从礼服的后袋里很拙的扯出手巾来，那衣缝便不可收拾的开了裂，于是慢慢的接续的在那流着大粒的汗的脸上只是揩。

"呸，鬼！……但这是甚么事，……终于没有人来呢？"他突然暴躁的想，已经忘却，是他自己禁止的了。但他自己又立时觉察，他之所以只指望什么地方有一个来人，便因为想靠一个别的人泡着别的感情，来替代和鼓舞他的固有的"我"。

"那真可怕呵，倘若一个人的神经坏掉了！这被诅咒的时间，"他很绝望，无声的说，徐徐回转身。他的举动又暧昧又游移，仿佛违反了一个别人的意志而行止，而且对于这反抗，又时时刻刻必须战胜似的。

因为一种什么的原因,又只引他向窗口去了。

他刚向黑暗中一探望,他前面立刻现出一幅临末这几日的纷乱的悲惨的眩目的光景来。一个少年的尸体运到他的医院里来了。缺了脸,人已经不能推测,被害的是怎样的人,只在头颅所变的丑恶的一团,血污淋漓的质地上,现出那软头发的攒簇。随后他又记起一个高等女学生来,是年幼的犹太的闺女,他几乎每天早上,和伊遇见在前往医院的途中,伊是苗条,快乐,以及伊干净的灰色的制服,黑的裙,高鞋,和黑头发围着玫瑰色的额角,在伊都见得很出色。对于这劳倦的医生,从伊姿态上,常常嘘出最初的女性青年的清新的吹息来;他愿意和伊遇见,正如愿意遇见每年中,还瑟缩,然而已经是光明快乐的春天。而伊也被害了。伊的死尸,是医生在这一日里所见的第二个。在一条巷内,一所门窗破碎的熏坏了的房子的近旁,末屑和污秽的破布中间,灰色的潮湿的步道上,他看见一点特别的鲜明的东西:凶徒们将伊在这房子里强奸了,剥光衣服,从窗洞摔在街石上,在那地方,据医生耳闻,人还拖着伊的一只脚,在泥泞里曳了许久的时光。在伊还未长成的胸脯上,挂着几片黑条,是被石头撕裂的皮肉,乌黑的解散的头发,在污泥中浆硬了,离头有一唉辛①之长,一条精光的折断的腿,无力的弯在石缝里。

这才在他合着的眼睑下含了热泪,流出眼镜边外来了。于是这说不尽的悲惨的光景,带着恶梦似的恐怖,骤然间变了商人墨斯科皤涅珂夫的不成样子的胀大的嘴脸了。生着走血的大眼睛,歪着阔嘴,而周围又鬼怪一般的跳着破烂的,因为烧酒而肿胀的人们的,发狂似的形相。

"不,……这不是人!"忽而外观上很冷静,响亮而且坚决的,医生说。

在这恐怖中,那被害的闺女的脸消失了。

---

① Arshin,俄国尺度名。一唉辛约中国二尺余。

跄跄踉踉的,又喃喃的自己说些话,医生竭全力支撑起来,离开了窗门,又向警厅长的床这边走,但他刚到房子中央,又火急的转了向,做一个拒绝的手势,并不向病人一瞥,便出去了。

"我不能!"他很悲愤的说。

三

他在客厅里正撞着慈善的看护妇;他便闪在一旁,让给伊的路。这一瞬间,他是在一种异样的半无意识状态里了;他后来自己也不能记忆,其时正想些什么事。看护妇站住,安安静静的问他,从下面仰看了他的脸:

"又遣人去了。先生,……到谛摩菲雅夫和医院里。……"

医生似乎正在倾听什么别的东西,向着伊的额上,那白帽子下面露出一小团毛发的地方,沉思的看;于是他答应说:

"嗳,哦,……是了。……"

"你许是要什么罢?我准备去。……水么?"看护妇又问。

"好,……水!"医生愤怒的大叫,对于这鹘突和叫喊连自己也惊怖了。这刹那,他的眼光正遇到看护妇的诧异的眼,在伊眼光里,他看出了以为受侮的神情。

他想要说,给一个申明,自己是为着甚么事。但只是无力的一挥手,穿过客厅出去了。

他走,并不留心的,经过了一切的房屋,他觉着警厅长的妻的忧疑恐惧的眼光,那正从躺椅里站起来的,向着自己。但也并不对伊看,走进前房,便用那发抖的手穿起外套来。

伊跟在他后面,向他略伸开了一半露出的,裹着花边的手臂,不安的问道:

"你要到那里去,先生?什么事?"

在伊后面,拙笨的伸开了两手,站着区官,从他头上,探着宪兵

54

官的脸。

医生转过身去，是已经穿好了橡皮鞋和外套的了，帽子拿在手里，不知何故的他经过他们的前面，进了食堂，并且说，看着地板，满脸发青：

"我不能，……你另外叫别的人！……"

惑乱的惊怖睁大了伊乌黑的眼睛了。伊合了手。

"先生，你怎么了！我去邀谁呢？……我已经对你说过，……到处……只有你是唯一的……为什么？你自己欠康健么？"

医生吐出不知怎样的一种声气，因为他不能即刻说出话来。

"呜，……不的，……我康健！我完全康健!"他大声说，激昂起来，全身发着抖。

死人似的青色骤然一律的盖了伊的脸。伊闭了口，注视着他，从这固定的玻璃一般的眼光上，医生忽然知道，伊也懂得他了。

"先生!"宪兵官恫吓的开口，但伊便用手阻止了他。

"你不肯医治我的男人，因为他……"伊低声说，伊只微微的动着发抖的松懈的嘴唇。

"是的，……"医生想要简明的答复，但这话粘在喉咙里没有出来。他只抽动着肩膀和手指。

"请你听!"区官焦躁起来了；但不知何故的仍然吞住，迷惑的向各处看。

沉默了片时。那女人显出失据和无望的表情。紧紧的看定了医生的眼睛，医生是执拗的只看着加罩的食桌的桌脚。

"先生!"伊用了紧张的畏葸的哀求说。

医生骤然抬起眼来，但没有答话。他这里正起了一场苦闷的隐藏的战争：对一个垂死的人和伊，在无助的绝望里，舍弃了，这似乎全然不该，是犯罪和不法；一走，而且因为这一走便可以分明切实的说，竟是宣告了一个全无抵抗的困苦的人的死刑。

像一个回旋圈子的可怕的速率似的，他只想寻出一条出路来，而竟没有。他忽而相信,这是简单明白的事,进去,医治,慰安,但紧接着觉得这也是简单明白的事,正应该——走。这样的缴绕了别的。

"先生!"伊又用了一样的紧张的哀求说,这时伊很屈向他,张开了臂膊。

医生突然感到了全在这思想串子以外的事,是他因为穿了外套温暖了,倘他走到街上,便会受寒;于是他仿佛觉得,脱下外套来,到了病人那里,而当他面前又看见了这脸,带着金红色的美观的胡须和又白又阔的牙齿。

"不,这是不能的!"这通过了他的脑中。

在这思想之前他又恐怖起来了,他眼前又浮出那被杀的少年的打烂的脸的血粥,和高等学校女学生的裸露的腿来,他听得一个相识的人说:"他们撕开了肚子而且塞进床垫的翎毛去,"而一种新的,几乎闷杀人的愤懑,又复抓住了他了。他声嘶的叫道:

"我不能!"

于是他向伊略略弯身,做一个拒绝的手势,转向门口去,一声全出于意外的着急的大叫又从伊留住了他。

"你不应当这样!……你是有医治的责任的,……我要控诉去,你要后悔的,……柏拉通·密哈罗微支!……"

区官宪兵官和两个别的警官都一样的向前房走近一步来。似乎是,他们一伙,由玫瑰色衣服的女人率领着,要挡住他。他蹙了脸回过头去。

女人当面站着,伊的黑眼睛已经睁圆了;伊的纤手痉挛的捏了拳头,对他伸出了全体:

"你不应当!你知道,什么?我要强迫你!……"

"伊凡诺夫!"区官叫喊说,红着脸。

"嗳哈!伊凡诺夫么?"医生说,用了异样的声音,拖长着,将那门的把手,那已经用手捏住了的,放下了。"你恫吓我么?……那么,好!……如果我这样做,自己知道,为什么……我是有医治人的责任的?……谁说的?……如果我嫌恶,我就毫没有什么责任。……你的男人是野兽,他现在苦恼着,唔,虽然对不起,还是很少。……我医治他?救这人的命,这……你说的是什么,你懂么?……你倒不自己羞,亏你能说出口,替他哀求。……唉!不能,……不……能!他倒毙去,他倒毙去,狗似的,我连指头也不动。……拘留我!……我们瞧罢。……"

他那低的略带女性的声音嚷着说,他的细小的近视眼得胜而且毫不姑容的发了光。这刹时他尝着甜美的复仇的感觉,一切道德的苦痛的出路,以及从他全生涯中抢去了欢乐的,气厥的愤怒的出路,是寻到了。他不自觉的奇特的微笑,渐渐高声的咆哮,全不管周围要出什么事。

花边镶条的女人似乎要跌倒了;伊这变了可憎的雕萎的脸上,被苍白色扫尽了最后的颜色了。伊无助的跄踉,痉挛的动着嘴唇,而且无声的无力的哀求似的,向他伸着手。

"先——先生!"他终于在自己的叫喊里,听出伊的微弱的声音来。

他赶紧住了话,诧异似的向伊看,仿佛他完全忘却了当着伊的面了。

"我……我知道,先生,……"伊涩滞的说。"先生,……他自己有,……先生!……"

医生骤然改变了神情。

"这……这不能算一个辩解,"他吃吃的说。

"我知道,先生,……但这样他就要死。……"

"然而……"医生发话,又复愤恨起来。

伊一面抓住他外套的袖子,打断了他的话。

"是的,是的,先生,……我并不这样想。……我懂……并不这样。……但我爱他。先生,……没有他我就要死。……唔,我也难受的，我……先生，凭一切圣灵的名字。在你这里没有一滴的同情么？……我们有孩子！……"伊突然跪下了。

"安玛·华希理夫那，你做什么！"喊着，径奔向伊，是区官和宪兵官，但伊推开了他们。

这是非常之意外而且异样，至于医生也踉跄倒退了。伊膝行向他，后面拖着发响的玫瑰色的裙裾，而一个华美的弱女子的外表是这样动人，致使医生的精神上，又回来了一切的锋利的苦痛了。

汗珠成了大粒流在他脸上，手脚都颤动，几乎要破碎了。他暂时之间，觉得他已经不能反抗，自己觉得失了意志，但这时区官来捉住他的袖子，便涨满了愤恨的可怕的狂涛，将已经准备了的允许都破裂了，他掣回手，向门口直闯过去。

伊抓住他的袖子，对他叫喊，因为伊未经抓紧，两手落在地上了，不动的倒着，像一个玫瑰色衣服和乱头发的堆。

伊被搀起了，但当医生关门时候，他见伊还在地上；很使他有些难堪；人在他后面奔走，区官叫着兵厂；他听得他们的脚步声已经在楼梯下震动。医生浑身抖着，胡乱的抓住了阑干，他急急的，逃走着，用那跨下去的脚尖探着楼梯。他眼前转着火光的圆圈，一种沉重的散漫的感情压住他，如一座山之于一颗砂砾。

一九〇五至六年顷，俄国的破裂已经发现了，有权位的人想转移国民的意向，便煽动他们攻击犹太人或别的民族去，世间称为坡格隆。Pogrom 这一个字，是从 Po（渐渐）和 Gromit（摧灭）合成的，也译作犹太人虐杀。这种暴举，那时各地常常实行，非常残酷，全是"非人"的事，直到今年，在库伦还有恩琴对于犹太人的杀戮，专制俄国那时的"庙谟"，真可谓"毒遍四海"的了。

那时的煽动实在非常有力，官僚竭力的唤醒人里面的兽性来，而于其发挥，给他们许多的助力。无教育的俄人，以歼灭犹太人为一生抱负的很多；这原因虽然颇为复杂，而其主因，便只是因为他们是异民族。

阿尔志跋绥夫的这一篇《医生》(*Doktor*)是一九一〇年印行的《试作》(*Etivdy*)中之一，那做成的时候自然还在先，驱使的便是坡格隆的事，虽然算不得杰作，却是对于他同胞的非人类行为的一个极猛烈的抗争。

在这短篇里，不特照例的可以看见作者的细微的性欲描写和心理剖析，且又简单明了的写出了对于无抵抗主义的抵抗和爱憎的纠缠来。无抵抗，是作者所反抗的，因为人在天性上不能没有憎，而这憎，又或根于更广大的爱。因此，阿尔志跋绥夫便仍然不免是托尔斯泰之徒了，而又不免是托尔斯泰主义的反抗者——圆稳的说，便是托尔斯泰主义的调剂者。

人说，俄国人有异常的残忍性和异常的慈悲性；这很奇异，但让研究国民性的学者来解释罢。我所想的，只在自己这中国，自从杀掉蚩尤以后，兴高采烈的自以为制服异民族的时候也不少了，不知道能否在平定什么方略等等之外，寻出一篇这样为弱民族主张正义的文章来。

一九二一年四月二十八日译者附记。

原载 1921 年 9 月《小说月报》第 12 卷号外"俄国文学研究"。

初收 1922 年 5 月上海商务印书馆版"世界丛书"之一《现代小说译丛》(第 1 集)。

译者附记未收集。

二十九日

日记 晴。上午许季上来。午后往高师校取二月，三月薪水泉三十四元。往图书分馆还子佩泉廿。下午雨一陈。夜得沈雁冰信。

三十日

日记 微雨，上午霁。寄其中堂信并泉三圆四十钱。午后往山本病院视二弟，持回《楼炭经》一部。下午小雨。晚寄沈雁冰信并译稿一篇，约九千字。寄沈兼士信。

鼻　子

[日本]芥川龙之介

芥川氏是日本新兴文坛中一个出名的作家。田中纯评论他说："在芥川氏的作品上，可以看出他用了性格的全体，支配尽所用的材料的模样来。这事实，便使我们起了这感觉，就是感得这作品是完成的。"他的作品所用的主题，最多的是希望已达之后的不安，或者正不安时的心情，这篇便可以算得适当的样本。

不满于芥川氏的，大约因为这两点：一是多用旧材料，有时近于故事的翻译；一是老手的气息太浓厚，易使读者不欢欣。这篇也可以算得适当的样本。

内道场供奉禅智和尚的长鼻子的事，是日本的旧传说，作者只是给他换上了新装。篇中的谐味，虽不免有才气太露的地方，但和中国的所谓滑稽小说比较起来，也就十分雅淡了，我所以先介绍这一篇。

四月三十日译者识。

一说起禅智内供的鼻子，池尾地方是没一个不知道的。长有五六寸,从上唇的上面直拖到下颏的下面去。形状是从顶到底,一样的粗细。简捷说,便是一条细长的香肠似的东西,在脸中央拖着罢了。

五十多岁的内供是从还做沙弥的往昔以来,一直到升了内道场供奉的现在为止,心底里始终苦着这鼻子。这也不单因为自己是应该一心渴仰着将来的净土的和尚,于鼻子的烦恼,不很相宜;其实倒在不愿意有人知道他介意于鼻子的事。内供在平时的谈话里,也最怕说出鼻子这一句话来。

内供之所以烦腻那鼻子的理由,大概有二,——其一,因为鼻子之长,在实际上很不便。第一是吃饭时候,独自不能吃,倘若独自吃时,鼻子便达到碗里的饭上面去了。于是内供叫一个弟子坐在正对面,当吃饭时,使他用一条广一寸长二尺的木板,掀起鼻子来。但是这样的吃饭法,在能掀的弟子和所掀的内供,都不是容易的事。有一回,替代这弟子的中童子打了一个喷嚏,因而手一抖,那鼻子便落到粥里去了的故事,那时是连京都都传遍的。——然而这事,却还不是内供之所以以鼻子为苦的重大的理由。内供之所以为苦者,其实却在乎因这鼻子而伤了自尊心这一点。

池尾的百姓们,替有着这样鼻子的内供设想,说内供幸而是出家人;因为都以为这样的鼻子,是没有女人肯嫁的。其中甚而至于还有这样的批评,说是正因为这样鼻子,所以才来做和尚。然而内供自己,却并不觉得做了和尚,便减了几分鼻子的烦恼去。内供的自尊心,较之为娶妻这类结果的事实所左右的东西,微妙得多多了。因此内供在积极的和消极的两方面,要将这自尊心的毁损恢复过来。

第一,内供所苦心经营的,是想将这长鼻子使人看得比实际较短的方法。每当没人的时候,对了镜,用各种的角度照着脸,热心的揣摩。不知怎么一来,觉得单变换了脸的位置,是没有把握的了,于是常常用手托了颊,或者用指押了颐,坚忍不拔的看镜。但看见鼻子较短到自己满意的程度的事，是从来没有的。内供际此，便将镜收在箱子里，叹一口气，勉勉强强的又向那先前的经儿上唪《观世音经》去。

而且内供又始终留心着别人的鼻子。池尾的寺，本来是常有僧供和讲论的伽蓝。寺里面，僧坊建到没有空隙；浴室里是寺僧每日烧着水的。所以在此出入的僧俗之类也很多。内供便坚忍的物色着这类人们的脸。因为想发见一个和自己一样的鼻子，来安安自己的心。所以乌的绢衣，白的单衫，都不进内供的眼里去；而况橙黄的帽子，坏色的僧衣，更是生平见惯，虽有若无了。内供不看人，只看鼻子，——然而竹节鼻虽然还有，却寻不出内供一样的鼻子来。愈是寻不出，内供的心便渐渐的愈加不快了。内供和人说话时候，无意中扯起那拖下的鼻端来一看，立刻不称年纪的脸红起来，便正是为这不快所动的缘故。

到最后，内供竟想在内典外典里寻出一个和自己一样的鼻子的人物，来宽解几分自己的心。然而无论什么经典上，都不说目犍连和舍利弗的鼻子是长的。龙树和马鸣，自然也只是鼻子平常的菩萨。内供听人讲些震旦的事情，带出了蜀汉的刘玄德的长耳来，便想道，假使是鼻子，真不知使我多少胆壮哩。

内供一面既然消极的用了这样的苦心，另一面也积极的试用些缩短鼻子的方法，在这里是无须乎特地声明的了。内供在这一方面，几乎做尽了可能的事。也喝过老鸦脚爪煎壮的汤，鼻子上也擦过老鼠的溺。然而无论怎么办，鼻子不依然五六寸长的拖在嘴上么？

但是有一年的秋天，内供的因事上京的弟子，从一个知己的医士那里，得了缩短那长鼻子的方法来了。这医士，是从震旦渡来的人，那时供养在长乐寺的。

内供仍然照例，装着对于鼻子毫不介意似的模样，偏不说便来试用这方法；一面却微微露出口风，说每吃一回饭，都要劳弟子费手,实在是于心不安的事。至于心里,自然是专等那弟子和尚来说服自己,使他试用这方法的。弟子和尚也未必不明白内供的这策略。但内供用这策略的苦衷,却似乎动了那弟子和尚的同情,反驾而上之了。那弟子和尚果然适如所期,极口的来劝试用这方法;内供自己也适如所期,终于依了那弟子和尚的热心的劝告了。

所谓方法者,只是用热汤浸了鼻子,然后使人用脚来踏这鼻子,非常简单的。

汤是寺的浴室里每日都烧着。于是这弟子和尚立刻用一个提桶,从浴室里汲了连手指都伸不下去的热水来。但若直接的浸,蒸汽吹着脸,怕要烫坏的。于是又在一个板盘上开一个窟窿,当做桶盖,鼻子便从这窟窿中浸到水里去。单是鼻子浸着热汤,是不觉得烫的。过了片时,弟子和尚说:

"浸够了罢。……"

内供苦笑了。因为以为单听这话,是谁也想不到说着鼻子的。鼻子被汤蒸热了,蚤咬似的发痒。

内供一从板盘窟窿里抽出鼻子来,弟子和尚便将这热气蒸腾的鼻子,两脚用力的踏。内供躺着,鼻子伸在地板上,看那弟子和尚的两脚一上一下的动。弟子常常显出过意不去的脸相,俯视着内供的秃头,问道:

"痛罢?因为医士说要用力踏。……但是,痛罢?"

内供摇头,想表明不痛的意思。然而鼻子是被踏着的,又不能如意的摇。这时抬了眼,看着弟子脚上的皲裂,一面生气似的说:

"说不痛。……"

其实是鼻子正痒,踏了不特不痛,反而舒服的。

踏了片时之后,鼻子上现出小米粒一般的东西来了。简括说,便是像一匹整烤的拔光了毛的小鸡。弟子和尚一瞥见,立时停了脚,自言自语似的说:

"说是用镊子拔了这个哩。"

内供不平似的鼓起了两颊,默默的任凭弟子和尚办。这自然并非不知道弟子和尚的好意;但虽然知道,因为将自己的鼻子当作一件货色似的办理,也免不得不高兴了。内供装了一副受着不相信的医生的手术时候的病人一般的脸,勉勉强强的看弟子和尚从鼻子的毛孔里,用镊子钳出脂肪来。那脂肪的形状像是鸟毛的根,拔去的有四分长短。

这一完,弟子和尚才吐一口气,说道:

"再浸一回,就好了。"

内供仍然皱着眉,装着不平似的脸,依了弟子的话。

待到取出第二回浸过的鼻子来看,诚然,不知什么时候已经缩短了。这已经和平常的竹节鼻相差不远了。内供摸着缩短的鼻子,对着弟子拿过来的镜子,羞涩的怯怯的望着看。

那鼻子,——那一直拖到下面的鼻子,现在已经诳话似的萎缩了,只在上唇上面,没志气的保着一点残端。各处还有通红的地方,大约只是踏过的痕迹罢了。既这样,再没有人见笑,是一定的了。——镜中的内供的脸,看着镜外的内供的脸,满足然的眨儿眨眼睛。

然而这一日,还有怕这鼻子仍要伸长起来的不安。所以内供无论唪经的时候,吃饭的时候,只要有闲空,便伸手轻轻的摸那鼻端去。鼻子是规规矩矩的存在上唇上边,并没有伸下来的气色。睡过一夜之后,第二日早晨一开眼,内供便首先去摸自己的鼻子,鼻子也依然是短的。内供于是乎也如从前的费了几多年,积起抄写《法华经》的功行来的时候一般,觉得神清气爽了。

但是过了三日,内供发见了意外的事实了。这就是,偶然因事来访池尾的寺的侍者,却显出比先前更加发笑的脸相,也不很说话,只是灼灼的看着内供的鼻子。而且不止此,先前将内供的鼻子落在粥里的中童子那些人,若在讲堂外遇见内供时,便同下忍着笑,但似乎终于熬不住了,又突然大笑起来。还有进来承教的下法师们,面对面时,虽然恭敬的听着,但内供一向后看,便屑屑的暗笑,也不止一两回了。

内供当初,下了一个解释,是以为只因自己脸改了样。但单是这解释,又似乎总不能十分的说明。——不消说,中童子和下法师的发笑的原因,大概总在此。然而和鼻子还长的往昔,那笑样总有些不同。倘说见惯的长鼻,倒不如不见惯的短鼻更可笑,这固然便是如此罢了。然而又似乎还有什么缘故。

"先前倒还没有这样的只是笑,……"

内供停了唪着的经文,侧着秃头,时常轻轻的这样说。可爱的内供当这时候,一定惘然的眺着挂在旁边的普贤像,记起鼻子还长的三五日以前的事来,"今如零落者,却忆荣华时,"便没精打采了。——对于这问题,给以解释之明,在内供可惜还没有。

——人类的心里有着互相矛盾的两样的感情。他人的不幸,自然是没有不表同情的。但一到那人设些什么法子脱了这不幸,于是这边便不知怎的觉得不满足起来。夸大一点说,便可以说是其甚者且有愿意再看见那人陷在同样的不幸中的意思。于是在不知不觉间,虽然是消极的,却对于那人抱了敌意了。——内供虽然不明白这理由,而总觉得有些不快者,便因为在池尾的僧俗的态度上,感到了这些傍观者的利己主义的缘故。

于是乎内供的脾气逐渐坏起来了。无论对什么人,第二句便是叱责。到后来,连医治鼻子的弟子和尚,也背地里说"内供是要受法悭贪之罪的"了。更使内供生气的,照例是那恶作剧的中童子。有一天,狗声沸泛的嗥,内供随便出去看,只见中童子挥着二尺来长的木板,追着一匹长毛的瘦狗在那里跑。而且又并非单是追着跑,却一面嚷道"不给打鼻子,喂,不给打鼻子,"而追着跑的。内供从中童子的手里抢过木板来,使劲的打他的脸。这木板是先前掀鼻子用的。

内供倒后悔弄短鼻子为多事了。

这是或一夜的事。太阳一落，大约是忽而起风了，塔上的风铎的声音，扰人的响。而且很冷了，在老年的内供，便是想睡，也只是睡不去。展转的躺在床上时，突然觉得鼻子发痒了。用手去摸，仿佛有点肿，而且这地方，又仿佛发了热似的。

"硬将他缩短了的，也许出了毛病了。"

内供用了在佛前供养香花一般的恭敬的手势，按着鼻子，一面低低的这样说。

第二日的早晨，内供照例的绝早的睁开眼睛看，只见寺里的银杏和七叶树都在夜间落了叶，院子里是铺了黄金似的通明。大约塔顶上积了霜了，还在朝日的微光中，九轮已经眩眼的发亮。禅智内供站在开了护屏的檐廊下，深深的吸一口气。

几乎要忘却了的一种感觉，又回到内供这里，便在这时间。

内供慌忙伸手去按鼻子。触着手的，不是昨夜的短鼻子了，是从上唇的上面直拖到下唇的下面的，五六寸之谱的先前的长鼻子。内供知道这鼻子在一夜之间又复照旧的长起来了。而这时候，和鼻子缩短时候一样的神清气爽的心情，也觉得不知怎么的重复回来了。

"既这样，一定再没有人笑了。"

使长鼻子荡在破晓的秋风中，内供自己的心里说。

原载 1921 年 5 月 11～13 日《晨报》"小说"栏。

初收 1923 年 6 月上海商务印书馆版"世界丛书"之一

《现代日本小说集》。

译者识未收集。

五月

一日

日记　晴。星期休息。下午寄孙伏园信，内二弟诗三篇。夜风。

二日

日记　晴。午后寄李遐卿信并书泉三元四角。下午得遐卿信，晚复。

三日

日记　雨。午后寄孙伏园信并稿一篇。还齐寿山泉百。

四日

日记　晴。午后往留黎厂商务印书馆取《工人绥惠略夫》译稿泉百廿，买《涵芬楼秘笈》第九集一部八册，二元二角。

五日

日记　晴。上午随母亲往山本医院诊。下午得李遐卿信。寄孙伏园信。

"生降死不降"

大约十五六年以前，我竟受了革命党的骗了。

他们说:非革命不可! 你看,汉族怎样的不愿意做奴隶,怎样的日夜想光复,这志愿,便到现在也铭心刻骨的。试举一例罢,——他们说——汉人死了入殓的时候,都将辫子盘在顶上,像明朝制度,这叫做"生降死不降"!

生降死不降,多少悲惨而且值得同情呵。

然而近几年来,我的迷信却破裂起来了。我看见许多讣文上的人,大抵是既未殉难,也非遗民,和清朝毫不相干的;或者倒反食过民国的"禄"。而他们一死,不是"清封朝议大夫",便是"清封恭人",都到阴间三跪九叩的上朝去了。

我于是不再信革命党的话。我想:别的都是诳,只是汉人有一种"生降死不降"的怪脾气,却是真的。

五月五日

原载 1921 年 5 月 6 日《晨报副刊》。署名风声。
初未收集。

名　字

我看了几年杂志和报章,渐渐的造成一种古怪的积习了。

这是什么呢? 就是看文章先看署名。对于这署名,并非积极的专寻大人先生,而却在消极的这一方面。

一,自称"铁血""侠魂""古狂""怪侠""亚雄"之类的不看。

二,自称"蝶栖""鸳精""芳侬""花怜""秋瘦""春愁"之类的又不看。

三,自命为"一分子",自谦为"小百姓",自鄙为"一笑"之类的又不看。

四,自号为"愤世生""厌世主人""救世居士"之类的又不看。

如是等等，不遑枚举，而临时发生，现在想不起的还很多。有时也自己想：这实在太武断，太刚愎自用了；倘给别人知道，一定要摇头的。

然而今天看见宋人俞成先生的《萤雪丛说》里的一段话，却连我也大惊小怪起来。现在将他抄出在下面：

"今人生子，妄自尊大：多取文武富贵四字为名，不以睎贤为名，则以望回为名，不以次韩为名，则以齐愈为名，甚可笑也！古者命名，多自贬损：或曰愚，或曰鲁，或曰拙，曰贱，皆取谦抑之义也；如司马氏幼字犬子，至有慕名野狗，何尝择称呼之美哉？！尝观进士同年录：江南人习尚机巧，故其小名多是好字，足见自高之心；江北人大体任真，故其小名多非佳字，足见自贬之意。若夫雁塔之题，当先正名，垂于不朽！"

看这意思，似乎人们不自称猪狗，俞先生便很不高兴似的，我于以叹古人之高深为不可测，而我因之尚不失为中庸也，便发生了写出这一篇的勇气来。

五月五日

原载 1921 年 5 月 7 日《晨报副刊》。署名风声。
初未收集。

六日

日记 晴。上午得沈雁冰信。

七日

日记 昙。下午往山本医院视二弟。雨，晚晴，夜风。

八日

日记 晴。星期休息。上午得沈兼士信。许季上来。张仲苏来。午后寄沈雁冰信。

九日

日记　晴。晚以书架一个还朱遏先。

十日

日记　晴。午后往山本医院视二弟，持回《当来变经》等一册。晚小雨。

十一日

日记　晴。午后赙蔡谷青家银四元。

十二日

日记　昙。午后寄沈兼士信。下午风。

十三日

日记　晴。上午寄孙伏园信并三弟文稿。晚理发。夜得沈雁冰信。

十四日

日记　昙。下午往山本医院视二弟。

十五日

日记　晴。星期休息。午后寄沈雁冰信并三弟译稿一篇。下午昙，风。夜濯足。

十六日

日记　昙。上午得朱可铭信。下午得郑振铎信。晚小雨。

十七日

　　日记　雨。上午其中堂寄来《李长吉歌诗》三册,《竹谱详录》二册,共泉四元四角。夜风。得沈兼士信。

十八日

　　日记　晴。午后往山本医院视二弟。得仲甫信。

十九日

　　日记　晴。上午寄郑振铎信。寄李守常信。寄钱玄同信。

二十日

　　日记　昙。上午收去年十二月下半月奉泉百五十。夜得沈雁冰信。雨。

二十一日

　　日记　昙。午后往山本医院。

二十二日

　　日记　晴。星期休息。无事。

二十三日

　　日记　晴。无事。

二十四日

　　日记　晴。上午齐寿山来,同往香山碧云寺,下午回。浴。

二十五日

　　日记　晴。午后寄沈雁冰信。寄孙伏园信。午后往视二弟。

得李守常信。

二十六日

日记　晴。午后往山本医院视二弟。

二十七日

日记　晴。清晨携工往西山碧云寺为二弟整理所租屋,午后回,经海甸停饮,大醉。夜得孙伏园信。

二十八日

日记　昙。午后访宋子佩。下午至山本医院视二弟。夜寄沈雁冰信,内三弟译稿一篇。

二十九日

日记　晴。星期休息。下午孙伏园来。晚雷雨一陈。

三十日

日记　晴。上午得宋子佩信并见假泉五十。下午从李遐卿假泉四十。

三十一日

日记　晴。上午寄沈兼士信。校《人间的生活》讫,寄还李遐卿。午二弟出山本医院回家。午后往留黎厂买《寇侃墓志》并盖二枚,《邸珍碑》并阴二枚,《陈氏合宗造像》四面并坐五枚,共泉四元;又《杨君则墓铭》一枚,一元。

六月

一日

日记　晴。下午得宋子佩信,晚复。

二日

日记　晴。下午送二弟往碧云寺,三弟,丰一俱去,晚归。夜雨。

三日

日记　雨。无事。

四日

日记　雨。下午从齐寿山假泉五十。得沈雁冰信。夜得孙伏园信。

五日

日记　昙。星期休息。下午孙伏园来。得二弟信,昨发。

六日

日记　晴。上午得李遐卿信。午后往图书分馆还宋子佩泉五十。往留黎厂买《比丘法朗造象》并阴共二枚,一元。下午寄刘同恺信。还齐寿山泉五十。

七日

日记 昙,夜雨。无事。

八日

日记 晴,下午小雨。无事。

罗 生 门

[日本]芥川龙之介

芥川氏的作品,我先前曾经介绍过了。这一篇历史的小说(并不是历史小说),也算他的佳作,取古代的事实,注进新的生命去,便与现代人生出干系来。这时代是平安朝(就是西历七九四年迁都京都改名平安城以后的四百年间),出典是在《今昔物语》里。

二一年六月八日记。

是一日的傍晚的事。有一个家将,在罗生门下待着雨住。

宽广的门底下,除了这男子以外,再没有别的谁。只在朱漆剥落的大的圆柱上,停着一匹的蟋蟀。这罗生门,既然在朱雀大路上,则这男子之外,总还该有两三个避雨的市女笠和揉乌帽子①的。然而除了这男子,却再没有别的谁。

要说这缘故,就因为这二三年来,京都是接连的起了地动,旋风,大火,饥馑等等的灾变,所以都中便格外的荒凉了。据旧记说,

---

① 市女笠是市上的女人或商女所戴的笠子。乌帽子是男人的冠,若不用硬漆,质地较为柔软的,便称为揉乌帽子。

还将佛象和佛具打碎了，那些带着丹漆，带着金银箔的木块，都堆在路旁当柴卖。都中既是这情形，修理罗生门之类的事，自然再没有人过问了。于是趁了这荒凉的好机会，狐狸来住，强盗来住；到后来，且至于生出将无主的死尸弃在这门上的习惯来。于是太阳一落，人们便都觉得阴气，谁也不再在这门的左近走。

反而许多乌鸦，不知从那里都聚向这地方。白昼一望，这鸦是不知多少匹的转着圆圈，绕了最高的鸱吻，啼着飞舞。一到这门上的天空被夕照映得通红的时候，这便仿佛撒着胡麻似的，尤其看得分明。不消说，这些乌鸦是因为要啄食那门上的死人的肉而来的了。——但在今日，或者因为时刻太晚了罢，却一匹也没有见。只见处处将要崩裂的，那裂缝中生出长的野草的石阶上面，老鸦粪粘得点点的发白。家将将那洗旧的红青袄子的臀部，坐在七级阶的最上级，恼着那右颊上发出来的一颗大的面疱，惘惘然的看着雨下。

著者在先，已写道"家将待着雨住"了。然而这家将便在雨住之后，却也并没有怎么办的方法。若在平时，自然是回到主人的家里去。但从这主人，已经在四五日之前将他遣散了。上文也说过，那时的京都是非常之衰微的；现在这家将从那伺候多年的主人给他遣散，其实也只是这衰微的一个小小的余波。所以与其说"家将待着雨住"，还不如说"遇雨的家将，没有可去的地方，正在无法可想"，倒是惬当的。况且今日的天色，很影响到这平安朝 ①家将的 Sentimentalisme 上去。从申末下开首的雨，到酉时还没有停止模样。这时候，家将就首先想着那明天的活计怎么办——说起来，便是抱着对于没法办的事，要想怎么办的一种毫无把握的思想，一面又并不听而自听着那从先前便打着朱雀大路的雨声。

雨是围住了罗生门，从远处洒洒的打将过来。黄昏使天空低下了；仰面一望，门顶在斜出的飞甍上，支住了昏沉的云物。

---

① 　西历七九四年以后的四百年间。

因为要将没法办的事来怎么办，便再没有工夫来拣手段了。一拣，便只是饿死在空地里或道旁；而且便只是搬到这门里来，弃掉了像一只狗。但不拣，则——家将的思想，在同一的路线上徘徊了许多回，才终于到了这处所。然而这一个"则"，虽然经过了许多时，结局总还是一个"则"。家将一面固然肯定了不拣手段这一节了，但对于因为要这"则"有着落，自然而然的接上来的"只能做强盗"这一节，却还没有足以积极的肯定的勇气。

家将打一个大喷嚏，于是懒懒的站了起来。晚凉的京都，已经是令人想要火炉一般寒冷。风和黄昏，毫无顾忌的吹进了门柱间。停在朱漆柱上的蟋蟀，早已跑到不知那里去了。

家将缩着颈子，高耸了衬着淡黄小衫的红青袄的肩头，向门的周围看。因为倘寻得一片地，可以没有风雨之患，没有露见之虑，能够安安稳稳的睡觉一夜的，便想在此度夜的了。这其间，幸而看见了一道通到门楼上的，宽阔的，也是朱漆的梯子。倘在这上面，即使有人，也不过全是死人罢了。家将便留心着横在腰间的素柄刀，免得他出了鞘，抬起登着草鞋的脚来，踏上这梯子的最下的第一级去。

于是是几分时以后的事了。在通到罗生门的楼上的，宽阔的梯子的中段，一个男子，猫似的缩了身体，屏了息，窥探着楼上的情形。从楼上漏下来的火光，微微的照着这男人的右颊，就是那短须中间生了一颗红肿化脓的面疱的颊。家将当初想，在上面的只不过是死人，但走上二三级，却看见有谁明着火，而那火又是这边那边的动弹。这只要看那昏浊的黄色的光，映在角角落落都结满了蛛网的藻井上摇动，也就可以明白了。在这阴雨的夜间，在这罗生门的楼上，能明着火的，总不是一个寻常的人。

家将是蜥蜴似的忍了足音，爬一般的才到了这峻急的梯子的最上的第一级。竭力的帖伏了身子，竭力的伸长了颈子，望到楼里面去。

待看时，楼里面便正如所闻，胡乱的抛着几个死尸；但是火光所到的范围,却比豫想的尤其狭,辨不出那些的数目来。只在朦胧中,知道是有赤体的死尸和穿衣服的死尸,又自然是男的女的也都有。而且那些死尸,或者张着嘴或者伸着手,纵横在楼板上的情形,几乎令人要疑心到他也曾为人的事实。加之只是肩膀胸脯之类的高起的部分,受着淡淡的光,而低下的部分的影子却更加暗黑,哑似的永久的默着。

家将逢到这些死尸的腐烂的臭气,不由的掩了鼻子。然而那手,在其次的一刹那间,便忘却了掩住鼻子的事了。因为有一种强烈的感情,几乎全夺去了这人的嗅觉了。

那家将的眼睛,在这时候,才看见蹲在死尸中间的一个人。是穿一件桧皮色衣服的,又短又瘦的,白头发的,猴子似的老妪。这老妪,右手拿着点火的松明,注视着死尸之一的脸。从头发的长短看来,那死尸大概是女的。

家将被六分的恐怖和四分的好奇心所动了,几于暂时忘却了呼吸。倘借了旧记的记者的话来说,便是觉得"毛戴"起来了。随后那老妪,将松明插在楼板的缝中,向先前看定的死尸伸下手去,正如母猴给猴儿捉虱一般,一根一根的便拔那长头发。头发也似乎随手的拔了下来。

那头发一根一根的拔了下来时,家将的心里,恐怖也一点一点的消去了。而且同时,对于这老妪的憎恶,也渐渐的发动了。——不,说是"对于这老妪",或者有些语病;倒不如说,对于一切恶的反感,一点一点的强盛起来了。这时候,倘有人向了这家将,提出这人先前在门下面所想的"饿死呢还是做强盗呢"这一个问题来,大约这家将是,便毫无留恋,拣了饿死的了。这人的恶恶之心,宛如那老妪插在楼板缝中的松明一般,蓬蓬勃勃的燃烧上来,已经到如此。

那老妪为什么拔死人的头发,在家将自然是不知道的。所以照"合理的"的说,是善是恶,也还没有知道应该属于那一面。但由家将看来,在这阴雨的夜间,在这罗生门的上面,拔取死人的头发,即此便已经是无可宽恕的恶。不消说,自己先前想做强盗的事,在家将自然也早经忘却了。

于是乎家将两脚一蹬,突然从梯子直蹿上去;而且手按素柄刀,大踏步走到老妪的面前。老妪的吃惊,是无须说得的。

老妪一瞥见家将,简直像被弩机弹着似的,直跳起来。

"呔,那里走!"

家将拦住了那老妪绊着死尸踉跄想走的逃路,这样骂。老妪冲开了家将,还想奔逃。家将却又不放伊走,重复推了回来了。暂时之间,默然的又着。然而胜负之数,是早就知道了的。家将终于抓住了老妪的臂膊,硬将伊捺倒了。是只剩着皮骨,宛然鸡脚一般的臂膊。

"在做什么? 说来! 不说,便这样!"

家将放下老妪,忽然拔刀出了鞘,将雪白的钢色,塞在伊的眼前。但老妪不开口。两手发了抖,呼吸也艰难了,睁圆了两眼,眼球几乎要飞出眶外来,哑似的执拗的不开口。一看这情状,家将才分明的意识到这老妪的生死,已经全属于自己的意志的支配。而且这意志,将先前那炽烈的憎恶之心,又早在什么时候冷却了。剩了下来的,只是成就了一件事业时候的,安稳的得意和满足。于是家将俯视着老妪,略略放软了声音说:

"我并不是检非违使①的衙门里的公吏;只是刚才走过这门下面的一个旅人。所以并不要锁你去有什么事。只要在这时候,在这门上,做着什么的事,说给我就是。"

老妪更张大了圆睁的眼睛,看住了家将的脸;这看的是红眼眶,鸷鸟一般锐利的眼睛。于是那打皱的,几乎和鼻子连成一气的嘴唇,嚼着什么似的动起来了。颈子很细,能看见尖的喉节的动弹。这时从这喉咙里,发出鸦叫似的声音,喘吁吁的传到家将的耳朵里:

---

① 古时的官,司追捕,纠弹,裁判,讼诉等事。

"拔了这头发呵,拔了这头发呵,去做假发的。"

家将一听得这老妪的答话是意外的平常,不觉失了望;而且一失望,那先前的憎恶和冷冷的侮蔑,便同时又进了心中了。他的气色,大约伊也悟得。老妪一手仍捏着从死尸拔下来的长头发,发出虾蟆叫一样声音,格格的,说了这些话:

"自然的,拔死人的头发,真不知道是怎样的恶事呵。只是,在这里的这些死人,都是,便给这么办,也是活该的人们。现在,我刚才,拔着那头发的女人,是将蛇切成四寸长,晒干了,说是干鱼,到带刀①的营里去出卖。倘使没有遭瘟,现在怕还卖去罢。这人也是的,这女人去卖的干鱼,说是口味好,带刀们当作缺不得的菜料买。我呢,并不觉得这女人做的事是恶的。不做,便要饿死,没法子才做的罢。那就,我做的事,也不觉得是恶事。这也是,不做便要饿死,没法子才做的呵。很明白这没法子的事的这女人,料来也应该宽恕我的。"

老妪大概说了些这样意思的事。

家将收刀进了鞘,左手按着刀柄,冷然的听着这些话;至于右手,自然是按着那通红的在颊上化了脓的大颗的面疱。然而正听着,家将的心里却生出一种勇气来了。这正是这人先前在门下面所缺的勇气。而且和先前跳到这门上,来捉老妪的勇气,又完全是向反对方面发动的勇气了。家将对于或饿死或做强盗的事,不但早无问题;从这时候的这人的心情说,所谓饿死之类的事,已经逐出在意识之外,几乎是不能想到的了。

"的确,这样么?"

老妪说完话,家将用了嘲弄似的声音,复核的说。于是前进一步,右手突然离开那面疱,捉住老妪的前胸,咬牙的说道:

"那么,我便是强剥,也未必怨恨罢。我也是不这么做,便要饿死的了。"

---

① 古时春宫坊的侍卫之称。

家将迅速的剥下这老妪的衣服来，而将挽住了他的脚的这老妪，猛烈的踢倒在死尸上。到楼梯口，不过是五步。家将挟着剥下来的桧皮色的衣服，一瞬间便下了峻急的梯子向昏夜里去了。

暂时气绝似的老妪，从死尸间挣起伊裸露的身子来，是相去不久的事。伊吐出唠叨似的呻吟似的声音，借了还在燃烧的火光，爬到楼梯口边去。而且从这里倒挂了短的白发，窥向门下面。那外边，只有黑洞洞的昏夜。

家将的踪迹，并没有知道的人。

原载 1921 年 6 月 14 日、16～17 日《晨报》"小说"栏。

初收 1923 年 6 月上海商务印书馆版"世界丛书"之一《现代日本小说集》。

译者前记未收集。

九日

日记　晴。午后寄李退卿信并文一篇。寄沈雁冰信。晚孙伏园来。

十日

日记　晴。旧端午，休假。上午寄大学注册部信。

十一日

日记　晴。上午寄孙伏园译稿一篇。收一月，二月分奉泉六百，付直隶水灾振十五，煤泉廿七，还义兴局二百，息泉六。

十二日

日记　晴。星期休息。晨往西山碧云寺视二弟，晚归。

十三日

  日记 昙。上午寄汪静之信。寄李霞卿信。下午雨，晚晴。

十四日

  日记 晴。上午寄大学注册部以试卷十七本。下午往卧佛寺购佛书三种，二弟所要。夜得李遐卿信。夜濯足。

十五日

  日记 晴。无事。

十六日

  日记 昙。下午得沈雁冰信。

十七日

  日记 昙。午后往留黎厂及青云阁买杂物。

十八日

  日记 晴。上午得孙伏园信。下午至卧佛寺为二弟购佛经三种，又自购楞伽经论等四种共八册，《嘉兴藏目录》一册，共泉一元七角五分。

十九日

  日记 昙。星期休息。晨往西山碧云寺视二弟，晚归。

二十日

  日记 昙。无事。

二十一日

　　日记　晴。无事。

二十二日

　　日记　昙。上午往山本医院为潘企莘译。往卧佛寺为二弟购《梵网经疏》,《立世阿毘昙论》各一部。午后得孙伏园信,即复。夜得二弟信。

二十三日

　　日记　雨。上午寄沈雁冰信。

二十四日

　　日记　晴。午后往留黎厂电话总局及师范学校。在德古斋买《毌丘俭平高句骊残碑》并碑阴题记共二枚,泉一元五角。

二十五日

　　日记　昙。午后往山本医院。下午小雨即霁。晚孙伏园来。

二十六日

　　日记　晴。星期休息。晨往香山碧云寺。下午小雨即霁。

二十七日

　　日记　晴,风。午后往山本医院。晚得二弟信并《大乘论》二部。

二十八日

　　日记　晴。夜风雨。无事。

二十九日

日记 晴。下午浴。晚得二弟信。

三十日

日记 晴。午后寄二弟信。下午得汪静之信。

三浦右卫门的最后

[日本]菊池宽

是离骏河府不远的村庄。是天正末年^①酷烈的盛夏的一日。这样的日子,早就接连了十多日了。在这炎天底下,在去这里四五町^②的那边的街道上,从早晨起,就一班一班的接着走过了织田军。个个流着汗。在那汗上,粘住了尘埃,黑的脸显得更黑了。虽然是这样扰乱的世间,而那些在田地里拔野草踏水车的百姓们,却比较的见得沉静。其一是因为弥望没有一些可抢的农作物;即使织田军怎样卑污,也必未便至于割取了恰才开花的禾稼,所以觉得安心。其二,是见惯了纷乱,已经如英国的商人们一般,悟通了 business as usual(买卖照常),寂然无动于中了。

府中的邸宅已经陷落的风说,是日中时候传播起来的,因为在白天,所以不能分明听出什么,但也听得呐喊,略望见放火的烟。百姓们心里想,府邸是亡了,便如盖在自己屋上的大树一旦倒掉似的,觉到一种响亮的心情,但不知怎样的又仿佛有些留恋。然而大家都料定,无论是换了织田或换了武田,大约总不会有氏康的那样苛敛,

---

① 天正止于十九年,即西纪一五九一年。

② 三百六十尺为一町,合中尺三十四丈;三十六町为一里。

所以对于今川氏盛衰的事,实在远不及田里毛豆的成色的关心。那田里有一条三尺阔狭的路。沿这路流着一道小沟,沟底满是污泥,在炎暑中,时常沸沸的涌出泡沫。有泥鳅,有蝾螈,裸体的小孩子五六个成了群,喳喳的嚷着。那是用草做了圈套,钓着蝾螈的。不美观的红色的小动物一个一个的钓出沟外来,便被摔在泥地上。摔一回,身子的挣扎便弱一点,到后来,便是怎样用力的摔,也毫没有动弹了。于是又拔了新的草,来做新的圈,孩子们的周围,将红肚子横在白灰似的泥土上的丑陋的小动物的死尸,许多匹许多匹的躺着。

有俨然的声音道,"高天神城是怎么去的?"孩子们都显出张惶的相貌,看着这声音的主人。那是一个十七岁左右的少年。在平分的前发下,闪着美丽的眼睛,丈夫之中有些女子气,威武气之中有些狡猾气,身上是白绢的衬衣罩着绫子的单衫,那模样就说明他是一个有国诸侯的近侍。再一看,足上的白袜,被尘埃染成灰色了。因为除下了裹腿而露出的右腓上,带一条径寸的伤痕,流着血。

"高天神城是怎么样去的?请指教。"少年有些心焦了,重复的说。然而孩子们都茫然。这时的孩子们,是还没有因为义务教育之类而早熟的,所以谁也不能明白的说话;倘若不知道,本来只要说不知道就是了,然而便是这也很不能够说。都茫然,少年连问了三回,其中一个年纪最大的孩子才开口,说道:

"天神老爷?"一听到这声音,少年立刻觉得便是暂时驻足问路的事,也很不值得了,于是向孩子们骂一声"昏虫",抽身便要走。不凑巧一个孩子却又仓皇的塞了少年的路,少年就踢了他。这孩子便跄跄踉踉的倾跌过去,坐在沟里面;哇的哭了。似乎并不怎样痛,又是裸体,也不会脏了衣服,原不必这样号咷的大哭,然而颇号咷大哭了。孩子们都愤然了。这时的孩子们,是与一切野蛮人的通性全一样,怯于言而勇于行的。一到争闹,势派便不同,蝎子似的直扑那少年。少年也一作势,要拔出腰间的刀来。这意志,当这时候,原是很适当的,然而竟不能实现。因为一个孩子猛然跳向前,将那捏着刀柄的少年的手,下死劲咬住了。别的孩子们也各各攻击他合宜的部位,少年便全不费力的被拖倒在这地方。孩子们都很得意,有如颠复了专制者的革命党。

少年挣扎着想逃走。然而孩子们的数目,将近十人,而且都是有机的活动着的,所以毫没有法子想。

"给他吃蝾螈啵,"一个孩子说出意见来;孩子们都嘻的交换了含着恶意的笑脸。但有一个老人来到这里,少年便没有吃蝾螈的必要了。一看见这老人,孩子们都异口同声的告状,说是"踢了安阿弥哩"。老人只一瞥,便知道这少年是今川的逃亡人。对于现在的今川氏,固然不能没有恨,但对于先代的仁政的感谢,又总在什么处所还有留遗,而况既为美少年,又是逃亡人呢。老人便自然同情于落在孩子掌中的这少年,突然叱责了那些孩子了。这是和凡是自己的孩子,一与他人开了交涉的时候,即不问是非直曲,便将孩子叱责一顿的现在的父母们所取的手段,是一样的。少年显了羞愧和气忿的相貌,站起来了。这时候,孩子们怕报仇,都聚在五六丈以外的圆叶柳树下,准备着逃走;但却另换了村里的年青人五六个,围住这少年。站在最先头,眼睛灼灼的看着少年的,名叫弥总次,是一个专门弋获逃亡人的汉子。这汉子一听得有战事,一定从本村或邻村里觅了伙伴,出去趁着混乱,抢些东西,或者给逃亡人长枪吃。这回本也要去的,无奈一月以前受了伤,还没有好,至今左手还络着哩。他在早一刻,已经估计了这少年横在腰间的东西。那是金装的极好的物品。他到现在为止,虽然偷过二三百柄刀,但单是装饰便值银钱三四十枚的奇货,却从来没有见过。

少年不知道这样捣乱的人物就在面前。从他眼睛里淌下几滴恚恨的眼泪,声音发了抖,说出一句致命的独白来:

"竟使府里的三浦右卫门着了道儿了。"

"你便是右卫门么!"在那里的人们一齐张口说。他是这样的驰名。世间都说他是今川氏的痈疽;说氏康的豪奢游荡的中心就是他;说比义元的时候增加了两三倍的诛求,也全因为他的缘故;说义元恩顾的忠臣接连的斥退了,也全因为他的缘故。今川氏的有心的人们,都诅咒他的名字。他的坏名声,是骏河一国的角落里也统流传。没有听到这坏名声的,恐怕只有他自己了。其实是右卫门本没有什么罪恶,只是右卫门的宠幸和今川氏的颓废,恰在同时,所以简单的世人,便以为其间有着因果关系的了。他其实不过一个孩子气的少年;当他十三岁时,从寄寓在京都西洞院的父母的手里,交给今川家做了小近侍,从此只顺着主人和周围的支使,受动的甘受着,照了自己的意志的事,是一件也没有做的。但是氏康对于他的宠幸,太到了极端;因此便见得他是巧巧的操纵着主人似的了。

弥总次一听到右卫门的名字,心里想,这等候着的好机会已经到了。料来无端的劫夺,旁人是不答应的,所以先前没有敢动手。他忽而大发其怒,骂道:"倘是右卫门,为什么不殉难?"右卫门听到这话,便失了色,他委实是舍了主人逃走的;遁出府邸走了二三里,望见追赶他们的织田军的兜鍪,在四五町之后的街上发光的时候,他除了恐怖心之外,再没有别的思想了。他骑马是不熟手的,早就跟不住同伴,一想到倘被敌人赶上,最先给结果了的一定是自己,便觉得敌人的枪尖似乎已经刺透了背脊,不像是活着的心情了。他迟疑了几回,待到骑进左方的树林里,便下了马,只是胡乱的跑。因为他有这一点隐情,所以开不得口。

"剥下衣裳来示众罢!"弥总次怒吼说,这虽然是一个不通的结论,但在战国时代,则这般的说法,却还要算是讲理的了。于是三四个村壮,都奔向右卫门去。被孩子尚且拖倒,现在便自然更容易:兔一般的剥了皮。他的美艳的肉体,在六月的太阳底下,洁白到似乎立刻要变色。

"倘是右卫门,杀却也可以!"弥总次怒吼说。那时候,强者杀却弱者,是当然的事情。

"给百姓吃苦的便是这东西,绞一回!"弥总次说。一个村壮便

扼住了倒在泥土里的右卫门的嗓子。右卫门很吃苦,大咳起来。这时老人又来拦阻了,说道:

"还不至于要他性命哩,饶了他罢。"村壮也没有什么不谓然;弥总次却上前一步,抬起右脚,搁在右卫门的肩头说:

"说来:要命,单是饶了命罢。不说,便不饶!"年青的村人们,以为即使怎样的稚弱,也应该吐一句武士相当的舍身的口吻了。然而右卫门低声说:

"要命,单是饶了命罢。"

"叩头还欠低!"弥总次大声说。

右卫门低下头去,几乎触到泥土上。先前又已聚集了的孩子们都笑了。

"去,快滚罢!"被两三人推搡着,右卫门跄跄踉踉的站起身来,哭肿着美丽的脸,身上只穿着一条犊鼻裤,在夕阳之下,蹒跚的向西走去了。那些百姓们,都嗤笑这怯弱者。

右卫门的到高天神城,是第二日的晚间了。城将天野刑部,三年前在今川氏为质的时候,右卫门曾经给他许多回的好意。那时候,刑部是两手抵了地,说这恩惠是没齿不忘的。右卫门信了这话,所以远远地投奔高天神城来。他到城的时候,自然已经不是裸体了;不知道他受了谁的帮助,虽然是粗恶的,却已穿着衣服。刑部一见这佳客的到来,仿佛起了多少兴味似的。况且,氏康的生死还未分明,倘使北条和武田都和氏康协了力,则克复骏河一国是十分容易的事。他想:倘如此,则于救了氏康宠臣的自己的位置,就该颇为有利的了。右卫门也能说普通的人们所说的谎。他用了巧妙的措辞,先叙述他在乱军之中和主人散失的不幸,以至因为要掩人耳目,所以自己抛去了东西。刑部对于这些也没有起疑的材料,便招在一间房子里,按照一到万一的时机不至于会被抱怨的程度,款待起来。

刑部是介在织田和今川之间的,也如欧洲战争中的希腊一般,乖巧的办得各不加入那一面。他既然养着三浦右卫门,却又另去探听氏康的消息。于是便知道氏康遭了织田军的穷追,已经切腹①而死的事。这报告中还添着一段插话,说那氏康之宠萃于一身的三浦右卫门,当府中陷落这一日,早就弃了主君逃走了。一得到这报告,刑部所想到的政策,却是颇为常识的,就是斩右卫门头,献于织田氏,以明自己之无二心,他想,要杀右卫门,只要说是背主忘恩之罚,作为口实就是了。

右卫门忽然被绑上了。那时代,只要有绑人的力,是无须乎理由的。右卫门被牵到刑部的面前。刑部也如战争初起时候的欧洲文明国一般,暂借了正义来说:

"右卫门! 你还记得背弃了府邸么? 要砍下不忠不义者的头来,献向府邸去。"

这样冠冕的理由,在战国时代的杀人,是一件希有的事。然而无论含着几多的理由,被杀者的苦痛总一样。有理由的被杀,有时候或反比无端的被杀更苦痛。总之右卫门是不愿意被杀的,他很利害的发抖了,两三日以前几乎被村人所杀的时候,那些人虽然也会加一点恫吓,但今日的宣言却真实而带着确乎的现实性了。他无论怎样想,对于死总觉得嫌恶。他的过去的生活,是充满了安逸与欢娱。他以为再没有别的地方,能比这世上更有趣了。他全身嫌恶死,当刑部说出"总八郎拿刀"的时候,他放声啼哭起来了。

"右卫门! 要命么?"刑部嘲笑的说。

思索这一句答话的必要,在他是无须的。因为早就受了弥总次的教了。

"要命的,单是饶了命罢。"他说。刑部的家将们,看见人类中有这样贪生的东西,都意外的诧异。奋然而死的事,在他们算是一种观瞻;所以从幼小时候起,便如飞行家研究奇技一般,专研究着使别

---

① 用刀横剖腹部的自杀。

人吃惊的死方法。这时的武士道的问题,是只在怎样便可以轻轻的送命这一点。在他们,凡有生命以外的东西,是什么都贵重的;只有这生命,是无论和什么去交换,都在所不惜的。所以右卫门的哀诉,从他看来实在是奇迹。他们一齐失笑了。刑部便想再来嘲笑一回看,说道;

"右卫门!要命么?倘要,便两手抵了地,说道要!"众人都想,既然是武士,未必会受了这样的侮辱还要命。然而想的却错了,右卫门淌着眼泪,两手抵地说:

"要命呵。"于是又引起了主从的嘲弄的笑声。刑部的心里,听了右卫门的哀诉,又生出再加玩弄的恶魔的心来。

"既然这样的要命,饶了也罢。只是不能就饶。得用一只手来兑命。倘愿意,便饶你的。"他说。刽手走近右卫门,说道:

"听到了大人的吩咐没有?愿意么?回答罢!"右卫门不开口,动一动缚着的左手。

"那就砍左手!"刑部说。刽手的刀只一闪,右卫门的手,便如在铃之森的舞台上,被权八砍掉的云助的手一般,切下来了。

"一只手也还要命么?"刑部重复讯问说。右卫门将可怕的苦闷显在脸上,点一点头。刑部主从又笑了。刑部又开口说:

"一只手也太便宜了,砍下两手来,便饶罢。"右卫门似乎懂得这话的意思了。刽手问他说:

"愿意么?"右卫门略略点头;刽手再扬声,他的右手,便带着血浆,飞向二丈远的那边了。

右卫门这模样,从我们看来,觉得颇也残酷了,但在战国时代,见了只这样的光景便生怜悯的人,却并无一个。刑部又大声说:

"便是两手也还太便宜哩。要右脚。砍下右脚来,便单给饶了命罢。"

活土偶似的坐在血泊中的右卫门的脸,虽然全苍白了,却还是不住的哭。然而紧张了的神经,大抵是懂了刑部的话了。他继续的说道：

"单是饶了命罢。"

刑部主从又发了哄堂的嗤笑，侮辱了这人的崇高而且至纯的欲求。刽手伸出左手，抬起右卫门的身体，便削下他的右脚来；刀锋太近了，又截断了左脚的一半。

"右卫门，这样了也还要命么？"刑部说。但右卫门似乎已经无所闻了，刽手将嘴凑近他的耳边，说道：

"要命么？"右卫门翕翕的动着嘴。其时刑部使了一个眼色，刽手便第四次举起钢刀，咄的砍下头颅来。这头颅在沙上辗转的滚了二三尺，在停住的地方翕翕的动着嘴。倘使没有离了肺脏，还说道"单是饶了命罢"是无疑的了。

一读战国时代的文献，攻城野战的英雄有如云，挥十八贯①铁棒如芋梗的勇士，生拔敌将的头的豪杰，是数见不鲜的，但常 Miss（觉得有缺少）于"像人样的人"的我，却待到读了浅井了意的《犬张子》②，知道了"三浦右卫门的最后"的时候，这才禁不得"Here is also a man"（这里也有一个人）之感了。

菊池宽氏是《新潮》派的一个作家。他自己说，在高等学校时代，是只想研究文学，不预备做创作家的，但后来又发心做小说，意外的得了朋友和评论界的赞许，便做下去了。然而他的著作却比较的要算少作；我所见的只有《无名作家的日记》，《报恩的故事》和《心之王国》三种，都是短篇小说集。

菊池氏的创作，是竭力的要掘出人间性的真实来。一得真实，他却又怃然的发了感叹，所以他的思想是近于厌世的，但又时时凝视着遥远的黎明，于是又不失为奋斗者。南部修太郎氏

---

① 一贯约中国六斤四两。
② 本是玩具的名字，著者取为志怪的书名，元禄四年（一六九一年）印行。

说，"Here is also a man——这正是说尽了菊池宽氏作品中一切人物的话。……他们都有最像人样的人间相，愿意活在最像人样的人间界。他们有时为冷酷的利己家，有时为惨淡的背德者，有时又为犯了残忍的杀人行为的人，但无论使他们中间的谁站在我眼前，我不能憎恶他们，不能呵骂他们。这就因为他们的恶的性格或丑的感情，愈是深锐的显露出来时，那藏在背后的更深更锐的活动着的他们的质素可爱的人间性，打动了我的缘故，引近了我的缘故。换一句话，便是愈玩菊池宽氏的作品，我便被唤醒了对于人间的爱的感情；而且不能不和他同吐Here is also a man 这一句话了。"（《新潮》第三十卷第三号《菊池宽论》）

不但如此，武士道之在日本，其力有甚于我国的名教，只因为要争回人间性，在这一篇里便断然的加了斧钺，这又可以看出作者的勇猛来。但他们古代的武士，是先蔑视了自己的生命，于是也蔑视他人的生命的，与自己贪生而杀人的人们，的确有一些区别。而我们的杀人者，如张献忠随便杀人，一遭满人的一箭，却钻进刺柴里去了，这是什么缘故呢？杨太真的遭遇，与这右卫门约略相同，但从当时至今，关于这事的著作虽然多，却并不见和这一篇有相类的命意，这又是什么缘故呢？我也愿意发掘真实，却又望不见黎明，所以不能不爽然，而于此呈作者以真心的赞叹。

但这一篇中也有偶然失于检点的处所。右卫门已经上绑了——古代的绑法，一定是反剪的，——但乞命时候，却又有两手抵地的话，这明明是与上文冲突了，必须说是低头之类，才合于先前的事情。然而这是小疵，也无伤于大体的。

一九二一年六月三十日记。

原载 1921 年 7 月 1 日《新青年》月刊第 9 卷第 3 号。

初收 1923 年 6 月上海商务印书馆版"世界丛书"之一《现代日本小说集》。

译者附记未收集。

致 周作人

二弟览：昨得来信了。所要的书，当于便中带上。

母亲已愈。芳子殿今日上午已出院；土步君已断乳，竟亦不吵闹，此公亦一英雄也。ハグ［が］公昨请山本诊过，据云不像伤风（只是平常之咳），然念 の爲〆，明日再看一回便可，大约星期日当可复来山中矣。

近见《时报》告白，有邹咹之《周金文存》卷五六皆出版，又《广仓砖录》中下卷亦出版，然则《艺术丛编》盖当赋《关雎》之次章矣，以上二书，当于便中得之。

汝身体何如，为念，示及。我已译完『右衞门の 最期』，但跋未作，蚊子乱咬，不易静落也。夏目物［语］决译《一夜》，《梦十夜》太长，其《永日物语》中或可选取，我以为『クレイグ先生』一篇尚可已。

电话已装好矣。其号为西局二八二六也。

兄树　六月卅日

七月

一日

日记 晴。午后得沈雁冰信。晚得二弟信。

二日

日记 晴。铭伯先生于昨亥刻病故,午前赴吊。晚得二弟信并佛书四部。寄仲甫信并文稿一篇,由李季收转。

三日

日记 昙。星期休息。上午理发。蒋抑之来。午后孙伏园来。

四日

日记 晴。休假。晨母亲往香山。下午得二弟信,晚复。

五日

日记 晴。无事。

六日

日记 昙。午晴。晚得二弟信。大风,雷雨一陈。

七日

日记 晴。上午寄沈雁冰信。寄孙伏园信。寄大学编辑部印花一千枚并函,代二弟发。往卧佛寺为二弟购佛书五种,又自购《大乘起信论海东疏》、《心胜宗十句义论》、《金七十论》各一部,共五本,价九角。

八日

日记 晴。上午大学仍将印花退回。午后雨一陈。晚得二弟信并《人间的生活》序一篇，即附笺转寄李遐卿。

无　题 *

有一个大襟上挂一支自来水笔的记者，来约我做文章，为敷衍他起见，我于是乎要做文章了。首先想题目……

这时是夜间，因为比较的凉爽，可以捏笔而没有汗。刚坐下，蚊子出来了，对我大发挥其他们的本能。他们的咬法和嘴的构造大约是不一的，所以我的痛法也不一。但结果则一，就是不能做文章了。并且连题目没有想。

我熄了灯，躲进帐子里，蚊子又在耳边呜呜的叫。

他们并没有叮，而我总是睡不着。点灯来照，躲得不见一个影，熄了灯躺下，却又来了。

如此者三四回，我于是愤怒了；说道：叮只管叮，但请不要叫。然而蚊子仍然呜呜的叫。

这时倘有人提出一个问题，问我"于蚊虫跳蚤孰爱？"我一定毫不迟疑，答曰"爱跳蚤！"这理由很简单，就因为跳蚤是咬而不嚷的。

默默的吸血，虽然可怕，但于我却较为不麻烦，因此毋宁爱跳蚤。在与这理由大略相同的根据上，我便也不很喜欢去"唤醒国民"，这一篇大道理，曾经在槐树下和金心异说过，现在恕不再叙了。

我于是又起来点灯而看书,因为看书和写字不同,可以一手拿扇赶蚊子。

不一刻,飞来了一匹青蝇,只绕着灯罩打圈子。

"嗡！嗡嗡！"

我又麻烦起来了,再不能懂书里面怎么说。用扇去赶,却扇灭了灯;再点起来,他又只是绕,愈绕愈有精神。

"嗙,嗙,嗙！"

我敌不住了！我仍然躲进帐子里。

我想:虫的扑灯,有人说是慕光,有人说是趋炎,有人说是为性欲,都随便,我只愿他不要只是绕圈子就好了。

然而蚊子又呜呜的叫了起来。

然而我已经瞌睡了,懒得去赶他,我蒙胧的想:天造万物都得所,天使人会瞌睡,大约是专为要叫的蚊子而设的……

阿！皎洁的明月,暗绿的森林,星星闪着他们晶莹的眼睛,夜色中显出几轮较白的圆纹是月见草的花朵……自然之美多少丰富呵！

然而我只听得高雅的人们这样说。我窗外没有花草,星月皎洁的时候,我正在和蚊子战斗,后来又睡着了。

早上起来,但见三位得胜者拖着鲜红色的肚子站在帐子上;自己身上有些痒,且搔且数,一共有五个疙瘩,是我在生物界里战败的标征。

我于是也便带了五个疙瘩,出门混饭去了。

原载 1921 年 7 月 8 日《晨报》"浪漫"栏。署名风声。初未收集。

九日

日记 晴。下午得李遐卿信。孙伏园来。

十日

日记 晴。星期休息。晨往香山碧云寺视二弟。下午季市亦来游,傍晚与母亲及丰乘其汽车回家。

十一日

日记 晴。夜寄孙伏园译稿一篇。

父亲在亚美利加

〔芬阑〕亚勒吉阿

也像许多别的农夫和流寓的人们一样,跋坌司拉谛密珂忽然想起来了,到"亚美利加"去。这思想,不绝的烦劳他,于是他一冬天,即如正二月时节,全不能将他抛开了。现在这已经不只是时时挂在心上的想头了,却成了一种苦恼的真心的热望。他的思想,已经留连于亚美利加的希望之山,而在那地方,访求着他时时刻刻所访求的幸福之石了。

他当初全不过自己秘密的想。但有一回,当他的女人悲伤的诉说,说是"穷苦总不会完"的时候,密珂便忍不住说了出来:

"这总有一个完,倘我春天到亚美利加去!"

"你!"女人叫着说,伊的眼便异样的发了光,这是欢喜呢还是惊愕呢?

这一日伊不再诉苦了。伊待遇伊丈夫,只是用了一种较深的敬畏和较大的留神,过于从前了。

这出行实在定在春天。密珂从他田庄的抵押,筹到了旅费。

出行的日期愈逼近,那女人也愈忧虑了。但如男人问道:"你有什么不舒服呢?"伊也不说出特别的缘由来。

出行的日期正到了。女人从早晨便哭，——至于使伊那有病的眼睛再没有法子好。

"不要这样哭，"过了一会之后，男人说。"倘若上帝给我幸福，我们不至于长久分离的！"

"不是……，但……"

"什么但……"

这在男人，似乎觉得其中藏着一种的疑惑。但当告别的瞬间以前，女人凄楚的哭着，倒在他怀里，并且吃吃的说：

"不要忘却我，父亲，……要想到孩子们。"

"忘却！你想到那里去了？……你用了你的猜疑，使我直到心的最里面也痛了！"

"不，爱的密珂，我不是这意思！但世界是这样坏，……而我一人和三个小的孩子们留在这里，……田庄是为了你的旅费，抵押出去了，……不要生气，父亲，但我的心是这样的塞满了！"

密珂对于这话，几乎要给一句强硬的回答；但在他女人还只是拥抱着的时候，他的心柔软了。于是他将孩子抱在臂上，接吻他们，——挨次的个个接了吻，此后便是那母亲。……

是的，上帝知道，密珂全没有想到，撇下他们竟有这样的艰难。——只要有人肯来要他工作，他便不再出门去了——不，决不的。

然而现在他必须出门去！

女人哭了整两日。这是极凄楚的恐慌，是各样忧惧的想象的一个结果，这其间便要发现的。但伊的眼泪为了"道罗"（Dollars）这一个思想，也渐渐的干燥起来。孩子们也想着他，而且在村里说："父亲寄亚美利加道罗给我们，我们便可以买点什么好东西了！"

最初密珂屡次的写信。他也时时寄一点钱。他常说：后来要寄一宗大款，这只是一点小零用。

年月过去了。书信的间隔愈加久长,银信的间隔也愈加不可靠。时候坏,他不能不换他的工作而且又生病了,他这样写。但其他盼望将来的嘱咐,是不绝的。

母亲的面容永是显得忧愁,而面包也永是紧缩起来了。

密珂已经去了五年。从三年多以来,他便没有写一封信给家里。

春天到了。

燕子又从南方回来了,造伊的巢在跋垒司拉谛的低矮的屋背下。伊每日对着孩子们,讲那丰饶的南方的土地,那里是葡萄已熟,圆的美丽的无花果弯曲了树上崛强的枝条。燕子讲些什么,孩子们没有懂;然而他们领会得,这是一点快活的事,即此一点,人就可以欢喜而且拍起他们那瘦的小手来。

"或者这燕子见过父亲?"有一天,中间的孩子质问说,是一个女儿。

"是的,倘能够知道这个,"最大的说。那最小的一个,是因此才引起他想到父亲,而于此却全不能记起的,问道:

"父亲强壮么?"

"是的,的确,"最大的保证说。

"如果父亲回家来,"那中间的又说。

然而人还是永远听不到父亲的事。

野草在茅屋周围渐渐的发绿了,土埂上的小果树丛也着起花来。母亲掘开了石质的屋旁的田地,栽下马铃薯去,孩子们都热心的帮伊。夏天将他们青白的两颊染得微红了,……单是空气里有滋养料的!母亲也觉得心里轻松些;夏季用了轻妙的画笔,在他色采装饰上描出将来的希望,较为光明一点了。

伊晒出密珂的皮衣,皮帽和衣裳来,都挂在马铃薯田的篱柱上,——"倘他回来,他看见,我们并没有忘了他,也不使他的衣裳给虫子蛀坏呢。"

正是这瞬间来了那农人，是借给密珂旅费的："哪，人还没有听到你们的密珂么？"

那女人不安起来了。否认的回答，不是好主意，而承认也一样的危险："近时他没有，……"

"这是一个坏人！倘没有从他便寄钱来，我就得卖了这草舍和一点田地。这快要不够了。"

这在女人，似乎心脏都停顿了，而且伊也全不知道，应该怎样的回答。当那农人许可，还等到明年春天的时候，伊才能够再嘘出一口气来。

秋天到了。

母亲哭的愈多了。伊的按捺的语气，往往当对待孩子的时候，在忍不住的愤激的话里，发表出来。于是他们便自己蹲在炉灶后面的昏黑的角里，而其中的一个偷偷的说道："倘若父亲永不回到家里来，……"

别一个便说："回家！一定！倘若他有了别的女人，……"

孩子们不很懂，这是什么意思，倘遇见人们说着这事，说那父亲在外面有了别的女人了，但他们倘看见他们的母亲，泪在眼里永没有干，他们便直觉的感得，父亲是很不好很不好，母亲是很艰难，而且他们是很饥饿。……

然而人还是永没有听到父亲的事！

　　芬阑和我们向来很疏远；但他自从脱离俄国和瑞典的势力之后，却是一个安静而进步的国家，文学和艺术也很发达。他们的文学家，有用瑞典语著作的，有用芬阑语著作的，近来多属于后者了，这亚勒吉阿（Arkio）便是其一。

亚勒吉阿是他的假名，本名菲兰兑尔（Alexander Filander），是一处小地方的商人，没有受过学校教育，但他用了自修工夫，竟达到很高的程度，在本乡很受尊重，而且是极有功于青年教育的。

他的小说，于性格及心理描写都很妙。这却只是一篇小品（Skizze），是从勃劳绥惠德尔所编的《在他的诗和他的诗人的影象里的芬阑》中译出的。编者批评说：亚勒吉阿尤有一种优美的讥讽的诙谐，用了深沉的微笑盖在物事上，而在这光中，自然能理会出悲惨来，如小说《父亲在亚美利加》所证明的便是。

原载 1921 年 7 月 17～18 日《晨报》"小说栏"。

初收 1922 年 5 月上海商务印书馆版"世界丛书"之一《现代小说译丛》（第 1 集）。

十二日

日记　晴。无事。

十三日

日记　晴。下午得二弟信，夜复。

致 周作人

二弟览：Karásek 的《斯拉夫文学史》，将窠罗泼泥子街收入诗人中，竟于小说全不提起，现在直译寄上，可修改酌用之，末尾说到"物语"，大约便包括小说在内者乎？这所谓"物语"，原是 Erzählǔng，不能译作小说，其意思只是"说话""说说谈谈"，我想译作"叙述"，或"叙事"，似较好也。精神（Geist）似可译作"人物"。

《时事新报》有某君（忘其名）一文，大骂自然主义而欣幸中国已有象征主义作品之发生。然而他之所谓象征作品者,曰冰心女士的《超人》,《月光》,叶圣陶的《低能儿》,许地山的《命命鸟》之类,这真教人不知所云,痛杀我辈者也。我本也想抗议,既而思之则"何必",所以大约作罢耳。

大学编译处由我以信并印花送去,而彼但批云"不代转"云云,并不开封,看我如何的说,殊为不届。我想直接寄究不妥。不妨暂时阁起,待后再说,因为以前之印花税亦未取,何必为"商贾"忙碌乎。然而"商贾"追索,大约仍向该处,该处倘再有信来,则我当大骂之耳。

我想汪公之诗,汝可略一动笔,由我寄还,以了一件事。

由世界语译之波兰小说四篇,是否我收全而看过,便寄雁冰乎?信并什曼斯基小说已收到,与德文本略一校,则三种互有增损,而德译与世界语译相同之处较多,则某姑娘之不甚可靠确矣。德译者 S. Lopuszánski,名字如此难拼,为作者之同乡无疑,其对于原语必不至于误解也。惜该书无序,所以关于作者之事,只在《斯拉夫文学史》中有五六行,稍缓译寄。

来信有做体操之说,而我当时未闻,故以电话问之,得长井答云:先生未言做伸舒伸开之体操,只须每日早昼晚散步三次(我想昼太热,两次也好了),而散步之程度,逐渐加深,而以不ツカレル为度。又每日早晨,须行深呼吸,不限次数,以不ツカレル为度,此很要紧。至于对面有疑似肺病之人,则于此间无妨,但若神经ノセイ,觉得可厌,则不近其窗下可也(此节我并不问,系彼自言)云云。汝之所谓体操,未知是否即长井之所谓深呼吸耶,写出备考。

树　上　十三夜

Dr. Josef Karásek:*Slavische Literaturgeschichte* II Teil,§ 16.《最新的波兰的诗》(Asnyk,Konopnicka.)Mária Konopnicka(1846)在许多的点上(多クノ点ニ於イテ),是哲学的,对于クラシク典雅世界有着特爱的一个确实的男性的精神(Geist),略与 Asnyk 相同。后一事

伊识之于伊大利和希腊,而于古式(Antik 形式)中赋以生命,伊又如 Asnyk,是一个缜密的体式和响亮的言辞的好手(Meisterin),此外则倘伊高呼"祖国"以及到了雄辩的语调的时候,其奋发也近于波希米亚的女诗人 Krásnohorská。Konopnicka 是"女人的苦楚和哀愁"的诗人,计其功绩,是在"用了民族的神祠(Nationale Pantheon)——饶富其民众"。伊以叙述移住民生活的,尚未完成的叙事诗(Epopöe)《在巴西之 Balzar 氏》,引起颇大的惊异来。伊又于运用历史的大人物如 Moses,Hus,Galileo 等时,证明其宽博活泼的境地。形成伊"诗的认识"的高点者,为"断片"中的"Credo"。在伊的国人的区别上,则 Konopnicka 于斯拉夫世界最有兴趣,而尤在 Ceche,Kroate,Slovene,并且喜欢译那些的诗歌(特于 Vrchlicky——伊虽然也选译过 Hamerling,Heyse 和 Ackermann 的集);至于物语,则伊在 Görz 的旅行记载中,是特抱了对于南斯拉夫的特爱而作的。但 Konopnicka 也识得诺尔曼的海岸,诗人之外又为动人的物语家,也做文学的论说和 Essay,虽然多为主观的,却思索记述得都奇特。伊的文学的祝典,不独在波兰,却在波希米亚也行庆祝,那里是 Konopnicka 的诗歌,已由翻译而分明入籍的了。

十四日

日记　晴。晨得孙伏园信。下午昙。

十五日

日记　晴。下午浴。

十六日

日记　昙。午后得沈雁冰信。

致 周作人

二弟览:《犹太人》略抄好了,今带上,只不过带上,你大约无拜读之必要,可以原车带回的。作者的事实,只有《斯拉夫文学史》中的几行(且无诞生年代),别纸抄上;其小说集中无序。这篇跋语,我想只能由你出名去做了。因为如此三四校,老三似乎尚无此大作为。请你校世界语译,是狠近理的。请我校德译,未免太巧。如你出名,则可云用信托我,我造了一段假回信,录在别纸,或录入或摘用就好了。

德译虽亦有删略,然比英世本似精神得多,至于英世不同的句子,德亦往往不与英世同,而较为易解,大约该一句原文本不易懂,而某女士与巴博士因各以意为之也。

树　上　七月十六日夜

抄跋之格子和白纸附上。

Dr. josef Karásek《斯拉夫文学史》II. §17. 最新的波兰的散文。

Adam Szymanski 也经历过送往西伯利亚的流人的运命,是一个身在异地而向祖国竭尽渴仰的,抒情的精灵(人物)。从他那描写流人和严酷的极北的自然相抗争的物语(叙事,小说)中,每飘出深沉的哀痛。他并非多作的文人,但是每一个他的著作事业的果实,在波兰却用了多大的同情而领受的。

所寄译稿,已用 S. Lopuszánski 之德译本对比一过,似各本皆略有删节,今互相补凑;或较近于足本矣。……德译本在 *Deva Roman-*

Sammlung 中，亦以消闲为目的，而非注重研究之书，惟因译者亦波兰人，知原文较深，故胜于英译及世界语译本处颇不少，今皆据以改正；此外单字之不同者尚多，既以英译为主则不复一一改易也＊。

＊即就开首数叶而言：如英译之在半冰冻的土地里此作在冰硬的土地里；陈放着 B 的死尸此作躺着 B 的渣（躯壳）；被雪洗濯的 B 的面貌此作除去积雪之后的 B 的面貌；霜雪依然极严冽此作霜雪更其严冽了；如可怜的小狗此作如可怜的小动物……

十七日

　　日记　昙。星期休息。晨寄二弟信。下午得孙伏园信。晚得二弟信。小雨。

十八日

　　日记　雨。上午收三月分奉泉三百，付直隶旱振十五，所得税二·七，碧云寺房租五十。夜，寄李季子信退回。

十九日

　　日记　晴。上午还许季市泉百。托三弟买《涵芬楼秘笈》第十集一部八册，二元一角。夜仍寄陈仲甫信并稿一篇。寄沈雁冰稿一封，代二弟发。

二十日

　　日记　晴。无事。

二十一日

　　日记　晴。晨沛以下痢入山本医院。上午得王式乾信。

二十二日

    日记　晴。晚得二弟信。

二十三日

    日记　大雨。下午寄汪静之信。寄章锡琛信,代二弟发。

二十四日

    日记　昙。星期休息。晨往西山碧云寺视二弟。夜雨。

二十五日

    日记　雨,午后晴。下午孙伏园来。

二十六日

    日记　晴。下午得二弟信。晚寄沈雁冰信附二弟文稿一篇。

二十七日

    日记　昙。下午浴。

致 周作人

二弟览:

《一茶》已寄出。波兰小说酬金已送支票来,计三十元;老三之两篇（ソログーブ及犹太人）为五十元,此次共用作医费。有宫竹心者寄信来,今附上。此人似尚非伪,我以为《域外小说集》及《欧文史》似可送与一册（《域》甚多,《欧》则书屋中有二本,不知此外尚有不要者否）,此外借亦不便,或断之,如何希酌,如由我复,则将原信寄回。

丛文阁已印行エロシェンコ之小说集『夜アク前ノ歌』，拟与『獏ノ舌』共注文，不知以丸善为宜，抑不如天津之东京堂（？）乎？又如决定某处，则应先寄钱抑便代金引换耶？

树　七月廿七日灯下

二十八日

日记　昙。上午往裴子元寓，以方自巨鹿归，为购宋磁枕一个，已破碎而缀好者，价三元五角，因往取之；又见赠一碟，其足有一"宋"字，并一押。午后得李遐卿信，即复。晚得二弟信并译稿。夜雨。

二十九日

日记　大雨。项痛，午后往山本医院诊，并视沛。

致 宫竹心

竹心先生：

周作人因为生了多日的病，现在住在西山碧云寺，来信昨天才带给他看，现在便由我替他奉答几句。

《欧洲文学史》和《域外小说集》都有多余之本，现在各各奉赠一册，请不必寄还。

此外我们全没有。只是杜威博士的讲演，却有从《教育公报》拆出的散叶，内容大约较《五大讲演》更多，现［检］出寄上，请看后寄还，但不拘多少时日。

借书处本是好事，但一时恐怕不易成立。宣武门内通俗图书

馆,新出版书大抵尚备,星期日不停阅(星期一停),然不能外借,倘
先生星期日也休息,便很便利了。

周树人 七月廿九日

三十日

日记 雨。午代二弟寄宫竹心信并《欧洲文学史》,《或外小说
集》各一册。下午得李宗武信,二十日千叶发。

三十一日

日记 昙。星期休息。上午得遐卿信。得二弟信,下午
复。晴。

致 周作人

二弟览:

今日得信并译稿一篇。孙公因家有电报来云母病,昨天回去了;据
云多则半月便来北京。他虽云稿可以照常寄,但我想不如俟他来后
再寄罢。

好在《晨报》之款并不急,前回雉鸡烧烤费,也已经花去,现在我辈文
章既可卖钱,则赋还之机会多多也矣。

潘公的《风雨之下》实在不好,而尤在阿塞之开通,已为改去不少,俟
孙公来京后交与,请以"情面"登之。《小说月报》拟稍迟寄与,因季
黻要借看也。

关于哀禾者,《或外小说集》附录如次:

哀禾本名勃罗佛尔德(Brofeldt),一八六一年生于列塞尔密(Lisalmi，芬兰的内地）。今尚存，为芬兰近代文人之冠。一八一九〔九一？〕年游法国，归而作《孤独》一卷，为写实派大著，又《木片集》一卷，皆小品。

关于这文的议论，容日内译上，因为须翻字典，而现在我项尚硬也。

土步已好，大约日内可以退院了。

《小说月报》也无甚好东西。百里的译文，短如羊尾，何其徒占一名也。

此间日日大雨，想山中亦然。其实北京夏天，本应如此，俚前两年却少雨耳。

树　上　七月卅一日

寄上《文艺复兴史》，《东方》各一本；又红毛书三本。

Ernst Brausewetter《北方名家小说》（*Nordische Meisternovellen*）中论哀禾的前几段：

芬兰近代诗的最重要最特别的趋向之一，是影响于芬兰人民的欧洲文明生活的潮流的反映，这事少有一个诗人，深深的攫住而且富于诗致的展布开来，能如站在他祖国的精神的运动中间，为《第一芬兰日报》的领袖之一的哀禾（J. Brofeldt 的假名，一个芬兰牧师的儿子）的。

就在公布的第一册，他发表三篇故事，总题为《国民生活》的之中，他试在《父亲怎样买洋灯》和《铁路》这两篇故事里，将闯入的文明生活的势力，用诗的意象来体现了。最初的石油灯和最初的铁路，及于少年和老人的效力有种种的不同。人看出开创的进步来，但从夸口的仆人的状态上，也看出一切文化在最初移植时偕与俱来的无可救药的势力。而终在老仆 Peka 这人物上，对于古老和过去，都罩上了 Romantik 的温厚的微光。正如 Geijerstam 所美妙的指出说，"哀禾对于人生的被轻蔑的个性，有着柔和的眼光。这功效，是他能觉着交感，不特对于方来的新，而且也对于方去的故。"但这些故事的奇异的艺术的效力，却也属于能将这些状态纳在思想和感觉态度里的哀禾的才能。

八月

一日

日记 晴。晨寄孙伏园译稿二篇,二弟作。下午宋子佩来。

二日

日记 昙。午得沈雁冰信。

三日

日记 大雨。下午得二弟信。

四日

日记 微雨,上午晴。寄二弟信,晚得复,并译稿二篇,佛书四种。

五日

日记 晴。无事。夜雨。

六日

日记 晴。上午从许季市假泉百。下午得二弟信。

致 周作人

二弟览:得四日函俱悉,雁冰令我做新犹太事,实无异请庆老爷讲化学,可谓不届之至;捷克材料我尚有一点,但查看太费事,所以也不见得做也。

译稿中有数误字我决不定,所以将原稿并疑问表附上,望改定原车带回,至于可想到者,则我已径自校正矣。

貀公冒雨出走,可称雪凉,而雄鸡乱啼亦属可恶,我以为可于夜间令鹤招赶打之,如此数次,当亦能敬畏而不来也。

对于バンダン滑倒公不知拟用何文,我以为《无画之画帖》便佳,此后再添童话若干,便可出单行本矣。

五日信并稿已到,我拟即于日内改定寄去,该号既于十月方出,何以如此之急急耶。

脚短想比貀公较静,我以为『日華公論』文,不必大出力,而从缓亦可,因与脚短公说话甚难,易于出力不讨好也。你跋中引培因语,然则序文拟不单译耶。

哀禾著作

一页前四行	或略早……		或字费解应改
二 〃五	我应许你		应许二字不妥应酌改
〃 后一	火且上来		且字当误
十四前七	我全忙了		忘之误乎?
〃 后六	很轻密		蓂?

《伊伯拉亨》

八页前九行	沙烬	灰?

《巴尔干小说》目录中,Caragiale(罗马尼亚)的《复活祭之烛》,我是有的,但作者名字,我的《世界文学史》中全没有。Lazarevic的《盗》,我也有,但题目是『媒トシテノ盗』。Sandor-Gjalski 的两篇,就是我所有的他的小说集的前两篇,这人是克洛谛亚第一流文人,《斯拉夫文

111

学史》中有十来行说他的事。而 Vetendorf，Friedensthal，Netto 三位，则无可考，大约是新脚色也。

他们翻译，似专注意于最新之书，所以略早出板的如レルモントフ，シユンキウヱチ之类，便无人留意，也是维新维得太过之故。我这回拟译的两篇，一是 Vazov 的《Welko 的出征》，已经译了大半；一是 Minna Canth 的《疯姑娘》；Heikki 的《母亲死了的时候》因为有删节，所以不译也。

勃加利亚语 Welko＝狼，译婼注云"等于 Jerwol 和塞尔维亚的 Wuk，在俄＝Wolk，在波兰＝Wilk"。这 W 字不知应否俱改 V 字；又 Jerwot 是什么国，你知道否？

兄树　上　八月六日

七日

日记　晴。星期休息。晨寄二弟信。下午得宫竹心信。夜得二弟回信。

八日

日记　雨。小病休息。午后代二弟寄何作霖译稿一篇。

九日

日记　晴。仍休息。午后寄沈雁冰信附二弟译稿两篇，半农译稿一篇。

十日

日记　晴。午后从子佩借泉百，由三弟取来。午后浴。高福林博士来。

十一日

日记　晴。上午赙许宅五元。下午沛退院回家。晚得二弟信。

十二日

日记　晴。午后往图书分馆访子佩,借泉五十。晚得二弟信并译稿一篇,《文艺旬刊》一帖。夜李遐卿来。

十三日

日记　雨。休息。午以昨稿寄东方杂志社。复沈雁冰信。

十四日

日记　晴。星期休假。午后赴长椿寺吊铭伯先生。晚得二弟信。夜得沈雁冰信。

十五日

日记　晴。上午收四月上半月俸泉百五十。

十六日

日记　晴。无事。

致 宫竹心

竹心先生:

来信早收到了;因为琐事多,到今天才写回信,非常之抱歉。杜威的讲演现在并不需用,尽可以放着,不必急急的。

我也很愿意领教,但要说定一个时间,却不容易。如在本月中,我想最好是上午十时至十二时之间,到教育部见访,但除却星期日。下午四至六时,亦或在家,然而也不一定,倘此时惠临,最好先以电话一问,便免得徒劳了。我的电话号数是"西局二八二六",电话簿子上还未载。

先生兄妹俱作小说,很敬仰,倘能见示,是极愿意看的。

周树人　八月十六日

十七日

日记　雨。上午寄沈雁冰信。寄宫竹心信。得子佩信并《新青年》一册。午晴。晚得二弟信并译稿一篇。

致 周作人

二弟览:老三回来,收到信并《在希腊岛》,我想这登《晨报》,固然可惜,但《东方》也头里彧罗卜,不如仍以《小说月报》的被压民族号为宜,因其中有新希腊小说也。或者与你的《波兰文观》同时寄去可耳。

你译エフタクリチス小说已多,若将文言的两篇改译,殆已可出全本耶?

子佩代买来《新青年》九の一一本(便中当带上),据云九の二亦已出,而只有一本为分馆买之,拟尚托出往寻。每书坊中殆必不止一本,而不肯多拿出者,盖防侦探,虑其一起拿去也。

九ノ一后(编辑室杂记)有云本社社员某人因患肋膜炎不能执笔我们很希望他早日痊愈本志次期就能登出他的著作。我想:你也不能不给他作或译了,否则《说报》之类中太多,而于此没有,也不甚好。

114

我想：老三于显克微支不甚有趣味，不如不译，而由你选译之，现在可登《新青年》，将来可出单行本。老三不如再弄他所崇拜之 Sologub 也。

星期我或上山，亦未可知，现在未定，大约十之九要上山也。

我译 Vazov，M. Canth 各一篇已成，现与齐寿山校对，大约本星期中可腾清耳。

兄树　十七日夜

十八日

日记　晴。晨寄二弟信。寄子佩信。晚得宫竹心信。

疯 姑 娘

［芬阑］明那·亢德

　　人叫伊"疯姑娘"。伊住在市街尽头的旧坟地后面，因为人在那里可以付给较为便宜的房价。伊只能节俭的过活，因为伊的收入只是极微末：休养费二百八十马克和手工挣来的一点的酬劳。在市街里，每一间每月要付十马克，伊租伊的小房子只七个，这当然是不好而且住旧的了，火炉是坏的，墙壁是黑的，窗户也不严密。但伊在这里已经住惯，而且自从伊住了十年之后，也不想再搬动；于伊仿佛是自己的家乡了。

　　伊没有一个可以吐露真心的人，然而伊倘若沉思着坐在伊的小房子里，将眼光注定了一样东西，这房子在伊眼睛里便即刻活动起来，和伊谈天，使伊安静。伊现在和别的人们少有往来了。伊觉得躲在这里，伊因此只在不得已时才出外，只要伊的事务一完结，伊便

115

用急步跑了回来,并且随手恨恨的锁了门,似乎是后面跟着一个仇敌。

人并非历来叫伊"疯姑娘"。伊曾经以伊的名字赛拉赛林出过名,而且有过一时期,这名字是使心脏跳动起来,精神也移到欢喜里。然而这久已过去了。伊现在是一个瘦削的憔悴的老处女。孩子们,那在街上游戏的,倘看见伊,便害怕,倘伊走过了,却又从后面叫道:"疯姑娘! 疯姑娘!"先生们走过去,并不对伊看,还有妇女们,是伊给伊们做好了绣花帐幔的,使伊站在门口,而且慈善的点一点头,倘伊收过工钱,深深的行了礼。再没有人想到,伊也曾经年青过,美丽过的。在那时认识伊的,已经没有多少,而且即此几个,也在生活的迫压里将这些忘却了。

然而伊自己却记得分明,而且那时的记念品也保存在伊那旧的书架抽屉里。在那里放着伊那时的照相,褪色而且弯曲,至于仅能够看出模样来。然而却还能看出,伊怎样的曾经见得穿着伊的优美洁白的舞蹈衣服,并那曼长的螺发,露出的臂膊,和花缘的绫衫。伊当这衣服的簇新的华丽时,在伊一生中最可宝贵而且最大成功的日子里,穿着过的。伊那时和伊的母亲在腓立特力哈文。一只皇家的船舶巡行市镇的近旁,一天早晨在哈泰理霍伦下了锚。人说,一个年青的大公在船上,并且想要和他的高贵的随员到陆地来。市镇里于是发生了活泼的举动了。家家饰起旗帜花环和花卉来,夜间又在市政厅的大厅上举行一个舞蹈会。

在这舞蹈会上赛拉得了一个大大的忘不掉的光荣:年青的大公请伊舞蹈而且和伊舞蹈! 他只舞蹈了一次,只和伊——那夜的愉快是没有人能够描写。赛拉到现在,倘伊一看照相,还充满着当时享用过的幸福的光辉。伊当初似乎是昏愦了,但此后不久大公离开宴会,众人都赶忙来祝贺伊的时候,伊的心灌满了高兴和自负。伊被先生们环绕着,都称伊为"舞蹈会的女王",希求伊的爱顾,从此以后,伊便无限量的统治了男人的心了。

在这"记念品"中,又看见一堆用红绳子捆着的,从伊的先前的崇拜者们寄来的信札,而且满是若干平淡若干热烈的恋爱的宣言。但当时伊对于这些现已变黄褪色的信札并不给以偌大的价值,伊只是存起来当作胜利的留痕。他们里面没有一个能够温暖了伊的心,伊对于写信者至多也不过有一点同情罢了。

"你究竟怎样想呢?"伊的母亲屡次说。"你总须选定一个罢!"

但赛拉惦着大公并且想,"我已经选好了!"伊就是幻想,对于大公生了深刻的印象了。他何以先前只和伊舞蹈呢,这岂不能,他一旦到来而且向伊求婚么?这类的事不是已经常有么?有着怎样的自负,伊便不对他叙述伊的诚实的恋爱,只使他看伊的崇拜者的一切的信札,给他证明,伊已经抛掉了几多的劝诱了。

年代过去了;但大公没有来。赛拉读些传奇的小说而且等候。伊深相信,倘使大公能够照行他本身的志向,他便来了。然而人自然是阻挠他,所以他等着。赛拉是全不忧愁,虽然伊的母亲已经忍不下去了。母亲实在不知道,伊抱着怎样的大希望,打熬在寂寞里,这希望倘若实现出来,伊才更加欢喜的。

但有一回,母亲说出几句话,这在伊似乎剑尖刺着心坎了,当伊又使一个很有钱很体面的材木商人生了大气,给母亲一个钉子的时候:"你便会看见了,你要成一个老处女!"

最初,赛拉过分的非笑这句话,但这便使伊懊恼起来;因为伊忽然觉得诧异,近来那些先生们并不专是成群的围在伊身边了。这因为这里钻出了两个小丫头来,人说,那是很秀丽,但据赛拉的意思是不见得的。那还是"全未发育的,半大的雏儿",没有体统和规矩。而人以为这秀丽!这是一种不可解的嗜好!倘伊对于这事仔细的想,伊觉得是不至于的。男人们追随着女孩儿其实只是开玩笑,而伊们因为呆气却当作真实了;伊对于这些并不怕。但是伊决计,在其次的舞蹈会上伊因此要立起一个赫赫的证据来。为了这目的,伊便定好一件新的,照着最近的时装杂志做出来的衣裳,用白丝绸,没有袖子,前后面深剪截,使可以显出伊的腴润的身段。

满足着而且怀抱着伊的胜利,伊穿过明晃晃的大厅去。那些小女孩们可敢,和伊来比赛么?

还没有! 伊们都逗留在大厅的最远的屋角里,互相密谈,瞥伊一眼,又窃窃的嘻笑,用手掩着嘴,正是在这一种社会生活里没有阅历的很年青的女儿所常做的。伊们里面能有一个是"舞蹈会的女王"么? 不会有的,只要伊在这里!

但伊们的嘻笑激刺了伊,伊有这兴趣,要对伊们倨傲一回,而这事在舞蹈的开初便提出一个便当的机会了,当伊在圆舞之后走进梳装室去,整理伊的额发的时候。伊们在这里站立和饶舌,那时是最适当的。伊直向桌子去,并且命令的说:"离开镜子罢,你们小女孩!"

人叫伊们"小女孩"的时候,不会怎样触怒的,这赛拉很知道。但是伊们不能反抗,该当服从,并且给伊让出一个位置来。在镜中伊能看见,那些人怎样的歪着嘴而且射给伊愤怒的眼光呵。这在伊都一样,然而伊看见一点别的东西,使伊苦痛起来了:伊看见一个金闪闪的卷螺发的头,澄蓝的眼睛和一副年少清新的脸——这该便是那个,是人所特别颂扬的那了。赛拉转过身去,为要正对着伊看。伊实在不见得丑。在伊这里,对于赛拉确可以发生一个危险的竞争者,因为伊有一点东西是赛拉所不能再有的——最初的青年的魔力。一种忧惧的感情将伊威逼的抓住了,伊再受不住对着这面貌更久的看。伊们为什么站在门口,伊们为什么不让伊只剩一个人呢?或者伊还应该给伊们一个"钉子"罢。

"这间屋是专为着完全的成人的,"伊说,向伊们转过背去。

女孩子懂了,便开了门,为的是要出去。但伊们出去时喃喃的说,赛拉听到了这句话:"伊多少大模大样呵,这老处女!"

其时伊追向伊们,闪电一般,而且不及反省,便给那金卷螺发的一个发响的嘴巴。这瞬间,从聚着许多女士们的邻室中,起了一种惊愕的叫喊。

那金卷螺发的啼哭了。赛拉推伊出去,跟着关了门。

老处女! 她们敢于叫伊老处女! 血液涌上伊的头,而且在伊血管里发沸。痉挛的紧握了伊的手。伊的心动悸,伊的颤颤,伊的脉突突的跳了。伊从官能里,寻不出一个明白的思想来。在伊耳朵里只是反复的响着这不幸的言语:老处女!

伊无意的走到镜前面。阿,怕人,伊什么模样了! 脸色灰白,眼睛圆睁,眼光粗野,脖颈紫涨了。这一照又使伊发起反省来。这形相是伊不能回到舞蹈厅里去的。伊试使伊平静下去,喝些水,又在房里面往来的走。伊听到音乐的合奏了。

老处女! 伊们对伊不得再是这样叫! 伊的最近的求婚者,材木商人,现就在场的。伊赶紧决了意,再喝一杯水,再向镜里看一回伊的像,见得那形相已经回复伊的平常模样了。伊匆匆的从桌上取起伊的扇子来,用快步走进大厅去。那时正奏"法兰西",而且伊还没有被邀请。

伊站在厅门口的近旁,用眼光向四处只一溜。这里站着材木商人。赛拉招呼他过来:"我和你舞这'法兰西',倘你有这兴致?"伊同时微笑,伊相信,这话是给他一个大大的印象了。

材木商人诚实的鞠躬,然而冷冷的。"可惜我对于这娱乐定该放弃了,我这里已经约好了一位女士!"于是他退回去了。

对偶都排成了。许多先生们仿佛还没有女土,但没一个到伊这里来,这是什么意思呢? 伊满抱了坏的猜疑向各处看。而且确的,现在伊觉得:女人都用了伊的眼光打量伊并且互相絮絮的说。人分明谈着梳装室里的事。但那些先生们也听到了这事么? 这在伊,仿佛是绞住了伊的喉咙了。

人发一个信号,"法兰西"便开场。伊还是永远站在伊的地位上。伊内中满怀了忧惧。这能么? 伊的确不被邀请么? 这类的事在伊是未曾有过的! 伊的眼前发了黑,伊仅能够支持了。各样变换的感情在伊这里回旋，被损的自负，气忿，苦痛，羞辱，最末是顾虑，怕伊的魔力会要永远过去了。这似乎一个重担子搁在伊身上。

当伊看见各对偶穿插的舞出变化多端的动作的时候，伊忽而觉得无力，至于怕要躺下了。女人们的近旁是一把空椅子，伊想走到那边去，但这瞬间又看到了乐祸的眼睛和叵测的微笑。伊缩住了，转向门口去。伊只得走了，出去，空地里！

伊穿上外衣，经过了整条的长路来到家里，自己并没有知道。待到进了伊的屋子里，这才慢慢的有起意识，能寻出清楚的思想来。伊究竟做了什么呢？不过惩治了一个崛强的女孩子。最先伊们又实在太不识羞了，但伊们自然不肯对人说。为什么大家相信伊们呢？为什么没有一个人来询问伊，究竟这事实是怎样的呢？唉，人们统统是这样之坏而且恶呵！

伊哭出来了，而且自己觉得平静点。伊觉得女人们统在伊的眼前，以及在伊们脸上的这高兴！人嫉妒伊，所以伊们喝着采。但那些向来先意承志的，伊的所有的崇拜家，伊的武士，在那里呢？他们也都是可怜的骗子。但伊要对他们报仇。伊决不再到宴会那里去，假使在街上遇到他们，伊也不看他们了，他们在这晚上还须想！

伊从此留在家里许多时。舞蹈会有了多次了；伊永是等候着，等人来通知，来约会，但是总没有这宗事。没有人到伊这里来，倘伊有时遇见了伊的旧相识，他们对伊也异常的冷淡而且拒绝。伊自然也不招呼了。

伊觉得不幸而且寂寞。伊未曾感受过，也并不知道，伊须怎样的救伊的忧愁。母亲是从早到晚管理着家务。赛拉不能帮助伊，这在伊觉得干燥，平常，没风韵！伊还不如坐在伊房里，做梦而且痴想，或者看些冒险的小说，借此忘却伊的生活的无聊。伊在这中间发见了伊的将来的新希望和新信仰。大公便是不来，也可以有一天有一个富足的高贵的旅客，看见伊而且即刻爱上伊的。他们即刻结了婚，而这富翁便携伊远走了去，这时市镇上的少年先生们可就要根本的懊恼了。

伊的避暑庄旁有一个小小的丘样的土堆,汽船在这前面经过。每逢好天气,伊便走到那里,白装束,披着长的卷螺发,头上戴一顶优美的夏帽子。伊躺在丘上面,用肘弯支拄起来,将衣服安排好许多的襞积,卷螺发的小圈子在肩膀周围发着光,而且那一只手,那支着脸的,是耀眼的白。在自己前面伊摊着一本翻开的书;但眼光并不在这里,却狂热的射在水面上。伊这样的等着伊的豪富的高贵的新郎,伊的幻想的目的。只要他在船上,他便应该看出伊在山上的了。他们看见而且感动而且赶到伊这里来,那只是一眨眼间的事。

船舶永远是驶过去,每天,望远镜和镜子正在照看伊;但伊仍然保着原模样,也不敢将眼光太向那边看;他该是狂热的在水面上远远地浮过去了。然而伊却也看,谁在船上,尤其是怎样的先生们;因为伊委实在他们中间搜寻着盼望者,豫想者,不识者,在他全生涯中对伊眷爱,崇拜,仰慕的人。

然而日子过去了。伊的热望更加强。伊永是切实的候在山上。星期去的快,夏天消失,秋天近来了。伊早不半躺在那里了,捏了手端正的坐着。眼睛早不止在水面上,却向那边搜索汽船去了。倘这一出现,伊便抱了恐怖和希望迎头的看,一直到近来。伊满腔恐惧的看那些伊在舱面上寻出来的各旅客。难道他永久不来么?

没有人来。人都回市镇去了。冬天携了他的长串的宴会又开首,——这时节,是伊向来满抱了欢喜的盼望,而且总是给伊新的胜利的。但现在多少各别呵!伊和市镇的“社会”早没干系了。现在伊满装了愤恚,从外面眺望着这生活和活动;人并不缺少伊,人不愿意和伊在一处。而且伊也不愿意迁就,无论如何——不能,也不愿的!伊尽其所能之多,咒骂那意见有这样坏这样下等的人间,并且为自己领到一种安静的封锁的生活里去。一个孤独的老女人的无欢的日子横在伊面前,早已无可挽救了。这一天一天的向伊逼进来的,是一件确实的事。在男人们的冷淡的招呼里,女人们的轻视的眼光里,伊读出这话来:老处女! 而且这话对于伊的效力是蛇咬一般了。

接着这些年只是形成了一长串的无效的希望。伊的生活是没有采色的凄凉的灰色了。并没有发生一点事,来打断这单调,并没有高兴的印象来刷新伊的精神。伊当初是接连的瞒着自己的相信着,后来便不然,因为伊已经不希望了。然而又来了运命的一击,使伊的生活更加悲哀:伊的母亲死了,伊的唯一的扶助,伊的最末的朋友。伊没有一个可以申诉伊的忧患的人,没有一个为伊担心,没有一个问起伊的事。伊啼哭而且悲叹,伊不愿意饮食了。伊咒骂这嫌憎伊驱逐伊的,侮慢那除伊之外,对于一切全都大慈大悲的神明的世界。然而母亲躺着,又僵又冷,合着眼睛,死色盖了脸,没有听到伊的哀鸣。

终于是伊的气力耗尽了。伊再也不觉得悲哀或忧患。伊的心,伊的将来,一切啼哭和忧苦之后的伊的脑,是空虚了。伊并无感觉的坐在那里,而且向前看。债主到来,卖去伊的衣裳和家具,伊并不关心了。凡有不称心的事,都不能惹起伊的注意或愤激来。伊的房屋是荒凉而且空虚;但在伊也全一样。后来有人对伊说,伊应该搬走了。当初伊没有懂,人将这说给伊许多回,于是伊大声的笑了,歇了片时,凝视他们而且又是笑。

自此以后,伊便称为“疯姑娘”而且孩子们见伊便害怕。

最初,人给伊在蒸溜巷里备了一所住屋。伊搬到那边去,带着一张床,一张桌子和一个旧书架,这抽屉里放着打皱的造花,花带,糖果说明书,伊少年时候的照相和信札,是伊一直后来收集起来并且捆在一处的。

当伊后来搬出市外的时候,伊也带了这些东西去。在这些的观览时,伊便想到伊一生中短期的欢乐,而且暂时之间,忘却伊现在是一个老处女和“疯姑娘”。

勃劳绥惠德尔（Ernst Brause wetter）作《在他的诗和他的诗人的影象里的芬阑》（*Finnland im Bilde Seiner Dichtung und Seine Dichter*），分芬阑文人为用瑞典语与用芬阑语的两群，而后一类又分为国民的著作者与艺术的著作者。在艺术的著作者之中，他以明那亢德（Minna Canth）为第一人，并且评论说：

　　"……伊以一八四四年生于单湄福尔（Tammerfors），为一个纺纱厂的工头约翰生（Gust. Wilh. Johnsson）的女儿，他是早就自夸他那才得五岁，便已能读能唱而且能和小风琴的'神童'的。当伊八岁时，伊的父亲在科庇阿设了一所毛丝厂，并且将女儿送在这地方的三级制瑞典语女子学校里。一八六三年伊往齐佛斯吉洛（Tyväskylä）去，就是在这一年才设起男女师范学校的地方，但次年，这'模范女学生'便和教师而且著作家亢德（Joh. Ferd. Canth）结了婚。这婚姻使伊不幸，因为违反了伊的精力弥满的意志，来求适应，则伊太有自立的天性；但伊却由他导到著作事业里，因为他编辑一种报章，伊也须'帮助'他；但是伊的笔太锋利，致使伊的男人失去了他的主笔的位置了。

　　"两三年后，寻到第二个主笔的位置，伊又有了再治文事的机缘了。由伊住家地方的芬阑剧场的邀请，伊才起了著作剧本的激刺。当伊作《偷盗》才到中途时，伊的男人死去了，而剩着伊和七个无人过问的小孩。但伊仍然完成了伊的剧本，送到芬阑剧场去。待到伊因为艰难的生活战争，精神的和体质的都将近于败亡的时候，伊却从芬阑文学会得到伊的戏曲的奖赏，又有了开演的通知，这获得大成功，而且列入戏目了。但是伊也不能单恃文章作生活，却如伊的父亲曾经有过的一样，开了一个公司。伊一面又弄文学。于伊文学的发达上有显著的影响的是勃兰兑思（Georg Brandes）的书，这使伊也知道了泰因，斯宾塞，弥尔和蒲克勒（Taine, Spencer, Mill, Buckle）的理想。伊现在是单以现代的倾向诗人和社会改革家站在芬阑文学上了。

伊辩护欧洲文明的理想和状态，输入伊的故乡，且又用了极端急进的见解。伊又加入于为被压制人民的正义，为苦人对于有权者和富人，为妇女和伊的权利对于现今的社会制度，为博爱的真基督教对于以伪善的文句为衣装的官样基督教。在伊创作里，显示着冷静的明白的判断，确实的奋斗精神和对于感情生活的锋利而且细致的观察。伊有强盛的构造力，尤其表见于戏曲的意象中，而在伊的小说里，也时时加入戏曲的气息；但在伊缺少真率的艺术眼，伊对一切事物都用那固执的成见的批评。伊是辩论家，讽刺家，不只是人生观察者。伊的眼光是狭窄的，这也不特因为伊起于狭窄的景况中，又未经超出这外面而然，实也因为伊的理性的冷静，知道那感情便太少了。伊缺少心情的暖和，但出色的是伊的识见，因此伊所描写，是一个小市民范围内的细小的批评。……"

现在译出的这一篇，便是勃劳绥惠德尔所选的一个标本。亢德写这为社会和自己的虚荣所误的一生的径路，颇为细微，但几乎过于深刻了，而又是无可补救的绝望。培因（R. N. Bain）也说，"伊的同性的委曲，真的或想象的，是伊小说的不变的主题；伊不倦于长谈那可怜的柔弱的女人在伊的自然的暴君与压迫者手里所受的苦处。夸张与无希望的悲观，是这些强有力的，但是悲惨而且不欢的小说的特色。"大抵惨痛热烈的心声，若从纯艺术的眼光看来，往往有这缺陷；例如陀思妥也夫斯奇的著作，也常使高兴的读者不能看完他的全篇。

一九二一年八月十八日记。

原载 1921 年 10 月《小说月报》第 12 卷第 10 号"被损害民族专号"。

初收 1922 年 5 月上海商务印书馆版"世界丛书"之一《现代小说译丛》（第 1 集）。

十九日

日记　晴。晚得二弟信。夜遏卿来并赠《新教育》一本,苹果十六枚。

二十日

日记　晴,热。下午浴。夜得沈雁冰信。

二十一日

日记　晴。星期休息。晨往香山视二弟,晚归。

二十二日

日记　晴。下午子佩来。晚尹默在中央公园招饭,并晤士远,玄同,幼渔,兼士及张君凤举,名黄。夜风。

战争中的威尔珂

一件实事

[勃尔格利亚]跋佐夫

人取他入营的时候,他藏在草料阁上的干草里,……年老的父亲往镇里去了,为的是央求官府,不要取威尔珂①去,因为他是独养子,没有人能理生计,饲牛和布种的了。

留在家里的只有年老的母亲,是须得打发开那些问起威尔珂的人的。

---

　　①　Velko,勃尔格利亚人的名字,和益尔伏忒与塞尔比亚的 Vuk 相同,意义是狼。(俄文称狼为 Volk 波兰文是 Wilk。)

"巴巴①维陀……叫威尔珂来！他应该上镇去，他是豫备兵，……，他须得抗枪……"克米德②对伊说。

"威尔珂没有在家，我的小儿子。③"

"母亲维陀！……威尔珂大概是躲了罢？……"经过门旁的豫备兵们问说。

"没有，小儿子！……我藏他在那里呢？……从前天起，我便不知道他在那里，……他不是废物！……你们都知道他。……"

但此时来了伊凡摩利希维那，是豫备兵的指挥者。他从头一直武装到脚。人知道他是一个狠毒的人，全村的人们在他面前都发抖。

"祖母！……倘若威尔珂在明天早晨我们开拔之前，还不来入伍，我一捉到他，立刻给他一百棍！……你要记取！……"

"但那是为什么呢！……你们寻到他，就立刻打死我！……他不是一个废物！你不知道么？……"吃惊的母亲维陀喃喃的说，而且挂念着坐在草料阁上的威尔珂。

"用骨樱树做的棍子一百下！……一下也不能少！……"伊凡重复说，走了。

那威尔珂呢？……他热病似的抖着，从他自己挖在屋顶上的窟窿里，窥探着他。他听到了可怕的摩利希维那的恐吓，而且更加害怕了。

他赶紧溜到顶篷上的一个角落里，爬向干草，自己埋在这里面一直到脖颈。

他这样的等到夜。

---

① Baba，斯拉夫语，意义是老人。

② Kmiet，意义是村长。

③ 斯拉夫种人相称，幼的对于老的常是父母或祖父母，长的便称他为儿子之类，不必定是亲属。

第二日一清早他从罅隙间往外看：村的空地上站着一群豫备兵，都是他的伙伴，都高兴，都穿制服，而且他们用秋花装饰着的帽子上，在太阳里耀着小小的金狮子，……他们嘴里衔着黄杨木的小枝条，他们也用这饰了枪口，……子弹，珍珠一般的排着，交叉在他们的胸前，……而且挂在他们身旁的铁叶的水瓶，又安排得怎样好，……太阳反射在这上面！……

寂静笼罩了全群。豫备兵们成了行列对着他的小屋子走。

伊凡摩利希维那从酒铺子走近这边来。他戴一顶帽高得像一条烟囱，这旁边插一支白羽。

他在队前面站住，向他们说了几句话，用手做一个信号，……他们便缓缓的动作了，一律，整齐，而他在他们的前面。他们之后，在杂色的一大群里，是亲属和朋友，来和他们作别的。

歌是大声的唱起来了，很响亮。……

威尔珂倾听着，……他听不饱这甜美的音节，……而且歌将他的声调弥满了全村落，……天空和森林。

……他们走了，……消失了。……

风时时送给他在空中反响的歌的声调来。

这真是战争的一点妙处呵！……

胡涂威尔珂的心在胸膛里发了抖，……他向下边看，……从上到下满是尘土，挂着干草和蛛网。……围住他的是浑浊的气味，黑暗，鼠子弄剩的零星。……有几处，从罅隙间射进些微的太阳光线来，……所谓偷偷的光亮。……

而那边……开阔的平野，明朗的天，照耀着纯净的太阳，……溪涧里的流水潺潺的响，鸟雀自由的腾上天空中，……而他的伙伴向着碧绿的旷野里开步走而且歌唱。……

没有多想，威尔珂从阁上的四方口溜进房中，在壁上抓了枪，走过牛棚，抚摩了花牛，在那额上的星点上接了吻，不使母亲看见的跳过篱笆，便奔向平野去，仿佛有人追赶他似的。

豫备兵们开步走而且歌唱，……他们的刺刀在太阳下电光一般闪烁，……他们的军旗像张开两翅的大鸟似的飞扬。……

众人之前走着伊凡摩利希维那。他时时转过身来，发些号令，于是又和他的大帽子向前大踏步的走。

威尔珂追到他们的时候，歌沉默了，队伍解散了，大家叫喊起来，因为威尔珂一光降，各人都得了愿意的人了。

"乌玛利丹……乌玛利丹！……你怎样了？……你是怎样的一个英雄呵！……你究竟先在那里呢？……"这一部分大声说。

"乌玛利丹来了！……"别一部分叫道，——"现在我们不怕什么了，而且要俘虏苏丹哩！……"

"开步走！……开步走！……而且高兴罢！……开步走！……开步走！……君士但丁堡是我们的！……"

豫备兵们都欢笑而且纳罕的看着乌玛利丹的威尔珂，在他身上有几处还挂着蛛网。

威尔珂红了脸，也不作声。

伊凡摩利希维那微微的笑，但他便即皱了额，锋利的叫喊道："够了，这够了！……你们为什么这样笑？……好，威尔珂！……开步走！……"

豫备兵们又成了行列向前走。

但在他们过第一个土冈以前，人已经将乌玛利丹的威尔珂改称"少尉"了。

晚上，他们到了菲列波贝尔。

人使他们歇在饥饿之野的新营里。

第二日早晨，兵官来巡逻，听过摩利希维那的报告，去了。

这于威尔珂都适意：有肉的汤，新的兵外套和伙伴，和军歌和愉快，——一切，只要是心里所希求的。他惯熟了新生活，同化了兵们的习惯和言语，……他早没有一点再像先前的威尔珂了。

人来点名。

"有!"他尽力的叫,其时挺直的像一条弦,而且从从容容的一瞥长官的眼。

别的人戏弄他。

"威尔珂……伊凡摩利希维那大声说,他已经任为军官了,——"你将帽上的小狮子缀颠倒了!……野东西!……"

"遵命,您勃拉各罗提。……"①而且威尔珂很尊敬的看一看他的长官。

每瞬间都到来新兵的输送,是分给豫备兵去教练的。

威尔珂分到了大约十个村人和五个市人。伊凡摩利希维那对于一个市人有些反对而且可怕的苛待他。

他现在寻到报仇的机会了。

"威尔珂!……"他将他的下属叫到旁边。

当威尔珂傍他站着的时候,他问,这时他用眼睛睃着站在队伍里的新兵:"他们服从你?……"

"他们服从,您勃拉各罗提。……"

"你看见那边的那一个大个儿人么?……"

"我看见他,您勃拉各罗提。……"

"这是一个狗子,……这是,……你懂么?……好好的留心着,……不准他动一动,……倘若他走得坏,给他一脚,……他看得不直,便一拳打在狗嘴上:……不要宽容他,……前面去,给我能看到,……"

"遵命!……"

威尔珂回到他的新兵那里,少尉也背向了市人了。

威尔珂理会不得,何以少尉只吩咐打那大个儿人。村人中却有

---

① 到塞尔比亚战争时,就是到俄国军官的解职时为止,兵们都用俄国式尊称他们的长官。现在是他们只说,中尉,大佐之类。

几个是练习的狮儿,按着号令,那大个儿走得最好,少尉大人不是错误了么?他的头脑不能捉摸这事,但自从那时以来,不知什么缘故,他在这大个儿人之前自己觉得慌张了。

晚上,摩利希维那叫他到官房里。

"威尔珂,对那驴子究竟怎样了?……"

"遵命,您勃拉各罗提。……"

"他那狗嘴肿了么?……"

"一点没有,您勃拉各罗提,他的事做得很合法。……"

少尉蹙了额。

"听着,你是一匹骆驼。明早操练的时候我来,……无论他怎样,你便在我的面前将他大骂,否则鬼捉你!……"

威尔珂悚然的去了。

他觉得,自从那少尉升迁之后,更加坏了,到末后,……谁知道呢,……这大约是这样的风气。……

次日早晨,少尉到操练这里来,额上带着一道很深的笈。

威尔珂觉得滴下冷汗来。

刚发首先的号令:"一,二!"威尔珂便立刻走向大个儿人,拉住他的制服,喊出钝的,低微的声音来,似乎是出在地底里:"请……您!……"

此外他不能再说了,他单是哀求似的看着大个儿。

几个兵,是市人,不由的微笑起来,当他们看见威尔珂的可怜的地位,他自己不知道,他是在天上还在地上的时候。……

摩利希维那愤然的咬了牙,青了脸,跳向威尔珂并且打在他脸上,至于他鲜血直涌出鼻子来。

这使军官更加暴躁了,他喊道:"威尔珂!……二十四小时的禁锢……没有面包!……"

威尔珂的罚是严重的。

他哭了一整夜,他全走进他的忧愁里了。他记起他的母亲,那伊如果想到他,便在那里欷歔的,……他的父亲,那两脚已经不能做吃重的工作的，……棚里的花牛，那此时正在四顾，看威尔珂来抚摩他与否的，……他想的很久。雄鸡啼到第三回，最初的黎明开始了，暗暗的进了小窗子，……全营立刻醒来，惩罚的期间过去了，他又去操练，……而且又看见野少尉的蹩蹇的脸了。

不，……他今晚便跑开这里，只要一昏暗，……出什么事，出来就是……

虽然，威尔珂却并不能实行了他的计画。人将伊凡摩利希维那调到不知什么地方去了，而他的位置上来了一个有理的像人的军官。

于是威尔珂留着。

第一个军官即刻看出了威尔珂的能干，他的服从和心的简单来。

有一天，他当着大队之前，因为一件任务的好成绩，大声的称赞他。

"好，威尔珂！……你是一个勇敢的汉子。……我希望大家，都像这样的兵士，像你似的。……"

威尔珂仿佛觉得，他有如回了天堂了，从这刹时起，他就准备定，只要有长官的一个眼色便拼死。这使他活泼起来了，而且他又开始问那伙伴，是否立刻便有对于土耳其人的战争，他有这样的兴致，要用他的刺刀刺死几个土耳其人，他日见其好战了。

"威尔珂……你在战争中真要打死一群土耳其人么？……"他的伙伴恶意的问他说。

"他们的娘要哭他们。……"

"你怎样打死他们呢？……你实在还没有战争过。……"

"什么……我？……"激昂的威尔珂回答说，他走到旁边，紧捏了枪，——看一看，用刺刀向空中便刺。

大家都躲闪，因为这赫怒的威尔珂，是真会将人刺在那刀尖在日光下发闪的刺刀上的。不意中有人拍他的肩膀。

他转过去。

他面前站着他的长官，而且一半微笑一半严厉的对他看。

威尔珂挺直的站着，羞得没有话。

"我愿意看见你对着真的敌人也有这样勇。……"长官说。

"遵命，您勃拉各罗提。……"

这是一八八五年。十一月二日（旧历，即新历的十五）人将全团运到饥饿之野去，并且排了队，不久，团长骑着马到来，晓谕大众，说那米兰，那塞尔比亚王，对勃尔格利亚宣告了不合理的战争，以及当晚这全团便向野外进军去对仗，防守祖国的边疆。

为了同塞尔比亚开战而起的，首先的无意识的快乐之后，（普通的高兴是威尔珂也有份的）威尔珂的头里起了大扰乱了。他捉摸不到两件事：第一，塞尔比亚何以倒不向那又坏又非基督教徒的土耳其去出兵呢，此外，是人要到塞尔比亚，渡过海去，不可怕么？……

然而他没有工夫，打听这些事了；大家满手都是事，这边那边的跑而且匆匆的集起东西来，因为都要上火车去。

车站上塞满了人，……母亲们哭着和兵们别离，……女儿用树叶环绕他们的帽，……另外的人又用松柏枝插在枪膛上。……单是和他作别的没有人，……没有人诉说，说他出征的事，……热情抓住了他，但没有时候了；他们要归队，音乐演奏起来，大众诀别他们，高叫一声"呼而啦！……"①而且列车走动了。

自两天以来，苏飞亚的旷野，已经被在高峻的连根震动的密朵式山发出反响来的炮声轰得烦厌的了，……山将他愤怒的头角包在浓云里。……

旧苏飞亚，②勃尔格利亚的首都，也一样的恐怖，……市街上是

---

① Hurra 是欢喜或激励的喊声，或者意译作万岁，不甚切合，现在就改为音译。

② Sofia，勃尔格利亚语的 Sredec，就是罗马的 Ulpia Sredea。

纷乱和拥挤，……市街上是哀愁，……而且人心——闷闷的。

白旗缀着红十字的到处飘扬，市镇变成一所医院了，车子载着伤兵不绝的到来，……而且从战场上又永是传来暗淡的消息，……大炮声愈加逼近，愈加怕人，空气激荡了，玻璃在窗户上发着抖。……

苏飞亚后边，在斯理夫尼札这方面，大道全被军人掩得乌黑了，他们来：从罗陀贝尔沼泽的内地，从黑海和白海①的沿岸，从多瑙来的这些英雄们。他们将黑夜做成白天，他们一面走一面睡，他们没有一点食物到嘴里，而且这于他们是很适意的！

你听到么？……他们还唱歌当作大炮的轰声的答话，虽然他们直到唇边都溅满了泥污，只有他们的枪发着闪，而欢喜却主宰了他们的心。……他们知道，勃尔格利亚人看他们，谈论他们，期待他们什么事，他们知道，勃尔格利亚人为他们祷告。

向西方望过去，只见满路是拿着插上的刺刀的步兵，……铁的车轮轧轧的响，……他们曳着沉重的大炮和弹药车，……倘他们一躲闪，困倦的骑兵便将他们溅上了泥污！……但是如何奇特的骑兵呵！……三个人骑在一匹马上，正如拉兑兹奇的兵，当他们驰向式普加去战争，帮助民军的时候似的。②

现在斯理夫尼札是第二式普加了，多一个兵一粒弹——便能救得祖国，……我们的英雄们都知道这事，而且上帝所以将铁一般的力量和不可见的羽翼给他们。……

在一小时之前，斯理夫尼札后面的全线上，激起了可怕的战斗。三日以来，已经是大炮不住的怒吼，而且千万的枪弹嗖哨着的了。浓密的青色的烟雾罩着战场，不肯收敛了去。

敌人的集合的车垒从各方面奔突进来，又到处退了回去。前天他们比我们强三倍，昨天强两倍，今天是势力相等了。

---

① 指 Aigaia 海。

② 俄土战争时，曾在式普加大战。拉兑兹奇是此时和民军反抗土军的人。

战争在左翼发作起来了，在中军，以及在右翼，这是我们的威尔珂就在里面的。他战的以一当十，很骇人。

那坟山，勃尔格利亚人从这里射击出去的处所，昨天是属于塞尔比亚人的。经反抗袭击之后，我们的军队将塞尔比亚人从这阵地上逼走了，——敌人退到对面的土冈上，是他在夜间筑了堡垒的地方。……他向我们四面用了火来，又用枪弹的雹霰来震动比塞尔比亚较低的我们的阵地，……塞尔比亚人是看不见的，……在烟雾里，这边那边的出没着黑帽的尖顶，而刹时都又消灭了。

时间经过了，战斗永是继续着。每瞬间升起塞尔比亚人堡垒的那可怕的火来。

我们的队伍节省子弹，不再徒然的来开枪，他们等候着号令"前进！"以用刺刀去回报那射击，……其时我们的少年静听着枪弹的嗖哨，或者那打在地面的钝滞的声音。……我们的大炮一发响，他们便将眼光跟着榴霰弹而且呐喊道："呼而啦！……"倘若这炮火命中了的时候。

只有威尔珂一个人没有停止开枪，……他一个人定规的回答敌人，因此大抵的枪弹部落在他四近。大半是这事使他发怒，就是从昨天早上起没有一点食物到过嘴里，……因为这不住的火，面包是不能运到堡垒的了。威尔珂的脏腑抽得如一条蛇的圆圈。他在牙齿间咒骂而且永是接连的射击。……

然而——饥饿克服了市镇。……

威尔珂站起身来，伸直了，并且开手向战友的背囊里去搜索，看可能发见一片面包，……他全没有一回听到枪弹的嗖哨，那永是稠密的落在他四近的。

"你伏在地面上，乌玛利丹！……"众人都嚷，因为吃惊着威尔珂的鲁莽。

但威尔珂默着，站直了，又弯下去，遍摸所有的衣袋，……他终于寻到一片霉了的饼干，于是他站得挺直的咬进去，对抗塞尔比亚人，……一粒枪弹帖近了他的嘴直飞过去，将那饼干带得很远了。……

这是塞尔比亚人的一个大错：他使威尔珂狂怒了；……为惩罚他们起见，他将臂膊擎在空中，并且用了死力叫喊起来道："呼而啦！……呼而啦！……呼而啦！……"

百数颗枪弹攒着这狂怒者呼呼的响……威尔珂不害怕，……"天使保佑无罪者"——谚语说，……战友相信，威尔珂是发了疯了，但他们不能反对他，而且躺在地上跟着威尔珂的号令呐喊道："呼而啦！……"

队的指挥官惴惴的看着威尔珂的无畏；但这出戏是每瞬间都能变成悲剧的，而威尔珂是一个出类拔萃的兵。……

"威尔珂！……伏在地上！……。"军官命令说。

但他似乎聋聩了，威尔珂只是不住的向塞尔比亚人挥着臂膊而且叫喊："呼而啦！……呼而啦！……呼而啦！……"

而且躺在地面上的伙伴们学着他的话："呼而啦！……呼而啦！……呼而啦！……"

希奇！……这愤怒的狂度是传染的，威尔珂的叫喊延烧了众人的心，……几个人起来了，因为要照着威尔珂做，……现在他是真的指挥官了。

排长将额蹙成坡襞，命令的叫道："乌玛利丹，我命令你，……伏在地上！……大家都伏在地上！……我不愿无益的牺牲！"

"您勃拉各罗提，……"威尔珂第一回说，——"他们逃走了！……呼而啦！……"

指挥官起来，用他的望远镜去照看塞尔比亚的阵地。

而且真的，……塞尔比亚人逃走了，……从这喊声"呼而啦"上，他们推想，以为勃尔格利亚人攻进来了。

二十分时之后，勃尔格利亚军占领了高的塞尔比亚的阵地并没有开一回枪。

威尔珂躺在医院里三个月，因为左臂上一个伤，是他在札里勃罗特所受的，左手从此以来于工作便没有用。他以后还是在战地一般模样，而且永是成了这样的威尔珂乌玛利丹。伙伴们仍是玩笑的称他"少尉"，虽然他们忘不掉，他便是，在斯理夫尼札占领堡垒的一个人。他也并没有忘记这件事，他每遇机会便讲他战争的回忆。

　　倘若兵营是兵的学校，战争便是他的高等学校了。而且——事实上——威尔珂知道了领解了许多的事物。只有一件，这简单的农夫不能懂：人为什么和塞尔比亚人打仗呢？

　　我们的聪明的政治家对于这肤浅的幼稚的问题，立刻给我们一个准备妥帖的回答。……

　　然而我觉得，正如在我们这里一样，在我们的邻人那里也有百千的简单的农夫正如威尔珂的，直到现在，还不能懂得为了谁，这战争是必要而且不可兔呢，因为他们是只用得着及时的太阳和雨泽的。……

　　简单的头脑！

　　勃尔格利亚文艺的曙光，是开始在十九世纪的。但他早负着两大害：一是土耳其政府的凶横，一是希腊旧教的锢蔽。直到俄土战争之后，他才现出极迅速的进步来。唯其文学，因为历史的关系，终究带着专事宣传爱国主义的倾向，诗歌尤甚，所以勃尔格利亚还缺少伟大的诗人。至于散文方面，却已有许多作者，而最显著的是伊凡跋佐夫（Ivan Vazov）。

　　跋佐夫以一八五〇年生于梭波德，父亲是一个商人，母亲是在那时很有教育的女子。他十五岁到开罗斐尔（Kälofer，在东罗马尼亚）进学校，二十岁到罗马尼亚学经商去了。但这时候勃尔格利亚的独立运动已经很旺盛，所以他便将全力注到革命事业里去；他又发表了许多爱国的热烈的诗篇。

　　跋佐夫以一八七二年回到故乡；他的职业很奇特，忽而为

136

学校教师，忽而为铁路员，但终于被土耳其政府逼走了。革命时，他为军事执法长此后他又与诗人威理式珂夫（Velishkov）编辑一种月刊曰《科学》，终于往俄国，在阿兑塞（Odessa）完成一部小说，就是有名的《轭下》，是描写对土耳其战争的，回国后发表在教育部出版的《文学丛书》中，不久欧洲文明国便几乎都有译本了。

他又做许多短篇小说和戏曲，使巴尔干的美丽，朴野，都涌现于读者的眼前。勃尔格利亚人以他为他们最伟大的文人；一八九五年在苏飞亚举行他文学事业二十五年的祝典；今年又行盛大的祝贺，并且印行纪念邮票七种：因为他正七十周岁了。

跋佐夫不但是革命的文人，也是旧文学的轨道破坏者，也是体裁家（Stilist），勃尔格利亚文书旧用一种希腊教会的人造文，轻视口语，因此口语便很不完全了，而跋佐夫是鼓吹白话，又善于运用白话的人。托尔斯泰和俄国文学是他的模范。他爱他的故乡，终身记念着，尝在意大利，徘徊橙橘树下，听得一个英国人叫道："这是真的乐园！"他答道。"Sire，我知道一个更美的乐园！"——他没有一刻忘却巴尔干的蔷薇园，他爱他的国民，尤痛心于勃尔格利亚和塞尔比亚的兄弟的战争，这一篇《战争中的威尔珂》，也便是这事的悲愤的叫唤。

这一篇，是从札典斯加女士（Marya Tonas Von Szatánskà）的德译本《勃尔格利亚女子与其他小说》（*Bolgarin und andere Novelleu*）里译出的，所有注解，除了第四第六第九之外，都是德译本的原注。

一九二一年八月二二日记。

原载 1921 年 10 月 10 日《小说月报》第 12 卷第 10 号"被损害民族的文学号"。

初收 1922 年 5 月商务印书馆版"世界丛书"之一《现代

137

小说译丛》(第 1 集)。

二十三日

日记　雨。上午往南昌馆访张凤举。

二十四日

日记　昙。午寄沈雁冰信。寄宫竹心信。夜雨。

二十五日

日记　小雨。下午得二弟信。夜得宫竹心信。

致 周作人

二弟览：廿三日信已到。城内现在也冷，大约与山中差不多。我译カラセク《斯拉夫文学史》译得要命了，出力多而成绩恶，可谓黄胖捣年糕，但既动手，也不便放下，只好译下去，名词一纸，望注回。你为《新青年》译イバネヅ也好，其实我以为ゴーゴル，显克ヴェチ等也都好，雁冰他们太骛新了。前天沈尹默绍介张黄，即做《浮世绘》的，此人非常之好，神经分明，听说他要上山来，不知来过否？

『或日ノ一休』略翻诸书未见，或其新作乎？我们选译日本小说，即以此为据，不知好否？

闻孙公一星期内可来，系许羡苏说，不知何据也。

《小说月报》八号尚未来，也不知上海出否，沪报自铁路断后，遂不至（最后者十四日）。中国似大要实用新村主义而老死不相往来矣。

我们此后译作，每月似只能《新》，《小》，《晨》各一篇，以免果有不均之诮。《新》九の二已出，今附上，无甚可观，惟独秀随感究竟爽快耳。

《支那学》不来，大约不送矣，尹默说，青木派亦似有点谬。

余后谈。

兄树　八月廿五日夜

二十六日

日记　晴。上午得季市信，即复。晚得二弟文稿一篇。

致 宫竹心

竹心先生：

昨天蒙访，适值我出去看朋友去了，以致不能面谈，非常抱歉。此后如见访，先行以信告知为要。

先生进学校去，自然甚好，但先行辞去职业，我以为是失策的。看中国现在情形，几乎要陷于无教育状态，此后如何，实在是在不可知之数。但事情已经过去，也不必再说，只能看情形进行了。

小说已经拜读了，恕我直说，这只是一种 sketch，还未达到结构较大的小说。但登在日报上的资格，是十足可以有的；而且立意与表现法也并不坏，做下去一定还可以发展。其实各人只一篇，也很难于批评，可否多借我几篇，草稿也可以，不必誊正的。我也极愿意介绍到《小说月报》去，如只是简短的短篇，便绍介到日报上去。

先生想以文学立足，不知何故，其实以文笔作生活，是世上最苦的职业。前信所举的各处上当，这种苦难我们也都受过。上海或北京的收稿，不甚讲内容，他们没有批评眼，只讲名声。其甚者且骗取别人

139

的文章作自己的生活费，如《礼拜六》便是，这些主持者都是一班上海之所谓"滑头"，不必寄稿给他们的。两位所做的小说，如用在报上，不知用什么名字？再先生报考师范，未知用何名字，请示知。

肋膜炎是肺与肋肉之间的一层膜发了热，中国没有名字，他们大约与肺病之类并在一起，统称痨病。这病很费事，但致命的不多。《小说月报》被朋友拿散了，《妇女杂志》还有（但未必全），可以奉借。

不知先生能否译英文或德文，请见告。

周树人　八月廿六日

二十七日

日记　晴。下午寄沈雁冰信并校正稿一帖。

二十八日

日记　晴。星期休息。下午得二弟信。晚寄马幼渔信。代二弟发寄李守常信。

二十九日

日记　晴。下午张凤举来，赠以《或外小说集》一册。晚三弟回自西山。得二弟信并稿一篇，说目一枚，夜复。寄沈尹默《新村》七册，代二弟发。

致 周作人

二弟览：

老三来，接到稿并信，仲甫信件当于明日寄去矣。我大为捷克所害，

"黄胖捣年糕""头里或萝卜"悔之无及，但既已动手，只得译之。

雁冰译南罗达作之按语，译著作家 Céch 作珊区，可谓粗心。

《日本小说集》目如此已甚好，但似尚可推出数人数篇，如加能；又佐藤春夫似尚应添一篇别的也。

张黄今天来，大菲薄谷崎润一，大约意见与我辈差不多，又大恶数泡メイ。而亦不满夏目，以其太低伲云。

又云郭沫若在上海编《创造》（？）。我近来大看不起沫若田汉之流。

又云东京留学生中，亦有喝加菲（因アブサン之类太贵）而自称デカーダン者，可笑也。

西班牙话已托潘公查过，今附上。

兄树　八月廿九日

三十日

日记　晴。上午李宗武寄来『夜アケ前ノ歌』一册。下午寄陈仲甫信并二弟文一篇，半农文二篇。寄沈雁冰信并文二篇，又二弟文二篇。

致 周作人

二弟览：

昨寄一信，想已达。

大打特打之盲诗人之著作已到，今呈阅。虽略露骨，但似尚佳，我尚未及细看也。如此著作，我亦不觉其危险之至，何至于兴师动众而驱逐之乎。我或将来译之，亦未可定。

捷克文有数个原字（大约近似俄文）如此译法，不知好否？ 汝或能有助言也。

Narodni Listy 都市新闻

Poetické besedy 诗座

Vaclav z Michalovic 书名，但不知 z 作何解。

兄树　上　八月卅日

三十一日

日记　晴。晨得沈雁冰信。上午寄宫竹心信。收四月下半月份奉泉百五十。寄二弟信，下午得复。得张梓生信。晚李逖卿来。

九月

一日

日记 晴。下午往图书分馆还子佩泉百。往留黎厂。晚马幼渔招饭于宴宾楼，同席张凤举，萧友梅，钱玄同，沈士远，尹默，兼士。

二日

日记 晴。上午得孙伏园信。下午三弟启行往上海。得二弟信。晚得宫竹心信。

三日

日记 晴。上午往卧佛寺买《净土十要》一部，一元二角。午后齐寿山往西山，托寄二弟《净土十要》一部，笔三支并信。寄宫竹心信。

致 周作人

二弟览：

今因齐寿山先生到西山之便，先寄上《净土十要》一部，笔三支，《妇女杂志》八号尚未到。

老三昨已行。姊姊昨已托山本检查，据云无病，其所以瘦者，因正在"长起来"之故，今日已又往校矣。孙公有信来，因津浦火车之故，已"搁起"在浦镇十日矣云云。明日当有人上山，余再谈。

　　　　　　　　　　　兄树　上　八〔九〕月三日午后

四日

日记 晴。星期休息。午后寄张梓生信。夜得二弟信并稿一篇。

致 周作人

二弟览：

昨日齐寿老上西山，托寄《净土十要》一部，笔三支并信，自然应该已经收到了。

エロ样之童话我未细看，但我想多译几篇，或者竟出单行本，因为陈义较浅，其于硬眼或较有益乎。

此间科学会开会，南京代表云，"不宜说科学万能！"此语甚奇。不知科学本非万能乎？抑万能与否未定乎？抑确系万能而却不宜说乎？这是中国科学家。

五日起大学系补课而非开学，仍由我写请假信乎，望将收信处见告如"措词"见告亦可。

寄潘垂统之《小说月报》已可付邮乎？望告地址。

附上孙公信，可见彼之"搁起"情形也。

兄树　上　八[九]月四日

致 周作人

二弟览：

某君之《西班牙主潮》送上。《小说月报》前六本尚在季市处，倘某君书中无伊巴ネヅ生年，则只能向图书馆查之，因季市足疾久未到部也。

中秋寺赏俟问齐公后答。

女高师尚无补课信来，但此间之信，我未能全寓目，以意度之，当尚未有耳，因男高师亦尚无之也。

山本云：因自动车走至御宅左近而破，所以今日未去，三四日内当御伺フ云云。其自动车故障一节虽未识确否，而日内御伺，则当无疑也。

土步君昨日身热，今日已全退，盖小伤风也。

胡适之有信来（此信未封，可笑！），今送上。据说则尚有一信，孙公藏而居于浦镇也。彼欲印我辈小说，我想我之所作于《世界丛书》不宜，而我们之译品，则尚太无片段，且多已豫约，所以只能将来别译与之耳。

《时事新报》乞文，我以为可以不应酬也。

捷克罗卜，已于今日勉强或完，无甚意味，所以也不寄阅，雁冰又曾约我讲小露西亚，我实在已无此勇气矣。

商务印书馆之《妇女杂志》及《小说月报》，现在只存《说》第八（已前者俱无）大约生意甚旺也。

余后详。

兄树　上　九月四日夜

五日

　　日记　昙。上午往大学代二弟取薪水。寄李季谷信并小为替三圆五十钱。晚得二弟信并稿一篇。寄潘垂统《小说月报》八号一册，又七号一册。

近代捷克文学概观

［捷克］凯拉绥克

一　转为年青的捷克文学

　　可记念的一八四八年，这在捷克不独出现了社会的与民族的自由，尤其是有了新的理想，在文学上，前三月时期（译者按是年三月为欧洲政乱的时候）完结了。

在没有果实的五十年代中，仅仅崛起了一种诗歌的汇集，即蔼尔本（Karl J. Erben 1811—1870）的可爱的《花丛》。这凭民众精神而作的叙事的民歌，是由措辞的简短与紧凑以及材料的剧曲的安排而惊人，例如《新妇的小衫》一诗，材料亦如毕尔该尔的《来诺莱》（*Bürgers Lenore*），但内容则有和好的结局。蔼尔本，是普拉赫（Prag）市的文书长，他的性质近于历史家与斯拉夫主义者（Slavophile），以各种斯拉夫语印行《纳斯妥尔的纪年》（*Nestors Chronik*）与童话，而且汇集民歌与格言，他因此成为捷克的凯拉籍支。（Vuk Karadžić译者按是塞尔比亚有名的文人。）他此后的功业，是在将重要的先前的捷克的不朽之作，有如赫斯（Hus）式谛忒纳（Tomas von Štitné）等的著作的公布。他的美丽嘹亮的语言与他的诗歌的怀乡的音调，在六十年代颇激起青年的感动，而《花丛》在波希米亚今日还得到称扬。自沙发理克（Šafařík）死后，别的斯拉夫的学者的眼光，便移向蔼尔本乃至依里绥克（Josef Jiriček）了。

为新的文学段落的开端作一个基石的是《拉达涅阿拉》（*Lada Niola*）与《玛伊》（*Máj*）的年报的印行，以及涅木珂跋（Božena Němcová）的破除常轨的著作《祖母》（*Babička*）的出现。

青年著作家的爱重是"少年德意志"的当时的代表者，尤其是哈纳与波尔纳（Heine und Börne），勋爵裴伦（Byron）也如此，这些人的诗正适合于少年的撕裂与他们的世界苦痛，有如波兰人的弥赛亚派的神秘的趋向一般。

揄扬捷克过去时代的德国著作，与司各得（Walter Scott）的传奇，在少年的奋斗世代中，得了颇大的响应；《玛伊》同人中的几个诗人也应和了俄人与法人。但大致却是民族的特质逐渐有力的回复过来，将文学扩充到各方面而且努力于形式的完成了。

最纯粹，又最为人民所公认的表见，同时负了真正的国民的印记的,是《祖母》这故事,涅木珂跋以这一篇成为开首的自然主义者,而显现于波希米亚的文坛。伊在这中间钩摹出波希米亚乡民的生活与思想状态的完全的影象,从容不迫的将风气与习俗编入故事里,至于能使波希米亚人民的实相,分明而且正确的如在读者的眼前。这简单的,然而名手的著作,以并无藻饰的方法,揭出波希米亚乡村生活的光明与阴暗两方面来,其感应读者,如一个为各人所喜的,质朴的修饰的乡间女儿穿着国民特有的装饰。《祖母》即刻征服了各人的心并且译成各种欧洲语了。此外涅木珂跋于波希米亚与斯罗伐克(Slovak)的童话与故事也得意,伊被运命驱遣到那里去;这女著作家到处都表见一种细腻的观察的天资。

涅木珂跋以伊的散文在波希米亚人中虽然作了模范,但七十与八十年代的诸诗人中,总以哈累克(Vitěslav Hálek 1835—1874)为最可爱的了。他的容受一切美,与柔软绵长的心情,一有触动,便发为甜美的音调。永远是恳挚在他的感情里,柔和在他的气禀里,哈累克造出抒情的诗,嵌在《歌书》中。他的《晚歌》与《在自然中》揭出爱好自然的诗人的意想,而且准人洞察,到诗人的最内面,怎样的托自然而说出心曲来。他的语言的嘹亮与他的真诚,是给他确保了后代的爱重。

即在运用那取自斯罗伐克,南斯拉夫生活,捷克历史的叙事的材料时,他的精神也仍不能脱抒情诗的羁绊,而且传奇气息环绕着长诗,同时又泄露对于裴伦与苦痛极深的波兰文学的特爱。

哈累克也试作剧曲,但他的抒情的天禀,在这里也没有创造出精赤的真实的人间来。

哈累克对于乡民的理解,那他提出在许多篇尚为现今所爱的故事里的,正适合于他的精神,但他也知道为那些所写的人物,唤起读者的关心与合意来。他是一个在八十与九十年代荣盛于波希米亚的轻倩文学(影象,亚拉伯体,小说)的创作者。

他的南斯拉夫诸国的旅行,供给了他杂组的材料,这丰收的诗人便盛用于文学的各方面，并且使捷克的诗事，升高了那时值得注意的一阶段了。

一样的被传奇的见解所拘牵，而且先前在裴伦的影响之下，但也受着俄人与波兰人的影响的，则有摩拉夫斯奇（Pfleger Moravský 1833—1875），是向捷克的写实的小说跨了首先的重要的一步的人。波希米亚人的政治的与社会的地位，激动他以小说的形式来作国民的与社会的问题的解决，他于是将小说转移扩充到新的方面去。他便不得不列为波希米亚的劳动群众与工厂群众的社会小说的开创者了。有如在他的《出于小世界》或《失掉的生活》中，那使人记起斯丕尔哈堪（Spielhagen）的《疑问的天性》来的，虽然还使用传奇的帮助品，这使用，就因为要得到巨大的震耸与确实的成功，但其间他也揭出捷克情形的诚实的影象来，尤其是劳动的社会。

还有别的小说，对于官僚政治，政党与政治的冷淡，都加了裁判的，摩拉夫斯奇也抒写了；但大致是以有显效于行为的径路的爱，为全能的动力。在《威洵斯奇君》（*Pan Vyšinský*）上，普式庚的《阿涅坚》（*Puškins Eugen Onégin*）是著者的一个模型，然而他不肯许可这承认。

在六十年代，文学关于数量上的滋长起来，成为多方面；这于今可以记出许多当时铮铮有声的人名，但在文学的以后的发达上，并无有力的意义，以是应该略去了。但我于此还要单举出一个锋利的精湛的现象来，便是结果繁多的萨比那（Karl Sabina 1813—1877），这人曾以急进主义者而被因，然而便做了警察的眼线。除了他的浩博的文学史之外，他还应该称为小说家，他想由他的著作振起对于波希米亚事故的本分来，而且还用了感奋与风暴似的确信力而争辩。

政治的，传奇气息的世界，是他很幸福的运动的平原。他的小说《活泼的坟墓》在三十年前曾得到顷刻罄尽的销售。历史小说这方面他也得意。他的欧洲文学的异常的知识，使适合于精神蓬勃的批评。在他的歌剧底本中，有名的是曾谱为斯美泰那（Smetana 译者按是捷克音乐之名）歌剧的《出售的新妇》。

萨比那的名字上，十年之久连结着卖国的诅咒；但到近年却于他试加文学上的贵重了。

纳卢达（Jan Neruda 1834—1891）在围绕《拉达涅阿拉》而类聚的诸诗人中，纳卢达即刻承受了引导的任务。他的人格，也如他那花刚石造的，各方面的艺术的形成的名作一般，提他出了侪辈，是的，在波希米亚文学里，至今还没有企及他的才能。他将深邃的感觉，一致了透彻的精神与对于各个应时问题的见解，他知道将这些问题用了恳切的理解，应着国民的需要，而用极特别很滑稽的态度，以杂俎的形式发出光辉来。他屡次直接的参与国民问题的解决，因为在波希米亚是极置重于他的言语，而且《人民新闻》（*Narodni Listy*）上他的日曜日的杂俎，也以格言式的警句，惹起普遍的欢迎。

莫可比拟的，宣扬人生真实的滑稽，涌出他对于他的国民充满着爱的心来，而且藏着许多隐匿的眼泪。这充实的滑稽不仅见于他的杂俎游记与故事中，也特见于他的诗的著作。从这些宝石中加以拣选，是艰难的事，因为诗人是知道用了不寻常的清晰与不可仿效的滑泽的形式，诗的表现出他的思想来。从德国著作所养成的，他的哲学的深入的精神，不独从事于目前的状态的批评，却向自己的创作也加严正的判断。因此他的每一篇诗都是完成的艺术品，那是并非希求效果，却借了他内部的纯净，与收敛的在思想上狭狭的铸出形模来以自适的。他的观察的天资，有时反回到他本身的内部去，而且被锐利的理解力所制驭，于他也间或成为一种显著的讥评，这每每进而至于冷嘲，并且将他创作的幻想遏抑了，但不因此而于他的著作有妨害。

当《坟园之花》（一八五八年）还流露着青年的精神的发达战斗时，在他那感情与艺术的言语里都充满着神奇的《韵文集》（一八六七年）上，纳卢达已经以成熟的诗人与我们相见了。他的《叙事的民歌与抒情的史诗》是属于重大的珍宝,这写以国民的形式,而在普遍的人类的精神。

世界到处所宣示的,自然的无穷的法则,在《宇宙歌》中供给他与人间的合契的材料,以及对于世间状态的他的关系,对于祖国,对于生活与死亡。

《金曜日歌》是他真正的祖国情感的一种喷溢,可以比得《宇宙歌》,藏着并无激情的深义,并且证明这诗人的充满着义务感觉与方正的确信力的男性的意向,也如《简单的动机》(一八八三年)一样,揭示他感情的纯正与崇高——在他诗中,只是觅不到对于女性的爱的空地。

在捷克文籍的这些砥柱之次,纳卢达还作一种特有的种类的记载,是《克阑赛提人的故事》,用健全的滑稽,写出普拉赫的细民的典型来。纳卢达的这一种文章也合于德人,这故事已经移译了。这精神蓬勃的写实家,也如他的朋友哈累克一样,给他的国人描摹出生疏的地域,为他曾经旅行过的,用了自然的新鲜,活泼,他的描写又调和上椒盐去,至于"纳卢达的才气"(Nerudas Esprit)在波希米亚成为口头语了。

纳卢达是一个非常忙碌的,而且又是捷克文学的真心的引导者,一面是几种报章的杂俎主笔,别一面是《诗座》(*Poetické besedy*)的编辑人,这是小册子的丛书,六十年代的诗人送他的担任到那里来;对于他是"最青年人"也没有异议。

海度克(Adolf Heyduk 1835—)《玛伊》同人的一员,成熟为一个自立的个体的,是海度克,现存波希米亚著作家的最老的。

就他的心情的性质与恳挚而言,海度克显得与哈累克是一个亲属。他的诗也贯穿着传奇的气息;散文于他是全辽远的。即使叙事的材料,到他便成为一篇歌。他的诗中不竭的流过澄彻的小溪,以柔软的絮语来悦耳。他的诗也时时踔厉起来,因为失掉的唯一的女儿的苦痛。

在奇异的传说，童话，寓言与故事，那从那些里面涌出乡土的芬芳的花卉与树林的气息来的，以及在他的祖国的诗歌中，他和捷克的精神与心站得最相近。

在他的收效的长时期中，海度克永是守着忠实——但他的发达是难言了。《波希米亚森林地方的夜莺》用了他的恳挚的音调，即时俘获了读者。具有宏大的自然的波希米亚森林与民众的特异，都供给他以他的诗的丰富的源泉；但此外他的精神又乐于逃到《纺绩室》的屋角里去，并且在那里纺绩黄金的丝，成为叙事民歌样的诗以及委婉的歌曲。他也转向牧歌去；最有名的是《阿特力锡与波什那》（*Oldrich i Božena*），这是在波希米亚宝座上唱过的，还有诗致幽深的《祖父的遗赠》。

近来他选取《新旧约》材料，这给与他观察人类的机宜。

他的幻想也运他到斯罗伐克的大野去，但他不特醉心斯罗伐克的民众，却也在自然的高壮与叫嚣的漂流人的歌吟。

去今不久，诗引他到了高加索。在他最近的诗集《游行歌人的日记抄》上，这诗人似乎转成青年了，而且时时发出烦闷与自觉的有力的音调。

二 捷克文学的意外的荣盛时期

捷克的为了政治的向上的战斗，在六十年代不特赢得国民的飞跃，尤其是得了文学的发扬了。

这文学运动，是在闯入精神的无限制发达的根柢里去的，一八六八年的年报《鲁赫》（*Ruch*）是其归结，绕着这而类聚的是一群年青的狂热的诗人。

这些诗人特置重于形式的选择；他们也很受外国的影响，尤其是法国与波兰。

科学的继起，那从中出了几个大学教授的，在"斯拉斐"（Slavie）

会展开了许多议论的活动。八十年代捷克大学的建立，于文学的培养有确效了。加以捷克的文艺保护者赫拉夫加（Josef Hlávka），创设艺术与科学的波希米亚学院时，科学因此得了新支柱。许多报章将启发事业传布于人民，而且进取的出版者也用了这努力联袂而起了。

一个转变是八十年代对于区尼庚诃夫墨迹（译者按是在Königinhof 所发见的捷克古文）的正确与否的争论，这争论，使政治的与文学的生命成为极密切的相关。人在那时对于知识的努力是过于走远了，但这大雷雨却洁净了空气，并且使全捷克文学新鲜起来。俄国的写实主义此时在波希米亚得到响应，兴起几个政治的流派，是以培养文学为特别的任务的，理智文学从坚实的翻译得了有望的富足。在捷克文学上，好与多这两面都有一般的升腾。真的诗人从事于各种的诗的种类；小说也得了有益的培养。

捷克（Svatopluk Čech 1846—）在八十与九十年代中，捷克享有最大的同情，这是他从他的诗与小说的内容与精神所获得的。在他这里，人看见精神的主宰，捷克灵魂的直接的舌人，因为他识得，凡一切压抑着的，他都撕去而且通了电，倘他要用了活泼的言语来展示他的心。因了丰富的灵动的幻想，描写上的眩目的色彩，殊胜的比照，捷克得到诗人的尺度了。在高度的激昂之外，我们又遇着确凿的真实与心情的深邃在他诗的著作里；当他的诗人的行程之始，他好用爱国的材料带着传奇的颜色，然而人到处感得最内部的确信；在诗人的高超的意想里，寻得神圣的感动与合理的愤激的来源。并无散漫的辞句，并无炫耀的言谈——他的见誉，是在庄严的言语。凭了确信，诗人也作出政治的歌咏，虽不如《晨歌》与《新歌》之有艺术的价值，但因了他的椎鲁却撼起许多人们来。《奴隶的歌》是得了骇人的效果，已经二十八版了。

捷克在他的叙事诗中转换了波希米亚历史的价值。《裸行者》（Adamiten，哈美林的《希洪王》〔Hamerlings König von Sion〕的一个旁支)是传奇的史诗,叙述这宗教的狂信者的生活,捷克在捷克文学上随即得了可敬的地位了。大规模而且站在广阔的基址上的是诗《达格玛尔》(*Dagmar*),叙述与丹麦王结婚的,阿多凯尔(Ottokar)的女儿的运命。他的向新的故乡的旅行,给诗人以动机,来描写那曾经住在吕干(Rügen)岛的,阿波特力(Obodrit)人的不幸的运命了。《跋克拉夫在密哈罗微支》(*Václav z Michalovic*)使我们一瞥白山战争之后的悲凉的时期。在《什式加》(*Žižka*)里他祝贺这捷克的英雄,同时在《希洪的罗哈支》(*Roháč von Sion*)与别的小诗中他也宣言对于赫斯时代的特爱。

他的抒情叙事诗中,尤以《在菩提树阴下》为秀出,贯注着伟大的理想的是《欧罗巴》与《斯拉斐亚》(*Slavia*)。他的高加索诸诗中,特显见传奇的应和,这上面又可以认出捷克曾经游历的东方的异域的潮流。

捷克的诗中有时也响着社会的弦,如本来禁止的《莱舍丁的锻工》,是抒情叙事诗,由许多抄本而流通,已合了音乐而且传诵于全波希米亚了。

捷克的纯粹的抒情诗当他著作之初,略可与俄人来尔孟多夫(M. Lermontov)相比拟。后来在《对于不识者的祷告》,《晨歌》与《新歌》中,他以非常的力上达为特立的人格了。

讥讽与滑稽在他的诗中也任着不小的事务。他这样的在《哈奴曼》(*Hanuman*)里创出动物史诗,在《天的钥匙》里做了童话,在这中间剖析出"幸福"的游移的概念来。在《大族中的大》(*Velikán Velikánovič*)与别的诗,尤其是他的《勃卢支凯覃》(*Broučkiaden*)与《画家的波希米亚纪行》中,他痛斥国民生活的弱点。

但我们因此可以看见捷克也是一个散文著作家,于轻蒨种类如故事,小说,亚拉伯体,杂俎等尤有杰出的作品。这些的材料他喜欢取于实生活,虽然不用他为纯粹的写实的。他之于捷克散文,有如普式庚之于俄国。恰与他之应当列为韵文的名家相应,他的文体是一无疵累的。他以合于捷克的六支韵诗《跋克拉夫什夫莎》(*Václav Živsa*)使捷克文学增益了特殊的文类。

倘若我们说纳卢达是在波希米亚指挥公开的意思的,则我们便可以列捷克为波希米亚的心的辩士;他是一个选手,以他的国民的名义,说出解决的言语来,倘苦痛与忧郁压住了他们,或者他的苦恼升到绝望的时候。人可以对于这仅见的意向忠实的人这样说:他改善了提高了许多人,不毁坏一个人。

苻尔赫列支奇(Jaroslav Vrchlický 1853—)在六十年代开创那向着普遍的启发而努力的时期的,最显著的报章中,《卢弥耳》是最重要的一种,因为绕着他有诗人的一辈,从中出了最超越的捷克的诗人:苻尔赫列支奇,本来的名字为弗黎达(Emil Frida)。

苻尔赫列支奇是最多实而且最普博的诗人,抒情诗人与叙事诗人,同时的诗人没有一人能与他相比类。他的诗的界限是不认世间的封疆,他的精神是诊察人类的全历史。他泳回混沌中,与对于女人不感人间的爱的天使,同感着恶浊的苦恼,滞留于印度的平原,以理会菩提的智慧,匆匆的度越了波斯的蔷薇园,来到可爱的古风的国土,以就群神与古典的艺术,这都是用了他的吹息使他们复活过来,而又沉没在波希米亚过去时代的秘密与阴影里了。以基督站在顶上的人类的全史诗,诱他到诗的光大去;古森林与南国的椰树林,以及波希米亚光明的旷野,都为他露出他们的幻美来。

他忽而倾心于北方的传说,忽又和牧人欢抃与欷歔,置我们于德罗贝图(Troubadours 译者按是法国古时歌人)时代,使吉特与罗兰(Cid,Roland 译者按是西班牙与法国古诗中人物)更生,将所有伟大文学的最杰出的诗人的装饰与意想,引到我们的面前,而且用最稳健的判断攫住了人生的情状;在他的人道主义上,他一切都领会又将一切都宽恕了。他的丰饶灵动的幻想贯通一切,而且用他的魔力使一切化为黄金,尤其是光大了对于女性的恋爱。当他年少时,爱是他的生趣与自然的欢欣的杠干;后来这光明的颜色没在"灰色"

里了，而近来已时时发出曲挠与苦辛的饱经世故的柔软的声音。

　　符尔赫列支奇如一个英雄，不虑怨敌，这样的不住的进行，而且他的形象生长到无穷了，但他的心却乐于倾倒在忠实的实相里，他忽然以稳健的自然的觉性去恋爱与接吻，忽然又化为哲理的学者，解决重要的问题，从人生与信仰与哲学的源泉中造出智慧来，他的精神渴仰着古传说的神秘，与古学家同生活，与艺术家同感觉，与但丁（Dante）彼忒拉尔加（Petrarca）为弟兄。凡有一切，纵使极小的印象，也由他发出诗的反响来，他的韧性的精神的明证是他的《仿效诗》，这使波希米亚在外国文学上得见了新情状。符尔赫列支奇是这样的一个诗人，他的苦渴的精神，热望着"饮于美的全大海"，正如他自己说，"风暴与平静，沸腾与梦想，欢喜与苦痛，地狱与天堂，欢乐的月与寒冰的月"——凡有与他的生活相偕的，一切感情他都用他的诗来报答，而且妖女夜间在思想的织机上一开织，他便试来把握人生的情形。

　　就性质而言，符尔赫列支奇是世界的人民，虽然在他的著作中也置重捷克的材料。但在出于故乡的狭范围的诗篇里，他并没有显出他的"自己"来。他的对于希腊罗马古典主义与罗马文学的特爱，以及对于犹太世界的向往，有深的痕迹留在他诗中。为得到那些诗的享受与领会起见，所以人应该神驰于古代与古典主义的分明与纯粹。但他的抒情诗是他的内部的流露。以他的幻想的繁复与丰富论，符尔赫列支奇极近于他的敬爱的名家雩俄（Victor Hugo），以平静与分明论则近于瞿提（Goethe）。

　　许多抒情诗的汇集，在奇异的旗帜之下走向世界的，都含着诗的珠玉。与这些相连的还有大小各范围的叙事诗，故事与神话，在这里他也将他的赋税赋给了捷克的精神。他知道在《圣普罗各的故事》里将宗教性以极柔和的状态与爱结合起来。这诗人识得将真实的伟大，联结了言语的适当的表现，忧愁的刻露，与描写的合宜的叙述的广远，呼起读者的提高的心情。在传奇的史诗《赛尔加》

（Šárka）中，反射出捷克传说界的一部分来，捷克的女豪杰死在爱的魔力里了。

在他的叙事民歌上，苻尔赫列支奇现已替代了纳卢达；最佳的是用捷克精神所写的各首。

传奇的史诗《巴可赫巴》（Bar-Kochba）与别的诗，以及剧曲《犹太教士的智慧》里，都呈出希伯来哲学的影象来。在剧曲方面，也可以见苻尔赫列支奇的可惊的创作的兴致。

他已经作了将近三十种的剧曲，那材料，是大抵从古代，捷克，以及外国民族的生活中所取得的。苻尔赫列支奇以《凯尔斯丹之夜》提出古典的捷克剧曲的模范，这也已译到德国了。

最显著的要事是作为翻译家的他的活动。他施舍捷克文学以将近十种文学的最大的珍宝，将罗马族，日耳曼族，斯拉夫族文学的最美的诗的宝藏，示给他的国人，从中尤其是密支开微支（Mickiewicz）所作的《伽第》（Dziady）。他翻译外国的著作仍存原来的精神，带着本然的色彩，又用本来的句度。

凡关于他的诗的形式方面的，押韵与句度于他并没有少许的艰难。他运用辞句的熟练与工妙，是足以骇人的。外国语的诗他即刻翻成波希米亚的诗。波希米亚的句度的各种类他也仍然保存着乡贯。

苻尔赫列支奇又是一个老练的文体家；他曾作短的故事的汇集叫《彩片》，这也已译为德文了。

尤其重要的是他的文学史方面的工作，大抵是关于外国的，但也有捷克的文学的产物的批评。他这许多的研究，以科学的纯净，在这范围内，他的判断是得了重大的尊崇。

察伊尔（Julius Zeyer 1841—1901）是"卢弥耳社"的最显著的一个社友。

他是个体的捷克著作家与诗人，有这样的印记，是与别人的各比拟都不相合的；映在他著作里的诗的精神，于平常事理最超妙。

他的诗能掣读者的精神,到普通的真切所不能到的界限去。察伊尔是最富于诗的梦的一个人,永远是真诚在他的感情愤发上,纯净而且响亮,最大的理想者,而又是完全的艺术家,怀着特爱去选出冷落的幻想的材料。

以诗人论则察伊尔是叙事诗人,但他著作的内容是柔软的抒情的制作,工作的结构是传奇的紧张。他的幻想引他到全世界,到各时代。他苏生了凯尔大帝与他的僚属等中古的形象,他的精神徘徊于日耳曼时代,使北欧,西班牙与法兰西的传说的珍宝见了光,滞留于爱尔兰列泰安(Litauen)在我们的目前幻出东方的猛烈的华美。察伊尔将他的英雄脱下粗野的战装,化为感情充满的人格,那标星是高上的信仰,对于基督的爱,以及对于女人的理想的爱。

女人于他是具体的爱。这女性的理想的见地与他的深而且真的宗教上的确信,使读者对于他发生甚大的尊崇。他是一个实践要义的,中古时代高贵的骑士歌人的模范。近时他的到了昂腾的宗教性的,圣母崇拜也从中占一个重要地位的,极秘密的神异信仰里去,使他与现代加特力派生了接近的结合了。

难以企及的是察伊尔之于《凯罗林克史诗》,以及取材于波希米亚古代传说世界的史诗等。

察伊尔也作散文,然而不过是无韵的诗;察伊尔在他的诗的著作上也少用韵。在许多故事中,他收效于色采的绚烂与对于异国材料的确实的特爱。他的华美的文体是工妙的生光,震惊着散布的融和,那言语强有力的流过广阔的波上。

在剧曲上,察伊尔也显出他是一个最好的意义的诗人。

但是到他死后,才得了完全的认识;当生存时,他只凭着他的杰出为数人所识罢了。

三　捷克的现代派

　　九十年代之初，捷克的现代派在美伦（Mähren）的报章上对于苻尔赫列支奇与其支派开始了锋锐的战斗。从这些青年，可看出法国的批评的文学与洛思庚（Ruskin）的影响来，但更多的是颓唐派，即恐怖与死的作家的影响；许多人倾向于加特力教派或者归服在秘密信仰，尤其是神秘主义里，这出于美忒林克（Maeterlinck）所说，与难解的烟雾样的蒙着的象征主义正相同。捷克的现代派也于国民无所顾虑，空间与时间不能给他们以妨碍。这一种倾向的同人与外国有关系，尤其是德意志人。他们的报章上登载德国的诗，而且法国的颓唐派与象征派之外，也崇奉淮尔德（Oscar Wilde）惠德曼（Walt Whitman）与超人尼采（Nietzsche）。有些病态的，颠倒的，异样的，有些像夏水仙的香气似的吹出自这些大致以形式与美声的文体得名的，冰冷的诗篇中。当青年时，这些诗人大抵致力于恋爱，两性关系，对于女性的渴仰；至于大问题的解决，则他们的经验还欠加多；许多人僵在一定的思想范围里，这都是别一面已经结束，而自己不能本然的发达了。

　　捷克现代派以普罗哈兹加（Ernst Procházka）的报章《捷克现代派》（Časká Moderns）为根据，这人译述法文学，亦复独立的批评。在现代派的功效中，现今大概以批评为最胜，最好的是这运动的首领乔治凯拉绥克（Jiři Karásek von Lvovic）。当初是一个苦行的人物，自责教徒，他自觉他精神的高贵出于他的国人；抒情诗之外他也专心于评论。他用了紧密的文体，表出他的思想与铿锵的要义来，他对于常常以营业的收获而运入文学中的流畅的韵语锻炼是一个仇敌。他的《艺术的复兴的弦》与《印象家与讥刺家》都止于一种"九十年顷文学世代的心理学的案卷"，可惜，狭窄的普拉赫的情形使他决了意，舍去文学的工夫了。

捷克现代派的发达略近于暴风雨,许多那时的战友已经脱走了。

在他们一派中,我所要列举的是讥刺家而其实是冷笑家的悌克(Dyk),那才能发达到载在人口的,威珂微支(Woikowicz),是婉约的研究《该尔达》(Gerda)的作者;少有创作的兴致,然而本真的是小都市的熟识者,嘲骂的画家阿波勒斯奇(Opolský);培士卢支(Peter Bezruč)用了阿斯忒劳(Ostrau)的矿工的心血来著书,那诗如工人的沉重的锤击落在心情上——粗鲁的真实,那描写确可以由翻译震耸了勖垒斯(Schleswig)矿山的主人。呵黎(Josef Holý)也在腕力材料中寻求他的力;少年著作界中一个有趣的现象是高温的绥寄玛(Karl Sezima),以一种奇异的发见,在《苦难之花》(Passiflora)里,写出肉欲的强健的男子与柔弱的女人之间的性的关系来;这男人夭折之后,女人的神经已极兴奋,至于再受不下一个别的男人的爱,而于是得了伊的死亡。

现代派之次,还有一种文学的继起者,是于世界苦痛与外国理想两不遵从的。这些人都类聚于罗什克(Karl Rosék)的现已凋落的报章《心》里;但这派并不能角胜于纯粹的捷克的中枢,却立在普通的人间的题材上,如一个少年与女人间的无穷以及永远的关系,而且大抵是束缚于侧重音节的诗歌。

敢告少年批评家,也须学习斯拉夫与日耳曼的文学,而且以捷克精神与纯粹的言语来作文,因为法文的多用,是有害于表现的明白与他们的著作的领解的。

别一面又有加特力现代派,社员多是年青的教士。他们的本职已经指定了他们所走的道路,但在这艺术创造的束缚的范围里,他们也交出目的物来。他们交感于意太利的新加特力教派,有特爱于惠尔伦(Verlaine)哈罗(Helo)勃里(Blois),也尊重同趋向的德国的代表者,而且他们的眼光乐于留在希理尔与美所特(Cyrill u. Method译者按两人是十世纪时的教士)的时期。他们的精神的中心点是陀思泰勒卢替诺夫（Karl Dostál-Lutinov）的报章《新生命》，这是与那时的大僧正康恩（Kohn）博士抗争而得名的人。他的最美的诗的创作是传说，真心而且简质，又加以可贵的嘲骂的滑稽；此外他的诗里又吹出清爽的国民特有的声音来，虽在近时已有了轻微的败响。次于他的是这现代派的大才人波式加（Sigismund Bouška），他自己知道，他做他的诗是用了炽热的头与风暴的心，因为在诗，那内容是关系于信仰与艺术的，而两者于他是姊妹。波式加是一个文雅的诗人，又是普罗凡（Provius）与凯泰罗尼亚（Katalonia）文学的精通者，他曾有完成的译文。此间还须举出神秘派的特伏拉克（Fr. X. Dvořák）与外教的象征主义者勃累什那（Ottokar Březina）来，培尔（J. Š. Baar），是知道动人的写出牧师与乡村教师来的，尤其是在图写他故乡滔司（Taus）的秀逸的景象。

几个斯拉夫南边的加特力教士，因为他们的归向与努力，和这些著作家契合了。

捷克人在斯拉夫民族中是最古的人民，也有着最富的文学。但在二十年代，几乎很少见一本波希米亚文的书，后来出了 J. Kollár 以及和他相先后的文人，文学才有新生命，到前世纪末，他们已有三千以上的文学家了！

这丰饶的捷克文学界里，最显著的三大明星是：纳卢达（1834—91），捷克（1846—   ），符尔赫列支奇（1853—1912）。现在译取凯拉绥克（Josef Karásek）《斯拉夫文学史》第二册第十一二两节与十九节的一部分，便正可见当时的大概；至于最近的文学，却还未详。此外尚有符尔赫列支奇的同人与支派如 Ad. Cerny，J. S. Machar，Anton Sova；以及散文家如 K. Rais，K. Klostermann，Mrštik 兄弟，M. Šimáček，Alois Jirásek 等，也都有名，惜现在也不及详说了。

二一年九月五日，附记。

原载 1921 年 10 月 10 日《小说月报》第 12 卷第 10 号"被损害民族的文学号"。署名唐俟。

初未收集。

致 宫竹心

竹心先生：

前日匆匆寄上一函想已到。

《晨报》杂感本可随便寄去，但即登载恐也未必送报，他对于我们是如此办的。寄《妇女杂志》的文章 由我转去也可以，但我恐不能改窜，因为若一改窜，便失了原作者的自性，很不相宜，但倘觉得有不妥字句，删改几字，自然是可以的。

鲁迅就是姓鲁名迅，不算甚奇。唐俟大约也是假名，和鲁迅相仿。然而《新青年》中别的单名还有，却大抵实有其人。《狂人日记》也是鲁迅作，此外还有《药》《孔乙己》等都在《新青年》中，这种杂志大抵看后随手散失，所以无从奉借，很抱歉。别的单行本也没有出版过。《妇女杂志》和《小说月报》也寻不到以前的，因为我家中人数甚多，所以容易拖散。昨天问商务印书馆，除上月份之外，也没有一册，我日内去问上海本店去，倘有便教他寄来。《妇女杂志》知已买到，现在寄上《说报》八月份一本，但可惜里面恰恰没有叶，落两人的作品。

周树人　九月五日

致 周作人

二弟览：

伊巴涅支说的末一叶已收到了。

大学已有开课信来，我明日当写信去。女师尚无，此回开课，只说补课,尚未提及新学年功课,我想倘他来信,只要照例请假便可(由我写去),不必与说此后之事也。如何复我。

中秋节寺赏据齐寿山说如下:

大门	四吊	二门	六吊
南门即后门?	六吊如不常走则四吊已够	方丈院听差	三或四元以上

兄树　上　九月五日夜

六日

日记　晴。上午寄李季谷信。寄宫竹心信并《说报》八号一册。下午得沈雁冰信两封并校稿一帖。得二弟信。

七日

日记　晴。午后代二弟寄大学信。下午孙伏园来。得二弟信。晚寄沈雁冰信并史稿一篇,校稿一帖。

八日

日记　晴。午后往留黎厂买专拓片二十六枚,三元;《甘泉山刻石》未剜本二枚,二元五角;《上庸长刻石》一枚,一元;《王盛碑》一枚,一元五角;杂造象八种十二枚,二元五角。晚得阮久孙信。得沈雁冰信。夜濯足。

黯淡的烟霭里

[俄国]安特来夫

一

他到家已经四星期了,四星期以来,恐怖与不安便主宰了这家

162

宅。凡是说话以及做事，大家都竭力的想要全照平常，也并未觉得，他们讲话的惨淡的响，他们眼睛的负疚的张皇的看，而且一见他的房，便大抵背转脸去了。但在这家里的别的处所，他们却不自然的大声的走，且又不自然的大声喧笑起来。只是倘若经过那几乎整天的从里面锁着，仿佛这后面并无生物一般的白的门，他们便放缓脚步，弯了全身，似乎豫料着可怕的一击模样，惴惴的避向旁边去了。即使早已经过，已用了全脚踏地，但他们的行步还极轻低，仿佛只跐着脚尖在那里偷走。

人向来没有叫过他的名字，却只简单的称一个"他"，大家整日的悬念他，所以给了不定的称呼当作本名，也从没有人问是谁氏。人又觉得，也如指一切别人似的，这样的称呼他，未免太狎昵而且简慢了；然而"他"这一个字，却很能够将由他的高大阴沉的相貌所给与的恐怖，又完全又锋利的显现出来。只有住在楼上的老祖母，是叫他古略的；但是伊也感到了主宰全家的不幸的埋伏和紧张的情形，伊常常落些泪。有一回，伊问使女凯却说，为什么小姐长久不弹钢琴了。凯却单是诧异的看伊，全不答话，临走时摇摇头，——显出分明的表示来，伊对于这种问题是不对付的。

他的回来是在十一月的一个灰色的早晨，除了彼得已经到中学校去，大家正在家里围着晨餐的食桌的时光。屋外很寒冷，低垂的灰色云撒下雨点来，虽然有着阔大的窗，屋子里也昏暗，有几间并且点上灯火了。

他的拉铃是响亮而且威严，连亚历山大·安敦诺微支自己也战栗。他想，这是一个重要的宾客来访问了，于是他缓缓的迎将出去，在他丰满庄重的脸上含着和气的微笑。但这微笑立即消失了，当他在大门的半暗中瞥见一个可怜而且污秽的服饰的人的时候，这人的面前站着使女，苍皇的要拦住他的前行。他大概是从车站走来的，只坐了几小段的橇，因为他那短小古旧的外衣已经沾湿，裤的下半也溅污了，宛然是泥水做就的圆筒。他的声音又枯裂又粗毛，想因为受湿和中寒罢，否则便是长途中守着长久的沉默的缘故了。

"你为什么不答话？我问，亚历山大·安敦诺微支·巴尔素珂夫可在家，"那来客再三的问。

然而亚历山大要替使女回话了。他并不走到大门，只是望出去，半向着客人；他以为这无非是无数请托者之中的一个罢了，便冷淡的说道："你到这里来什么事？"

"你不认识我么？"这闯入者嘲笑似的问，然而声音有些发抖了。"我便是尼古拉，说起我的父名来是亚历山特罗微支。"

"怎么的……尼古拉？"亚历山大退后一步问。

但诘问时，他已经知道站在他面前的是怎么的尼古拉了。即刻消失了威严，刚死似的可怕的衰老的苍白色便上了他的脸；两手按着胸前，嘘一口气。接着便忽然的伸开这手，抱住了尼古拉的头，老年的灰白的胡须，触着温润的乌黑的短髭，那衰迈的久不接吻的嘴唇，也寻得了他儿子的年青的鲜活的嘴唇，很热爱的接吻。

"且慢，父亲，我先得换衣服，"尼古拉柔和的说。

"你释放了么？"那父亲问，浑身发着抖。

"唉，可笑！"尼古拉将父亲送在一旁，阴郁的严厉的说。"这算得什么呢？释放！"

他们走进食堂去，巴尔素珂夫先生对于含着非常的情爱的自己的慌张，也觉得有些惭愧了。然而团聚的欢喜，中了毒似的在他心脏里奔腾，而且要寻出路；七年以来不知所往的儿子的再会，使他的态度活泼而且喜欢，他的举动忽略而且狼狈了。当尼古拉立在他妹子面前，搓着冻僵的手，问道："这位小姐该是我的妹子了——可是么？"的时候，他不由的发出真心的微笑来。

尼那，一个苍白消瘦的十七岁的姑娘，就在桌旁站起身，腼腆似的用指头弄着桌面，那大的吃惊的眼看着伊的哥哥。伊记得，这是尼古拉，这是比伊的父亲还记得分明的，但是伊不知道现在应当怎么办。待到尼古拉用握手来代接吻时，伊便将用力的一握去回答他,而且同时——弯一弯膝髁!

"还有,这是大学生安特来·雅各罗微支先生,彼得的家庭教师,"亚历山大又介绍说。

"彼得?"尼古拉诧异了,"已经上了学么?——呵,这么!"

其次又介绍到一个尖脸的女人,伊正在斟茶,单叫作安那·伊凡诺夫那。于是大家都新奇似的看他,他也正在四顾房中,看一切是否还是七年以前的模样。

他有些古怪,是捉摸不定的。高大的精悍的身躯,头的高傲的姿势,锐利的射人的眼睛在突出的险峻的眉毛下,教人想起一匹雏鹰。蓬松的乱发上弥满着粗野和自由;沉着轻捷的举动,宛然是伸出爪牙来的鸷兽的颤动的壮美。那手,倘有所求,也便要确实牢固的攫取似的。他仿佛全不理会自己地位的不稳,只是平静深邃的遍看各人的眼睛,即使他眼里浮出喜色来,人也觉得这里面藏着什么秘密和危机,如见那正施蛊惑的猛兽的眼。他的言语是严重而且简单;他并不管自己怎么说——仿佛这已不是那不知不觉的陷了迷谬和虚伪的人语的声音,却就是思想本身发着响。在这样人物的灵魂上,是不能有悔恨之情的位置的。

然而,假如他是一匹鹰,他的羽翼却显得因为战斗很受了伤损,他——算是胜利者——这才出了重围。证明的是他的衣裳,带着露宿的痕迹,污秽,不称他的身躯,而且在这衣裳上又留着一点难解的掠夺的不安的处所,能使穿着美服的人们发生一种漠然的恐怖的心情。而且每瞬间——那强壮的全身,因为特别的心忧发着莫名其妙的战栗,于是身体似乎缩小了,头发都野兽似的直竖起来,那眼光又快又野的向着在坐的人们都一瞥。他饮食的很贪婪,仿佛一个饥渴多时,或者久未吃饱的人,所以要在瞬息之间,卷尽桌上的一切了。饮食完,他说:"这很好,"便嘲弄似的摩一摩肚。他复绝了父亲的雪茄,取过大学生的纸烟来,——他自己从来没有纸烟,——于是命令道:"谈谈罢!"

尼那便说。伊说，刚在女学校毕了业，在校里是怎样的情形。伊最初怯怯的说，但是说了几回，便容容易易的记出所有滑稽的言语来，很满足的讲下去了。伊不甚了然，尼古拉可曾听着；他微笑，然而并不定在说得滑稽的时分，而且始终用了他那浮肿的眼睛四顾着房屋里。他有时又打断了讲说，问出全不相干的话来。

"你买这画要多少钱?"例如他忽然去问那默着的，而且含着一点嘲笑的父亲。

"二千卢布，"安那没有开过口，这时很惜钱似的回答了，又惴惴的一看亚历山大的脸。

"记不清楚了!"

父子都微笑。这微笑中，很带些拘谨，亚历山大已经不再慌张，变了不甚大方的严紧了。

"事务怎么了?"尼古拉仍然简短的问他的父亲。

"做着。"

"买了一所意大利式的新房子，三层楼的，还有一所工场，"安那几乎低语一般的说。在巴尔素珂夫之前，伊本抱着战兢的尊敬，但又熬不住要说出财产来，因为伊日夜忘不掉的是伊的小积蓄——伊有五百五十六个卢布存在银行里——和这大宗钱财的比较。

"唔，尼那，讲下去，"尼古拉说。

然而尼那倦怠了。伊胁肋上又复刺痛起来，端正的坐着，很瘦弱，苍白，几乎透了明，但却是异样的动人的美女，像一朵萎萎的花。伊发出一种微香，使人联想到黄叶的秋和美丽的死。胆怯的面麻的大学生目不转睛的对伊看，似乎尼那颊上的红色消褪下去时，他的脸色也苍白起来了，他是一个医学生，而且对于尼那又倾注着初恋的虔敬。

这时来了菲诺干——那老仆。他的相貌出现于推开的门，如一个初升的月；很圆，红而且光。菲诺干是到浴堂去的；他汽浴之后喝了一点酒，刚回家，听得使女说，他曾经一同骑着马游戏过的那小主人已经回来了。不知道因为醉是因为爱，他欷歔的哭！他扯直了燕尾服，洒香了秃头——他的主人也这样做的——便兢兢业业的走向食堂去。他在门外站了片时，于是仿佛恭迎巡抚似的装着恭敬的吹胀的脸，出现在尼古拉的面前。

"菲诺盖式加！"尼古拉高兴的叫，他声音有些孩子似的了。

"小主人！"菲诺干大声的叫，冲翻椅子，奔向尼古拉。他想要先在尼古拉肩上去接吻，①然而这面却给他一个用力的握手，他奉了军令似的一倒退，再用一握去回礼，重到要生痛了。他自己想，他不是仆人，却是尼古拉的朋友，而且很高兴给大家看出了这资格来。然而照老规矩，他总得在肩上一接吻！……

"而且还是喝！"尼古拉闻到酒气，对于菲诺干照旧的脾气，吃惊而且高兴的说。

"真的么？"家主也威严的夹着说。

菲诺干否认的摇摇头，温顺的倒退几步，斜过眼光去，想寻门口。然而他走过头了，便撞在墙壁上，于是摸索着到了门口，也颇费去不少的时光。菲诺干到得大门，立了片时，感动的看着尼古拉握过的手，然后仿佛是一件贵重的东西一般，极小心谨慎的带进下房去了。他各处都很自尊；但在这瞬间，他的右手是全体中最尊贵的部分。

这一天巴尔素珂夫先生不赴事务所，午膳之后，许是多喝了葡萄酒罢，他心情颇是柔软而且畅快了。他挽了尼古拉的腰，领到藏书室，点起一支雪茄，想作一回长谈，便和善的说道："那个，现在讲罢，你先在那里，你在做什么？"

尼古拉没有便答。那异样的心忧的震动又通过了他的全身，眼睛向门口射出无意的神速的一瞥去，只有声音却还是沉静而且真诚。

---

① 俄国仆役对于主人，只能在肩头接吻。

"不，父亲。我恳请你，不提起我的经历的话罢。"

"我看见你有外国的钱币；——你到过外国了么？"

"是的，"尼古拉简短的答。"然而我恳请你，父亲，就此够了。"

亚历山大皱了眉头，从软榻上站立来。他在外衣下面负着手，往来的踱；于是他问，并不看着儿子：

"你还是先前一样么？"

"就是这样。你呢，父亲？"

"就是这样。去罢，我事务多！"

尼古拉一出房外，巴尔素珂夫便合了门，走近火炉，默默的，然而用力的敲那光亮洁白的炉台的砖块，于是用手巾拭净了手上的白垩，坐下去办事了。在他脸上，又盖满了令人想起死尸来的，可怕的青苍……

和祖母的会见，并没有目睹的人，但他显着阴沉的脸相走出伊房外来，也似乎微微有些感动。当尼古拉关上他住房的白门之后，大家都暂时觉得舒畅了。从这一瞬间起，他便不再算作客人，而且从此又发生了异样的不安和忧虑，这骤然曼衍开去，立即充满了全家。似乎有谁混进了家里来，永远盘据着，那是一个猜不透的危险的人，比路人更其全不相知，比伏着盗贼更可怕。只有菲诺干一人没有觉得，因为为了非常之欢喜他还有些酩酊，睡在厨子的床中；在睡眠中，他也还保着他那有价值的人格的尊贵的观瞻，右手略略的离开着身体。

在客厅里，尼那低声的说给大学生听，七年以前是怎样的情形。那时候，尼古拉和别的学生因为一件事，被工业学校斥退了，靠着父亲的联络，他才免了可怕的刑罚。激烈的互相争论中，易于发恼的亚历山大便打了他，这一夜他即离了家，直到现在才回来了。那两人，讲的和听的，摇着头，放低了声息；而且为慰勉尼那起见，大学生取过伊的手来，给伊抚摩着……

二

尼古拉从不搅扰人。他自己少说话；他也不愿倾听别人的话，带着一种尊大的淡漠，仿佛人要和他怎么说，他早经知道的了。当别人说话的中途，他也会走了开去，脸上显出这神色，似乎他倾听着什么辽远的，只有他能够听到的东西。他不嘲笑人也不诘责人，但倘若他走出了那几乎整日伏在里面的图书室，到各处去徘徊，忽而到妹子那里，又忽而到仆役或大学生那里的时候，在他的所有踪迹上便散布了寒冷，使各人发生自省的心情，似乎他们做下了一点坏事情，并且是犯罪的事，而且就要审判和惩治了。

他现在服饰都很好了；但便是穿着华美的衣装，他与房屋的豪华的装饰也毫不融和，却孤另另的有一点生疏，有一点敌意。假使陈设在房屋里的一切贵重的物件都能够感觉和说话，那么，倘他走近这些去，或者因为他那特别的好奇心，从中取下一件来看的时候，他们定将诉苦，说这可忧愁得要死了。他向来没有坠落过一件东西，全是照旧的放存原位上，但倘使他的手一触那美丽的雕塑，这雕塑在他走后便立即失了精神，全无价值的站着。成为艺术品的灵魂，全消在他的掌中，这就单剩了并无神魂的一块青铜或粘土了。

有一回，他走到尼那那里，正是伊学画的时间；伊从什么一幅图画中，很工的摹下一个乞丐的形象。

"画下去。尼那！我不来搅乱你，"他说着，便靠伊坐在低的躺椅上。尼那怯怯的微笑着，又临摹一些时，画笔上蘸了错误的颜色。于是伊放下画笔来，说：

"我也疲倦了。你看这么么？"

"是的，好。你也弹得一手好钢琴。"

这冰冷的夸奖很损毁了敏感的尼那的心情。伊想要批评似的侧了头，注视着自己的画，叹息说：

"可怜的乞丐！他使我很伤心！你呢？"

"我也这样。"

"我是两个贫民救济所的会员，事务非常之多！"伊热心的说。

"你们在那里做些什么事？"尼古拉冷淡的问。

尼那于是说，开初很详，后来简略，终于停止了。尼古拉默默的翻着尼那的集册，上面保存着伊的朋友和相识者的诗文。

"我还想听讲义去；然而爹爹不许我。"尼那忽然说，伊似乎想探出他的注意的门径来。

"这是好事情。唔——那么？"

"爹爹不许。但是我总要贯彻我的意志的。"

尼古拉出去了。尼那的心里觉得悲痛而且空虚。伊推开集册，凄凉的看着刚画的图像，这似乎是很讨厌，全无用的恶作了，伊镇不住感情的偾张，便抓起画笔来，用青颜色横横直直的叉在画布上，至使那乞丐不见了半个的头颅。从尼古拉和伊握手的第一日起，伊对他便即亲爱了，然而他从来没有和伊接一回吻。倘使他和伊接吻，尼那便将对他披示那小小的、然而已经苦恼不堪的全心，在这心中，正如伊自己写在日记上似的，忽而是愉快的小鸟的清歌，忽而是乌鸦的狂噪。而且连日记也将交给他了，这上面便写着伊如何自以为无用于人以及伊有怎样的不幸。

他想，伊只要有伊的绘画，伊的音乐，伊的会员便满足了。然而这是他的大误，伊是用不着绘画，用不着音乐，也用不着会员的。

倘他旁观着彼得到大学生那里受课的时候，他却笑了，因为这笑，彼得嫌恨他。彼得反而很高的竖起膝髁来，至于连椅子几乎要向后倒，轻蔑的睐着眼，他虽然明知道万不可做，却用指头挖着鼻孔，而且当了大学生的面说出无礼的话来。这家庭教师的麻脸上通红而且流汗了，他几乎要哭，待彼得走后，又诉苦说，他是全不愿意学习的。

"我真不解；彼得竟全不想学。我真不解，他将来怎样……先一会,使女来告诉,他对伊说些荒唐话。"

"他会成一个废物罢了,"尼古拉并不显出怎样明白的表示,断定了他兄弟的将来。

"人用尽了气力,为他用尽了气力,为他费了心神,有什么用处呢?"家庭教师一想起不是打杀彼得,便得自己钻进地洞里的,许多屈辱和惭愧的时候,便几乎要哭的说。

"你不管他就是了。"

"然而我应当教导他呵!"大学生很惊疑的叫道。

"那么,你教导他就是,照人家所托付的那样!"

大学生竭力的还想发些议论,尼古拉却不愿了。尼那和安特来·雅各罗微支也曾研究多回,想阐明尼古拉的真相,但归结只是一个空想的图像,连他们自己也发笑起来。但两人一走开,他们却又以他们的失笑为奇,觉得他们那空想的推测又近于真实。于是他们怀着恐惧和热烈的好奇心,专等候尼古拉的出现,而且笑着,以为今天终于到了这日子,可以解决那烦难的问题了。尼古拉出现了,然而这谜的解决的辽远,今日却也如昨日一般。

特别的陆离,又不像真实的是仆役室里的猜测。而菲诺干站在所有论客的先头。他喝了一点酒,他的幻想便非常之精采而汗漫了。连他自己也觉得吃惊而且疑惑。

"他是——一个强盗!"他有一回说,他那通红的脸,便怕得苍白起来。

"哪,哪,……就是强盗么?"厨子不信的说,但惴惴的看着房门。

"是专抢富翁的,"菲诺干接着订正说。——当尼古拉还是孩子时候,曾经说过,他听得,有着这一种强盗的。

"他何必抢人呢,父亲这里就有这许多钱,他自己还数不清。"马夫说,这是一个很精细的人物。

"三个工场,四所房屋,天天结股票。"安那低语着,伊的积蓄,到现在已经加上四卢布,弄到五百六十卢布了。

然而菲诺干的假定也就推翻了。安那将尼古拉带来的一切,仔细的搜检了一番,除了一点小衫,却毫没有别样的物件。但正因为小衫之外没有别的,便愈加不安而且诡秘了。倘使他皮包里藏着手枪,子弹,刺刀,则他大约就要算是一个强盗。本体一定,大家倒可以安静,可以轻松;因为最可怕是莫过于不知什么职业的人,那容貌态度,样样迥异寻常,单是听,自己却不说,只对大家看,用了刽子手的眼光。于是这不安增长起来,终于变了迷信的恐怖,寒冷的水波似的弥漫了全家了。

　　有一次,泄漏了尼古拉和他父亲之间的几句话,但这并不消散家中的恐怖,却相反;使可怕的谜和疑惧的思想的空气更加浓厚了。

　　"你曾经说,你厌恶我们的一切生活法。"那父亲说,每个音都说得很分明:"你现在也还厌恶么?"

　　一样是缓缓的,而且明白的说出尼古拉的诚实的答话来:"是的,我厌恶这些,——从根柢里到最顶上! 我厌恶这些,也不懂这些。"

　　"你可曾发见了更好的没有?"

　　"是的,我已经发见了。"尼古拉确乎的答。

　　"留在我们这里罢!"

　　"这是无从想起的,父亲——你自己知道。"

　　"尼古拉!"亚历山大忿然的叫。暂时间紧张的沉默之后,尼古拉低声的悲哀的回答道:"你永是这模样,父亲——又暴躁,又好心。"

　　这殷实的人家临近了圣诞节,也显得凄怆而且无欢。现有一个人,那思想和感情都不与家族相关联,阴沉的磐石似的悬在大家的头上,不独夺去了期望着的愉快的祭日的特征,并且连那意义也消灭了。这似乎尼古拉自己也明白,他怎样的苦恼着他人,他便不很走出他的房外去——然而不看见他,却更其觉得他格外的可怕了。

　　圣诞节前几天,巴尔素珂夫这里不期的来了若干的宾客。尼古拉向来不会那些无涉的人,也仍然不去相见了。他和衣躺在自己的床上,倾听着音乐的声音,这受了厚墙的浑融,柔软调匀的传送过来,宛如清净声的远里的歌颂;而且这声音又极柔和的在他耳朵边响,仿佛便是空气本身的歌讴。尼古拉倾听着,他的孩子时候的远隔的时代,便涌现上他的心头来,那时他还小,他的母亲也还在;……那时也是来了客人,他也远远的听着音乐,而且一面做着梦……不是梦形象,也不是梦音响,却梦着别的东西,那形象和音响只是纠结起来,很明而且很美——这东西如一个美丽的唱歌的飘带,闪在天空中……他那时知道这闪闪的是什么;然而他不能对人说,也不能对自己说;他只是竭力的教自己尽力的醒着——但是睡着了。有一回也如此,并没有人留心,他睡在大门口的客人的皮裘上,至今还分明的记得那蒙茸的刺手的皮毛的气息。而且莫名其妙的恐怖的战栗,冷的针刺似的又通过了他的全身……但这回又奇特的同时有什么柔软的温暖的东西照着他的脸,有如温和的爱抚的手,来伸展他的愁眉。他的脸全不动,然而平静,温良,柔顺,仿佛是死人。人判不定他是睡还是醒,是生还是死。人只有一句话可以说:这人安息着……

到了圣诞节的前夜了。在黄昏时,菲诺干走到尼古拉的屋里去。他大概不算醉,沉了脸向着旁边,眼里闪闪的像是泪。

"祖母教请。"他在门口说。

"什么?"尼古拉惊疑的问。

菲诺干叹息,重复说:"祖母教请。"

尼古拉走到楼上,他刚刚跨进门槛,两条纤细的女儿的臂膊突然抱住他的头颈了;在他脸上,帖近了一个柔弱的脸,带着睁大的湿润的眼睛,一种可怜的声音含着歔欷,低低的说:"哥哥,哥哥!——你为什么教我们吃苦!亲爱的,亲爱的哥哥,你和父亲和好了罢……也和我……并且留在我们这里……千万,千万,留在我们这里!"

渺小的瘦弱的全身的震动,在他手上也觉得了,而且这小小的无用的心却如是之伟大,将无限的,苦恼的全世界注入他的心中了。阴郁的皱了眉头,尼古拉向周围投了嗔恚的一瞥,从榻上又向他伸出祖母的手来,苍白枯瘦得可怕,更有一种声音,已经是那一世界的声响似的,枯裂欷歔的呻吟道:"尼古拉! 孩子! ……"

门槛上哭着菲诺干。他的谨严的态度都失掉了,鼻涕挥在空中,牵动着眉毛和嘴脸,而且他眼泪非常多! ——流水似的淌下两颊来,这似乎并不像别人一样,从眼里出来的,而却出在枯皱的头皮上的所有的毛孔。

"我的朋友! 尼古林加!"他低声的祈求,也向他伸出捏着冰块似的红手帕的手。

尼古拉孤独的微笑,又轻轻的说。他自己不知道,现在在阴暗的鹰眼里,也极难得的落下几滴眼泪来了——于是从昏暗的屋角显在明亮处,是一个男人的花白的发颤的头,这是他的父亲,是他厌恶而且不懂他的生活的。

然而他忽然懂得了。

也如先前的狂瞀的厌恶一样,因为狂瞀的亲爱,他奔向他的父亲,尼那也很感动,三人拥抱着,像是活着的哭着的一团,都以毫无隐蔽的心,发着抖,这瞬息间,融成了一个心和一个灵魂的强有力的存在了。

"他不走了,"老人声嘶的,胜利的叫喊说。"他不走了!"

"我的朋友尼古林加!"菲诺干低声的祈求。

"是啦! 是啦!"尼古拉说,然而连他自己也不知道对着谁。"是啦! 是啦!"他反复的说,一面接吻于默默的摩着他的头的老人的手上……

"……是啦! 是啦!"他还是反复说,但他已经感到在他的精神上,弥漫了崛强的奔腾的短的,尖利的"不可"了。

已经入了夜,在这大宅子的全部里,从仆役室以至主人的房屋,都辉煌起愉快的灯光。人人喜孜孜的热闹的谈笑,那贵重的脆弱的装饰品也失去了怯怯的忧愁；从高的位置上，傲慢的俯视着龌龊奔走的人间。，坦然的恢复了他们的美丽；仿佛是，凡有在这里的一切，无不奉事他们，而且臣伏于他们的美丽似的。

亚历山大，尼古拉和大学生，还都聚在祖母的屋子里；忽而叙说自己的幸福，忽而倾听尼古拉的谈论。菲诺干，因为高兴了，又喝了一点酒，走出院子去，要凉快他火热的头；雪花消在他通红的秃头上，如在热灶上一般，他正在摸，他又吃惊的看着——尼古拉！手上提一个小小的行囊。尼古拉正走出屋角的便门的外面。当他瞥见菲诺干的时候，他也懊恼的吃了惊。

"阿，菲诺干，老动物！"他低声说……"那么，送我到大门。"

"朋友……"菲诺干着了慌，窃窃的说。

"不要声张。我们到那边说去。"

街上完全没有人，两端都没在徐徐的静静的飞下来的雪花的洁白的大海里。尼古拉忽然当菲诺干面前站住了，用了他那闪闪的突出的眼睛看定他，抬起手来搭在他肩上，而且缓缓的说，仿佛命令一个小儿："对父亲说去，尼古拉·亚历山特罗微支愿他安好，并且告诉他，说他去了。"

"那里去？"

"单说去了就是，保重罢。"尼古拉叩一下老仆的肩头，便走了。菲诺干省悟，尼古拉对他也没有说出那里去，于是尽其所有的力量拖住了他的手。

"我不放你！上帝很神圣，我决不放你！"

尼古拉推开他，又诧异的向他看。然而菲诺干拱了两手，如同祷告似的，吐出歆歘的声音，祈恳道："尼古林加！唯一的朋友！都算了……那里有什么呢？这里有钱，三个工场，四所房屋，我们天天结股票……"他无意识的背诵着老管家女人的成语。

"你说什么？"尼古拉蹙额说，大踏步便走。但那佳节模样的穿着全新的燕尾服的菲诺干却受了践踏一般瘫软了。他喘吁吁的只是不舍的追。终于抓住了他的手,祷告似的哀求道:"现在,那么,……我也……也带我去——这怕什么? 你——做强盗去么? ——好;那就做强盗!"

于是菲诺干做了一个绝望的举动,似乎他已经要决绝了这尊贵的人间。

尼古拉站住,默默的对着仆人看,而在这眼光里,闪出一点非常可怕的东西,冰冷的酷烈和绝望来,菲诺干的舌头便在运动的中途坚结了,两足都生根似的粘在雪地里。

尼古拉的后影小了下去,隐在莽苍里了,仿佛消融在灰色的烟雾的中间。再一瞬间,尼古拉便又没在他先前曾经由此突然而来的,那不可知的,怕人的,黯淡的烟霭里。寂寞的道路上已不见一个生物了,然而菲诺干还站着看。衣领湿软了粘在他脖子上;雪片慢慢的消释在他冻冷的秃头上,和眼泪一同流下他宽阔的刮光的两颊来……

安特来夫(Leonid Andrejev)以一八七一年生于阿莱勒,后来到墨斯科学法律,所过的都是十分困苦的生涯。他也做文章,得了戈理奇(Gorky)的推助,渐渐出了名,终于成为二十世纪初俄国有名的著作者。一九一九年大变动的时候,他想离开祖国到美洲去,没有如意,冻饿而死了。

他有许多短篇和几种戏剧,将十九世纪末俄人的心里的烦闷与生活的暗淡,都描写在这里面。尤其有名的是反对战争的《红笑》和反对死刑的《七个绞刑的人们》。欧洲大战时,他又有一种有名的长篇《大时代中一个小人物的自白》。

安特来夫的创作里,又都含着严肃的现实性以及深刻和纤细,使象征印象主义与写实主义相调和。俄国作家中,没有一个人能够如他的创作一般,消融了内面世界与外面表现之差,而现出灵肉一致的境地。他的著作是虽然很有象征印象气息,而仍然不失其现实性的。

这一篇《黯淡的烟霭里》是一九〇〇年作。克罗绥克说，"这篇的主人公大约是革命党。用了分明的字句来说，在俄国的检查上是不许的。这篇故事的价值，在有许多部分都很高妙的写出一个俄国的革命党来。"但这是俄国的革命党，所以他那坚决猛烈冷静的态度，从我们中国人的眼睛看起来，未免觉得很异样。

一九二一年九月八日译者记。

未另发表。
初收 1922 年 5 月上海商务印书馆版"世界丛书"之一《现代小说译丛》(第 1 集)。

致 周作人

二弟览：

イバネヅ的生年，《小说月报》中亦无，且并"五十余岁"之说而无之。此公大寿，盖尚未为史家所知，跋中已改为"现年五十余岁"矣。

查字附上，其中一个无着，岂拉丁乎？至于 Tuleries 则系我脱落一 i 字，其为"瓦窑"无疑也。

光典信附上，因为信面上还有"如在西山赶紧转寄"等等急煞活煞的话。现代少年胜手而且我餮，真令人闭口也。署签"断乎不可"！

我看你译小说，还可以随便流畅一点（我实在有点好讲声调的弊病），前回的《炭画》生硬，其实不必接他，从新起头亦可也。

孙公已到矣。

我十一本想上山，而是日早上须在

圣庙敬谨执事，所以大约不能上山矣。

余后谈。

兄树　上　九月八日夜

九日

日记　晴。上午寄二弟信。寄三弟信。午后往大学补课。晚得二弟信。

小俄罗斯文学略说

［德国］凯尔沛来斯

不属于大俄罗斯语的，在南部有俄语的两枝创出固有的文学来，就是现今的（译者按这指十九世纪末）小俄罗斯区域与奥大利属的格里济亚（Galicia）。溯小俄罗斯文学的渊源，是在基督教既经传入，在教会区域上，基雅夫（Kiev）成了分布活动的中枢之后的时候。因为与北俄的分离，以及与列泰恩和波兰的连合，南俄的精神生活有了别的趋向了；这与欧罗巴文明的关系，较早于大俄罗斯，文艺复兴和宗教改革也并非没有痕迹的过去。反应是出现了一串苦楚的暴动，从十七世纪末起，一直延到十八世纪的中叶。这战争的英雄，赫菝勒尼支奇（Bogdan Chmielnicki），在诗歌上也受尊敬。到小俄罗斯与墨斯科人的国度（Moskowiterreich 译者按即指大俄）的合并，战争也一齐完结了，其时横在涅普尔（Dnjepr）的彼岸的乌克拉因（Ukrain）便属于波兰。小俄罗斯的民歌在欧洲算最丰饶，他的荣盛时代是十六世纪与十七世纪。乌克拉因的可萨克诗歌早就有人称说的了。下列的是最见特性的之一，唱的是一个海忒曼（Hetman 译者按即头领，也就是酋长）的死亡：

悲哀蒙了乌克拉因的人民，

这哭着留在战场上的，他们的主君。

猛烈的风吼叫起来了：

我们的主君在那里呢，那勇敢的滂？（Pan，按即主人。）

秃鹫的大队叫喊着飞来道：

为着安息，你们将我们的海忒曼运到那里去了？

鹰隼从空中往下喊：

那里是勖斐格夫斯奇（Schviergvski）的，海忒曼的坟呢？

来了云雀的一群啁啾的问道：

你们在那里对他说了"珍重"呢？

可萨克的一个回答说：

"在他的深的坟旁边，

离那城不远，那叫吉理亚（Kilia）的，

在土耳其国的边疆。"

小俄罗斯的民歌有诗的体势，忧郁的基音和坚实的含蓄。小俄罗斯的史诗包含着前鞑靼时代以及可萨克对鞑靼人波兰人战争的纪念与诗歌，后来的哈达玛克（Hajdamak）时代和更后的奴仆时代的诗歌，伴着他的民族的一切时代的历史。在民歌里，与变化多端的历史，结合着这国土的丰饶的自然。南俄的民歌与鼓舞他们而又为人类精神的烦闷与欢欣的同情者的自然，是分不开的。

南俄的自立的艺术文学，与所有斯拉夫国的精神的新的国民运动一同开出端绪来，在十八世纪的末尾。当中古时代的小俄罗斯文学只有历史的价值的时候，诗的存在上却显出新的来了。十八世纪初，教士隋诺斐耶夫（Clemens Zenoviev）已经以他的诗出现，同世纪末，乌克拉因人便庆得一个文人，在他的著作中，立了新的国民的文言的模范。这是珂忒略莱夫斯奇（Ivan Kotljarevskij 1769—1838），在改作的《遏那兑》（*Travestierte Aeneide*，译者按是将罗马诗人 Virgil 所作记希腊英雄 Aeneas 的诗《遏那兑》改为狂诗，如中国改窜古

人成文以讥世事之类）里，含有许多俄人的碎屑生活的滑稽，他的两种戏曲《波尔泰夫的那泰黎》（Notalka Poltavka）与《军人当作术士》，也从他的国民的生活中，恰巧的攫住了各别的性格的流派。与珂忒略莱夫斯奇一例，接着古拉克（Peter Artemovskij-Gulak 1791—1865），在他的喜剧《主人与狗》里，将他的国人的悲痛的然而含着秘密的感情，那因了奴仆境地而绝望的隐忍的自恣，都表现出来了。但自从有了克维忒加（Georg Kvitka 1778—1843），赫来弁加（Eugen Hrebenka），玛迭林加（Isko Materinka），多波略（Kyrill Topolja）与摩吉拉（Ambrosius Mogila）等的小俄罗斯故事与小说，这才与国民生活有直接的相关。

最显著的诗人也出在对于国俗的挚爱里，这是绥夫专珂（Taras Szevczenko 1814—1861）。他首先的诗，已经对那有着伟大的历史的纪念与悲凉的现状的，他的故乡的国民生活，披沥了深邃的诗的感情。这感情也表见于下列的歌中：

倘若我死了，便埋我

在我的乌克拉因的

辽远的平原的中间

坟山的上面，

使我看见涅普尔的

广阔的平原

和崖间的豀岸，

听到那奔迸的一般

仇敌的血潺潺的滚进青的海里

出了乌克拉因。

那么，是的，那么我要将山与平原，

我要全都放掉了，

我要自己飞向神明而且

祷告，——但到那时为止

我不认识神明。——埋了我

醒过来并且拗断了

你们的锁索,用那坏的

仇敌的血给自由去饮!

而且在大的范围与自由的新里

你们也须想到我,

并且用了恶的,

却是用了静的言语。

绥夫专珂因为他的政治的行动,被流到西伯利亚,十年后才回复了
自由。但他所担受的苦恼,并没有扼死了他的诗的力,更不能浑浊
他的人道的观念;他是一个国民引导者,新生命的唤醒者,他的民族
的豫言者;南俄的诗便具体在绥夫专珂的诗中。就最新的小俄罗斯
著作家中,可以记述的是珂思妥玛罗夫(Nikolaj Kostomarov)之为戏
曲家与历史家,库烈支(Pantaleon Kulisz 1819—)之为翻译家与小
说家。乌克拉因主义(Ukrainophilentum)的机关,这主义是因为全
斯拉夫主义(Panslavismus)的激刺而起的,名曰《阿思诺跋》(Osno-
va),是一种有势力而且纯净的文学杂志。几个现代的作者,如玛尔
各微支(Eugenie Markovicz 即 Marko Vovczok),斯多罗闪珂(Alek-
sei Storoženko),格利皤夫(L. J. Glibov),莱佛支奇(Ivan Levickij)和
别的人,也试将乌克拉因的国民生活在他的特性的典型上,用了大
俄罗斯的写实主义的方法来描写。

　　格里济亚的卢设尼亚(Ruthenia)人将他们的全副精神的力,专
用在对于波兰族的国民的分子的战争。近时在他们这里有两样趋
势见了功效,一种是与大俄罗斯文学的无条件的连合,别一种是用
乌克拉因语的独立的文学。斯拉夫文艺复兴时,他们的新生命也同
时苏醒了;因为别的斯拉夫民族的先例,便加强了他们这思想,即是
他们在精神的发达上也有同样的权利。这要求的根本义便引了第
一个卢设尼亚的著作家,索斯开微支(Marcian Szaszkevicz 1811—

1843)到这场面上，在他的年报《特涅思台的卢赛尔加》(*Russalka vom Dnjester*)里，首先发出"故乡言语的幻美的声音"来。伊耳开微支(Gregor Ilkevicz)则搜集古传说与谜语。最显著的诗人，也是杰出的故事著作者，是雅特珂微支(Josef Jedkovicz 1834—　)。他的诗出于一个愉快的，不为派别所拘的诗人的心，他的材料取之实生活，他的言语就是他的眷属与乡土的言语。呵罗伐支奇(Jakob Holo-vackij 1814—　)在他重要的历史的工作上，为了从凯尔派多(Kar-pathos)到康萨德加(Kamchatka)的俄罗斯国民性的统一而奋斗。立在国民的党派的努力这潮流之下的是诗人与故事作家珂尼斯奇(O. Koniskij)，穆拉加(Danilo Mlaka)，荷马的翻译者卢檀斯奇(Stephan Rudanskij)，戏曲家乌斯帖诺微支(Komilo Ustianovicz)等。

　　右一篇从 G. Karpeles 的《文学通史》中译出，是一个从发生到十九世纪末的小俄罗斯文学的大略。但他们近代实在还有铮铮的作家，我们须得知道那些名姓的是：欧罗巴近世精神潮流的精通者 Michael Dragomarov，进向新轨道的著作者 Ivan Franko(1856—　)与 Vasyli Stefanyk；至于女人，则有女权的战士 Olga Kobylanska(1865—　)以及女子运动的首领 Natalie Kobrynska(1855—　)。

　　一九二一年九月九日，译者记。

　　　　原载 1921 年 10 月 10 日《小说月报》第 12 卷第 10 号
　　　　"被损害民族的文学号"。署名唐俟。
　　　　初未收集。

十日

　　日记　晴。上午寄沈雁冰信并稿一篇。寄陈仲甫稿二篇，又郑振铎书一本,皆代二弟发。下午寄孙伏园稿二篇,一潘垂统,一宫竹心。

池 边

［俄国］爱罗先珂

芬阑的文人 P. Päivärinta 有这样意思的话,人生是流星一样,霍的一闪,引起人们的注意来,亮过去了,消失了,人们也就忘却了。

但这还是就看见的而论,人们没有看见的流星,正多着哩。

五月初,日本为治安起见,驱逐一个俄国的盲人出了他们的国界,送向海参卫去了。

这就是诗人华希理·淹罗先珂。

他被驱逐时,大约还有使人伤心的事,报章上很发表过他的几个朋友的不平的文章。然而奇怪,他却将美的赠物留给日本了:其一是《天明前之歌》,其二是《最后之叹息》。

那是诗人的童话集,含有美的感情与纯朴的心。有人说,他的作品给孩子看太认真,给成人看太不认真,这或者也是的。

但我于他的童话,不觉得太不认真,也看不出什么危险思想来。他不像宣传家,煽动家;他只是梦幻,纯白,而有大心,也为了非他族类的不幸者而叹息——这大约便是被逐的原因。

他闪过了;我本也早已忘却了,而不幸今天又看见他的《天明前之歌》,于是由不得要绍介他的心给中国人看。可惜中国文是急促的文,话也是急促的话,最不宜于译童话;我又没有才力,至少也减了原作的从容与美的一半了。

九月十日译者附记。

黄昏一到，寺钟悲哀的发响了，和尚们冷清清的唪着经。从厨房里，沙弥拿着剩饭到池塘这边来。许多鲤鱼和赤鲤鱼，吃些饭粒，浮在傍晚的幽静的水面上，听着和尚所念的经文，太阳如紫色的船，沉到远处的金色的海里去。寒蝉一见这，便凄凉的哭起来了。

有今朝才生的金色和银色的两只胡蝶。这两只胡蝶，看见太阳沉下海底去，即刻嚷了起来。

"我们没有太阳，是活不成的。这究竟是怎么一回事呢？"

"呵，已经冷起来了。没有怎么使那太阳不要沉下去的法子么？"

这近旁的草丛中，住着一匹有了年纪的蟋蟀。蟋蟀听得这年青的胡蝶们的话，禁不住失笑了。

"真会有说些无聊的事的呵，一到明天，又有新的太阳出来的。"

"这也许如此罢，但这太阳沉了岂不可惜么？"金色的胡蝶说。

"不可惜的，因为每天都这样。"

"然而每天这样的太阳沉下海里去，第一岂非不经济么？还是想些什么法子罢。"

"不要做这些无聊的事罢。这怎么能行呢，况且明天太阳又出来的。"

但是今朝才生的年青的胡蝶，不能领会那富于常识与经验的蟋蟀的心情。

"我无论如何，总不能眼看着太阳沉下去。"金色的胡蝶说。

"大约未必有益罢，总之先飞到那边去，竭力的做一番看。"于是金色的胡蝶对那银色的说，"成不成虽然料不定，但总之我们两个努力一试罢，要使这世界上没有一分时看不见太阳。你向东去，竭力的使太阳明天早些上来，我飞到西边，竭力的请今天的太阳再回去。我们两面，也不见得竟没有一面成功的。"

有一匹听到了胡蝶的这些话的蛙，他正走出潮湿的阴地，要到池塘里寻吃的东西去。

"讲着这样的无聊的话是谁呀？我吃掉他！世界上有一个太阳，已经很够了。热得受不住。池塘里早没有水，还不知道么？今天的太阳再回来，明天的太阳早些上来。要这世界有两个太阳，是什么意思呢！其中也保不定没有想要三四个太阳的东西。这正是对于池塘国民的阴谋。吃掉！谁呀，讲着这样的话的是？"

蟋蟀从草丛里露出脸来说：

"并不是我呵，我的意思是以为什么太阳之类便没有一个也很好。因为这倒是于池塘国民有益处的。"

然而胡蝶说一声"再会"，一只向东，一只向西的飞去了。

寺钟悲哀的发了响，太阳如紫色的船，沉到金色的海里去。寒蝉一见这，便凄凉的哭起来了。

老而且大的松树根上，两三匹大蛙在那里大声的嚷嚷。这松树上有衙门，猫头鹰是那时候的官长。

"禀见。禀见。"蛙们放开声音的喊。"祸事到了。请快点起来罢！"

"岂不是早得很么。究竟为的是什么事呢？"猫头鹰带着一副睡不够的脸相，从高的枝条的深处走了出来。

"不是还早么？"

"那里那里，已经迟了。已经太迟，怕要难于探出踪迹了。"那蛙气喘吁吁的说，"树林里有了造反，有了不得了的造反了。"

"什么，又是造反？蜜蜂小子们又闹着同盟罢工罢么？"

"不不，是更其可怕的事。是要教今天夜里出太阳的造反。"

"什么？怎么说？"猫头鹰这才吓人的睁开了他的圆眼睛。"这是与衙门的存在有直接关系的问题了。这就是想要根本的推翻衙门。这就是想要蒙了一切官长的眼。这乱党是谁呢？"

"喳，乱党是那胡蝶。一个向西去寻太阳，一个向东去寻太阳早些上来。"

于是猫头鹰大吃一惊了。

"来!"他拍着翅子叫蝙蝠,"来,蝙蝠快来!闹出了大乱子来了。赶快来!"

蝙蝠带一副渴睡的脸,打着呵欠,走出松树黑暗的深处来。

"有什么吩咐呢?大人!"

"现在说是有一只向东,一只向西飞去了的胡蝶,赶紧捉了来!"

"喳,遵命。但是,大人,怎能知道是这胡蝶呢?"

"一只金色,一只银色的。"

"而且是四扇翅子的。"蛙们早就插嘴说。

"你们,不是早有研究,只要一看见无论是脸,是翅子,是脚,便立刻知道是否乱党的么?"猫头鹰因为蝙蝠的质问,很有些生气了。"还拖延些什么呢,赶紧去,要迟了!"他怒吼的说。

两匹蝙蝠当出发之前,因为要略略商量,便进到树林里。

"不快去是不行的。我们要辨不出胡蝶的踪迹的。"

"你以为现在去便辨得出来么?哼。"

"但是造反的乱党岂不是须得捉住么?"

"阿呀,你也是新脚色呵。一到明天,胡蝶不是出来的很多么?便在这些里面随便捉两只,那不就好么?用不着远远的到远地方去。"

"只是捉了别的胡蝶,也许说道我们不知情罢。"

"唉唉,你真怪了。便是捉了有罪的那个,也总是决不说自己有罪的。这是一定的事。倘若这么办去,即使小题大做的嚷,这嚷也就是损失了。走呀,山里去罢。"

明天,小学校的学生们被教师领到海边来了。在沙滩上,看见被海波打上来的一只金色胡蝶的死尸。学生们问教师道:

"胡蝶死在这里。淹死的罢?"

"是罢。所以我对你们也常常说:不要到太深的地方去。"先生说。

"但是我们要学游水呢。"孩子们都说。

"倘要游水，在浅处游泳就是了。用不着到深地方去。游水不过是一样玩意儿。在这样文明的世界上，无论到那里去，河上面都有桥，即使没有桥，也有船的。"教师擎起手来说，似乎要打断孩子们的话。

这时那寺里的沙弥走过了。

"船若翻了，又怎么好呢。"沙弥向教师这样问。然而教师不对答他的话。（这教师受了校长的褒奖，成为模范教师了。）

中学校的学生们也走过这岸边。中学的教师看见了这胡蝶的死尸。

"这胡蝶大约是不耐烦住在这岛上，想飞到对面的陆地去的。现在便是这样的一个死法。所以人们中无论何人，高兴他自己的地位，满足于他自己的所有，是第一要紧的事。"

然而那寺的沙弥，不能满意于这教训了。

"倘是没有地位，也毫无所有的，又应该满足于什么呢？"沙弥这样问。站在近旁的学生们，都嘻嘻的失了笑。但教师装作并不听到似的，重复说：

"只要能够如此，便可以得到自己的幸福与国家的幸福。使人们满足于他自己的地位，这是教育的目的。"（这教师不久升了中学校长了。）

同日的早上，大学生们也经过这地方。教授的博士说：

"所谓本能这件东西，不能说是没有错。看这胡蝶罢，他一生中，除却一些小沟呀小流呀之外，没有见过别的。于是见了这样的大海，也以为不过一点小沟，想飞到对面去了。这结果，就在诸君的眼前。人生最要紧的是经验。现在的青年们跑出了学校，用自己的狭小的经验去弄政治运动和社会运动，正与这个很有相像的地方。"

"但青年如果什么也不做，又怎么能有经验呢？"沙弥又开了一回口。然而博士单是冷笑着说道：

"虽说自由是人类的本能,而不能说本能便没有错。"(听说这博士不远就要受学士院赏的表彰了,恭喜,恭喜。)

(沙弥在这夜里,成了衙门的憎厌人物了。)

但是两只胡蝶,其实只因为不忍目睹世界的黑暗,想救世界,想恢复太阳罢了,这却没一个知道的人。

原载 1921 年 9 月 24～26 日《晨报副刊》。

初收 1922 年 7 月上海商务印书馆版《爱罗先珂童话集》。

译者附记未收集。

十一日

日记　晴。星期。未明赴孔庙执事。

书　籍

[俄国]安特来夫

一

医生在病人的裸露的胸前,安上听诊筒,静心的听——大的,过于扩张的心脏,发出空虚的声音,撞着肋骨,啼哭似的响,吱吱的轧。这是表示活不长久的凶征候,医生"唔"的侧一侧他的头,但口头却这样说,——

"你应该竭力的避去感动的事才好。看起来,你是在做什么容易疲劳的事务的罢?"

"我是文学者，"病人回答说，微笑着。"怎样，危险么？"

医生一耸眉，摊开了两手。

"危险呵，自然说不定因为什么病……然而再十五年二十年是稳当的，这还不够么？"他说着笑话，因为对于文学的敬意，帮病人穿好了小衫。穿好小衫之后，文学者的脸便显出苍白颜色来，看不清他是年青还是很年老了。他的口唇上，却还含着温和的不安的微笑。

"阿，多谢之至，"他说。

胆怯似的从医生离开了眼光，他许多时光，用眼睛搜寻着可以安放看资的处所，好容易寻到了——办事桌上的墨水瓶和笔架之间，正有着合宜的雅避的好地方。就在这地方，他轻轻的放下了旧的褪色的打皱的三卢布的绿纸币。

"近时似乎没有印出新的来。"医生看着绿纸币，一面想，不知为什么，凄凉的摇一摇头。

五分钟之后，医生在那里诊察其次的病人；文学者却在路上走，对了春天的日光细着眼睛，并且想——为什么红毛发的人，春天走日荫，夏天却走日下的呢？医生也是一个红毛发的。这人倘若说是五年或十年，那还像，现在却说是二十年——总而言之，我是不久的了。这有些怕人，不不，非常怕人，然而……

他窥向自己的胸中，幸福的微笑。

阿阿，太阳的晃耀呵！这如壮盛者，又如含笑而欲下临地面者。

二

原稿非常厚，那页数非常多。每页上，都密密的填满了细字的行列，这行列，便全是作者的滴滴的精神。他用了瘦得露骨的手，慎重的翻书。纸面的反射，光明似的雪白的映着他的脸。身旁跪着他的妻，轻轻的接吻于他的那一只骨出细瘦的手上，而且啼哭着。

"喂，不要哭了罢，"他恳求说。"何必哭呢，岂不是并没有要哭的事么？"

"你的心脏，……而且我在世界上要剩了孤身了。剩了孤身，唉唉，上帝呵！"

文学者一手摩着伏在他那膝上的妻的头，并且说，——

"你看！"

眼泪昏了伊的眼力了，原稿的细密的横列在伊眼睛里，波浪似的动摇，断续，低昂。

"你看！"他重复说。这是我的心脏！这是和你永远存留的。"

垂死的人想活在自己的著作上，是太可伤心的事了。妻的眼泪更其多，更浓厚了，伊所要的是活的心。一切的人们，——无缘无故的人们，冷淡的人们，没有爱的人们，这些一切人们无论谁何所读的死书籍，在伊是用不着的。

三

书籍交给印刷所了。这名曰《为了不幸的人们》。

排字匠们一帖一帖的拆散原稿来，他们各人单将自己所担任的一部分去排版。拆散的原稿里，常有着一语的中途起首，不成意义的东西。例如"亲爱"这一字，"亲"留在这一人的手里，"爱"却交在别一个的手里了。然而这完全没有碍。因为他们是决不读自己所排的文句的。

"这半文不值的文人！这胡里胡涂的字是什么！"一个絮叨着说，因为愤怒和讨厌装了嫌脸，用一手遮着眼睛。手指被铅色染得乌黑，那年青的脸上也横着铅色的影，而且一吐痰唾，这也一样的染着死人似的昏暗的颜色。

别一个排字匠，也是年青的男人，——这里是没有老人的，——以猿类的敏捷和灵巧，检出需用的文字来，便低声的开始了哼曲子，——

　　　　唉唉，这是我们的黑的运命么，

　　　　在我是铁的重担呵重担呵！……

　　以后的句子他不知道了。调子也是这人随意的捏造，——是一种单调的，吹嘘秋叶的风的低语似的，无可寄托的声音。

　　别的人都沉默，或者咳嗽，或者吐出暗色的唾沫。各人的上面，电灯发着光，前面的铁网栏的那边，模胡的现出停着的机器的昏暗的形象，机器都等候得疲倦了一般伸出他漆黑的手，显一副沉重的烦难的模样，压着土沥青的地面。机器的数目很不少。而充满着含蓄的精力和隐藏的音响与力量的沉默的黑暗，怯怯的包住了这周围。

四

　　书籍成了杂色的列，站在书架上，看不见后面的墙壁了。书籍又堆在地板上，又积在店后的昏暗的两间屋子里，排得无容足之地了。而且迭在其间的人类的思想，在沉默里向外面颤动而且迸流，似乎在书籍的域中，是全不能有真的平安和真的寂静。

　　上等似的脸和留了颊须的男人立在电话口，和谁恭敬的交谈。于是低声的骂了"昏虫！"然后大叫道。——

　　"密式加！"

　　走进一个孩子来，他便突然间变了冷酷的厉害的严紧的脸，指斥说："你要叫几次才好？废料！"

　　孩子吃了惊，眒着眼，这时胡子的气也平下去了。他并用了手和脚，推出一个书籍的沉重的包来，本想单用手来提，但有点不如意，便摔在原处的地板上。

　　"拿这个送到雅戈尔·伊凡诺微支那里去。"

　　孩子用两手去捧包，但那包不听话。

"好好的拿！"那男人大声说。

孩子好容易捧起包来，搬出去了。

五

在步道上，密式加挤开了往来的行人。他泥沙似的涂满了雪，被赶到灰色的街心里。沉重的包压在他脊梁上，他跄踉了。马车夫呵斥他。他这时一想那路的远近，便觉得害怕，以为这就要死了。他将沉重的包溜下脊梁来。一面看，一面禁不住欷歔的哭。

"你为什么哭着的？"路过的人问。

密式加呜呜的哭了。群众立刻围上来，走到一个带着腰刀和手枪的性急似的巡警，将密式加和书籍都装在零雇马车上，拉到派出所去了。

"怎么的？"当值的警官从正在写字的簿子上抬起脸来问。

"是背着太大的包裹的。"性急似的巡警回答说，将密式加推到前面去。

警官擎起一只手来，关节格格的响了，其次又擎起了那一只。于是交互的伸直了他登着宽阔的漆长靴的脚。斜了眼睛，从头到脚看一遍这孩子，他然后发出许多的问题，——

"你什么人？那里来的？姓名呢？什么事？"

密式加一一答应了。

"密式加。百姓。十二岁。主人的差遣。"

警官走着，又复欠伸一回，迈开步，挺着胸脯，走近包裹，嘘一口气，然后伸手轻轻的去摸书籍。

"阿呵！"他用了满足似的口吻说。

包皮的一角已经破损了，警官拨了开来，读那书名——《为了不幸的人们》。

"那么，你，"他用手指招着密式加说，"读读瞧。"

"我认不得字。"

警官笑起来了——

"哈哈哈!"

走进一个络腮胡子的专管护照的人来,烧酒和洋葱的气息喷着密式加,也一样的笑——

"哈哈哈!"

此后他们便做起案卷来。而密式加在末尾押了一个小小的十字。

这一篇是一九〇一年作,意义很明显,是颜色黯淡的铅一般的滑稽,二十年之后,才译成中国语,安特来夫已经死了三年了。

一九二一年九月十一日,译者记。

未另发表。

初收 1922 年 5 月上海商务印书馆版"世界丛书"之一

《现代小说译丛》(第 1 集)。

致 周作人

二弟览:

你的诗和伊巴涅支小说,已寄去。报上又说仲甫走出了,但记者诸公之说,不足深信,好在函系挂号,即使行衞不明,亦仍能打回来也。

现在译好一篇エロ君之『沼ノホトリ』拟予孙公,此后则译『狭ノ籠』可予仲甫也。你译的『清兵卫卜胡盧』当给孙公否,见告。

淮滨寄庐信寄上,此公何以无其"长辈"之信而自出鹿爪シイ之言殊奇。旁听不知容易否，我辈自无工夫，或托孙公一办，倘难，则由我回复之可也。

表现派剧，我以为本近儿戏，而某公一接脚，自然更难了然。其中有一篇系开幕之后有一只狗跑过，即闭幕，殆为接脚公写照也。

批评中国创作，《读卖》中似无之，我从五至七月皆翻过（内中自然有缺）皆不见，重君亦不记得，或别种报上之文乎？

コホリコ・コ之蓄道德云云，即指庐山叙旧而发，闻晨报社又收到该大学全体署名一信，言敝同人中虽有别名"ピンシン"者，而未曾收到该项诗歌，然则被赠者当系别一ピンシン云云，大约不为之登出矣。夫被赠无罪，而如此斷斷，殊可笑，与女人因被调戏而上吊正无异，诚哉如柏拉图所言，"不完全则宁无"也。

兄树　上　十一日下午

十二日

日记　晴。晨朱六琴及可铭来。上午寄二弟信，晚得复。

十三日

日记　晴。上午寄伏园信并稿。得三弟信。寄宋子佩信。寄高等女师校信，又章士英信，皆代二弟发。得沈雁冰信。下午高阆仙赠《吕氏春秋点勘》一部三本。

十四日

日记　晴。午后往高师校授课。买《李太妃墓志》一枚，二元。

十五日

日记　晴。上午寄还李遐卿《日文要诀》一册。

十六日

日记 昙。旧历中秋,休息。下午程叔文来。夜雨。

狭 的 笼

[俄国]爱罗先珂

一

老虎疲乏了……

每天每天总如此……

狭的笼,笼里看见的狭的天空,笼的周围目之所及又是狭的笼……

这排列,尽接着尽接着,似乎渡过了动物园的围墙,尽接到世界的尽头。

唉唉,老虎疲乏了……老虎疲乏极了。

每天每天总如此……

来看的那痴呆的脸,那痴呆的笑声,招呕吐的那气味……

"唉唉,倘能够只要不看见那痴呆的下等的脸呵,倘能够只要不听到那痴呆的讨厌的笑呵……"

然而这痴呆的堆,是目之所及,尽接着尽接着,没有穷尽,渡过了动物园的围墙,尽接到世界的尽头;那粗野的笑声,似乎宇宙若存,也就不会静。

唉唉,老虎疲乏了……老虎疲乏极了……

老虎便猫似的盘着,深藏了头,身体因为嫌恶发了抖,想着:

"唉唉,所谓虎的生命,只在看那痴呆的脸么? 所谓生活,只在听那痴呆的哄笑的声音么？……"

从他胸中流露了沉重的苦痛的叹息。

"喂，大虫哭着哩，"看客一面嚷，一面纷纷的跑到虎槛这边来。虎的全身因为愤怒与憎恶起了痉挛，那尾巴无意识的猛烈的敲了槛里的地板。

他记起他还是自由的住在林间的时候，在那深的树林的深处，不知几千年的大树底下，饰着花朵的石头的神祇来了。人们从远的村落到这里来，都忘却了他在近旁，跪倒在这石头的神祇面前，一心不乱的祈祷。

时时漏出叹息来，时时洒泪在花朵上，这泪混了露水，被月光照着，可难解，夜明石似的发光。或者充满了欢喜在花上奔腾，或者闪闪的在叶尖耽着冥想，而且区别出人的泪和夜的露来，在那时的他是算一种心爱的游戏。

有一夜，他试舐了落在石神祇面前的，宝石一般神异的闪烁着的人间的眼泪了。他那时，还没有很知道在神祇之前，人们的供献中，无论比宝石，比任何贵重的东西，都不能再高于眼泪的供献。因此他只一回，但是只一回，舐着看了，于是就在这一夜，他被捉住了。他以为这是石神祇的罚。

现在一想到，虎的胸脯便生痛，痛到要哭了。他也学那人类在石神祇面前，虔诚的跪着祈祷这模样，向了石神祇，跪下叫道：

"神呵，愿只是不看见那痴呆的脸呵，愿只是不听到那痴呆的笑呵……"

这其间，不知什么时候，那痴呆的笑声已经渐渐的远了开去，低了下去，春梦似的消在幽隐里，老虎侧着耳朵听，在他耳中，只听得清凉的溪水的微音，而且要招呕吐的人类的臭味，也消失了，其中却弥满了馥郁的花的香气。

老虎愕然的睁开着眼睛，张皇的四顾。

谁能想象这老虎的欢喜呢。觉得窘迫的笼中，人类的痴呆的影子,此刻全都不见了。他睡在不知几千年的大树底下的饰着花朵的石神祇面前。人的眼泪,还是映着月光,神奇的在花上闪烁。

现在才悟得,当想舐泪珠的时候,他便睡着了。

"阿阿愉快,一切全是梦,唉唉好高兴呵。"

老虎跳起来,尾巴敲着胁肋,在月光中欢喜的跳跃奔走,那胸膛里满了自由,那身体里,连到细小的纤维也溢出不可思议的力,凛凛的颤动。

阿阿愉快,我只以为狭的笼和人类的痴呆是真实的,却也不过一场可厌的梦罢了,但无论是梦是真,可再没有别的东西比笼更可厌。

"只有这一点是真实,只这一点,我便是到死也未必忘却的。"一面说,老虎并无目的的在树林间走。

二

忽而跳,忽而走,在草地上皮球似的翻腾,或则辗转,老虎已自不知经过了多少里了,待到或一处,正要走出大平原去的时候,他嗅到异样的气味,急忙立定了,他的巨大的鼻子,因为要辨别这气味,哆索的动了。

"哦,是羊哪,什么近处该有羊在那里⋯⋯

但是,仿佛觉得久违了似的⋯⋯"

一面说,老虎暗暗地藏着足音,将羊臊气当作目标,在高的草莽中匍过去。

暂时之间,他前面看见高峻的围墙,而且渐听得圈在那围墙里面的羊的慒憧的声息。这样的围墙,老虎是已经见过几百遍的罢。而且,几百遍跳过了这样的围墙,捕过羊与小牛的罢。但今夜,一见这围墙,虎的心里却腾起了不可言说的愤怒的火焰了。

"笼,狭的笼⋯⋯"

他说着，疾于飞箭的扑上去。吐出比霹雳更可怕的咆哮。用了电光一般的气势，径攻这围墙。被那非将一切破坏便不罢休的大风似的，他的足一掊击，这用大柱子坚固的造就的围墙便如当风的蛛网一般摇荡起来。一刹时，那茁实的粗壮的柱子，仿佛孩子玩的积木的房屋似的，一枝一枝的倒下去，两三分间，高峻的围墙便开了一个通得马车的广大的门。

"喂，羊们。可爱的兄弟们。到自由的世界去。快出笼去呵。"他一面雷也似的吼，一面仍接续着围墙的破坏。但怕得失神的羊群，却在墙角里挤作一堆，毫不动弹，只是索索的抖。老虎以为从羊群看来，似乎再没有比自由世界更可怕，于是烈火般怒吼起来了。

"喂，人类的奴隶，下流的奴隶们。不要自由么，狭的笼比自由的世界还要舍不得么？下劣东西。"

他说着，攻进了发抖的羊群中间，从一端起，用了他的强力的足，一匹一匹的捉了摔出围墙外面去。

虽然如此，那放出外面的羊，却发出一种仿佛用了钝的小刀活活的剜着肚肠似的，凄惨的哭声，又逃回原地方来了。牧人和守犬，却被这情景吓住了，只是悯然的拱着手看，但元气渐渐恢复转来，要打退这老虎，便一齐来袭击。两三粒枪弹打进了老虎的身中，犬群发出可怕的噪声，摆好了伺隙便咬的身段。

"羊呵，你们才是下流的奴隶，你们才是无法可想的畜生哩。比愚昧的狗还要下等的东西。你们才是永久不得救的！"

老虎吐血似的独自说，只五六跳便进了树林。于是那形相随即不见了。蹲在石神祇面前，他舐着伤痕，而且哭着。

"唉唉，但愿只是不听到那凄惨的声音……"

他塞住两只耳朵，祈祷石神祇。

"只是不听到那可怕的声音……那一直响到世界尽头的凄惨的奴隶的声音……"

他哭着。

三

老虎经过了拉阇①的壮观的别馆的旁边。他动身向着喜马拉牙的崚峻的山,作长路的旅行的时候,在孟加拉未加斧钺的郁苍的森林和荒野中,来往奔驰的时候,他在这别馆前面,已经走过好多回了。对于那高的石墙和深的濠沟,他常给以侮蔑的一瞥。

然而,这一回刚到别馆前面,老虎却仿佛被魔鬼攫住了似的,突然在濠端立定了。心脏的动悸很剧烈,呼吸也塞住了。

"笼,又是狭的笼……"

宏壮的别馆里,拉阇的二百个美人花一般装饰着,在那里度着豪侈的生涯。

走过这别馆的村人们,不知怎样的羡慕着那些女人的生活呢。年青的女儿们,当原野的归途中,许多回伫立在濠沟的树影里。而且背着草笼,反复的揣想着那奢华的却又放恣的生活,直待走到伊的穷乏的茅庐。然而怎的呢? 老虎现在觉得明明白白地听到那美的女人们仰慕自由的深的叹息了。

他轧轧的切着牙齿。

他前面,看见石墙围着的别馆的高壮的屋顶,在树缝里,映了强烈的太阳,黄金似的晃耀;墙外是锁链一样,绕着深的二三丈的濠沟。

老虎是从小便嫌憎人类的。从很小的时候,从还捧着他母亲的乳房的时候,但虽如此,现在却连自己也不能解,一想到那高的石墙围着的女人们,他的心便受不住的突突的跳,那呼吸也塞住了。

他巡视了别馆两三回;他刚在大的铁门前面,惘然的看那从濠的那边曳起的长桥,便听得大路上有人近来了。

---

① Rajah,东印度土著的侯王,旧翻曷罗阇者即比。

老虎跳进丛莽里，将身体帖着地面，等待人类的到来。停了一会，许多侍从环绕着的华丽的行列，从树木间通过了。在行列的中央，看见奴隶抬着的美丽的帖金的肩舆两三乘。一乘是拉阖的肩舆，一乘是拉阖的妙龄的第二百零一位新夫人的肩舆。没有知道丛莽阴里躲着的老虎，静静的过去了。老虎看见了拉阖的燃着欢乐之情的愉快的脸，而且也看见了从头到脚裹着宝石和绮罗的拉阖的第二百零一位新夫人，然而颜面遮了面幕，他却没有见，只看见美而且柔的春天似的蔚蓝润泽的眼，美丽的生光。一见这眼，老虎禁不住栗然了。

　　"我确乎在什么地方见过这眼的，确乎。那优美的，悲哀的，因为恐怖而颤抖的眼……

　　哦，有了。确乎是的。"

　　老虎悲哀的笑了。这眼，和老虎捉过许多回的鹿的眼，是完全相像的。

　　老虎凄凉的笑了。

　　想着这些事情的时候，拉阖的行列已经走到别馆这边去。长桥徐徐的放下，大的铁门开开了。将脸藏在这门的面幕后边的拉阖的二百夫人们，含着笑迎接这两人。

　　然而，桥便曳上，门便关闭了，虎的耳朵中，只听得下锁的大声长久的长久的响。

　　太阳跨过了西方的山，看不见了。豺犬的吠声来告人夏夜的将近。别馆的屋顶在树木深处溶入暮霭里，老虎仿佛受了石墙的蛊惑一样，茫然的伫立在濠沟的旁边。

　　老虎也有做不到的事。这二三丈阔的濠沟和那高的石墙，谁能够跳过去呢？

　　老虎叹息了。

　　"唉唉，老虎也有做不到的事……"

　　正对面有些声音，有谁逃着，有谁赶着。老虎睁了眼向着石墙那边看。这上面忽然现出面幕盖着脸的美眼睛的妙龄的女人。伊还穿着结婚的衣装，跣足立在石墙上。伊的袅娜的身躯充满了恐怖在晚烟中发抖；老虎很懂得，这全如鹿被老虎所逐似的。

伊想跳到濠沟里，但当伊将跳的时候，伊的眼突然遇到了立在对岸的看定伊的闪得奇异的眼。伊本能的一退后。这瞬间，后面奔来的拉阇便捉住伊，老虎衔鹿一般，硬将伊带走了。

虎耳里只留下伊的绝望的微声。一听到这声息，老虎便忘却了一切，全身火焰似的燃烧，栗栗的颤抖了；他出了全力忘其所以的跳下濠沟去。两三分时之后，他攀上石墙如一匹极大的猫。于是不久，他在墙头出现了。在这里立了片时，他便消失在拉阇的庭园里。

这地方已经一切都寂静。只是喷泉的清凉的声音。只是花的低语……虎的心逐渐沉静了。他暂时站住，嗅着什么似的，使鼻子翕翕的动。

弥满了花香的夜气，茫漠的漂流，觉得消融了人类的臭味。老虎深吸了这香气两三次，这才分别出正在寻觅的香来。他全不出声的上了宽阔的廊沿，窥向天鹅绒的帷幔里。广大的华丽的房屋里，没有一个人，老虎偷偷的进去，再看一回这房屋。空旷的屋，因为壮丽的器具和宝石的光气，满着奇妙的光辉。靠近廊沿，放在云石台上的大玻璃匣中，金鱼正和月亮的光线相游戏。屋的一角里，金丝雀在豪华的笼的泊木上，静静的睡眠。老虎一见这，忘却了一切，又复怒吼起来了。

"笼，又是狭的笼……到处都是笼。"

老虎轻轻一跳，到了鸟笼的近旁。

"金丝雀呵，快出去，外面去罢，飞到自由的世界去。那美丽的树林浴着月光，正在等你呢。"一面说，老虎将一足轻轻一扑，便打破了这笼的一半了。金丝雀吃了惊，抖着身子，逃向笼的最远的角落里，想躲起来，拍拍的鼓翼。

"我是给你自由的。快飞出这狭的笼去。快飞到自由的世界去……。

但似乎在金丝雀，是再没有比自由更可怕，再没有比自由世界更不安的吓人的东西了。

"人类的下流的奴隶。下劣东西。不要自由么？"

老虎将一足伸进笼中，抓住了拍拍的金丝雀，扯出外面来。但到了外面的金丝雀已经不呼吸了。老虎将小死尸托在掌上，暂时就月光下茫然的只是看。

"虽然是奴隶。却可爱哪。而且美呢。……"

然而似乎忽而想到别的事了，他将死了的冷的金丝雀放在屋正中最亮的处所，又轻轻的跳到金鱼这边去，他由月光透了水看那玻璃匣里的金鱼。

金鱼张开大口。一口一口的吃着映在水中的月，时时一翻身，显出肚子，和月光游戏起来。

虎眼中露出同情之色了。

"可怜的小小的金鱼呵，

我带你到广而且美的恒河去罢。在那里是流着更干净的水。我带你到广大自由的无限的海里去罢……在那里是浮着更美的月亮。同到这自由的美的世界去罢……"

但金鱼吓得沉下去了；似乎在金鱼，是再没有比美的恒河更可怕，再没有比广大自由的海更不安的吓人的东西了。

"奴隶，又是人类的奴隶，到处都是奴隶。"

老虎将右侧的前足伸下水里，想去捉金鱼，然而金鱼却嘲笑他似的，毫不费力的滑出他足外去，老虎愤怒了。用后足坐着一般的直立起来，两个前足都浸在水中，要捉金鱼，泼削泼削的搅着水。

虽然这样，金鱼却箭似的从足间巧妙的滑出了。

"畜生，人类的奴隶！"

老虎很愤怒，更厉害的搅水，因这势子，玻璃匣失了平均，一声很大的声响，落在地板上了。被这声响吃了惊的虎，便本能的跑到门口去。不出二三分时,从屋的深处,忽然掣开了帷幔,跳出右手拿着手枪,只穿寝衣的拉阇来。奋然的飞奔前来的拉阇的眼和怒得发抖的虎的锐利的眼,一刹那,只一刹那,对看了,……

尖锐的手枪声,连别馆的根基都震动了的虎吼。人类恋慕生命的最后的呻吟。

于是又接着印度之夜的不可思议的寂静。

只是喷泉的清凉的声音,只是花的低语……而壮丽的大厦的地板上,浴着月光,金鱼泼剌的跳着,拉阇的二百零一个女人们,连呼吸的根也停着。

四

老虎睡在森林深处的神祇面前,舐着胸间的深伤。胸脯,足,全体,无不一抽一抽的作痛,但他已经不愿意哭了;他只露出痛楚的深的太息。他并没有向石神祇祈祷,要治好他胸间的伤,他单是装着忧郁的脸,沉没在思想里。他已经不愿意像人类一般,向石的神祇求救了。

印度的夏夜又近了晚间,用那黑的外套静静的掩盖了一切。豺犬的远吠来报告他的来到了;虎也想睡,而远地里听得禽鸟的带着忧虑的声音。这不平安似的夜的寂静,使老虎难于平心静气的睡觉。他抬起头来,耸着耳朵,看定了前方。

"什么呢? 许是人罢……

哦,大约又有谁来祈祷了……阿,还不止一个人。

几个呢? 一个两个三个四个,……呵,了不得。来的多着哩。"

他忧愁似的要辨别出气味来,使鼻子凛凛的动。

"阿,也有认识的在里面。是谁呢?

不是猎人的及谟……

也不是樵夫的阿难陀……

也不是托钵和尚的罗摩……哦,是了,像鹿的女人么?呀,也有拉阇的气息……

不要胡闹,将他的头本已打作四片了的……确乎是打作四片的了。

还有婆罗门在里面。一个两个……究竟什么事呢?

哦,秘密的组织又是将活的女人和棺木烧在一处么?未必便是那像鹿的女人和拉阇的棺木烧在一处罢。"[1]

他抖着说。

"这却不许的

无论怎样,只这像鹿的女人是。"

他躲在丛莽的阴影里探着动静。正在这时候,相反的方面起了一阵静风,将新的气息,通过林木送到虎的鼻间来了。

"那究竟是什么呢?"

他翕翕的动着巨大的鼻子,很注意的要辨别这气息。

"阿阿,又是人类么?

也有火药气。哼,印度土兵么?

还有白种人。许是官……

危险,似乎就要围住这地方,不给谁知道……

究竟想要怎样呢,仿佛就要捉谁似的……

未必要打猎罢。来的好多呵……

也许有百人以上哩。"

婆罗门引导着的,二三十人的壮观的葬式的行列,停在石神祇面前了,但是婆罗门以及伴当的人们,都似乎有所忌惮,怯怯的,竭力的要幽静,而且都露出恐怖的颜色,慌慌张张的看着近旁。像鹿的女人也将忧愁似的眼光射向树林里。这在老虎,也分明感得,伊

---

① 这便是所谓"撒提",男人死后,将寡妇和尸体一处焚烧,是印度的旧习惯。印度隶英之后,英人曾经禁止这弊俗,但他们仍然竭力秘密的做,到现在还如此。

仿佛等着什么人，想有谁快来，将伊救出婆罗门的手里去。

"等着我罢，没有知道我便在这里……

叫我出林去呢。"

老虎的心喜欢……老虎欣然的笑了。

奴隶们动手做起事来，不到十分时，美的森林中央便成了一坐高的柴木的山。然而像鹿的女人还在祈祷。这悲哀的祈祷似乎没有穷尽。婆罗门和别的人们都焦急了。

"赶紧罢，赶紧罢，圣火等着你呢，提婆①等着你的灵魂，等着你的清净的灵魂呢。"

奴隶们将壮丽的金饰的拉阇的棺材静静的放在柴木上。然而像鹿的女人还在祈祷，没有忙。伊用了绝望似的眼，透过了印度的夏夜叫着谁。老虎欣然的笑了。

婆罗门的小眼睛，针似的在骨出的脸上，锋利的发光。

"赶快罢，赶快罢，

摩诃提婆等着你的最后的清净的牺牲，等着你对于丈夫尽了最后的义务。"

奴隶们执着蛇舌一般通红的烧着的炬火，等久了婆罗门的号令，点火于柴木的山。

像鹿的女人向林间一瞥伊最后的眼，被两个婆罗门几乎强迫的引上柴木的山去，在微风飘动的面幕底下，老虎分明看见伊的比面幕更加苍白的容颜。

婆罗门开始了异样的祈祷，奴隶们四面点起火来。

稀薄的烟如最后的离别的叹息一般，静静的升上夜的空中去。

老虎已经忘却了一切，便想跳到人中间去了。然而这刹那，却有直到这时候，谁也没有留心的红的军队，箭似的从四面飞到葬地这边来。婆罗门的脸和那伴当的脸，一见这印度土兵，便化成恐怖，

---

① 此翻天。后文又有摩诃提婆，此云大天。

都站住了。而且像鹿的女人的满心欢喜的呼声，仿佛到那远的喜马拉牙山也还发响。

这呼声，便短刀似的穿透了老虎的心胸了。

"并非我，是等着白人。"

他用两足抱了胸膛，使他不至于痛破……他用两足按了胸膛，使他不漏出悲哀的痛苦的叹息来。白人挥着异样的纸片，发了什么号令，于是忽然将像鹿的女人带下柴木，抱在自己的胸前。一见这，婆罗门的眼是闪电一般发光，而虎的心胸是坼裂似的痛。

不知道因为恐怖呢还是愤怒，婆罗门全身发着抖，高擎了两手，大叫道："印度的神明，伊古以来守护印度国的神明众。今以无间地狱之苦，诅咒离叛诸神明的这女人！"

那伴当们都谷应似的复述道，"诅咒这女人！"

"诅咒爱印度之敌，爱印度的国民之敌，离叛了服役于印度诸神明的我辈的这女人！"

伴当们都一齐叫道，"诅咒这女人！"

听了诅咒的话，像鹿的女人颤抖了。然而白人愈听诅咒，却愈将发抖的女人紧抱到自己的胸间去。因为得胜而闪出喜色的白人的脸，凑近了像鹿的女人的脸了，而且老虎觉得听到了恋爱的言语。

于是拉阇的棺被奴隶抬着，婆罗门和那些伴当被军队带着；像鹿的女人抱在白人的手里，仿佛夏夜的梦，毫无痕迹的消灭了。

只有稀薄的烟如最后的叹息一般，微微的舞上空中去。

五

老虎跳起来了，那胸脯是受不住的痛，那胸脯是燃烧着连自己也不知道的到现在未尝感着过的苦痛的热情。他不出声音的，不使石神祇看见，也不使有人留心，静静的在高的草莽里匍过去，去追蹑那夏夜的梦一般的消去了的人踪。印度的夏夜是悄悄的深下去了，不知几千亿的树林的叶片们，浴雨似的浴着月光，都入了深沉的酣睡。

突然听得有谁的尖利的叫声，破了夜之寂寞了，接着是枪声两三发，人们的动摇。暴风一般飞过树阴中的黑的影。于是那不可思议的夜之寂寞又复连接起来。

老虎暗暗地出了平原，那路上还看见微温的血迹，他从旁一瞥石神祇的脸。

"不妨事，什么也不知道，便是知道也没有什么大干碍，不过少了一个白人。"

他自己说着，又隐在丛莽的阴影里；但便是他，却也没有再到石神祇面前睡在那花上的勇气了。印度的夏夜以黑外套掩盖一切，很安静。

豺犬的远吠来通知到了夜半了。

然而破了夜的黑外套，从林中到石神祇面前，来了那像鹿的女人，雪白的面幕拖在后边，那毫无血色的苍白的脸上披着头发。那美的润泽的眼正如失望的象征，伊的纤柔的手里闪着锋利的银装的匕首。

跪在石神祇面前，伊想祈祷了，然而一切祈祷，一切祈祷的话，伊便是一句也忘却了。

这被月光照着的，将祈祷的话便是一句也忘却了的像鹿的女人的脸，石神祇定是永远不忘的罢。即使一句也好，伊要想出祈祷的话来，然而无效，因为那祈祷的话，在伊是便是一句也忘却了。

"我是为国里的诸神明所诅咒的，我是违背了圣婆罗门的意志的。我爱了印度的敌人，印度诸神明的敌人。在我只剩了到地狱里去的路。"

伊手里的银匕首，明晃晃的闪在伊的胸前。

老虎如自己的胸脯上中了利刃似的叫喊起来。而且跳出丛莽中，他用一足举起那倒着的像鹿的女人的头来看。他从伊胸前拔出匕首来看……石神祇是先前一样的立着。向这神祇作为最后的供献的,女人的胸中的血,滴在花朵上。老虎看着渐次安静下去的女人的脸而且想。

他这才分明悟到,人类是被装在一个看不见的,虽有强力的足也不能破坏的狭的笼中。一想到笼,老虎又愤怒了。

"人才是下流的奴隶,人才是畜生;但是将人装在笼里面,奴隶一般畜生一般看待的,又究竟是谁呢?"

他从旁一瞥石神祇的脸。

"不,不是那东西,那东西是什么都不知道……那么,谁呢?……"

"落在花上的血点,和了露水,映着月光,不可思议的宝石似的晃耀。

"奴隶的血很明亮。红玉似的。

但不知什么味。

就想尝一尝……"

他又从旁一瞥石神祇的脸。

"不妨事,不知道的,只尝一滴——只一滴……"

他悄悄的要尝那落在花上的宝石一般发光的奴隶的血去。

这其间,宝石一般发光的血,石,石的神祇,都渐渐远离了去,溪水的清凉的小流,不知几千年的大树的低语,都渐渐的变成人声了。消融心神的花香,不知什么时候变了要招呕吐的人类的群集的臭气了。

老虎睁大了眼睛向各处看,他盘着睡在狭的笼里面。向这笼的前面看,旁边看,目之所及都是狭的笼,以及乌黑的攒聚着的痴呆的脸,此外再不见一些别的东西了。老虎失望似的怒吼起来。

"狭的笼和人类的痴呆的脸,也终于是事实……"

看客喧哗着,大得意的喝采道;"大虫吼哩,大虫起来哩。"

老虎跳起身,用全力直扑铁阑干,但他的足已经没有破坏铁栏的力量了。

他又发出可怕的呻吟，重行跳起，而且将自己的头用力的去撞铁阑干，浴了血倒在槛里的地板上。

当初吓得逃跑了的看客，又挤到虎槛这边来，高兴的笑。

"唉唉，那痴呆的脸，那痴呆的下流的笑声……"

老虎闭了眼睛。

于是在自己面前，再忆出一回石神祇的形像来。

"石的神祇呵，

将这血献给你，作为最后的供献。

但愿只是不看见那痴呆的脸，

但愿只是不听到那痴呆的下流的笑……"

这是对于印度的石神祇的，印度的虎的最后的祈祷。

这其间，痴呆的笑声渐渐远离了去，变为印度夏夜的低语了。

人类的群集的臭气，渐渐的变了印度原始森林的香。然而虎，已经不因为看那自己所爱的美的空地，石的神祇，不知几千年的大树，宝石一般不可思议的发光的奴隶的血，再睁开眼睛来。要睁开眼睛，在他已经没有这勇气了。

一九二一年五月二十八日日本放逐了一个俄国的盲人以后，他们的报章上很有许多议论，我才留心到这漂泊的失明的诗人华希理·埃罗先珂。

然而埃罗先珂并非世界上赫赫有名的诗人；我也不甚知道他的经历。所知道的只是他大约三十余岁，先在印度，以带着无政府主义倾向的理由，被英国的官驱逐了；于是他到日本，进过他们的盲哑学校，现在又被日本的官驱逐了，理由是有宣传危险思想的嫌疑。

日英是同盟国，兄弟似的情分，既然被逐于英，自然也一定被逐于日的；但这一回却添上了辱骂与殴打。也如一切被打的人们，往往遗下物件或鲜血一样，埃罗先珂也遗下东西来，这是他的创作集，一是《天明前之歌》，二是《最后之叹息》。

现在已经出版的是第一种，一共十四篇，是他流寓中做给日本人看的童话体的著作。通观全体，他于政治经济是没有兴趣的，也并不藏着什么危险思想的气味；他只有着一个幼稚的，然而优美的纯洁的心，人间的疆界也不能限制他的梦幻，所以对于日本常常发出身受一般的非常感愤的言辞来。他这俄国式的大旷野的精神，在日本是不合式的，当然要得到打骂的回赠，但他没有料到，这就足见他只有一个幼稚的然而纯洁的心。我掩卷之后，深感谢人类中有这样的不失赤子之心的人与著作。

这《狭的笼》便是《天明前之歌》里的第一篇，大约还是漂流印度时候的感想和愤激。他自己说：这一篇是用了血和泪所写的。单就印度而言，他们并不戚戚于自己不努力于人的生活，却愤愤于被人禁了"撒提"，所以即使并无敌人，也仍然是笼中的"下流的奴隶"。

广大哉诗人的眼泪，我爱这攻击别国的"撒提"之幼稚的俄国盲人埃罗先珂，实在远于赞美本国的"撒提"受过诺贝尔奖金的印度诗圣泰戈尔；我诅咒美而有毒的曼陀罗华。

一九二一年八月十六日，译者记。

原载 1921 年 8 月 1 日《新青年》月刊第 9 卷第 4 号。本号延期出版。

初收 1922 年 7 月上海商务印书馆版《爱罗先珂童话集》。

译者附记未收集。

十七日

日记 昙。上午得三弟信，下午复。寄二弟信。寄宫竹心信。

收五月分奉泉三百。付碧云寺房泉五十。夜腹痛。

致 周作人

二弟览：三弟今日有信，今寄上。

查武者小路的『或日ノ一休』系戏剧，于我辈之小说集不合，尚须别寻之。此次改定之《日本小说》目录，既然如此删汰，则我以为漱石只须一篇《一夜》，鸥外亦可减去其一，但『沈默之塔』太轻イ，当别译；而若嫌页数太少，则增加别人著作（如武者，有岛之类）可也。该书自然以今年出版为合，但不知来得及否耳。

我自从挤出捷克文学后，现在大被补课所轧，因趣味已无而须做讲义，是大苦也。此次已去补一次，高师不甚缺少，而大学只有听讲者五枚，可笑也。女师之熊仍不走，我以为倘有信来，大可不必再答，即续假亦可不请，听其自然，盖感情已背，无可弥缝，而熊系魔子，亦难喻以理或动之以情也。

我为《新青年》译『狭ノ籠』已成，中有ラヤジ拟加注，查德文字典云"Rádscha, or Rájh＝土着［著］的东印度侯爵"，未知即此否，以如何注法为合，望告知。至于老三之一篇，则须两星期方能抄成，拟一同寄去，因豫算稿子，你已有两次，可以直用至第五期也。

中秋无月。今日《晨报》亦停。潘太太之作尚佳，可以删去序文，寄与《说报》，潘公之《风雨之下》，经改题而去其浪漫チク之后，亦尚不恶也。但宫小姐之作，则据老三云：因有"日货"字样，故章公颇为踌躇。此公常因女人而バンダン，则神经过敏亦固其所，拟今还我，转与孙公耳。

《说报》于我辈之稿费，尚不寄来，殊奇。我之《小露西亚文学观》系九日寄出，已告结束矣，或者以中秋之故而迟迟者乎。家中俱安，勿念。余后谈。

兄树　上　九月十七日

十八日

　　日记　晴。星期休息。下午孙伏园来。服补写丸二粒。夜雨。

十九日

　　日记　晴,风。晚得二弟信并稿三篇。

二十日

　　日记　晴,风。上午得宫竹心信。午后往大学取薪水。

二十一日

　　日记　晴。上午得李宗武信。午后往高师讲。往图书分馆还子佩泉五十。晚得二弟信。夜二弟自西山归。得沈雁冰信。

二十二日

　　日记　晴。上午寄沈雁冰信。下午得羽太父信。得李遐卿信。得孙伏园信。

二十三日

　　日记　昙,午后雨一陈。赴大学讲。

二十四日

　　日记　晴,下午大雨一陈即霁。无事。

212

二十五日

日记　晴。星期休息。上午得三弟信片。得陈仲甫信。夜得宫竹心信。

二十六日

日记　晴。上午寄宫竹心信。寄三弟信并李虞琴稿一篇。寄陈仲甫信并二弟三弟稿及自译稿各一篇。下午孙伏园来。

二十七日

日记　晴。上午得李宗武信片。寄高师校信。夜得孙伏园信。

二十八日

日记　晴。休假。下午宫竹心来。

二十九日

日记　晴。无事。

三十日

日记　昙。上午得三弟信，廿七日发。季市赠《越缦堂日记》一部五十一册。午后往大学讲。赙裘子元之祖母丧二元。

十月

一日

日记 昙。上午寄孙伏园信。许璇苏来。

二日

日记 昙。星期休息。上午马幼渔,朱遏先来。冀君贡泉送汾酒一瓶。下午得孙伏园信。章士英来,字飏斋,心梅叔之婿。

三日

日记 晴。午后寄李遐卿信。傅增湘之父寿辰,其徒敛钱制屏,与一元。

四日

日记 晴。上午得三弟信。夜得李遐卿信。

五日

日记 晴。午后往高师讲。往浙江兴业银行取泉十四。下午寄李遐卿信。寄许羡苏信。夜钞《青琐高议》。

六日

日记 晴。无事。

七日

日记 晴。上午得遐卿笺。午后往大学讲。下午服补写丸二粒。高阆仙赠吴氏平点《淮南子》一部三本。寄遐卿,子佩,伏园信约饮。晚伏园来。

八日

　　日记　　昙。下午至女高师校邀许羡苏,同至高师校为作保人。

九日

　　日记　　昙。星期休息。午后晴。李季谷寄来英文书一本,共日金一圆三十钱,是二弟托买者。下午复昙。自订书两本。晚孙伏园,宋子佩,李遐卿先后至,饭后散去。夜半小雨。

十日

　　日记　　昙,大风。休假。为李宗武校译本。

十一日

　　日记　　晴。夜得章士英信。寄马幼渔信。濯足。

十二日

　　日记　　晴。下午校李宗武译本毕,即封致李霞卿并附一笺。

十三日

　　日记　　晴。上午得李遐卿复。午后往留黎厂买《石鲜墓志》连阴,侧一枚,《鞠遵墓志》,《孙节墓志》各一枚,《杨何真造象》一枚,杂专拓片七枚,共银六元五角。晚孙伏园来。

十四日

　　日记　　晴。夜得宫竹心信并译稿二篇。

春夜的梦

[俄国]爱罗先珂

一

很远的很远的,从这里看不见的山奥里,有一个大的美丽的镜一般通明的池塘。这四近,是极其幽静而且凄清,爱在便利地方过活的轻薄的人们,毫不来露一点脸。只有亲爱自然的画家和失了恋而离开都会的苍白的青年,有时到这里来,从那眼泪似的发闪的花,接吻似的甘甜的小鸟的歌曲里,接受了不可见的神明的手所给与的慰藉,欢悦他们的心。但在近时,画家以为这山的自然,不如自己的画室美,这美丽的通明的池,还不如做画范的姑娘的可爱了,所以便卷起画布来,回到东边的都市去;还有失了恋的苍白脸色的青年,也因为想用了猛烈的市街的灯火和香气极强的酒的沉醉,来忘却他灵魂底里的悲哀,便回到西边的港里去,因此这池边便看不见一些人影子了。

然而一到春天,却因为鸟兽和昆虫,这池塘很热闹。

有一年的春天,这池塘曾经有过格外好看的事。黄的睡莲,红的白的莲花,在平静的水面上,仿佛是展开了不动的梦似的,开得极美的浮着。莲花的妖女也因为再没有捉拿伊嘲笑伊的人类在这里了,便放心的出现,在透明的水里和金鱼游嬉,在花朵上和胡蝶休息,给寻蜜的蜜蜂去帮忙。便是深夜中,妖精也在无所不照的月光底下,或者舞着欢喜的舞蹈,或者和火萤竞走着游戏。这样的美的东西们都在一处,所以火萤,蛙,胡蝶,禽鸟,都给这美所陶醉了,而

做着春夜的梦。金鱼的游戏,鸟的歌,胡蝶的舞,凡有一切,都因此
美起来了。

二

有一晚上,温和的晚上,一个有着金刚石一般发光的翅子的美
的火萤,慢慢的在池旁边飞舞。因为月光照着的池,太富于诗趣了,
火萤便不知不觉的到了这池的中央。在这里,对着映在池中的美的
月影,只是不倦的看。到后来,他觉到自己的翅子已经疲乏了。

"快回到花的卧室去罢。"火萤这样说,想飞向岸这一面去。然
而略略一飞,他便知道了自己已没有到岸的气力。

"唉唉,伤心! 这样的诗的晚上,这样的又静又美的地方,而我
非死不可么?"他说着,再一看自己的周围。他的上面,罩着一片装
饰着辉煌的月和闪烁的星的深远无限的太空,他的下面,在幽静透
明的池塘里,也展开着一片深远无限的太空,饰着闪烁的星和辉煌
的月。上上下下,除了深远无限的太空之外,这之外,再看不见一些
别样的东西。

"美丽的星,深远无限的天空,美的月,美的世界! 告别了!"萤
这样说,收了翅子,要落到水里去。

这时候,忽然从深的池塘里,现出一匹小小的金鱼来。这在火
萤,仿佛是从无限的太空的深处,飞来一个身穿金氅的天使了。

"萤君,怎样了?"金鱼柔和的问说。

"我疲乏了! 我已经没有飞到岸上的力量。所以只好离开了这
美的世界。没有力,仿佛便没有活在这世界上的权利似的。"火萤吃
了一惊,这样答。

"不不,没有这等事!"金鱼的和婉的声音,在平静的水面上造成
波纹,扩大开去了。"说翅子的筋肉上没有力就应该死,是再没有比
这更其糊涂的话了。感情的优丽,物的美,便都是世界的力。在许

多优丽的和美的里面,说筋肉的力算最小,也无所不可的。赶紧到我的脊梁上来罢。你一面歇歇力,我就送你到岸边去。"

因为金鱼说得这样的恳切,火萤红了脸,说道:

"那就劳驾了。"他便坐在金鱼的脊梁上。

金鱼径向岸这一面泳过去。在涂中的时候,金鱼忍着剧烈的羞愧,用了微细的声音说:

"我每晚上看着你飞。并且想,怎样的能够和你做朋友才好。像你这样美的,池里面并没有。"于是置身无所似的,暗地里漏出叹息来。

"我也常常看你在水里面游泳。"萤这样说。"而且一看见,我的心里便总觉得寂寞起来了。像你这样优丽的姑娘,在飞行空中的一伙里是没有……"说到这里,萤的声音便中止了。

这晚上,萤和金鱼的话只是这一点。但从这时候起,金鱼和火萤便每晚上都会见了。每晚上,他们一同在池塘里往来,一同在水边的芦苇里休息,金鱼对萤讲些池中的事,萤对金鱼讲些山上的事。而且两个都做着春夜的梦。

有一晚,莲花的妖女和山的精灵将莲叶当了船,在这上面游戏。这时候,金鱼和火萤正散步,恰巧走过了这地方。莲花的妖女看见了,伊道:

"像那火萤的翅子这样美的,世界上可是没有呵。"

"优丽如那金鱼的鳞的,在那里都没有见过。"然而山的精灵说。

妖女又道,"倘使你也如那火萤一般,有着美的翅子,你不知要显得怎样的美哩。"

精灵也道,"倘将那美的鱼鳞做了冠,戴在你的头上,那便无论在池里或山里,未必再有像你这样美的妖女了。"

"我便在梦中,也只看见美的事。"

"我也是无论睡着或醒着,都只想着美的事。"

这晚上,他们的话只是这一点。

有一晚，从池的左近的别墅里，走出一个十二三岁的公爵的小姐来。左手拿一个华丽的绿绢做的小小的萤笼，右手里是捕萤的兜网，走到池塘的近旁。

从小路上，走出一个十三四岁的百姓的男孩子来了。左手拿一个小小的金鱼钵，右手是钓鱼的竿子，到池这面来。小姐一看见他，略略行一个礼，说：

"我是这里的公爵的女儿。"

"我是公府对门的百姓的儿子。"男孩子这样答。

"我坐在家里的廊下的时候，男孩子便常常来走过我们的庭园。"小姐这样说。

"我坐在家里的廊下的时候，女孩子便总在庭园里散步。"男孩子这样说。

"我最讨厌男孩子。"

"便是我，也并不喜欢女孩儿。"

"男孩子总是用些下等的话，做些粗卤的事，毫不知道规矩和礼仪。"

"女孩儿总是装着瞌睡似的脸，而且用了吞吞吐吐的句子，说些梦话一般的话，全不知道说的是甚么东西。"

"男孩子总想着打架和吵闹，这我顶犯厌。"

"女孩儿总是想着衣服和首饰和香粉的事。所以我更嫌憎。比什么都嫌憎。"

公爵的小姐和百姓的儿子，在平静的池边的绿树阴下，争闹的没有完。聚在这里的胡蝶蜜蜂和小禽鸟，全吃了惊，仿佛说是人类的孩子们何以这样争闹似的，从枝上和树叶间，诧异的只对着两人看。

"男孩子总是衣服稀破，说到脸便漆黑，手脚也脏，而且有着异样的气味，好看的地方是一点也没有的。"小姐又开始说。

"便是女孩儿,也少穿衣服,脸是苍白的,手脚又细弱,全像一个死尸。"男孩子也回报说。

"我想,与其看男孩子,远不如看那美的火萤儿好。"

"我呢,与其看死尸似的女孩儿,倒不如看那美丽的金鱼好得多。"

"我一见男孩子,总想踢他几脚。"

"我呢,倘看见女孩儿,就想给伊几拳,按捺不得。"

两人的话在这里间断了。近旁的树上,寒蝉像是蓦然记得了似的,大声的叫起来了。

"我想将这火萤笼,放到南檐下,那园墙的低矮的地方去。"停了片时,小姐说。"再见!"

"再见!"男孩子问答说。"我想将这金鱼钵,放在北檐下的,那没有墙的地方去。"

"实在是失礼了。"

"那里话,只是我失了礼。"

两人这样说着,行了礼,女孩儿向右,男孩子向左,分道走散了。

这晚上,伊和他的话,只是这一点。

三

从那一晚起,有着最美的金刚石一般发光的翅子的萤,便关在笼中,挂在公爵的别墅的南檐下(园墙低的廊沿下)。而且他所爱的最美的金鱼,也装在金鱼钵子里,放在对面的百姓家的北檐下(那没有墙的廊沿下)了。萤和金鱼的悲哀,恐怕是无论用笔或用话,都未必达得出来的。

然而,那山的精灵,听了他们的话,却非常忙碌了。夜一深,百姓家里寂静了的时候,他便暗暗的跑到廊下来。

"金鱼君,真是出了不可收拾的事了。"山精这样凄然的低声说,

"况且你也未必知道罢，你的亲爱的萤，关在笼子里，挂在对门的宅子里面了。"

金鱼为了极深的悲哀，单是用头撞着钵的口。精灵重复说：

"假如给萤得了自由，你怎样报答我呢？"

金鱼回复说，"我这里，除了生命——悲惨的生命之外，再没有别的东西了。倘使为火萤得自由计，这生命也有一点什么用，便无论何时都可以心悦诚服的奉献的。"

"生命这些是不要的！"山精慌忙打断了金鱼的话。"但将你那美丽的鳞给了我罢。倘这样，我便为萤的自由尽力去。"

"赶快拿去！"金鱼浮上水面来了。"倘若这鳞，和我的亲爱者的自由有关系，我是连最后的一片也不惜的。赶快，不留一片的取了去。因为我希望着自己的亲爱者，早早的完全的得到原来的自由哩。"

山精全取了美的鳞，说道，"金鱼君，切勿灰心。我还要想些救你的方法哩。"于是便向对面的宅里走。但金鱼却失了神，石块一般沉到钵底下去了。

百姓的儿子因为这低微的声音，忽然张开眼。

"廊沿下，有谁说话似的。"他说着，慌忙起身，走出檐下看。然而这里已经没有人。只一个小小的谁的影，经过了公爵的别墅的墙根下。向钵子里一望，这中间抖着批了鳞片的金鱼。

"畜生！可恶！"男孩子愤怒的这样叫。

这其间，山精到了公爵别墅的南边的廊下了。

"萤君，真是出了不可收拾的事了。"他小心着提在手里的装着鱼鳞的袋，一面说，"你也许已经知道了罢，你的亲爱的金鱼也在对面的廊沿下，装在钵子里了。"

然而萤因为非常之痛心，说不出一句话。只用两脚按住胸膛，将金刚石一般发光的翅子来遮了凄凉的脸。山精重复说：

"假如我使金鱼自由了，送回池里去，你怎样报答我呢？"

萤回答说，"我的生命，——这充满了苦辛的梦的生命之外，我已经什么都没有了。为金鱼谋自由，这生命倘也有什么用，就请即刻拿去罢。"

"生命这些是不要的。"精灵这样说。"但是将你那金刚石一般发光的美的翅子，给了我就是。"

"你，"萤的悲哀的眼里，略有些非难之色了。"你要我的翅子么？"

"是的。要你那美的，金刚石一般发光的翅子。"山精没有去看萤的脸。

"可以。请拿去！"萤的微细的声音，临末却是听不分明了。这瞬间，山精已经开了笼，取去了萤的美丽的翅子。

公爵的小姐正在这时候醒来了。

"的确有谁在廊下呢。"伊说着，慢慢的起来，向廊下望出去，在那里并没有人，只一个异样的影子走向园墙对面的百姓家去了。小姐赶紧走出廊下来看，萤笼里躺着没有翅子的火萤。

"阿，太难了，将火萤弄成这模样！"一面说，小姐哭起来了。

这晚上，只是这一点事。

太阳快要下去了。被照着那离别的光，池塘是仿佛为热情所燃烧似的晃耀。一切都寂静。只听得小鸟的狡狯的饶舌和归巢太迟了的蜜蜂的羽声。睡莲也受了亲昵的太阳的接吻，静静的合了瓣。

莲叶上面，坐着取去了金刚石一般发光的翅子的萤。就在近旁歇着金鱼，一半的身子出了水。

"我冷！我已经没有活着的元气了！"并不对谁，金鱼独自说。

"我凄凉！我的使命是在于飞的。没有翅子，也不要生命了！"火萤这样絮叨的说。

"但因为要救你，全给了自己的鳞，我却毫不以为可惜的。"

"因为要你得自由，卖了自己的翅子，在我是最满足的事。"

两个拥抱了,最后的话是这几句。

太阳下去了。照着这光,池塘像为热情所燃烧似的晃耀。而且太阳下去了之后,金鱼和萤的性命,也和那最后的光一同下去了。那性命,是溶在光中,上了无限的太空呢,还是溶入花香,成为轻霭而飞去了呢? 这在我可是不知道了。

一切都寂静。只有小鸟的渴睡似的叫声,归巢太迟了的蜜蜂的羽声,睡莲也已经睡了觉。

四

月亮慢慢的起来了。因为迎接这月亮,出来了许多美的萤。山的精灵们都高兴,在月光底下开始了跳舞。而在他们里,最美的是有着金刚石一般的闪闪的翅子的山精。

从莲花中,笑嘻嘻的走出妖女来了。金鱼的鳞所做的,惊人的美的冠,明晃晃的戴在那头上。妖女恭敬的对月行了礼,静静的遍看伊周围;忽而在莲叶上,看见了萤和金鱼的尸体。

“诸位! 赶快来!”伊发了吃惊的声音说。欣然的跳舞着的妖精们,都停了跳舞,嚷嚷的奔来。伊指着两个尸体道:

“那是什么? 谁杀了我的宝贝的萤和宝贝的金鱼了?”

大家看了这个,都默默的不开口。

“那萤的翅子是谁拿去的呢? 那金鱼的鳞是谁拿去的呢?”伊仿佛悲痛似的,用手掩了脸。

“昨天的晚上,孩子们捉了他们去了。”有着萤的翅子的精灵说。“萤将那翅子给了我,金鱼是给了鳞。我便救出了他们。而且那用鳞造成的冠,是明晃晃的在你的头上。”

“唉唉,伤心呵! 你是怎样的一个残酷者呵。我不要那样的冠。”

“但是,若要金鱼的鳞,只能从金鱼身上取,要萤的翅子,只能从萤身上取。这是造不出来的。"

"你是残酷的。你杀了他们了。"妖女这样说，并且哭起来了。

"我没有杀他们。那萤和金鱼，是并非一没有翅子和鳞，便非死不可的。我没有翅子的时候，也活着，你没有鳞，岂非也并不死掉么。那两个是自己死的。"

山精静静的剖白，但妖女没有从脸上除下伊的手来。

"我厌了这世界了。有所要，便不得不从别个那里取。一要鳞，便须从金鱼身上取。我有所得，对手便不能不有所损了。唉唉，好伤心的世界呵！"伊这样说着，进了莲花里。

妖精们两两的配着，开始了悲哀的舞蹈。只有有着萤的金刚石一般的翅子的山精，独自一个坐在寂寞的池的石上。

"造这世界的小子，是怎样的吝啬的东西呵。萤的翅子和金鱼的鳞，都略略多造些，岂不便好！在偌大的世界上，那有这样俭约的必要呢！"他惘然的絮叨着说。

公爵的小姐左手提着萤笼，右手拿了捕萤的网，静静的走到池边来。从小路上，百姓的儿子左拿金鱼钵，右拿钓竿，也静静的走出树林来了。

小姐谦恭的行过礼，说道："我最讨厌百姓的男孩子。"

男孩子也谦恭的行过礼，说道："便是我，也并不喜欢什么贵族的姑娘呢。"

"百姓的男孩子不但是衣服破，手脚脏，连心也残酷。"贵族的小姐说。

"贵族的小姐是只有衣服好看，那心的污秽，却没有东西可比了，我想。"百姓的儿子说。

"昨夜里，取去了我那捉住的火萤的翅子的是，总该是百姓的儿子罢。"

"昨夜里，将我的捉住的那美的金鱼的鳞，统统取去了的，一定是贵族的小姐了。"

"倘知道那取去了我的火萤的翅子的百姓的儿子是谁,我很想给这孩子一顿嘴巴。"

"我倘知道了拿去金鱼的鳞的贵族的姑娘是那一个,就很想敲杀了这姑娘。"

然而两人最后说:

"这回却打算将这萤笼,搁到那有着高墙的南边的客厅的窗间去。"

"我这回要将金鱼钵放在北边的有着旧扶阑的屋子的窗下去了。"

"再会!"

"再会!"

"实在失礼了。"

"好说好说,倒是我失了礼。"

他们略略行过礼,一个向右,一个向左,分了道回去了。

公爵的小姐静静的在池边走,看见了坐在大石上的小精灵。

"阿阿。那就是,乳母时常讲起的僬侥人儿了。"伊说着,竭力的不出声的走上石块去,想捉这精灵。其间脚一滑,伊便和山精都落在池子里。

"救人!"小姐吃了惊,高声的叫,山精也很吃吓,便用了暗号,向池的王送了一个求救的通知。

正同时,那隔岸的百姓的儿子,也看见了坐在球花上的妖女了。那妖女,有一顶用很美的鱼鳞所做的冠,戴在伊头上。

"阿阿,那就是,母亲喜欢讲的池的妖女罢。"他这样说,偷偷的走近花丛里,赶快的伸出手去,想拗那花,因为太急遽了,失却平均,便落在池里面了,他慌忙叫道:

"救人!"

"快来救!"妖女也发一个通知池的公主的暗号。

不到一分时,池的王便从深处上来了,而且不到一分时,公爵的女儿,精灵,百姓的儿子,妖女,都从王的魔力之杖救了命,而且都站在王的面前了。

"在这样静的地方,在这样静的夜里,谁想要胡闹呢?"池的王推问说。

于是山精禀告道,"胡闹的是,照例是人类这东西。"

"照例的,胡闹的是,两只脚的污秽的废物。"妖女也这样的一气说。

"然而,人类如果胡闹,淹死这些小子们,不就好么。这方法,你们该是知道得很多的。淹死些什么人类之类,无论多少,我一点都不管。因为这是鱼和螃蟹,池的国民的最愉快的事。岂不是用不着小题大做的将我请出深处来的么?"说到这里,王的口气全都改变,显然是涌出深的愤怒来了。"一到春天,你们还做得好事呵。金鱼和萤的话,也有些传到了我的耳朵里。这等事,也不像你们这样体面的妖精所做的事。"

池的王似乎一无所知,而却是无所不知的。

"这事情,我想了一晚上。因此,被这可怕东西捉住了。"山精很认错。

"我也伤心着金鱼的死,在花里面哭了一晚上。"妖女也很后悔。"因此,被这丑陋东西捉住了。因为我没有了反抗的力气,所以求陛下的救的。"

池的王的脸和善了一些,指着公爵的小姐说:

"这个可怕东西,就是想捉精灵的么?"

"我并不是可怕东西。"小姐几乎要哭了,说。"我是公爵的女儿。我所爱的是美的物事,昨晚上虽然捉了萤,却有谁取了翅子去了。后来连那萤也不见了。今晚看见了这可爱的娃儿,是想捉了去疼爱他的。然而滑了脚,落在水里了。对于美的物事,我捉去并不因为虐待,是因为疼爱的。"

"还有这丑陋的废物,是什么呢?"池的王向着百姓的儿子说。

"我不是丑陋的废物,是百姓的儿子呵。我昨天捉了金鱼,也并非要虐待,是因为要疼爱才捉的。但有谁取了鳞去,而且金鱼也不知道那里去了。今夜看见这美的姑娘,也并不是为要虐待,却因为要疼爱,才想带回家去的。"

百姓的儿子这样回答的时候,王又较为和气了,转脸对着山精这一面道:

"那就,你为什么给萤和金鱼吃苦,取了翅子和鳞的呢?"

"我是为了爱美而活着的。萤的翅子非常美。我想,倘戴上金鱼的鳞所做的冠,不知道要见得怎样美呢,所以想给戴到头上去。是从这样想,取了萤的翅子,也取了金鱼的鳞的。然而毫没有想要杀掉他们。"精灵这样答。

"我也想要金鱼的鳞的。"妖女也接着说,"并且想,那萤的翅子,假使精灵有着,不知精灵要显得怎样的美了,但是杀掉萤和金鱼,以及硬取那翅子和鳞,都是梦里也没有想到的事。"

这时候,王才现出爽朗的美的笑脸来。

"你们,仿佛都爱那美的事物似的。这就够了。因为这个,因为爱美,便被宽恕了许多罪。但从此还应该进一步去。凡有美的东西,无论是什么东西,倘起了一种要归于自己,夺自别人的心情,好好的记着罢,这心情,便已经不纯粹了。这时的爱美的心情,已经是从浑浊的源头里涌出来的了。见了美的东西,爱了表现在这里的美;若不涌出为此尽点什么的心,为此献点什么的心,则在这爱里,在这心情里,便不能说是不至于会有错。将这一节好好的记着罢。倘爱美,则愈爱,你们便愈强。人比兽强,就因为爱美。精灵和妖女比起人来,美的感觉更锋利,所以比人类有势力。天使的爱美的力,比精灵和妖女尤其大,所以比他们更其强。而且在一切东西上——即在丑的东西上,也感着美,对于一切东西,因为美,所以爱的,就是神了。"于是池的王对山精和妖女说,"因为你们的爱美的心情是失败了,所以便是这孩子们也能捉。"于是对孩子们说,"因为你们想将美的东西作为自己的东西，所以连你们的性命也几乎不见了。爱美的心，是主宰宇宙的力。然而这爱美的心情，却是损害生命的破坏。将这事牢牢记着，此后可万不要错误了。"王说。呼呼的挥着魔力的杖。

五

睡在岸边的石上的公爵的小姐忽而醒来了。

"我什么时候睡在这样的地方的呢？"伊说，看着周围。

幽静的透明的池水里，愉快的游泳着金鱼。有着金刚石的翅子的萤，在这上面飞舞。

对面的岸上，百姓的男孩子忽而醒来了。

"奇怪。甚时候睡着的呢？"他一面说，慌忙的起来，环顾那照着月光的池的四近。

树林的深处，美的精灵们舞蹈于月光中。而且看着这个，莲花的妖女很美的笑。

两个孩子们，大家互相发见，互相走近了。

公爵的小姐略略行了礼，并且说，"我想，捉那火萤之类，是可怜的。因为也许有谁来取翅子去。"

百姓的儿子也略略行了礼，答道，"我也没有捉金鱼的意思。就是怕有谁取去了鱼鳞。"

"倒不如每晚到这里来，看看萤的飞翔好。"

"我也还是每晚到这里。在透明的水中，看着金鱼的游泳，好得多哩。"

两人并排的坐在这地方，对那仿佛从春夜的欢喜中，涌溢出来的泪一般的露草的花，摘来投在池里，拧来撒在水里。

"百姓的儿子是，衣服破烂，手脚也脏，然而也还有不招厌的地方似的。我想，如果给他穿上新衣服，干干净净的洗了手脚，也便没有什么了。"女孩儿说。

"贵族的小姐虽然见得像一个死尸,然而其间也确有些美的地方的。我想,如果再努力些,走出外面运动起来,颜色和皮肤也便立刻强壮了。"

到这里,接续了片时的沉默。

"我独自在树林里走,是毫不害怕的。"小姐红晕了两腮,一面说。

"便是我,也什么山里都能去。"这样回答时候的百姓的儿子的心跳,我是很知道的。

"一个人在山上走,怕是不怕的。但我想,一个人比两个人却冷静。"

"我也想,两个人总比一个人热闹得多了。"

"两个人散步的时候,我最不愿意踢石头,顿脚,使屐子阁阁的响。"

"便是我,倘若两个人散步,也最喜欢穿了草鞋,静静的走的。我要从那条大路回家去了。"

"我最爱那条路上的右手的大石头和奇妙的峭壁,我也想走那一条路回家去。"

"那条路上的左手的大松树和大楠木的枝条的样子,我是最爱看的。"

宇宙所流的泪一般的露草,在这里已经没有了。两个孩子终于站起身,并且说:

"即使你和我一同来,我也不要紧。虽然乳母也许说些什么话。"

"便是我,即使跟着你走,也不要紧的。虽然朋友也许笑。"

于是两个人都走进树林里去了。

那两个孩子的眼睛,先前虽然张开了,而他们的春的梦,还是接连着。

月光底下,精灵跳舞着。看着这个·莲花的妖女笑着。金鱼和萤,都做着欢乐的春夜的梦。

　　爱罗先珂的文章,我在上月的《晨报》上,已经绍介过一篇《池边》。这也收在《天明前之歌》里,和那一篇都是最富于诗趣的作品。他自己说:"这是作为我的微笑而作的。虽然是悲哀的微笑,当这时代,在这国里,还不能现出快活的微笑来。"

　　文中的意思,非常了然,不过是说美的占有的罪过,和春梦(这与中国所谓一场春梦的春梦,截然是两件事,应该注意的)的将醒的情形。而他的将来的理想,便在结末这一节里。

　　作者曾有危险思想之称,而看完这一篇,却令人觉得他实在只有非常平和而且宽大,近于调和的思想。但人类还很胡涂,他们怕如此。其实倘使如此,却还是人们的幸福,可怕的是在只得到危险思想以外的收场。

　　我先前将作者的姓译为涘罗先珂,后来《民国日报》的《觉悟》栏上转录了,改第一音为爱,是不错的,现在也照改了。露草在中国叫鸭跖草,因为翻了很损文章的美,所以仍用了原名。

　　二一,十,一四。译者附记。

　　　　原载 1921 年 10 月 22 日《晨报副刊》。
　　　　初收 1922 年 7 月上海商务印书馆版《爱罗先珂童话集》。
　　　　译者附记未收集。

十五日

　　日记　昙。午前寄宫竹心信。下午得三弟信,十一日发。晚服规那丸三粒。

致 宫竹心

竹心先生：

来信收到了。本星期日的下午，我大约在寓，可以请来谈。

《救急法》可以姑且送到商务馆去试一试，也请一并带来。

馆〔余〕面谈。

周树人　十月十五日

十六日

日记　昙。星期休息。上午得三弟信片。午寄三弟信。下午宫竹心来。

《坏孩子》附记

这一篇所依据的，本来是 S. Koteliansky and I. M. Murray 的英译本，后来由我照 T. Kroczek 的德译本改定了几处，所以和原译又有点不同了。

十，十六。鲁迅附记。

原载 1921 年 10 月 27 日《晨报副刊》。

初未收集。

盲诗人最近时的踪迹

〔日本〕中根弘

俄国的盲诗人爱罗先珂出了日本之后，想回到他的本国去，不能入境，再回来住在哈尔滨，现在已经经过天津，到了上海了。这一篇是他在哈尔滨时候的居停主人中根弘的报告，登在十月九日的《读卖新闻》上的，我们可以藉此知道这诗人的踪迹和性行的大概。

十月十六日译者识。

十月一日之夜，盲诗人爱罗先珂从哈尔滨动身，又接续他的"永远的漂流"去了。

那一夜，是可怕的浓雾的夜。在晚上，本以为初冬这样，是极平静的日子的，刚在这么想，便不知所从来的涌出白而且浓的烟霭一般的夜雾来，到太阳全隐了的七点钟顷，这哈尔滨市的房屋和街道，便几乎连影子也消灭了似的，雪白的被包着，只是偶然间，略看见自动车和马车的灯，模模糊糊的左右往来罢了。

爱罗先珂君与几个行李，那旧的六弦琵琶也在内，都上了马车，一面紧握了我的手，说道，"实在很打搅了，一定在什么地方再见罢。"马车动弹起来时候，我说，"今夜真是可怕的雾呵……"他便仿佛用感觉来识别这雾似的，仰了脸，说道，"这好极！白的雾，软软的同等的来包了我们……"便又紧紧的握一次我的手。

他留在哈尔滨恰恰一个月。白天大概在我的屋子里，只是剥剥啄啄的用点字做文章，有时候什么都不做，单是挺直的坐在椅子上，似乎"静坐"一般。到夜里，便在我的屋里弹六弦琵琶，听留声机，讲暹罗的事。他谈起住在暹罗和缅甸时候的事——尤其是在缅甸的盲哑学校时候的事来，谈得最高兴而且怀想。在美的树林，嗅着野花的香，和那些与自己一样的盲目的孩子们，又平和又幽静的经过的生活，在他是一个难忘的印象，是无疑的。他到被日本放逐为止，所做的那童话，由我想来，一定是从那时的生活所发生的了。

有一晚上，他抱着六弦琵琶说，"来，想着日本的事，唱一回罢！"于是活泼的唱起照例的那"斯典凯拉丁"来。据他说，这歌，是最为日本的少年人所喜的。

　　还有每星期一次，在木曜日的夜间，到那开在乌克拉因人俱乐部的本地的文学者的集会里去。他最后赴会这一夜，朗诵了自作的《虹之国》，是译成俄文的。那时文学者们的批评很有趣。听说有思想正是俄国人的作品，但形式和色彩太是日本的了……之类的话。

　　他被追放以后的作品，则最先有一篇对话《汽车之中》。这是说他在赤塔时候，绝望了回到劳农俄国去，却向哈尔滨来的汽车中的阴郁寂寞的心情的。第二篇尚未发表，是题作《或一树林中的事件》的童话式的文章，里面简短的极抽象的闪着他的思想和主义。第三篇还没有做完，是叙述从敦贺起，被两个警察送到海参卫，从这里又经过伊曼，哈巴罗夫斯克，勃拉戈锡金斯克，斯来典斯克，斯来典斯克各处，来到赤塔为止的遭遇，印象，以及心情的。他在这途中，曾经和从美洲回到离别多年的故国来的一伙劳动者做同伴，和这一伙人的会话，也颇有趣的描写在里面。这些作品，想来日本人们也可以都有看到的机会的。

　　总而言之，他是堂堂皇皇的得了支那的旅行护照，向上海去了。暂时住在上海之后，于是到那里去，现在的我可是不知道。想起来，便是他自己也未必知道罢。

（一九二一年十月二日夜，在哈尔滨，中根弘。）

　　原载 1921 年 10 月 22 日《晨报副刊》"爱罗先珂号"。署风声译。

　　初未收集。

十七日

    日记 昙。上午寄伏园信。得三弟信,十三日发。

十八日

    日记 微雨。午后往大学讲。晚寄三弟信。

十九日

    日记 微雨。午后往高师校讲,收九月薪水十八元。在德古斋买萧氏碑侧并碑坐画象六枚,耿道渊等造象四枚,共泉二元五角。寄孙伏园稿一篇。还二弟买书泉六元。

二十日

    日记 晴。午后往留黎厂。

二十一日

    日记 晴。无事。

二十二日

    日记 昙。上午寄沈士远信。午蒋子奇至部来访。吴复斋病困,下午赠以泉五元,托雷川先生持去。晚孙伏园来。

二十三日

    日记 晴。星期休息。上午得三弟信。下午蒋子奇来,送茶叶,风肉。

智识即罪恶 *

我本来是一个四平八稳,给小酒馆打杂,混一口安稳饭吃的人,

234

不幸认得几个字,受了新文化运动的影响,想求起智识来了。

那时我在乡下,很为猪羊不平;心里想,虽然苦,倘也如牛马一样,可以有一件别的用,那就免得专以卖肉见长了。然而猪羊满脸呆气,终生胡涂,实在除了保持现状之外,没有别的法。所以,诚然,智识是要紧的!

于是我跑到北京,拜老师,求智识。地球是圆的。元质有七十多种。$x+y=z$。闻所未闻,虽然难,却也以为是人所应该知道的事。

有一天,看见一种日报,却又将我的确信打破了。报上有一位虚无哲学家说:智识是罪恶,赃物……。虚无哲学,多大的权威呵,而说道智识是罪恶。我的智识虽然少,而确实是智识,这倒反而坑了我了。我于是请教老师去。

老师道:"呸,你懒得用功,便胡说,走!"

我想:"老师贪图束脩罢。智识倒也还不如没有的稳当,可惜粘在我脑里,立刻抛不去,我赶快忘了他罢。"

然而迟了。因为这一夜里,我已经死了。

半夜,我躺在公寓的床上,忽而走进两个东西来,一个"活无常",一个"死有分"。但我却并不诧异,因为他们正如城隍庙里塑着的一般。然而跟在后面的两个怪物,却使我吓得失声,因为并非牛头马面,而却是羊面猪头!我便悟到,牛马还太聪明,犯了罪,换上这诸公了,这可见智识是罪恶……。我没有想完,猪头便用嘴将我一拱,我于是立刻跌入阴府里,用不着久等烧车马。

到过阴间的前辈先生多说,阴府的大门是有匾额和对联的,我留心看时,却没有,只见大堂上坐着一位阎罗王。希奇,他便是我的隔壁的大富豪朱朗翁。大约钱是身外之物,带不到阴间的,所以一死便成为清白鬼了,只是不知道怎么又做了大官。他只穿一件极俭朴的爱国布的龙袍,但那龙颜却比活的时候胖得多了。

"你有智识么?"朗翁脸上毫无表情的问。

"没……"我是记得虚无哲学家的话的,所以这样答。

"说没有便是有——带去！"

我刚想：阴府里的道理真奇怪……却又被羊角一叉，跌出阎罗殿去了。

其时跌在一坐城池里，其中都是青砖绿门的房屋，门顶上大抵是洋灰做的两个所谓狮子，门外面都挂一块招牌。倘在阳间，每一所机关外总挂五六块牌，这里却只一块，足见地皮的宽裕了。这瞬息间，我又被一位手执钢叉的猪头夜叉用鼻子拱进一间屋子里去，外面有牌额是：

"油豆滑跌小地狱"

进得里面，却是一望无边的平地，满铺了白豆拌着桐油。只见无数的人在这上面跌倒又起来，起来又跌倒。我也接连的摔了十二交，头上长出许多疙瘩来。但也有竟在门口坐着躺着，不想爬起，虽然浸得油汪汪的，却毫无一个疙瘩的人，可惜我去问他，他们都瞠着眼不说话。我不知道他们是不听见呢还是不懂，不愿意说呢还是无话可谈。

我于是跌上前去，去问那些正在乱跌的人们。其中的一个道：

"这就是罚智识的，因为智识是罪恶，赃物……。我们还算是轻的呢。你在阳间的时候，怎么不昏一点？……"他气喘呼呼的断续的说。

"现在昏起来罢。"

"迟了。"

"我听得人说，西医有使人昏睡的药，去请他注射去，好么？"

"不成，我正因为知道医药，所以在这里跌，连针也没有了。"

"那么……有专给人打吗啡针的，听说多是没智识的人……我寻他们去。"

在这谈话时，我们本已滑跌了几百交了。我一失望，便更不留神，忽然将头撞在白豆稀薄的地面上。地面很硬，跌势又重，我于是胡里胡涂的发了昏……

阿！自由！我忽而在平野上了,后面是那城,前面望得见公寓。我仍然胡里胡涂的走,一面想:我的妻和儿子,一定已经上京了,他们正围着我的死尸哭呢。我于是扑向我的躯壳去,便直坐起来,他们吓跑了,后来竭力说明,他们才了然,都高兴得大叫道:你还阳了,呵呀,我的老天爷哪……

我这样胡里胡涂的想时,忽然活过来了……

没有我的妻和儿子在身边,只有一个灯在桌上,我觉得自己睡在公寓里。间壁的一位学生已经从戏园回来,正哼着"先帝爷唉唉唉"哩,可见时候是不早了。

这还阳还得太冷静,简直不像还阳,我想,莫非先前也并没有死么?

倘若并没死,那么,朱朗翁也就并没有做阎罗王。

解决这问题,用智识究竟还怕是罪恶,我们还是用感情来决一决罢。

十月二十三日。

原载 1921 年 10 月 23 日《晨报副刊》。署名风声。

初收 1925 年 11 月北京北新书局版《热风》。

二十四日

日记 晴。午后游小市,买笔筒一,水盂一,共泉五角。下午往午门索薪水。

二十五日

日记 晴。午后往大学讲。下午同戴螺舲,徐思贻游小市,买陶器二事,五角。

二十六日

日记 晴。午后往高师校讲。

二十七日

日记 晴。上午教育部复暂还前所扣振捐泉六十。寄三弟译稿乙篇。下午往小市买白磁花瓶一,泉五百五十文。得宫竹心信。

雕 的 心

[俄国]爱罗先珂

雕这样体面的自由的鸟,是再也没有的了。雕这样强的勇的鸟,是再也没有的了。而且,在动物里面,像雕这样喜欢那高的冷静的山的,是再也没有的了。雕是被称为鸟类之王的。在人类里,虽然没有叫自己的王或豪杰们显出力量和勇气来看的人,但在雕队伙中,却即使翅子和嘴子生得大,也不能说是豪杰。这是雕的古来的习惯。

无论怎样的雕,都说不定能做王或豪杰,所以大家互相尊敬着。像人类的王或豪杰似的,借了自己的下属的力量和智慧,来争权利,以及为了一点无聊事,吵闹起来的事,是没有的。大家各各努了力,使自己的翅子和嘴愈加强,爪和眼睛愈加锐,至于这个吓那个,或者讲些客套的事,在雕世界里,是一直从古以来所没有的。

就这一节而论,雕和人是一直从古以来便不同的了。欺侮弱者,压迫弱者,取了弱者的力气和智慧,随便给自己用,这似乎是一直从古以来的人类的习惯。因为强者总是私有了弱者们的力气,所以不能真自由,而弱者也就非常之不幸了。

人类是怎样的倒运的动物呵。而人类却还说自己是万物之灵。

这不是刻毒的笑话么。

一

却说山的国，被那比邻的大国度占去了，不拘什么时候，这两国总就是争闹。这国的最高的山上面，很幸福的生活着许多雕。这些雕，从古以来，几千年几万年的接连了燃烧着一种的希望。都便是要飞到永久温暖永久光明的太阳上去。他们相信，只要每日努力的向上飞，积练上几千年几万年，则雕的子孙们，大概一定可以到得那太阳。这事一连的积上了许多代，所以翅子的力量比祖宗强，也确然是事实了。

    "爱太阳，

    上太阳！

    不要往下走，

    不要向下看！

    慕太阳是雕的力的源头，

    上太阳是雕的心的幸福。

    不要往下飞，

    不要向下看！

    下面是暗的狭的笼，

    下面是奴隶的死所。

    不要往下飞，

    不要向下看！

    下面是弱者的世界，

    下面是无聊的人类的世界。

    不要往下飞，

    不要向下看。"

这是雕的母亲们一直从古以来教训那雕的孩子们的歌。受着压迫的山的国民们,听了这歌,不知道怎样的心情呢。雕王的心是在最高的山的最冷静的岩石上。王和王妃之间,有了两个可爱的王子。每早晨,王带了大王子,王妃带了小王子,都到岩石的尽边,便在这里将王子们直踢下去,他们刚近下面时,却又抓回岩上来了。这是每早晨的功课。到后来,王子们便能容容易易的飞到岩上来,飞到下边去了。王和妃见了很欢喜,于是将王子们高高的抱上空中,试使他们跌落下去看。最初,王子们也完全发了昏,但练而又练,翅子渐渐的强了,从很高的空中,早能够容易的回到自己的窠里了。有一天,王对王妃说,今天要教孩子们落到那深谷底里看了。于是便将王子们带到很高的天空,给掉向那深的谷底去。这两个王子们,本也尽着所有的力来飞,然而才到中途,翅子已经乏了力,小王子叫道,"哥哥,我早没有力气了。"大王子便聚起残余的力量来,要救他兄弟。王和妃远远地眺望着,鼓着翅子只喝采。正在这时候,两地之间流过了不知那里来的云。便再看不见王子们了。王和妃都吃惊,比箭还快的穿出云间,飞下谷里去,却已经太晚了。大王子帮着小兄弟,自己也乏了力,气厥了,石子一般的径向谷里掉。王和妃刚要抓起气绝的王子们的时候,忽然现出一个强有力的猎人来,带着两个儿子,要捉王和妃。王和妃也暂时护着王子们,很奋斗,但猎人既然过于强,又以为王子们已经断了气,便舍了王子们,飞上天空去了。然而王子们其实没有死,待到带回猎人的家里,便已回过呼吸来。猎人剪了他们的翅子的翎,分给他两个儿子。那时猎人的大儿子是七岁,其次是六岁,都很爱雕王子,无论到那里,总携着一同去,但猎人叮嘱说,只有山上万万去不得的。这山国的人们,听得谷里落下两个小雕来,以为一定是什么好兆头,个个很欢喜。他们的心里,暗暗地希望着,想不远便到来两个雕,救了这国度,于是嘱托猎人,教他好好的看待雕的王子们,然而不到七天,异事出现了。这时失去了猎人的小儿子。据他的朋友说,从天空里,闪电似的飞下一匹很大的雕来,抓了猎人的儿子去了。大家听了很骇异。然而两三日之后,更其奇异的事又出现了。这是又失去了猎人的大儿子。

对于这事,山国的人们也有许多的议论,只有猎人却默默的不开口。他像先前一样,用心的养育着雕的王子们。王子们当初很凄凉,常常有不自由无宁死的模样。然而大王子爱抚小兄弟,小王子慰藉他大哥。他们被村中的孩子们所珍爱,渐渐的习惯了人间,爱好了人类了,只有被长链子系在木桩上这一节,总还是很难忍。

二

五年经过了。雕的王子们早长大,翅子也强壮了。正当五年以前王子们落在谷里这一日,猎人开了锁,带他们上了高山,而且放了他们,于是默默的回家来。

一听到放掉了两个雕,山国的人们便都嚷起来了。人们还在嚷的时候,先前不见了的猎人的儿子,都从山里回来了。

两个完全改了样,当初一见,谁也不知道是猎人的孩子们。他们都裸体,头发很长,身体是石一般坚,手脚有铁一般固,眼光锐利,鼻子是雕鼻似的弯曲了,牙齿是狼似的大了,指爪是虎似的尖长了。山国的人们见了他们,都很吃惊,而且兴致勃勃的连日去听他们的话。说是他们被雕王攫去之后,便养在雕窠里,始终受着王和王妃的珍重。每天,王和妃背了他们,飞上空中,将他们摔在云里,又帮他们下来,此外还有各样奇怪的事,孩子们虽然这样说,但听的人却不知道是真实还是说诳。只是飞腾,上山,浮水这些事,山国的人们里却是没一个比得上他们,也没有一个有他们这样的要自由的生活。这孩子们深知道用什么方法,可以燃烧山国的人们的心;而且用人类的语言,不够表明"自由"的意义的时候,他们便雕一般的叫。

他们这才教给山国的人们以雕的歌:

　　　　"爱太阳，

　　　　　上太阳！

　　　　　不要往下走，

　　　　　不要向下看。……"

　　他们实在是不可思议的孩子们，山国的人们称他们为"雕的心"。见了这孩子们，受着压迫的山国的人们的心，不知道涌着怎样的希望呢。

<h2 style="text-align:center">三</h2>

　　那一面，雕王和王妃看见两个王子平安的回了家，自然很欢喜，但一检查他们的翅子和嘴，眼睛，指爪，便知道这些是全不中用了，雕王们看出了翅子和嘴上没有力，眼睛和指爪都钝了，真不知怎样的痛心哩。况且王子们的勇气以及爱自由的事，从王和妃看来，不知怎么的也总觉得有些不可靠。

　　每天，雕王和妃便来剧烈的锻炼王子们。每天，王妃唱着"爱太阳，上太阳！不要往下走，不要向下看！"的歌，竭力的想奋起两个王子的已经疲弱的心来，使将来可以成就勇敢的王。十年之间，每天每天的接连着，想从王子们的心里，除去那些人类的心；于是王子们终于比雕王和妃飞得更高，爪和眼也比他们更锐利了，独有那心，却总在什么地方有些不像雕的心，似乎带着近似人心的脆弱。王子们便是飞向太阳的时候，总仿佛眼睛看着下方；便是翱翔于无限的太空的时候，那心也似乎留恋着山谷；而且比别的雕飞得更高的时候，也不从胸中发出自喜得胜的叫喊，却只听得一种悲哀的寂寞的惓惓于下面的谷里的生活的声音。有时候，王子们竟两三天不去求饵，什么也不吃的饿着；或者捉住饵食，却又将他放走了，雕王们对于王子们的这模样，或耳闻，或目睹，那心里正不知怎样的悲哀呵。王子们的朋友们，都说他们的坏话，称他们为"人心"。一面则王和妃常常很恼怒这王子们，说他们是家门的耻辱。有一天，大王子飞翔空中之后，回到家里，坐在父亲的面前，凄凉的看着他的脸，说道：

"父亲，一直从古以来的上太阳这一个雕的理想实在是呆气罢了。向着太阳只是飞，是无谓的事。即使真能够上了太阳，雕也未必因此便幸福。父亲，我今天曾经要上太阳去，尽力的飞到高处去了，然而愈上去便愈冷，愈高便愈眼花，终于头眩，我便近乎昏厥的落了地。愈近太阳就愈冷的事，我以为很确凿的。所以上太阳这事，我要停止了。"

王子这样说，雕王叫一声"人心"之后，便用爪攫破了他的喉。王子只发出一种爱慕下面的凄凉悲哀的生活似的叫声，全不抵抗，死在王的爪下了。这晚上，小王子也从外面回来了，坐在王妃的面前说：

"母亲，向着太阳飞，我已经不愿意了。这事是全没有什么用处的。我决计到下面的谷里去，在树上造起窠来，就在那里和人类以及别的动物和睦的过活。说雕的幸福就散满在太阳上，是不能相信的事。然而人类的友情中，便有着幸福，却是我已经经验了的。"

这样一说，王妃便叫道"卑下的人心"，扑向王子用爪抓破了他的喉。王子只发出一种留恋山谷，企慕人类的友情似的声音，毫不回手，死在王妃的爪下了。这一夜，雕王们便将死掉的王子们带到下面的山谷里去，放在先前养育了王子们的猎人的门前。从此以后，王子们所唱的

"爱太阳，

上太阳！

不要往下走，

不要向下看。……"

的那歌，便仿佛有些警诫"人心"似的了。

到早晨，山国的人们一看见两匹死雕，又发生了一顿嚷。这时候，山国的人们正被那称为"雕的心"的两个兄弟带领着，对于邻国

起了大革命。两员大将"雕的心",极有机谋,邻国的人们毫没有对付的方法,正要败下去了。但现在一发见这两匹被杀的雕,虽然嘴里都不说,而各人的心中,却疑心这两匹雕便是这回的革命终于失败的前兆。山国的女儿们用美丽的花朵,装饰了死雕,唱着勇敢的"雕的心"弟兄所教的

"爱太阳,

上太阳!

不要往下走,

不要向下看!……"

的歌,将他们埋葬了,作为国里的英雄。

四

邻国的首都很热闹,很繁华。家家饰着灯火和旗,祝炮的响声,花火的炸声,鼓动欢心的音乐,远远地飘来,市人穿了好衣服,摇着提灯和旗,来来往往的走。首都的一切街,真像是美丽的串子了。一切人,都显得高兴。只有立在最大的一条街的大空地上的断头台见得凄凉。人们都凑到空地里来,唱着国歌,似乎等着什么事。在这晚上,在这台上,称为"雕的心"的两弟兄,要处死刑了,人们都谈着山国的话。于是从远地里,发出"反贼到了反贼到了"的低语来,大家立刻都沉寂,现出了兵卒环绕着的两弟兄。人们都沉默,大街就像坟墓一般静。只剩了"篷篷,篷篷"的鼓声。称为"雕的心"的两兄弟微笑着。那眼珠里,仿佛耀着无边的勇,而且满着使一切人心全都炎烧起来的力。他们含笑上了断头台,"篷篷,篷篷"的鼓声便停止了。人们咽着唾沫,看定称为"雕的心"的弟兄们。两弟兄全没有改了先前这模样,抬眼看着空中。这时候,静的空气微微的发抖,听到勇敢的雕声了。刚觉得空中发出应声,从天空里,蓦然间闪电似的飞下两匹很大的雕——市人们从来没有见过的这么大的

雕——来，抓了"雕的心"两弟兄。刚一抓，便又蓦然间飞上天空去了。人们一见这，都变了僵石似的不动弹。全市街仿佛成了一个坟墓。人们的头上，只听得传来了这样的歌：

"下面是狭的笼，

下面是奴隶的死所。

不要往下飞，

不要向下看！

下面是弱者的世界，

下面是无聊的人类的世界。……"

五

在邻国正在大排胜利的贺筵的时候，革命失败了的山国里却很静。失了丈夫，抛了儿子的女人们的心，这夜里不知道怎样的凄凉呢。都说，今天的夜，正是称为"雕的心"的山国的英雄临刑的夜。女人们都带着小孩子，聚到称为"雕的心"的弟兄的门前来。那些女人的心的凄凉，谁能够知道呢！但是，虽然凄凉，女人们还将剩下的幼小的孩子们，动到无限的空中，将长大的孩子们给他们看，而且因为要救这山的国，祈祷在这些剩下的孩子们里，也给与那"雕的心"。一切都寂静，星星沉静的晃耀，而且在夜的寂静中，作为祈祷的答话，不知从那里听到了这样的歌：

"不要往下走，

不要向下看！

慕太阳是雕的力的源头，

上太阳是雕的心的幸福。……"

读了这说话的诸君，也请祈祷祈祷，使能给以救这世界人类的"雕的心"罢。

原载 1921 年 11 月 25 日《东方杂志》第 18 卷第 22 号。

初收 1922 年 7 月上海商务印书馆版《爱罗先珂童话集》。

二十八日

日记 晴。上午得三弟信,廿五日发,少顷又寄到《周金文存》卷五卷六共四册,泉六元;又《专门名家》二集一册,二元,误买重出;又王辟之《渑水燕谈录》一册,五角也。下午略阅护国寺市。

二十九日

日记 晴。下午寄三弟信。

三 十 日

日记 晴。星期休息。晚孙伏园来。蒋子奇来。

三十一日

日记 晴。无事。

十一月

一日

日记 微雪。午后往大学讲。

二日

日记 晴。午后往高师讲。吴又陵寄赠自著《文录》一本。

连　翘

［俄国］契里珂夫

阿阿，春天一清早，连翘花香得怎样的芬芳呵，当太阳还未赶散那残夜的清凉，从夜的花草上吸尽了露水的时候！

是年青时候的一个早晨。我和一个温文美丽的少女，正在野外散步之后的归途。愉快的小鸟的队伙似的，他们跳出小船，便两个两个的分开，各因为送女人回家去，都在街上纷纷走散了。

太阳才照着街市，那金色的光线，正闪闪的晃耀在教会的屋顶和十字架以及高的房屋的窗间。道路还静默而且风凉，人家的窗户里都垂着帷幔。……那窗后面的人们还都落在沉睡中。……我们的足音在早晨的寂静里便听得高声的发响……

从密密的攒着铁钉的长围墙上，沉钿钿的垂着湿润的，盛开着紫的和白的球花的连翘。

阿阿，春天一清早，连翘花香得怎样的非常呵！当你才二十岁，和温文美丽的少女同了道。每一互相瞥视，互相微笑，便喜孜孜的发抖的时候。……

"给我拗一枝那连翘花罢。……"

我们立住了。围墙又高又滑。而且簇着钉。想用手杖钩下那著花最盛的枝条,终于不如意。下雨一般,在我们上,连翘洒下了香露的珠玑。……

"一枝也可以!……"

"白的?"

"就是,……不不,——紫的!……"

我为了温文美丽的少女,去偷连翘花,将自做了牺牲,爬上围墙去了。我被锈的钉刺破了手腕,然而我绝不留心;因为我丝毫没有觉得痛。香气很强烈,我的头便不由的转向了旁边。露滴从枝头直洒我脸上,捏着的手杖唧唧的响,少女欣然的微笑着,我在伊头上,香雨似的降下了凌晨的清露。……我想将凡是著花的连翘,尽折给伊,白的,以及紫的。……

"已经够了!……"

我便勇士一般的跳下围墙来。那高兴快活的含着爱情的眼睛,以沉默的感谢向了我晃耀。

"这给你……做个……记念。……"

伊不说了,而且将红晕起来的脸藏在连翘里。

"记念!什么的?"

"今朝的散步的记念呵!……连翘的,而且,一清早,这花怎样的香得非常的事。……"伊说着,向我的脸这一面,递过那润泽的连翘的花束来。

"你的手怎么了?那血?……"

这时我才知道,自己的腕上有着渗出鲜血的伤痕。

"痛么?"

"并不,……这也是记念罢。……"

伊给我一块小小的绢手巾。我用这包了手。于是仿佛为了爱人的名誉的战斗，因而受伤的勇士似的前进了。我们站住，刚要话别的时候，伊讨回手巾去。……

"将这个还了我罢。……"

"不。这存在我这里，……做记念。……"

我还给伊了，是让了步的。这手巾不是已经被我的血染得通红了的么？……

然而，唉唉，所谓人生这一种卑下的散文，……这常常干涉我们的生活，我们向着辽远的太空的莽苍苍的高处，刚刚作势要飞，正在这瞬间，这便来打断了我们的翅子了。

我在眼睛里，浮着心的弛放和幸福的颜色，捏着那纤细的发抖的少女的手，没有放，以为数秒钟也好，总想拖延一点离别的时光。我凝视着两颊通红的，一半遮在连翘的花束里的少女的脸，而且仿佛觉得酩酊了。但不知道，这是因为连翘的香气，还因为少女的红晕的两颊和娇怯的双眸。……睡得太多的懒洋洋的门丁出来了，而且搔着脑后说：

"唉唉，先生，裤子撕破了，……得缝缝，……这不好……"

我回头向背后看。少女挣出了捏着的手，高声笑着，跑进院子的里面去了。

"伊逃掉了，这是怎的？喂，管门的，你刚才怎么说？你没有怎么样么？"

门丁委细的说明了理由：

"挂在钉子上了似的！……这不好……"

我一看自己的衣服。于是因为惭愧和屈辱和卑下，脸上仿佛冒出火来……全然；在我那白的连翘花上，似乎被谁唾了一口唾沫。……我向着家，静静的在街上走。早晨的祷告的钟发响了。虽然很少，却已有杂坐马车在石路上飞跑。大门的探望扉开合着，……现世的生活已经开始了。……"

便到现在，我还记得那一个春天的早晨，……攒着铁钉的围墙，垂下的连翘的盛开的枝条,馥郁的露水的瀑布,掩映在紫的和白的连翘花间的娇怯的少女的脸。……

而且便到现在,在我的耳朵里,也还听得赶走了幻想和春日清晨的香气的,那粗卤的门丁的声音。

阿阿,一清早,连翘怎样的香得非常呵,在太阳还未从连翘上吸尽了露水的时候,而且你才二十岁,一个温文美丽的少女和你并肩而立的时候!

契里珂夫(Evgeni Tshirikov)的名字,在我们心目中还很生疏,但在俄国,却早算一个契诃夫以后的智识阶级的代表著作者,全集十七本,已经重印过几次了。

契里珂夫以一八六四年生于凯山,从小住在村落里,朋友都是农夫和穷人的孩儿;后来离乡入中学,将毕业,便已有了革命思想了。所以他著作里,往往描出乡间的黑暗来,也常用革命的背景。他很贫困,最初寄稿于乡下的新闻,到一八八六年,才得发表于大日报,他自己说:这才是他文事行动的开端。

他最擅长于戏剧,很自然,多变化,而紧凑又不下于契诃夫。做从军记者也有名,集成本子的有《巴尔干战记》和取材于这回欧战的短篇小说《战争的反响》。

他的著作,虽然稍缺深沉的思想,然而率直,生动,清新。他又有善于心理描写之称,纵不及别人的复杂,而大抵取自实生活,颇富于讽刺和诙谐。这篇《连翘》也是一个小标本。

他是艺术家,又是革命家;而他又是民众教导者,这几乎是俄国文人的通有性,可以无须多说了。

一九二一年十一月二日,译者记。

未另发表。

初收 1922 年 5 月上海商务印书馆版"世界丛书"之一

《现代小说译丛》(第1集)。

三日

日记　晴。晚从齐寿山借泉卅。夜得宫竹心信。

四日

日记　晴。上午得胡愈之信。午后往图书分馆访宋子佩。往留黎厂买《清内府所藏唐宋元名迹》景印本一册,一元二角。下午复宫竹心信。

事实胜于雄辩 *

西哲说:事实胜于雄辩。我当初很以为然,现在才知道在我们中国,是不适用的。

去年我在青云阁的一个铺子里买过一双鞋,今年破了,又到原铺子去照样的买一双。

一个胖伙计,拿出一双鞋来,那鞋头又尖又浅了。

我将一只旧式的和一只新式的都排在柜上,说道:

“这不一样……”

“一样,没有错。”

“这……”

“一样,您瞧!”

我于是买了尖头鞋走了。

我顺便有一句话奉告我们中国的某爱国大家,您说,攻击本国的缺点,是拾某国人的唾余的,试在中国上,加上我们二字,看看通不通。

现在我敬谨加上了，看过了，然而通的。

您瞧！

十一月四日。

原载 1921 年 11 月 4 日《晨报副刊》。署名风声。

初收 1925 年 11 月北京北新书局版《热风》。

五日

日记 晴。上午寄胡愈之信。午往许季市寓，假泉五十。午后游小市。赙蔡松冈家一圆。夜寄西泠印社信。风。

六日

日记 昙，风。星期休息。下午孙伏园来。

七日

日记 晴，风。无事。

八日

日记 晴。午后往大学讲。

九日

日记 晴。午后往高师讲。下午从大同号假泉二百，月息一分。还齐寿山卅。

十日

日记 晴。无事。

鱼的悲哀

［俄国］爱罗先珂

一

那一冬很寒冷，住在池里面的鱼儿们，不知道有怎样的窘呢。当初不过一点结得薄薄的冰，一天一天的厚起来。逐渐的迫近了鱼们的世界。于是鲤鱼，鲫鱼，泥鳅等类的鱼儿们，都聚在一处，因为要想一个防冰的方法，开始了各样的商量，然而冰的迫压是从上面下来的，所以毫没有什么法。到归结，那些鱼们的商议，除了抱着一个"什么时候会到春天"的希望，大家走散之外，再没有别的方法了。所有的鱼儿们，便都悄悄的回到家里去。

那池里面，住着鲫鱼的夫妻，而且两者之间，已有了一个叫作鲫儿的孩子。鲫儿在这夜里一刻也不能睡，只是"冷呵冷呵"的哭喊着。然而在池底下，是既没有火盆，也没有炬燵，既不能盖上五条六条暖和的棉被去睡觉，也不能穿起两件三件的棉衣服来的。鲫儿的母亲毫没有法子想，窘急得不堪，只好慰安鲫儿道，"不要哭罢，不要哭罢，因为春天就要到了。"

"然而母亲，春天什么时候才到呢？"鲫儿抬起泪眼。看着母亲说。

"已经快了。"母亲便温和的回答他。

"这怎么知道的呢？"鲫儿说，看着母亲的脸，有些高兴起来了。

"因为每年总来的。"母亲说。然而鲫儿却显出忧愁似的颜色。问道：

"然而母亲，倘若今年偏不来，又怎么办呢？"

"没有那样的事，一定来的。"母亲抚慰似的说。

"但是，母亲，为什么一定来？"鲫儿想象不通的问，母亲却不再说什么话，默着了。

"但是，母亲，鲤公公曾经说，'倘若春天有一回不到来，大家便都死了。'这是真的么？"鲫儿又讯问说。

"这是真的呵。"

"那么，母亲，'死'是什么呢？"

"那就是什么时候总睡着。你的身子不动弹了，怕冷的事要吃的事都没有了，并且魂灵到那遥远的国里去，去过安乐的生活去了。那个国土里是有着又大又美的池，毫没有冬天那样的冷，什么时候都是春天似的温和的。"

"母亲，真有这样的好国土的么？"鲫儿又复有些疑心似的，仰看着母亲的脸问。

"哦！有的。"母亲回答说。

"那么，母亲，赶快到那个国土去罢。"鲫儿这样说，母亲便道，"那个国土里，活着的时候是不能去的呵。"鲫儿又有些想象不通模样了，问道，"为什么活着的时候不能去呢？母亲，认不得路么？"母亲说，"是的，我不认得路呢。""那么，寻路去罢，快快，赶紧去。"鲫儿即刻着起忙来。

"唉唉，这真窘人呵，"母亲吐一口气说，"没有死，便不能到那个国里去，不是已经说过了么？"

"那么，赶快死罢，快快，赶紧，快。"

"说这样的话，是不行的。"

"便是不行，也死罢。快点，因为我已经厌恶了这池子了。"鲫儿全不听父亲和母亲的话，只是纠缠着嚷。因为这太热闹了，邻居的鲤公公吃了惊，跑过来了，而且问道，"哥儿怎么了呢？"母亲便详细的告诉了鲫儿嚷着要死的事。于是鲤公公向鲫儿说，"哥儿，鱼到这池子里来，并不是为了专照自己的意思闹。是应该照那体面的国里的神明爷所说的话生活着，游来游去的。"

"公公，那神明爷怎么说？"鲫儿问。

"第一，应该驯良，听从父亲母亲和有了年纪的的话。其次，是爱那池里的大哥们和陆上的大哥们，并且拼命的用功，成一条体面的鱼。那么办去，那个国土里的神明爷便会来叫哥儿，给住在那好看的大的池子里面的罢。"老头子说。

从这时候起，鲫儿便无论怎么冷，无论怎样饿，也再不说一句废话，只是嬉嬉的笑着。等候那春天的来到了。

二

春天到了，鲫儿一样的诚恳贤慧的小鱼，池里面和邻近的河里面都没有。而且鲤鱼哥哥们和泥鳅姊姊们，也是爱什么都比不上爱鲫儿。鲫鱼哥哥们和泥鳅姊姊们虽然都比鲫儿年纪大得多，但因为鲫儿很贤慧，所以无论什么时候总是一起到各处去游玩。因为是春天了，细小的流水从四面八方的流进池里来，因此无论是山里，林里，树丛里，田野里，随便那里都去得。鲤鱼哥哥们便将鲫儿绍介给山和林里的高强的先生们。这些先生们中，有一位称为兔的有着长耳朵的和尚。这和尚，是一位很伟大的和尚，暗地里吃肉之类的事，是一向不做的。也有从别墅里回来的黄莺和杜鹃等类的音乐的先生们。还有长着美的透明一般的翅子的先生们，因为鲫儿好，也都非常之爱他。并且将地上的世间的事，各式各样的说给鲫儿听。而鲫儿最爱听的话，便是讲人们。那谈话里说，"名叫人类的哥哥们，是最高强最贤慧的东西。"对于这一事，是大家的意见都一致的。也说，"自然，山上的政治家的狐狸，艺术家的猿婶母，鹦哥的语学家，鸟的社会学家，天文学家的枭博士，高强固然也高强，但比起人类的哥哥们来，到底赶不上。"

有的又说，"人类的哥哥们虽然比陆上的哥哥们走得蠢，但是不特会借用马的脊梁，还造出称为自动车呀，电车呀，汽车呀，自转车呀的这些奇妙的东西来，坐在上面走，比别的还快得多呢。游泳的本领，并不很高，飞在空中是丝毫不会的，然而人类的哥哥们却做了很大的火鱼，大的翅子的鸟，坐在这上面，在水上自由的游泳，在空中自在的飞翔。人类的哥哥们可真是不可思议的东西呵。"鲫儿遇到这类的话，便听得不会倦，几次三番的重重说，而且愈是听，便愈是不由的想要见一见所谓人类了。

三

那春天实在很愉快。从早晨起，黄莺和杜鹃这些音乐的高强的先生们便独唱，蜜蜂的小姐们和胡蜂的姑娘们是合唱，胡蝶的姐儿们是舞蹈。到晚上，青蛙堂兄的诗人们便开诗社，开演说会，一直热闹到深夜。这些集会里，鲫儿也到场，用了可爱的口吻，去谈"那个国土"的事。

"倘若我们大家个个都相爱，快乐的生活起来，便可以到那更好的更美的国土里去的。那个国土里，没有缺少粮食的事，没有寒冷的事，也没有不顺手的事。鱼也能在地上走，能在天空里飞。鸟也能在透明的水里面进出，和鱼们一起游泳的。"鲫儿常常这样说。而且不多久，这"那个国土"的事，便成了音乐的作曲的材料，舞蹈的动作，演说和歌诗的资材。于是连那些苍蝇蚯蚓水蛭之流的靠不住的东西，也都谈起"那个国土"的话来了。

到黄昏，远远的教堂里的钟一发响，鱼的哥哥们便浮到水上，蛙的堂兄们便蹲在岸上，胡蝶的姊姊们便坐在花上，都静静的倾听这晚钟的声音。

这钟声，正是人类的哥哥们，为了自己的小兄弟们的，那住在树上的鸟，浮在水里的鱼，宿在花中的虫而祈祷，祝他们平和快乐的过活呢。于是鱼和蛙和黄莺，也都祷告，愿人类的哥哥们也都幸福的过活。这祷告，带着花朵的美丽的香，和黄昏的金色的光，静静的升到"那个国土"的神明那里去。

那在远地方的教会里，有着一位哥儿，那哥儿也如鲫儿一样，又贤慧，又驯良，所有的人们都称赞。小狗哥哥也极爱这哥儿，每逢来喝池水时候，往往提起哥儿的事。鲫儿久听了这些话，也渐渐的爱了这哥儿，想要和他见一回面，极亲热的谈谈心了。

四

或一时，池旁边很喧闹。鲫儿不知道甚么事，出去打听时，却见蛙的堂兄们轩着眉，耸着肩，兴奋之极了，阁阁阁阁的吵架似的说着话。鲫儿试问是什么事呢，却原来就是刚才，兔和尚仍如平日一样的坐着禅，正在梦中的时候，那教会里的哥儿便走来，撮住兔和尚的长耳朵，捉了带回家去了。

都愕然，在这里茫然的相视，无所适从的慌张，其时又飞到了燕婶母，来通知一件骇人的事，是就在此刻，哥儿又捉了黄莺去了。黄莺因为想造一个不知什么歌的谱，刚在热心的用功，便被捉去了。而且这一夜，恰是十五的夜，蛙的堂兄们以为时世虽然这样不安静，但如并不赏月，却去睡觉，对于月亮颇有失礼的心情，于是依旧登了山，在那里开诗社。这时候，哥儿又跑来，捉了一个最伟大的诗人逃走了。

堂兄的诗人们很惊骇，这晚上所做的诗都忘却了。这一晚，池里面无论谁，都没有一合眼，只是谈着各种的话，一直到天明。而且一到天明，大家便立刻都出来，开一个大会，商量对于哥儿这样的胡闹，应该想一个什么方法的事。

在这会议上，鲫儿是跟了父母来出席的。鲫儿仿佛觉得世间很黑暗，似乎什么都莫名其妙了，鲫儿问父亲说，"为什么，哥儿做出这样的事来呢?"父亲道,"在地上的人类的哥哥们,高强固然高强,但常常要做狡猾的事。而且这世上,是再没比人类的孩子们更会狠心的胡闹的了。过几时,那些孩子们还要拿了钩和网,到这边的池上来,种种恶作剧,给我们吃苦哩。"鲫儿忧愁似的,慌忙又问他父亲说,"孩子们做了这样的事,怎么能到'那个国土'去呢?可有什么搭救他们的方法么?"问的话还没有完,从陆地上,胡蝶姊姊像被大风卷着的一片树叶似的,慌慌张张的飞来了。那脸已经铁青,翅子和触角都吓得栗栗的发着抖。大家围上去,问是怎么了呢?胡蝶姊姊好容易略略定了神,这才坐在花朵上,说出话来了。那是这样的事:

这早上,天气非常好,恰恰闲空的胡蜂们,便忽然来约去看花,到了牧师的庭园里。春天正深了,这庭园中,红的白的和通黄的花,无论在庭树间,在花坛上,都缭乱的开着,花蜜的浓香,仿佛要渗进昆虫们的喉咙里似的流了进来。胡蜂们因为太高兴了,便忘却了怕这现在的世间的忧愁,或歌或舞的玩耍,不料又来了那照例的牧师的哥儿,突然取出小网,将许多同伴捉去了。

这新消息,使这日里的会议更加喧闹了。样样的议论之后,那结果,是待到黄昏,听教会钟鸣,人类的哥哥们开始祷告的时候,就请金色的胡蝶姊姊到教会去,对人类的哥哥们说个分明,请他们劝止了哥儿的胡闹。

黄昏到了,聚在这里的动物们,却都放心不下,不能回到自己池中的洞穴里和巢上去。默默的,定了睛互看着各人的脸。心底里只是专等那金色的胡蝶姊姊的回来。

不多久,金色的胡蝶姊姊回来了,一看见悄然的那脸,聚在这里的大众便立刻觉得自己的心,仿佛从荷梗上抽出来的曼陀罗华似的,很不稳定了。而且谁也不说什么话。

"一切都是诳呵,"没精打采的坐在花上的胡蝶姊姊说。"我们是无论怎样,总不能到'那个国土'里去的。"听了这话,大家都骇然了,根究说,"为什么不能去呢?"却道,"我们没有灵魂。灵魂是单给了住在地上的人类的哥哥们，单是有着这灵魂的人类的哥哥们，才能到'那个国土'里去呢。"听了这话，大家都骇然了。个个一齐回问说，"这没有错么？"或说，"这不是有些弄错着么？"胡蝶姊姊答道，"不，一点都没有错的。因为在'那个国土'的神明的书上，明明白白写着呢。"大家接着的质问是，"那么，我们究竟到那里去呢？"胡蝶姊姊道，"说是我们的被创造，是专为了娱乐人类，给人类做食料的。"这样说着，用了悲哀的大的眼睛，怜悯似的爱惜似的对着大家看，但因为早晨以来的疲劳和心坎上所受的伤，也便倒了下去，成了可惨的收场了。大家对于单为给人类的哥哥们做食物而被创造的自己的运命，都很悲哀。鲁莽的鲤鱼哥哥们已经很兴奋，叫道，"胡闹，没有这样的话。"仿佛那将自己造出这样运命的对手的神明，就在这里似的，怒吼着直跳起来。而温顺的泥鳅姊姊们，却昏厥了，许多匹躺在池底里。

为大家尽了力，死掉了的金色胡蝶的葬礼，在所有动物的热泪中，举行得很郑重。胡蜂哥哥们奏演葬礼的音乐。黄莺姊姊们唱着"伤心呵我的朋友"的哀歌，田鼠叔父掘坟洞。

这晚上，大家都很凄凉。而且叹着气，早就絮叨的说，"作为人类的东西而活着，可是不堪的事呵。"一面各自回去了。

五

在这一夜，回到池里以后，鲤鱼和泥鳅和蛙的堂兄弟们是怎样的只是哭，只是哭到天明呵。而且朝日也就起来了，然而出来迎接太阳的，却一个也没有。

鲫儿的悲哀也一样。怀着对于这世间毫无希望的心情，正在不见鱼影子的水际徘徊的时候，哥儿将小小的网伸下水里来了。"这是来捉我们的呵，"鲫儿一经这样想，便因了愤怒，全身仿佛着了火，索索的颤抖得生起波澜来。"请罢，捉了我去，没有捉去别个之前，先捉了我去。看见别个捉去被杀的事,在我,是比自己被杀更苦恼哩。"一面说,也就走进网里去。哥儿很高兴,赶紧捉住鲫儿,放在自己的桌上了。这屋的墙壁上,挂着黄莺先生的皮和兔和尚的皮,桌子上还散着他们的骨殖。玻璃匣里,是用留针穿过了心脏,排列着先前多少亲密的好几个胡蝶姊姊们。桌上的解剖台中,前晚恰在赏月时候所捉去的蛙的大诗人,现在正被解剖了,摘出的心,还是一跳一跳的显出那"死"的惋惜。

见了这样的东西,鲫儿是心胸都梗塞了。要想说,然而一开一合的动着嘴,说不出什么来,只用了尾巴劈劈拍拍的敲桌面。

过了一会,哥儿也便解剖了他,但看见鲫儿的心脏,是早已破裂的了。为什么,这小鲫鱼的心脏破裂着呢?却没有一个能将这不可思议的事,解说给哥儿的人。能将这因为悲哀,鲫鱼的心所以破裂的事,给哥儿说明的,是一个也没有。

这哥儿,后来成为有名的解剖学者了。但是,那池,却逐渐的狭小了起来,蛙和鱼的数目也减少了,花和草也都凋落了,而且到了黄昏,即使听到了远处的教会的钟声,也早没有谁出来倾听了。

我著者,从那时起,也就不到教会去了。对于将一切物,作为人类的食物和玩物而创造的神明,我是不愿意祷告,也不愿意相信的。

爱罗先珂在《天明前之歌》的自序里说,其中的《鱼的悲哀》和《雕的心》是用了艺术家的悲哀写出来的。我曾经想译过前一篇,然而终于搁了笔,只译了《雕的心》。

近时,胡愈之先生给我信,说著者自己说是《鱼的悲哀》最惬意,教我尽先译出来,于是也就勉力翻译了。然而这一篇是最须用天真烂熳的口吻的作品,而用中国话又最不易做天真烂熳的口吻的文章,我先前搁笔的原因就在此;现在虽然译完,却损失了原来的好和美已经不少了,这实在很对不起著者和读者。

我的私见，以为这一篇对于一切的同情，和荷兰人蔼覃（F. Van Eeden）的《小约翰》（*Der Kleine Johannes*）颇相类。至于"看见别个捉去被杀的事，在我，是比自己被杀更苦恼"，则便是我们在俄国作家的作品中常能遇到的，那边的伟大的精神。

一九二一年十一月十日，译者附识。

原载 1922 年 1 月《妇女杂志》第 8 卷第 1 号。

初收 1922 年 7 月上海商务印书馆版《爱罗先珂童话集》。

译者附识未收集。

十一日

日记　晴。上午孙伏园来。

十二日

日记　晴。上午西泠印社寄来书目一册。夜往教育部会议。

十三日

日记　晴。星期休息。无事。

十四日

日记　晴。无事。

十五日

日记　晴。上午得三弟信并《广仓专录》一册，直二元。午后往大学讲。下午寄三弟信并译稿一篇。得章士英信。

一篇很短的传奇

［俄国］迦尔洵

霜,冷……正月近来了,而且使各个窘迫的人,——门丁,警察——约而言之,凡是不能将他们的鼻子放在一个温暖地位里保得平安的人们,全都觉着了。而对我也吹来了他的冰冷的嘘气。我原也有着我那舒服而且暖和的小房子的。然而幻想挑唆我,赶我出去……

其实,我为什么要在这荒凉的埠头上徘徊呢? 四脚的街灯照耀得很光明,虽然寒风挤进灯中,将火焰逼得只跳舞。这明晃晃的摇动的光亮,使壮丽的宫殿暗块,尤其是那窗户,都沉没在更深的阴郁的中间。大镜面上反射着雪花和黑暗。风驰过了涅跋(Neva)河的冰冻的荒野,怒吼而且呻吟。

丁——当! 丁——当! 这在旋风中发响了,是堡垒教堂的钟声,而我的木脚,也应了这严肃的钟的每一击,在一面冰冻的白石步道上打敲,还有我的病的心,也合了拍,用了激昂的调子,叩着他狭小的住家的墙壁。

我应该将自己绍介给读者了。我是一个装着一只木脚的年青人。你们大约要说,我是模仿迭更司(Dickens)仿那锡拉思威格(Silas Wegg,小说 *Our Mutual Friend* 中的一个人物),那装着木脚的著作家的罢? 不然,我并不模仿他;我委实是一个少年的残兵。不多久之前,我才成了这样的……

丁——当! 丁——当!

丁——当! 丁——当! 钟是先玩了他那严肃悲哀的"主呵,你慈悲!"于是打一下……才一点钟! 到天明还须七点钟! 这乌黑的夜满着湿漉漉的雪,这才消失了去,让出灰色的白昼的地位来。我还是回家去罢?我不知道:其实在我是全不在意的。我不能睡一刻觉。

在春天,我也一样的爱在这埠头上整夜来往的逍遥。唉唉,那是怎样的夜呵!有什么比得他们呢!这全不是用了他那异样的,昏暗的天空和大颗的星,将眼光到处跟着我们的,南国的芬芳的夜。这里是一切都光明,都清爽。斑烂的天是寒冷而且美观。那历本上,载着的"彻夜的夜红"将东北两面染成金红;空气又新鲜,又尖利;涅跋的水摇动着,傲岸而有光,并且将他的微波软软的拍着埠头的岸石。而且在这河岸上站着我……而且在我的臂膊上支着一个姑娘……而且这姑娘……

阿阿,和善的读者!为什么我来开了首,对你们诉说起我的伤痛来呢?但这样的是可怜的呆气的人心。倘若这受了伤,便对着凡有什么遇到的都跳动,想寻到一点慰安,然而寻不到。这却是完全容易了然的。谁还要一只旧的没有修补的袜子呢?各人都愿意竭力的抛开——愈远就愈好。

当我在这年的春天,和玛沙(Masha),确是世间所有一切玛沙们中最好的一个的她相识的时候,我的心还用不着来修补。我和她相识便在这埠头,只是那时却没有现在这般寒冷。我那时并非一只木脚,却是真的,长得好好的脚,正如现在还生在左侧的一般。我全体很像样,自然并不是现在似的什么一只蹩脚。这是一句粗蠢话,但现在教我怎么说呢……并且我这样的和她相识了。这事出现得很简单:我在那里走,她也正在那里走(我现在并非一个洛泰理阿,或者还不如说先前并不是,因为我现在有一段木榍了)。我不知道,有什么激刺了我,我便说起话来。最先自然是说这些,说我并不属于不要脸的一流之类;尤其是说这些,说我有着纯洁的志向之类之类。我的良善的脸相(现在是一条很深的皱纹横亘了鼻梁了,一条阴郁的皱),使这姑娘安了心。我伴玛沙到匾船街,一直到她的家里。她是从她的老祖母那里回来的，那老人住在夏公园，她天天去访问，读小说给老人听，这可怜的老祖母是瞎的。

现在这老祖母是故去了。这年里很死了许多人，并非单是老祖母们。我也几乎死，我老实说。但我挣住了。一个人能担多少苦恼呢？我不知道，你也不知道。

了不得！玛沙命令我做英雄，而因此我应该进军队去……

十字军时代已经过去：骑士是消灭了。但假如亲爱的女人对你说，"这里的这指环——便是我！"便将这掷在大猛火的烟焰里，即使这在大火海，我们看来，宛如法庚（Feigin）的水车的火灾一般，你不也想钻进去，去取出这东西来么？

"阿呀，这是怎样一个古怪的人呵，"我听到你们回答说，"我一定不去取这指环。决计不。人可以认赔，给她买一个十倍价钱的指环。"她于是说，这并不是那原来的，却是极值钱的指环么？我永不会相信呢。唉，不然，我却并不同你们的高见。你们所爱的女人，这么办，也许可以的。你们一定是几百张股票的股东，而且，恐怕是，也还是拼开大商号的东家，所以能够满足那不论怎样的欲望。你们或者还豫定了一种外国杂志，在那里供自己的娱乐罢。

想来，你们该经验过你们孩子时代的事情的罢，一个飞蛾怎样的扑进火里去？那时这很使你们喜欢，当飞蛾发着抖，仰卧的拍着烧焦的翅子的时候。你们以为这很有趣；然而你们终于将这飞蛾弄碎了。这可怜的东西便得了救。——唉，唉，恳切的读者呵，倘你们也能够这样的消灭我，我的苦恼也就得了收场了。

玛沙是一个不寻常的姑娘。人宣告了战争的时候，她恍忽了好几日，而且少开口，我没有方法使她快活起来。

"你听哪，"有一天她说，"你是一个贵重名誉的人罢？"

"我可以承认，"我回答说。

"贵重名誉的人们是言行一致的,你是赞成战争的:现在你应该打仗去了。"

她锁了双眉,并且用她的小手使劲的握了我的手。

我只是看定了玛沙,说道,"是的。"

"倘你回来,我做你的妻,"这是她在车站上告别的话。"你回来呵!"

我含泪了,几乎要失声。然而我竭力熬住,并且寻到了回答玛沙的力量:"你记着,玛沙,贵重名誉的人们是……"

"言行一致的。"她结束了这句话。

我末次将她抱在胸前,于是跳进列车里面了。

我虽然体了玛沙的意志去战争,但对于祖国也体面的尽了我的义务。我勇敢的经过了罗马尼亚,在尘埃和暴雨里,酷热和寒冷里。我折节的嚼那"口粮"的饼干。和土耳其人第一次接触的时候,我并没有怕;我得了十字勋章而且升到少尉。第二回交锋有一点什么炸开了;我跌倒了。呻吟……烟雾……白罩衫和血污的手的医生……看护妇……从膝髁下切下来的我的有着青斑的脚……这一切我都似乎过在夜梦里。一列挂着舒适的吊床的伤兵车,在优雅的大道姑的看护之下,将我运到圣彼得堡去了。

假如人以两只脚离开这都市,而以一只脚和一段木樕回来,这可是很不寻常了,我想。

人送我进病院去。这是七月间。我托人,向住址官去查玛利亚·伊凡诺夫那(Marya Ivanovna)G 的住址,那好心的看护手,是一个兵,将这通知我了。她还是住在那地方呢,在匾船街!

我写一封信,第二封,第三封——没有回信。我的和善的读者呵,我将这些都告诉你们了,自然,你们不相信我。这是怎么的不像真实的故事呵!你们说,一个武士和一个狡狯的负心人——这古老的,古老的故事。我的聪明的读者呵,相信我,我之外,有着许多这样的武士哩。

人终于给我装好了木造的脚，我现在可以自己去探访什么是我的玛沙的沉默的原因了。我坐车直到匦船街，于是我跷上那走不完的阶级去。八个月之前我怎样的飞上这里的呵！——竟也到了门口了。我带了风暴似的心跳而且几乎失了意识的去叩门……门后面听到脚步响；那老使女亚孚陀却（Avdotja）给我开了门，我没有听到她的欢喜的叫喊，却一径跑（假如人用了种类不同的脚也能跑）进客厅里。

"玛沙！"

她不单是一个人：靠她坐着很远的亲戚，是一个极漂亮的年青的男人，和我同时毕了大学的业，而且等候着很好的差使的。他们两个很恳切的招待我（大半因为我的木脚罢），然而两个都很吃惊，并且慌张得可怕。十五分钟之后我全明白了。

我不愿妨害他们的幸福——你们一定不信我；会说，这一切不过是纯粹的小说罢了。那么，谁肯将他那所爱的姑娘，这么便宜的付给什么一个粗鲁人，一个精穷的少年呢，你们明察……

第一，他不是一个粗鲁，精穷的少年；第二，——那么，我告诉你们；只有这第二条是你们不会懂的，因为你不信现在这道德和正义的存在。你将以为与其一人的不幸，倒不如三人的不幸。聪明的读者，你们不相信我罢？那是不相信的！

前天是结婚日；我是相礼的。我在婚仪时，威严的做完了我的职务，其时正是那我在世上最宝贵的物事飞到别一个的心中。玛沙时常惴惴的看我。她的男人对我也极不安的注意的招呼。婚仪也愉快的完成了。大家都喝香宾酒。她的德国亲戚们大叫"Hoch！（好冠冕）"而且称我为"Der Russische Held（俄罗斯的英雄）"。玛沙和她的男人是路德派。

"哈，"聪明的读者说，"英雄先生，你看你怎样的将自己告发了？

你何以定要用路德教呢？只因为十二月中没有正教的结婚罢了！这是全个的理由和说明，全篇的故事是纯粹的造作。"

请你随意想，亲爱的读者呵，这在我是全不在意的。然而倘使你们和我在这样十二月的夜里沿着宫城的埠头走，倘使你们听到风暴和钟声，我的木脚的敲撞，我的病的心的大声的鼓动——那你们就会相信我罢……

丁——当！丁——当！钟乐打了四点钟。这是回到家里，自己倒在孤单冰冷床上去睡觉的时候了。

Au revoir（再会），读者！

迦尔洵（Vsevolod Michailovitch Garshin 1855—1888）生于南俄，是一个甲骑兵官的儿子。少时学医，却又因脑病废学了。他本具博爱的性情，也早有文学的趣味；俄土开战，便自愿从军，以受别人所受的痛苦，已而将经验和思想发表在小说里，是有名的《四日》和《孱头》。他后来到彼得堡，在大学听文学的讲义，又发表许多小说，其一便是这《一篇很短的传奇》。于是他又旅行各地，访问许多的文人，而尤受托尔斯泰的影响，其时作品之有名的便是《红花》。然而迦尔洵的脑病终于加重了，入狂人院之后，从高楼自投而下，以三十三岁的盛年去世了。这篇在迦尔洵的著作中是很富于滑稽的之一，但仍然是酸辛的谐笑。他那非战与自我牺牲的思想，也写得非常之分明。但英雄装了木脚，而劝人出战者却一无所损，也还只是人世的常情。至于"与其三人不幸，不如一人——自己——不幸"这精神，却往往只见于斯拉夫文人的著作，则实在令人不能不惊异于这民族的伟大了。

一九二一年十一月十五日附记。

初收 1929 年 4 月上海朝花社版《近代世界短篇小说集》
之一《奇剑及其他》。

译者附记未收集。

十六日

日记 昙，风。午后往高师讲。得三弟信。

十七日

日记 晴。无事。

十八日

日记 晴。下午寄三弟信。

十九日

日记 晴。休息。无事。

二十日

日记 昙。星期休息。下午孙伏园来。夜濯足。风。

二十一日

日记 晴。午后宋子佩来。晚寄宫竹心信。寄章士英信。

二十二日

日记 晴。午后往大学讲。

二十三日

日记 昙。午后往高师讲。晚得孙伏园信。夜大风。

二十四日

日记 晴。上午得三弟信。

二十五日

日记 晴。晚孙伏园来。宫竹心来。

二十六日

日记 休息。无事。

二十七日

日记 昙。星期休息。午李遐卿来。晚孙伏园来。

二十八日

日记 晴。上午得沈雁冰信并校正稿,晚复之,并寄阿尔志跋绥夫小象一枚。寄许季市信。

二十九日

日记 晴。上午三弟寄来『现代』杂志一本。午后往大学讲。

三十日

日记 晴。上午得胡愈之信。午后往高师讲。

十二月

一日

日记 晴。夜得沈雁冰信并爱罗先珂文稿一束。

二日

日记 晴。无事。

三日

日记 晴。休息。上午得孙伏园信。午后寄沈雁冰信并爱罗先珂文稿及译文各一帖,又附复胡愈之笺一纸。晚孙伏园来。

世界的火灾

[俄国]爱罗先珂

一

唉唉,寂寞的夜!又暗,又冷,……这夜要到什么时候才完呢?

哥儿,亲爱的哥儿呵,睡不着罢?无论怎样的想睡觉,总是不成的呵,唉唉,讨厌的夜!这样的夜里,怎么办才好呢?只要在这样的夜里能睡觉,什么法子都想试一试看;而且想将睡着的人,无论用什么法,强勉的催了起来,强勉的搅了醒来。……

唉唉,苦闷的夜!而且又是尽下去尽下去,不像要明的夜。……

便是住在家里，也仿佛在无限的沙漠上彷徨似的，便是靠了火，也仿佛被冷风吹着，身心都结了冰似的。

唉唉，可怕的夜，在这样的夜里，怎么办才好呢？

然而，哥儿，无论这夜有怎样的寂寞，有怎样的寒冷，啼哭是不行的。到这里来，给你拭眼泪，将哥儿坐在膝上，紧紧的抱着，爱抚你罢，给可以温暖转来。……

说是睡着的幸福么？

也许幸福罢，便是关在狭的笼中，也可以做自由的梦的，无论夜有怎样寒冷，也可以做暖和的春天的美的梦的。

然而这样的夜，有已经醒过来的，便再也睡不着。……

哥儿呵，不是吸鸦片，不是注射吗啡，是再也睡不着的了，那已经醒了过来的是……

说是鸦片也好，吗啡也好，什么都好，只要给你能睡觉么？唉唉，这真是可怜见的哥儿了，怎么的对付这哥儿才是呢。我更紧的拥抱你，在你颤动的嘴唇和悲凉的眼睛上，更久的给接吻罢，但愿再不要对我提起那鸦片和吗啡的事了。在你呢，想吸了鸦片去睡觉，原不是无理的事；想做那暖和的春的自由的梦，也是当然的。但与其吸了鸦片去睡觉，倒不如死的好，因为那是永久不会醒来，那是能永久的做着暖和的春的自由的梦。……

然而哥儿，再稍微的等一会看罢。

再稍微的……

便是这样的夜，也总该有天明的时候。……

更紧的更紧的抱住哥儿罢，更久的更久的给接吻罢，而且一面等着天明，一面给哥儿讲一点什么有趣的话罢。……

古老的话是怕不愿意，那就讲点现代的的话罢，侦探小说模样的。……

二

　　有一回,我因为事情到 S 市去,市中的客店都满住了客人,没有一间空屋,便完全手足无措了。然而在一所大旅馆里,看见我正在为难,便有一个好人似的亚美利加人来说,倘若暂时,那就住在自己的房间里也可以。我很欢喜,立刻搬行李进了这房间。据旅馆的小使说,那放我在他房间里的外人,便是亚美利加有名的富户,人都知道是 S 市的大实业家。听说他是一日里用着五大国的言语算帐的。一听这话,我就很安心了。夜膳时候,看那聚到食堂里来的客,全是显着渴睡似的脸,做着金银的梦的诸公。那亚美利加的实业家虽然在用膳,一面还唒住算盘,用了五大国的言语在那里算什么帐。大约夜里十点钟光景罢,我和亚美利加的实业家都靠近火炉闲坐着。我也不知道什么缘故,觉着不安,竭力的要不向那亚美利加的实业家方面去看了。于是这外人似乎定了什么决心,正对面看定了我的脸,说道:

　　"可以看一看我的脸么?"

　　我怯怯的将眼光移在他那精细的剃过的脸上。实业家的透明的黄鼬似的眼睛,锋利的看着我,嘴唇上浮着静静的微笑。

　　"我不见得有些像狂人么?"他又问。

　　"那里那里,正是正式的亚美利加人的脸呵。"我回答说。

　　"我虽然也这样想。然而不觉得我已经死了似的么?"他问。

　　我便说,"那有这回事,分明是鲜健的活着似的。"

　　"我虽然也这样想,……"实业家机械的说,便在烟卷上点了火。秋风在火炉的烟囱里,唱起寂寞的秋之歌来。被烟卷的烟霭所遮盖,实业家的脸完全不见了。这也使我增添了不安。隐在烟霭里的实业家开口说:

　　"我在年青时候,也如你们青年一般,最喜欢游戏。在纽约,都知道我是野球和蹴球的选手。赛船和长路竞走（Marathon race）的时节，我得到过许多回的金牌。跳舞不必说，便是溜雪和滑冰，也始终都说我是第一等。那时候，大家都以为我活着，我自己也觉得是像样的活着的。……"

他暂时沉默了。遮蔽在烟雾里的幽魂似的他，我极想给哥儿一看呢。……外人又接着说：

"不但如此，我那时总以为生在带着温暖的光的明亮的世界里；而且那时候，也没有人将我当作狂人，想送进精神病院去，倒是凡有我的意见，大家都以为不错似的。然而有一夜，我被冷风搅起了，从那梦中醒了过来，我才发见在称为纽约的暗洞里。秋的风，庭园的白杨和枫树，都伸开枝条来，说是'我们冷，我们要光明'，敲着我的房子的窗户。我赶快起来，生了睡在炉中的火；旋开屋里的电气，点上了黄金的洋灯和白银的烛台。然而那风，那庭园的白杨和枫树，也还是说道'我们冷，我们暗'，伸开枝条来敲着窗户。我全开了窗，风便欣然的进了屋子里，来应援火；白杨和枫树也都将枝条伸进屋子里，来应援我。我所看不见的遮在暗夜里的声音，听得更分明了，他们都叫喊道，'我们冷，我们要光明。'

秋风吹乱了我的头发；白杨和枫树都叫着'荷荷'的应援我，剧烈的摇摆着他们的枝条。

我在屋子中央生起一个大的火，体面的交椅和紫檀的桌子都做了柴。然而在暗夜里便是那大的火，也只像一点小小的贫弱的火花。看着这火，听着遮在暗中的眼不能见的寂寞的声音，我的心里发生一个大欲望了。我以为便是一小时也好，要试教这夜变成光明，便是一小时也好，要使那遮在暗中的得到温暖。抱着大火把，我于是一家一家的点起火来。阿阿，好个光明的夜呵，而且是愉快的。……"

他沉默了。但是只要看他的神情，我便能明明白白的想出那被秋风所吹的火海；从吹着烟囱的风的呜咽里，我便仿佛是分明的听到了吃惊的纽约的市民的纷乱和火海的呻吟。

外人微微的笑了。

"愤怒的他们，决计要将我活抛在火里了，然而这却是我的最为希望的事。比这更明，比这更暖的坟，在这世上是没有的了。我向着这明的，这暖的，欢迎我似的呻吟着的坟，飞奔过去，一面诅咒着暗的夜，……一面赞美着火的海。……

愿和烟焰同上了崇高的空际，溶在自然母亲的眷念的胸中。

然而我是一个有着在这世上还得觉醒一回的可诅咒的运命的不幸者。……

在纽约的狂人病院里，缚了手足，昼夜不断的，几星期用冰水从头顶直淋下去的我，不独是在这纽约的狂人病院里，简直是成了在全亚美利加的狂人名物了。……

叨了亚美利加有名的精神病科的博士们的荫，我不久便悟得自己是狂人了。而且分明的悟得之后，博士们便说我的病已经全好，教回到烧掉了的家里去。

我造起比先前更体面的房屋，度起比先前更愉快的生活来了。选代表到国民议会的竞争，举大总统的游戏，究竟比野球竞争更有趣，比打牌更愉快。至于赛船和抛圈之类，则无论如何，总不及摆着势派，坐兵船去吓各国，以及驾了飞机，练习从空中高高的摔下炸弹来。然而虽然过着这样有趣的生活，我总还想放一回火，这回并不单在纽约市，却是全亚美利加，是全世界了。……"

他从烟霭里伸出脸来，凑近了我的脸。我发着抖，竭力的退后了。他也并不留心，接着说：

"你以为这做不到么？一个人也许难，然而我已经不是一个人了。你也是我的同道罢？四面八方的点起这暗的火来，那可就怎样的明亮呵，怎样的温暖呵！而且飞向这火海去，这回决不错误，要和烟焰一同上了崇高的空际，溶在自然母亲的眷念的胸中。比这更明，比这更暖的坟，在这世上是没有的了。……"

我站起来说："你是狂人，确凿的狂人呵。"便跑出房外去。外人在我后面大声的笑了。一到廊下，却见比我的脸色更其苍白的旅馆主人和十二三个小使在那里抖。

一问"怎的"，他们便默默的指着窗门。从窗门向外一探望，只见满是巡警和巡官，水泄不通的围住了旅馆。主人吃着嘴，暗暗的对我说，"说是这旅馆里，藏着一个带炸弹的无政府党哩。"

我打电话给狂人病院去。不到半小时，便有四个强有力似的男人，坐着狂人病院的摩托车来到了。他们听得这有名的实业家成了狂人，也很以为可怜。我领他们到狂人的房外，他们怯怯的问我说，"不会反抗么？"我回答道："不至于罢。"便走进房里去。狂人的实业家仿佛等着我似的，说道"劳驾"，他便大声的笑了。而且接续着这可怕的笑，毫不抵抗，他被四个男人环绕着，便即上了摩托车。深知道这实业家的巡警和巡官，也都说道可怜，目送着那车的驰去。一小时之后，从警察署传到了从上到下施行家宅搜索的命令了。检查了狂人实业家的行李的巡官，这时才知道那实业家，便正是他们极想弋获的亚美利加的有名的无政府党。于是这回是巡官仿佛狂人似的，跑到狂人的病院去，然而已经迟误了。毫不抵抗，温顺的跟着病院的人们，那实业家平平稳稳的到了病院，但一出摩托车，他便对着茫然的病院的男人们，谦虚的说了应酬话，迈开大步逃走了。

也有巡官说，这是我故意给他逃走的，然而那些是随口说说的话。

三

哥儿虽然笑着，但从那时以来，我却很不安，很不安，打熬不住了。从那时以来，我失了做事的元气了。我的状态，仿佛是什么时候都等着火灾似的了。什么在全世界上放火，只有狂人才会有这样话。然而我总是很不安很不安，不知道怎么好。但是哥儿怎么了？

为什么这样的握着我的手呢？

为什么对着我的脸，用了那样的眼睛只是看的？怎么说？我们……

说我和你试去放火么？在那里？在世界？

喂，哥儿，怎么了，头痛么？这哥儿真教人不知道怎么对付才好呢。然而哥儿，那声音是什么？听不出么？

那个……钟的声音么？唉唉，是钟了！

火灾了！火灾了！

快打开窗门看罢，再开大些！……

唉唉，空中通红了，……大火灾了。……

那里呢？……西也有，北也有？这里还很暗罢。阿，哥儿，又抓住了我的手了。还对着我的脸，用了那样的眼睛只是看么？你在怎么说，说这回轮到我们了？轮到去做什么事呢？唉唉，这哥儿真教人不知道怎么对付才好哩。这样的可怕的夜，怎么办才好呢？……

原载 1922 年 1 月 10 日《小说月报》第 13 卷第 1 号。

初收 1922 年 7 月上海商务印书馆版《爱罗先珂童话集》。

四日

日记　晴。星期休息。无事。

五日

日记　晴。无事。

六日

日记　晴。午后往大学讲。

七日

日记 晴。上午得许羡苏信。午后往高师讲。

八日

日记 昙。休息。午后寄孙伏园信，内文稿。下午许羡苏来。

九日

日记 昙。上午得沈雁冰信，下午复。夜风。

十日

日记 晴。休息。午后理发。

十一日

日记 晴。星期休息。无事。

十二日

日记 晴。无事。

十三日

日记 晴。上午得胡愈之信片。午后往大学讲。

十四日

日记 晴。午后往高师讲。

十五日

日记 昙。休息。晚孙伏园来。

十六日

日记 晴。上午得沈雁冰信并阿尔志跋绥夫象一枚。许季市来，赠以《湖唐林馆骈文》一册。午后得龚未生信并《浙江图书馆报告》一本。夜大风。

十七日

日记 晴。下午复沈雁冰信。夜风。

十八日

日记 晴，风。星期休息。

十九日

日记 晴。无事。

《一个青年的梦》后记

我看这剧本，是由于《新青年》上的介绍。我译这剧本的开手，是在一九一九年八月二日这一天，从此逐日登在北京《国民公报》上。到十月二十五日，《国民公报》忽被禁止出版了，我也便歇手不译，这正在第三幕第二场两个军使谈话的中途。

同年十一月间，因为《新青年》记者的希望，我又将旧译校订一过，并译完第四幕，按月登在《新青年》上。从七卷二号起，一共分四期。但那第四号是人口问题号，多被不知谁何没收了，所以大约也有许多人没有见。

周作人先生和武者小路先生通信的时候，曾经提到这已经译出的事，并问他对于住在中国的人类有什么意见，可以说说。作者因此写了一篇,寄到北京,而我适值到别处去了,便由周先生译出,就是本书开头的一篇《与支那未知的友人》。原译者的按语中说:"《一个青年的梦》的书名,武者小路先生曾说想改作《A 与战争》,他这篇文章里也就用这个新名字,佀因为我们译的还是旧称,所以我于译文中也一律仍写作《一个青年的梦》。"

现在,是在合成单本,第三次印行的时候之前了。我便又乘这机会,据作者先前寄来的勘误表再加修正,又校改了若干的误字,而且再记出旧事来,给大家知道这本书两年以来在中国怎样枝枝节节的,好容易才成为一册书的小历史。

一九二一年十二月十九日,鲁迅记于北京。

未另发表。
初收 1922 年 7 月上海商务印书馆版"文学研究会丛书"
之一《一个青年的梦》。

二十日

日记 晴。午后往大学讲。夜校《一个青年之梦》讫,即寄沈雁冰。

二十一日

日记 晴。午后往高师讲。在德古斋买《伯望刻石》共四枚,五元;又《广武将军碑》并阴,侧,额共五枚,六元。

二十二日

日记 晴,冷。休息。下午寄沈雁冰信。

省　会

[俄国]契里珂夫

　　我所坐的那汽船，使我胸中起了剧烈的搏动，驶近我年青时候曾经住过的，一个小小的省会的埠头去了。又温和又幽静，而且悲凉的夏晚，笼罩了懒懒的摇荡着的伏尔迦的川水，和沿岸的群山，和远远的隔岸的森林的葱茏的景色。甜美的疲劳和说不出的哀感，从这晚，从梦幻似的水面，从繁生在高山上的树林映在川水里的影，从没到山后去的夕阳，从寂寞的渔夫的艇子，以及从白鸥和远方的汽笛，都吹进我的灵魂中来……自己曾经带了钓鱼具，徘徊过，焚过火，捉过蟹的稔熟的处所，已经看得见了。自己常常垂钓的石厓上，也有人在那里钓鱼呢。奇怪……而且正坐在自己曾经坐过的处所。我忽然伤心到几乎要哭了。我于是想，自己已经有了白发，有了皱纹，再不会浮标一摇，便怦怦的心动，或如那人一般，鱼一上钩，便跳进水里去捉的了。心脏为了一去不返的生涯而痛楚了……我所期待的是欢喜，但迎迓我的却是悲哀。一转弯，从伏尔迦的高岸间，又望见了熟识的教会的两个圆形的屋顶，和有着绿色和灰色屋顶的一撮的人家……我的眼眶里含了泪……从那时以来，这省会近于全毁的已有两回了。我们住过的家，还完全的留着么？我于是很想一见我和父母一同住过的，围着碧绿的树篱的老家。父亲已经不在，母亲也不在，便是兄弟也没有一个在这世上了。还是活着似的，记忆浮上眼前来。仿佛不能信他们都已不在这世上。我下了汽船，走过那洼地的小路——那时因为图近，常在这地方走——再过土冈，经过几家的房屋，便望见我家的围墙，……这样的想，……

　　"母亲，父亲！"

　　于是从门口的阶沿上，迸出了父亲和母亲和弟妹们的满是欢喜的脸来。……

“此刻到的么？”

“正是，此刻到的。……”

汽笛曼声的叫了。汽船画着圆周，缓缓的靠近埠头去。埠头上满是人。为要寻出有否知己的谁，一意的注视着人们的脸。然而没有，并无一个人。奇怪呵，那些人都到那里去了呢？阿，那拿着阳伞的女人，却仿佛有一些相识。不，伊又并不是那伊！倘若那伊，那时候已经二十五，所以现在该有五十上下了，而这人不到三十岁。当那时候，我在这里的时候，伊还是五六岁的孩子，我们决不会相识起来。这五六个年青的姑娘们，……我在这里的时候，伊们一定还没有出世罢。

“先生，要搬行李么？……”

“唔，好好，搬了去。”

没有遇着什么人。也没有人送给我心神荡摇的事件。没有接吻的人，也没有问道“到了么”的人。单是敌对似的，不能相信似的，而且用了疑讶的好奇心，看着人们罢了。——“那人是怎么的！到谁的家里去？”

“我到谁的家里去么？我不知道。我现在是谁的家里都不去。曾经见过年青时候的我的这凄凉萧索的省会呵，我是到你这里来的，我们还该大家相识罢。”

我不走那通过洼地的小路，我现在早不必那样的匆忙，因为已没有先前似的抱了欢喜的不安的心，等候着我的了。……

“得用一辆马车，……”

“不行，这镇里只有两辆，一辆是刚才厅长坐了去了，还有那一辆呢，不知道今天为什么没有来。不要紧，我背去就是。先生是到那里去的？”

“我么？唔，唔，有旅馆罢？”

“那自然是有的！体面得很呢。叫克理摩夫旅馆。”

“克理摩夫！那么，那人还活着么？”

“那人是死掉了，只是虽然死掉，也还是先前那样叫着罢了。”

“那么，他的儿子开着么？”

“不是，开的是伊凡诺夫，但是还用着老名字呵。他的儿子也死掉。”

我跟在乡下人的后面走，而且想。市镇呵，你也还完全的活着么？也许还剩下一条狗之类罢？

“先生是从那里下来的？”

“我么？……我是旅客……从彼得堡来的。”

“如果是游览，先生那里不是好得多么？或者是有些买卖的事情罢？”

“没有。”

“不错，讲起买卖来，这里只有粉，先生是不见得做那样的生理的。那么，该是，有什么公事罢？”

“也不，单是来看看的。我先前在这里居住过。忽然想起来，要到这里来看看了。……”

“那么，不认识了罢。有了火灾，先前的物事也剩得不多了。”

我们在街上走。我热心的搜寻着熟识的地方。街道都改了新样了。新的人家并不欣然的迎迓我。

“这条街叫什么名字呢？”

“就叫息木毕尔斯克。”

“息木毕尔斯克！阿阿，真的么？”

“真的。”

在息木毕尔斯克街上，就有祭司长的住家。而且在祭司长这里，说是亲戚，住着一个年青的姑娘。伊名叫赛先加，极简单的一篇小传奇闪出眼前来了。带着钓鱼器具和茶炊的一队嚷嚷的人们，都向水车场这方面去……激在石质的河床上，潺潺作声的小河里，很有许多的鳟鱼。红帕子裹了黄金色的头发，手里捏着钓竿，两脚隐现在草丛中的赛先加的模样,唉唉,真是怎样的美丽呵!我们屹然的坐着,看着浮标。我们这样的等人来通报,说是"茶已经煮好了"。

这时的茶炊很不肯沸。那茶炊是用了杉球生着火的。我和赛先加早就生起茶炊来。赛先加怕虫,我给伊将虫穿在鱼钩上。唉唉,伊怎样的美丽呵,那赛先加是!……

"又吃去了,……给我再穿上一个新的罢!"

"阿阿,可以,可以。"

我走过去,从背后给伊去穿虫。但是可恶的虫,一直一弯的扭,非常之不听话。赛先加回转头来,抬起眼睛从下面看着我。

"快一点罢!"

"这畜生很不肯穿上钩去呢!"

我坐在伊身边,从旁看着伊的脸,而且想,——

"我此刻倘给伊一个接吻,不知道怎样?……"

我们的眼光相遇了。伊大约猜着了我的罪孽的思想,两颊便红晕起来。而我也一样。不多久,我穿好了虫,然而不再到自己的钓竿那里去了。我坐在赛先加的近旁,呼息吹在伊脖颈上。

"那边去罢。你的浮标动着呢。"

"我不去,……去不成!……"

"为什么?"

"不,离开你的身边,是不能的。……"

默着。垂了头默着。不再说到那边去了。

"亚历山特拉·维克德罗夫那!"

"什么?"

"我在想些什么事,你猜一猜。"

"我不是妖仙呵。你在怎么想,谁也不会知道的!"

"如果你知道了我在怎样想,一定要生气罢。……"

"人家心里想着的事,谁能禁止他呢。……"

"知道我在想着的事么?"

“不知道，什么事？”

“你会生气罢。……”

“请，说出来。……”

“你可曾恋过谁没有？”

“不，不知道。”

“那么，现在呢？”

“一样的事。”

伊牡丹一般通红了。

“那么，我却……”

“说罢！”

“我却爱的……”

“爱谁呢？”

“猜一猜看！”

“不知道呵，……”

伊的脸越加通红，低下头去了。我躺在赛先加很近旁的草上。伊并不向后退。啃着随手拉来的草，我被那想和赛先加接吻这一个不能制御的心愿，不断的烦恼着了。

我吐一口气。

“这是怎么一回事呢？”

“自己判断看。……”

伊的脸又通红了。不管他事情会怎样，……我站起来，弯了身子，和赛先加竟接吻。伊用两手按了脸，没有声张。我再接吻一回，静静的问道：

“Yes 呢，还是 No 呢？”

“Yes！”赛先加才能听到的低声说。

“拿开手去！……看我这边！……”

“不。”

伊还是先前一样的不动弹，……我坐在伊旁边，将头枕在伊膝上。伊的手静静的落在我的头发上了,爱怜的抚摩着。……

"茶炊已经沸了!"

赛先加忽然被叫醒了似的。伊跳起来,径向水车场这方面走。到那里我们又相会,一同喝着茶。但没有互相看,两人也都怕互相看。傍晚回到市上,告别在祭司长的门前,赛先加跨下马车的时候,我才一看伊的脸。伊露着惘惘的不安的神情;伊向我伸出手来,那手发着抖。而且对于我的握手的回答,只是仅能觉得罢了。此后我每日里,渴望着和赛先加的相见,常走过祭司长的住宅的近旁。而且每日每日的,我的爱伊之情,只是热烈起来,然而伊像是沉在水里一般的没有消息了。不多久,我便知道那天的第二日,赛先加便往辛毕尔斯克去。因为得了电报,说伊的父亲亡故了。……

我此后没有再见赛先加。伊现在那里呢?伊一定嫁了祭司,现正做着祭司夫人罢,……伊不是也已经上了四十岁么?……

"记得有一个叫尼古拉的祭司长,还在么?"

"死掉了。"

"那么,他的住宅呢?"

"烧掉了。你看,那住宅本来在这里,……在那造了专卖局的地方。……"

房屋新了,但大门是石造的,还依旧。我一望那门,仿佛从那门里面,便是现在也要走出年青的美丽的赛先加来,头上裹着红帕子——到水车场去的时候这模样——红了脸说:

"你还记得我们在水车场捉鳊鱼时候的事么?"

专卖局里走出一个乡下人来;在门口站住了,拿酒瓶打在石柱上,要碰落瓶口的封蜡。……

"做什么?……这不是你这样胡闹的地方。……"

"和你有什么相干呢?"

诚然,……二十年前,那赛先加曾经站在这里的事,正不必对这些乡下人说。唉唉,赛先加和我的关系,于他有什么相干呢!

然而教堂也依旧。这周围环绕着繁茂的白杨,那树上有白嘴鸟做着窠,一种喧闹的叫声,响彻了全市镇,简直是市场的商女似的。我只是想,镇不住伤感的神魂,彻宵祭的钟发响了。明天是日曜。也仍然是照旧的钟,殷殷的鸣动开去,使人的灵魂上,兴起了逝者不归的哀感,想起那人生实短,万事都在他掌握之中的事来,……而且,又记起了为要看赛先加,去赴教堂的事来了,……那时候,钟也这样响。然而那时候,还未曾看见人生的收场。而且那音响也完全是另外的。

"呵,到了。……"

孤单的在屋子里。死一般寂静而且阒然。时钟在昏暗的回廊下懒懒的报时刻。在水车场和赛先加接吻那时候的事,逃得更辽远了。很无聊。窗外望见警厅的瞭台,什么都依旧,连油漆也仍然是黄色,像先前一般。这一定是没有烧掉罢。这是烧不掉的。

"请进来!"

"对不起,要看一看先生的住居证书呢。"

"阿阿,证书!……这是无限期的旅行护照。无论到什么时候,可以没有期限的居住下去的。"

"我们这里,现在是非常严紧了。"

"连这里也这么严紧么?"

"对啦。有了革命以后,不带护照的就不能收留了。"

"那么,连此地也起了这样的革命么?"

掌柜的微微的一笑,招了不高兴似的说——

"那自然是有的! 真的革命,什么都定规的做了。……"

"这个,那你说的定规,是怎样的事呢。"

"这就是,照通常一样,……监察官杀掉了,大家拿着红旗走,可萨克兵也到了的。……"

他傲然的说,一面装手势。

"可萨克来了,……那么,你们吃打没有呢?"

"吃打呵，那是打得真凶！"

他仍旧傲然的，很满足似的说。

"近来呢？"

"现在是平静了。这一任的厅长很严紧，是一个好厅长。"

"那么，前任呢？"

"前任的送到审判厅里去了。"

"何以？"

"他跟在红旗后面走啦。……"

全不懂是怎么一回事。我摇手。掌柜的出去了。我暂时坐在窗前，于是走到街上去。这里有一道架在满生着荨麻的谷上的桥梁。那谷底里，蜿蜒着碧绿的小河。那河是称为勃里斯加的。谷的那一岸的山上，就该有我们住过的房屋了。单是去看也可怕，怕心脏便立刻会抽紧罢。我在桥上站住了。连呼吸也艰涩。从桥的阑干里，去窥探那谷中。这便是我的兄弟和荨麻打仗的处所。他用木刀劈荨麻，一个眼光俊利的，瘦削的神经质的男孩子，立时浮到我的记忆上来了。

"摩阇！你在那里做什么？"

"打仗。……"

"用膳了，来罢！"

"不行，追赶了敌人之后，会来的！"

这全如昨日的事。现在这少年在那里呢？在这谷里，和荨麻曾作拟战游戏的那少年，难道便是被杀在跋凡戈夫附近的那摩阇么？我不信。我吐一口气，低了头前进了。我攀上山，幸而一切都还在。火灾和革命，全没有触着这在我的回忆上极其贵重的地方。看呵，那边是墙！阿阿，连翘又怎样的繁茂呵，连窗门都看不见了。有谁在那里弹钢琴。我站在对面，侧耳的听。是旧的破掉的钢琴。我家也曾有这样的一个的。我仿佛回到青年的时代去，觉得那是母亲弹着钢琴了。我想着昨天在水车场接吻的赛先加的事。弹的是什么呢？阿阿，是了，是先前自己也曾知道的曲调。而且还吹来了那时的风。那是什么曲调呢？阿阿，是了，那是"处女之祈祷"呵！正是！正是……合了眼倾听着。将我和青年时代隔开了的二十年的岁月，渐渐的消失了。似乎我还是大学生，因为暑假回到家里来，团栾的很热闹，在院子里喝了许多果酱的茶。父亲衔着烟卷，坐在已经冷熄了的茶炊旁边看日报。母亲是在弹钢琴。我的竞争者，那神学科的大学生，也恋着赛先加的戈雅扶令斯奇来邀我游泳伏尔伽河去。他也想娶赛先加，常常准备着求婚。他和我来商量；他不信自己的趣味。我们在游泳时候，是专谈些赛先加的事的。他脱下一只长靴来，敲着靴底说：

"结婚的事，可不比买一双靴呵。"

"的确！"

"那么，你以为怎样？……你看来怎样？"

"对谁？"

"阿阿，赛先加呀！"

"我也没有别的意见在这里。"

"倘教我说，那是美人！什么都供献伊也还嫌少。就在目下开口呢，还等到毕业呢，那一边好，我自也决不定。但怕被别人抢去呵。因为伊是一个非常的美人。……"

他又脱下那一只长靴来，抛在旁边说：

"决定了。明天便求婚。……"

说着，他便从筏子上倒跳在河水里。

他今天也来邀游泳，而且谈赛先加的事。他竟绝不疑心，昨天在水车场上，他的赛先加已经失掉，不会回来的了。

"喂，游泳去罢！"

"求了婚没有？"

"不，还没有。也不是定要这样急急的事。"

"不行的。你以为伊爱你么？"

"伊？"

戈雅扶令斯奇气壮的点头；映眼，叩我的肩头。

"那美的赛先加已经是我的了！"

我觉得可笑，也以为可憎。第一，是太唐突了赛先加了。我几乎想将昨天我们已经接了吻，以及赛先加对我说了 Yes 的事说给他。

"你去罢！我不想去游泳。还有赛先加的事，你好好的办，不要过于失败罢。你已经很自负着！……然而……"

"你说什么？"

"阿，还是看着罢。"

"看着什么，倘我得了许可，怎么样？"

"胡说！赛先加已经许了我了。……"

"阿阿，这真是干了惊人的事！……"

"走罢！不走，我就会打你的脸呢！"

"阿阿！……这可是不得了！……"

那戈雅扶令斯奇现在那里呢？一定和赛先加结了婚，做到祭司长了罢。而且伊已经告诉了他水车场的事罢？

钢琴停止了。我也定了神。我又想走进这家里去，一看那里面变换到怎样的情状。谁住在这家里，谁弹着钢琴，而且食堂和客厅和书室又成了什么模样了？倘我走进去说，——

"请你给我看一看这家里，我是年青时候住在这里的人。现在禁不住要一看这家，回到自己的少年时代去。"这却又甚不相宜似的。

我心里很迟疑；几次走过这家的门前，进了小路，从篱间去望院落。我在这院落里，曾经就树上吃过坚硬的多汁的果实。母亲煮果酱，将泡沫分给兄弟们的，也就在这地方。在这里，很有许多隐在连翘和木莓的丛莽之中的僻静的处所。我常在这里面，看那心爱的书信，而且想得出了神。

"故国呵！我为了你的幸福,奉献了我的生命罢。"

现在仿佛觉得那时的我,是这样一个渺小的无聊的人。唉唉,生命也就流去了,而你却依然如很远的往昔一般,还是一个渺小的无力的人物。而且你比先前更渺小更无力了。因为你在如今,对于自己的力,已没有先前那样的确信,并且在将来能够目睹那幸福的自己的祖国的一种希望,也已消亡了,……记起了谈到革命的旅馆掌柜来,……于是也想到了跟在红旗后面走的那厅长。……

"可怜的厅长呵！你是没有料到一切事全会这样悲哀的收场的。我也一样,厅长呵,也想不到那一件事竟如此,……所以我和你,现在都到了这样的境地了,你去听审判,我受着警察的看守。……"

我在身体和精神上都抱了忧郁和颓唐,回到旅馆里。掌柜的端进茶炊来。不多时,他出去了。关上房门之后,他在那里悄悄的窥探情形,侧着耳朵听。……

"什么都照旧！只有我不照旧了,……我已经不相信传单,手上也不再染那胶版的蓝墨。……喂,掌柜的,你大可以不必如此了。你疑心我到这省里来,还要再行革命么？……这省里现在是有着非常严紧的厅长的了。"

又是照样的事。大清早,警兵送了——本日前赴警厅——的传票来。

"唉唉,这种传票。我已经厌倦了。然而总比他们到我这里来好。到警察厅去罢,而且会一会那严紧的厅长罢。"

我到了警察厅,引向副厅长的屋里去。我装了和心思相反的不高兴的脸,进去了。

"请,请坐。特地邀了过来,很抱歉。就是想一问,为了什么目的,到这省里来。……"

"并没有目的。单是想到了,所以来的。只要目所能见的随便什么地方,莫非我没有自由行走的权利的么？"

"是呵,不错的。……你打算什么时候动身呢？"

“我倒还没有打算到这一件事。”

“过于好事似的,很失礼,请问你,⋯⋯你不是著作家么?”

“是著作家。不幸而是一个著作家。⋯⋯”

“大家识了面,实在很愉快。”

“当真愉快么?”

副厅长惶惑了。

“我本来也是大学生。我和你同在大学里。我在三年级的时候,你已经在毕业这一级了。”

“阿阿,原来!”

“是的。吸烟卷么?我也在闹事的一伙里,⋯⋯就是和你在一起的时候,⋯⋯大概还记得的罢,我的姓是弁纯斯奇呵!”

“弁纯斯奇么?这有些记得似的。⋯⋯”

“是的!那时候,我不是打了干事的嘴巴么!”

“那是你么?”

“对了,⋯⋯那是我!的确是我!”

“你就是!实在认不出了。⋯⋯”

副厅长傲然的要使我确信他在闹事的那时候,打了干事的嘴巴,而且将现在做着警官的事,完全忘却了。他愈加活泼起来,详详细细的讲闹事。他脸上已没有近似警官的痕迹,全都变掉了。大学的闹事,在他一定算是最贵重的回忆罢。⋯⋯我抱着不能隐藏的好奇心对他看,而且想。你怎么不被警察的看守,却入了警官的一伙呢?他似乎也明白了我的意思了。

“请你不要这样的看我,我只是穿着警官的制服呵。但是这样的东西是无聊的,随便他就是⋯⋯”

于是他又讲起闹事的事来。有着狗一般的追蹑的脸的一个人来窥探了。一定是书记罢。副厅长皱了眉,怒吼说,——

“没有许可,不要进我的屋里来。我忙得很。”

书记缩回去了。

"唉唉,我们那时候,各样的人都有呵。……"副厅长突然的说。而且他昂奋了似的,在屋子里往来的走。

"唉唉,你实在撕碎了我的心了。……还记得乌略诺夫么? 那受了死刑的! 我和这人是同级。……"

"总之,为了什么,你叫我到警察厅来的呢,可以告诉我么?"

"阿阿,就为此,……记起了年青时候的,大学生时候的事来,不知道你已经怎么模样,就想和你见一面,……因为我是在大学时代就知道你的,因此……"

"因为要略表敬意罢!"

"你生了气么? 请你大加原谅罢! 一想到我们的大闹的事,便禁不住,……况且我也看着你的著作,所以想和你见见了。"

他忽而沉默了。而且他向着窗门,不动的站着,我站起来咳嗽了,……他迅速的向我这边看。他的脸很惘然,而唇边漏着抱歉的微笑。

"我也不能再攀留你了。"他温和的说,微徽的叹息;略再一想,伸出手来。

"那么,愿上帝赐你幸福! ……大概未必再能见面罢,倘若……"

"倘若不再传到警厅里?"

他失笑了。他于是含着抱歉的微笑说,——

"我们的生命实在短,什么都和自己一同过去了。"

我出了警察厅。而且许多时,我不能贯穿起自己的思想来。为要防止和扑灭那一切无秩序而设的警官,却回想起自己所做的无秩序的事来以为痛快,而且仿佛淹在水里的人想要抓住草梗似的,很宝贵的保存着这记忆,这委实是不可解的事。或者也如我一样,因为他也已经白发满头,在人生的长途上,早已失掉了生命之花的缘故罢?

未另发表。

初收 1922 年 5 月上海商务印书馆版"世界丛书"之一《现代小说译丛》(第 1 集)。

二十三日

    日记   晴。无事。

二十四日

    日记   晴。上午得宋子佩信,午后复。夜濯足。

二十五日

    日记   晴。星期休息。晨乔大壮来,未见。下午寄心梅叔信。寄宋子佩信。

二十六日

    日记   昙。上午得胡愈之信,又《最后之叹息》一册,爱罗先珂赠。

二十七日

    日记   晴。晨寄胡愈之信并译稿一篇。午后往大学讲。

两个小小的死

[俄国]爱罗先珂

一

这是温暖的畅快的春天。太阳从东到西,自由的旅行在很高的青空上。时时有美丽的云片，滑泽的在青色的空中轻轻地流走，宛然是通过那青葱平静的海上的桃色的船。云雀似乎想追上他，唱着什么高兴的歌，只是高，只是高，高到看不见的，屡次屡次的飞上去。造在街的尽头的病院是幽静了。病院的花园，看着花园里的花的病人，一切都幽静。在那病院里，进了特别室，等候着"死"的来访的，有一个富家的哥儿。为要使哥儿不冷静，那旁边，蓍腾着一匹大的圣褒那的驯良的狗。笼子里，是可爱的金丝雀的一对，唱给听很美的歌。种在盆里的艳丽的花，也满开在屋子里。从对面的病室中间，也似乎为要使哥儿不冷静，有一个劳动者的孩子不断的送给他温和的微笑。那劳动者的孩子，也一样是等候着"死"的来访的一个人。他从出世以来，似乎已经等候着"死"的来访的了。而且无论什么时候，无论是还吸着多病的母亲的乳汁的时候，长大起来能够帮助母亲了的时候，后来又到那父亲在那里作工的工厂里去作工的时候。无论什么时候，他都等候着"死"的来访。凡有看见他的人，几乎无不心里想："死"怎么不早到这孩子这里去呢？不知为什么迟延着的。

　　然而这孩子在自己的屋子里，却不能看见为要使他不冷静，坐在身边的圣褒那的驯良的狗，关在笼中的可爱的金丝雀，种在盆里的美丽的花。然而这劳动者的孩子，一看见那从病室的窗间，也如自己一样，眺望着从东到西，自由的旅行着的光明的太阳，和船一般轻轻地走过青空的，美的桃色的云的模样的富家的哥儿，都感着了兄弟似的温暖的爱和亲密的心了。于是哥儿的狗，和金丝雀，和盆花，他仿佛也就是自己的所有了。他已经有这样的爱哥儿，而且觉得和哥儿有这样的亲密了。

二

　　酣醉于春的香，"死"静静的在病院里彷徨的走，雪白的面纱里藏了脸,而且挥着银的钩刀……

"都死呵。一切是,因为死,所以生下来的。小的,老的,美的,丑的,爱的,被爱的,穷的和富的,贤的和愚的,以至于国王,非人,都死呵。在我这里才是无差别。我才是无政府主义者。我才是平等的主张者。

花是为死而开的。鸟是为死而唱的。人是为死而呼吸的。痛快哉。呜呼痛快哉。我喜欢破坏,因为我是壮快的。"

絮絮叨叨的微语着,那"死"静静的走。雪白的面纱里藏了脸,而且挥着银的钩刀……

然而谁也没有听到"死"的声音。因为仿佛要追上那船似的渡过苍空的桃色的云去,蓦地里腾起来的云雀的爽朗的歌,以及温柔的春风,和夹着秘密的低声的言语的美的花气息,"死"的话便谁也没有听到了。

"死"静静的进了劳动者的孩子的屋子里,然而孩子正看着苍空的颜色,不觉得"死"的近来。

"喂喂,小子。茫然是不行的。你已经非死不可了。"

孩子诧异似的凝视了遮着面纱的脸。

"说我死,莫非我历来是活着的么?"

"什么? 你连自己历来活着的事都不知道么?"

"一点没有知道。单是今天,不知怎的略有一些疑心,觉得我莫非竟是活着……"

"钝东西。所以我说,劳动者这一流最讨厌。无论活着,无论死掉,似乎都以为是一样的事。是全不知道活着的价值的。即便取了这类东西的性命,也毫没有什么有趣!"自己对自己一般的唠叨着,于是又对孩子道:"喂,小子。你的性命再给延长一点罢,但得将你那最爱的朋友的性命让给我,好么?"

"朋友的性命?"孩子诧异的凝视着白面纱的脸。

"唔,是的,就是那哥儿的性命。"那"死"用了银闪闪的钩刀的尖子,指着靠了窗口正在眺望那苍空的颜色的富家的哥儿。

"哥儿的性命是哥儿的性命。我不知道。怎么能由我让给呢。"

"不要讲什么呆道理！凡有你所爱的东西的性命,是都在你的手里的。只要说将这让给我,就够了。"

孩子很疑心的看定了那脸。

"这真么？我所爱的东西的性命,都属于我的？"

"是的。赶快些,说道让给！"

劳动者的孩子静静的笑了。

"还有比劳动者这类东西更讨厌的么！无礼已极的东西。"

"死"粗暴的挥着银钩刀。劳动者的孩子又笑了。

"我这才仿佛有些觉得自己是活着。高兴呵,高兴呵。所以笑着的。"

"算了算了！快将那哥儿的性命让给我罢！"

"不行。所爱的东西的性命倘若在我手中,那么,这并非为了交给'死',却为了防御'死'的罢。"

"专说随意的呆道理的东西！所以我说,我最讨厌的是劳动者。喂,小子,没有迟疑的时候了。将朋友的生命让给我呢,还是自己死呢,是两中拣一的了。"

"我自己死。"一面说,劳动者的孩子坦然的笑了。

"看来还没有懂得生命的价值哩。钝物！"独语着,"死"便焦躁起来,团团的挥着银钩刀。

"好罢好罢。朋友的性命怎么都可以,那就将那圣褒那的狗的性命让给我罢。"

"不不,不让的。给'死',是除了自己的性命之外,什么都不让的。"

"钝东西！那个金丝雀的性命怎么样？"

"便是金丝雀的性命也不行。"

"花的性命该可以罢？"

"这也不行。"

"钝东西呀！自己的生命的价值，竟丝毫不知道。所以我说，劳动者这一流东西，我是最讨厌的！"嫌恶似的独语着，又向了孩子粗莽的说道，"喂，小子，预备着死罢。"

"死"静静的走出房外去了。劳动者的孩子还是笑。

"唉唉，愉快呵！唉唉，愉快呵！我活着。这才分明的知道是活着了。比什么都更强的感到这个了。愉快呵，愉快呵。"

劳动者的孩子独自高兴着。

三

"死"静静的走进富家的哥儿的屋子里去了。然而谁也没有觉到这，都酣醉于懒散的快活，辗转于醀美的现实之中了。金丝雀正将从父母那里听来的远地里的热带的岛的传说，讲给朋友圣褒那的狗。那狗一面听，一面计画着，想用尾巴去打杀那些缠绕不休的苍蝇。对了种在盆里的花，春风暗暗地低语着蜜一般甜的说话。哥儿是正在眺望那宛如滑走于青的海上的轻舟似的，轻轻地流过大空的美丽的桃色的云。"死"站在他的近旁，沉钿钿的说话了。

"喂，哥儿！茫然是不行的。你已经非死不可了。"

因为病，成了青白色的哥儿的瘦小的脸，于是显了纯青。

"饶了我罢。再少许，很少许，放我活着罢。放我到看不见了那美丽的云的时候，那满着慈爱的太阳完全下去了的时候。"

"不要说任意的话。便是我这边，也不是任意的做的。"

"但是，但是，再少许。到那云雀落在树丛里为止。到那金丝雀的歌唱完了为止。请原谅，真是再少许……"

"你肯让给我那花的性命的罢？你所爱的东西的性命，是都在你手里的。给你的性命挨到云雀飞下来，但你肯将花的性命让给我么？"

"行,让给你。"

"还有那金丝雀的性命呢?"

"行的。"

"还有那圣褒那的狗的性命呢?"

哥儿凄凉的凝视了包着白的面纱的脸。

"不是迟疑的时候了。死已经逼紧了。将圣褒那的狗的性命也让给我么?你所爱的东西的性命,都在你手里……。"

"行,让给你罢!"

"还有,那个你的朋友的性命——"

哥儿全然青色,显着苦痛的表情,要窥探那藏在面纱中间的"死"的脸似的,目不转睛的看。

"倘这样,我便给你延长性命,一直到看不见了那桃色的云为止罢。到那光明的太阳沉下去了为止。"

"行,让给你!"

"死"静静的走出屋外去了。但哥儿却将那青白的脸,深深的埋在枕中,永久的永久的呜呜咽咽的啼哭着。

四

第二日,一个体面的葬仪举行了。盖着黑的丧绢的体面的灵柩上,有亲戚朋友们送来的许多花,看起来也就很美的装饰着。然而那些花是已经并不活着的了。许许多多的朋友们,都穿了美丽的衣装,悲哀的来送这灵柩。这是富家的哥儿的葬仪。

同时候,住在哥儿对面的房子里的,那劳动者的孩子的葬仪也举行了。小使两三个,将他的身体装进箱子里,运到不知那里去了。像是来送模样的人,什么地方都没有。只有一个,遮着白的面纱的年青的看护妇,送这棺材到了病院的门口,而且从面纱下,不断的流下美的泪滴来。棺材渐渐的将要不见了的时候,看护妇决心似的说：

"我也去，我也非去不可。真理在那里。"她说着，静静的向着贫民窟走去了。

有谁目送着她，低声说：

"死似的，罩着白的面纱，而且看去似乎手里拿着银钩刀。"

原载 1922 年 1 月 25 日《东方杂志》第 19 卷第 2 号。

初收 1922 年 7 月上海商务印书馆版《爱罗先珂童话集》。

二十八日

日记　晴。午后往高师讲。

二十九日

日记　晴。晨往齐耀珊寓。得沈雁冰信。

为 人 类

[俄国]爱罗先珂

序

如诸位也都知道，我的父亲虽然名声并不大，但还算是略略有名的解剖学家。因此父亲的朋友，也大概是相同的研究解剖的人们，其中也有用各种动物来供实验的，也有同我的父亲一样，几乎不用那为着实验的剖检的。而且也有开着大的病院的人们，至于听说是为了自己的实验,却使最要紧的病人受苦。那时候我常常听到些异样的事,现在要对诸君讲说的故事,也不外乎这些事里的一件罢了。

一

有一条很大的街上,住着一个名叫 K 的有名的解剖学家。这学者对于脑和脊髓的研究,在国内的学者们之间不必说,便是远地里的外国学者们之间也有名。这学者的府邸里,因为实验,饲着兔和白鼠和狗,多到几百匹。那实验室虽然离街道还很远,但走路的人们的耳朵里,时常听到那可怕的惨痛的动物的喊声,宛然是想要告诉于人类之情似的,一直沁进心坎去。路人大抵吃惊的立住脚,于是说道:"阿阿,又是解剖学者的研究罢,"便竭力赶快的走过了这邸前。然而住在学者的家里的人们和邻家的人们,却早已听过了这惨痛的动物的叫声,无论从学者的实验室里发出怎样可怕怎样凄凉的声音来,大家都还是一个无所动心的脸。单有解剖学者的幼小的孩子,却无论如何总听不惯这叫声。倘若那叫声来得太苦恼了,幼小的哥儿便仿佛狂人一般,往往跳出窗门,什么也不见,什么也不辨,掩着耳朵,只是尽远尽远的逃走。一听得有这样事,学者非常恼怒了,而且说着:"低能儿!退化儿!"一面凝视着他的脸。随后似乎要防止什么可怕的思想模样,在面前剧烈的摇手,退到自己的实验室里去,此后便两三日不再出来,只是耽着实验。当这样的时候,从那里面,一定是不断的发出比平时更苦恼更惨痛的动物的叫声。家里的人不必说,便是邻人,也都明白的知道,这是解剖学者不高兴了。

哥儿的家里有一匹可爱的小狗叫 L,而且在学者的家里养着的许多狗里面,以及四近的许多狗里面,这是最优秀而且伶俐的狗。解剖学者一看见他的头,总是微笑的。有一天——哥儿那时刚九岁——是学者的心绪比平时更不高兴的一个日子,从实验室里发出使人肠断似的惨痛苦恼的动物的叫声来了。母亲怕哥儿又逃到什么地方去,守在他的近旁。哥儿是拼命的掩着耳朵,竭力的想要听不到一些事。其时又发出了一阵尖利的可怕的狗的悲鸣。哥儿脸色便发了青,说道:"母亲! 那是 L 呵! 是 L 呵! 是 L 儿! 确是 L 儿呵!"于是自己忘了自己,摆脱了母亲的手便走。他走进实验室,一面叫着"父亲! 父亲!"的,一径跳上解剖台,用自己的小手抓住了锋利的解剖刀。对于圆睁的不动的眼,结了冰似的坚硬的可怕的脸的表情,从嘴里涌到发抖的唇上的水波一般的泡沫,——哥儿的一切模样,怒视着的解剖学者,便怒吼道:"低能! 白痴! 退化儿!"用一柄大的洋刀尽力的打在他头上。追着哥儿的母亲叫道:"你! 你!"捏住了学者的手,然而已经无及了。因为不能全留住学者的用劲的力量,那洋刀便砍进了哥儿的头。"唉! ——"哥儿叹息似的叫喊,一双血污的手按着头,和小狗并排的倒在解剖台上了。女人将那看不见倒在解剖台上的儿子和拿着血污的刀的丈夫的伊的眼愕然似的惘惘的直看着说:

"阿呀你,你呵!"

男人惊异似的看着从刀上沥下来的腥气的血点,嘴唇却无意识的叫喊道:"低能! 狂人! 退化儿!"

"阿呀你! 你!"

和小狗并排,哥儿静静的躺着。

二

然而哥儿没有死。父亲自己给他医治,三个月之后,又和先前一样完全治好了,只留着从额上到后面的一条很阔的伤痕。至于哥儿是否是和头的伤一同治好了心的伤,这我可不知道。L 儿也没有死。暂时之后,他又和先前一样,喤喤的叫着,在学者的邸内闹着走。然而那小狗是否也治好了心的伤,这我可更其不知道了。

解剖学者为了儿子，三个月间不能做自己的事，所以哥儿的病一全愈便用了加倍的精力，再去钻先前的研究了。那惨痛的动物的叫声，在三个月的平静之后似乎更厉害。邻人们都嗤笑。说学者是对于无罪的动物在复仇，而学者的心情，仿佛每天只是坏下去模样了。便是深知道他的朋友们，见了他那阴郁而且时时因为神经性的痉挛而抽动的疲倦的脸，由于顽固和劳乏而锋利了的眼睛，也不知怎样的觉得古怪，觉得可怕了。

有一晚，K解剖学者对着来访的友朋们说：

"我们为了研究，费去多年的日子，和几千匹的动物，努了力，而其结果大抵不过是一种假定。但要得和这相同的结果，不，比这尤其完全的结果，却有只在两三星期以内便能成功的方法的——"

这时候，客人一听，都诧异的看着他的脸。他们的眼睛里，判然的见得怀疑的光。

"……倘使我，代那兔和狗，却能够用活人的时候，……"在他眼里，似乎锋利的闪着黑色的光芒。

"阿呀你！你！"夫人只是这样说。

学者更其低声的接着说："倘使为了实验，许我用一个，只一个活的人，便是低能儿也可以，则我的脑髓的研究，我一定在两三星期之内成功给你们看！那么，不但本国，便是一切人类，因此不知道要怎样的得益哩！只要一个，低能儿也好的，就只是一个……为人类，……"

那古怪的发光的黑眼睛，看在驯良的坐在屋角的他的儿子上头了。"母亲！母亲！"孩子无意识的叫唤。客人但如矿石一般的凝视他，屹然的坐着，口和身体都不动。学者的妻全身索索的发着抖，对于儿子，竭力的想用自己的身体来遮学者的眼睛。

"阿呀你！你！"

从外面尖利的响来了。L的凄凉的吠声，似乎要沁进很深的很深的心底里。……

这一夜，就床的时候，哥儿叫了母亲，紧紧的揪着，将自己的口贴着母亲的耳朵说：

"母亲，母亲！如果是为人类，我是不要紧的。对父亲，好么，这样说去。将我也像那小狗一样，……因为不要紧的，如果是为人类。……"

听到这话的时候的母亲的心情，用了笔能写出什么呢？至少在我是不能描写了。伊将孩子紧抱在自己的胸前，而且永远是永远是反复的反复的不断的叫道："孩子！孩子！"从暗夜的昏暗里，听到了要沁透那很深的很深的心底里似的凄凉的叫声。

三

这一夜是黑暗的夜。哥儿无论怎样竭力的想要睡然而总是睡不去。他等到母亲的房里寂静了的时候，悄悄的离了床，跑到外面去了。哥儿试叫那小狗看："L！L！"L儿便幽鬼似的飞出了昏暗的暗地里，突然和哥儿说起话来，"阿阿，哥儿，哥儿。"

哥儿擦着眼睛，一面想，"这不知道是梦不是，倘不是，L儿不会有能说话的道理。……"

然而L儿却道："请罢，哥儿，到我的家里去罢，因为有话说。……"一面说，便牵了哥儿的寝衣的衣角，要领向昏暗的暗地里。

"去也可以的，但你岂不是不会有能讲话的道理么？如果喤喤的叫，那自然不妨事。……"

"这等事岂不是无论怎样都可以么？便是给小狗偶然说几句话，也未必就关紧要罢。"

"要这样说固然也可以这样说，但倘若不是做梦，这样的道理是行不通的。"

这样的谈着天，哥儿被L儿伴到了狗的小小的房子里。最奇怪的是那小小的房子的门口,哥儿也毫不为难的进去了,那里面坐着一个四十来岁的,很像哥儿的母亲的女人;伊旁边又有一个十五六岁的,也和哥儿的堂兄的中学生很相像的男孩子。L儿便说:

"母亲,现在,领了哥儿来了呵。"

"来得好。"那女人行了礼,很和气的说。

"对不起,穿着什么寝衣来见大家实在失礼了。"哥儿说着,谦虚的行礼,但心里却想道,"这狗子!畜生!明天一定给一顿骂。"他这样想着,去看L儿。怎样呢?原来L儿已经用了后脚直立起来,宛然是中学生脱着制服长靴和手套一样,正在脱下他小狗的皮来。于是和哥儿仿佛年纪的一个可爱的少年,便立在哥儿的面前了。

"你真会捉弄人。……"哥儿大惊的说。

L儿不理会这话,只说道:"这是我的母亲。知道的罢?"

女人又谦恭的行礼说:"我是他的母亲,叫做H的。孩子始终蒙着照顾,委实是说不尽的感激。"

"那里那里!"哥儿想要这样说,但喉咙里似乎塞着一块什么坚硬的东西,什么都说不出来了。

"今天,又拜领了剩下的骨头和面包,实在很感谢。"

"不不,简慢得很。"哥儿想要这样说,但声音又堵住了,便单是微微的行一个礼。

"这叫S,是我的堂兄。然而如果他的父亲是家里的牛狗,那才是我的真堂兄,假使是那富翁家里的叫作约翰的牛狗,那便和我毫没有什么相干了。"

这叫作S的十五六岁的美少年,便宛然那中学校三年级生对于一年级生似的,不过略打一点招呼。哥儿想道,"不安分的东西!畜生!明天大大的踢一顿。……"但也什么都不说,却谦虚的回了礼。

L儿和哥儿来接吻,并且说道:"哥儿,我们角力罢,这回可不输给你了。"于是便和哥儿玩耍起来。S赶紧做了审定人,发出"八卦好,八卦好,未定哩,未定哩"的喊声,在周围跑走。母亲给他们奖赏,哥儿是一个鱼头,L儿也得了鱼尾巴,但哥儿因为客气,便将这让给S吃了。

哥儿虽然和S儿很有趣的游戏,但他的眼睛总不能离开那L儿先前脱下来的狗的衣裳。他乘了一个机会,便将衣服拿在手里,留心的仔细的看。S一见这,便略略对他一笑,仿佛那大人对于孩子似的。

"哥儿,何必这样诧异呢? 狗和牛和鸟,便是鱼,内容和人们是没有一点两样的。两样的单是衣服罢了。"S说。

"不安分的东西。"哥儿又想。

"几千年之前,我们的衣服是和鱼的衣服全一样。至于我们的祖宗穿着狼的衣服,那可是近时的话了。哥儿,虽然不知道是几千年以后的事,我们也要你似的穿了洋服昂然的走给你看哩。"L儿接着说。

"听说是这就叫进化,……"那母亲也插嘴,用了怯怯的声音。

"但在人们里面,也不能说是都进化。因为退化的东西正多得很哩。……"

哥儿的脸红起来了,他想:"畜生! 这是说我,听到了父亲所说的话了罢。明天得着实的打一顿。"

"那是,真有着人的价值的东西,实在不多呵。退化下去的东西,不是再改穿了狗和老虎的衣服,学学进化到人的事,是不成的了。"说着,S牢牢的凝视着哥儿的脸。

但L儿的母亲却担心似的,看着哥儿的通红的脸安慰说:"请你不要生气。这并不是你的父亲的事。……"

哥儿不说话。他穿起L儿的衣服来了。L儿笑吟吟的嚷着"阿阿,好高兴,好高兴。"也替哥儿的穿那他的衣服去帮忙。哥儿戴上了手套和帽子,穿好了长靴,大家便都拍手称赞道:"可爱的小狗,可爱的小狗。"

四

　　灿烂的朝日的光已经进了哥儿睡着的房里面,在他美丽的脸上,墙壁上,都愉快的跳舞起来了。"唉唉,好热。"哥儿醒来一面说。"唉唉,呆气。人也会做出很胡涂的梦来,——什么我去穿 L 儿的衣服。"哥儿独自絮叨着,一看那挂在对面壁上的大镜,而那镜里面,是一匹小狗,骇怪似的正看着哥儿。"唉唉,不得了了。我是小狗了。母亲! 母亲! 我是小狗了。L 了。我是退化的人了。母亲! 母亲!"

　　哥儿的母亲正在服侍他父亲用饭呢。从那边的屋子里,伊听得哥儿的大嚷的声音,便说道:"孩子在做什么呢?"于是走向哥儿的房里来。伊到门口一窥探,只见哥儿像狗一般在全屋子里面走,嘴里也"喤喤!"的只有狗子的嗥叫,或者是一种不能懂得的声音了。

　　"孩子! 孩子! 怎么了?"

　　哥儿看见母亲,高兴的走近身边,于是狗似的跳到母亲的膝上,啧啧的舐着伊的手。从他嘴里,只听到高兴的叫声道:"喤喤!"

　　"究竟是什么事?"从食堂那边,听得父亲的声音说。

　　"没有事,全没有什么事。不要到这里来! ……"一面说,母亲便锁了门。而且伊将哥儿紧紧的抱在胸前,用接吻来防止这可怕的"喤喤"的叫声,想不传到父亲的耳朵里。

　　升得很高的朝日的光,进了屋里的角落,到处都在跳着高兴的跳舞了。

　　学者出现在窗前一瞬间。他一看,他只一看,便看尽了屋里的情形,于是退进自己的实验室去了。不多久,从那屋子里,便发出惨痛的苦恼的,仿佛发了疯似的阴惨的狗的嗥叫来。这又和小哥儿的"喤喤"的声音混合起来,成了珍奇的合唱。而绝望的母亲说道"孩子! 孩子!"的悲哀的音响,便正是那伴奏了。

　　灿烂的太阳的光线,和那凄厉的合唱也协合起来,还在各处作轻捷的欢欣的跳舞。

昏夜又到了。一切物又都平静在安睡里。疲乏了的哥儿的母亲也亲爱的抱着可爱的哥儿，和衣睡去了。仿佛就等着这样似的，哥儿悄悄的离了母亲的手，不出声息的急忙跑到房外面。他在昏暗的黑夜里，走向狗的家去了。那狗的家里，L儿和母亲，和S，正都等着哥儿的到来。大家见他一来到，便迎着说："哥儿哥儿，快脱衣服。很遭了不得了的事了罢？"于是大家都帮哥儿脱下L儿的衣服来。

"唉唉，实在不得了呵。我说的话谁也不懂我。我全然悲观了。"

"是罢。不知道你的母亲怎样的伤心哩。快回家去，给母亲欢喜罢。"L儿的母亲一面说，和大家送哥儿到了那家的门口。

"再来罢。我的母亲说要给你做一套同我一样的新衣服。这么办，我们两个便来玩狗子游戏罢。"L儿说。

哥儿走进卧房里去了。母亲还是和衣的睡在床上。照着电灯的光的那脸，毫不异于L儿的母亲；只是因为眼泪，那眼睛显得红肿；因为忧愁，那面庞显得青白罢了。哥儿暂时看着母亲的脸，于是将手搭在肩上，叫道：

"母亲，我又变了原来的人了，还没有完全退化的。"

母亲惊醒了。

"母亲，狗和人单是衣服两样，内容是全都相同的。我和L儿一点没有不同。母狗H也全和母亲一样。"

母亲高兴的凝视着哥儿的脸。那眼睛里，很长久很长久的闪着美如玉的泪的光，于是这点点滴滴的落下来了。

五

解剖学者的研究渐渐的进行前去了。而且那研究愈进行，学者的眼光便愈是长久的留在 L 儿的上面，L 儿的头，人的眼光一般聪明的眼，——这些东西，在学者的眼睛里，似乎见得比别的无论什么动物都重要了。但是要分开哥儿和 L 儿，是谁都知道不能够，哥儿和 L 儿也其实似乎成了一个了。然而有一日，终于不见了 L 儿。而且他在那里，是没有一个不了然的。只是那科学者怕像先前一般，有谁走进实验室来搅扰他的研究，所以他已经下了锁将门紧紧的关闭起来了。

但一面和 L 儿同时也不见了哥儿。母亲仿佛成了狂人一样，这里那里的寻觅，邻人们和警察也帮着各处去搜寻；然而哥儿终于没有见。

两三日之后，那母亲突然出现在伊丈夫的实验室里了。

"你那，孩子寻不得呢。"伊说。

学者却是不开口。

"你那，L 儿怎么了？"

学者仍然不开口，指着一张挂在壁上的狗皮。

夫人取了那皮暂时目不转睛的只查看，但忽而指着头这一边说："你那！看罢。L 儿的头上不应该有这样的伤痕的。你看。"

皮上面，从前额到后头部，分明有着大的洋刀的伤痕。学者还默着，但将伊和狗皮比较的看。

"你看，这样的伤疤，L 儿的头上不是并没有么？"

"你是狂人！"抖着嘴唇，学者喃喃的说。

"倘是狂人便也可以解剖我，供脑的研究之用么，为了人类的幸福！……"

不多时，学者的夫人也不在家里了。而且此后也没有一个和伊遇见；伊的踪迹，便是朋友里面也没有知道的人。而邻家的使女却说伊并未走出实验室。邻人和学者的朋友都相信，哥儿是被领到一个亲戚的家里去，在那里做养子了。然而邻家的使女和工人却说是不见了哥儿的那一日，从实验室里分明听得他的悲惨的痛苦的声音。有几个人还说在邸宅里确然看见了夫人和哥儿的鬼。

有了这事的两星期之后，对于脑髓的新研究，由 K 解剖学者发表了。这不但在本国，简直是给全世界的科学者一个大革命一般的惊人的事。当同志的人们开一个会给科学者作研究发表的纪念的时候，K 氏曾在席上说过这样意思的话："将这需用十年以上的工夫的大研究，自己在极短的时间里的便能成就者，是全由自己家里所养的出奇的聪明的小狗的功劳。"朋友们都以为这是指着 L 儿的事。

此后又经过了多少时，K 氏在研究中，忽然被癫狗所咬，死去了。在他桌子上留着这样的一封信：——

"我现在为狂犬所啮，非死不可了，为一匹小小的可爱的狂犬……。当我专心于实验的时候，这小小的可爱的小狗便走进实验室来。为了什么呢？他那凝视一处而不动的眼，开得很大的嘴，从嘴里拖着的通红的舌滴滴的流下来的白的浑浊的泡沫，——凡这些，只要一见，便无论何人一定便知道是狂犬。我自然也很知道。我立刻拿起解剖用的大洋刀。然而解剖过几千匹强壮的兽的我的手，无论如何，竟不够打杀这一匹小小的狂犬的力量了。我的逃路也很多，然而我却不动的站着。这什么缘故呢？我不知道。我不是心理学者。我不过一个解剖学者罢了。小小的可爱的狂犬于是咬了我。然而瞬息之后，这狂犬便睡在我膝上而且舐我的手。我是虽对自己的孩子，也可以说未尝给一回接吻的。然而对于这小小的可爱的狂犬，却接吻了多少回呵。于是从有生以来，在这时候我才想做诗。在这时候我才想试弹勖班的《夜曲》和革理喀的《春的醒》。我又为什么先前不将美童话讲给人们呢，自己觉得稀奇。抱了小小的可爱的小狗，我嗅着哥罗访而死亡。唱着修贝德的《圣母颂》，……"

写在信上的就是这一点。但对于 K 氏之死，朋友们最以为不可解的是学者抱着的小狗，却正是 L 儿。是朋友们先前以为给 K 氏的研究出奇的从速告成的那聪明的小狗 L 儿！……

六

这是数年以前的事了。我去访问一个现在还是活着的有名的解剖学者。这学者,是从在大学的时候起便非常爱我的人。这学者所立的病院,以及他那解剖学的实验室,几乎都是有名到无比的。此时他靠着大的解剖台,刚刚完毕了研究。我半躺在长椅上,凝视着他的脸。那瘦削的永远是疲劳着似的青白色的脸上,略显出为研究时情热所烧的微红。这学者的研究也专门是脑髓,所以我的说话,也便自然而然的移到 K 解剖学者的事情上去了:——

"要有他这样深,又有他这样细,真实的研究的事,觉得到底是为难的。恐怕虽在两三百年之后,也未必能有新的东西,加到他的研究上面去。他真是一个不可思议的天才。这是确的。然而将他的脑髓的研究细细调查起来,愈调查,便愈觉得在他的研究上,用了和别的解剖学者所用的种类不同的材料。"

"材料?"

"材料呵。"我诧异的看着他的脸。

学者谜似的笑了。我又诧异的看着他的脸。解剖学者低声说:

"K 是确凿为了实验,至少解剖了两个活的人,确凿。你听到过 K 的儿子和夫人的事了罢?"

"有的,从父亲那里听到过孩子还小就不见,此后不久夫人也走了,是罢?"

"就是……"他自言自语似的说,"至少两个。……"

我默默的又凝视着他的脸。学者并不对谁,但接着说:

"现在的社会上,为了土地和商业的利益,为了政治家和军人的野心,杀死了多少万年青的像样的人,毫不以为怎样。然而为人类为人间的幸福,为拼命劳作的科学者的实验,却不许杀死一个低能儿。这是现代的人道。这是我们自以为荣的二十世纪的文明。……"

学者拿着洋刀嘲弄的笑，而且激昂的站起，无意识似的锁了实验室的门。

"便是现在称为模范的人们，对于争利益，争权力，争女人，因而杀人，因而犯罪的事，也以为不算什么一回事。然而为了科学者的进步，为了人类的幸福，却不能杀死一个白痴。这是现代文明人的道德。"他说，那眼里烧着狂热的光，那拿在手里的洋刀，在我眼前古怪的闪烁。

没有逃的路。然而我也末尝想逃走，只是无意识的半本能的用双手掩了自己的头：——

"我是不要紧的，如果是为人类……。然而倘不更好的做……。不给一个别人知道，也不给警察那边知道，……"

科学者忽然平静了。他那眼睛里，已经可以看见还在大学时代的，爱重我的恳切的表情。他放下洋刀，像平常一样的抱我了。

"我说了笑话呵。懂得？"

"自然懂得。……"

"再会。"学者开了门，一面和我握手说。

"然而，"我在自己的手里接受了他的手，用力的握着说。"如果是为人类，我是什么时候都可以的。有必要时，倘若秘密的通知我……。因为我是不要紧的，像那小狗一样……，但不要给一个人知道，要秘密。……"

一回家，我便径走进父亲的实验室里去。

"父亲。K 解剖学者的孩子和夫人，究竟是怎么的？"

"K 的孩子和夫人？"父亲吃惊的凝视着我的脸。"就是向来说过，都不见了。"

"单是如此么？"

"就是如此。"

"然而调查起那人的研究来，不是说至少也有两个活的人，用在实验上么？"

"哼,这是那个科学者的话罢。你可曾问过他,他为了一样的事,自己亲手杀了多少人?"

"那结果是怎么了呢?"我什么都不懂了,看着父亲的脸。

"凡是胡涂东西,即使设立了很大的病院,为了实验杀死了几百个病人也一点没有功用的。然而在天才,有白鼠就尽够了。所谓科学因材料而进步之类的话,正是那一流人的话。"

"但是,父亲,你可有 K 先生并不杀掉自己的儿子的确凿的证据么?"

"有的。有着万无可疑的确凿的证据的。"

"那证据是?"

父亲异样的看定了我的脸。我无意识的用两手抱了自己的头。这里有一条从前额到后头部的可怕的伤痕,我在这时候方才觉着了。

"父亲! 说是 K 先生的儿子就是我么? 还有那科学者,就是我的堂兄么?"

"我什么也没有说。我岂不是并不开口么?"

"父亲,这是诳的! 什么时候,父亲不是曾经自己想亲手解剖过我么?"

"这也说不定。……"父亲转过脸去,自言自语似的说。

我看看这情形,永远永远的茫然的站着。

这一篇原登在本年七月的《现代》上,是据作者自己的指定译出的。

一九二一年十二月二十九日译者记。

原载 1922 年 2 月 10 日《东方杂志》半月刊第 19 卷第 3 号。

初收 1922 年 7 月上海商务印书馆版《爱罗先珂童话集》。

译者附记未收集。

三十日

日记　晴。上午得三弟信,二十七日发。午后得李季谷所寄赠《现代八大思想家》一册。下午买玩具十余事分与诸儿。

《两个小小的死》译者附记

爱罗先珂先生的第二创作集《最后之叹息》,本月十日在日本东京发行,内容是一篇童话剧和两篇童话,这是那书中的末一篇,由作者自己的选定而译出的。

一九二一年十二月三十日,译者附记。

原载1922年1月25日《东方杂志》第19卷第2号。

初未收集。

三十一日

日记　晴。上午寄李宗武信。寄三弟信并《现代》杂志一册。午后往留黎厂,德古斋赠专拓片三种,皆端氏物。下午收六月分奉泉三成九十元。

书　帐

王世宗等造象二枚　一·○○　一月五日

豆卢恩碑一枚　一·〇〇

杂造象五种六枚　二·〇〇

杂专拓片七枚　一·〇〇

元景造象一枚　换来

霍扬碑一枚　同上

李苞题名一枚　〇·五〇　一月二十六日

元飏墓志一枚　一·〇〇

元详墓志一枚　一·〇〇

杂专拓片三枚　〇·五〇

簠室殷契类纂四本　四·〇〇　一月二十八日　　　　　　　　一二·〇〇〇

霍君神道一枚　〇·五〇　二月五日

段济墓志一枚　〇·五〇

段模墓志并盖二枚　〇·五〇

郭达墓志一枚　〇·五〇

李盛墓志一枚　一·〇〇

梁瑰墓志盖一枚　〇·三〇

孔神通墓志盖一枚　〇·三〇

樊敬贤等造象并阴二枚　一·四〇

商务馆印宋人小说五种七册　二·〇〇

元鸾墓志一枚　一·〇〇　二月六日

商务馆印宋人小说十五种廿二册　六·〇〇

涑水纪闻二册　〇·八〇　二月十四日

说苑四册　〇·四〇

柳川重信水浒传画譜二册　二·三〇　二月十六日

忠义水浒传前十回五册　一·〇〇

新话宣和遗事四册　四·〇〇　二月廿一日

铁桥漫稿四本　三·〇〇　二月廿三日　　　　　　　二五·五〇〇

邑义五十四人造象一枚　〇·六〇　三月二日

敬善寺石象铭一枚　〇・四〇

宋人说部书四种七册　一・七六〇　三月十日

八年分艺术丛编六册　一六・三二〇

九年分艺术丛编三册　八・一六〇

北斋水浒画伝一册　一・二〇　三月十四日

拾遗记一册　〇・四〇　三月十七日

云峰山石刻零种四枚　一・五〇　三月二十三日

杂砖拓片三枚　一・〇〇

陃赤齐造象三枚　一・〇〇　三月三十一日

孙昕造象三枚　一・〇〇

宋仲墓志一枚　〇・五〇　　　　　　　　　　　　　　　　　三二・二四〇〇

毛诗草木疏新校正本一本　〇・八〇　四月五日

永嘉郡记辑本一本　〇・一〇

汉书艺文志举例一本　〇・五〇

宋人说部二种二本　〇・五〇　四月十六日

严㧑君刻石二枚　二・〇〇　四月二十日

张起墓志一枚　〇・六〇

杂造象二种二枚　〇・四〇

楚州金石录一册　一・〇〇　四月二十二日

五馀读书廛随笔一册　〇・五〇　　　　　　　　　　　　　六・三〇〇

涵芬楼秘笈第九集八册　二・二〇　五月四日

李长吉歌诗三册　二・七〇　五月十七日

竹谱详录二册　一・六〇

寇侃墓志并盖二枚　一・〇〇　五月三十一日

邸珍碑并阴侧共二枚　二・〇〇

陈氏造象并阴、侧坐共五枚　一・〇〇　　　　　　　　　一〇・五〇〇

法朗造象并阴、侧共二枚　一・〇〇　六月六日

楞伽经三种译本共七册　一・三〇　六月十八日

入楞伽心玄义一册　〇·一〇

嘉兴藏目录一册　〇·三五〇

卌丘俭残碑并题记二枚　一·五〇　六月二十四日　　　　四·二五〇

大乘起信论海东疏二册　〇·三七〇　七月七日

心胜宗十句义论二册　〇·三二〇

金七十论一册　〇·二一〇

涵芬楼秘笈第十集八册　二·一〇　七月十九日　　　　　三·〇〇〇

净土十要四册　一·二〇　九月三日

城专拓片六枚　一·五〇　九月八日

杂专拓片二十枚　一·五〇

甘泉山刻石二枚　二·五〇

上庸长刻石一枚　一·〇〇

王盛碑一枚　一·五〇

杂造象八种十二枚　二·五〇

李太妃墓志一枚　二·〇〇　九月十四日

越缦堂日记五十一册　许季黻赠　九月三十日　　　一三·七〇〇

石鲜墓志并阴、侧共二枚　二·〇〇　十月十三日

魏遵墓志一枚　二·〇〇

孙节墓志一枚　〇·五〇

杨何真造象一枚　〇·八〇

杂专拓本七枚　一·二〇

萧氏碑侧并座上画象六枚　二·〇〇　十月十九日

耿道渊等造象四枚　〇·五〇

周金文存卷五二册　三·〇〇　十月二十八日

周金文存卷六二册　三·〇〇

专门名家二集一册　二·〇〇

渑水燕谈录一册　〇·五〇　　　　　　　　　一五·五〇〇

清内府藏唐宋元名迹一册　一·二〇　十一月四日

316

广仓专录一册　二·〇〇　十一月十五日　　　　　　　　　　　三·二〇〇

宋伯望刻石四枚　五·〇〇　十二月二十一日

广武将军碑并阴、侧五枚　六·〇〇

专拓片三种三枚　德古斋赠　十二月三十一日　　　　　　一一·〇〇〇

　　本年除互易者外，共用买书钱百三十七元一角九分。

一九二三

一月

四日

致 宫竹心

竹心先生：

今天收到来信。

丸善的[详]细地址是：日本东京市、日本桥区、通三丁目、丸善株式会社。

大学的柴君，我们都不认识他。

前回的两篇小说，早经交与《晨报》，在上月登出了。此项酬金，已将 先生住址开给该馆，将来由他们直接送上。

周树人　启　一月四日

十四日

日记　昙。……午后收去年六月分奉泉七成二百十，还季市泉百……

编按：本年鲁迅日记佚失。编入本书的数则日记系许寿裳抄录稿。

二十七日

日记　晴，雪。午后收去年七月分奉泉三百。还[买]《结一庐丛书》一部二十本六元，从季市借《嵇中散集》一本，石印南星精舍本。许季上来，不值，留赠《庐山复教案》二部二本。旧除夕也，晚供先像。柬邀孙伏园，章士英晚餐，伏园来，章谢。夜饮酒甚多，谈甚久。

二十八日

《爱罗先珂童话集》序

爱罗先珂先生的童话，现在辑成一集，显现于住在中国的读者的眼前了。这原是我的希望，所以很使我感谢而且喜欢。

本集的十二篇文章中，《自叙传》和《为跌下而造的塔》是胡愈之先生译的，《虹之国》是馥泉先生译的，其余是我译的。

就我所选译的而言，我最先得到他的第一本创作集《夜明前之歌》，所译的是前六篇，后来得到第二本创作集《最后之叹息》，所译的是《两个小小的死》，又从《现代》杂志里译了《为人类》，从原稿上译了《世界的火灾》。

依我的主见选译的是《狭的笼》，《池边》，《雕的心》，《春夜的梦》，此外便是照着作者的希望而译的了。因此，我觉得作者所要叫彻人间的是无所不爱，然而不得所爱的悲哀，而我所展开他来的是童心的，美的，然而有真实性的梦。这梦，或者是作者的悲哀的面纱罢？那么，我也过于梦梦了，但是我愿意作者不要出离了这童心的美的梦，而且还要招呼人们进向这梦中，看定了真实的虹，我们不至于是梦游者（Somnambulist）。

一九二二年一月二十八日，鲁迅记。

未另发表。

初收 1922 年 7 月上海商务印书馆版《爱罗先珂童话集》。

古怪的猫

[俄国]爱罗先珂

我愿意忘却了那一日。

不知道有怎样的愿意忘却了那一日呵。

然而忘不掉。

那是最末的一日。

外面是寂寞而且寒冷。然而那一日的我的心,比起外面的寒冷来,不知道要冷几倍;比起外面的寂寞来,也不知道要寂寞几倍了。虽然并没有测量心的寂寞和寒冷的器械。……

我坐在火盆的旁边,惘然的想着。火盆的火焰里,朦胧的烧着留在我这里的恋恋的梦和美丽的希望。忽然,不知从那里来,虎儿跳到了,(虎儿是这家里养着的雄猫的名字。)便倒在我膝上。将我的膝,用四条脚紧紧的抱着似的发着抖。我正在想:这是怎么一回事呢?虎儿便用了轻微的声音说出话来:

"哥儿。

唯一的亲爱的哥儿。

唯一的爱我的哥儿。"

虎儿还想要说些什么的,但说了这话之后,似乎再不能说下去了。他的声音断绝了。

我心里想:"唉,又是梦么?梦是尽够了。然而事实却尤其尽够哩。"可是毫不动弹,先前一般的坐着。于是虎儿的话接下去了:

"哥儿。我是已经不行了。对于一切,全都悲观了。"

这时候,我想说:

"说什么不安分的话。我自己,其实是早就悲观了的,然而并不说。"但觉得虎儿有些可怜,连这也不说了。

虎儿又说他的话:

"主人,使女,厨子,因为我不捉老鼠,都说我是懒惰者!然而我并非懒惰,所以不捉老鼠的。我已经不能捉老鼠了。我已经没有了捉老鼠的元气了。也并非是指爪和牙齿没了力。是在这——虎儿说着,拍他自己的胸脯——这心里没有了捉老鼠的力量了。因为我不捉老鼠,老鼠便在店里,仓库里,任意的弄破米袋,咬面包,偷点心。近日里,听说将太太宝藏着的克鲁巴金的《面包的掠夺》这一部书都啃了。主人和使女和厨子都说这是老鼠的胡闹。然而这并不是老鼠的胡闹。老鼠是饿着,全然饿着。不这样,老鼠便活不下去了。哥儿,请你懂得我的心,一看我的真心的里面罢。"

虎儿用了颇为激昂的口吻说完话,便仿佛要催促我的理解似的,将尖利的指爪抓着我的膝。

"痛!好不安分的猫呵。小聪明的。便是老鼠没有食物,饥饿着,也不是什么一个要慷慨激昂的问题呵。便在人间,俄国德国奥国这些地方,有一亿几千万的人们在那里挨饿,然而我们不是漠不相关么?况且那些宣传臭的病症之类的鼠辈受着饿,这倒是谢天谢地的事哩。"我很想这样的对他说,但在我也没有说出这些话来的元气了。

"因为我不捉老鼠,主人说不应该再给我吃饭。这是哥儿也很知道的罢。哥儿,说着这些话的我,也正饿着呢。肚子空空,没有法想。倘使终于熬不下去,随便的拿一点什么食物,便立刻说是'吓,猫偷东西了',大家都喧嚷起来。假使没有哥儿,我怕是早就饿死了罢。然而哥儿,我的肚子也仍然是空空的。虽然这么说,我却也没有全变成野猫的元气。唉唉,我不行了……

主人和使女和厨子以为不给我饭吃,我便会捉老鼠,然而这是不行的。因为这心底里,想捉老鼠的一种要紧的元气已经消失了。

唉唉，我已经不行。我是'古怪猫'了。倘是人，就叫作古怪人的罢。"

这时候，我想这样的对他说：

"唔，客气一点，也许说是古怪人罢，但通常确叫作低能或是白痴！只给这样的称呼的。"然而在我也没有说出这话来的元气了。

"有一天，我坐在仓间里，等候着老鼠来偷米。老鼠终于来到了。都口口声声叫着，

'米！米！米！'

的来到，成了山的来到了。我就动手做。我咬而又咬，不知道咬杀了几百，几千，几万的老鼠。然而愈咬杀，且不必说想减少，却反而逐渐的增加起来。大鼠，小鼠，黑鼠，灰鼠，公鼠，母鼠，老鼠，幼鼠，亲鼠，子鼠，这都口口声声的说着一个题目似的，叫唤着，

'米！米！米！'

重重迭迭的来到了。那连串，想不到什么时候才会完。从宇宙创成以来的老鼠不必说，此后还要生出来罢。仿佛是无限大的鼠，一时全都出来了的一般。而个个都用了更可怕的执拗的声音，不断的叫着，

'米！米！米！'

我听着这种声音的时候，觉得自己的心情有些异样了。而且本以为只是老鼠们的叫声；却在这叫里，似乎也夹着我辈猫的叫唤的声音了。阿，这猫鼠声音却渐渐的高大起来。什么时候之间，老鼠的声音已经消沉下去，只听得猫的声音却嚣嚣的响：

'米！米！米！'

这正是猫的声音。我觉得害怕，失了神逃走了。我伏在暗的角落里，不住的不住的索索的抖。

'米！米！米！'

这样叫的猫的声音，在我的耳中，不住的不住的只是呼唤着。

从此以后，我不知道抖了几小时，几日夜，几个月呵。我从这时候起便不行了。几成了古怪猫了。

这时候，我于'老鼠是我的可爱的可同情的兄弟'这一件事，这才微微的有些懂得了。

我从这时候起，便没有了捉老鼠的元气，而且不能不随意的暗地里取一点食物了。

不能不随意暗地里取一点食物的时候，这时候，'老鼠是我的真的兄弟'这一节，这才懂得更分明。至于此后的事，则是我的朋友们，便是最亲爱的朋友们，只要看见我，也便说是古怪猫，是疯猫，立刻逃走了的。不但这样，主人和使女和厨子，昨天也看出了我是发了疯。而且主人说要勒死我，勒死之类，我是不情愿的。

哥儿。唯一的爱我的哥儿。去买一点吗啡，给我静静的睡去罢。你要可怜我。"

虎儿的话是很长。而且虎儿仿佛是想要我切实的记取似的，又将指爪抓在我膝上。

"唷，痛呵，"我叫喊说。我才回复了意识。我的膝上，是用了四条脚紧紧的抱着膝髁似的虎儿，索索的发着抖。我半在梦里，静静的摩着他的脊梁。火盆的火全熄了。留在我这里的恋恋的梦和美丽的希望，也和这火焰一同灰色的崩溃了。

正在这时候，父亲仿佛要偷窃什么似的，悄悄的走进屋里来。父亲不出声的踮着脚尖，走转到我的背后，于是突然扑进来，用口袋罩住了虎儿。

"呀，捉住了捉住了。畜生。究竟也捉住了。"

我惊骇到要直跳起来。

"父亲，这，这是怎的？"我咳嗽着，一面问。

"这畜生疯了。发疯了。倒还没有抓了你。昨天，带着到猫的医生那里去，说是这已经发了疯，不早早杀却，是危险的。"

"那么，弄死么？"

"唔唔，自然，昨天本就想弄死，但是这东西很狡狯，巧巧的逃脱了，大家都担心着，没有法子想。"

仿佛是这样了然的事，没有这样的仔细说明的必要似的，父亲便出去了。猫想逃出口袋去，挣扎着嘷叫。然而是异样的无力而且凄凉的声音。

我跑开去，抓住了父亲正要拿出去的猫的口袋，而且说：

"等一等！"

"什么？"

"可是，岂不太可怜么？"

"什么可怜？ 不是发了疯的猫么？"

"不要这样说，父亲，恳求你，饶了他罢。"

"胡说！"

"那么，单不要打杀罢。听我去弄死他。因为我会去买了吗啡来，悄悄的弄死他的。"

父亲目不转睛的看定了我的脸。

"感情的低能儿。说疯猫可怜……这白痴东西。"

"父亲，请听我……"

"呆子！"

父亲的紧捏的拳头，从旁边拍的飞到我的脸上了。

父亲便这样的出走了。

这时候，我觉得自己有些古怪了。这回并非梦中，却实际听得猫的声音不住的这样说：

"哥儿，哥儿，救救罢。救救罢。"

而且在这声音里，渐渐的加上了别的猫和老鼠的声音，于是这便成了可怕的凄凉的合奏：

"哥儿呵。我们在受饿。我们在被杀。"

"哥儿呵，哥儿，救救罢！"

他们的叫声渐渐的廓大开去，渐渐的强大起来了。

我掩住了耳朵。但是他们的叫声，是并非掩了耳朵便可以防止的；响彻了身体的全部里；有一种强率，一直瑟瑟的响到指尖。数目也增多,声音也增大了。从宇宙创成以来生下来的一切鼠,一切猫,还有此后将要生下来的那无限的子孙,都想来增强这叫唤,增大这声音。我是什么也不知道,全然成了什么也不知道了。在这漆黑的旋涡的世上,只有一件,只一件。

"我已经不行了!"

的事,却分明知道,宛然是成了雪白的浮雕。

"米!米!米!"

"哥儿,哥儿,救救罢。我们在挨饿!我们在被杀!哥儿,哥儿,救救罢!"

"喂,姊儿呵。"

"姊儿。"

我半在梦中的大声的叫。使女从门口露出脸来:

"什么事呢?"

"来一来。"

"有什么事呢?"使女走进三四步,显了异样的脸色说。

"再近一点,近一点,这里……"

"哥儿,你怎么了?"

我帖着伊的耳朵说:"姊儿,给我买一点吗啡来。"

使女出了惊:"阿呀你,要吗啡做什么呢?"

"不,我不行了。我是低能,是白痴。我发疯了。"

使女的脸色苍白了:"阿阿,这吓人,哥儿,哥儿。这真是,问你怎么!……哥儿。"

"姊儿。我是……以为猫,老鼠,你们使女,全都是兄弟。而且不但是这样想,是这样的感着的,很强烈的这样的感着的。以为猫和老鼠和你们使女,全都是我的可同情可爱的兄弟……"

我的声音颤动了。

使女不说话,看着我的脸。

那眼里是眼泪发着光。

我愿意忘却了那一日。

不知道有怎样的愿意忘却了那一日呵。

然而……

然而是……

　　　　未另发表。

　　　　初收 1922 年 7 月上海商务印书馆版《爱罗先珂童话集》。

二月

一日

日记　昙。上午得胡适之信。午后往高师讲并游厂甸。下午寄三弟信。

二日

日记　晴。午后寄胡适之信并《小说史》稿一束。寄何作霖信，并稿一篇。下午游厂甸，买《陈茂碑》拓本一枚，七角；又买《世说新语》四册，湖南刻本也；又《书林清话》四本，又西泠印社排印本《宜禄堂金石记》一部，《枕经堂金石跋》一部，各四本，共泉十二元二角。又买泥制小动物四十个，分与诸儿。

阿 Q 正传

第一章　序

我要给阿Q做正传，已经不止一两年了。但一面要做，一面又往回想，这足见我不是一个"立言"的人，因为从来不朽之笔，须传不朽之人，于是人以文传，文以人传——究竟谁靠谁传，渐渐的不甚了然起来，而终于归结到传阿Q，仿佛思想里有鬼似的。

然而要做这一篇速朽的文章，才下笔，便感到万分的困难了。第一是文章的名目。孔子曰，"名不正则言不顺"。这原是应该极注意的。传的名目很繁多：列传，自传，内传，外传，别传，家传，小传……，而可惜都不合。"列传"么，这一篇并非和许多阔人排在"正史"里；"自传"么，我又并非就是阿Q。说是"外传"，"内传"在那里呢？倘用"内传"，阿Q又决不是神仙。"别传"呢，阿Q实在未曾有大总统上谕宣付国史馆立"本传"——虽说英国正史上并无"博徒列传"，而文豪迭更司也做过《博徒别传》这一部书，但文豪则可，在我辈却不可的。其次是"家传"，则我既不知与阿Q是否同宗，也未曾受他子孙的拜托；或"小传"，则阿Q又更无别的"大传"了。总而言之，这一篇也便是"本传"，但从我的文章着想，因为文体卑下，是"引车卖浆者流"所用的话，所以不敢僭称，便从不入三教九流的小说家所谓"闲话休题言归正传"这一句套话里，取出"正传"两个字来，作为名目，即使与古人所撰《书法正传》的"正传"字面上很相混，也顾不得了。

第二，立传的通例，开首大抵该是"某，字某，某地人也"，而我并不知道阿Q姓什么。有一回，他似乎是姓赵，但第二日便模糊了。那是赵太爷的儿子进了秀才的时候，锣声镗镗的报到村里来，阿Q正喝了两碗黄酒，便手舞足蹈的说，这于他也很光采，因为他和赵太爷原来是本家，细细的排起来他还比秀才长三辈呢。其时几个旁听人倒也肃然的有些起敬了。那知道第二天，地保便叫阿Q到赵太爷家里去；太爷一见，满脸溅朱，喝道：

"阿Q，你这浑小子！你说我是你的本家么？"

阿Q不开口。

赵太爷愈看愈生气了，抢进几步说："你敢胡说！我怎么会有你这样的本家？你姓赵么？"

阿Q不开口，想往后退了；赵太爷跳过去，给了他一个嘴巴。

"你怎么会姓赵！——你那里配姓赵！"

阿Q并没有抗辩他确凿姓赵，只用手摸着左颊，和地保退出去了；外面又被地保训斥了一番，谢了地保二百文酒钱。知道的人都说阿Q太荒唐，自己去招打；他大约未必姓赵，即使真姓赵，有赵太爷在这里，也不该如此胡说的。此后便再没有人提起他的氏族来，所以我终于不知道阿Q究竟什么姓。

第三，我又不知道阿Q的名字是怎么写的。他活着的时候，人都叫他阿Quei，死了以后，便没有一个人再叫阿Quei了，那里还会有"著之竹帛"的事。若论"著之竹帛"，这篇文章要算第一次，所以先遇着了这第一个难关。我曾经仔细想：阿Quei，阿桂还是阿贵呢？倘使他号叫月亭，或者在八月间做过生日，那一定是阿桂了；而他既没有号——也许有号，只是没有人知道他，——又未尝散过生日征文的帖子：写作阿桂，是武断的。又倘若他有一位老兄或令弟叫阿富，那一定是阿贵了；而他又只是一个人：写作阿贵，也没有佐证的。其余音Quei的偏僻字样，更加凑不上了。先前，我也曾问过赵太爷的儿子茂才先生，谁料博雅如此公，竟也茫然，但据结论说，是因为陈独秀办了《新青年》提倡洋字，所以国粹沦亡，无可查考了。我的最后的手段，只有托一个同乡去查阿Q犯事的案卷，八个月之后才有回信，说案卷里并无与阿Quei的声音相近的人。我虽不知道是真没有，还是没有查，然而也再没有别的方法了。生怕注音字母还未通行，只好用了"洋字"，照英国流行的拼法写他为阿Quei，略作阿Q。这近于盲从《新青年》，自己也很抱歉，但茂才公尚且不知，我还有什么好办法呢。

第四，是阿Q的籍贯了。倘他姓赵，则据现在好称郡望的老例，可以照《郡名百家姓》上的注解，说是"陇西天水人也"，但可惜这姓是不甚可靠的，因此籍贯也就有些决不定。他虽然多住未庄，然而也常常宿在别处，不能说是未庄人，即使说是"未庄人也"，也仍然有乖史法的。

我所聊以自慰的，是还有一个"阿"字非常正确，绝无附会假借的缺点，颇可以就正于通人。至于其余，却都非浅学所能穿凿，只希望有"历史癖与考据癖"的胡适之先生的门人们，将来或者能够寻出许多新端绪来，但是我这《阿Q正传》到那时却又怕早经消灭了。

以上可以算是序。

第二章　优胜记略

阿Q不独是姓名籍贯有些渺茫，连他先前的"行状"也渺茫。因为未庄的人们之于阿Q，只要他帮忙，只拿他玩笑，从来没有留心他的"行状"的。而阿Q自己也不说，独有和别人口角的时候，间或瞪着眼睛道：

"我们先前——比你阔的多啦！你算是什么东西！"

阿Q没有家，住在未庄的土谷祠里；也没有固定的职业，只给人家做短工，割麦便割麦，舂米便舂米，撑船便撑船。工作略长久时，他也或住在临时主人的家里，但一完就走了。所以，人们忙碌的时候，也还记起阿Q来，然而记起的是做工，并不是"行状"；一闲空，连阿Q都早忘却，更不必说"行状"了。只是有一回，有一个老头子颂扬说："阿Q真能做！"这时阿Q赤着膊，懒洋洋的瘦伶仃的正在他面前，别人也摸不着这话是真心还是讥笑，然而阿Q很喜欢。

阿Q又很自尊，所有未庄的居民，全不在他眼睛里，甚而至于对于两位"文童"也有以为不值一笑的神情。夫文童者，将来恐怕要变秀才者也；赵太爷钱太爷大受居民的尊敬，除有钱之外，就因为都是文童的爹爹，而阿Q在精神上独不表格外的崇奉，他想：我的儿子会阔得多啦！加以进了几回城，阿Q自然更自负，然而他又很鄙薄城里人，譬如用三尺长三寸宽的木板做成的凳子，未庄叫"长凳"，他也叫"长凳"，城里人却叫"条凳"，他想：这是错的，可笑！油煎大头鱼，未庄都加上半寸长的葱叶，城里却加上切细的葱丝，他想：这也是错的，可笑！然而未庄人真是不见世面的可笑的乡下人呵，他们没有见过城里的煎鱼！

阿Q"先前阔"，见识高，而且"真能做"，本来几乎是一个"完人"了，但可惜他体质上还有一些缺点。最恼人的是在他头皮上，颇有几处不知起于何时的癞疮疤。这虽然也在他身上,而看阿Q的意思,倒也似乎以为不足贵的,因为他讳说"癞"以及一切近于"赖"的音,后来推而广之,"光"也讳,"亮"也讳,再后来,连"灯""烛"都讳了。一犯讳,不问有心与无心,阿Q便全疤通红的发起怒来,估量了对手,口讷的他便骂,气力小的他便打;然而不知怎么一回事,总还是阿Q吃亏的时候多。于是他渐渐的变换了方针,大抵改为怒目而视了。

谁知道阿Q采用怒目主义之后,未庄的闲人们便愈喜欢玩笑他。一见面,他们便假作吃惊的说:

"嗳,亮起来了。"

阿Q照例的发了怒,他怒目而视了。

"原来有保险灯在这里!"他们并不怕。

阿Q没有法,只得另外想出报复的话来:

"你还不配……"这时候,又仿佛在他头上的是一种高尚的光荣的癞头疮,并非平常的癞头疮了;但上文说过,阿Q是有见识的,他立刻知道和"犯忌"有点抵触,便不再往底下说。

闲人还不完,只撩他,于是终而至于打。阿Q在形式上打败了,被人揪住黄辫子,在壁上碰了四五个响头,闲人这才心满意足的得胜的走了,阿Q站了一刻,心里想,"我总算被儿子打了,现在的世界真不像样……"于是也心满意足的得胜的走了。

阿Q想在心里的,后来每每说出口来,所以凡有和阿Q玩笑的人们,几乎全知道他有这一种精神上的胜利法,此后每逢揪住他黄辫子的时候,人就先一着对他说:

"阿Q,这不是儿子打老子,是人打畜生。自己说:人打畜生!"

阿Q两只手都捏住了自己的辫根,歪着头,说道:

"打虫豸,好不好?我是虫豸——还不放么?"

但虽然是虫豸,闲人也并不放,仍旧在就近什么地方给他碰了五六个响头,这才心满意足的得胜的走了,他以为阿Q这回可遭了瘟。然而不到十秒钟，阿Q也心满意足的得胜的走了，他觉得他是第一个能够自轻自贱的人，除了"自轻自贱"不算外，余下的就是"第一个"。状元不也是"第一个"么？"你算是什么东西"呢?！

阿Q以如是等等妙法克服怨敌之后，便愉快的跑到酒店里喝几碗酒，又和别人调笑一通，口角一通，又得了胜，愉快的回到土谷祠，放倒头睡着了。假使有钱，他便去押牌宝，一堆人蹲在地面上，阿Q即汗流满面的夹在这中间，声音他最响：

"青龙四百！"

"咳～～～开～～～啦！"桩家揭开盒子盖，也是汗流满面的唱。"天门啦～～～角回啦～～～！人和穿堂空在那里啦～～～！阿Q的铜钱拿过来～～～！"

"穿堂一百——一百五十！"

阿Q的钱便在这样的歌吟之下，渐渐的输入别个汗流满面的人物的腰间。他终于只好挤出堆外，站在后面看，替别人着急，一直到散场，然后恋恋的回到土谷祠，第二天，肿着眼睛去工作。

但真所谓"塞翁失马安知非福"罢，阿Q不幸而赢了一回，他倒几乎失败了。

这是未庄赛神的晚上。这晚上照例有一台戏，戏台左近，也照例有许多的赌摊。做戏的锣鼓，在阿Q耳朵里仿佛在十里之外；他只听得桩家的歌唱了。他赢而又赢，铜钱变成角洋，角洋变成大洋，大洋又成了叠。他兴高采烈得非常：

"天门两块！"

他不知道谁和谁为什么打起架来了。骂声打声脚步声，昏头昏脑的一大阵，他才爬起来，赌摊不见了，人们也不见了，身上有几处很似乎有些痛，似乎也挨了几拳几脚似的，几个人诧异的对他看。他如有所失的走进土谷祠，定一定神，知道他的一堆洋钱不见了。赶赛会的赌摊多不是本村人，还到那里去寻根柢呢？

很白很亮的一堆洋钱！而且是他的——现在不见了！说是算

被儿子拿去了罢,总还是忽忽不乐;说自己是虫豸罢,也还是忽忽不乐:他这回才有些感到失败的苦痛了。

但他立刻转败为胜了。他擎起右手,用力的在自己脸上连打了两个嘴巴,热剌剌的有些痛;打完之后,便心平气和起来,似乎打的是自己,被打的是别一个自己,不久也就仿佛是自己打了别个一般,——虽然还有些热剌剌,——心满意足的得胜的躺下了。

他睡着了。

第三章　续优胜记略

然而阿Q虽然常优胜,却直待蒙赵太爷打他嘴巴之后,这才出了名。

他付过地保二百文酒钱,愤愤的躺下了,后来想:“现在的世界太不成话,儿子打老子……”于是忽而想到赵太爷的威风,而现在是他的儿子了,便自己也渐渐的得意起来,爬起身,唱着《小孤孀上坟》到酒店去。这时候,他又觉得赵太爷高人一等了。

说也奇怪,从此之后,果然大家也仿佛格外尊敬他。这在阿Q,或者以为因为他是赵太爷的父亲,而其实也不然。未庄通例,倘如阿七打阿八,或者李四打张三,向来本不算一件事,必须与一位名人如赵太爷者相关,这才载上他们的口碑。一上口碑,则打的既有名,被打的也就托庇有了名。至于错在阿Q,那自然是不必说。所以者何? 就因为赵太爷是不会错的。但他既然错,为什么大家又仿佛格外尊敬他呢? 这可难解,穿凿起来说,或者因为阿Q说是赵太爷的本家,虽然挨了打,大家也还怕有些真,总不如尊敬一些稳当。否则,也如孔庙里的太牢一般,虽然与猪羊一样,同是畜生,但既经圣人下箸,先儒们便不敢妄动了。

阿Q此后倒得意了许多年。

有一年的春天,他醉醺醺的在街上走,在墙根的日光下,看见王胡在那里赤着膊捉虱子,他忽然觉得身上也痒起来了。这王胡,又癞又胡,别人都叫他王癞胡,阿Q却删去了一个癞字,然而非常渺视他。阿Q的意思,以为癞是不足为奇的,只有这一部络腮胡子,实在太新奇,令人看不上眼。他于是并排坐下去了。倘是别的闲人们,阿Q本不敢大意坐下去。但这王胡旁边,他有什么怕呢? 老实说:他肯坐下去,简直还是抬举他。

阿Q也脱下破夹袄来,翻检了一回,不知道因为新洗呢还是因为粗心,许多工夫,只捉到三四个。他看那王胡,却是一个又一个,两个又三个,只放在嘴里毕毕剥剥的响。

阿Q最初是失望,后来却不平了:看不上眼的王胡尚且那么多,自己倒反这样少,这是怎样的大失体统的事呵! 他很想寻一两个大的,然而竟没有,好容易才捉到一个中的,恨恨的塞在厚嘴唇里,狠命一咬,劈的一声,又不及王胡响。

他癞疮疤块块通红了,将衣服摔在地上,吐一口唾沫,说:

"这毛虫!"

"懒皮狗,你骂谁?"王胡轻蔑的抬起眼来说。

阿Q近来虽然比较的受人尊敬,自己也更高傲些,但和那些打惯的闲人们见面还胆怯,独有这回却非常武勇了。这样满脸胡子的东西,也敢出言无状么?

"谁认便骂谁!"他站起来,两手叉在腰间说。

"你的骨头痒了么?"王胡也站起来,披上衣服说。

阿Q以为他要逃了,抢进去就是一拳。这拳头还未达到身上,已经被他抓住了,只一拉,阿Q跄跄踉踉的跌进去,立刻又被王胡扭住了辫子,要拉到墙上照例去碰头。

"'君子动口不动手'!"阿Q歪着头说。

王胡似乎不是君子,并不理会,一连给他碰了五下,又用力的一推,至于阿Q跌出六尺多远,这才满足的去了。

在阿Q的记忆上,这大约要算是生平第一件的屈辱,因为王胡以络腮胡子的缺点，向来只被他奚落，从没有奚落他，更不必说动手了。而他现在竟动手，很意外，难道真如市上所说，皇帝已经停了考，不要秀才和举人了，因此赵家减了威风，因此他们也便小觑了他么？

阿Q无可适从的站着。

远远的走来了一个人，他的对头又到了。这也是阿Q最厌恶的一个人，就是钱太爷的大儿子。他先前跑上城里去进洋学堂，不知怎么又跑到东洋去了，半年之后他回到家里来，腿也直了，辫子也不见了，他的母亲大哭了十几场，他的老婆跳了三回井。后来，他的母亲到处说，"这辫子是被坏人灌醉了酒剪去的。本来可以做大官，现在只好等留长再说了。"然而阿Q不肯信，偏称他"假洋鬼子"，也叫作"里通外国的人"，一见他，一定在肚子里暗暗的咒骂。

阿Q尤其"深恶而痛绝之"的，是他的一条假辫子。辫子而至于假，就是没有了做人的资格；他的老婆不跳第四回井，也不是好女人。

这"假洋鬼子"近来了。

"秃儿。驴……"阿Q历来本只在肚子里骂，没有出过声，这回因为正气忿，因为要报仇，便不由的轻轻的说出来了。

不料这秃儿却拿着一支黄漆的棍子——就是阿Q所谓哭丧棒——大踏步走了过来。阿Q在这刹那，便知道大约要打了，赶紧抽紧筋骨，耸了肩膀等候着，果然，拍的一声，似乎确凿打在自己头上了。

"我说他！"阿Q指着近旁的一个孩子，分辩说。

拍！拍拍！

在阿Q的记忆上，这大约要算是生平第二件的屈辱。幸而拍拍的响了之后，于他倒似乎完结了一件事，反而觉得轻松些，而且"忘却"这一件祖传的宝贝也发生了效力，他慢慢的走，将到酒店门口，早已有些高兴了。

但对面走来了静修庵里的小尼姑。阿Q便在平时，看见伊也一定要唾骂，而况在屈辱之后呢？他于是发生了回忆，又发生了敌忾了。

"我不知道我今天为什么这样晦气，原来就因为见了你！"他想。

他迎上去，大声的吐一口唾沫：

"咳，呸！"

小尼姑全不睬，低了头只是走。阿Q走近伊身旁，突然伸出手去摩着伊新剃的头皮，呆笑着，说：

"秃儿！快回去，和尚等着你……"

"你怎么动手动脚……"尼姑满脸通红的说，一面赶快走。

酒店里的人大笑了。阿Q看见自己的勋业得了赏识，便愈加兴高采烈起来：

"和尚动得，我动不得？"他扭住伊的面颊。

酒店里的人大笑了。阿Q更得意，而且为满足那些赏鉴家起见，再用力的一拧，才放手。

他这一战，早忘却了王胡，也忘却了假洋鬼子，似乎对于今天的一切"晦气"都报了仇；而且奇怪，又仿佛全身比拍拍的响了之后更轻松，飘飘然的似乎要飞去了。

"这断子绝孙的阿Q！"远远地听得小尼姑的带哭的声音。

"哈哈哈！"阿Q十分得意的笑。

"哈哈哈！"酒店里的人也九分得意的笑。

第四章 恋爱的悲剧

有人说：有些胜利者，愿意敌手如虎，如鹰，他才感得胜利的欢喜；假使如羊，如小鸡，他便反觉得胜利的无聊。又有些胜利者，当克服一切之后，看见死的死了，降的降了，"臣诚惶诚恐死罪死罪"，他于是没有了敌人，没有了对手，没有了朋友，只有自己在上，一个，孤另另,凄凉,寂寞,便反而感到了胜利的悲哀。然而我们的阿Q却没有这样乏,他是永远得意的:这或者也是中国精神文明冠于全球的一个证据了。

看哪,他飘飘然的似乎要飞去了!

然而这一次的胜利,却又使他有些异样。他飘飘然的飞了大半天,飘进土谷祠,照例应该躺下便打鼾。谁知道这一晚,他很不容易合眼,他觉得自己的大拇指和第二指有点古怪:仿佛比平常滑腻些。不知道是小尼姑的脸上有一点滑腻的东西粘在他指上,还是他的指头在小尼姑脸上磨得滑腻了? ……

"断子绝孙的阿Q!"

阿Q的耳朵里又听到这句话。他想:不错,应该有一个女人,断子绝孙便没有人供一碗饭,……应该有一个女人。夫"不孝有三无后为大",而"若敖之鬼馁而",也是一件人生的大哀,所以他那思想,其实是样样合于圣经贤传的,只可惜后来有些"不能收其放心"了。

"女人,女人! ……"他想。

"……和尚动得……女人,女人! ……女人!"他又想。

我们不能知道这晚上阿Q在什么时候才打鼾。但大约他从此总觉得指头有些滑腻,所以他从此总有些飘飘然;"女……"他想。

即此一端,我们便可以知道女人是害人的东西。

中国的男人,本来大半都可以做圣贤,可惜全被女人毁掉了。商是妲己闹亡的;周是褒姒弄坏的;秦……虽然史无明文,我们也假定他因为女人,大约未必十分错;而董卓可是的确给貂蝉害死了。

阿Q本来也是正人,我们虽然不知道他曾蒙什么明师指授过,但他对于"男女之大防"却历来非常严;也很有排斥异端——如小尼姑及假洋鬼子之类——的正气。他的学说是:凡尼姑,一定与和尚私通;一个女人在外面走,一定想引诱野男人;一男一女在那里讲话,一定要有勾当了。为惩治他们起见,所以他往往怒目而视,或者大声说几句"诛心"话,或者在冷僻处,便从后面掷一块小石头。

谁知道他将到"而立"之年，竟被小尼姑害得飘飘然了。这飘飘然的精神，在礼教上是不应该有的，——所以女人真可恶，假使小尼姑的脸上不滑腻，阿Q便不至于被蛊，又假使小尼姑的脸上盖一层布，阿Q便也不至于被蛊了，——他五六年前，曾在戏台下的人丛中拧过一个女人的大腿，但因为隔一层裤，所以此后并不飘飘然，——而小尼姑并不然，这也足见异端之可恶。

"女……"阿Q想。

他对于以为"一定想引诱野男人"的女人，时常留心看，然而伊并不对他笑。他对于和他讲话的女人，也时常留心听，然而伊又并不提起关于什么勾当的话来。哦，这也是女人可恶之一节：伊们全都要装"假正经"的。

这一天，阿Q在赵太爷家里舂了一天米，吃过晚饭，便坐在厨房里吸旱烟。倘在别家，吃过晚饭本可以回去的了，但赵府上晚饭早，虽说定例不准掌灯，一吃完便睡觉，然而偶然也有一些例外：其一，是赵大爷未进秀才的时候，准其点灯读文章；其二，便是阿Q来做短工的时候，准其点灯舂米。因为这一条例外，所以阿Q在动手舂米之前，还坐在厨房里吸旱烟。

吴妈，是赵太爷家里唯一的女仆，洗完了碗碟，也就在长凳上坐下了，而且和阿Q谈闲天：

"太太两天没有吃饭哩，因为老爷要买一个小的……"

"女人……吴妈……这小孤孀……"阿Q想。

"我们的少奶奶是八月里要生孩子了……"

"女人……"阿Q想。

阿Q放下烟管，站了起来。

"我们的少奶奶……"吴妈还唠叨说。

"我和你困觉，我和你困觉！"阿Q忽然抢上去，对伊跪下了。

一刹时中很寂然。

"阿呀！"吴妈楞了一息，突然发抖，大叫着往外跑，且跑且嚷，似乎后来带哭了。

阿Q对了墙壁跪着也发楞,于是两手扶着空板凳,慢慢的站起来,仿佛觉得有些糟。他这时确也有些志忑了,慌张的将烟管插在裤带上,就想去舂米。蓬的一声,头上着了很粗的一下,他急忙回转身去,那秀才便拿了一支大竹杠站在他面前。

"你反了,……你这……"

大竹杠又向他劈下来了。阿Q两手去抱头,拍的正打在指节上,这可很有一些痛。他冲出厨房门,仿佛背上又着了一下似的。

"忘八蛋!"秀才在后面用了官话这样骂。

阿Q奔入舂米场,一个人站着,还觉得指头痛,还记得"忘八蛋",因为这话是未庄的乡下人从来不用,专是见过官府的阔人用的,所以格外怕,而印象也格外深。但这时,他那"女……"的思想却也没有了。而且打骂之后,似乎一件事也已经收束,倒反觉得一无挂碍似的,便动手去舂米。舂了一会,他热起来了,又歇了手脱衣服。

脱下衣服的时候,他听得外面很热闹,阿Q生平本来最爱看热闹,便即寻声走出去了。寻声渐渐的寻到赵太爷的内院里,虽然在昏黄中,却辨得出许多人,赵府一家连两日不吃饭的太太也在内,还有间壁的邹七嫂,真正本家的赵白眼,赵司晨。

少奶奶正拖着吴妈走出下房来,一面说:

"你到外面来,……不要躲在自己房里想……"

"谁不知道你正经,……短见是万万寻不得的。"邹七嫂也从旁说。

吴妈只是哭,夹些话,却不甚听得分明。

阿Q想:"哼,有趣,这小孤孀不知道闹着什么玩意儿了?"他想打听,走近赵司晨的身边。这时他猛然间看见赵大爷向他奔来,而且手里捏着一支大竹杠。他看见这一支大竹杠,便猛然间悟到自己曾经被打,和这一场热闹似乎有点相关。他翻身便走,想逃回舂米场,不图这支竹杠阻了他的去路,于是他又翻身便走,自然而然的走出后门,不多工夫,已在土谷祠内了。

阿Q坐了一会,皮肤有些起粟,他觉得冷了,因为虽在春季,而夜间颇有余寒,尚不宜于赤膊。他也记得布衫留在赵家,但倘若去取,又深怕秀才的竹杠。然而地保进来了。

"阿Q,你的妈妈的! 你连赵家的用人都调戏起来,简直是造反。害得我晚上没有觉睡,你的妈妈的!……"

如是云云的教训了一通,阿Q自然没有话。临末,因为在晚上,应该送地保加倍酒钱四百文,阿Q正没有现钱,便用一顶毡帽做抵押,并且订定了五条件:

一　明天用红烛——要一斤重的——一对,香一封,到赵府上去赔罪。

二　赵府上请道士被除缢鬼,费用由阿Q负担。

三　阿Q从此不准踏进赵府的门槛。

四　吴妈此后倘有不测,惟阿Q是问。

五　阿Q不准再去索取工钱和布衫。

阿Q自然都答应了,可惜没有钱。幸而已经春天,棉被可以无用,便质了二千大钱,履行条约。赤膊磕头之后,居然还剩几文,他也不再赎毡帽,统统喝了酒了。但赵家也并不烧香点烛,因为太太拜佛的时候可以用,留着了。那破布衫是大半做了少奶奶八月间生下来的孩子的衬尿布,那小半破烂的便都做了吴妈的鞋底。

第五章　生计问题

阿Q礼毕之后,仍旧回到土谷祠,太阳下去了,渐渐觉得世上有些古怪。他仔细一想,终于省悟过来:其原因盖在自己的赤膊。他记得破夹袄还在,便披在身上,躺倒了,待张开眼睛,原来太阳又已经照在西墙上头了。他坐起身,一面说道,"妈妈的……"

他起来之后,也仍旧在街上逛,虽然不比赤膊之有切肤之痛,却又渐渐的觉得世上有些古怪了。仿佛从这一天起,未庄的女人们忽然都怕了羞,伊们一见阿Q走来,便个个躲进门里去。甚而至于将近五十岁的邹七嫂,也跟着别人乱钻,而且将十一岁的女儿都叫进去了。阿Q很以为奇,而且想:"这些东西忽然都学起小姐模样来了。这娼妇们……"

　　但他更觉得世上有些古怪,却是许多日以后的事。其一,酒店不肯赊欠了;其二,管土谷祠的老头子说些废话,似乎叫他走;其三,他虽然记不清多少日,但确乎有许多日,没有一个人来叫他做短工。酒店不赊,熬着也罢了;老头子催他走,噜苏一通也就算了;只是没有人来叫他做短工,却使阿Q肚子饿:这委实是一件非常"妈妈的"的事情。

　　阿Q忍不下去了,他只好到老主顾的家里去探问,——但独不许踏进赵府的门槛,——然而情形也异样:一定走出一个男人来,现了十分烦厌的相貌,像回复乞丐一般的摇手道:

　　"没有没有! 你出去!"

　　阿Q愈觉得稀奇了。他想,这些人家向来少不了要帮忙,不至于现在忽然都无事,这总该有些蹊跷在里面。他留心打听,才知道他们有事都去叫小Don。这小D,是一个穷小子,又瘦又乏,在阿Q的眼睛里,位置是在王胡之下的,谁料这小子竟谋了他的饭碗去。所以阿Q这一气,更与平常不同,当气愤愤的走着的时候,忽然将手一扬,唱道:

　　"我手执钢鞭将你打! ……"

　　几天之后,他竟在钱府的照壁前遇见了小D。"仇人相见分外眼明",阿Q便迎上去,小D也站住了。

　　"畜生!"阿Q怒目而视的说,嘴角上飞出唾沫来。

　　"我是虫豸,好么? ……"小D说。

　　这谦逊反使阿Q更加愤怒起来,但他手里没有钢鞭,于是只得

344

扑上去,伸手去拔小 D 的辫子。小 D 一手护住了自己的辫根,一手也来拔阿 Q 的辫子,阿 Q 便也将空着的一只手护住了自己的辫根。从先前的阿 Q 看来,小 D 本来是不足齿数的,但他近来挨了饿,又瘦又乏已经不下于小 D,所以便成了势均力敌的现象,四只手拔着两颗头,都弯了腰,在钱家粉墙上映出一个蓝色的虹形,至于半点钟之久了。

"好了,好了!"看的人们说,大约是解劝的。

"好,好!"看的人们说,不知道是解劝,是颂扬,还是煽动。

然而他们都不听。阿 Q 进三步,小 D 便退三步,都站着;小 D 进三步,阿 Q 便退三步,又都站着。大约半点钟,——未庄少有自鸣钟,所以很难说,或者二十分,——他们的头发里便都冒烟,额上便都流汗,阿 Q 的手放松了,在同一瞬间,小 D 的手也正放松了,同时直起,同时退开,都挤出人丛去。

"记着罢,妈妈的……"阿 Q 回过头去说。

"妈妈的,记着罢……"小 D 也回过头来说。

这一场"龙虎斗"似乎并无胜败,也不知道看的人可满足,都没有发什么议论,而阿 Q 却仍然没有人来叫他做短工。

有一日很温和,微风拂拂的颇有些夏意了,阿 Q 却觉得寒冷起来,但这还可担当,第一倒是肚子饿。棉被,毡帽,布衫,早已没有了,其次就卖了棉袄;现在有裤子,却万不可脱的;有破夹袄,又除了送人做鞋底之外,决定卖不出钱。他早想在路上拾得一注钱,但至今还没有见;他想在自己的破屋里忽然寻到一注钱,慌张的四顾,但屋内是空虚而且了然。于是他决计出门求食去了。

他在路上走着要"求食",看见熟识的酒店,看见熟识的馒头,但他都走过了,不但没有暂停,而且并不想要。他所求的不是这类东西了;他求的是什么东西,他自己不知道。

未庄本不是大村镇,不多时便走尽了。村外多是水田,满眼是新秧的嫩绿,夹着几个圆形的活动的黑点,便是耕田的农夫。阿 Q

并不赏鉴这田家乐,却只是走,因为他直觉的知道这与他的"求食"之道是很辽远的。但他终于走到静修庵的墙外了。

庵周围也是水田,粉墙突出在新绿里,后面的低土墙里是菜园。阿Q迟疑了一会,四面一看,并没有人。他便爬上这矮墙去,扯着何首乌藤,但泥土仍然簌簌的掉,阿Q的脚也索索的抖;终于攀着桑树枝,跳到里面了。里面真是郁郁葱葱,但似乎并没有黄酒馒头,以及此外可吃的之类。靠西墙是竹丛,下面许多笋,只可惜都是并未煮熟的,还有油菜早经结子,芥菜已将开花,小白菜也很老了。

阿Q仿佛文童落第似的觉得很冤屈,他慢慢走近园门去,忽而非常惊喜了,这分明是一畦老萝卜。他于是蹲下便拔,而门口突然伸出一个很圆的头来,又即缩回去了,这分明是小尼姑。小尼姑之流是阿Q本来视若草芥的,但世事须"退一步想",所以他便赶紧拔起四个萝卜,拧下青叶,兜在大襟里。然而老尼姑已经出来了。

"阿弥陀佛,阿Q,你怎么跳进园里来偷萝卜! ……阿呀,罪过呵,阿唷,阿弥陀佛! ……"

"我什么时候跳进你的园里来偷萝卜?"阿Q且看且走的说。

"现在……这不是?"老尼姑指着他的衣兜。

"这是你的? 你能叫得他答应你么? 你……"

阿Q没有说完话,拔步便跑;追来的是一匹很肥大的黑狗。这本来在前门的,不知怎的到后园来了。黑狗哼而且追,已经要咬着阿Q的腿,幸而从衣兜里落下一个萝卜来,那狗给一吓,略略一停,阿Q已经爬上桑树,跨到土墙,连人和萝卜都滚出墙外面了。只剩着黑狗还在对着桑树嗥,老尼姑念着佛。

阿Q怕尼姑又放出黑狗来,拾起萝卜便走,沿路又检了几块小石头,但黑狗却并不再出现。阿Q于是抛了石块,一面走一面吃,而且想道,这里也没有什么东西寻,不如进城去……

待三个萝卜吃完时,他已经打定了进城的主意了。

第六章　从中兴到末路

在未庄再看见阿Q出现的时候，是刚过了这年的中秋。人们都惊异，说是阿Q回来了，于是又回上去想道，他先前那里去了呢？阿Q前几回的上城，大抵早就兴高采烈的对人说，但这一次却并不，所以也没有一个人留心到。他或者也曾告诉过管土谷祠的老头子，然而未庄老例，只有赵太爷钱太爷和秀才大爷上城才算一件事。假洋鬼子尚且不足数，何况是阿Q：因此老头子也就不替他宣传，而未庄的社会上也就无从知道了。

但阿Q这回的回来，却与先前大不同，确乎很值得惊异。天色将黑，他睡眼蒙胧的在酒店门前出现了，他走近柜台，从腰间伸出手来，满把是银的和铜的，在柜上一扔说，"现钱！打酒来!"穿的是新夹袄，看去腰间还挂着一个大搭连，沉钿钿的将裤带坠成了很弯很弯的弧线。未庄老例，看见略有些醒目的人物，是与其慢也宁敬的，现在虽然明知道是阿Q，但因为和破夹袄的阿Q有些两样了，古人云，"士别三日便当刮目相待"，所以堂倌，掌柜，酒客，路人，便自然显出一种疑而且敬的形态来。掌柜既先之以点头，又继之以谈话：

"嚄，阿Q，你回来了!"

"回来了。"

"发财发财，你是——在……"

"上城去了!"

这一件新闻，第二天便传遍了全未庄。人人都愿意知道现钱和新夹袄的阿Q的中兴史，所以在酒店里，茶馆里，庙檐下，便渐渐的探听出来了。这结果，是阿Q得了新敬畏。

据阿Q说，他是在举人老爷家里帮忙。这一节，听的人都肃然了。这老爷本姓白，但因为合城里只有他一个举人，所以不必再冠姓，说起举人来就是他。这也不独在未庄是如此，便是一百里方圆之内也都如此，人们几乎多以为他的姓名就叫举人老爷的了。在这人的府上帮忙，那当然是可敬的。但据阿Q又说，他却不高兴再帮忙了，因为这举人老爷实在太"妈妈的"了。这一节，听的人都叹息而且快意，因为阿Q本不配在举人老爷家里帮忙，而不帮忙是可惜的。

据阿Q说，他的回来，似乎也由于不满意城里人，这就在他们将长凳称为条凳，而且煎鱼用葱丝，加以最近观察所得的缺点，是女人的走路也扭得不很好。然而也偶有大可佩服的地方，即如未庄的乡下人不过打三十二张的竹牌，只有假洋鬼子能够叉"麻酱"，城里却连小乌龟子都叉得精熟的。什么假洋鬼子，只要放在城里的十几岁的小乌龟子的手里，也就立刻是"小鬼见阎王"。这一节，听的人都赧然了。

"你们可看见过杀头么？"阿Q说，"咳，好看。杀革命党。唉，好看好看，……"他摇摇头，将唾沫飞在正对面的赵司晨的脸上。这一节，听的人都凛然了。但阿Q又四面一看，忽然扬起右手，照着伸长脖子听得出神的王胡的后项窝上直劈下去道：

"嚓！"

王胡惊得一跳，同时电光石火似的赶快缩了头，而听的人又都悚然而且欣然了。从此王胡瘟头瘟脑的许多日，并且再不敢走近阿Q的身边；别的人也一样。

阿Q这时在未庄人眼睛里的地位，虽不敢说超过赵太爷，但谓之差不多，大约也就没有什么语病的了。

然而不多久，这阿Q的大名忽又传遍了未庄的闺中。虽然未庄只有钱赵两姓是大屋，此外十之九都是浅闺，但闺中究竟是闺中，所以也算得一件神异。女人们见面时一定说，邹七嫂在阿Q那里买了一条蓝绸裙，旧固然是旧的，但只化了九角钱。还有赵白眼的母亲，——一说是赵司晨的母亲，待考，——也买了一件孩子穿的大红洋纱衫，七成新，只用三百大钱九二串。于是伊们都眼巴巴的想见

阿Q,缺绸裙的想问他买绸裙,要洋纱衫的想问他买洋纱衫,不但见了不逃避,有时阿Q已经走过了,也还要追上去叫住他,问道:

"阿Q,你还有绸裙么? 没有? 纱衫也要的,有罢?"

后来这终于从浅闺传进深闺里去了。因为邹七嫂得意之余,将伊的绸裙请赵太太去鉴赏,赵太太又告诉了赵太爷而且着实恭维了一番。赵太爷便在晚饭桌上,和秀才大爷讨论,以为阿Q实在有些古怪,我们门窗应该小心些;但他的东西,不知道可还有什么可买,也许有点好东西罢。加以赵太太也正想买一件价廉物美的皮背心。于是家族决议,便托邹七嫂即刻去寻阿Q,而且为此新辟了第三种的例外:这晚上也姑且特准点油灯。

油灯干了不少了,阿Q还不到。赵府的全眷都很焦急,打着呵欠,或恨阿Q太飘忽,或怨邹七嫂不上紧。赵太太还怕他因为春天的条件不敢来,而赵太爷以为不足虑:因为这是"我"去叫他的。果然,到底赵太爷有见识,阿Q终于跟着邹七嫂进来了。

"他只说没有没有,我说你自己当面说去,他还要说,我说……"邹七嫂气喘吁吁的走着说。

"太爷!"阿Q似笑非笑的叫了一声,在檐下站住了。

"阿Q,听说你在外面发财,"赵太爷踱开去,眼睛打量着他的全身,一面说。"那很好,那很好的。这个,……听说你有些旧东西,……可以都拿来看一看,……这也并不是别的,因为我倒要……"

"我对邹七嫂说过了。都完了。"

"完了?"赵太爷不觉失声的说,"那里会完得这样快呢?"

"那是朋友的,本来不多。他们买了些,……"

"总该还有一点罢。"

"现在,只剩了一张门幕了。"

"就拿门幕来看看罢。"赵太太慌忙说。

"那么,明天拿来就是,"赵太爷却不甚热心了。"阿Q,你以后有什么东西的时候,你尽先送来给我们看,……"

"价钱决不会比别家出得少!"秀才说。秀才娘子忙一瞥阿Q的脸,看他感动了没有。

"我要一件皮背心。"赵太太说。

阿Q虽然答应着,却懒洋洋的出去了,也不知道他是否放在心上。这使赵太爷很失望,气愤而且担心,至于停止了打呵欠。秀才对于阿Q的态度也很不平,于是说,这忘八蛋要提防,或者竟不如吩咐地保,不许他住在未庄。但赵太爷以为不然,说这也怕要结怨,况且做这路生意的大概是"老鹰不吃窝下食",本村倒不必担心的;只要自己夜里警醒点就是了。秀才听了这"庭训",非常之以为然,便即刻撤消了驱逐阿Q的提议,而且叮嘱邹七嫂,请伊万不要向人提起这一段话。

但第二日,邹七嫂便将那蓝裙去染了皂,又将阿Q可疑之点传扬出去了,可是确没有提起秀才要驱逐他这一节。然而这已经于阿Q很不利。最先,地保寻上门了,取了他的门幕去,阿Q说是赵太太要看的,而地保也不还,并且要议定每月的孝敬钱。其次,是村人对于他的敬畏忽而变相了,虽然还不敢来放肆,却很有远避的神情,而这神情和先前的防他来"嚓"的时候又不同,颇混着"敬而远之"的分子了。

只有一班闲人们却还要寻根究底的去探阿Q的底细。阿Q也并不讳饰,傲然的说出他的经验来。从此他们才知道,他不过是一个小脚色,不但不能上墙,并且不能进洞,只站在洞外接东西。有一夜,他刚才接到一个包,正手再进去,不一会,只听得里面大嚷起来,他便赶紧跑,连夜爬出城,逃回未庄来了,从此不敢再做。然而这故事却于阿Q更不利,村人对于阿Q的"敬而远之"者,本因为怕结怨,谁料他不过是一个不敢再偷的偷儿呢?这实在是"斯亦不足畏也矣"。

第七章 革 命

宣统三年九月十四日——即阿Q将搭连卖给赵白眼的这一

天——三更四点，有一只大乌篷船到了赵府上的河埠头。这船从黑魆魆中荡来，乡下人睡得熟，都没有知道；出去时将近黎明，却很有几个看见的了。据探头探脑的调查来的结果，知道那竟是举人老爷的船！

那船便将大不安载给了未庄，不到正午，全村的人心就很摇动。船的使命，赵家本来是很秘密的，但茶坊酒肆里却都说，革命党要进城，举人老爷到我们乡下来逃难了。惟有邹七嫂不以为然，说那不过是几口破衣箱，举人老爷想来寄存的，却已被赵太爷回复转去。其实举人老爷和赵秀才素不相能，在理本不能有"共患难"的情谊，况且邹七嫂又和赵家是邻居，见闻较为切近，所以大概该是伊对的。

然而谣言很旺盛，说举人老爷虽然似乎没有亲到，却有一封长信，和赵家排了"转折亲"。赵太爷肚里一轮，觉得于他总不会有坏处，便将箱子留下了，现就塞在太太的床底下。至于革命党，有的说是便在这一夜进了城，个个白盔白甲：穿着崇正皇帝的素。

阿Q的耳朵里，本来早听到过革命党这一句话，今年又亲眼见过杀掉革命党。但他有一种不知从那里来的意见，以为革命党便是造反，造反便是与他为难，所以一向是"深恶而痛绝之"的。殊不料这却使百里闻名的举人老爷有这样怕，于是他未免也有些"神往"了，况且未庄的一群鸟男女的慌张的神情，也使阿Q更快意。

"革命也好罢，"阿Q想，"革这伙妈妈的的命，太可恶！太可恨！……便是我，也要投降革命党了。"

阿Q近来用度窘，大约略略有些不平；加以午间喝了两碗空肚酒，愈加醉得快，一面想一面走，便又飘飘然起来。不知怎么一来，忽而似乎革命党便是自己，未庄人却都是他的俘虏了。他得意之余，禁不住大声的嚷道：

"造反了！造反了！"

未庄人都用了惊惧的眼光对他看。这一种可怜的眼光，是阿Q从来没有见过的，一见之下，又使他舒服得如六月里喝了雪水。他更加高兴的走而且喊道：

"好，……我要什么就是什么，我欢喜谁就是谁。

得得，锵锵！

悔不该，酒醉错斩了郑贤弟，

悔不该，呀呀呀……

得得，锵锵，得，锵令锵！

我手执钢鞭将你打……"

赵府上的两位男人和两个真本家，也正站在大门口论革命。阿Q没有见，昂了头直唱过去。

"得得，……"

"老Q，"赵太爷怯怯的迎着低声的叫。

"锵锵，"阿Q料不到他的名字会和"老"字联结起来，以为是一句别的话，与己无干，只是唱。"得，锵，锵令锵，锵！"

"老Q。"

"悔不该……"

"阿Q！"秀才只得直呼其名了。

阿Q这才站住，歪着头问道，"什么？"

"老Q，……现在……"赵太爷却又没有话，"现在……发财么？"

"发财？自然。要什么就是什么……"

"阿……Q哥，像我们这样穷朋友是不要紧的……"赵白眼惴惴的说，似乎想探革命党的口风。

"穷朋友？你总比我有钱。"阿Q说着自去了。

大家都怃然，没有话。赵太爷父子回家，晚上商量到点灯。赵白眼回家，便从腰间扯下搭连来，交给他女人藏在箱底里。

阿Q飘飘然的飞了一通，回到土谷祠，酒已经醒透了。这晚上，管祠的老头子也意外的和气，请他喝茶；阿Q便向他要了两个饼，吃完之后，又要了一支点过的四两烛和一个树烛台，点起来，独自躺在自己的小屋里。他说不出的新鲜而且高兴，烛火像元夜似的闪闪的

跳,他的思想也迸跳起来了:

"造反? 有趣,……来了一阵白盔白甲的革命党,都拿着板刀,钢鞭,炸弹,洋炮,三尖两刃刀,钩镰枪,走过土谷祠,叫道,'阿Q! 同去同去!'于是一同去。……

"这时未庄的一伙鸟男女才好笑哩,跪下叫道,'阿Q,饶命!'谁听他! 第一个该死的是小 D 和赵太爷,还有秀才,还有假洋鬼子,……留几条么? 王胡本来还可留,但也不要了。……

"东西,……直走进去打开箱子来:元宝,洋钱,洋纱衫,……秀才娘子的一张宁式床先搬到土谷祠,此外便摆了钱家的桌椅,——或者也就用赵家的罢。自己是不动手的了,叫小 D 来搬,要搬得快,搬得不快打嘴巴。……

"赵司晨的妹子真丑。邹七嫂的女儿过几年再说。假洋鬼子的老婆会和没有辫子的男人睡觉,吓,不是好东西! 秀才的老婆是眼胞上有疤的。……吴妈长久不见了,不知道在那里,——可惜脚太大。"

阿Q 没有想得十分停当,已经发了鼾声,四两烛还只点去了小半寸,红焰焰的光照着他张开的嘴。

"荷荷!"阿Q 忽而大叫起来,抬了头仓皇的四顾,待到看见四两烛,却又倒头睡去了。

第二天他起得很迟,走出街上看时,样样都照旧。他也仍然肚饿,他想着,想不起什么来;但他忽而似乎有了主意了,慢慢的跨开步,有意无意的走到静修庵。

庵和春天时节一样静,白的墙壁和漆黑的门。他想了一想,前去打门,一只狗在里面叫。他急急拾了几块断砖,再上去较为用力的打,打到黑门上生出许多麻点的时候,才听得有人来开门。

阿Q 连忙捏好砖头,摆开马步,准备和黑狗来开战。但庵门只开了一条缝,并无黑狗从中冲出,望进去只有一个老尼姑。

"你又来什么事?"伊大吃一惊的说。

"革命了……你知道？……"阿Q说得很含胡。

"革命革命，革过一革的，……你们要革得我们怎么样呢？"老尼姑两眼通红的说。

"什么？……"阿Q诧异了。

"你不知道，他们已经来革过了！"

"谁？……"阿Q更其诧异了。

"那秀才和洋鬼子！"

阿Q很出意外，不由的一错愕；老尼姑见他失了锐气，便飞速的关了门，阿Q再推时，牢不可开，再打时，没有回答了。

那还是上午的事。赵秀才消息灵，一知道革命党已在夜间进城，便将辫子盘在顶上，一早去拜访那历来也不相能的钱洋鬼子。这是"咸与维新"的时候了，所以他们便谈得很投机，立刻成了情投意合的同志，也相约去革命。他们想而又想，才想出静修庵里有一块"皇帝万岁万万岁"的龙牌，是应该赶紧革掉的，于是又立刻同到庵里去革命。因为老尼姑来阻挡，说了三句话，他们便将伊当作满政府，在头上很给了不少的棍子和栗凿。尼姑待他们走后，定了神来检点，龙牌固然已经碎在地上了，而且又不见了观音娘娘座前的一个宣德炉。

这事阿Q后来才知道。他颇悔自己睡着，但也深怪他们不来招呼他。他又退一步想道：

"难道他们还没有知道我已经投降了革命党么？"

第八章　不准革命

未庄的人心日见其安静了。据传来的消息，知道革命党虽然进了城，倒还没有什么大异样。知县大老爷还是原官，不过改称了什么，而且举人老爷也做了什么——这些名目，未庄人都说不明白——官，带兵的也还是先前的老把总。只有一件可怕的事是另有几个不好的革命党夹在里面捣乱,第二天便动手剪辫子,听说那邻村的航船七斤便着了道儿,弄得不像人样子了。但这却还不算大恐怖,因为未庄人本来少上城,即使偶有想进城的,也就立刻变了计,碰不着这危险。阿Q本也想进城去寻他的老朋友,一得这消息,也只得作罢了。

但未庄也不能说是无改革。几天之后,将辫子盘在顶上的逐渐增加起来了,早经说过,最先自然是茂才公,其次便是赵司晨和赵白眼,后来是阿Q。倘在夏天,大家将辫子盘在头顶上或者打一个结,本不算什么稀奇事,但现在是暮秋,所以这"秋行夏令"的情形,在盘辫家不能不说是万分的英断,而在未庄也不能说无关于改革了。

赵司晨脑后空荡荡的走来,看见的人大嚷说,

"嚄,革命党来了!"

阿Q听到了很羡慕。他虽然早知道秀才盘辫的大新闻,但总没有想到自己可以照样做,现在看见赵司晨也如此,才有了学样的意思,定下实行的决心。他用一支竹筷将辫子盘在头顶上,迟疑多时,这才放胆的走去。

他在街上走,人也看他,然而不说什么话,阿Q当初很不快,后来便很不平。他近来很容易闹脾气了;其实他的生活,倒也并不比造反之前反艰难,人见他也客气,店铺也不说要现钱。而阿Q总觉得自己太失意:既然革了命,不应该只是这样的。况且有一回看见小D,愈使他气破肚皮了。

小D也将辫子盘在头顶上了,而且也居然用一支竹筷。阿Q万料不到他也敢这样做,自己也决不准他这样做!小D是什么东西呢?他很想即刻揪住他,拗断他的竹筷,放下他的辫子,并且批他几个嘴巴,聊且惩罚他忘了生辰八字,也敢来做革命党的罪。但他终于饶放了,单是怒目而视的吐一口唾沫道"呸!"

这几日里,进城去的只有一个假洋鬼子。赵秀才本也想靠着寄存箱子的渊源,亲身去拜访举人老爷的,但因为有剪辫的危险,所以

也就中止了。他写了一封"黄伞格"的信，托假洋鬼子带上城，而且托他给自己绍介绍介，去进自由党。假洋鬼子回来时，向秀才讨还了四块洋钱，秀才便有一块银桃子挂在大襟上了；未庄人都惊服，说这是柿油党的顶子，抵得一个翰林；赵太爷因此也骤然大阔，远过于他儿子初隽秀才的时候，所以目空一切，见了阿Q，也就很有些不放在眼里了。

阿Q正在不平，又时时刻刻感着冷落，一听得这银桃子的传说，他立即悟出自己之所以冷落的原因了：要革命，单说投降，是不行的；盘上辫子，也不行的；第一着仍然要和革命党去结识。他生平所知道的革命党只有两个，城里的一个早已"嚓"的杀掉了，现在只剩了一个假洋鬼子。他除却赶紧去和假洋鬼子商量之外，再没有别的道路了。

钱府的大门正开着，阿Q便怯怯的蹩进去。他一到里面，很吃了惊，只见假洋鬼子正站在院子的中央，一身乌黑的大约是洋衣，身上也挂着一块银桃子，手里是阿Q曾经领教过的棍子，已经留到一尺多长的辫子都拆开了披在肩背上，蓬头散发的像一个刘海仙。对面挺直的站着赵白眼和三个闲人，正在必恭必敬的听说话。

阿Q轻轻的走近了，站在赵白眼的背后，心里想招呼，却不知道怎么说才好：叫他假洋鬼子固然是不行的了，洋人也不妥，革命党也不妥，或者就应该叫洋先生了罢。

洋先生却没有见他，因为白着眼睛讲得正起劲：

"我是性急的，所以我们见面，我总是说：洪哥！我们动手罢！他却总说道 No！——这是洋话，你们不懂的。否则早已成功了。然而这正是他做事小心的地方。他再三再四的请我上湖北，我还没有肯。谁愿意在这小县城里做事情。……"

"唔，……这个……"阿Q候他略停，终于用十二分的勇气开口了，但不知道因为什么，又并不叫他洋先生。

听着说话的四个人都吃惊的回顾他。洋先生也才看见：

"什么?"

"我……"

"出去!"

"我要投……"

"滚出去!"洋先生扬起哭丧棒来了。

赵白眼和闲人们便都吆喝道:"先生叫你滚出去,你还不听么!"

阿Q将手向头上一遮,不自觉的逃出门外;洋先生倒也没有追。他快跑了六十多步,这才慢慢的走,于是心里便涌起了忧愁:洋先生不准他革命,他再没有别的路;从此决不能望有白盔白甲的人来叫他,他所有的抱负,志向,希望,前程,全被一笔勾销了。至于闲人们传扬开去,给小D王胡等辈笑话,倒是还在其次的事。

他似乎从来没有经验过这样的无聊。他对于自己的盘辫子,仿佛也觉得无意味,要侮蔑;为报仇起见,很想立刻放下辫子来,但也没有竟放。他游到夜间,赊了两碗酒,喝下肚去,渐渐的高兴起来了,思想里才又出现白盔白甲的碎片。

有一天,他照例的混到夜深,待酒店要关门,才踱回土谷祠去。

拍,吧~~~!

他忽而听得一种异样的声音,又不是爆竹。阿Q本来是爱看热闹,爱管闲事的,便在暗中直寻过去。似乎前面有些脚步声;他正听,猛然间一个人从对面逃来了。阿Q一看见,便赶紧翻身跟着逃。那人转弯,阿Q也转弯,既转弯,那人站住了,阿Q也站住。他看后面并无什么,看那人便是小D。

"什么?"阿Q不平起来了。

"赵……赵家遭抢了!"小D气喘吁吁的说。

阿Q的心怦怦的跳了。小D说了便走;阿Q却逃而又停的两三回。但他究竟是做过"这路生意"的人,格外胆大,于是躄出路角,仔细的听,似乎有些嚷嚷,又仔细的看,似乎许多白盔白甲的人,络绎的将箱子抬出了,器具抬出了,秀才娘子的宁式床也抬出了,但是不分明,他还想上前,两只脚却没有动。

这一夜没有月,未庄在黑暗里很寂静,寂静到像羲皇时候一般太平。阿Q站着看到自己发烦,也似乎还是先前一样,在那里来来往往的搬,箱子抬出了,器具抬出了,秀才娘子的宁式床也抬出了,……抬得他自己有些不信他的眼睛了。但他决计不再上前,却回到自己的祠里去了。

土谷祠里更漆黑;他关好大门,摸进自己的屋子里。他躺了好一会,这才定了神,而且发出关于自己的思想来:白盔白甲的人明明到了,并不来打招呼,搬了许多好东西,又没有自己的份,——这全是假洋鬼子可恶,不准我造反,否则,这次何至于没有我的份呢?阿Q越想越气,终于禁不住满心痛恨起来,毒毒的点一点头:"不准我造反,只准你造反?妈妈的假洋鬼子,——好,你造反!造反是杀头的罪名呵,我总要告一状,看你抓进县里去杀头,——满门抄斩,——嚓!嚓!"

第九章　大团圆

赵家遭抢之后,未庄人大抵很快意而且恐慌,阿Q也很快意而且恐慌。但四天之后,阿Q在半夜里忽被抓进县城里去了。那时恰是暗夜,一队兵,一队团丁,一队警察,五个侦探,悄悄地到了未庄,乘昏暗围住土谷祠,正对门架好机关枪;然而阿Q不冲出。许多时没有动静,把总焦急起来了,悬了二十千的赏,才有两个团丁冒了险,踰垣进去,里应外合,一拥而入,将阿Q抓出来;直待擒出祠外面的机关枪左近,他才有些清醒了。

到进城,已经是正午,阿Q见自己被搀进一所破衙门,转了五六个弯,便推在一间小屋里。他刚刚一蹳跄,那用整株的木料做成的栅栏门便跟着他的脚跟阖上了,其余的三面都是墙壁,仔细看时,屋角上还有两个人。

阿Q虽然有些忐忑，却并不很苦闷，因为他那土谷祠里的卧室，也并没有比这间屋子更高明。那两个也仿佛是乡下人，渐渐和他兜搭起来了，一个说是举人老爷要追他祖父欠下来的陈租，一个不知道为了什么事。他们问阿Q，阿Q爽利的答道，"因为我想造反。"

　　他下半天便又被抓出栅栏门去了，到得大堂，上面坐着一个满头剃得精光的老头子。阿Q疑心他是和尚，但看见下面站着一排兵，两旁又站着十几个长衫人物，也有满头剃得精光像这老头子的，也有将一尺来长的头发披在背后像那假洋鬼子的，都是一脸横肉，怒目而视的看他；他便知道这人一定有些来历，膝关节立刻自然而然的宽松，便跪了下去了。

　　"站着说！不要跪！"长衫人物都吆喝说。

　　阿Q虽然似乎懂得，但总觉得站不住，身不由己的蹲了下去，而且终于趁势改为跪下了。

　　"奴隶性！……"长衫人物又鄙夷似的说，但也没有叫他起来。

　　"你从实招来罢，免得吃苦。我早都知道了。招了可以放你。"那光头的老头子看定了阿Q的脸，沉静的清楚的说。

　　"招罢！"长衫人物也大声说。

　　"我本来要……来投……"阿Q胡里胡涂的想了一通，这才断断续续的说。

　　"那么，为什么不来的呢？"老头子和气的问。

　　"假洋鬼子不准我！"

　　"胡说！此刻说，也迟了。现在你的同党在那里？"

　　"什么？……"

　　"那一晚打劫赵家的一伙人。"

　　"他们没有来叫我。他们自己搬走了。"阿Q提起来便愤愤。

　　"走到那里去了呢？说出来便放你了。"老头子更和气了。

　　"我不知道，……他们没有来叫我……"

　　然而老头子使了一个眼色，阿Q便又被抓进栅栏门里了。他第二次抓出栅栏门,是第二天的上午。

大堂的情形都照旧。上面仍然坐着光头的老头子,阿Q也仍然下了跪。

老头子和气的问道,"你还有什么话说么?"

阿Q一想,没有话,便回答说,"没有。"

于是一个长衫人物拿了一张纸,并一支笔送到阿Q的面前,要将笔塞在他手里。阿Q这时很吃惊,几乎"魂飞魄散"了:因为他的手和笔相关,这回是初次。他正不知怎样拿;那人却又指着一处地方教他画花押。

"我……我……不认得字。"阿Q一把抓住了笔,惶恐而且惭愧的说。

"那么,便宜你,画一个圆圈!"

阿Q要画圆圈了,那手捏着笔却只是抖。于是那人替他将纸铺在地上,阿Q伏下去,使尽了平生的力画圆圈。他生怕被人笑话,立志要画得圆,但这可恶的笔不但很沉重,并且不听话,刚刚一抖一抖的几乎要合缝,却又向外一耸,画成瓜子模样了。

阿Q正羞愧自己画得不圆,那人却不计较,早已掣了纸笔去,许多人又将他第二次抓进栅栏门。

他第二次进了栅栏,倒也并不十分懊恼。他以为人生天地之间,大约本来有时要抓进抓出,有时要在纸上画圆圈的,惟有圈而不圆,却是他"行状"上的一个污点。但不多时也就释然了,他想:孙子才画得很圆的圆圈呢。于是他睡着了。

然而这一夜,举人老爷反而不能睡:他和把总呕了气了。举人老爷主张第一要追赃,把总主张第一要示众。把总近来很不将举人老爷放在眼里了,拍案打凳的说道,"惩一儆百!你看,我做革命党还上不二十天,抢案就是十几件,全不破案,我的面子在那里?破了案,你又来迁。不成!这是我管的!"举人老爷窘急了,然而还坚持,说是倘若不追赃,他便立刻辞了帮办民政的职务。而把总却道,"请便罢!"于是举人老爷在这一夜竟没有睡,但幸而第二天倒也没有辞。

阿Q第三次抓出栅栏门的时候,便是举人老爷睡不着的那一夜的明天的上午了。他到了大堂,上面还坐着照例的光头老头子;阿Q也照例的下了跪。

老头子很和气的问道,"你还有什么话么?"

阿Q一想,没有话,便回答说,"没有。"

许多长衫和短衫人物,忽然给他穿上一件洋布的白背心,上面有些黑字。阿Q很气苦:因为这很像是带孝,而带孝是晦气的。然而同时他的两手反缚了,同时又被一直抓出衙门外去了。

阿Q被抬上了一辆没有篷的车,几个短衣人物也和他同坐在一处。这车立刻走动了,前面是一班背着洋炮的兵们和团丁,两旁是许多张着嘴的看客,后面怎样,阿Q没有见。但他突然觉到了:这岂不是去杀头么? 他一急,两眼发黑,耳朵里喤的一声,似乎发昏了。然而他又没有全发昏,有时虽然着急,有时却也泰然;他意思之间,似乎觉得人生天地间,大约本来有时也未免要杀头的。

他还认得路,于是有些诧异了:怎么不向着法场走呢? 他不知道这是在游街,在示众。但即使知道也一样,他不过便以为人生天地间,大约本来有时也未免要游街要示众罢了。

他省悟了,这是绕到法场去的路,这一定是"嚓"的去杀头。他惘惘的向左右看,全跟着马蚁似的人,而在无意中,却在路旁的人丛中发见了一个吴妈。很久违,伊原来在城里做工了。阿Q忽然很羞愧自己没志气:竟没有唱几句戏。他的思想仿佛旋风似的在脑里一回旋:《小孤孀上坟》欠堂皇,《龙虎斗》里的"悔不该……"也太乏,还是"手执钢鞭将你打"罢。他同时想将手一扬,才记得这两手原来都捆着,于是"手执钢鞭"也不唱了。

"过了二十年又是一个……"阿Q在百忙中,"无师自通"的说出半句从来不说的话。

"好！！！"从人丛里，便发出豺狼的嗥叫一般的声音来。

车子不住的前行，阿Q在喝采声中，轮转眼睛去看吴妈，似乎伊一向并没有见他，却只是出神的看着兵们背上的洋炮。

阿Q于是再看那些喝采的人们。

这刹那中，他的思想又仿佛旋风似的在脑里一回旋了。四年之前，他曾在山脚下遇见一只饿狼，永是不近不远的跟定他，要吃他的肉。他那时吓得几乎要死，幸而手里有一柄斫柴刀，才得仗这壮了胆，支持到未庄；可是永远记得那狼眼睛，又凶又怯，闪闪的像两颗鬼火，似乎远远的来穿透了他的皮肉。而这回他又看见从来没有见过的更可怕的眼睛了，又钝又锋利，不但已经咀嚼了他的话，并且还要咀嚼他皮肉以外的东西，永是不远不近的跟他走。

这些眼睛们似乎连成一气，已经在那里咬他的灵魂。

"救命，……"

然而阿Q没有说。他早就两眼发黑，耳朵里嗡的一声，觉得全身仿佛微尘似的迸散了。

至于当时的影响，最大的倒反在举人老爷，因为终于没有追赃，他全家都号咷了。其次是赵府，非特秀才因为上城去报官，被不好的革命党剪了辫子，而且又破费了二十千的赏钱，所以全家也号咷了。从这一天以来，他们便渐渐的都发生了遗老的气味。

至于舆论，在未庄是无异议，自然都说阿Q坏，被枪毙便是他的坏的证据；不坏又何至于被枪毙呢？而城里的舆论却不佳，他们多半不满足，以为枪毙并无杀头这般好看；而且那是怎样的一个可笑的死囚呵，游了那么久的街，竟没有唱一句戏：他们白跟一趟了。

一九二一年十二月。

原载 1921 年 12 月 4 日至 1922 年 2 月 12 日《晨报副

刊》。署名巴人。

初收 1923 年 8 月北京新潮社版"文艺丛书"之一《呐喊》。

九日

估《学衡》*

我在二月四日的《晨报副刊》上看见式芬先生的杂感,很诧异天下竟有这样拘迂的老先生,竟不知世故到这地步,还来同《学衡》诸公谈学理。夫所谓《学衡》者,据我看来,实不过聚在"聚宝之门"左近的几个假古董所放的假毫光;虽然自称为"衡",而本身的称星尚且未曾钉好,更何论于他所衡的轻重的是非。所以,决用不着较准,只要估一估就明白了。

《弁言》说,"籀绎之作必趋雅音以崇文","籀绎"如此,述作可知。夫文者,即使不能"载道",却也应该"达意",而不幸诸公虽然张皇国学,笔下却未免欠亨,不能自了,何以"衡"人。这实在是一个大缺点。看罢,诸公怎么说:

《弁言》云,"杂志迻例弁以宣言",按宣言即布告,而弁者,周人戴在头上的瓜皮小帽一般的帽子,明明是顶上的东西,所以"弁言"就是序,异于"杂志迻例"的宣言,并为一谈,太汗漫了。《评提倡新文化者》文中说,"或操笔以待。每一新书出版。必为之序。以尽其领袖后进之责。顾亭林曰。人之患在好为人序。其此之谓乎。故语彼等以学问之标准与良知。犹语商贾以道德。娼妓以贞操也。"原来做一篇序"以尽其领袖后进之责",便有这样的大罪案。然而诸公又何以也"突而弁兮"的"言"了起来呢? 照前文推论,那便是我的质问,却正是"语商贾以道德。娼妓以贞操也"了。

《中国提倡社会主义之商榷》中说,"凡理想学说之发生。皆有其历史上之背影。决非悬空虚构。造乌托之邦。作无病之呻者也。"查"英吉之利"的摩耳,并未做 Pia of Uto,虽曰之乎者也,欲罢不能,但别寻古典,也非难事,又何必当中加楦呢。于古未闻"睹史之陀",在今不云"宁古之塔",奇句如此,真可谓"有病之呻"了。

《国学撼谭》中说,"虽三皇寥廓而无极。五帝搢绅先生难言之。"人而能"寥廓",已属奇闻,而第二句尤为费解,不知是三皇之事,五帝和搢绅先生皆难言之,抑是五帝之事,搢绅先生也难言之呢?推度情理,当从后说,然而太史公所谓"搢绅先生难言之"者,乃指"百家言黄帝"而并不指五帝,所以翻开《史记》,便是赫然的一篇《五帝本纪》,又何尝"难言之"。难道太史公在汉朝,竟应该算是下等社会中人么?

《记白鹿洞谈虎》中说,"诸父老能健谈。谈多称虎。当其摹示抉噬之状。闻者鲜不色变。退而记之。亦资诙噱之类也。"姑不论其"能""健""谈""称",床上安床,"抉噬之状",终于未记,而"变色"的事,但"资诙噱",也可谓太远于事情。倘使但"资诙噱",则先前的闻而色变者,简直是呆子了。记又云,"伥者。新鬼而膏虎牙者也。"刚做新鬼,便"膏虎牙",实在可悯。那么,虎不但食人,而且也食鬼了。这是古来未知的新发见。

《渔丈人行》的起首道:"楚王无道杀伍奢。覆巢之下无完家。"这"无完家"虽比"无完卵"新奇,但未免颇有语病。假如"家"就是鸟巢,那便犯了复,而且"之下"二字没有着落,倘说是人家,则掉下来的鸟巢未免太沉重了。除了大鹏金翅鸟(出《说岳全传》),断没有这样的大巢,能够压破彼等的房子。倘说是因为押韵,不得不然,那我敢说:这是"挂脚韵"。押韵至于如此,则翻开《诗韵合璧》的"六麻"来,写道"无完蛇""无完瓜""无完叉",都无所不可的。

还有《浙江采集植物游记》,连题目都不通了。采集有所务,并非漫游，所以古人作记，务与游不并举，地与游才相连。匡庐峨眉，山也，则曰纪游，采硫访碑，务也，则曰日记。虽说采集时候，也兼游览，但这应该包举在主要的事务里，一列举便不"古"了。例如这记中也说起吃饭睡觉的事，而题目不可作《浙江采集植物游食眠记》。

以上不过随手拾来的事，毛举起来，更要费笔费墨费时费力，犯不上，中止了。因此诸公的说理，便没有指正的必要，文且未亨，理将安托，穷乡僻壤的中学生的成绩，恐怕也不至于此的了。

总之，诸公掊击新文化而张皇旧学问，倘不自相矛盾，倒也不失其为一种主张。可惜的是于旧学并无门径，并主张也还不配。倘使字句未通的人也算是国粹的知己，则国粹更要惭惶煞人！"衡"了一顿，仅仅"衡"出了自己的铢两来，于新文化无伤，于国粹也差得远。

我所佩服诸公的只有一点，是这种东西也居然会有发表的勇气。

原载 1922 年 2 月 9 日《晨报副刊》。署名风声。

初收 1925 年 11 月北京北新书局版《热风》。

十六日

日记　昙。夜寄宋知方信。寄宫竹心信。以南星精舍本《嵇康集》校汪刻本。

致 宫竹心

竹心先生：

去年接到来信，《晨报》社即去催，据云即送，于年内赶到，约早已照办了。

至于地方一层，实在毫无法想了。因为我并无交游，止认得几个学校，而问来问去，现在的学校只有减人，毫不能说到荐人的事，所以已没有什么头路。

先生来信说互助，这实在很有道理。但所谓互助者，也须有能助的力量，倘没有，也就无法了。而现在的时势，是并不是一个在教育界的人说一句话做一点事能有效验的。

以上明白答复，自己也很抱歉。至于其余，恕不说了：因为我并没有判定别人的行为的权利，而自己也不愿意如此。

周树人　上　二月十六日

十七日

　　日记　晴。下午寄马幼渔信。沈尹默寄来《游仙窟钞》一部两本。夜校《嵇康集》十卷讫。

二十六日

　　日记　晴。星期休息。上午李遐卿来，未见，留赠笔十二支。王维忱卒，赙五元。

三月

六日

日记 昙。午后收车耕南所寄《馀哀录》一本。收三弟所寄《越缦堂骈文》一部四本,即赠季市。晚得胡适之信。

十七日

日记 晴,风。午后赠季市以《切韵》一册。

四月

二日

俄国的豪杰*

［俄国］曼罗先珂

爱罗先珂先生今晚在北大第二平民夜校游艺会唱歌，有恐听众不易了解，特为述说歌中故事，由鲁迅先生笔录如左。至于歌词，则请到会诸君自己去听。　　　　　　　　　记者识。

拉纯（Stenjka Razin）是十七世纪中叶的豪杰，顿河（Don）的可萨克。他反叛了，和农民约，倘帮他推倒权贵者，便给与他们自由和土地。于是聚集了许多人。

他从顿河移到伏尔迦河（Volga），攻取许多的要塞，政府渐次败下去了。他便聚起许多船舶，进了波斯的凯司披海（Kaspi），入波斯，波斯也败了。

拉纯掠得许多宝贝，又掳了波斯的公主。拉纯爱这公主了；但她很恐怖，什么都不知道。

朋友从旁非笑他，而且不平的说：亚忒曼（Atman 即头领）只有一晚是亚忒曼，次日便变成女人了。

亚忒曼发怒道：我如果为了国民，为了可萨克，便献给自己的头颅也可以。于是向伏尔迦河说：伏尔迦是俄国的母亲。直到现在，受着护持，而我从没有献上一件礼物。现在为要使朋友们没有不平，为要使伏尔迦和我之间不说不平，受了我最爱的东西罢！他这样说,便将公主掷入伏尔迦河里。

可萨克人看见这,都悲哀,而且驯良了。亚忒曼道:为了这女人的葬礼,我们跳舞吧,而且歌唱罢!

这回所唱的,便是叙拉纯从波斯入伏尔迦河以下的歌。

原载 1922 年 4 月 2 日《晨报副刊》。

初未收集。

九日

为"俄国歌剧团"*

我不知道,——其实是可以算知道的,然而我偏要这样说,——俄国歌剧团何以要离开他的故乡,却以这美妙的艺术到中国来博一点茶水喝。你们还是回去罢!

我到第一舞台看俄国的歌剧,是四日的夜间,是开演的第二日。

一入门,便使我发生异样的心情了:中央三十多人,旁边一大群兵,但楼上四五等中还有三百多的看客。

有人初到北京的,不久便说:我似乎住在沙漠里了。

是的,沙漠在这里。

没有花,没有诗,没有光,没有热。没有艺术,而且没有趣味,而且至于没有好奇心。

沉重的沙……

我是怎么一个怯弱的人呵。这时我想:倘使我是一个歌人,我的声音怕要销沉了罢。

沙漠在这里。

然而他们舞蹈了,歌唱了,美妙而且诚实的,而且勇猛的。

流动而且歌吟的云……

兵们拍手了,在接吻的时候。兵们又拍手了,又在接吻的时候。

非兵们也有几个拍手了,也在接吻的时候,而一个最响,超出于兵们的。

我是怎么一个褊狭的人呵。这时我想:倘使我是一个歌人,我怕要收藏了我的竖琴,沉默了我的歌声罢。倘不然,我就要唱我的反抗之歌。

而且真的,我唱了我的反抗之歌了!

沙漠在这里,恐怖的……

然而他们舞蹈了,歌唱了,美妙而且诚实的,而且勇猛的。

你们漂流转徙的艺术者,在寂寞里歌舞,怕已经有了归心了罢。你们大约没有复仇的意思,然而一回去,我们也就被复仇了。

比沙漠更可怕的人世在这里。

呜呼!这便是我对于沙漠的反抗之歌,是对于相识以及不相识的同感的朋友的劝诱,也就是为流转在寂寞中间的歌人们的广告。

四月九日。

原载 1922 年 4 月 9 日《晨报副刊》。

初收 1925 年 11 月北京北新书局版《热风》。

十二日

无 题[*]

私立学校游艺大会的第二日,我也和几个朋友到中央公园去走一回。

我站在门口帖着"昆曲"两字的房外面,前面是墙壁,而一个人用了全力要从我的背后挤上去,挤得我喘不出气。他似乎以为我是一个没有实质的灵魂了,这不能不说他有一点错。

回去要分点心给孩子们,我于是乎到一个制糖公司里去买东西。买的是"黄枚朱古律三文治"。

这是盒子上写着的名字,很有些神秘气味了。然而不的,用英文,不过是 Chocolate apricot sandwich。

我买定了八盒这"黄枚朱古律三文治",付过钱,将他们装入衣袋里。不幸而我的眼光忽然横溢了,于是看见那公司的伙计正撑开了五个指头,罩住了我所未买的别的一切"黄枚朱古律三文治"。

这明明是给我的一个侮辱!然而,其实,我可不应该以为这是一个侮辱,因为我不能保证他如不罩住,也可以在纷乱中永远不被偷。也不能证明我决不是一个偷儿,也不能自己保证我在过去现在以至未来决没有偷窃的事。

但我在那时不高兴了,装出虚伪的笑容,拍着这伙计的肩头说:"不必的,我决不至于多拿一个……"

他说:"那里那里……"赶紧掣回手去,于是惭愧了。这很出我意外,——我预料他一定要强辩,——于是我也惭愧了。

这种惭愧,往往成为我的怀疑人类的头上的一滴冷水,这于我是有损的。

夜间独坐在一间屋子里,离开人们至少也有一丈多远了。吃着分剩的"黄枚朱古律三文治";看几叶托尔斯泰的书,渐渐觉得我的周围,又远远地包着人类的希望。

四月十二日。

原载 1922 年 4 月 12 日《晨报副刊》。

初收 1925 年 11 月北京北新书局版《热风》。

三十日

日记　昙。星期休息。……雨。译《桃色之云》起。

将译《桃色的云》以前的几句话

爱罗先珂先生的创作集第二册是《最后的叹息》，去年十二月初在日本东京由丛文阁出版，内容是一篇童话剧《桃色的云》和两篇童话，一是《海的王女和渔夫》，一是《两个小小的死》。那第三篇已经由我译出，载在本年正月的《东方杂志》上了。

然而著者的意思，却愿意我快译《桃色的云》：因为他自审这一篇最近于完满，而且想从速赠与中国的青年。但这在我是一件烦难事，我以为，由我看来，日本语实在比中国语更优婉。而著者又能捉住他的美点和特长，所以使我很觉得失了传达的能力，于是搁置不动，瞬息间早过了四个月了。

但爽约也有苦痛的，因此，我终于不能不定下翻译的决心了。自己也明知道这一动手，至少当损失原作的好处的一半，断然成为一件失败的工作，所可以自解者，只是"聊胜于无"罢了。惟其内容，总该还在，这或者还能够稍稍慰藉读者的心罢。

一九二二年四月三十日，译者记。

原载 1922 年 5 月 13 日《晨报副刊》。

初未收集。

读了童话剧《桃色的云》

[日本]秋田雨雀

爱罗先珂君：

我在此刻，正读完了你留在日本而去的一篇童话剧《桃色的云》。这大约是你将点字的草稿，托谁笔记下来的罢。有人对我说，那是早稻田的伊达君曾给校读一过的。字既写得仔细；言语的太古怪的，也都改正了，已成为出色的日本话了的地方，也似乎有两三处。除此以外，则全部是自然的从你的嘴唇里洋溢出来的了。看着这一篇美丽的童话，便分明的记起了你的容貌，声音，以至于语癖，感到非言语所能形容的怀念。我当此刻，正将你的戏曲摊在我的膝上，坐在那，曾经和你常常一同散步的公家地的草场上，仰望着广阔的初秋的天空。不瞬的，不瞬的看着，便觉得自己的现在的心情，和出现于你的童话里的年青的人物的心情相会解，契合而为一了。你之所谓"桃色的云"，决不是离开了我们的世界的那空想的世界。你所有的"观念之火"，也在这童话剧里燃烧着。现在，日本的青年作家的许许多，如你也曾读过了都清楚，大抵是在灰色的云中，耽着安逸的梦，也恰似这戏曲里面的青年。

你所描写的一个青年，这人在当初，本有着活泼的元气，要和现世奋斗下去的，然而不知什么时候，已经丧失了希望和元气，泥进灰色的传统的墙壁里去了，这青年的运命，仿佛正就是我们日本人的运命。日本的文化，是每十年要和时代倒行一回的，而且每一回，偶像的影子便日加其浓厚，至少也日见其浓厚。然而这一节，却也不但在我们所生长的这一国为然。就如这一次大战之前，那博识的好老头子梅垒什珂夫斯奇，也曾大叫道"俄国应该有意志"。而俄国，实在是有着那意志的。你在这粗粗一看似乎梦幻的故事里，要说给我们日本的青年者，似乎也就是这"要有意志"的事罢。

你叫喊说，"不要失望罢，因为春天是，决不是会灭亡的东西。"是的，的确，春天是决不灭亡的。

一九二一，一一，二一。

原载 1922 年 5 月 13 日《晨报副刊》。

初未收集。

五月

一日

忆爱罗先珂华希理君

代序

［日本］江口涣

前四天,在我那官宪的极严峻的检束之下,被摺进凤山丸(译者注:这是船名)的一室里,从敦贺追放出日本去的爱罗先珂华希理君,大约今明日,就要送到海参卫的埠头的罢。是的,他并非作为一个旅客而到了海参卫的埠头,倒不如说,当作一个没有人格的物件而送到的更适当。何以故呢,因为由日本的官宪所经手的他的追放,对于他的人格,是蹂躏和蔑视都到了极度的了。

这样的受了蹂躏的爱罗先珂君,睽别了七年,再踏着眷恋的故乡的土地,那熏香的五月的风,梳沐着他亚麻色的头发的时候,不知道究竟抱着怎样的感慨呵。

日本海,四百九十海里的海路,在他一生中,恐怕是未尝经验过的酸辛的行旅罢。听着喷激船侧的波涛声,回忆他过去三十一年多难的生涯,不知道暗地里揩了多少回的眼泪。或者想而又想,也许便俯伏在小床上,有时候,也许聊以自遣,微吟着心爱的故国的民谣。一想到这些事,我的心便不能不猛烈的痛楚;我的眼也不能不自然的湿润了。而与这同时,对于蹂躏他到这模样的人们,我不能不发从心底里出来的愤怒了。

委实，他的追放是，无论有谁想要怎样的强辩，然而被说为彻头彻尾全用着暴力，恐怕也无话可说的罢。

下了退去命令的那一夜，为要催爱罗先珂君到淀桥署，先来到中村屋（译者注：面包店的名字，著者就寓在这里）的四个高等系，容纳了中村屋主人相马氏的"又是盲人，又是夜里，请等到明天的早上罢"的恳请，单是守在屋外边，并没有行怎样的强制。然而一过十一点，攘攘的成堆跑来的三四十个正服和私服（译者注：指穿制服和便衣的巡警），却一齐叱咤着"内务大臣阁下的命令，没有不就在这一天接受的道理的。一个盲人，倒崛强！"一面破坏大门，破坏格扇，带靴拥上爱罗先珂君住着的楼上的一间房里去。于是围住了因为过于恐怖而哭喊的他，践踏，踢，殴打之后，不但乱暴到捉着手脚，拖下了楼梯，这回又将他推倒在木料上，打倒在地面上，毫不听他不住的说"放手罢放手罢"这反复的悲鸣，听说还在新宿街道上铺着的砾石上，沙沙的一径拖到警察署。一想起狗屠的捕狗，还用车子载着走的事来，便不能不说爱罗先珂君是受了不如野狗的酷薄的处置了。

然而加于他的身上的酷薄还不止此。被检束之后的他，除了相马氏以及别的两人之外，无论什么人都绝对的不准见。便是他到日本以来的好友秋田雨雀君，便是那温顺的秋田君也不准。而且，我的一个朋友送东西去，却以"不至于饿死的东西是喂着的，不要多事罢"这一种极其横暴的话，推回来了。即以这一句话，也便知道爱罗先珂君是受着怎样的酷薄的处置了罢。其实，他因为太激昂太悲叹了，似乎并没有吃东西。平常尚且难吃的警署的饭，在这样景况中，不能下他的喉咙，也正是当然的事了。

到决定了极对检束之后，相马氏请托说，"因为须收拾行李，暂时也好，可以给回去一趟么？"而他们却叱咤道，"若是行李，便在衙门里也能收拾，"将敞车拉到中村屋，运了所有的行李到警署去。这些东西，听说爱罗先珂君便蹲在不干净的昏暗的收押房的一角里，说着"这拿回俄国去"，或者是"这替我送给日本的谁，"或者是"这不要了,替我抛掉罢",一样一样的摸索着挑选开来,极无聊赖似的独自怆然的作那最后的收拾。那时候,他想起和自己的各个东西联络着的种种的记忆,尤其是想起从此不得不永远分离的日本的亲密的朋友们的记忆,从那紧闭的眼睑的深奥里,许是屡次的浮出伤心的眼泪罢。一想到这,我至今还即刻成了难堪的心情。

然而深于疑心的日本的官宪却毫不睬这酸楚的情形,倒似乎从旁还看他是否当真看不见或是看得见。而且,听说,疑到绝顶的他们,竟残酷到还想要硬挖开他的眼睛来。但到得明白了也仍然是真的盲人的时候,他们对于自己的下劣已极的猜疑心,究竟怀着怎样的感想呢?如果到这样而还不愧死,他们便总归不是人了。

不,猜疑还不独关于那盲目。什么他是日本的社会主义者无统治主义者和俄国的那些的连络者,什么从俄国的波尔雪维克拿了许多钱,做着宣传的事这些事,是根本的被猜疑着的。诚然,他自称是无统治主义者。然而他那无统治主义的思想,却并非从俄国,以至从印度,带到日本来的。这却是他再到日本之后,从日本的青年受了那洗礼的。就此一节,日本的官宪对于他用了怎样的颠倒的看法,那倒是值得悯杀的了。听说就在检束的时候,爱罗先珂君所有的钱非常少,便是官宪也觉得大出意料之外了。即此一端,也就知道他们是用了怎样的谬误的看法了罢。

但是我在现在,却并不想为爱罗先珂君来铺叙些辩解似的言辞。何以故呢,因为在现在,无论什么于他都是无补的了。我单要说一句话:那就是,加于他的追放,是和日本社会主义同盟的解散,都是前警保局长川村君做出来作为临行的赏钱的。那结果,川村君是,也许博得权力万能主义者的一顾,于腾达不无若干的裨益罢。

然而,因此而很深的刻在天下青年的心上的恶印象,川村君究竟预备怎么办呢?刻到这样深的憎恶之心,对于权力主义的憎恶之心,恐怕非驱了天下的青年,为随后要来的社会的大变事,钻通一条更深奥的坑道,是不会完的罢。到那时,川村君果将以怎样的心情,谢罪于所谓亲爱的国家之前呢?

我和爱罗先珂君先后只见过两回面。一回是在四月十八日的夜间,开在神田青年会馆里的晓民会的讲演会上;还有一回是在五月九日,日本社会主义同盟第二回大会遭了解散这一夜的警察署的监房中。然而这两回,他都给了我终生不能忘却的很深很深的印象了。

波纹的一直垂到肩头的亚麻色的头发,妇女子似的脸,紧闭的两边的眼睛,淡色的短衣和缀着大的铜片的宽阔的皮带,还有始终将头微微偏右的那态度,以及从这全体上自然流露出来的诚然像是艺术家的丰韵,都在我的心上,渗进了不可言喻的温暖的一种东西去了。尤其是,火一般热的握手,抒情诗的发响的幽静的那声音,便分明的说明了他是一个怎样的激烈的热情的所有者和美的梦幻的怀抱者。

现在这样的挥着万年笔之间,他的模样明明白白的浮在我的眼前了。尤其是他在晓民会的讲演会上的演说,便在此刻一想起,也还使我禁不住发出惊叹的声音。

那时的演题是《灾祸的杯》。"可怜的人类,可悯的社会,是从远的希腊罗马的古时候起,一直到今日,为要从压制者的手里,解放出自己来,好几回喝干过很苦的很苦的灾祸的杯了。希腊罗马的奴隶是要从他的可怕的主人,法国的百姓是要从那可恶的贵族,还有,俄国的劳动者和农奴是要从那无限量的压制者,救出自己来,好几回拼了性命,喝干过很苦的一杯了。世界是,在现今,都又想要重新来喝干这灾祸的杯。然而,为可怜的人类,为可悯的社会,但愿这回的杯,是须得喝干的最后之杯罢。"他说过了这样的意思之后,更翻然一转,论到思想古老的人们对于社会运动和劳动运动的看法,是怎样的颠倒了原因和结果。

"人说,没有了老鼠,那人家便会有火灾。然而其实是因为有火灾,老鼠所以离开那人家的。人又说,马蚁离开了河堤便要有洪水。

然而事实是因为有洪水，马蚁所以离开了河堤的。头脑陈旧的人们以为因为社会主义者劳动者在那里闹，所以时世坏，然而其实是也就因为时世坏了，所以社会主义者劳动主义者在那里闹的。"

前后将近四十分，这样意思的话从他的嘴里说了出来的时候，三千的听众几乎没有一个不感动的了。

那时候的他的演说，实在是一曲音乐，一篇诗。带着欧洲人一般腔调的日本话和欧洲人一般的句法，得了从他心坎中涌出的热情和响得很美的调子的帮助，将听众完全吸引过去了。实际，听众是好几次好几次，送给他真心的喝采和拍手。其中还有人这样说，"今夜单听了爱罗先珂的演说，已经尽够了。以后便是什么都没有也可以了。"

然而，我们是，他那诗一般的演说，恐怕今生再不能听到了罢。这就因为他的再来日本的事，在目下是全然不能豫期的了。不特这，便是他平安的回到故乡的事，也仿佛全然无望似的。

何以故呢，说是他在海参卫登陆之后，某国的官宪就送了□□，要在沿海洲的一角□掉他。而其理由，则为俄国人中，再没有人比他更深知某国社会运动的真相。所以倘使他回到俄国，讲了一切，便说不定要结了怎样的联络，有怎样的宣传的手要进到其国来了。某国的官宪于此一端，比什么都恐怖。

我于现在的风闻，并不一定要是认他，而也并不一定来否认。只是，一想到他在沿海洲的一角，落在□□的手里，而被□掉的事的时候，一想到妇女子似的柔和的他的身体，成了一个冰冷的死尸，土芥一般的抛弃在无涯的西伯利亚旷野之中的事的时候，新的悲哀和愤怒和憎恶，便又骎骎的来咬着我的心了。

爱罗先珂君是无统治主义者；是世界主义者；是诗人；是音乐家；而同时又是童话的作者。然而他所住的世界，却全然不是现实的世界；是美的未来的国，是乌托邦，自由乡，是近于童话的诗的世界。他的无统治主义和世界主义，也无非就是从这美的诗的世界所产出的东西罢了。

渴望着乌托邦自由乡的盲目的诗人,此刻正在日本海彼岸的什么地方彷徨呢? 用了他柔软的手,摩着印在身上的日本官宪的靴痕,肿成紫色的靴痕,而且,熬着深入骨中的那痛楚,向着那里,那破靴的趾尖想要前去呢?

然而,看见这样伤心的模样,也许只有这旬日之中罢了。而且,这旬日过去之后,不知什么时候他也许已经不是这世上的人了,因为是什么时候□□要暗袭他,也说不定的。一这样想,我的眼便又自然的湿润,我的心不得不弥满了烈火一般的愤怒了。

我惟有向运命祈祷,愿怎样的给他生命的安全,此外再没有别的路。(一九二一,六,一五。)

这回爱罗先珂君的第二创作集《最后的叹息》要付印,足助氏和许多人,都劝我做序文。然而我现在很失了健康,到底没有做序的力,没有法,便将我曾经为《读卖新闻》文艺栏所作的一篇文章来替代了。现在,爱罗先珂君是躯壳总算平安的到了上海,在那里寂寞的过活。单是关于生命的危险,在目前大抵似乎可以没有的了。所以也许有读了这篇文章,觉得奇怪的人。然而这里所写的是在追放当时的我的实际的心境,所以请用了这样的意思看去罢。

一九二一年十一日一日,在那须温泉,江口涣。

译者附记

这一篇,最先载在去年六月间的《读卖新闻》上,分作三回。但待到印在《最后的叹息》的卷首的时候,却被抹杀了六处,一共二十六行,语气零落,很不便于观看,所以现在又据《读卖新闻》补进去了。文中的几个空白,是原来如此的,据私意推测起来,空两格的大约是"刺客"两个字,空一格的大约是"杀"字。至于"某国",则自然是作者自指他的本国了。

五月一日。

原载 1922 年 5 月 14 日《晨报副刊》。

初未收集。

三日

《桃色的云》第二幕第三节中译者附白

本书开首人物目录中,鹄的群误作鸥的群。第一幕中也还有几个错字,但大抵可以意会,现在不来列举了。

又全本中人物和句子,也间有和印本不同的地方,那是印本的错误,这回都依 SF 君的校改预备再版的底本改正。惟第三幕末节中"白鹄的歌"四句,是著者新近自己加进去的,连将来再版上也没有。

五月三日记。

原载 1922 年 6 月 7 日《晨报副刊》。

初未收集。

十七日

挂　幅

[日本]夏目漱石

大刀老人决计在亡妻的三周年忌日为止,一定给竖一块石碑。

然而靠着儿子的瘦腕,才能顾得今朝,此外再不能有一文的积蓄。又是春天了,摆着赴诉一般的脸,对儿子说道,那忌日也正是三月八日哩。便只答道,哦,是呵,再没有别的话。大刀老人终于决定了卖去祖遗的珍贵的一幅画,拿来做用度。向儿子商量道,好么?儿子便淡漠到令人愤恨的赞成道,这好罢。儿子是在内务省的社寺局里做事的,拿着四十圆的月给。有妻子和两个小孩子,而且对大刀老人还要尽孝养,所以很吃力。假使老人不在,这珍贵的挂幅,也早变了便于融通的东西了。

这挂幅是一尺见方的绢本,因为有了年月,显着红黑颜色了。倘挂在暗的屋子里,黯淡到辨不出画着什么东西来。老人则称之为王若水所画的葵花。而且每月两三次,从柜子里取了出来,拂去桐箱上的尘埃,又郑重的取出里面的东西,立刻挂在三尺的墙壁上,于是定睛的看。诚然,定睛的看着时,那红黑之中,却有瘀血似的颇大的花样。有几处,也还微微的剩着疑是青绿的脱落的瘢痕,老人对了这模糊的唐画的古迹,就忘却了似乎住得太久了的住旧了的人间。有时候,望着挂幅,一面吸烟,或者喝茶。否则单是定睛的看。祖父,这什么,孩手说着走来,想用指头去触了,这才记起了年月似的,老人一面说道动不得,一面静静的起立,便去卷挂幅。于是孩子便问道,祖父,弹子糖呢?说道是了,我买弹子糖去,只是不要淘气罢,嘴里说,手里慢慢的卷好挂幅,装进桐箱,放在柜子里,便到近地散步去了。回来的时候,走到糖店里,买两袋薄荷的弹子糖,分给孩子道,哪,弹子糖。儿子是晚婚的,小孩子只六岁和四岁。

和儿子商量的翌日,老人用包袱包了桐箱,一清早便出门去,到四点钟,又拿着桐箱回来了。孩子们迎到门口,问道,祖父,弹子糖呢?老人什么也不说,进了房,从箱子里取出挂幅来挂在墙上,茫然的只管看。听说走了四五家骨董铺,有说没有落款的,有说画太剥落的,对于这画,竟没有如老人所豫期的致敬尽礼的人。

儿子说,古董店算了罢。老人也道,骨董店是不行的。过了两星期，老人又抱着桐箱出去了。是得了绍介，到儿子的课长先生的朋友那里去给赏鉴。其时也没有买回弹子糖来。儿子刚一回家，便仿佛嗔怪儿子的不德义似的说道，那样没有眼睛的人，怎么能让给他呢，在那里的都是赝物。儿子苦笑着。

到二月初旬，偶然得了好经手，老人将这一幅卖给一个好事家了。老人便到谷中去，给亡妻定下了体面的石碑，其余的存在邮局里。此后过了五六天，照常的去散步，但回来却比平常迟了二时间。其时两手抱着两个很大的弹子糖的袋。说是因为卖掉的画，还是放心不下，再去看一回，却见挂在四席半的啜茗室里，那前面插着透明一般的腊梅。老人便在这里受了香茗的招待。这比藏在我这里更放心了，老人对儿子说。儿子回答道，也许如此罢。一连三日，孩子们尽吃着弹子糖。

未另发表。

初收 1923 年 6 月上海商务印书馆版"世界丛书"之一《现代日本小说集》。

克莱喀先生

[日本]夏目漱石

克莱喀（W. J. Craig）先生是燕子似的在四层楼上做窠的。立在阶石底下，即使向上看，也望不见窗户。从下面逐渐走上去，到大腿有些酸起来的时候，这才到了先生的大门。虽说是门，也并非具备着双扉和屋顶；只在阔不满三尺的黑门扇上，挂着一个黄铜的敲子罢了。在门前休息一会，用这敲子的下端剥啄剥啄的打着门板，里面就给来开门。

来给开的总是女人。因为近视眼的缘故罢，戴着眼镜，不绝的在那里出惊。年纪约略有五十左右了，想来也该早已看惯了世间了，然而也还是只在那里出惊，睁着使人不忍敲门的这么大的眼睛，说道"请"。

一进门，女的便消失了。于是首先的客房——最初并不以为是客房，毫没有什么别的装饰，就只有两个窗户，排着许多书。克莱喀先生便大抵在这里摆阵。一见我进去，就说道"呀"的伸出手来。因为这是一个来握手罢的照会，所以握是握的，然而从那边却历来没有回握的时候。这边也不见得高兴握，本来大可以废止的了，然而仍然说道"呀"，伸出那毛氄氄的皱皮疙瘩的，而且照例的消极的手来。习惯实在是不可思议的事。

这手的所有者，便是担任我的质问的先生。初见面时，问道报酬呢？便说道是呵，一瞥窗外边，一回七先令怎么样，倘太贵，多减些也可以的。于是我定为一回七先令的比例，到月底一齐交，但有时也突然受过先生的催促。说道，君，因为有一点用度，可以付了去么等类的话。自己便从裤子的袋里掏出金币来，也不包裹，说道"哦"的送过去，先生便说着"呀，对不起"的取了去，摊开那照例的消极的手，在掌上略略一看，也就装在裤子的袋里面了。最窘的是先生决不找余款。将余款归入下月分，有时才到其次的星期内，便又说因为要买一点书之类的催促起来。

先生是爱尔兰人，言语很难懂。倘有些焦躁，便有如东京人和萨摩人吵闹时候的这么烦难。而且是很疏忽的焦急家，一到事情麻烦起来，自己便听天由命而只看着先生的脸。

那脸又决不是寻常的。因为是西洋人，鼻子高，然而有阶级，肉太厚。这一点虽然和自己很相像，但这样的鼻子，一见之后，是不会起清爽的好感情的。反之，这些地方却都乱七八糟的总似乎有些野趣。至于须髯之类。则实在黑白乱生到令人悲悯。有一回，在培凯斯忒理德（Becker Street）遇见先生的时候，觉得很像一个忘了鞭子的马夫。

先生穿白小衫和白领子，是从来没有见过的。始终穿着花条的绒衫，两脚上是臃肿的半鞋，几乎要伸进暖炉里面去，而且敲着膝头，——这时才见到，先生是在消极的手上戴着金指环的。——有时或不敲而擦着大腿，教给我书。至于教给什么，则自然是不懂。静听着，便带到先生所乐意的地方去，决不给再送回来了。而且那乐意的地方，又顺着时候的变迁和天气的情形，发生各样的变化。有时候，竟有昨日和今日之间搬了两极的事情。说得坏，那就是胡说八道罢，要评得好，却是给听些文学上的座谈。到现在想起来，一回七先令，本来没有可以得到循规蹈矩的讲义的道理，这是先生这一面不错，觉得不平的我，却胡涂了。况且先生的头，也正如那须髯所代表的一般，仿佛有些近于杂乱的情势，所以倒是不去增加报酬，请讲更其高超的讲义的好，也未可知的。

先生所得意的是诗。读诗的时候，从脸到肩膀边便阵炎似的振动。——并非诳话，确乎振动了。但是归根究底，却成了并非为我读，只是一人高吟以自乐的事，所以总而言之，也还是这一面损失。有一次，拿了思温朋（Swinburne）的叫作《罗赛蒙特》（Rosamond）的东西去，先生说给我看一看罢，朗吟了两三行，却忽而将书伏在膝髁上，说道，唉唉，不行不行，思温朋也老得做出这样的诗来了，便叹息起来。自己想到要看思温朋的杰作《亚泰兰多》（Atalanta）便在这时候。

先生以为我是一个小孩子。你知道这样的事么，你懂得那样的事么之类，常常受着无聊不堪的事的质问。刚这样想，却又突然提出了伟大的问题，飞到同辈的待遇上去了。有一回，当我面前读着渥忒孙（Watson）的诗，问道，这有说是有着像雪黎（Shelley）的地方的人和说全不相像的人，你以为怎样？以为怎样，西洋的诗，在我倘不先诉诸目，然后通过了耳朵，是完全不懂的。于是适宜的敷衍了一下。说这和雪黎是相像呢还是不相像，现在已经忘却了。然而可笑的是，先生那是照例的敲着膝头，说道我也这样想，却惶恐得不可言。

有一日，从窗口伸出头去，俯视着匆匆的走过那辽远的下界的人们，一面说道，你看，走过的人们这么多，那里面，懂诗的可是百个中没有一个，很可怜。究而言之，英吉利人是不会懂诗的国民呵。这一节，就是爱尔兰人了得，高尚得远了。——真能够体会得诗的你和我，不能不说是幸福哩。将自己归入了懂诗的一类里，虽然很多谢，但待遇却比较的颇冷淡，我于这先生，看不出一点所谓情投意合的东西来，觉得只是一个全然机械的在那里饶舌的老头子。

然而有过这样的事。因为对于自己所住的客寓很生厌了，就想寄居在这先生的家里看，有一天，照例的讲习完毕之后，请托了这一节，先生忽然敲着膝髁，说道，不错，我给你看我的家里房屋，来罢，于是从食堂，从使女室，从边门，带着各处走，全给看遍了。本来不过是四层楼上的一角，自然不广阔。只要两三分时，便已没有可看的地方。先生于是回到原位上，以为要说这样的家，所以什么处所都住不下，给我回绝了罢，却忽而讲起跋尔忒惠德曼（Walt Whitman）的事来。先前，惠德曼曾经到自己的家里来，逗留过多少时，——说话非常之快，所以不很懂，大半是惠德曼到这里来似的，——当初，初读那人的诗的时候，觉得有全不成东西的心情，但读过几遍，便逐渐有趣起来，终于非常之爱读了。所以……

借寓的事，全不知道飞到那里去了。我也只得任其自然，哦哦的答应着听。这时候，似乎又讲到雪黎和谁的吵闹的事，说道吵闹是不好的，因为这两人我都爱，我所爱的两个人吵闹起来，是很不好的，颇提出抗议的话。但无论怎样抗议，在几十年前已经吵闹过的了，也再没有什么法。

因为先生是疏忽的，所以自己的书籍之类很容易安排错。倘若寻不见，便很焦急，仿佛起了火灾似的，用了张皇的声音叫那正在厨下的老妪。于是那老妪也摆着一副张皇的脸，来到客房里。

"我，我的《威志威斯》（Wordsworth）放在那里了？"

老妪依然将那出惊的眼,睁得碟子似的偏看各书架,无论怎样的在出惊,然而很可靠,便即刻寻到《威志威斯》了。于是 Here Sir 的说着,仿佛聊以相窘似的,塞在先生的面前。先生便掣夺一般的取过来,一面用两个手指,毕毕剥剥的敲着腌臜的书面,一面便道,君,威志威斯是……的讲开场。老妪显了愈加出惊的眼退到厨下去。先生是二分间三分间的敲着《威志威斯》。而且好容易叫人寻到了的《威志威斯》。竟终于没有翻开卷。

先生也时时寄信来。那字是决计看不懂的。文字不过两三行,原也很有反复熟读的时间,但无论如何总是决不定。于是断定为从先生来信,即是有了妨碍,不能授课的事,省去了看信的工夫了。出惊的老妪偶然也代笔,那就很容易了然。先生是用着便当的书记的。先生对了我,叹息过自己的字总太劣,很困窘。又说,你这面好得多了。

我很担心,用这样的字来起稿,不知道会写出怎样的东西来呢。先生是亚覃本《沙士比亚集》(Arden Shakespeare) 的出版者。我想,那样的字,竟也会有变形为活版的资格么?然而先生却坦然的做序文,做札记。不宁惟是,曾经说道看这个罢,给我读过加在《哈谟列德》(Hamlet) 上头的绪言。第二次去的时候,说道很有趣,先生便嘱咐道,你回到日本时,千万给我介绍介绍这书罢。亚覃本《沙士比亚集》的《哈谟列德》,是自己归国后在大学讲讲义时候得了非常的利益的书籍。周到而且扼要,能如那《哈谟列德》的札记的,恐怕未必再有的了。然而在那时,却并没有觉得这样好。但对于先生的沙士比亚研究,却是早就惊服的。

在客房里,从门键这一边弯过去,有一间六席上下的小小的书斋。先生高高的做寨的地方,据实说,是这四层楼的角落,而那角之又角的处所,便有着在先生是最要紧的宝贝在那里了。——排着十来册长约一尺五寸阔约一尺的蓝面的簿子,先生一有空一有隙,便将写在纸片上的文句,钞入蓝面簿子里,仿佛悭吝人积蓄那有孔的铜钱一般,将那一点一点的增加起来,作为一生的娱乐。至于这蓝面簿子就是《沙翁字典》的原稿,则来此不久便已知道的了。听说先生因为要大成这字典,所以抛弃了威尔士(Wales)某大学的文学的讲席,腾出每日到不列颠博物馆去的工夫来。连大学的讲席尚且抛弃,则对于七先令的弟子的草草,正不是无理的事。先生的脑里,是惟此字典,终日终夜槃桓磅礴而已的。

也曾问过先生,已经有了勖密特(Schmidt)的《沙翁字典》了,却还做这样的书么?于是先生便仿佛不禁轻蔑似的,一面说道看这个罢,一面取出自己所有的《勖密特》来给我看。试看时,好个《勖密特》前后两卷一叶也没有完肤的写得乌黑了。我说着"哦"的吃了惊,只对《勖密特》看。先生其时颇得意。君,倘若做点和《勖密特》一样程度的东西,我也不必这样的费力了。说着,两个手指又一齐毕毕剥剥的敲起乌黑的《勖密特》来。

"究竟,从什么时候起,来做这样的事的呢?"

先生站起身,到对面的书架上,仿佛寻些什么模样,但又用了照例的焦躁的声音叫道,全尼(Jane),全尼,我的《道罩》(Dowden)怎么了?老妪还没有出来,已经在问《道罩》的所在。老妪又出惊的出来了。而且又照例的 Here Sir 的相窘一回,退了回去。先生于老妪的一下并不介怀,肚饿似的翻开书,唔,在这里,道罩将我的姓名明明白白的写在这里;特别的写着研究沙翁的克莱喀氏。这书是一千八百七十……年的出版,所以我的研究,还在一直以前呢……自己对于先生的忍耐,全然惊服了。顺序便问什么时候才完功。谁知道什么时候呢,是尽做到死的呵,先生说着,将《道罩》放在原处所。

我此后不久便不到先生那里去了。当不去的略略以前,先生曾说,日本的大学里,不要西洋人的教授么?倘我年纪青,也去罢。颇显着无端的感到无常的神色。先生的脸上现出感动,只有这一回。我宽慰说,岂不还年青么?答道那里那里,说不定什么时候有什么事,因为已经五十六岁了,便异样的入了静。

回到日本之后，约略过了两年，新到的文艺杂志上，载着克莱喀氏死掉的记事。是沙翁的专门学者的事，不过添写着两三行文字罢了。那时候，我放下杂志想，莫非那字典终于没有完功，竟成了废纸了么？

未另发表。

初收 1923 年 6 月上海商务印书馆版"世界丛书"之一，《现代日本小说集》。

游　戏

[日本]森鸥外

木村是官吏。

或一日，也如平日一样，午前六点钟醒过来了。是夏季的初头。外面是早就明亮了的，但使女顾忌着，单不开这一间的雨屏。蚊帐外是小小的燃着的洋灯的光，这独寝的闺，见得很寂寞。

伸出手去，机械的摸那枕边。这是寻时表。是颇大的一个镍表，有的说，这就是递信省买给车掌的东西。指针也如平日一样，恰恰指着正六点。

"喂，不开屏门么？"

使女一面拭着手，出来开雨屏。外边照旧是灰色的天空中，下着微细的雨，并不热，但是湿漉漉的空气触在脸上。

使女在单衫上，嵌进肉里去的绑了卷袖绳，将雨屏一扇一扇的装进屏箱去。额上沁出汗来了，这上面，紧帖着缭乱的短头发。

心里想："哦，今天也是一运动便热的日子呵。"从木村的租住屋到电车的停留场为止，有七八町。步行过去时，即使出门时候以为凉，待走到却出汗了。就是想到了这件事。

走出廊下洗着脸，记起今天有须赶紧送给课长的文件的事来。然而课长的到来是在八点半，所以想，八点钟到衙门就是了。

于是显着颇高兴的快活的脸，看着阴气的灰色的天空。倘给不知道木村的人一看见，便要诧异他有甚有趣，却装着那样的脸的罢。

出来洗脸的时候，使女便赶忙的迭了蚊帐，卷起被褥来。走过这处所，开了纸障子，便是书房。

两个书几，拦成九十度角的摆着。这前面铺着垫子。坐在这里，擦着了火柴，吸一支朝日①。

木村做事，是分为立刻非做不可的事，和得闲才做的事的。将一张几收拾得精空，逢到赶紧要做的事，便拿到这上面去。而且这赶紧要做的事一完结，便将搁在那一张几上的物件，接着拿到这边来。搁着的物件总很多堆积着的。这是照了缓急积叠起来的，比较的急的便放在最上面。

木村拿起那搁在垫子旁边的《日出新闻》来，摊在空虚的一张几上，翻开第七面。这是文艺栏所在的地方。

将朝日的掉下的灰，吹落在几的那边，一面看。脸上仍然很快活。

从纸障子的那边，听得拂子和扫帚的声音很剧烈。是使女赶忙的在那里扫卧房。拂子的声音尤厉害，木村也常常发过话，但改了一日，便又照旧了，不用那扎在拂子上的纸条拂，却用柄的一头拂的。木村称这事为"本能的扫除"。鸽子孵卵的时候，用那削圆棱角的白粉笔兑换了鸽卵，也仍然抱着白粉笔。忘了目的，单将手段来实行。不记得为了尘埃而拂，却只是为了拂而拂了。

但这位使女，虽然躬行本能的扫除，躬行"舌战"，然而活泼，也还中用，所以木村是满足的。舌战云者，是罗曼主义时代的一个小说家所说的话，就是说使女一遇着主人出门，便跑到四近各处去

---

① 纸烟的名目。

饶舌。

木村看完了什么之后，略略皱一皱眉。大抵无论何时，凡是放下新闻的时候，若不是极 Apathique（漠然）的表情，便是皱一皱眉。这就因为新闻的记载，是成不了毒也做不了药的东西，或者是木村以为不公平的东西的缘故。既如此，似乎不看也就是了，然而仍然看。看了之后，显出无动于中的神色，或者略略皱一皱眉，便立刻回复了快活的脸。

木村是文学者。

在衙门里，办着麻烦的，没精打采的，增添补凑的那些事，快要成为秃头了，也历来没有阔，但在当作文学者这一面，却颇也为世所知的。并没有做什么好著作，而颇也为世所知。且不特为世所知而已。一旦为世所知，做官这一面便变了外放之类，被当作已经死了似的看待，一直到将成秃头之后，再回东京，才作为文学者而复活起来。实在是很费手脚的履历。

倘说木村看了文艺栏，觉得不公平是因为自利，被贬便怒，被褒便喜，那怕是冤枉的罢。不论我的事，人的事，看见称赞着无聊的东西，糟蹋着有味的东西，所以觉得不公平的。不消说：遇有说着自己的时候，便自然感得更切实。

卢斯福（Roosevelt）遍地的走，说着"见得不公平就战罢"的道要。木村何以不战呢？其实，木村前半生中，也曾大战过来的。然而目下正在做官，一发议论，便做不出著作了。自从复活以来，虽然坏，也在做著作，议论之类是不能发的。

这一日的文艺栏上，写着这样的事：

"在文艺上有所谓情调。情调是成立于 Situation（情况）的上面，然而是 Indéfinissable（不可言说）的。登在与木村有关系的杂志上的作品，无一篇有情调。木村自己的东西也似乎没有情调。"

约而言之，就是这一点。而且反之，还揭着所谓有情调的文艺的例，但这些也并不是木村一一佩服的东西。这之中，连木村以为体面的作家，不做那样的文章才好的东西之流，也举在例子里。

要之，写在那里的话，在木村是不很懂。即使看了"成立在 Situation 之上的情调"这话，也是什么都不能想清楚的。哲学的书，论艺术的书，木村也看得颇不少了，但看这句话，却是什么都不能想清楚。诚然，在文艺里，也有着要说是 Indéfinissable，便也可以说得似的，有趣的地方的。这能想。然而 Situation 是什么呢？不是说古来的剧曲之类，将人物分配了时候和处所而做成的东西么？这与巴尔（Hermann Bahr）以为旧文艺的好处，在急剧，丰富，有变化的行为的紧张这些话，岂不是没有差别么？说是单能在这样的东西上成立，在木村是不懂的。

木村也并非自信有如此之强的人，但对于这不懂，却不以为自己的脑力坏。其实倒反为记者想起了颇可悯而且失敬的事。一看那揭着的有情调的作品的例，便想到尤其失敬的事来了。

木村的颦蹙的脸，即刻快活起来了。而且因了单身人都整饬的脾气，好好的折了新闻，放在书房的廊下的角落里。这样放着，使女便拿去擦洋灯，有用剩的，卖给废纸担。

这写得颇长了，而实际是二三分间的事。吸一支朝日之间的事。

将朝日的烟蒂抛在当作灰盘用的石决明壳里，木村同时仿佛想到了什么似的，独自笑着，一捧就捧着积在旁边几上的十几本 Manuscripts（原稿）似的东西，搬到衣橱上去了。

这是日出新闻社所托付的应募剧本。

日出新闻社悬了赏，募集剧本的时候，木村是选者。木村有着连呼吸也运不过来的事务，没有看应募剧本的工夫。要匀出这样的工夫来，除了用那吸烟的休憩时间之外再没有别的法。

在吸烟休憩时候，是谁也不愿意做不愉快的事的。应募剧本之流，看了觉得有趣的，是十之中说不定是否有一。

而竟答应了看卷者，是受了托，勉勉强强的答应下来的。

木村常常被《日出新闻》的第三面上说坏话。无论什么时候，总是用"木村先生一派的风俗坏乱"这一句话的。有一回，因为有一个剧场，要演西洋的谁所做的戏剧，用了木村的译本的时候，也写着照例的坏话。要说起这是怎样的剧本来，却不但是在 Censure（检阅）严到可笑的柏林和维也纳，都准印成书本去发行，连在剧场扮演，也毫不为奇的，颇为甜熟的剧本罢了。

然而这是三面记者所写的事。木村不明白新闻社里的事情，新闻社的艺术上的意见，没有普及到第三面也并不见怪的。

现在看见的却两样。在文艺栏，即使有着个人的署名，然而并不加什么案语，便已登载的议论，则也如政治的社说一般，便当作该社的文艺观来看待，也就无所不可罢。在这里，说木村所做的东西没有情调，木村参与选择的杂志上所载的作品也没有情调，那就是说木村是不懂文艺的了。何以教不懂文艺的人，来选剧本的呢？倘若没有情调的剧本入了选，又怎么好呢？这样做法，对得起应募的作者么？作者那边固然对不起，而于这边也对不起的，木村想。

木村是被称为坏的意义这一面的 Dilettante（游戏于艺术的人）的，以此即使不落这样的难，来看并不有趣的东西，也还可以过活。总而言之，廓清这一大堆的事，是敬谢不敏了，这样想着，所以搬到衣橱上去的。

写起来长了，然而这是一秒间的事。

隔壁的屋子里，本能的扫除的声音停止了，纸障子开开了。搬出饭来了。

木村用那混着芋头的酱汤来吃早饭。

吃完饭，喝一杯茶，脊梁上便沁出汗来。夏天究竟是夏天哪，木村想。

木村换上洋服，将一个整包的朝日塞在衣袋里，走向大门去。这里已经摆着饭包和洋伞，靴子也擦好了。

木村撑了伞，橐橐的出去了。到停留场去的路，是一条店铺栉比的狭路，经过的时候，店主人要打招呼的店是大抵有一定的几家的。这里便留心着走。这四近，对木村怀着好意来打招呼之类的也有，冷淡的装着不相干的脸的也有，至于抱着敌对的感想的人，却仿佛没有似的。

于是木村先推察这些招呼的人是怀着怎样的心情。第一，他们确乎想，做小说的人是一种古怪人。以为古怪人的时候，立刻又觉得是可怜的人，所以来给一点 Protégé（惠顾）的。这在招呼的表情上可以看得出。木村对于这事，并不以为可憎，但不消说，自然也不觉得多谢。

正如邻近的人的态度一样，木村这人，在社交上也不很有什么对头。也只有当作呆子看，来表点好意的人，和全然冷淡，置之不理的人罢了。

加以在文坛上，又时时被驱除。

木村想，只要人们肯置之不理，这就好了。虽说置之不理惟有著作却要请准他做做的。心里想，不要看错了东西，便破口骂倒等等就好，倘有和自己有着相同的感的人，那就运气了。这是在心的很深很深的地方这样想。

到停留场的路走了一半的时候，从横街里走出一个叫作小川的人来了。这人也在同衙门里办事，每三回里大约总有一回遇在路上的。

“自以为今天早一点，却又和你遇着了。”小川说，偏了伞子，并着走。

“这样的么，……”

“平常不是总是你先到么。想着些什么似的。想着大作的趣向罢。”

木村每听到这样的话，便感着被搔了痒的心情。但仍旧摆着照例的快活的脸，不开口。

“近来，翻了一翻《太阳》，里面有些说你在衙门里的秩序的生活和艺术的生活,是正相矛盾,到底调和不得的这类话。见了么?"

"见过了。说的是坏乱风俗的艺术和官吏服务规则,并无调和的方法这等意思罢。"

"原来,是有着风俗坏乱这类字面的。我却没有这样的去解释。单当作艺术和官吏了。政治之流,倘尽着现状这样下去,是一时的东西,艺术是永远的东西呵。政治是一国的东西,艺术是人类的东西呵。"小川是衙门里的饶舌家,木村始终觉得讨厌的,但努力不教露出这颜色。他仿佛老病复发似的,响亮起来了。"然而,你看着卢斯福在各处讲演的演说罢。假使依了此公所说的来做,政治也就不是一时的东西了。不单是一国的东西了。再将这事高尚一点,政治便成为大艺术哩。我想,这和你们的理想倒许是一致的,怎样?"

木村以为很胡涂,极要皱一皱眉了,却熬着。

这之间,到了停留场。因为是末站,所以早出晚归,便正须坐在满座的车子上。两人在红柱子下,并撑了伞立候着,走过二辆车,好容易才挤上了。

两人都挽在皮带上。小川似乎饶舌还没有够。

"喂,我的艺术观如何?"

"我是不去想这些事的。"木村懒懒的答。

"怎样想,才动笔的呢?"

"并不怎样想。要做的时候便做。可以说,仿佛和要吃的时候便吃差不多罢。"

"本能么?"

"也并非本能。"

"何以?"

"意识了做的。"

"哼。"小川显了异样的脸色说,不知道怎么想去了,从此直到下电车,没有再开口。

和小川分了手,木村走到自己的房屋面前,将帽挂在帽架上,插了伞。挂着的帽子还只有二三顶。

门开着,挂着竹帘。经过了穿着白制服的听差的旁边,走到自己的桌前去。先到的人也还没有出手来办公,在那里摇扇子。也有交换"早上好"的。也有默默的用下颏打招呼的。所有的脸都是苍白的没有元气的脸。这也无怪,每一月里没有一个不生一回病的。不生的,只有木村。

木村从帖着"特别案卷"的签条的,熏旧的书架上,取出翻潮的文件来,在桌子上堆了两大堆。低的一堆,是天天办去的东西,那上面,有一套拖着舌头似的,帖着红签的文件。这就是今天必须交给课长的要紧的事情。高的一堆,是随时慢慢办去便成的公事。除了本分的分任事务之外,因为要订正字句,从别的局所里,也有文件送到木村这里来。那些东西,倘有并不紧急的,便也归在这里面。

取出了文件,坐在椅子上,木村便摸出那照例的车掌的表来看。到八点还差十分。等课长到来为止,还有四十分。

木村翻开那高的一堆的上面的文件来,看了一回,便用糊板上的浆糊,帖上纸条,在这里写上些什么去。纸条是许多张的用纸捻子穿着,挂在桌子旁边的。在衙门里,称之为附笺。

木村泰然的坐着,飒飒的办公,这其间,那脸始终很快活。这样的时候的木村的心情,是颇有些难于说明的。这人不论做什么事,总抱着孩子正在游戏一般的心情。同是游戏,有有的趣,也有无聊的。这办事,却是以为无聊的这一类。衙门的公事,并不是笑谈。那是政府的大机关的一个小齿轮,自己在回旋的事,是分明自觉着的。自觉着,而办着这些事的心情,却像游戏一般。脸上之所以快活者,便是这心情的发现。

办完一件事,就吸一支朝日。这时候,木村的空想也往往胡闹起来。心里想,所谓分业者,在抽了下下签的人,也就成了很无聊的事了。然而并没有觉得不平。虽然这样,却又并不怀着以此为己的命运的,类乎 Fataliste(运命论者)的思想。也常想,这样的事务,歇了怎样呢。于是便想到歇了以后的事。假定就目前的景况,在洋灯下写,从早到晚的著作起来罢。这人在著作时候,也抱着孩子正在闹心爱的游戏似的心情的。这并非说没有苦处。无论做什么 Sport(玩耍),都要跳过障碍。也未尝不知道艺术是并非笑谈。拿在自己手上的工具,倘交给巨匠名家的手里,能造出震惊世界的作品的事,是自觉着的。然而一面自觉,一面却怀着游戏的心情。庚勃多(Gambetta)的兵,有一次教突击而气馁了,庚勃多说吹喇叭罢,但是进击的谱没有吹,却吹了 Réveil(起床)的谱。意大利人站在生死的界上,也还有游戏的心情。总而言之,在木村,无论做什么都是游戏。同是游戏,心爱的有趣的这一种,比无聊的好,是一定不易的。但倘若从早到晚专做这一种,许要觉得单调而生厌罢。现在的无聊的事务,却也还有破这单调的功能。

歇了这事务之后,要破那著作生活的单调,该怎么办呢?这是有社交,有旅行。然而都要钱的。既不愿用旁观别人钓鱼一般的态度,到交际社会去;要做了戈理基(Gorki)那样的 Vagabcndage(放浪)觉得愉快,倘没有俄国人这样的遗传,又仿佛到底不行似的。于是想,也许仍然是做官好罢。而这样想来,也并没有起什么别的绝望似的苦痛的感想。

有时候,空想愈加放纵起来了,见了战争的梦,假设着想,喇叭吹着进击的谱,望了高揭的旗,快跑,这可是爽快呵。木村虽然没有生过病,然而身材小,又瘦削,不被选去做征兵,因此未曾上过阵。但听人说过,虽曰壮烈的进击,其实有时也或躲在土袋后面爬上去的,这时记起来了。于是减少了若干的兴味。便是自己,倘使身临其境,也不辞藏身土袋之后而爬的。然而所谓壮烈呀爽快呀之类的想象稀薄了。其次又设想,即使能够出战,也许编入辎重队,专使搬东西。便是自己,倘教站在车前就拉罢,站在车后便推罢。然而与壮烈以及爽快,却愈见其辽远了。

有时候,见着航海的梦。倘凌了屋一般的波涛,渡了大洋,好愉快罢。在地极的冰上，插起国旗来，也愉快罢，这样架空的想。然而这些事也有分业的，说不定专使你去烧锅炉的火，这么一想，Enthousiasme（热诚）的梦便惊醒了。

木村办完了一件事，将这一起案卷，推向桌子的对面，从高的一堆上又取下一套案卷来。先前的是半纸的格子纸，这回的是紫线的西洋纸了。密密的帖在手掌上，宛然是和竹竿一同捏着了蜗牛的心情。

这时为止，已经渐次的走出五六个同僚来，不知什么时候桌子早都坐满了。摇过八点的铃，暂时之后，课长出来了。

木村当课长还未坐下的时候，便拿了帖着红签的文件过去了，略远的站着，看课长慢慢的从 Portefeuille（护书）里取出文件来，揭开砚匣的盖子，磨墨。磨完了墨之后，偶然似的转向这边来了。是比起木村来，约小三四岁的一个年青的法学博士，在眼鼻紧凑，没有余地，敏捷似的脸上，戴着金边的眼镜。

"昨天嘱咐的文件……"说了一半话，送上文件去。课长接了，大略的看完，说道，"这就好。"

木村觉着卸了重担似的心情，回到自己的位子上。一回通不过的文件，第二回便很不容易直截了当的通过。三回四回的教改正。这之间，那边也种种的想，便和最先所说的话有些两样起来。于是终于成为无法可施。所以一回通过便喜欢了。

回到位子上一看，茶已经摆着了。八点到地的时候一杯，午后办公时候三点前后一杯，是即使不开口，听差也会送来的。是单有颜色，并无味道的茶。喝完之后，碗底里沉着许多滓。

木村喝了茶，照旧泰然的坐着，不歇的飒飒的办事。低的一堆的文件的办理，只要间或拿出簿子来一参照，都如飞的妥帖了。办妥的东西，加了检印，使听差送到该送的地方去。文件里面，也有直送给课长那里的。

这其间又送来新文件。红签的立刻办，别的便归入或一堆中；

电报大抵照红签的一样办。

正在办事,骤然热起来了,一瞥对面的窗,早上看见灰色的天空的处所,已经团簇着带紫的暗色的云了。

看那些同僚的脸,都显着非常疲乏的颜色,大抵下颚弛缓挂下了,脸相看去便似乎长了一些了。屋子里潮湿的空气,浓厚起来,觉得压着头脑。即使没有现在这样特别的热的时候,办公时间略开头,从厕所回来,一进廊下,那坏的烟草的气息和汗的气味,也使人有要噎的心情。虽然如此,比起到了冬天,烧着暖炉,关上门户的时候来,夏天的此时又要算好得多了。

木村看了同僚的脸,略略皱一皱眉,但立刻又变了快活的脸,动手办公事。

过了片时,动了雷,下起大雨来了,雨点打着窗户,发出可怕的声音。屋里的人都放下事务向窗户看。木村右邻的一个叫山田的人说:

"正觉得闷热,到底下了暴雨了。"

"是呵,"木村向右边转过快活的照例的脸去说。

山田一见这脸,仿佛突然想到了似的,低声说道:

"你固然是迅速的办着事,但从旁看来,不知怎的总仿佛觉得在那里开玩笑似的。"

"那有这样的事呢。"木村恬然的答。

木村被人这么说,已经不知多少次了。说这人的表情,言语,举动,都催促人说出这样的话,也无所不可的。在衙门里,先代的课长也说是欠恳切,很厌恶。文坛上,则批评家以为不认真,正在贬斥他。娶过一回妻,不幸而走散了,平生因为什么机会冲突起来的时候,说道"你只在那里愚弄我",便是那细君的非难的大宗。

木村的心情,是无所谓认真认假的,但因为对于一切事的"游戏"的心情,致使并非哪拉(Nora)的细君,也感到被当作傀儡,当作玩物的不愉快了。

在木村呢，这游戏的心情是"被给与的事实"。和木村往还的一个青年文士曾经说，"先生是欠缺着现代人的紧要的性质的。这是Nervosité（神经质）呵。"然而木村也似乎并不格外觉得不幸。大雨之后，接着小雨，但也没有什么很凉。

一到十一点半，住在远处的人便进了食堂吃饭去。木村是办事办到放午炮，于是一个人再吃饭的。

两三个同僚走向食堂的时候，电话的铃响起来了。听差去听了几句话，说道"请候一候"便走到木村这里来。

"日出新闻社的人，说要请说几句话。"

木村走到电话机那里。

"喂，我是木村，什么事呢？"

"木村先生么？劳了驾，对不起的很了。就是那应募的剧本呵，不知道什么时候可以看了呢。"

"是呵。近来忙，还不能立刻就看呢。"

"哦。"怎么说才好，暂时想着似的。"那就再领教罢。拜托拜托。"

"再见。"

"再见。"

微笑的影，掠过木村的脸上了。而且心里想，那剧本，一时未必走下衣橱来哩。倘是先前的木村，就会说些"那是决定不看了"之类的话，在电话上吵嘴。现在是温和得多了，但他的微笑中，却有若干的Bosheit（恶意）在里面。然而这样的些少的恶意，也未必能成为尼采主义的现代人罢。

午炮响了。都拿出表来对。木村也拿出照例的车掌的表来对。同僚早已收拾了案卷，一下子退出去了。木村只和听差剩了两人，慢慢的将案卷收在书架里，进食堂去，慢慢的吃了饭，于是坐上了汗臭的满员的电车。

未另发表。

初收 1923 年 6 月上海商务印书馆版"世界丛书"之一
《现代日本小说集》。

与幼小者

[日本]有岛武郎

你们长大起来,养育到成了一个成人的时候——那时候,你们的爸爸可还活着,那固然是说不定的事——想来总会有展开了父亲的遗书来看的机会的罢。到那时候,这小小的一篇记载,也就出现在你们的眼前了。时光是骎骎的驰过去。为你们之父的我,那时怎样的映在你们的眼里,这是无从推测的。恐怕也如我在现在,嗤笑怜悯那过去的时代一般,你们或者也要嗤笑怜悯我的陈腐的心情。我为你们计;惟愿其如此。你们倘不是毫不顾忌的将我做了踏台,超过了我,进到高的远的地方去,那是错的。然而我想。有怎样的深爱你们的人,现在这世上,或曾在这世上的一个事实,于你们却永远是必要的。当你们看着这篇文章,悯笑我的思想的未熟而且顽固之间,我以为,我们的爱,倘不温暖你们,慰藉你们,勉励你们,使你们的心中,尝着人生的可能性,是决不至于的。所以我对着你们,写下这文章来。

你们在去年,永久的失掉了一个的,只有一个的亲娘。你们是生来不久,便被夺去了生命上最紧要的养分了。你们的人生,即此就暗淡。在近来,有一个杂志社来说,教写一点"我的母亲"这一种小小的感想的时候,我毫不经心的写道,"自己的幸福,是在母亲从头便是一人,现在也活着,"便算事了。而我的万年笔将停未停之际,我便想起了你们。我的心仿佛做了什么恶事似的痛楚了。然而事实是事实。这一点,我是幸福的。你们是不幸的。是再没有恢复

400

的路的不幸。阿阿,不幸的人们呵。

从夜里三时起,开始了缓慢的阵痛,不安弥满了家中,从现在想起来,已经是七年前的事了。那是非常的大风雪,便在北海道,也是不常遇到的极厉害的大风雪的一天。和市街离开的河边上的孤屋,要飞去似的动摇,吹来粘在窗玻璃上的粉雪,又重叠的遮住了本已包在绵云中间的阳光,那夜的黑暗,便什么时候,都不退出屋里去。在电灯已熄的薄暗里,裹着白的东西的你们的母亲,是昏瞀似的呻吟着苦痛。我教一个学生和一个使女帮着忙,生起火来,沸起水来,又派出人去。待产婆被雪下得白白的扑了进来的时候,合家的人便不由的都宽一口气,觉得安堵了。但到了午间,到了午后,还不见生产的模样,在产婆和看护妇的脸上,一看见只有我看见的担心的颜色,我便完全慌张了。不能躲在书斋里,专等候结果了。我走进产房去,当了紧紧的捏住产妇的两手的脚色。每起一回阵痛,产婆便叱责似的督励着产妇,想给从速的完功。然而暂时的苦痛之后,产妇又便入了熟睡,竟至于打着鼾,平平稳稳的似乎什么都忘却了。产婆和随后赶到的医生,只是面面相觑的吐着气。医生每遇见昏睡,仿佛便在那里想用什么非常的手段一般。

到下午,门外的大风雪逐渐平静起来,泄出了浓厚的雪云间的薄日的光辉,且来和积在窗间的雪偷偷的嬉戏了。然而在房里面的人们,却愈包在沉重的不安的云片里。医生是医生,产婆是产婆,我是我,各被各人的不安抓住了。这之中,似乎全不觉到什么危害的,是只有身临着最可怕的深渊的产妇和胎儿。两个生命,都昏昏的睡到死里去。

大概恰在三时的时候,——起了产气以后的第十二时——在催夕的日光中,起了该是最后的激烈的阵痛了。宛然用肉眼看着噩梦一般,产妇圆睁了眼,并无目的的看定了一处地方,与其说苦楚,还不如说吓人的皱了脸。而且将我的上身拉向自己的胸前,两手在背上挠乱的抱紧了。那力量,觉得倘使我没有和产妇一样的着力,那产妇的臂膊便会挤破了我的胸脯。在这里的人们的心,不由的全都吃紧起来,医生和产婆都忘了地方似的,用大声勉励着产妇。

骤然间感着了产妇的握力的宽松,我抬起脸来看。产婆的膝边仰天的躺着一个没有血色的婴儿。产婆像打球一般的拍着那胸膛,一面连说道葡萄酒葡萄酒。看护妇将这拿来了。产婆用了脸和言语,教将酒倒在脸盆里。盆里的汤便和剧烈的芳香同时变了血一样的颜色。婴儿被浸在这里面了。暂时之后,便破了不容呼吸的紧张的沉默,很细的响出了低微的啼声。

广大的天地之间,一个母亲和一个儿子,在这一刹那中忽而出现了。

那时候,新的母亲看着我,软弱的微笑。我一见这,便无端的满眼渗出泪来。我不知道怎样才可以表现这事给你们看。说是我的生命的全体,从我的眼里挤出了泪,也许还可以适当罢。从这时候起,生活的诸相便都在眼前改变了。

你们之中,最先的见了人世之光者,是这样的见了人世之光的。第二个和第三个也如此。即使生产有难易之差,然而在给与父母的不可思议的印象上却没有变。

这样子,年青的夫妇便陆续的成了你们三个的父母了。

我在那时节,心里面有着太多的问题。而始终碌碌,从没有做着一件自己近于"满足"的事。无论什么事,全要独自咬实了看,是我生来的性质,所以表面上虽然过着极普通的生活,而我的心却又苦闷于动不动便骤然涌出的不安。有时悔结婚。有时嫌恶你们的诞育。为什么不待自己的生活的旗色分外鲜明之后,再来结婚的呢?为什么情愿将因为有妻,所以不能不拖在后面的几个重量,系在腰间的呢?为什么不可不将两人肉欲的结果,当作天赐的东西一般看待呢?耗费在建立家庭上的努力和精力,自己不是可以用在别的地方的么?

我因为自己的心的扰乱,常使你们的母亲因而啼哭,因而凄凉。

而且对付你们也没有理。一听到你们稍为执拗的哭泣或是歪缠的声音，我便总要做些什么残虐的事才罢手。倘在对着原稿纸的时候，你们的母亲若有一件些小的家务的商量，或者你们有什么啼哭的喧闹，我便不由的拍案站立起来。而且虽然明知道事后会感着难堪的寂寞，但对于你们也仍然加以严厉的责罚，或激烈的言辞。

然而运命来惩罚我这任意和暗昧的时候竟到了。无论如何，总不能将你们任凭保姆，每夜里，使你们三个睡在自己的枕边和左右，通夜的使一个安眠，给一个热牛乳，给一个解小溲，自己没有熟睡的工夫，用尽了爱的限量的你们的母亲，是发了四十一度的可怕的热而躺倒了。这时的吃惊固然也不小，但当来诊的两个医生异口同声的说有结核的征候的时节，我只是无端的变了青苍。检痰的结果，是给医生们的鉴定加了凭证。而留下了四岁和三岁和两岁的你们，在十月杪的凄清的秋日里，母亲是成了一个不能不进病院的人了。

我做完日里的事，便飞速的回家。于是领了你们的一个或两个，匆匆的往病院去。我一住在那街上，便来做事的一个勤恳的门徒的老妪，在那里照应病室里的事情。那老妪一见你们的模样，便暗暗的拭着眼泪了。你们一在床上看见了母亲，立刻要奔去，要缠住。而还没有给伊知道是结核症的你们的母亲，也仿佛拥抱宝贝似的，要将你们聚到自己的胸前去。我便不能不随宜的支梧着，使你们不太近伊的床前。正尽着忠义，却从周围的人受了极端的误解，而又在万不可辩解的情况中，在这般情况中的人所尝的心绪，我也尝过了许多回。虽然如此，我却早没有愤怒的勇气了。待到像拉开一般的将你们远离了母亲，同就归途的时候，大抵街灯的光已经淡淡的照着道路。进了门口，只有雇工看着家。他们虽有两三人却并不给留在家里的婴儿换一换衬布。不舒服似的啼哭着的婴儿的胯下，往往是湿漉漉的。

你们是出奇的不亲近别人的孩子。好容易使你们睡去了，我才走进书斋去做些调查的工夫。身体疲乏了，精神却昂奋着。待到调查完毕,正要就床的十一时前后的时候,已经成了神经过敏的你们,便做了夜梦之类,惊慌着醒来了。一到黎明,你们中的一个便哭着要吃奶。我被这一惊起,便到早晨不能再闭上眼睛。吃过早饭,我红了眼,抱着中间有了硬核一般的头,走向办事的地方去。

在北国里,眼见得冬天要逼近了。有一天,我到病院去,你们的母亲坐在床上正眺着窗外,但是一见我,便说道想要及早的退了院。说是看见窗外的枫树已经那样觉得凄凉了。诚然,当入院之初,燃烧似的饰在枝头的叶,已是雕零到不留一片,花坛上的菊也为寒霜所损,未到萎落的时候便已萎落了。我暗想,即此每天给伊看这凄凉的情状,也就是不相宜的。然而母亲的真的心思其实不在此,是在一刻也忍不住再离开了你们。

终于到了退院的那一天,却是一个下着雪子,呼呼的吼着寒风的坏日子,我因此想劝伊暂时消停,事务一完,便跑到病院去。然而病房已经空虚了,先前说过的老妪在屋角上,草草的摒当着讨得的东西,以及垫子和茶具。慌忙回家看,你们早聚在母亲的身边,高兴的嚷着了。我一见这,也不由的坠了泪。

不知不识之间,我们已成了不可分离的东西了。亲子五人在逐步逼紧的寒冷之前,宛然是缩小起来以护自身的杂草的根株一般,大家互相紧挨,互分着温暖。但是北国的寒冷,却冷到我们四个的温度,也无济于事了。我于是和一个病人以及天真烂熳的你们,虽然劳顿,却不得不旅雁似的逃向南边去。

离背了诞生而且长育了你们三个人的土地,上了旅行的长途,那是初雪纷纷的下得不住的一夜里的事。忘不掉的几个容颜,从昏暗的车站的月台上很对我们惜别。阴郁的轻津海峡的海色已在后面了。直跟到东京为止的一个学生,抱着你们中间的最小的一个,母亲似的通夜没有歇。要记载起这样的事来,是无限量的。总而言之,我们是幸而一无灾祸,经过了两天的忧郁的旅行之后,竟到了晚秋的东京了。

和先前住居的地方不一样,东京有许多亲戚和兄弟,都为我们表了很深的同情。这于我不知道添多少的力量呵。不多时,你们的母亲便住在 K 海岸的租来的一所狭小的别墅里,我便住在邻近的旅馆里,由此日日去招呼。一时之间是病势见得非常之轻减了。你们和母亲和我,至于可以走到海岸的沙丘上,当看太阳,很愉快经过二三时间了。

运命是什么意思,给我这样的小康,那可不知道。然而他是不问有怎样的事,要做的事总非做完不可的。这年已近年底的时候,你们的母亲因为大意受了寒,从此日见其沉重了。而且你们中的一个,又突然发了原因不明的高热。我不忍将这生病的事通知母亲去。病儿是病儿,又不肯暂时放开我。你们的母亲却来责备我的疏远了。我于是躺倒了。只得和病儿并了枕,为了迄今未曾亲历过的高热而呻吟了。我的职业么?我的职业是离开我已经有千里之远了。但是我早经不悔恨。为了你们,要战斗到最后才歇的一种热意,比病热还要旺盛的烧着我的胸中。

正月间便到了悲剧的绝顶。你们的母亲已经到非知道自己的病的真相不可的窘地了。给做了这烦难的脚色的医生回去之后,见过你们的母亲的脸的我的记忆,一生中总要鞭策我罢。显着苍白的清朗的脸色,仍然靠在枕上,母亲是使那微笑,说出冷静的觉悟来,静静的看着我。在这上面,混合着对于死的 Resignation(觉悟)和对于你们的强韧的执着。这竟有些阴惨了。我被袭于凄怆之情,不由的低了眼。

终于到了移进 H 海岸的病院这一天。你们的母亲决心很坚,倘不全愈,那便死也不和你们再相见。穿好了未必再穿——而实际竟没有穿——的好衣服,走出屋来的母亲,在内外的母亲们的眼前,潸然的痛哭了。虽是女人,但气象超拔而强健的你们的母亲,即使只有和我两人的时候,也可以说是从来没有给看过一回哭相,然而这时的泪,却拭了还只是奔流下来。那热泪,是惟你们的崇高的所有物。这在现今是干涸了。成了横亘太空的一缕云气么,变了溪壑川流的水的一滴么,成了大海的泡沫之一么,或者又装在想不到的人的泪堂里面么,那是不知道。然而那热泪,总之是惟你们的崇高的所有物了。

一到停着自动车的处所,你们之中正在热病的善后的一个,因为不能站,被使女背负着——一个是得得的走着——最小的孩子,是祖父母怕母亲过于伤心了,没有领到这里来——出来送母亲了。你们的天真烂熳的诧异的眼睛,只向了大的自动车看。你们的母亲是凄然的看着这情形。待到自动车一动弹,你们听了使女的话,军人似的一举手。母亲笑着略略的点头。你们未必料到,母亲是从这一瞬息间以后,便要永久的离开你们的罢。不幸的人们呵。

从此以后,直到你们的母亲停止了最后的呼吸为止的一年零七个月中,在我们之间,都奋斗着剧烈的争战。母亲是为了对于死要取高的态度,对于你们要留下最大的爱,对于我要得适中的理解;我是为了要从病魔救出你们的母亲,要勇敢的在双肩上担起了逼着自己的运命;你们是为了要从不可思议的运命里解放出自己来,要将自己嵌进与本身不相称的境遇里去,而争战了。说是战到鲜血淋漓了也可以。我和母亲和你们,受着弹丸,受着刀伤。倒了又起,起了又倒的多少回呵。

你们到了六岁和五岁和四岁这一年的八月二日,死终于杀到了。死压倒了一切。而死救助了一切了。

你们的母亲的遗书中,最崇高的部分,是给与你们的一节,倘有看这文章的时候,最好是同时一看母亲的遗书。母亲是流着血泪,而死也不和你们相见的决心终于没有变。这也并不是单因为怕有病菌传染给你们。却因为怕将惨酷的死的模样,示给你们的清白的心,使你们的一生增加了暗淡,怕在你们应当逐日生长起来的灵魂上,留下一些较大的伤痕。使幼儿知道死,是不但无益,反而有害的。但愿葬式的时候,教使女带领着,过一天愉快的日子。你们的母亲这样写。又有诗句道：

"思子的亲的心是太阳的光普照诸世间似的广大。"

母亲亡故的时候，你们正在信州的山上。我的叔父，那来信甚而至于说，倘不给送母亲的临终，怕要成一生的恨事罢，但我却硬托了他，不使你们从山中回到家里，对于这我，你们有时或者以为残酷，也未可知的。现在是十一时半了。写这文章的屋子的邻室里，并了枕熟睡着你们。你们还幼小。倘你们到了我一般的年纪，对于我所做的事，就是母亲想要使我来做的事，总会到觉得高贵的时候罢。

我自此以来，是走着怎样的路呢？因了你们的母亲的死，我撞见了自己可以活下去的大路了。我知道了只要爱护着自己，不要错误的走着这一条路便可以了。我曾在一篇创作里，描写过一个决计将妻子作为牺牲的男人的事。在事实上，你们的母亲是给我做了牺牲了。像我这样的不知道使用现成的力量的人，是没有的。我的周围的人们是只知道将我当作一个小心的，鲁钝的，不能做事的，可怜的男人；却没有一个肯试使我贯彻了我的小心和鲁钝和无能力来看。这一端，你们的母亲可是成就了我。我在自己的孱弱里，感到力量了。我在不能做事处寻到了事情，在不能大胆处寻到了大胆，在不锐敏处寻到了锐敏。换句话说，就是我锐敏的看透了自己的鲁钝，大胆的认得了自己的小心，用劳役来体验自己的无能力。我以为用了这力，便可以鞭策自己，生发别样的。你们倘或有眺望我的过去的时候，也该会知道我也并非徒然的生活，而替我欢喜的罢。

雨之类只是下，悒郁的情况涨满了家中的日子，动不动，你们中的一个便默默的走进我的书斋来。而且只叫一声爹爹，就靠在我的膝上，啜啜的哭起来了。唉唉，有什么要从你们的天真烂熳的眼睛里要求眼泪呢？不幸的人们呵。再没有比看见你们倒在无端的悲哀里的时候，更觉得人世的凄凉了。也没有比看见你们活泼的向我说过早上的套语，于是跑到母亲的照像面前，快活的叫道"亲娘，早

407

上好?"的时候,更是猛然的直穿透我的心底里的时候了。我在这时,便悚然的在目前看见了无劫的世界。

世上的人们以为我的这述怀是呆气,是可以无疑的。因为所谓悼亡,不过是多到无处不有的事件中的一件。要将这样的事当作一宗要件,世人也还没有如此之闲空。这是确凿如此的。但虽然如此,我不必说,便是你们,也会逐渐的到了觉得母亲的死,是一件什么也替代不来的悲哀和缺憾的事的时候。世人说是不关心,这不必引以为耻的。这并不是可耻的事。我们在人间常有的事件中间,也可以深深的触着人生的寂寞。细小的事,并非细小的事。大的事,也不是大的事。这只在一个心。

要之,你们是见之惨然的人生的萌芽呵。无论哭着,无论笑着,无论高兴,无论凄凉,看守着你们的父亲的心,总是异常的伤痛。

然而这悲哀于你和我有怎样的强力,怕你们还未必知道罢。我们是蒙了这损失的庇荫,向生活又深入了一段落了。我们的根,向大地伸进了多少了。有不深入人生,至于生活人生以上者,是灾祸呵。

同时,我们又不可只浸在自己的悲哀里。自从你们的母亲亡故之后,金钱的负累却得了自由了。要服的药品什么都能服,要吃的食物什么都能吃。我们是从偶然的社会组织的结果,享乐了这并非特权的特权了。你们中的有一个,虽然模胡,还该记得U氏一家的样子罢。那从亡故的夫人染了结核的U氏,一面有着理智的性情,一面却相信天理教,想靠了祈祷来治病苦,我一想他那心情,便情不自禁起来了。药物有效呢还是祈祷有效呢,这可不知道。然而U氏是很愿意服医生的药的,但是不能够。U氏每天便血,还到官衙里来。从始终裹着手帕的喉咙中,只能发出嘶嗄的声气。一劳作,病便要加重,这是分明知道的。分明知道着,而U氏却靠了祈祷,为维持老母和两个孩子的生活起见,奋然的竭力的劳作。待到病势沉重之后,出了仅少的钱,计定了的古贺液的注射,又因为乡下医生的大意,出了静脉,引起了剧烈的发热。于是 U 氏剩下了无资产的老母和孩子,因此死去了。那些人们便住在我们的邻家。这是怎样的一个运命的播弄呢。你们一想到母亲的死,也应该同时记起 U 氏。而且应该设法,来填平这可怕的濠沟。我以为你们的母亲的死,便够使你们的爱扩张到这地步了,所以我敢说。

人世很凄凉。我们可以单是这样说了就算么? 你们和我,都如尝血的兽一般,尝了爱了。去罢,而且为了要从凄凉中救出我们的周围,而做事去罢。我爱过你们了,并且永远爱你们。这并非因为想从你们得到为父的报酬,所以这样说。我对于教给我爱你们的你们,唯一的要求,只在收受了我的感谢罢了。养育到你们成了一个成人的时候,我也许已经死亡;也许还在拚命的做事;也许衰老到全无用处了。然而无论在那一种情形,你们所不可不助的,却并不是我。你们的清新的力,是万不可为垂暮的我辈之流所拖累的。最好是像那吃尽了毙掉的亲,贮起力量来的狮儿一般,使劲的奋然的掉开了我,进向人生去。

现在是时表过了夜半,正指着一点十五分。在阒然的寂静了的夜之沉默中,这屋子里,只是微微的听得你们的平和的呼吸。我的眼前,是照相前面放着叔母折来赠给母亲的蔷薇花。因此想起来的,是我给照这照相的时候。那时候,你们之中年纪最大的一个,还宿在母亲的胎中。母亲的心是始终恼着连自己也莫名其妙的不可思议的希望和恐怖。那时的母亲是尤其美。说是仿效那希腊的母亲,在屋子里装饰着很好的肖像。其中有米纳尔伐的,有瞿提的和克灵威尔的,有那丁格尔女士的。对于那娃儿脾气的野心,那时的我是只用了轻度的嘲笑的心来看,但现在一想,是无论如何,总不能单以一笑置之的。我说起要给你们的母亲去照相,便极意的加了修饰,穿了最好的好衣服,走进我楼上的书斋来。我诧异的看着那模样。母亲冷清清的笑着对我说:生产是女人的临阵,或生佳儿或是死,必居其一的,所以用临终的装束。——那时我也不由的失笑了。

然而在今,是这也不能笑。

深夜的沉默使我严肃起来。至于觉得我的前面,隔着书桌便坐着你们的母亲似的了。母亲的爱,如遗书所说的一定拥护着你们。好好的睡着罢。将你们听凭了所谓不可思议的时这一种东西的作用,而好好的睡着罢。而且到明日,便比昨日更长大更贤良的跳出眠床来。我对于做完我的职务的事,总尽全力的罢。即使我的一生怎样的失败,又纵使我不能克服怎样的诱惑,然而你们在我的足迹上寻不出什么不纯的东西来这一点事,是要做的;一定做的。你们不能不从我的毙掉的地方,从新跨出步去。然而什么方向,怎样走法,那是虽然隐约,你们可以从我的足迹上探究出来罢。

幼小者呵,将不幸而又幸福的你们的父母的祝福带在胸中,上人世的行旅去。前途是辽远的,而且也昏暗。但是不要怕。在无畏者的面前就有路。

去罢,奋然的,幼小者呵。

一九一八年一月《新潮》所载。

未另发表。
初收 1923 年 6 月上海商务印书馆版"世界丛书"之一
《现代日本小说集》。

阿末的死

〔日本〕有岛武郎

一

阿末在这一晌,也说不出从谁学得的,常常说起"萧条"这一句话来了:

"总因为生意太萧条了,哥哥也为难呢。况且从四月到九月里,还接连下了四回葬。"

　　阿末对伙伴用了这样的口吻说。以十四岁的小女孩的口吻而论,虽然还太小,但一看那伊假面似的坦平的,而且中间稍稍窈进去的脸,从旁听到的人便不的微笑起来了。

　　"萧条"这话的意思,在阿末自然是不很懂。只是四近的人只要一见面,便这样的做话柄,于是阿末便也以为说这样的事,是合于时宜的了。不消说,在近来,连勤勤恳恳的做着手艺的大哥鹤吉的脸上,也浮出了不愉快的暗淡的影子,这有时到了吃过晚饭之后,也还是粘着没有消除。有时也看见专在水槽边做事的母亲将铁餐(鱼名)的皮骨放在旁边,以为这是给黑儿吃的了,却又似乎忽然转了念,也将这煮到一锅里去。在这些时候,阿末便不知怎的总感到一种凄凉的,从后面有什么东西追逼上来似的心情。但虽如此,将这些事和"萧条"分明的联结起来的痛苦,却还未必便会觉到的。

　　阿末的家里,从四月起,接着死去的人里面,第一个走路的是久病的父亲。半身不遂有一年半,只躺在床上,在一个小小的理发店的家计上,却是担不起的重负。固然很愿意他长生,但年纪也是年纪了,那模样,也得不到安稳,说到照料,本来就不周到,给他这样的活下去,那倒是受罪了,这些话,大哥总对着每一个主顾说,几乎是一种说惯的应酬话了。很固执,又尊大,在全家里一向任性的习惯,病后更其增进起来,终日无所不用其发怒,最小的兄弟叫作阿哲的这类人,有一回当着父亲的面,照样的述了母亲的恨话,嘲弄道:"咦,讨人厌的爸爸。"病人一听到,便忘却了病痛,在床上直跳起来。这粗暴的性气,终于传布了全家,过的是互相疾视的日子了。但父亲一亡故,家里便如放宽了楔子。先前很愿意怎样的决计给他歇绝了的,使人不得安心的喘息的声音,一到真没有,阿末又觉得若有所失了,想再给父亲搔一回背了。地上虽然是融雪的坏道路,但晴朗的天空,却温和得爽神,几个风筝在各处很像嵌着窗户一般的一天的午后,父亲的死骸便抬出小小的店面外去了。

其次亡故的是第二个哥哥。那是一个连歪缠也不会的,精神和体质上都没有气力的十九岁的少年,这哥哥在家的时候和不在家的时候,在阿末,几乎是无从分辨的。游玩得太长久了,准备着被数说,一面跨进房里去的时候,谁和谁在家里,怎样的坐着,尤其是眼见似的料得分明,独有这一位哥哥,是否也在内,却是说不定的。而且这一位哥哥便在家,也并无什么损益。有谁一颦蹙,便似乎就是自己的事似的,这哥哥立刻站起来,躲得不见。他患了脚气病,约略二周间,生着连眼睛也塞住了的水肿,在谁也没有知道之间,起了心脏麻痹死掉了。那么瘦弱的哥哥,却这样胖大的死掉,在阿末颇觉得有些滑稽。而且阿末很坦然,从第二日起,便又到处去说照例的"萧条"去了。这是在北海道也算少有的梅雨似的长雨,萧萧的微凉的只是下个不住的六月中旬的事。

二

八月也过了一半的时节,暑气忽而袭到北地了。阿末的店面里,居然也有些热闹起来。早上一清早,隔壁的浴堂敲打那汤槽的栓子的声音,也响得很干脆,摇动了人们的柔软的夜梦。写着"晴天交手五日"的东京角抵的招帖,那绘画的醒目,从阿末起,全惊耸了四近所有的少年少女的小眼睛。从札幌座是分来了菊五郎①班的广告,活动影戏的招帖也帖满了店头,没有空墙壁了。从父亲故去以来,大哥是尽了大哥的张罗,来改换店面的模样。而阿末以为非常得意的是店门改涂了蓝色,玻璃罩上通红的写着"鹤床"②的门灯,也挂在招牌前面了。加以又装了电灯,阿末所最为讨厌的擦灯这一种

---

①　尾上菊五郎是明治时代有名的俳优之一人。
②　日本的理发店多称床,犹如中国的多称馆。

职务，也烟尘似的消得没有影。那替代便是从今年起，加了一样所谓浆洗①的新事情，阿末早高兴着眼前的变化，并不问浆洗是怎么一回事。

"家里是装了电灯哩。这很明亮，也用不着收拾的。"阿末这样子，在娃儿们中，小题大做的各处说。

在阿末的眼睛里，自从父亲一去世，骤然间见得那哥哥能干了。一想到油漆店面的，装上电灯的都是哥哥，阿末便总觉很可靠。将嫁了近地的木匠已经有了可爱的两岁的孩子了的，最大的大姊做来送给他的羽缎的卷袖绳，紧紧的束起来，大哥是动着结实的短小的身体，只是勤勤恳恳的做。和弟兄都不像，肥得圆圆的十二岁的阿末的小兄弟力三，伶俐的穿着高屐齿的屐子，给客人去浮皮，分头发。一到夏天，主顾也逐渐的多起来了。在夜间，店面也总是很热闹，笑的声音，下象棋的声音，一直到深更。那大哥是什么地方都不像理发师，而用了生涩的态度去对主顾。但这却使主顾反欢喜。

在这样光彩的一家子里，终日躲在里面的只有一个母亲。和亡夫分手以前，嘴里没有唠叨过一句话，只是不住的做，病人有了絮烦的使唤的时候，也只沉默着，咄嗟的给他办好了，但男人却似乎不高兴这模样，仿佛还不如受那后来病死了的儿子这些人的招呼。或者这女人因为什么地方有着冷的处所罢，对于怀着温情的人，像是亲近暖炉一般，似乎极愿意去亲近。肥得圆圆的力三最钟爱，阿末是其次的宝贝。那两个哥哥之类，只受着疏远的待遇罢了。

父亲一亡故，母亲的状态便很变化，连阿末也分明的觉察了。到现在为止，无论什么事，都不很将心事给人知道的坚定的人，忽然成了多事的唠叨者轻躁者，爱憎渐渐的剧烈起来了。那谯诃长子鹤吉的情形，连阿末也看不过去。阿末虽然被宠爱，比较起来却要算不喜欢母亲的，有时从伊有些歪缠，母亲便烈火一般发怒，曾经有过

---

① 将布帛之类洗过，加了浆糊，帖在板上晾干，他们谓之张物。

抓起火筷,一径追到店面外边的事。阿末赶快跑开,到别处去玩耍,无思无虑的消磨了时光回来的时候,大哥已经在店门外等着了。吃饭房里,母亲还在委屈的哭。但这已不是对着阿末,却只是恨恨的说些伊大哥尚未理好家计,已经专在想娶老婆之类的事了。刚以为如此,阿末一回来,忽而又变了讨好似的眼光,虽然便要吃夜饭,却叫了在店头的力三和伊肩下的跛脚的哲,请他们去吃不知先前藏在那里的美味的煎饼了。

虽然这模样,这一家却还算是被四邻羡慕的人家。大家都说,鹤吉既驯良,又耐做,现就会从后街店将翅子伸到前街去的。鹤吉也实在全不管人们的背地里的坏话和揄扬,只是勤勤恳恳的做。

三

八月三十一日是第二回的天长节,因为在先是谅暗,没有行庆祝,所以鹤吉便歇了一天工。而且将久不理会的家中的大扫除,动手做去了。在平时,只要说是鹤吉要做的事,便出奇的拗执起来的母亲,今天却也热心的劳动。阿末和力三也都一半有趣的,趁着早凉,勤快的去帮忙。收拾橱上时候,每每忽然寻出没有见过的或是久已忘却了的东西来,阿末和力三便满身尘埃的向角角落落里去寻觅。

"唅,看哪,末儿,有了这样的画本哩。"

"那是、我的。力三,正不知道那里去了,还我罢。"

"什么,"力三一面说,顽皮似的给伊看着闹。阿末忽而在橱角上取出满是灰尘的三个玻璃瓶来了。大的一个瓶子里,盛着通明的水,别一个大瓶和小瓶里是白糖一般的白粉。阿末便揭开盛着白粉的大瓶的盖子来。假装着将那里面的东西撮到嘴里去,一面说:

"力三,看这个罢。顽皮孩子是没分的。"

正说着,哥哥的鹤吉突然在背后叫出异常之尖的声音来了:

"干什么,阿末胡涂东西,要吃这样的东西……真吃了没有?"

因这非常的威势，阿末便吐了实，说不过是假装。

"那小瓶里的东西，耳垢大的吃一点看罢，立刻倒毙，好险。"

说到"好险"的时候，那大哥仿佛有些碍口，凝视着什么可怕的东西似的，装了吓人的眼睛，向屋里的各处看。阿末也异样的悚然了，便驯顺的下了踏台，接过回来帮忙的大姊的孩儿来，背在脊梁上。

日中之后，力三被差到后面的丰平川洗神堂的东西去了。天气只是热，跟着也疲倦起来了的阿末，便也跟在后面走。仿佛在广阔的细沙的滩上，抛着紫绀色的带子一般，流下去的水里面，玩着精赤的孩子们。力三一见，这便忍无可忍似的两眼发了光，将洗涤的东西塞给阿末，呼朋引类的跑下水里去了。而阿末也是阿末，并不洗东西，却坐在河柳的小荫下，一面眺望着闪闪生光的河滩。一面唱着护儿歌给背上的孩子听，自己的歌渐渐的也催眠了自己，还是不舒畅的坐着，两人却全都熟睡了。

不知受了什么的惊动，突然睁开眼。力三浑身是水，亮晶晶的发着光站在阿末的前面。他的手里，拿着三四支还未熟透的胡瓜。

"要么？"

"吃不得的呵，这样的东西。"

然而劳动之后，熟睡了一回的阿末的喉咙，是焦枯一般干燥了。虽然也想到称为札幌的贫民窟的这四近，流行着的可怕的赤痢病，觉得有些怕人，但阿末终于从力三的手里接过碧绿的胡瓜来。背上的孩子也醒了，一看见，哭叫着只是要。

"好烦腻的孩子呵，哪，吃去！"阿末说着，将一支塞给他。力三是一连几支，喝水似的吃下去了。

四

这晚上，一家竟破格的团聚起来，吃了热闹的晚饭。母亲这一日也不像平时，很舒畅的和姊姊说些闲话。鹤吉愉快似的遍看那收

拾干净的吃饭房,将眼光射到橱上,一看见摆在上面的那药瓶,便记起早上的事,笑着说:

"好危险,好怕人,对孩子大意不得。阿末这丫头,今天早上几乎要吃升汞哩……将这吃一点看罢,现在早是阿弥陀佛了。"

他一面很怜爱似的看着阿末的脸。这在阿末,是说不出的喜欢。无论从哥哥,或是从谁,只要从男性过来的力,便能够分辨清楚的机能渐渐成熟了,那虽是阿末自己也是无可奈何的事。不知是害怕,还是喜欢,总之一想到这是不能抗的强的力,意外的冲过来了,阿末便觉得心脏里的血液忽然沸涌似的升腾,绷破一般的勃然的脸热。这些时节的阿末的眼色,使鹤床连到角落里也都像是成为春天了。倘若阿末那时站着,便忽而坐下,假如身边有阿哲,就抱了他,腻烦的偎他的脸,或者紧紧的抱住,讲给他有趣的说话。倘若伊坐着,便突然想到了什么似的站上来,勤恳的去帮母亲的忙,或者扫除那吃饭房或店面。

阿末在此刻,一遇到兄的爱抚,心地也飘飘然的浮动起来了。伊从大姊接过孩子来,尽情纵意的啜着面颊,一面走出店外去。北国的夏夜,是泼了水似的风凉,撒散着青色的光,夕月已经朗然的升在河流的彼岸。阿末无端的怀了愿意唱一出歌的心情,欣欣的走到河滩去。在河堤上到处生着月见草。阿末折下一枝来,看着青磷一般的花苞,一面低声唱起"旅宿之歌"来了。阿末是有着和相貌不相称的好声音的孩子。

"唉唉,我的父母在做什么呢?"

这一唱完,花的一朵像被那声音摇起了似的,懵腾的花瓣突然张开了。阿末以为有趣,便接着再唱歌。花朵跟着歌声,但不出声的索索的开放。

"唉唉,我的同胞和谁玩耍呢?"

忽而有微寒的感觉,通过了全身,阿末便觉得肚角上仿佛针刺似的一痛。当初毫不放在心上,但接连痛了两三回,便突然记起今天吃了的胡瓜的事来了。一记起胡瓜的事，接着便是赤痢的事，早晨的升汞的事，搅成一团糟，在脑里旋转，先前的透激的心地，毁坏得无余，为一种豫感所袭，以为力三不要也同时腹痛起来，正在给大家担忧么，又为一种不安所袭，以为力三莫不是一面苦痛着，将吃了胡瓜的事，阿末和孩子也都吃了的事，全都招认出来了么，于是便惴惴的回家来。幸而力三却一副坦然的脸，和大哥玩着坐地角抵或者什么，正发了大声在那里哄笑呢。阿末这才骤然放了心，跨进房里去。

然而阿末的腹痛终于没有止。这其间，睡在姊姊膝上的孩子忽而猛烈的哭起来了。阿末又悚然的只对他看。姊姊露出乳房来塞给他，也并不想要喝。说是因为在别家，所以不行的罢，姊姊便温顺的回家去了。阿末送到门口，一面担心自己的腹痛，一面侧着耳朵，倾听那孩子的啼声，在凉爽的月光中逐渐远离了去。

阿末睡下之后，想起什么时候便要犯着赤痢的事来，几乎不能再躺着。力三虽然因为玩得劳乏了，睡得像一个死人，但也许什么时候会睁开眼来嚷肚痛，连这事都挂在心头，阿末终夜在昏暗中，映着伊的眼。

到得早上，阿末也终于早在什么时候睡着了，而且也全然忘却了昨天的事。

这一天的午后，突然从姊姊家来了通知，说孩子犯了很厉害的下痢。疼爱外孙的母亲便飞奔过去。但是到这傍晚，那可爱的孩子已不是这世间的人了。阿末在心里发了抖，而且赶紧惴惴的去留心力三的神情。

从早上起便不高兴的力三，到傍晚，偷偷的将阿姊叫进浴堂和店的小路去。怀中不知藏着什么，鼓得很大，从这里面探出粉笔来，在板壁上反复的写着"大正二年八月三十一日"这几个字，一面说：

"我今天起，肚子痛，上厕到四回，到六回了。母亲不在家，对大哥说又要吃骂……末儿，拜托你，不要提昨天的事罢。"

他成了哽咽的声音了。阿末早不知道怎样才好，一想到力三和自己明后天便要死，那无助的凄凉便轰轰的逼到胸口，早比力三先行啼哭起来。而这已被大哥听到了。

阿末虽如此，此后可是终于毫不觉得腹痛了，但力三却骤然躺倒，被猛烈的下痢侵袭之后，只剩了骨和皮，到九月六日这一日，竟脱然的死去了。

阿末仿佛全是做着梦。接续的失掉了挚爱的外孙和儿子的母亲，便得了沉重的歇斯迭里病，又发了一时性的躁狂。那坐在死掉的力三的枕边，睁睁的看定了阿末的伊的眼光，是梦中的怪物一般在依稀隐约的一切之中，偏是分明的烙印在阿末的脑里。

"给吃了什么坏东西，谋杀了两个了，你却还嘻嘻哈哈的活着，记在心里罢。"

阿末一记起这眼睛，无论什么时候，便总觉得仿佛就在耳边听得这些话。

阿末常常走进小路去，一面用指尖摸着力三留下来的那粉笔的余痕，一面满腔凄凉的哭。

五

靠着鹤吉的尽力，好容易才从泥涂里抬了头的鹤床，是毫不客气的溜进比旧来尤其萧条的深处去了。单是不见了力三的肥得圆圆的脸，在这店里也就是致命的损失。虽然医好了歇斯迭里病，而左边的嘴角终于吊上，成了乖张的脸相的母亲，和单在两颊上显些好看的血色，很消瘦，蜡一般皮色的大哥，和拖着跛脚的，萎黄瘦小的阿哲，全不像会给家中温暖和繁盛的形相。虽然带着病，鹤吉究竟是年青人，便改定了主意，比先前更其用力的来营业，然而那用尽了能用的力的这一种没有余裕的模样，实在也使人看得伤心。而阿姊也是阿姊，对阿末尤易于气恼。

这各样之中，在阿末一个人，没有了力三尤其是无上的悲哀，然而从内部涌溢出来的生命的力,却不使伊只想着别人的事。待到小路的板壁上消失了粉笔的痕迹的时候,阿末已成了先前一样的泼剌的孩子了。早晨这些时,在向东的窗下,背向着外,一面唱曲一面洗衣,那小衫和带子的殷红,便先破了家中的单调。说是只会吃东西,没有法,决定将叫作黑儿这一只狗付给皮革匠的时候,阿末也无论怎样不应承。伊说情愿竭力的做浆洗和衲抹布来补家用,抱着黑儿的颈子没有肯放。

阿末委实是勤勤恳恳的做起来了。最中意的去惯的夜学校的礼拜日的会里,也就绝了迹,将力三的高屐子略略弄低了些,穿着去帮大哥的忙。对阿哲也性命似的爱他了。即使很迟,阿哲也等着阿末的来睡。阿末做完事,将白的工作衣搭在钉上,索索的解了带子,赶紧陪阿哲一同睡。鹤吉收拾着店面而且听,低低的听得阿末的讲故事的声音。母亲一面听,装着睡熟的样子暗暗地哭。

到阿末在单衫上穿了外套,解去羽纱的垂结男儿带,换上那幸而看不见后面,只缠得一转的短的女带的时候,萧条萧条这一种声音,烦腻的充满了耳朵了。应酬似的才一热便风凉,人说这样子,全北海道怕未必能收获一粒种子,而米价却怪气的便宜起来。阿末常常将这萧条的事,和从四月到九月死了四个亲人的事,向着各处说,但其实使阿末不适意的,却在因为萧条,而母亲和哥哥的心地,全都粗暴了的事。母亲喈喈的呵斥阿末,先前也并非全然没有,而现在母亲和哥哥,往往动不动便闹了往常所无的激烈的口角。阿末见母亲颇厉害的为大哥所窘,心里也曾觉得快意,刚这样想,有时又以为母亲非常之可怜了。

六

六月二十四日是力三的末七。在四五日之前,过了孩子的忌日的大姊,不知为了缝纫或是什么,走到鹤床来,和哥哥说着话。

阿末今天一起床,便得了母亲的软语,因此很高兴。伊对于姊姊,也连声大姊大姊的亲热着,又独自絮叨些什么话,在那里做洗脸台的扫除。

"这也拜托——这只有一点,请试一试罢。"

阿末因这声音回头去看,是有人将天使牌香油的广告和小瓶的样本分来了。阿末赶忙跑过去,从姊姊的手里抢过小瓶来。

"天使牌香油呢,我明天要到姊姊家里托梳头去,一半我搽,一半姊姊搽罢。"

"好猾呵,这孩子是。"姊姊失笑了。

阿末一说这样的笑话,在吃饭房里默默的不知做着甚事的母亲,忽然变了愤怒了。用了含毒的口吻,说道赶紧弄干净了洗脸台,这样好天气不浆洗,下了雪待怎样,一面唠叨着,向店面露出脸来。哭过似的眼睛发了肿,充血的白眼闪闪的很有些怕人。

"母亲,今天为着力三,请不要这样的生气了罢。"大姊想宽解伊,便温和的说。

"力三力三,你的东西似的说,那是谁养大的,力三会怎样,不是你们能知道的事。阿鹤也是阿鹤,满口是生意萧条生意萧条,使我做得要死,但看看阿末罢,天天懒洋洋的,单是身体会长大。"

大姊听得这不干不净的碎话,古怪的发了恼,不甚招呼,便自回去了。阿末一瞥那正在无可如何的大哥,便默默的去做事。母亲永是站在房门口絮叨。铅块一般的悒郁是涨满了这家的边际。

阿末做完了洗脸台的扫除,走出屋外去浆洗。还寒冷,但也可以称得"日本晴"的晚秋的太阳,斜照着店门,微微的又发些油漆的气味。阿末对于工作起了兴趣了,略有些晕热,一面将各样花纹的布片续续贴在板上。只有尖端通红了的小小的手指,灵巧的在发黑的板上往来,每一蹲每一站,阿末的身躯都织出女性的优雅的曲线的模样。在店头看报的鹤吉也怀了美的心,无厌足的对伊只是看。

在同行公会里有着事情。赶早吃了午饭的鹤吉走出店外的时

420

候,阿末正在拼命做工作。

"歇一会罢,喂,吃饭去。"

他和气的说,阿末略抬头,只一笑,便又快活的接着做事了。他走到路弯再回头来看,阿末也正站直了目送伊的哥哥。"可爱的小子呵,"鹤吉一面想,却匆匆的走他的路。

也不管母亲叫吃午饭,阿末只是一心的工作。于是来了三个小朋友,说园游地正有无限轨道的试验,不同去一看么。无限轨道——这名目很打动了阿末的好奇心了。阿末想去看一回,便褪下了卷袖绳,和那三个人一同走。

在道厅和铁道管理局和区衙署的官吏的威严的观览之前,稍有些异样的敞车,隆隆的发了声音,通过那故意做出的障碍物去,固然毫没有什么的有趣,但到久违的野外,和同学放怀的玩耍,却是近来少有的欢娱。似乎还没有很游玩,便骤然觉得微凉,忙看天空,不知什么时候早就成了满绷着灰色云的傍晚的景色了。

阿末愕然的站住了,朋友的孩子们看见阿末突然间变了脸色,三个人都圆睁了双眼。

七

阿末回家看时,作为依靠的哥哥还没有回,只有母亲一个人在那里烈火似的发抖:

"饭桶,那里去了。为什么不死在那里的,喂。"给碰过一个小小的钉子之后,于是说,"要他活着的力三偏死去,倒毙了也不打紧的你却长命。用不着你,滚出去!"

阿末在心里,也反抗起来,自己想道,"便杀死,难道就死么,"一面却将母亲揭下来叠好了的浆洗的东西包在包袱里,便出去了。阿末这时也正觉得肚饥,但并没有吃饭的勇气,然而临出去时,将搁在镜旁的天使牌的香油,拿来放在袖子里的余裕,却还有的。阿末在路上想道,"好,到了姊姊家里,要大大的告诉一通哩。便教死,人,谁去死。"伊于是走到姊姊的家里了。

平时总是姊姊急忙的迎出来的,今天却只有一个邻近寄养着的十岁上下的女孩儿,显着凄清的神气,走到门口来,阿末先就挫了锐气,一面跨进里间去,只见姊姊默默的在那里做针黹。因为样子不同了,阿末便退退缩缩的站在这地方。

"坐下罢。"

姊姊用了带刺的眼光,只对着阿末看。阿末既坐下,想要宽慰伊的姊姊,便从袖子里摸出香油的瓶来给伊看,但是姊姊全没有睬。

"你被母亲数说了罢。先一刻也到姊姊这里来寻你哩。"

用这些话做了冒头,里面藏着愤怒,外面却用了温和的口吻,对阿末说起教来。阿末开初,单是不知所以的听,后来却逐渐的引进姊姊的话里去了。哥哥的营业已经衰败,每月的实收糊不了口,因此姊夫常常多少帮一点忙,但是一下雪,做木匠的工作也就全没有了,所以正想从此以后,单用早晨的工夫,带做点牙行一般的事,然而这也说不定可如意。力三也死了,看起来,怕终于不能不用一个徒弟,母亲又是那模样,时时躺下,便是药钱,积起来也就是一大宗。哲是有残疾的,所以即使毕了小学校的业,也全没有什么益。单在四近,从十月以来,付不出房租,被勒令出屋的有多少家,也该知道的罢。以为这是别家的事,那是大错的。况且分明是力三的忌日,一清早,心里怎么想,竟会独自无忧无愁的去玩耍的呵。便是不中用,也得留在家里,或者扫神堂,或者煮素菜,这样的帮帮母亲的忙,母亲也就会高兴,没人情也须有分寸的。说到十四岁,再过两三年便是出嫁的年纪了。这样的新妇,恐未必有愿意来娶的人。始终做了哥哥的担子,被人背后指点着,一生没趣的过活的罢,像心纵意的闹,现就讨大家的嫌憎,就是了。这样子,姊姊一面褶迭东西,一面责阿末。而且临了,自己也流下泪来:

"好罢,向来说,心宽的人是长寿的,母亲是不见得长久的了,便是哥哥，这么拼命做，说不定什么时候会生病。况且我呢，不见了独养的孩子之后，早没有活着的意味了，单留下你一个，嘻嘻哈哈的闹罢。……提起来，有一回本就想要问的，那时你在丰平川，给孩子没有吃什么不好的东西么？"

"吃什么呢。"一向默默的低着头的阿末，赶散似的回答说，便又低了头。"便是力三，也一起在那里。……我也没有泻肚子的。"暂时之后，又仿佛分辩一般，加上了难解的理由。姊姊显了十分疑心的眼光，鞭子似的看阿末。

这模样，阿末在缄默中，忽然从心底里伤心起来了；单是伤心起来了。不知怎的像是绞榨一般，胸口只是梗塞起来，虽然尽力熬，而气息只促急，觉得火似的眼泪两三滴，轻微的搔着痒一般，滚滚的流下火热的面庞去，便再也熬不住，不由的突然哭倒了。

阿末哭而又哭的有一点钟。力三的顽皮的脸，姊家孩子的东舐西啜的天真烂熳的脸，想一细看，这又变了父亲的脸，变了母亲的脸，变了觉得最亲爱的哥哥鹤吉的脸了。每一回，阿末感得那眼泪，虽自己也以为多到有趣的奔流，只是不住的哭。这回却是姊姊发了愁，试用了各样的话来劝，但是没有效，于是终于放下，听其自然了。

阿末哭够了之后，偷偷的抬起脸来看，头里较为轻松，心是很凄凉的沉静了，分明的思想，只有一个沉在这底里。阿末的脑里，一切执着消灭得干干净净了。"死掉罢，"阿末成了悲壮的心情，在胸中深深的首肯。于是静静的说道，"姊姊，我回去了。"便出了姊姊的家里。

八

因为事务费了工夫，点灯之后许多时，鹤吉才回到家里来。店面上电灯点得很明，吃饭房里却只借了这光线来敷衍。那暗中，母亲和阿末离开了，孑然的坐着。橱旁边阿哲盖了小衾衣，打着小鼾声。鹤吉立刻想，这又有了口角了罢，便开口试说些不相干的闲话来看，母亲不很应答，端出盖着碗布的素膳来，教鹤吉吃。鹤吉看时，阿末的饭菜也没有动。

"阿末为什么不吃的？"

"因为不想吃。"

这是怎样的可怜可爱的声音呵，鹤吉想。

鹤吉当动筷之前站起身来，走向神堂前面，对着小小的白木牌位行过一个单是形式的礼，顿然成了极凄凉的心情。因为心地太销沉了。便去旋开电灯，房里面立刻很明亮，阿哲也有些惊醒了，但也就这样的静下去，只是添上了凄凉。

阿末不开口，将哥哥的碗筷拿到水槽旁，动手就洗。说明天再洗罢，也不听，默默的洗好了。回来时经过神堂面前，换了灯心，行一个礼，于是套上屐子，要走出店外去。

鹤吉无端的心动了，便在阿末后面叫。阿末在外面说道：

"因为在姊姊家里有一件忘了的事。"

鹤吉骤然生起气来：

"胡涂虫，何必这样的夜晚去，明天早上起床去，不就好么？"正说着，母亲因为要表示自己也在相帮，便接着说：

"只做些任性的事。"

阿末顺从的回来了。

三个人全都躺下之后，鹤吉想起来，总觉得"只做些任性的事"这一句话说得太过了，非常不放心。阿末是石头似的沉默着，陪阿哲睡着，脸向了那边。

在外面，似乎下着今年的初雪，在销沉一般的寂静里，昏夜深下去了。

九

果然，到第二日，在雪中成了白天。鹤吉起来的时候，阿末正在

扫店面,母亲是收拾着厨房。阿哲在店头用的火盆旁边包着学校的书包。阿末很能干的给他做帮手。暂时之后,阿末说:

"阿哲。"

"唔?"阿哲虽然有了回答,阿末并不再说什么话,便催促道。"姊姊,什么呢?"然而阿末终于不开口。鹤吉去拿牙刷的时候,看那镜子前面的橱,这上面搁着一个不会在店头的小碟子。

约略七点钟,阿末说到姊姊那里去,便离了家。正在刮主顾的脸的鹤吉,并没有怎样的回过头去看。

顾客出去之后。偶然一看,先前的碟子已经没有了。

"阿呀,母亲,搁在这里的碟子,是你收起来了么?"

"什么,碟子?"母亲从里间伸出脸来,并且说,并不知道怎样的事。鹤吉一面想道,"阿末这鸦头,为什么要拿出这样东西来呢?"一面向各处看,却见这摆在洗面台边的水瓮上。碟子里面,还粘着些白的粉一般的东西。鹤吉随手将这交给母亲收拾去了。

到了九点钟,阿末还没有回家,母亲又唠叨起来了。鹤吉也想,待回来,至少也应该嘱咐伊再上点紧,这时候,寄养在姊姊家里的那女孩子,气急败坏的开了门,走进里面来了。

"叔父,现在,现在……"伊喘吁吁的说。

鹤吉觉得滑稽,笑着说道:

"怎么了,这么慌张,……难道叔母死了么?"

"唔,叔父家的末儿死哩,立刻去罢。"

鹤吉听到这话,异样的要发出不自然的笑来。他再盘问一回说:

"说是什么?"

"末儿死哩。"

鹤吉终于真笑了,并且随宜的敷衍,使那女孩子回家去。

鹤吉笑着,用大声对着正在里间的母亲讲述这故事。母亲一听到,便变了脸相,跐着脚走下店面来。

"什么,阿末死?……"母亲并且也发了极不自然的笑,忽而又认真的说:"昨晚上,阿末素斋也不吃,抱了阿哲哭……哈哈哈,那会有这等事,哈哈哈。"一面说,却又不自然的笑了。

鹤吉一听到这笑声,心中便不由的异样的震动。但自己却也被卷进在这里面了,附和着说道:

"哈哈,那娃儿说些什么呢。"

母亲并不走上吃饭房去,只是憬然的站着。

其时那姊姊跣着脚跑来了。鹤吉一看见,突然想到了先刻的碟子的事——仿佛受了打击。而且无端的心里想道"这完了",便拿起烟袋来插在腰带里。

十

这天一清早,阿末到过一回姊姊这里来。并且说母亲服粉药很难于下咽,倘还剩有孩子生病时候包药的粉衣,便给几张罢。姊姊便毫不为意的将这交给伊了。到七点钟,又拿了针黹来,摊在门口旁边的三张席子的小房里。这小房的橱上是放着零星物件的,所以姊姊常常走进这里去,但也看不出阿末有什么古怪的模样,单是外套下面倒似乎藏着什么东西,然而以为不过是向来一样的私下的食物,便也不去过问了。

大约过了三十分,阿末站起来,仿佛要到厨下去喝水。没了孩子以来,将生水当作毒物一般看待的姊姊,便隔了纸屏呵斥阿末,教伊不要喝。阿末也就中止,走进姊姊的房里来了。姊姊近来正信佛,这时也擦着白铜的佛具。阿末便也去帮忙。而且在三十分左右的唪经之间,也殊胜的坐在后面听。然而忽然站起,走进三张席子的小屋里去了。好一会,姊姊骤然听得间壁有呕吐的声音,便赶急拉开纸屏来看,只见阿末已经苦闷着伏下了。无论怎么问,总是不说话,只苦闷。到后来,姊姊生了气,在脊梁上痛打了二三下,这才说是服了搁在家里橱上面的毒。而且谢罪说,死在姊姊的家里,使你为难,是抱歉的事。

跑进鹤吉店里来的姊姊,用了前后错乱的说法,气喘吁吁的对鹤吉就说了这一点事。鹤吉跑去看,只见在姊姊家的小房里铺了床,阿末显着意外的坦然的脸,躺着看定了进来的哥哥。鹤吉却无论如何,不能看他妹子的脸。

想到了医生,又跑出姊姊家去的鹤吉,便奔到近地的病院了。药局和号房,这时刚才张开眼。希望快来,再三的说了危急,回来等着时,等了四十分,也不见有来诊的模样。一旦平静下去了的作呕,又复剧烈的发动起来了。一看见阿末将脸靠在枕上,运着深的呼吸,鹤吉便坐不得,也立不得。鹤吉想,等了四十分,不要因此耽误了罢,便又跑出去了。

跑了五六町之后,却见自己穿着高屐子。真胡涂呵,这样的时候,会有穿了高屐子跑路的人么,这样想着,就光了脚,又在雪地里跑了五六町。猛然间看见自己的身边拉过了人力车,便觉得又做了胡涂事了,于是退回二三町来寻车店。人力车是有了,而车夫是一个老头子,似乎比鹤吉的跑路还慢得多,从退回的地方走不到一町,便是要去请的医生的家宅。说是一切都准备了等候着,立刻将伊带来就是了。

鹤吉更不管人力车,跑到姊姊的家里,一问情形,似乎还不必这般急。鹤吉不由的想,这好了。阿末一定弄错了瓶子的大小,吃了大瓶里面的东西了。大瓶这一边,是装着研成粉末的苛性加里的。心里以为一定这样,然而也没有当面一问的勇气。

等候人力车,又费了多少的工夫。于是鹤吉坐了车,将阿末抱在膝上。阿末抱在哥哥的手里,依稀的微笑了。骨肉的执着,咬住似的紧张了鹤吉的心。怎样的想一点法子救伊的命罢,鹤吉只是这样想。

于是阿末搬到医生家里。楼上的宽广的一间屋子里,移在雪白的垫布上面了。阿末喘息着讨水喝。

“好好，现就治到你不口渴就是了。”

看起来仿佛很厚于人情的医生，一面穿起诊察衣，眼睛却不离阿末的静静的说。阿末温顺的点头。医生于是将手按在阿末的额上，仔细的看着病人，但又转过头来向鹤吉问道：

“升汞吃了大约多少呢？”

鹤吉想，这到了运命的交界了。他惴惴的走近阿末，附耳说：

“阿末，你吃的是大瓶还是小瓶？”

他说着，用手比了大小给伊看。阿末张着带热的眼睛看定了哥哥，用明白的话回答道：

“是小瓶里的。”

鹤吉觉得着了霹雳一般了。

“吃，……吃了多少呢？”

他早听得人说，即使大人，吃了一格兰的十分之一便没有命，现在明知无益，却还姑且这样问。阿末不开口，弯下示指去，接着大指的根，现出五厘铜元的大小来。

一见这模样，医生便疑惑的侧了头。

“只是时期似乎有些耽误了，……”

一面说，一面拿来了准备着的药。剧药似的刺鼻的气息，涨满了全室中。鹤吉因此，精神很清爽，觉得先前的事仿佛都是做梦了。

“难吃呵，熬着喝罢。”

阿末毫不抵抗，闭了眼，一口便喝干。从此之后，暂时昏昏的落在苦闷的假睡里了。助手捏住了手腕切着脉，而且和医生低声的交谈。

大约过了十五分，阿末突然似乎大吃一惊的张开眼，求救似的向四近看，从枕上抬起头来，但忽而大吐起来了。从昨天早晨起，什么都未下咽的胃，只吐出了一些泡沫和粘液。

“胸口难受呵，哥哥。”

鹤吉给在脊梁上抚摩，不开口，深深的点头。

“便所。”

阿末说着，便要站起来，大家去扶住，却意外的健实起来了。说给用便器，无论如何总不听。托鹤吉支着肩膊，自己走下去。楼梯也要自己走，鹤吉硬将伊负在背上，说道：

"怎么楼梯也要自己走，会摔死的呵。"

阿末便在什么处所微微的含着笑影，说道：

"死掉也不要紧的。"

下痢很不少。吐泻有这么多，总算是有望的事。阿末因为苦闷，背上像大波一般高低，一面呼呼的嘘着很热的臭气，嘴唇都索索的干破了，颊上是涨着美丽的红晕。

十一

阿末停止了诉说胸口的苦楚之后，又很说起腹痛来了。这是一种惨酷的苦闷。然而阿末竟很坚忍，说再到一回便所去，其实是气力已经衰脱，在床上大下其血了。从鼻子里也流了许多血。在攫着空中撕着垫布的凄惨的苦闷中，接着是使人悚然的可怕的昏睡的寂静。

其时先在那里措办费用的姊姊也到了。伊将阿末的乱麻一般的黑发，坚牢不散的重行梳起来。没有一个人不想救活阿末。而在其间，阿末是一秒一秒的死下去了。

但在阿末，却绝没有显出想活的情形。伊那可怜的坚固的觉悟，尤其使大家很惨痛。

阿末忽然出了昏睡，叫道"哥哥"。在屋角里啜泣的鹤吉慌忙拭着眼，走近枕边来。

"哲呢？"

"哲么，"哥哥的话在这里中止了。"哲么，上学校去了，叫他来罢？"

阿末从哥哥背转头去，轻轻的说：

"在学校，不叫也好。"

这是阿末的最后的话。

然而也仍然叫了哲来。但阿末的意识已经不活动,认不得阿哲了。——硬留着看家的母亲,也发狂似的奔来。母亲带来了阿末最喜欢的好衣裳,而且定要给伊穿在身上。旁人阻劝时,便道,那么,给我这样办罢,于是将衣服盖了阿末,自己睡在伊身边。这时阿末的知觉已经消失,医生也就任凭母亲随意做去了。

"阿阿,是了是了,这就是了。做了做了。做了呵。母亲在这里,不要哭罢。阿阿,是了。阿阿,是了。"母亲一面说,一面到处的抚摩。就是这样,到了下午三点半,阿末便和十四年时短促的生命,成了永诀了。

第二日的午后,鹤床举行第五人的葬仪。在才下的洁白的雪中,小小的一棺以及与这相称的一群相送的人们,印出了难看的污迹。鹤吉和姊姊都立在店门前,目送着这小行列。棺后面,捧着牌位的跛足的阿哲,穿了力三和阿末穿旧的高屐子,一颠一拐高高低低的走着,也看得很分明。

姊姊是揉着念珠默念了。在遇了逆缘的姊姊和鹤吉的念佛的掌上,雪花从背后飘落下来。

大正五年(一九一六年)一月《白桦》所载。

未另发表。

初收 1923 年 6 月上海商务印书馆版"世界丛书"之一《现代日本小说集》。

峡谷的夜

[日本]江口涣

就现在说起来,早是经过了十多年的先前的事了。

当时的我，是一个村镇的中学的五年生，便住在那中学的寄宿舍里，一到七月，也就如许多同窗们一般，天天只等着到暑假。这确凿是，那久等的暑假终于到来了的七月三十一日的半夜里的事。

被驱策于从试验和寄宿生活里解放出来的欢喜，嚷嚷的像脱了樊笼飞回老窠的小鸟似的，奔回父母的家去的朋友们中，我也就混在这里面，在这一日的傍晚匆匆的离了村镇了。我的家乡是在离镇约略十里的山中。那时候，虽然全没有汽车的便，然而六里之间，却有粗拙的玩具似的铁道马车。单是其余的四里，是上坡一里下坡三里的山路。若说为什么既用马车走六里路，却在傍晚动身的缘由，那自然是因为要及早的回去，而且天气正热，所以到山以后的四里，是准备走夜路的。这是还在一二年级时，跟着同村的上级生每当放假往来，专用于夏天的成例。此后便照样，永远的做下去了。

托身于双马车上的我，虽然热闷不堪的夹在涌出刺鼻的汗和脂和尘土的气味的村人们，和尽情的发散着腐透的头发的香的村女们的中间，但因为总算顺手的完了试验的事，和明天天亮以前便能到家的事，心地非常之摇摇了。已而使人记起今天的热并且使人想到明天的热的晚霞褪了色，连续下来的稻田都变了烟草和大豆的圃田，逐渐增加起来的杂木林中，更夹着松林的时候，天色在不知不觉之间已经入了夜了。教人觉到是山中之夜的风，摇动着缚起的遮阳幔，吹进窗户中来，不点一灯的马车里，居然也充满了凉气。先前远远地在晚霞底下发闪的连山，本是包在苍茫的夜色中的，现在却很近，不是从窗间仰着看，几于看不见了。一想到度过那连山的鞍部，再走下三里的峡谷路，那地方便是家乡，便不由的早已觉得宽心，不知什么时候将头靠着窗边，全然入了睡。

蓦然间，被邻人摇了醒来，擦着睡眼，走下铁道马车终点的那岭下的小小的站，大约已在九点上下了罢。叫马夫肩着柳条箱，进了正在忙着扫取新秋蚕的休憩茶店里，我才在这里作走山路的准备。用三碗生酱油气味的面条和两个生鸡子果了腹，又喝上几条石花菜,并且为防备中途饥饿起见,又买了四个生鸡子。休息一回之后,将柳条箱交给茶店里,托他明天一早教货车送到家里来,我是浴衣和鞋,裹腿,草帽的装束,将应用的东西用两条手巾担在肩头,拖着阳伞代作手杖,走出休憩茶店去了。

从扑人眉宇的耸着的连山的肩上,窥望出来的二十日左右的月,到处落下那水一般的光辉。层层迭迭的许多重排列着的群山的襞积,都染出非蓝非黑的颜色,好几层高高的走向虚空中。缀在那尖锐的襞积间的濡湿的夜雾,一团一团的横流着青白。那亘在峰腰的一团,是反射着下临的月光,白白的羽毛一般闪烁。仰看了这些的我,似乎觉得久违的触着了洁净的故乡的山气了。

到岭头的上行的一里,是一丈多宽的县道。因为要走货物车,所以道路很迂曲,然而因此上坡也就不费力了。既有月亮,又是走惯的路,我凭着沁肌的夜气不断的凉干了热汗,比较的省力的往上走。经过了不知什么时候已经关门睡觉的岭头的茶店前,到开始那三里的下坡路的时候,大抵早是十一点以后了。下坡的路,是要纡回于崭绝的相薄的峡谷中间,忽而穿出溪流的左岸,忽而又顺着那右岸的,因此自然也走过了许多回小桥。夹着狭窄的溪,互相穿插的两岸的山襞上,相间的混生着自然生长的褐叶树林和特意栽种的针叶树林,那红黑和乌黑的斑纹,虽在夜眼里也分明的看见。这中间,也许是白杨的干子罢,处处排着剔牙签似的,将细小的条纹,在月光里映出微白。路旁的野草,什么时候已被夜气湿透了。早开的山独活模样的花,常从沾湿了的茂草中间,很高的伸出头来,雪白的展着小阳伞似的花朵。加以不知其数的虫声,比起溪流的声音来,到耳中尤其听得清彻,然而使峡谷的夜,却更加显得幽静了。

这之间,我看见雾块一团一团的在头上的空中,静静的动着走。撕碎了白纱随流而去似的雾气的团簇,逐渐增加起来了。或者横亘了溪流,软软的拂着屹立的笋峰的肩头,或者在乌黑的塞满着溪的襞积的针叶树林上,投下了更其乌黑的影,前进的前进的走向狭的峡谷的深处。每一动弹,雾的形状也便有一些推移,照着烟雾的月光,因此也不绝的变换着光和影的位置。于是许多雾块,渐变了雾的花条,那花条又渐次广阔厚实起来,在什么时候,竟成了一道充塞溪间的雾的长流了。以前悬在空中的月,披了烟雾来看流水,露面有许多回,但其间每不过只使烟雾的菲薄处所渗一点虹色的光辉,终于是全然匿了迹。和这同时,我的周围便笼上了非明非暗的颜色,只有周身五六尺境界,很模糊的映在眼里罢了。因此我便专心的看着路,只是赶快的走。

这么着,转过右边,跨向左边的,走着长远的峡谷,大约有一小时,雾气忽而变成菲薄,躲了多时的月的面,在虹霓一般闪动的圆晕中央,虽然隐约,却已看得见了。那时候,我无意中从对面的山溪那边,透了烟雾,听到一种异样的声音。虽然低,是抖着发响的声音。那声音,倒并没有可以称为裂帛的那样强,而且,也不如野兽卧地吼着的那样逼耳,单是,微微的有些高低,凄凉的颤抖着,描了波纹流送过来。而这时时切断似的杜绝了,却又说不出什么时候起,仍然带着摇曳。我暂时止了步,侧耳的听,然而竟也断不定是什么的声音。

这之间,道路正碰着一个大的山璧,声音便忽而听不见了。我想,这大半是宿在山溪里的什么禽鸟的夜啼罢,便也并不特别放在心上,还是照旧的在雾底下走。待到转出了那山璧,声音又听到了。比先前近得多,自然比先前更清楚。那声音只是咻咻的不绝的响。比喻起来,可以说是放开了喉咙的曼声的长吟,也可以说是用着什么调子的歌唱。而在其间,又时时夹着既非悲鸣也非呻吟的一种叫,尖而且细,透过烟雾响了过来。假使是鸟声,那就决不是寻常的夜啼了。或者是猴子罢。但如果是猴子,就应该是比裂帛尤其尖锐的声音,短促的发响。况且夜猿的叫,一定是要压倒了溪水的声响,发出悲痛的山谷的反应来的。而这不过是不为水声所乱罢了,决没有呼起谷应的那么强大。倘使是鸟兽的声音,总得渐次的换些位置,然而那声音却始终在同一处所的山溪中间。我五步一次十步一次的止了步,许多次想辨别这声音。这样的夜半,这样的山中,不消说不会有人在唱歌,况且也没有唱歌的那样优婉,是更凄凉,更阴惨的声音。我被这有生以来第一回听到的异样的声音所吓,不安的阴影,渐渐在心上浓厚起来了。

这其间,道路又正当着一个山礐,就这样的转了弯,像先前一样,那声音又暂时听不见了。不知道绕出这山礐,是否要更近的听到刚才的声音? 倘若隔溪,那倒没有什么,但不知道是否须听得接近的在路侧? 倘这样,那么……这样一想,压不下的惨凛,便一步一步的增加上来。而一方面,则想要发见那本体的好奇心,也帮着想要从速的脱出了那威胁的希冀的心,使我全身都奇特的抽紧了。将搭着的什物从右肩换到左肩,捏着阳伞的中段的我,渐近山礐的转角时,也就渐渐的放轻了脚步走。

惴惴的转出了那山角的时候,从初收的烟雾间,月光又是青白的落在溪上了,然而这回却毫没有听到异样的声音。折出山礐,便是一丛郁苍的森林,从林的中涂起,是三丈左右的并不峻急的坂。下了这坂,路便顺着溪流,不多时,即可以走到一个村落了。

总而言之,只要平安的出了这树林,以后便不会有这样吓人的事。什么都看没有声音的现在了。

这样的想着的我,捏好了阳伞,向了那漆一般黑的森林,用快步直踏进去。在坂上,路旁的略略向里处有一所山神的或是什么的小祠堂。向着这祠堂的半倒的牌坊的净水①里,不绝的流下来的水笕的水声,对于此时的我的心,也很给不少的威吓。然而我仍然决了意鼓勇的一气走下坂去。待到走了大半,脱了森林的黑暗,我望见沿溪的对面的道路,浴着月光,白皓皓向前展开,这才略觉宽心,逐渐的放慢了脚步。

---

① 在神社之前,用以清净口与手的水。

这怎么不出惊呢，还未走完坂路的中途，那声音突然起于眼前了。起于眼前，而且是道路的上面的树里。我被袭于仿佛忽被白刃冰冷的砍断了似的恐怖，单是蓦地发一声惊怖的呻呼，便僵直了一般的立着。以为心脏是骤然冻结似的停止的了，而立刻又几乎作痛的大而且锐的鼓动起来。和这同时，从脚尖到指尖，也不期然而然的发了抖。

试一看，相隔不到三丈的道路上，从左手的崖间，横斜的突出着一棵大树。这树的中段正当道路上面的茂密里，站着一个六尺上下的白色的东西。在掠过树梢的烟雾的余氛，和苍茫的下注的月光中，能看见那大的白东西，从阴暗的叶阴里，正在微微的左右的摇动。声音确乎便是从这里来的。崖上的左手，是接着山腰，高上去的一级一级的坟地，坟地之后便连着急倾斜的森林。路的右手呢，不消说是啮了许多岩石而奔流的溪水，一面给月光游泳着，一面到处跳起雪白的泡沫，向对面远远地流行。当看着那树上的白色的东西，和连到山上的一级一级的坟地，和冲碎月亮的溪中的流水时，推测着那声音的本体，我竟全然为剧烈的恐怖所笼罩，至于连自己也不能运用自己了。其实是，向前不消说，连退回原路也做不到了。单是抖着发不出声音的嘴唇，屏住呼吸，暂时茫然的只立着。

于是先前的悲泣一般细细的发抖的那声音，突然间变了人的，而又是女人的耸人毛骨的嘻笑了。很像是格格的在肚底里发响的声音。宽阔的摇动着大气似的那笑反复了五六回，什么时候却又变了被掠一般的低声的啜泣。那呜咽的末尾又歌唱似的变了调，逐渐细长的曳下丝缕来。

那声音，自然是全不管我站在三丈左右的面前，却总在同一处所摇曳。为激动所袭的我的心，又跟着时间的经过渐次镇静下去了。跳得几乎生痛的心脏的鼓动也略略复了原，全身的筋肉便慢慢的恢复了先前的柔软和确实。然而膝髁的颤抖很不肯歇。定神看时，捏着阳伞的中段的手掌，什么时候早被油汗沾濡了。然而明知道不至于顷刻之间便有危难临头的我,却终于决了心,从下面望进树的茂密里去。

在流进丛中去的月光里,分明看出了,那大的白东西,确乎是一个活着的女人。缠着白衣的裸体上,衣服几乎没有附体,欹斜的埋了青苍的前额的头发,解散了披在肩头。那女人用弯着的左手将一件东西紧紧抱在怀中,并且不住的摇动,右手却攀住树枝,站在横斜的干子上。而一面站着,一面左右的摆动身子,始终反复着一样的声音。

这时女人忽然看见我,右手便静静的离了树枝,雪白的伸开,从上面向我招手了。苍白骨出的两颊上,既浮着雕刻一般的锋利的笑,而弓形的吊上的眼梢,和几于看见眼窠的圆圈的陷下的眼,以及兜转似的突出的嘴唇,接连的动个不住,都使那站在深夜中的树上的白衣的女人见得更其是凄厉的东西。女人仿佛是逗弄孩子一般,暂时摇动着抱在左手的物件,低微的发出也不像歌唱的叫声,终于又将脸压在抱着的东西上,呜呜咽咽的放声哭起来了。而且一面哭,一面又诉说似的,滔滔的说些没有头尾的事。刚这样,却忽而侧了脸,锋利的望着月亮;接着便撮了嘴唇,只向月亮吐唾沫。后来,又是,阴森森的格格的笑倒了。但是无论怎样发笑似的笑,而嘻笑时候现在颊上的深的皱襞,却总是生硬到近于伤心。从脸相和身样看来,衰惫是衰惫了的,然而年纪似乎并不大。

暂时之间,我仰望着那女人,但还没有很推敲怎样决定自己的态度。最初,想就回到原路的岭头的茶店去,只是已经到了再走一里多路便到家乡的地方,终不愿在这深夜中,倒回将近二里的山路,去宿在那不干净的茶店里。虽这样说,便能就此平平稳稳的前进么?那是一个狂人,所以经过下边的时候,说不定会跳下树来,拚死命的来扑取。即使进了坟地,绕过山腰去,而倘在坟地里被追着,那又怎么办呢?或者也许只能这样的互相注视着到天明罢。我将这些事,成串的想得要到劳乏,用同一处所颇站了不少的工夫。

无论过了几多时，也并没有得到好主意，我于是决了心，一定要突过那树下。只要平安的闯出，到村庄便不上二町了。这样的想定了的我，终于奋起了最后的勇气，一点一点的向前走。而且是一步一歇，一步一歇的。这样子，将阳伞和搭在肩头的物件都用力的捏得铁紧，整好了什么时候都能战斗的准备，我几乎看不出前进模样的，惴惴的走过去。

　　然而那女人，自然也不能不留心着我的态度。但最初，便走近些，也不过诧异的凝视我。待渐渐的进了大约不到二丈路，便又放下了捏着的树枝，招起手来了。就近处看见的女人的脸，比先前见得更阴森。不知道是因为两颊深陷的缘故，还是下颏像刀削似的尖着的缘故呢，女人的脸竟显得完全是一个青白的三角。加以凌乱纷披的头发从左边的颞颥挂到肩上，拖作异样的旋涡。那发的黑色很强的映着月光，使脸的全部愈显出凄厉的形相。

　　这样的接近了的两人的距离，已不过一丈远近的时候，女人便一转那伸出的手，骤然间猛烈的摇起附近的枝条来。先前的雕出一般的笑脸，忽而变了喷火似的忿怒和憎恶的形状，仿佛是锁着的猿，现给那着了投石的看客的，很可怕的容貌了。而且，极端的突出了尖形的下颏，那雪白的外露的齿牙，上下格格的相打，发了尽着咙喉的呻唤，一面抖抖的摇头。又尖利的说些话，而且时时威吓似的尽力的顿足。然而我并不理会的只走去，女人便忽而停了呻唤。刹时之间，用两手捧了先前抱在左边的什么东西，很高的擎到头上，就要向我掷过来了。

　　我不由的吃惊，又跳回了五六尺。跳回之后，我便暂时蹲在地上，静静的看着情形。这时女人，似乎早已忘了适才自己所做的事，又复锋利的望着月亮，吓吓的狂笑起来。至于先前擎到头上去的东西，也早就抱在原来的胁肋里。此后暂时之间，也仍是照旧一样，悲凉的唱些歌，又说些什么话，而终于又将脸贴在抱着的东西上，呜呜咽咽的出声哭起来了。"在此刻了，失了这一瞬息，就完了。"这样想了的我,便弯腰俯首,将全身的力都聚在两脚里,咄嗟间,直进过去,闯过了那女人的下面。那时候,仿佛是从女人的全身里迸涌出来似的惊骇和忿怒和憎恶的呻唤,用了吐血一样的猛烈,由头上的树里崩颓下来。刚这样想,就在这顷刻,我的领头发了一声沉重的响,有比冰还冷的一块,又大又重的落在颈子上面了。"着了手了,"刚这样想,心脏的鼓动和呼吸也就忽然的停留,我便不知不识的听凭身子向前倒。也竭力的想要支住身体,而膝髁却仿佛已经脱了节,所以我只将两手动扰了两三回,便脸向着下,扑通的倒在地上了。

此后几秒,几十秒,或者几分时,躺在那地方,我自己不知道。忽而苏来,在头上再听到先前一样的声音的时候,我已经全然身不由己,不得不直奔村庄里去了。最初的十五步或二十步,膝髁没了力,总不能如意的奔走。没有法,便只好使手和脚都动作,我似乎确凿像兽类一样,在道路上飞跑。待到觉得伸着腰,仰着头,总算单用了两条腿在那里专心致志的走的时候,是已经因了猛烈的苦痛,呼吸就要塞住了。

走到村口时,比较的还算快,于是放了心,这才转向逃来的那方面看。然而也并没有什么追赶过来。而且,便是以前所见的一级一级的坟地和崖上的树,也不知是因为隐在山荫里呢,或是包在雾的余氛的夜霭里呢,无论在什么处所,连看也看不见了。仰面看时,只见得愈深愈狭的折叠着的山溪的襞积,浴了水一般的月光,莽苍苍的重重叠叠的耸着。

我跌倒了的时候,抛了阳伞和搭在肩上的物件,是总须拾取回来的,加以想讨一杯水,来沾润这将近焦枯的喉咙,便去寻曾经见过的守望所。疏朗朗排着人家的细长的村庄,全都入了沉睡,连犬吠声也寂然。我用手巾拭着粘粘的流满了全身的油汗。走向村的中间,便在夜眼里,也屹然耸着的了火梯直下的守望所去。然而无论怎样的敲门,却总不容易起来。这之间,既有着深怕先前的女人重行追来的不安,而渐次又听得各处起了历乱的犬吠,我便更用了力,激剧的敲打了。每打一回,因了月光,在板门上照出自己的影的动弹,虽自己,也见得是拚命的模样。大约又叩了二三分,这才从深处发出很渴睡似的巡警的回答来:

"谁呀？这时候,胡乱叫人起来。"

"很劳驾,千万来一来罢。有了不得了的事情哩。"

"什么？有不得了的事情？你是谁？什么地方,有了什么事。强盗么？……"

因为不得了的事情这一句话,才受了激刺似的,巡警阁阁的响着,好容易抽了门闩。接着听得推开玻璃门的声音,又拉开一扇板门,巡警这才只穿一件寝衣,带一副瞌睡的脸,出现在昏暗里。但一看见学生模样的毫不相识的我,便显出似乎莫名其妙的眼色,目不转睛的凝视起来。

"所谓不得了的事是什么？这时候。……"

重行讯问的巡警,颇有些不以为然的神情了。

"所谓不得了的事,是狂人。刚才,在那边的坟地里。"

"什么？这时候,狂人。……"

"是的。是女的狂人。"

"唔,女的……那女的狂人在坟地里怎样？"

这样回问了的巡警的脸上,已消去了先前的不高兴,却渐次添出不安的影子来。我便简短的说了刚才遇到的事的一切,巡警默默的听,到末后,略略将头一歪,说道:

"那么,一定是糕饼店的阿仙了。这怎么好呢。这样的深夜里,给跑到坟地这类地方去……"他很有为难的情形了,但也便接着说,"所以我对着那里的男人和老婆子,不知道叮嘱过多少回。那样的性质不好的狂人,倘若不小心,说不定会做出什么事,如果不是好好的严重的监禁起来,是不行的,我几次三番的说。谁料男人还是全不管,老婆子又吝啬,虽然造了房牢,也不过用些竹栅栏之类来搪塞,所以终于出了这样的事了。"

这么说着的巡警的态度,宛然是抓住了绝不相干的我,在那里责备糕饼店的粗疏。我耐不住再等巡警说完话,一到这里,便插下话去了:

"总而言之,像刚才说过一样,因为是不意中跌倒的,所以我,将阳伞和东西都掉在那地方了,这可能请想一点法么?"

"教我替你拾去么?"

"不,自然一同去。"

没有法,我也只得这样说了。然而巡警还装着非常迟疑的脸,暂时不回答,只是想,但终于开口道:

"那是,比行李,比什么,都更要紧的是,第一,自然是捉住阿仙。因为就此放着,是不知道会做出什么事来的。可是真糟,这么晚的时候。"

"这实在很费神,但总要请劳一回驾。"

"自然,去是一定给你去一回的,但便是两人去,因为对手是狂人呵。说不定会做出什么事来呢。"

巡警非常之逡巡,任凭过了多少时,总不肯轻易说出一同去,我因此郑重的弯了腰,恳愿了许多回。这结果,竟涩涩的答应同去了,重复走进暗的里面的屋里去的巡警,便点起提灯来,脱下寝衣,换了制服。趁这时候,我便请他放进便门去,用那剩在铁釜里的温水,这才沾润了早就干到焦枯了一般的喉咙。

于是两人一先一后的走出带些村气的守望所去,巡警忽又站住了。

"两个人固然也不碍,但另外多带三四个少年去,一定愈加捉得快,就这么办罢。因为狂人这东西,是跑得飞快的。"

他独自说着既非解释也非商议的话,向着我那来路的反对方向走去了。我也默默的跟着走,不多时,巡警便走进一所大库房后面的一间守夜的小屋去。这守夜的小屋,是邻近各村中的少年们各尽义务的组织起来的。我在外面等,不多久,和里面的人们絮絮的说了些话的巡警，便带了四个少年出来了。少年的两个，拿着提灯和细绳，别的两个是拿着颇长的棍子。这就一共有了六个人，我和巡警都才有了元气，使四个少年居中，我们分在两旁。这样子，六人作了一横排，在夜的兰山村的道路上，迈开快步，奔向先前的坟地去。

在途中，听着大家交互的谈话，对于刚才，在坟地旁边吓了我的叫作阿仙的，那女人的身世，渐渐明白起来了。

阿仙者，便是可以称为"山间之孤驿"的，这村中的一家小糕饼店里的媳妇。两年以前，才从离此大约三里左右的川下的村庄里，嫁到这里来，但刚做新妇，便因为男人的不规矩，很吃了许多苦。加以男人的懒散和家计的艰难，又不断的受着生活的忧虑。既这样，自然和那住在一处的姑，也不合式起来了。这之间，去年的秋天可是怀了孕。倘若生了孩子，这便引转男人，静了心，同时和姑的关系，也就会变好罢，阿仙这么想着，只管将那将来生下来的孩子当做靠山，什么都熬着。于是到这六月里，平安的生了男孩子了，然而男人对付阿仙的态度，却丝毫没有改。不但没有改而已，在临产时候的前后，那男人，和他结婚以前曾有来往的也是这村里的女人，又有了各样的新闻了。而这些事，又常常传到在产褥上的阿仙的耳朵里。一结婚，便和那女人干干净净分手，这是男人曾经坚誓的，而竟再出了新闻，这从由外村嫁来的阿仙看来，实在比嫖妓更有猛烈的苦痛。这时候，阿仙仿佛是决计百事再不管，专为一个孩子活着自己的命似的。然而便是那孩子，也因为营养坏，终于在这七日前死掉了。那结果，可怜的阿仙便在下葬这一夜里，忽然发了狂。发狂之后的阿仙的态度，不但说不定什么时候会自杀，而且每日许多次，无法可想的乱闹。因了村医的注意，终于造了房牢，监禁起来了。这到了正当首七的今夜或者想到了要上孩子的坟了罢，便偷偷的破了栏槛，跑出来了。

大家走出村外时，月亮比先前又稍稍东下了。且走且看的经过了涨满着如雨的虫声的大豆田，到了前回的溪谷的所在，那阿仙的阴森的声音的丝缕,又和先前一样,仍然在溪水上横流。于是转出一个不甚峻急的山襞去,坟地便在右手的眼前了。路的正前面,阿仙的上着的树,也受了月光,见得漆黑而且硕大。阿仙的声音不消说,便是阿仙的白色的形状,也能在枝条间看得分明。六个人走到坟地边,或者因为看见了三个排着的提灯的灯光了罢,在树上的阿仙的形相,便如白色的影子一般,急急的溜下横干来,以为飘然的轻轻的站在崖上了,却又直奔坟地中间去。

"呵。跑了。趁没有走进山里去,捉住伊!"

有人这样说,而大家都遵了接到崖间的小径,纷纷的走向坟地了。这时阿仙的形相,却如淡白的布或是什么飘在风中似的,浴着月光,跳上了斜面。待到大家走到阿仙所走的宽约三尺的坂下的时候,那已经走了七成的白色的形相,却忽地转了左,在墓碑间往来。大约走了五六丈,又突然失了踪影。

"躲了呵。喂,这回是说不定会从那里出来,小心罢。"

巡警正这样说,少年们已经纷纷散开,对着不见了阿仙的方向,各人随意的穿过墓碑间,许多回曲曲折折的寻上去。我也跟在后面,竭力赶快的走。

不多时,大约大家已经走近了不见阿仙的地方的时候,从前面的排得宽约丈余的一堆坟茔里,忽然站起一个淡白的形相来;并且发出野兽似的很有底力的呻吟,一面胡乱的抓了泥土往外摔。然而不知道为什么,全没有想要逃走的情形。

"原来,逃进了自家的坟地里了。大约怕被人抢去了死孩子罢。"有谁说着这些话的时候,大家便渐渐的将阿仙据守着的坟地包围起来。但阿仙毫不怕,无论是石,是泥,是木片,什么都随手的掷出来,待到知道自己完全被围住了,便忽而坐在一角的地面上。而且将全力用在两手上,不住的按地面,一面又如将捉住的饵食藏在腹下的豹一般,高耸的双肩里埋着紧缩的头,翻了眼,锋利的光溜溜的尽对大家看。颜色比先前更苍白,头发是抓乱似的披着,而且无论脸上,无论唇上,脸的全部都不住的凛凛的发着抖。这是从这之间,正在夹杂着涌出恐怖和憎恶和愤怒来。暂时之间,大家简直无从下手,单是这样的默默的注视着阿仙的模样。

"阿呀,阿仙这东西,刨了孩子的坟了。看罢。泥土掘得这样。"

因为非常吃惊似的,巡警这样的叫喊了,便望进坟地里去,只见大约是送葬用的白灯笼和白旗,以及花朵和花筒,都和掘开的泥土散得满地。此外则白木的冥屋和塔婆的断片,也被摔出一般的飞散着。而且,阿仙蹲着的处所仿佛很低洼,膝髁的大部分是埋在泥土里的。忽而阿仙像是得了机会似的,偷偷的拿过旁边的一个碗来,立刻舀了眼前的泥土,飞快的塞到膝髁底下去,而其时也毫不大意,不绝的看着周围,时时用了絮语一般的低声,接连的说道:

"不行。不行,不行。"

然而倘有谁想略略走近,便发出尽力的呼喊,或者格格的磨着雪白的露出的齿牙,显了现就会扑过来,咬住喉咙的态度。大家无法可想,又是暂时之间,任其自然的只是看。

其时有一个在阿仙背后的少年,趁机会跳过了低低排着的墓碣,突然从胁下插进臂膊去,向上一弯,便捺下阿仙的领头,竭力的抱住了。一抱住,阿仙也同时站起来,骤然发了吐血一般的大声,哭着叫喊,而且拚命的挣扎。然而无论怎样叫喊,怎样挣扎,已经都无效。巡警当先,还有此外的三个少年,也都去帮忙,不管手上,脚上,身上,都密密的缚了细索子。

虽如此,也还要尽力挣扎的身体,好容易被三个少年协了力,前后提着运去了。于是巡警将提灯插在地面上,仔细的调查那掘开了的坟洞的周围。

"啊呀,这是棺桶呵。盖子全打破了。"

巡警这样的絮说着,用靴尖一踢墓碣下的一个蜜柑箱一般的箱子,这却意外的轻,在土上滑开去了。其中不消说,不像有孩子的尸体。这时候，我忽而想，以先被那女人从树上掷下来的沉重的东西，或者便是掘出了的孩子的尸体罢。这样一想，剧烈的恐怖便突然坌涌上来，立刻觉得指尖和脚尖都栗栗的发了古怪的冷。然而接着便看见那详细的检查着坟洞的底的巡警说：

"虽然掘了出来，却又就地埋了似的。很像这样。"一面又用棍子的头捣着洞底，我这才能够略嘘一口气。

那三个少年运了叫喊挣扎的女人，径下那中间坂路去，暂时又顺着崖上的小路走，此后便由眼底下的道路，回到村庄里去了。我和巡警和别一个少年，留在后面，去寻我那落掉的什物和阳伞，于是从中间的坂路，走到崖根，又略向右，走下道路去，不多时便到了先前的大树下。什物和阳伞，自然是毫无异状的落在路旁的草寀中。我将这拾了起来，因为听得巡警很怪的声音说：

"啊呀，孩子的死尸！"

便不由的回过头去，只见那女人曾经上去过的树干的几乎直下的道路上，照在巡警的提灯里，横着一个乌黑的块。走近一看，正是生得不久的婴儿的死尸。既然很腐烂。又粘着许多泥，几乎辨不出眼鼻。然而我先前被掷着的，却的确是这东西了。事情一经分明，我便觉得脊梁的两边，有什么又冷又痛的东西，锋利的爬上去。同时从胁肋向了胸脯，又是那照例的讨厌的寒冷，刹时扩张开去了。我全身仿佛坚固的包着冰一般的东西，暂时毫不能动弹，单是默默的挺立着。

"总而言之，阿仙是将这掷了你了。背后没有怎样么？"

少年这样说，借了巡警的提灯，走到我的背后去。他即刻用了大声，说道，"呀，脏得很呢！"我不由的将手伸到领头，便有说不出是油是脓的东西，粘粘的沾满了指上了。因此我又感到了剧烈的战栗。这之间，又觉得从地上的黑块里，渐次强烈的涌起闭气似的可厌的臭味来。谁也不再说什么话。只是伫立在渐渐淡下去的月光，和浅浅的流着的溪水声和如雨的虫声中，三人都暂时没有动。

我在这时候,仿佛就在眼前,分明的看见了被弃于男人死别了孩子的女人,可以活下去的希望全被夺尽了的女人的,对于人类对于运命的可怕的复仇心,很以为阿仙的心,实在是非常惨痛的了。而和这同时,对于那复仇心偶然选我做了对象的恐怖,却还不如对于这样的虐待了阿仙的运命这一件东西的恐怖,尤为强烈的打动了我的心。

"这东西究竟怎么办才好呢。"

过了许久才开口的巡警的声音,很带些难于处置的模样了。

未另发表。

初收 1923 年 6 月上海商务印书馆版"世界丛书"之一《现代日本小说集》。

复仇的话

[日本]菊池宽

铃木八弥当十七岁之春,为要报父亲的夙仇,离了故乡赞州的丸龟了。

直到本年的正月为止,八弥是全不知道自己有着父亲的仇人的。自己未生以前便丧了父,这事固然是八弥少年时代以来的淡淡的悲哀,但那父亲是落在人手里,并非善终这一节,却直到这年的正月间,八弥加了元服为止,是全然没有知道的。

元服的仪式一完毕,母亲便叫八弥到膝下去,告诉他父亲弥门死在同藩的前川孙兵卫手里的始末,教八弥立了复仇的誓词。八弥看见母亲的通红的眼;而且明白了自己的身上是负着重大的责任了。

从九岁时候起,便伴着小侯,做了将近十年的小近侍的八弥,这时还是一个不知世事的稚气的孩子。况且中了较大一岁的小侯的意，几乎成了友人，他一无拘忌，和小侯比较破魔弓的红心，做双陆的对手，驱鸟猎和远道骑马，也都一同去。至于和小侯共了席，听那藩中的文学老儒的讲义，坐得两脚麻痹之后，大家抱腹相笑的时候，那就连主从关系也全然消灭了。八弥住在姓城中的一个大家族里；他是比较的幸福，而且舒服的。直到十七岁加了元服时，这才被授与了一件应该去杀却一个特定的人的，又困难又紧张的事业。

宽文年号还不甚久的或一年的三月间，八弥穿起不惯的草鞋来，上了复仇的道了。在多度津的港里作为埠头的金比罗船，将八弥充了坐客的数，就那吹拂着濑户内海的春风张了满帆，直向大阪外，溜也似的在海上走去了。

他靠着船的帆樯，背着小侯所赐的天正祐定的单刀，一个人蹲着。渐渐的离了陆地，他的心中的激动也就渐渐的平稳起来，连母亲的严重的训戒，小侯的激励的言语，那效果也都梦一般的变了微漠，在他心里，只剩了继激昂之后而起的倦怠和淡淡的哀愁。他对于那与自己绝不相干的生前的事故，也支配着自己的生涯这一件事实，不能不痛切的感到了。他在先前，其实并没有很想着父亲的事。因为他的母亲既竭力的不使他觉得无父的悲哀，又竭力的在他听觉里避去"父亲"这词句，而且他自从服侍小侯以后，几乎感不到对于父亲的要求。因为他的生活是既幸福，又丰裕的。然而一到十七，却于瞬息中，应该对于先前不很想到的父亲有人子之爱，又对于先前毫不知道的前川谁某有作为敌人的大憎恶了。这是他的教养和周围，教给他对于父母的仇人须有十分的敌意的。

八弥曾经各样的想象那敌人的脸。因为他的母亲是不甚知道这敌人前川的。前川和八弥的父亲，本来是无二的好朋友，但是结婚未久的新家庭，前川不敢草率，便少有来访的事了。

于是八弥不得不访问些知道前川的人，探问他的容貌去。恳切的人们便各样的绞出十七八年前的记忆来，想满八弥的意。然而这些人们所描的印象，无论怎样缀合，八弥也终于想不定仇敌的形容。于是八弥没有法，只好从小侯的藏书中，取了藩中画师所画的《曾我物语》里的工藤的脸作为基本，再加一些修改，由此想象出敌人的脸相来。他竭力的从可恶这一面想；因为他以为觉得可恶，便容易催起杀却的精神。但那脸相的唯一的特征，却只知道右脸上有一颗的黑痣。

船舶暂时循着赞岐的海岸走，但到高松港一停之后，便指了浪华一直驶去了。

敌人有怎样强，八弥是不知道。但他从幼小时候以来，便谨守着母亲的"修炼武艺，比什么都紧要"的教训，于剑法一端，是久已专心致志的。他那轻捷而大胆的刀路，藩中的导师早就称扬。八弥的母亲教他负了复仇的事情，也就因为得了这导师的保证。

他对于复仇这一件事，也夹着些许的不安，但大体却觉得在绚烂的前途中，仿佛正有着勇猛的事，美善的事。所谓复仇，固不测有怎样的难，然而这是显赫的不枉为人的事业，却以为是确凿的。他的心，也很使自己的事务起了狂热了。

一到安治川，他歇在船寓里，再出去一看浪华的街。所有繁华的市街，他都用了搜求仇敌的心情看着走。

大约一月之后到了京都的八弥，便历访京都的宏丽的寺院；走过了室町和乌丸通这些繁华的市街；每天好几回，经过那横在鸭川上面的四条五条三条桥，听得拟声游戏的笛音和大鼓。然而京都的名胜古迹处，并没有敌人。没有敌人的祇园和岛原和四条中岛，从他看来，都不过是干燥无味的处所罢了。

他从京都动身，是初夏的一日里。舍了正在鲜活的新绿的清晨中的京都，他向江户去了。

从京都经过大津，在濑田的桥边，他因为要午餐，寻到了一个茶店。到正午本来还略早,但他觉得有些口干,所以想要歇息了。他吃些这里有名的鲫鱼。不管那茶店使女含着爱娇的交谈,他只是交了臂膊,暗忖着怎样才可以发见他的仇敌。忽而听到什么地方有和自己一样的带些赞岐口音的说话了。他早就感了轻度的兴奋,便向声音这方面看。这是从正对琵琶湖的隔离的屋子里出来的。照说话的口吻,总该是武士。赞岐口音的武士,这正是他正在搜寻的敌人的一个要件。他不由的将放在旁边的祐定的单刀拉近身边了。这其间,那武士骂着使女,莽撞的从离开的屋子来到店面里。已颇酩酊的武士用了泥醉者所特有的奇妙的步法,向着门外走,一面又忽然和八弥打了一个照面。武士的心里,便涌起轻微的恶意来。

"看起来,还是年青的武士,大约是初出门哩。哈哈哈……"他嘲笑八弥似的笑了。八弥愤然了扬起那美秀的眼睛,不转瞬的看着对手。

八弥不能不憎恶这武士了。颧骨异常之高;那鼻子,也如犹太人一般,在中途突出鼻梁来;而且那藏着恶意的眼色,尤其足够唤起八弥的嫌恶的心情。他想,自己的敌人也是这样的男子才好;他又想,倒不如这人便是前川孙兵卫就更好了。其实从口音上,已经很可疑。他用冷静的意志来镇定了激昂,他想试探这武士看。

"实在是的。初出门,总有些不便可。"他驯良的回答说。

"一看那肩上带着木刀,该是武者修业罢,哈哈……也能使么?"他对于稚弱的八弥,要大加嘲弄的意志,已经很分明了。

八弥因为要知道对手的生平,格外忍了气。

"很冒昧,看足下像是赞岐的人……"八弥淡然的问。

"诚然是生驹浪人呵,因为杀人,出了国的。虽然是有着仇敌的身子,脑袋却还连在颈子上,即使有父母之仇,目下的武士倒也仿佛很安闲哩。这真是天下太平的世界了。哈哈哈……"他漏出侮辱一切有着仇敌的人们的嘲笑来。八弥想,若是生驹浪人,则也许便是自己的仇敌,用着这样的假名字。但对于出去复仇的人们的侮辱,却更其激动了他的心了。要将作为一种手段的沉静，更加继续下去，则八弥还是太年少。他看定对手，双瞳烂然的发了光。

"哈，脸色变了，看来你也有仇人罢，哈哈哈……用那细臂膊，莫说敌人，也未见得能砍一条狗。"一面说，武士在自己任意的极口的痛骂里，觉着快感似的，又大声哈哈的笑。

八弥已经不能忍了。他忘却了有着敌人的紧要的身体了。这男子，并不是自己的仇雠的孙兵卫，那是只一看颊上没有痣，早就知道了的，然而还缺乏于感情的节制的他，却不能使怒得发抖的心，归到冷静里去了。他左手拿了刀，柱起来叫喊说：

"哪，怎么说！一条狗能砍不能砍，那么，请教罢。"他的声音上，微微的带些抖。

那武士以为八弥的战栗因为恐怖，便愈加嗤笑了。

"有趣！领教罢。"他不以为意的答了话，一面从茶店里，蹡蹡跟跟的走到大路的中央。将那长的不虚发的佩刀，叫一声咄，便出了鞘。

好个八弥，居然很沉静。在檐下卸了背上的行囊，缚好了草鞋的纽，濡湿了祐定的刀的柄上的钉，就此亮着，走向敌手了。

那武士，最初是以微笑迎敌的，但八弥砍进一刀去的时候，那武士分明就狼狈了。他吃惊于这少年的刀风的太锐利。他后悔自己的孟浪了。而这样的气馁的自觉，又更使这武士陷入不利的地位去。他渐渐被八弥占了上风，穷追到濑田的桥的栏边，已经没有后退的余地了。感到了性命的危急的他，耸起身来，想跳过栏干，逃到河里去，但实行了他的意志的，却只有他的头颅。因为乘着要跳的空，八弥便给了从旁的一劈。

八弥完结了这杀人的事，回到故我的时候，他便已后悔起来。而对于敌人已想逃入水中，还要穷追落手的血气，尤其后悔了。但远远的立着旁观的人们却都来祝八弥的成功。其中几个怀着好意的人还来帮八弥结束，劝他乘村吏未到，事情还未纠缠之前，先离开了这处所。

八弥离开了濑田桥,走到草津的时候,最初的悔恨早经消失了。他很诧异杀人有这样的容易。他觉得先前以为重负的复仇,忽而仿佛是一件传奇的冒险了。因为觉得不过是上山打猎,追赶野猪似的,血腥的略带些危险的冒险。而且他对于自己的手段,也因此得了自信。他涌起灿烂的野心来,以为在路上再加修练,则无论怎样的强敌,也可以唾手而得的了。他于是比先前更狂热于复仇,指着江户,强烈的走着东海道的往来的土地。

然而复仇的事,却并非如八弥最先所想象的灿烂的事情;这是一件极要忍耐的劳作。在这年的盛夏里,上了江户的他,一直到年底,留在江户,访求敌人的踪迹,但都不过是空虚的努力。第二年,下了中仙道到大阪,远眺着故乡的山,试进了山阳道向长州去。然而这些行旅,也只是等于追逐幻景的徒劳。第三年的春天,他连日在北陆的驿路中,结他客枕的夜梦,但到处竟不见一个可以疑是仇敌的人。他在仙台的青叶城下迎了二十岁的春季,已经是第四年了。他也常常记起故乡,想赶急报了仇,早得了归乡的欢喜。他看那杀却敌手,已没有些许的不安。四年间的巡行修业,早使他本领达了名人之域了。况且在冒险的旅行中,也有过许多斩夜盗杀山贼的事迹。他觉得无论敌人如何强,帮手怎样多,要取那目的的敌人,只是易于反掌的事罢了。

在具备了杀敌的资格的他,虽然想,愿早显了体面的行动,达到他的本怀,但有着唯一的问题,便是与那仇雠的邂逅。

二十一岁的春天的开头,八弥想从中仙道入信越,便离开江户,在上洲间庭的樋口的道场里,勾留了四五天,于是进了前桥的酒井侍从的城下。报仇的费用,是受着本藩的充足的供给的,所以他大抵宿在较好的客寓里。这一夜,也寓在胁本阵上野屋太兵卫的家中。

晚饭之后,他写了习惯了的旅行日记,然后照例是就寝。他刚要就寝，搁下日记的笔来，向着廊下的格子门推开了。回头去看，俯伏在那里的是一个按摩。

"贵客要按摩么?"他一面说，一面又低了头。这一天，八弥在樋口的道场里，和门人们交了几十回手，他的肩膀颇觉重滞了。

"阿阿，按摩么，来得正好，教揉一揉罢。"八弥说。盲人将他非常憔悴的身子，静静的近了八弥，慢慢的给他揉肩膀。指尖虽没有什么力，但他却很知道揉着要点的。而且这按摩，又和在各处客寓里所见的不相同，沉默得很特别。在主客的沉默中，盲人逐渐的揉得入神了。八弥有些想睡觉，因为祛睡，便和这盲人谈起话来。

"你很像是中年盲目似的。"

"诚然，三十三岁失明的。因为感觉钝，什么都不方便哩。"他用了分明的声音，极低的回答。八弥一听这，对于盲人的口音觉得诧异了。

"你的本籍是那里呢?"八弥的声音有些凛然了。

"是四国。"

"四国的那里?"

"是赞岐。"

"高松领么，丸龟领么?"八弥焦急起来了。

"丸龟领。"

"百姓，还是商人呢?"

"提起来惭愧煞人，本来也还是武士哩。"盲人在他的话里，闪出几分生来带着的威严来。

"是武士，那便是京极府的浪人了。"一面说，八弥仰起头，看定了盲人的脸。虽然是行灯的光，但在盲人的青苍的脸上，却清清楚楚的看见了仇敌唯一的目标的黑痣。

八弥伸出右手，攫住了盲人的手腕。

"你不叫前川孙兵卫么? 怎的?"他说;用力一拉，盲人毫没有什么抵抗，跄跄踉踉的跌倒了。

"怎么，你不叫前川孙兵卫么，是罢？"他又焦急起来。

盲人当初有些吃惊，但也就归于冷静了。

"惭愧，你说的是对的。那么，你呢？"他的声音丝毫没有乱。

"招得好。我是，死在你手里的铃木弥门的独子，名叫八弥。觉悟罢，已经逃不脱了！"

盲人很惊骇；他暂时茫然了。在那灰色的无所见的眼睛里，分明可以见得动着强烈的感情。但是那吃惊，又似乎并不在自己切身的危险。

"怎么怎么，弥门君却有一个儿子么？那么，那时候，八重夫人是正在怀孕的了。……既这样，你今年该是二十一岁了罢。……要对我来复仇，我知道了。正是漂泊的涂中，失了明，厌倦了性命的时候。我也居然要放临死的花了。"盲人断断续续的说出话来，临末又添了凄凉的一笑。他那全盘的言语里，觉得弥满着怀旧的心绪，以及平稳的谦虚的感情。

八弥一切都出了意外。他愿意自己的敌手，是一个濑田桥畔所遇一般的刚愎骄傲的武士的。愿意是一个只要看见这人，那憎恶与敌忾便充满了心中的武士。然而此刻在眼前访得的仇敌，却是一个半死的盲人。他不由的觉着非常之失望了。况且这盲人说到八弥父母的名字时，声音中藏着无限的怀念。他从来没有听到过称他父亲的名字时候，有人用了这样眷念的声音。八弥对着仇敌，被袭于自己全未豫料的感情，没有法，只是续着沉默。于是盲人又接下去说：

"死在弥门君的遗体的你手里，也就没有遗憾了。然而，在这里，却怕这照顾我多年的旅店要受窘；很劳驾，利根川的平野便在近旁，我就来引导罢。请，结束起来。"

盲人很稳静。八弥仿佛发了病似的，茫然的整了装束，茫然的跟着盲人。寓中的人们都抱着奇妙的好奇心，默送这两人出去。到街上，两人暂时都无言。走了几步，盲人问讯道：

"冒昧得很，敢问令母上康健么？"

"平安的。"八弥回答说，那声音已不像先前一般严峻了。

"弥门君和我，是世间所谓竹马的朋友。什么事都契合，其好到影之与形一样的，然而时会招魔罢，而且那一夜，我们两人都酩酊了。有了那一件错失之后，我本想便在那地方自己割了腹，但因为家母的劝阻，只好去国了，这实在是我的一生的失策。直到现在，二十一年中，无一夜不苦于杀了弥门君的悔恨。弥门君没有后，以为复仇是一定无人的了，谁知道竟遇到你，给我可以消灭罪愆，那里还有此上的欣喜呢。……身为武士，却靠着商人们的情来度日，原也不是本怀。……这笛子也就无用了。"他说着，将习惯上拿在右手带来的笛子抛在空地里。

八弥在先前，便努力的要提起对于这盲人的敌忾心来，但觉得这在心底里，什么时候都崩溃了。他也将那转辗的遇着杀父之仇却柔软了的自己的心，呵斥了许多回。然而在他，总不能发生要绝灭这盲人的存在的意志。他想起自己先前在各样景况之下，杀人有那样的容易，倒反觉得奇怪了。

盲人当未到河畔数町的时候，说些八弥的父亲的事情。他似乎在将死时，怀着青年时代的回想。八弥从这盲人的口里，这才知道了父亲的分明的性格，觉得涌出新的眷慕来。但对于亡父怀着新的眷慕，却决不就变了对于盲人的恶意。而且盲人最后说，不能一见八弥，这是深为遗憾的。

于是在这异样的同伴之前，现出月光照着的利根川的平野来了。盲人又抛下了他的杖，并且说：

"八弥君，很冒昧，请借给你的添刀罢。我辈也是武士，拱手听杀，是不肯的。"他借了八弥的添刀，摆出接战的身段。这只是对于八弥的好意的虚势，是明明白白的。

八弥只在心里想。杀一个后悔着他的过失，自己也否定了自身的生存的人，这算是什么复仇呢，他想。

"八弥君胆怯了么？请，交手罢！"

盲人大声的叫喊，这叫喊在清夜的河原上，传开了哀惨的声音。八弥是交叉着两腕沉在思想里了。

第二天的早晨，河原附近的人们在这里看见了一个死尸。然而这是盲人孙兵卫的尸体，却到后来才知道，因为那死尸是没有头的。而且那死尸，肚子上有一条挺直的伤，又似乎是本人的自杀。

八弥提着敌人的首级还乡了。而且还得了百石的增秩。但因为他在什么地方报仇，在什么时候报仇，没有说明白，所以竟有了敌人的首级是假首级的谣言。甚而至于毁谤他是不能报仇的胆怯者。不知是就为此，或者为了别事，他不久便成为浪人了。延宝年间，江户的四谷坂町有一个称为铃木若狭的剑客，全府里都震服于他的勇名。有人说，这就是八弥的假名字。

未另发表。
初收 1923 年 6 月上海商务印书馆版"世界丛书"之一《现代日本小说集》。

二十二日

日记 晴。马理入山本医院割扁桃腺，晚往视之，赠以玩具三事。

二十五日

日记 晴。下午寄三弟信。夜风。译《桃色之云》毕。

桃色的云

[俄国]爱罗先珂

时　　代

现　代

地　　方

东京附近的一个村庄

人　　物

春　子　十三四岁的女儿

其　母　将近五十岁

夏　子　约十七岁的孤儿

秋　子　约十八岁的孤儿 ｝春子的邻人

冬　子　男爵的女儿（不登场）

金　儿　春子的未婚夫（东京一个医学校的学生）

自然母　女王　五十岁以上

冬　　　自然母的第一王女　约二十岁

　其从者　冬　风

　　　　　酿雪云 ｝武装的军士

　　　　　落叶风

　　　　　风吹雪

秋　　　自然母的第二王女　约十八岁

　其从者　秋　风 ｝阴郁模样的男人们

　　　　　灰色的云

夏　　　自然母的第三王女　约十七岁

其从者　　夏　　风 ⎫
　　　　　夏　　云 ⎪
　　　　　龙　　　 ⎬ 奴仆模样的男人们
　　　　　雷　　　 ⎪
　　　　　闪　　电 ⎭

春　　　自然母的第四王女　约十三四岁
　其从者　春　　风　美少年的音乐家
　　　　　桃色的云　美少年

春的花卉们
　　　福寿草 ⎫
　　　破雪草 ⎪
　　　钓钟草 ⎬ 年青的男人们
　　　蒲公英 ⎪
　　　萝　卜 ⎭
　　　　外有春的七草等

　　　梅　　 ⎫
　　　樱　　 ⎪
　　　紫地丁 ⎬ 年青的女人们
　　　勿忘草 ⎭

　　　紫　藤 ⎫
　　　踯　躅 ⎪
　　　雏　菊 ⎪
　　　紫云英 ⎬ 少女们
　　　樱　草 ⎪
　　　含羞草 ⎭

桃

毛　茛　} 少年们

水　仙

蕨

车前草　} 学者

鬼灯檠　教育家

　　外有蔷薇，风信子等

暮春的花卉们

百　合

玉蝉花　} 富家的小姐们

燕子花

　　　铃　兰　富家的小儿子

　　　牡　丹　富家的哥儿

夏的花卉们

　　　向日葵　博士

　　　月下香

　　　朝　颜

　　　　　　} 女的科学家

　　　昼　颜

　　　夕　颜

秋的花卉们

达理亚

菊

芒　茅

　　　　} 中产阶级的年青女人们

白　苇

桔　梗

女郎花

　　外有秋的七草等

胡枝子⎫
　　　⎬ 中产阶级的年青男人们
珂斯摩⎭

春的昆虫们

　　蜜　蜂　作工的女人

　　胡　蜂⎫
　　　　⎬ 作工的男人们
　　虻　　⎭

夏的昆虫们

　　萤的群　真的艺术家

　　夏　蝉　假文人

　　蝇　　　无业的女人

　　蚊　　　无业的男人

秋的昆虫们

　　蜻　蜓　女伶

　　金铃子　女的音乐家

　　寒　蝉⎫
　　　　　⎪
　　蟋　蟀⎪
　　　　　⎬ 男的音乐家
　　聒聒儿⎪
　　　　　⎪
　　螽　斯⎭

　　黄　莺　诗人的音乐家

　　鹄的群　艺术家

　　蛇的群　堕落的艺术家

　　蛙的群　不良少年少女们

　　蜥蜴的群　递送夫

　　胡蝶的群　女伶们

　　春　蝉　舞女

　　　外有云雀,燕子等

458

土拨鼠的家族

祖　父 ⎫
　　　　⎬ 皆六十岁以上
祖　母 ⎭

其　孙　年青的理想家

舞　台

始终分为两个场面

上面的世界　强者的世界（为太阳所照，明亮的。）

下面的世界　弱者的世界（虽为希望所包，然而暗淡的。）

第 一 幕

第 一 节

（上面的世界里，在后面看见春子，夏子，秋子的小小的田家模样的房屋。左手有男爵的府第。舞台的一角里，看见美丽的结了冰的池。正面有樱，桃，藤之类的树木。几处还有雪。

下面的世界是暗淡的，隐约看见挂在后面的三张幕。一张桃红，一张绿，还有一张是紫的。左手看见城门似的东西，角上生着一株松树。那树的根上，有土拨鼠的窠，时而依稀看见，时而暗得不见了。

从下面的世界通到外面——上面的世界——去的门，分明看得出。

开幕的时候，上面的世界是明亮的。

冬风经过，一面向着下面的世界唱歌。）

小小的花儿呀，睡觉的呵，驯良的，

小小的虫儿呀，也睡觉的呵，到春天为止。

驯良的，做着相思的梦，春的梦，夏的梦，

睡着觉的呀，到春天为止。

（风又用了那粗鲁的手，触着树木的梢头，说。）

风　喂，你们也睡觉的呵。

桃　知道的，好麻烦！

风　（发怒，愤然的说，）怎么说？胡说，是不答应的。

樱　（向了桃，）阿阿，你这才叫人为难呢，不要开口了罢。（于是向
　　了风，）风哥，不要这么生气，不也好么。大家都好好的睡着的。
　　看看梅姊姊罢。睡得不很熟么？说是不到今年的四月，是不开花
　　的。大姊不开，便是我们也那里有先开的道理呢。只有我，因为
　　爱听风哥的温柔的歌，略略的醒了一醒就是了。

风　好罢好罢，真会说话，但是今年却不受骗了。去年托福，大意了
　　一点，梅小子在正月里便开起花来了。我挨了冬姊姊怎样的骂，
　　你们未必知道罢。

樱　阿呀，这真是吃了亏了！

紫藤　真是的！

踯躅　竟骂起这样和气的老人来，好不粗卤呀。

樱　（向着妹子们，）你们，静静的睡着罢。

风　你们，还没有睡着么？

紫藤　我是，刚才，此刻才醒的。

踯躅　我也是的。

风　快快都睡觉罢。给冬姊姊一看见你们都醒着，就糟了。

460

紫藤　噢噢,已经睡着哩。

蹢躅　我也是的。

风　今年如果不听话,可就要吃苦了。在今年里,那些偏要崛强,一早开花的事,还是歇了好罢。

桃　为什么又是这样说?难道今年有什么特别的事么?

风　会有也难说的。

桃　说诳,说这些话,是来吓呼我们的。便是今年,那里会和先前的年头就两样。

风　好崛强的小子呵。只因为觉得你们可怜,才说哩。

樱　(向了桃,)阿阿,不要开口,不好么。(向了风,)风哥,今年有什么异样的事么?告诉我罢。

风　那是冬之秘密呵。

樱　阿呀,告诉我。我是,如果风哥要听什么春之秘密,都说给的。

风　也肯说桃色的云的秘密么?

樱　肯说的。

风　那是始终跟着春天的罢。

樱　唔,不知道可是呢。

风　最为春天所爱罢。

樱　唔,也许是的罢。

桃　喂,姊姊,不小心是不行的。

樱　不要紧的,你不要开口罢。

风　今年是,春天不来也说不定的了。

一切树木　阿呀!怎的?

桃　大概,说诳罢了!

樱　说教你不要开口呢。(向了风,)这不是玩话?

风　真的。

一切树木　阿呀!

紫藤　怕呢,我是。

踯躅　（要哭似的声音,）这怎么办才好呢,哥哥?

桃　不要紧的。有我在这里,放心罢。

紫藤　但是倘使春天不来,我可不高兴的。

踯躅　我也不高兴的。

樱　（向了妹子们,）静着罢。（向了风,）哥哥,怎么单是今年,春便
　　不来呢?

风　那是,我也不很知道。总之,听说春姊姊休息的宫殿是,今年早
　　就遭了冬姊姊的魔法的了。但是都睡觉罢。给冬姊姊一看见,可
　　就不得了。要吃大苦的。

　　　　（风唱歌。）

　　　　驯良的,做着相思的梦,春的梦,夏的梦。
　　　　睡着觉的呵,到春天为止。

　　　　（讽喻的笑着,风去。）

梅　已经走了么? 那么,我开罢。

樱　还是等一等罢,我连一点的准备也还没有呢。况且不又有风的
　　话么?

梅　不要紧的,我可要开了。你怎样?

桃　如果姊姊们开起来,我自然也开。

紫藤　我怕呢。

踯躅　我也怕呢。

桃　没有什么可怕的,跟着哥哥开,不要紧的。

紫藤　但是哥哥开得太早,我就冷呢。

踯躅　况且春天如果不来了,又怎么好呵?

桃　不要紧的,自然母亲会来给好好的安排的,放心了出来罢。

樱　倘若自然母亲真肯给想些法子,那自然是放心了,……然而是
　　上了年纪的人呵。太当作靠山就危险,况且那风的话,也教人放

心不下哩。

梅　那倒也不错。就再略等一会罢。

桃　静静的！似乎有谁来到了。

（树木都睡觉。春子在廊下出现。）

第 二 节

（春子站在廊下,冷清清的一个人唱歌。）

美丽的花儿呀,睡觉罢,驯良的,

美丽的虫儿呀,也睡觉罢,永是这么着。

（春子惘然的立着向下看。夏子和秋子同时在廊下出现。）

夏子　阿呀,外面好冷呵。

秋子　正是呢。（看见春子。相招呼,）春姑娘,今天好。

春子　今天好。

夏子　春姑娘怎么了？

春子　不,一点也没有怎样。

夏子　可是,不是闷昏昏的站着么？

春子　那是,冷静呢……

夏子　什么冷静呢？

春子　那倒也并没有什么……

秋子　金儿还没有信来罢？

春子　（销沉的声调,）是的。

夏子　金儿究竟怎么了呢？

秋子　金儿么,听说是有了新的朋友了。还有,金儿是,听说无日无夜的只想着那新朋友,春姑娘,是罢？

春子　哦哦。

秋子　（仍用了讽喻似的口调，）金儿是，听说还愿意和那朋友到死在一处哩。不是么，春姑娘？

春子　哦哦……

夏子　很合式的朋友罢？

秋子　那是很合式的。比我们合式的多呢。是罢，春姑娘？

春子　也许这样罢。

夏子　我想，这倒是好事情。

秋子　自然是好的，谁也没有说坏呢。但是，听说金儿和这位朋友是，一处玩不必说，单是见面也就不容易，因此悲观着呢。是罢，春姑娘？

春子　说是这样呢。

夏子　为什么不能见面的呢？

秋子　为什么？那总该有什么缘故的罢。可是么，春姑娘？

春子　哦哦，是罢。

夏子　不知道那朋友可也像那男爵的女儿冬姑娘似的只摆着架子的？

秋子　也许这样罢。喂，春姑娘？

春子　哦哦……

夏子　但是，像那男爵的女儿一样摆着架子的，可是不很多呵。

秋子　一多，那可糟了，冬姑娘一个就尽够了。

夏子　然而金儿说过，是最厌恶那些摆阔的东西和有钱的东西的。

秋子　那是从前的事呵。

夏子　金儿自己还说是社会主义者呢。

春子　是的呵。

秋子　那是先前的事了。这些事不管他罢。那男爵的女儿冬姑娘是上了东京了，春姑娘，知道这？

春子　哦哦。

秋子　不知道为什么要上东京去？

春子　不知道。

秋子　夏姑娘知道么？

夏子　不很知道。也许是因为乡下太冷静，又没有一个朋友罢？

秋子　不是这么的呵。说是上了东京，请父亲寻女婿去的。听说冬
　　姑娘今年已经二十岁了。

夏子　哦？（暂时之后，）阿阿，冷呵冷呵。

秋子　正是呢。

春子　（叹息，）唉唉，冷静。

秋子　是罢。

夏子　男爵那样的人，无论要寻女婿要寻丈夫都容易，只是在我们
　　这样穷人家的女儿，若要寻一个男人，可是教人很担心了。

秋子　一点不错。

夏子　春姑娘真教人羡慕呵。

秋子　这真是的。

春子　那里话，也没有什么使人到羡慕的处所呢。

夏子　但是，已经定下了女婿了。

春子　没有这么一回事的。

秋子　没有？知道的呢。金儿不就是女婿么。

春子　那是，那可是还没有说定的。

夏子　不，那已经是明明白白的事了。金儿是好的。相貌既然长得
　　好……

秋子　又会用功。

夏子　而且居心又厚道。

秋子　还听说就要毕业，做医生了。

夏子　这真教人羡慕呵。

春子　有什么教人羡慕的事呢。就是凄凉罢了。

夏于　阿阿，好冷好冷，我还是靠了火炉，看些什么书去罢。

秋子　我也……

夏子　春姑娘也来罢。

春子　好的,多谢。

秋子　当真的,你来罢。

　　　　(夏子和秋子两人下。春子惘然的站着。)

第 三 节

　　　　(母亲走出廊下来,暂时望着春子。春子毫没有留心到
　　母亲,像先前一样,惘然的站着。

　　　　从外面听到风的歌。)

母　春儿,怎么了?

春子　母亲,听着风的歌呢。

母　怎样的歌?

春子　母亲却没有听到么?

母　春儿,你究竟怎么了?

春子　你听一听罢。(于是自己唱歌。)

　　　　　相思的梦,春的梦,夏的梦,

　　　　　已经过去了,再也不来了,

　　　　　凄凉的心,睡觉的呵,驯良的,永是这么着。

　　　　(春子哭。)

母　你究竟怎么了?(摸着春子的头,)阿呀,热的很呢,春儿,春儿,
　　你不是在说昏话么? 唔,头痛?

春子　唉唉,痛的,各处痛,(用手按着头和胸口,)这里,……这里
　　也痛。

母　为什么到此刻不说呢? 这么冷,为什么跑到外面来的?

春子　母亲,为什么没有金儿的信来呢? 母亲,不知道金儿的那新的朋友是男人呢,不知道那朋友可是女人。……母亲,金儿的新的朋友究竟是什么人?

母　阿阿,这怎么好呢。

（母亲硬将春子带进家里去。冬风又在场面上出现,而且唱歌。场面逐渐的昏暗起来,下面的花的世界便渐渐的看见。）

第 四 节

（花的群睡着。在那旁边,蛙的群,蛇的群和其他春的昆虫们,夏的昆虫们,秋的昆虫们都睡着。有的睡在窠里面。有的在卵上,有的蹲在花下睡觉。后面全部被三张幕分作三分。那幕是以桃红,绿,紫的次序挂着的。春的花看得分明。但是夏的花和秋的花却在左手的大的暗淡的门那边,依稀连接着。自然母亲睡在幕前,头上看见宝石的冠,肩上是笼罩全世界的广大的外氅,魔法的杖竖在旁边。通到上面的世界去的门,看得很清楚。

风的歌渐渐的听得出了。）

紫地丁　我怕呢。

福寿草　不要紧的。

水仙　我是不怕的。

毛茛　便是我,也何尝怕呢。

车前草　难说罢?

菜花　静静的罢,给听到可就糟了。

蒲公英　不妨事的,已经走了。

雏菊　一听到那歌,真教人很胆怯。

勿忘草　对了。教人想起春天可真要不来的事来。

钓钟草　一点不错。

蕨　来是来的,迟就是了。

花们　为什么迟来的呢?

樱草　迟来可教人不高兴呵。

紫云英　我也不高兴。

紫地丁　这是谁都一样的。

萝卜　默着罢,春是总归要迟的了。

蕨　去年春姊姊起得太早了,很挨了冬姊姊一顿骂呢。

花们　哦,原来。

樱草　我是不喜欢冬姊姊的。

紫云英　我也不喜欢。

紫地丁　那无论是谁,总没有喜欢冬姊姊的。

花们　那自然。

雏菊　说是冬姊姊最粗卤呵。

勿忘草　总摆着大架子,对么?

钓钟草　一点不错。

破雪草　而且是残酷的。

福寿草　是一个毫不知道同情的东西!

钓钟草　一点不错。

萝卜　贵族之类就是了。

蒲公英　听说心里还结着冰呢,不知道可真的?

雏菊　唉唉,好不可怕。

女的花们　这真真可怕呵。

水仙　我是不怕的。

毛莨　便是我,也何尝怕呢。

鬼灯檠　小子们,静静的。

蕨　那心里也许结着冰罢,然而头脑却好的。听说自然母亲的学
　问,独独学得最高强哩。

468

福寿草　哼，一个骄傲的东西罢了。

破雪草　不过是始终讲大话，摆架子罢。

菜花　静静的罢，给听到可就糟了。

福寿草　那有什么要紧呢。

蒲公英　听说那东西说出来的道理，比冰还冷呢，不知道可是真的？

雏菊　阿阿，好不可怕。

女的花们　这真真可怕呵。

水仙　我是不怕的。

毛莨　便是我，也何尝怕呢。

鬼灯檠　小子们，静静的。

福寿草　在那样的东西那里，不会有道理的，全是胡说罢了。

蕨　那可是也不尽然的。那是一个很切实的，男人一般的女人，又
　　认真，听说对于自然母亲的法则还最熟悉呵。

车前草　听说对于自然母亲的秘密，也暗地里最在查考哩。

女的花们　阿呀！

蒲公英　听说还在那里研究魔术呢，不知道可是真的？

雏菊　阿阿，好不可怕。

女的花们　这真真可怕呵。

水仙　我是不怕的。

毛莨　便是我，也何尝怕呢。

鬼灯檠　小子们，静静的。

车前草　的确是也还在那里研究魔术似的。

萝卜　研究些魔术之类，那东西想要做什么呢？

福寿草　用了魔术，来凌虐几个妹子罢。

破雪草　可恶的东西！

萝卜　知识阶级罢了。

菜花　静静的罢，给听到可就糟了。

水仙　不要紧，谁也没有来听的。

毛茛　母亲正睡得很熟呢。

鬼灯檠　小子们,静静的。

蕨　自然母亲有了年纪了,所以冬姊姊就想压倒了春和夏和秋的几个妹子们,独自一个来统治世界似的。

一切花　阿呀,那还得了么。

福寿草　那有这样的胡涂事呢。

破雪草　肯依着那样东西的胡涂虫,怕未必有罢。

七草　那是没有的。

水仙　我是即使死了,也不依。

毛茛　便是我,也不依的。

鬼灯檠　小子们,静静的。

菜花　静静的罢,给听到了怎么办?

福寿草　哼,有什么要紧呢。

紫地丁　男人似的女人,是可怕的东西呵。

雏菊　我就怕那样古怪的女人。

樱草　我也嫌恶古怪的女人的。

紫云英　我也是的。

紫地丁　无论是谁,总不会喜欢那样的女人的。

女的花们　自然不喜欢。

福寿草　没有同情心的残酷的东西,我是犯厌的。

破雪草　自然犯厌。

萝卜　这类的东西,我始终想要给他们吃一个大苦,但是……。

七草　自然。

菜花　静静的罢,给听到,那可就很糟了。

水仙　不要紧,谁也没有来听的。

毛茛　母亲正睡得很熟呢。

鬼灯檠　小子们,静静的。

樱草　春真教人相思呀。

470

紫云英　又暖和,又明亮,这真好呵。

　　　　(女的花卉们一齐静静的唱起歌来。)

　　　　暖和的早春呀,到那里去睡着觉了。

　　　　什么时候才起来,来到这里呢?

　　　　快来罢,暖和的春,

　　　　一伙儿,都在等候你……

　　　　(声音渐渐的微弱下去了。)

菜花　静静的。

　　　　(一切花都似乎睡觉模样。)

第 五 节

　　　　(金线蛙直跳起来,唱歌。)

　　　　唉唉,好味道,好味道,

　　　　捉住了好大的虫了。

癞虾蟆　(醒来,眼睁睁的四顾着,)好味道的虫么,在那里?

别的许多蛙　(醒来,向各处看,)那里是好味道的虫,那里?

雨蛙　什么,梦罢了。

别的蛙　唉唉,单是梦么。

青蛙　好无聊呵。

蜜蜂　(从窠里略略伸出头来,)虾蟆的声音呢,不知道可是交了
　　春了?

别的蜜蜂　哦,交了春了?

　　　　(都到外面。)

胡蜂　那里,虾蟆说是做了一个春梦罢咧。

蜜蜂　哦?

金线蛙　唉唉,有味的梦,醒得好快呵。

蜜蜂　究竟做了怎样的梦了。

胡蜂　怎样的梦呢?

蝇　什么无聊的梦罢。

金线蛙　唉唉,那是好吃的梦呵:在满生着碧绿的稻的田地里,我因为要捉一匹苍蝇,跳起来时,那却是一个比飞虻大过几倍的东西呵,是有胡蜂这么大的东西哩。

别的一切蛙　唉唉,那是非常好吃了罢。

胡蜂　无聊的梦罢了。

蝇　做那样的梦,是只有虾蟆的。

虻　试去叮这小子一口看罢。

蚊　险的,静着罢。

　　(金线蛙唱歌)

　　　　和好朋友在田圃里,

　　　　看着青天游泳是,

　　　　好不难忘呵。

　　　　吃一个很大的虫儿是,

　　　　好不开心呵。

胡蜂　无聊。再不会有那样无聊的曲子的了。

蜜蜂　唱那样曲子的是,只有那一流东西罢了。

蝇　说是池塘的诗人呢。

虻　我虽然还没有叮过诗人,不知道那血可好的?

蚊　那里会好呢,又冷又粘的。

　　(黑蛇动弹起来。)

472

黑蛇　唔,蛙么,真是好吃的声音呵。

别的蛇　真是的。

青蛇　该就在四近什么地方……

花蛇　(欠伸着,)唉唉,不给我去寻一下子么?

蜥蜴　静静的罢,要挨自然母亲的骂的呢。

黑蛇　但是,那是太好吃的声音了。

青蛇　那是什么呢,不知道可是金线蛙?

花蛇　雨蛙也就好,给我悄悄的寻去罢。

金线蛙　蛇么? 这糟了!

雨蛙　不要紧,春还没有起来呢。不要慌罢。

蜥蜴　自然母亲不曾说过,春还没有起来的时候,是不许动弹的么?

黑蛇　然而即使春还没有来,好味道的虾蟆却也想吃的。

花蛇　因为雨蛙也就好。

金线蛙　自然母亲那里去了呢?

雨蛙　静静的!

癞虾蟆　自然母亲一定还在睡觉哩。

金线蛙　有了年纪的母亲,是不行的了。

别的蛙　真的呢,单是会睡觉。

雨蛙　静静的。

　　　　(风在上面经过,唱着歌。)

　　　　蛇呀,虾蟆呀,睡着觉的呵,酬良的,

　　　　　好吃的梦,春的梦,夏的梦,

　　　　　一面打熬着,睡着觉的呵,到春天为止。

黑蛇　已经打熬不住了。

蜥蜴　静静的罢,给听到可就糟了。

金线蛙　蛇小子总是嚷嚷的,驯良的谨听了风哥的话,不好么?

黄蜂　在说什么呵，自己便正是嚷嚷的呢。

蝇　怪物呵。

别的虫　真的，厌物罢了。

　　（风又唱歌）

　　　　小小的虫儿呀，睡觉的呵，驯良的，

　　　　小小的花儿呀，也睡觉的呵，到春天为止。

菜花　噢噢，都睡着呢。

　　（风去。）

第 六 节

萝卜　不必这么多管闲事，似乎也就可以了。

一切花　真是的。

福寿草　那样厚脸的保傅，我最犯厌。

破雪草　那是谁都这样的。

菜花　静静的罢，给听到了怎么办？

水仙　不要紧的，已经走了。

雏菊　倘若母亲起来，不知道要怎样的给骂呢。

勿忘草　真的呵。

钓钟草　一点不错。

福寿草　哼，有什么要紧呢。

水仙　不妨事的，母亲不起来的，睡得很熟呢。

萝卜　（暂时看着自然母睡着的所在，）悄悄的出去看一看罢。

春的七草　去，去。

水仙　有趣呵。

毛茛　我也去。一点也没有什么害怕的。

菜花　不如等一等罢。

474

蕨　还早哩。

别的花　是罢。

福寿草　虽然还早，太阳却教人恋恋呢。

向日葵　（将头向各处转着说，）太阳么，在那里？

月下香　静静的罢，太阳这些，也并不是值得这么闹嚷的东西呵。倘是月亮，那固然很有趣。

昼颜　怎么说？说月亮有趣？说太阳并不是值得闹嚷的东西？这真是敢于任意胡说的了，实在是万想不到的。

向日葵　古怪得很。

夕颜　这有什么古怪呢，是不消说得的事呵。月亮比太阳有趣，那是谁也知道的。

昼颜　阿呀，那一位又怎么了？

月下香　那些人们，怎么会懂得夜的幽静和月亮的美呢，乡下人之流罢了。

夕颜　（恐怖着，）这固然是的，但是不至于会来咬罢？

牡丹　想起来，花里面也有着许多疯子的。给这类东西，便是温室也罢，总该造一点什么才好。

向日葵　而且要是第一名疯花，便应该将牡丹似的摆阔的东西关进去。

月下香　不错。

向日葵　不懂得太阳的光的东西，无论怎样阔，总不行。

昼颜　是的呵。

月下香　不知道月亮的光的东西，无论怎么美，也不行的。

夕颜　自然。

牡丹　说什么！

玉蝉花　阿呀，算了罢。和那样的下流东西去议论，只是和人格有碍罢了。

朝颜　阿阿，说是那样的东西也有人格的？

燕子花　静静的罢,倘给自然母亲听到了,可就要挨骂的呵。

铃兰　那一伙究竟在那里闹什么,我是一点也没有懂呢。

百合　那是,向日葵以及月下香之类研究着光的那一伙,都说玉蝉
　　花和牡丹等辈,只有美,而摆着架子的这一伙,也可以当作疯子,
　　关到温室里面去。但是玉蝉姊和牡丹兄这一面,却说是将光的研
　　究者先当作疯子关进温室去的好。

铃兰　便将那两伙都关起来,也未必大错罢。无论那一伙,都没有
　　什么香,一没有香,就无论怎样摆阔,也总没有什么所以为花的价
　　值了。

牡丹　连你们那样的东西,也有了开口的元气了么?你们的糟蹋空
　　气,已经够受了。

月下香　真的,糟蹋了空气,给大家怎样的为难,自己也应该想一想
　　才好。

朝颜　厚脸皮的人罢了。

玉蝉花　实在是无可救药的人呵,糟蹋了空气,还要摆阔……

牡丹　不要脸的畜生!

向日葵　不知道太阳光的奴才!

月下香　不懂得月亮光的奴才!

玉蝉花　全是几位连什么美都不知道的人们呀。

燕子花　好好,静静的罢。

　　　　(风在上面的世界经过,而且唱歌。)

　　　　相思的梦,春的梦,夏的梦,
　　　　驯良的做着,睡着觉的呵。

　　　　(风讽喻的笑着,去。暂时都沉默。下面的世界渐渐昏
　　暗起来。)

476

第 七 节

（先前昏暗了的下面的世界，左手的场面略略明亮。在微弱的光里，隐约的看见土拨鼠的窠。土拨鼠的孩子躺在床上，祖父和祖母坐在那旁边。

祖母唱着歌。）

阿阿，我的孙儿呀，可爱的孙儿呀，
静静的睡觉罢，不要哭呵睡觉罢。
没有爹的儿，
不要哭的呵，不要哭的呵，虽在暗的夜。
没有妈的儿，
不要哭的呵，不要哭的呵，虽在睡觉的时候。
夜梦里，爹爹一定来，
抱着孩儿，给看好东西。
夜梦里，妈妈一定来，
抱着孩儿，给你好东西。
阿阿，我的孙儿呀，静静的睡觉罢，
静静的睡觉罢，不要啼哭着！

孙　祖母，不行，我已经不是孩子了。
祖父　不是孩子，也应该睡觉的。
孙　睡不去，祖父。
祖母　这是怎么说呢？
孙　祖母，你唱一个歌，使没有爹娘的我的心的凄凉能够睡觉罢。
祖母　阿呀！
孙　不论睡下，不论起来，凄凉总是时时在胸口里动，蛇似的……
祖母　阿呀。

孙　　使这凄凉能够稍微睡去的,给唱一个歌罢。

祖父　　为什么又是这样的凄凉起来了。论起吃的来,又有蚯蚓……

祖母　　又有虫。

孙　　祖母,父亲和母亲是怎么死掉的?

祖父　　那两个都是古怪东西呵。

祖母　　哦哦,对了。两个总是想到那可怕的上面的世界去。

祖父　　于是,终于一个给人类杀死了,一个给猫头鹰捉去了。

祖母　　唉唉,上面的世界真可怕,始终是明晃晃……

孙　　祖父,为什么我们始终住在泥土里,到那太阳照着的上面的世
　　界去是不行的?

祖父　　太阳照着的那上面的世界,是被那些比我们强得多多的一伙
　　占领着的呵。

祖母　　那世界是强者的世界,危险东西的世界呵。

祖父　　我们是泥土里就尽够了,又有蚯蚓……

祖母　　又有虫……

孙　　强者住在那太阳照着,又美,又乐的世界上,而我们却应该永远
　　的永远的住在泥土里,这事我已经忍不住了。这是岂有此理的。

祖母　　那是自然母亲这样的办下了的呵。不要多讲费话呵。

祖父　　自然母亲的首先的定规,是强者胜,弱者败的。

祖母　　所以,还是不要和强者去胡闹,驯良的住在泥土里最平稳呵。

祖父　　况且泥土里又有蚯蚓……

祖母　　又有虫呵。

孙　　我就想着那太阳照着的世界。我只想着那泥土上面的美的
　　世界。

祖父　　不要胡说。我们是早就住在泥土里的了,所以即使现在走到
　　那个世界上去,也不见得有什么好处的。

祖母　　那里会有呢。在那个世界上,日里是人类摇摇摆摆的走着,
　　夜里是可怕的猫头鹰霍霍的飞着,怎么会有好处呵,只有怕人的

478

事罢了。

祖父　便是在花卉和昆虫们都很见情的太阳,也不是我们的眼睛所能看得见的。因为那光,我们便瞎了。小鸟歌咏着的太阳的暖和,也不是我们所能受得住的。一遇到这,我们不久便死了。不将这些事牢牢记着,是不行的。

孙　祖父,这是知道的呵,但是倘使我们许多代,接连的住在上面的世界里,那么我们的子孙,也一定能住在太阳照着的美的世界上了。

祖父　这也许如此罢,然而遇到微弱的光便瞎了眼的我们,又怎么能防那开着眼睛的强有力的东西呢?

祖母　唉唉,在那样的满是危险东西的世界里,我是一分钟也不想住。

祖父　对了,比起外面来,不知道这里要稳到多少倍,又有蚯蚓……

祖母　又有虫……

孙　我要做强者;我要能够看见太阳照着的美的世界的眼睛;我要力,要人类和狐狸一般的智慧。

祖父　胡涂虫!

祖母　阿阿,赶快,睡罢睡罢。

孙　睡不着。我都羡慕,熊的力,人的智慧,花的美,都羡慕。我又都憎恶,强者,有智慧者,美者,都憎恶。

祖母　阿唷!

祖父　这小子可不得了了。

孙　连那有着父母的孩子,有着亲爱的朋友的谁,有着智慧的自己的朋友,我也都怨恨。一面怨恨着一切,一面觉着凄凉。祖父,祖母,这怎么办才好呢?

　　　（孙土拨鼠哭。）

祖母　阿阿,不要哭罢。没了父母的孩子,真是难养呵。

祖父　没有父母的孩子,是一定变成坏东西的。

祖母　这自然，但也可怜呵。

孙　我不想变成坏东西。我想爱一切。不，我爱一切的。想做一切
　　的朋友的。然而一切都不将我当朋友，因为我是土拨鼠……。祖
　　母，我已经不愿意在这里了。或者成了强者，住在太阳照着的美
　　的上面的世界里，或者便到永久黑暗的死的世界去，这都可以的，
　　只是泥土里却不愿意再住了。（起身要走。）

祖母　阿阿，那里去？（拉住。）

祖父　静着罢，胡涂东西，此刻出得去么？

孙　怎的出不去？

祖母　通到外面的门上头，冬姊姊早已牢牢的下了锁了。

祖父　今年是，如果春天不起来，花和虫都未必能够出去罢。那些
　　东西去年太早的跑出世界去闹起来了，冬姊姊不知道怎样的为了
　　难呢，所以今年如果春天不起来，便谁也未必能够出去了。

祖母　那些东西嚷嚷的闹起来时，我真不知道多少担心哩。

孙　我去叫醒春来罢。为了花，为了虫……

祖父　不要胡说罢。便是自然母亲，在今年也还不容易叫起春
　　来呢。

祖母　是呵，那些东西第一是不要胡闹的好。

孙　怎么叫不起春来？

祖母　说是冬姊姊在春妹子息着的宫门上，早已用上了魔术了。

孙　怎样的？

祖母　说是那宫殿的门呵，倘不念魔术的句子，便无论谁都开不开。

孙　这句子谁知道呢？

祖母　哦，说是知道的却不很多呢。

孙　祖母知道？

祖母　阿阿，早早的睡罢，睡罢。

　　　　（风在上面的世界经过，而且唱歌。）

外面寒冷呵,凄凉呵,

　　这么想着睡着觉的呵,驯良的,

　　到春天为止。

祖母　外面糟哩,又冷,又亮,人类也摇摇摆摆的走着,猫头鹰也霍
　　霍的飞着……

祖父　然而竟还有想到那样地方去的胡涂虫,这有什么法子呢。

祖母　阿阿,静静的……

　　　（场面全然昏暗,在看客看不见了。于是有花的地方渐
　　渐明亮起来。）

第 八 节

福寿草　听到了么?

一切花　（醒来,)什么?

福寿草　说是冬鸦头要教我们出不去,已经在外面的门上上了
　　锁了。

菜花　这真的么?

破雪草　正像冬鸦头做得出来的事。

樱草　冬是我最犯厌的。

紫云英　我也犯厌。

蒲公英　真会想呵。

蕨　虽然是呆气……

水仙　可恶的东西!

毛茛　真是可恶的东西呵。

鬼灯檠　小子们,不要闹。

萝卜　畜生!

七草　真是畜生忘八的。

菜花　阿阿,静静的!

雏菊　如果母亲起来了,不知道要怎样的给骂呢。

水仙　不妨事,不起来的。

毛茛　正睡得很熟呢。

鬼灯檠　小子们,还不静静的么?

福寿草　但是,或者倒不如出去看一看罢。

七草　去罢,去罢。

破雪草　门不开,便打破他。

水仙　打破他,打破他。

毛茛　我是强的呵。

鬼灯檠　小子们!

福寿草　仿佛我们不出去,春便不会起来似的。

萝卜　我们是春的先驱。

一切花　的确这样。

菜花　倒不如等一会罢,现在也还冷呢。

蕨　还是等一等好罢。

车前草　我却也这样想。

福寿草　等什么? 冷,有什么要紧呢。

七草　自然不要紧。

水仙　我是毫不要紧的。

毛茛　我也不要紧的,然而冷也讨厌。

鬼灯檠　小子们,静静的。

萝卜　外面虽然冷,但是自由呵。

七草　不错。

破雪草　自由是最要紧的。

七草　不错。

福寿草　自由的世界万岁!

水仙毛茛七草等　万岁! 万岁!

女的花们　阿呀,好闹。

482

菜花　　自然母亲会醒的呢。

水仙　　不要紧的。

毛茛　　不会起来的,不要紧。

鬼灯檠　小子们!

厢寿草　冷的自由世界,比暖的监狱好。

七草等　一点不错。

雏菊　　如果母亲起来了,不知道要怎样的给骂呢。

水仙　　不要紧。

毛茛　　不起来的,睡得很熟呢。

鬼灯檠　小子们,还不静静的么!

紫地丁　我虽然爱自由,但是冷也讨厌。

勿忘草　暖比什么都好呵。

钓钟草　一点不错。

福寿草　这些话,就正像女人要说的话。

萝卜　　所以我是最厌恶女人的。只要暖,别的便什么都随便了。

紫地丁　爱什么萝卜之类的女人也不见得多的,放心就是了。

破雪草　比女人更无聊的东西,不知道可还有?

紫地丁　在破雪草中间搜寻起来,也许有的罢。

蒲公英　我虽然喜欢男人似的女人,而于扭扭捏捏之流却讨厌。

水仙　　单知道时髦!

毛茛　　却还要摆架子。

鬼灯檠　小子们!

勿忘草　时髦之类,是谁也没有学呵。

钓钟草　对了。

樱草　　我们虽然没有学……

紫云英　我也没有。

萝卜　　(看着钓钟草,)我以为比女人似的男人更讨厌的,是再也没
　　　　有的了。

七草　　的确,的确。

钓钟草　　这话是在说谁的?

菜花　　阿阿,吵闹这等事,歇了罢。

一切花　　真是的。

福寿草　　吵闹这类的事,算了算了。不愿出去的这一伙,可以唱一
　　点什么歌,使自然母亲稳稳的睡着。至于要跟我出去的这一伙,
　　那么都来罢。

性急的花们　　去呵,去呵。

　　　　(破雪草,紫云英,水仙,七草,毛茛,车前草,樱草,蒲公
　　英等,还有一直睡到此刻的花们也都醒来,向着门这一面去。
　　留下的花卉们一齐唱歌。)

　　　　　　睡觉罢,睡觉罢,自然母亲呀,
　　　　　　做着过去的梦呵,和那未来的梦,
　　　　　　静静的睡觉罢,自然母亲。

福寿草　　(用力的推门,)很不容易开。

萝卜　　大家都来推着试试罢。(推门。)

破雪草　　也不行。

樱草　　没有钥匙,怕不行罢。

紫云英　　是罢。

水仙　　试去推一推看。

毛茛　　我是强的。

鬼灯檠　　(从对面这边说,)喂,小子们。

水仙　　住口,已经不怕了。

毛茛　　我也不怕。

萝卜　　来,推一推看罢。(推不开门,)畜生。

大众　真是畜生呵。

孙土拨鼠　（进来,）开不开么?

福寿草　哦哦,如果没有钥匙……

土拨鼠　再推一回看罢。

　　　（留下的花卉们在对面这边唱歌。）

　　　忘了罢,忘了罢,自然母亲,

　　　看着恋恋的往昔,和相思的未来,

　　　忘了罢,

　　　单将今日忘了罢。

　　　（福寿草等辈拼命的推门。）

破雪草　不成!

樱草　我是,已经,乏了。

紫云英　我也是的。

水仙　我是一点也没有乏呢。

毛茛　便是我,也好好的。

鬼灯檠　喂,小子们。

水仙　什么? 默着罢,不怕的。

毛茛　无论怎么吓呼,也无益的。

萝卜　这畜生!

大众　畜生。（门仍不开。）

蒲公英　听说春不起来,这门是开不开的,不知道可的确?

水仙　去叫起春来罢。

毛茛　我嚷起来试试罢。

鬼灯檠　喂,小子们。

水仙和毛茛　不怕的!

土拨鼠　那春休息着的宫殿是,听说冬已经用了魔术咒禁起来,倘不知道魔术的句子,是谁也开不得的了。

大众　　畜生。

福寿草　　不知道这四近可有知道那句子的?

土拨鼠　　我的祖母虽然像知道……

破雪草　　虽然很劳驾,可以去问一问么?

福寿草　　就是为了一切花的缘故,拜托拜托。

一切花　　千万拜托。

土拨鼠　　知道了,然而说不定可能够。

水仙　　再推一回试试罢。

毛茛　　我这回可要尽力的推哩。

鬼灯檠　　喂,小子们。

毛茛　　(低声,)畜生。

萝卜　　推罢。

破雪草　　喂,在那里唱歌的列位,可以也过来帮一点忙罢。

菜花　　我是去的。

紫地丁　　我也去的。

含羞草　　我虽然也想去,但惹着我是不行的呵。

水仙　　谁也不来惹你的。

勿忘草　　我怕呢。

雏菊　　如果自然母亲醒来了,不知道要怎样的给骂呢。

钓钟草　　其实倒是不要性急的好。

铃兰　　本来是驯良一些也可以的。

牡丹　　我是敬谢不敏了。

福寿草　　不愿意去的那一伙,默着罢。

萝卜　　孱头!

破雪草　　低能儿!

牡丹　　你们在说谁呢?

破雪草　　那畜生摆什么架子。

萝卜　惧惮你的可是一个也没有呢,胡涂小子。

一切花　畜生!

牡丹　怎么说?!

土拨鼠　喂,再不听话些,就要吃掉你的根了。

牡丹　(低声,)我可是什么也没有说……

一切花　(在里面说,)孱头,畜生!

百合　对于群众真是没法呵。

玉蝉花　下等呀!

雏菊　阿阿,静静的罢,岂不害怕么。

福寿草　来,推哩推哩,一,二,三,(推门,)再一回。

土拨鼠　喂,虾蟆们,你们也不起来帮一帮么?

金线蛙　(起来,)帮去的。

黑蛇　(也起来,)我们也帮去。

癞虾蟆　帮忙本来也可以,但是蛇小子要胡闹,可就难。

上拨鼠　不妨事,谁也不胡闹的。(向了蛇,)如果胡闹,是不答应
　的啊。

黑蛇　请放心罢。

　　　　(蜜蜂,胡蜂,蝇,和别的昆虫们许多都起来。)

蜜蜂　我们本也可以去相帮的,只是虾蟆可怕呢。

金线蛙　不要紧,饶你们这一天罢。

蜥蜴　(起来,)我们也来帮一帮罢。

　　　　(大家都走近门边去。)

福寿草　好,再推一回试试罢。(推门。)

含羞草　惹着我是不行的呵。

毛莨　谁也不来惹你的。

　　　　(风进了上面的世界,大声的唱歌。)

外面寒冷呵,凄凉呵,

这么想着睡着觉的呵,驯良的,

到春天为止。

（风讽喻的笑。）

福寿草　什么外面寒冷呵之类,是说诳的,风的诳话罢了。（推门。）

风　喂,谁呢,说些不安本分的话的是?

福寿草　是我们。

风　草花么?

大众　对了。

风　畜生,驯良的睡觉罢。要给吃一顿大苦哩。

破雪草　哼,有什么要紧呢。（奋勇的推门,门略动。）

风　喂,你们的意思是不依冬姊姊的命令么?

大众　自然不依。

破雪草　那样东西的命令,也会有来依的胡涂虫么?（推门,门略动。）

大众　唉唉,动了,动了。

破雪草　再一回。（大家一齐推门。）

风　倘不便歇手,就要叫冬姊姊了。

大众　叫去,有什么要紧。

破雪草　好,再一回。

大众　自由的世界万岁!

（听到风的可怕的口笛,大家歇了手,都害怕。）

紫地丁　我怕呢。

菜花　总之还是早些回去罢。

（有的花便赶忙的跑回了原处。

冬的王女在上面的世界里出现,是一个高大壮健的,强

488

有力的美少年似的女人，脚上穿着溜冰鞋，披白氅，头上闪着冰的冠。）

冬　喧嚷的是谁呀？

风　是草花们想到外面去，正在毁门呢。

冬　畜生，想到外面去的是谁，福寿草，还是七草这些小子呢？春天的引线儿！

风　仿佛还不止这些呢。虫和虾蟆和蛙，也都在喧嚷似的。

　　　（蛙和蛇和昆虫都想逃回自己的地方去。）

黑蛇　诳呵，我们都睡着。

蛙　我们也是的。（狼狈的寻觅着自己的位置。）

冬　可恶的东西，可要给吃一顿大苦了呵。可是母亲怎么了？

风　自然母亲是正在安息哩。

冬　是罢，将宇宙交给这样上了年纪的老婆子，那有这样的胡涂东西的呢。

　　　（冬将钥匙放进通到下面世界的锁里，想要开门。花卉们都逃走。）

福寿草　我是不逃的。

水仙　我也不。

萝卜　我也不要紧的。（躲在墙阴下站着。）

雨蛙　（迷了路，不知道往那里走才好，彷徨着，）怕呵。这怎么好呢。

土拨鼠　不要紧的，到这里来罢。（用自己的身子护住了雨蛙。）

第九节

　　　（冬进了下面的世界。都装着睡觉模样。）

冬　不成不成。我是不受你们的骗的。春的线索儿。（抖动氅衣，雪落在花上。这其间，水仙和福寿草等偷偷的跑出门外，梅也开起花来。）

花　　阿阿,冷呵冷呵。

冬　　还要给你们冷下去哩。（舞动氅衣,雪大下。）

花　　母亲!

冬　　（见了虫和蛙,）也不受你们的骗的呵。（抖动氅衣,雪落在虫
　　和蛙上。）

虫和蛙　　母亲,母亲!

冬　　（看见土拨鼠,）你在这里做什么?

土拨鼠　　我也想到自由的世界去。

冬　　想到自由的世界去?畜生!冻死你。（抖动氅衣。）

雨蛙　　母亲!

土拨鼠　　咬你。我和花不一样的。

冬　　不要说不自量的话,要咬,咬罢。（提起脚来要踢去。）

土拨鼠　　（跳上前,一面大叫,）咬你!

冬　　（吃惊,退后,）这畜生,记着罢!

大众　　母亲!

土拨鼠　　（跳到自然母的膝上,）母亲,母亲,快起来罢,赶快,赶快!

自然母　　（醒来,）怎么了?地球又遭了洪水呢,还是富士山浅间山
　　又闹什么玩意儿了?阿阿,冷呵。不知道可是地球又回到冰河时
　　代了不是……

大众　　母亲,冷呵,冷呵。

母　　（擦着眼睛,仔细的看,见了冬,）阿呀,那还了得,冬儿,你怎么
　　到这地方来?这不是你来的地方呵。快点出去,快点快点。

冬　　母亲,你太不行了,什么时候总睡觉。这一伙以为这是机会了,
　　不正在毁那到外面去的门么?

母　　阿阿,顽皮的孩子们呀。

冬　　这些东西,我已经犯厌了。都给冻死了罢。（舞动氅衣。）

大众　　母亲,母亲。

母　唉唉,不行。岂不可怜呢,你!

冬　那里,这有什么可怜呢,畜生。(抖动氅衣,雪大下。)

大众　　母亲。

母　(用自己的氅衣遮了花,)住手罢,不知道同情的鸦头。

冬　还有什么能比同情和爱更其呆气的呢,这都是怯弱的没用的东西的梦话,低能儿的昏话罢咧。因为母亲始终只说着这样的梦话,这些东西便得意起来,纷纷的随意闹。去年,他们在二月里已经跑出去了。母亲呢,不单是笑着不管么。可是今年,我却不答应的,给他们都冻死。

　　　　(冬将氅衣奋然的抖擞,雪下在昆虫上,自然母护住了昆虫。)

母　阿阿。你,莫非发了疯么?赶快的出去罢,我说赶快的。(要逐出冬去。)

虫　母亲。

冬　不不,今年一定给都冻死。(将雪洒在花上。)

母　唉唉,好一个残酷的鸦头。春儿,给我快来罢。

冬　(笑着说,)春那里会来呢。

母　春,春,快点起来罢。

冬　不中用的,不起来的。(抖着氅衣,将雪注在花卉和昆虫上。)

大众　　母亲,母亲!

母　住手罢,冬儿,春怎么了呢?

土拨鼠　　母亲,春姊姊那里,是遭了魔术了。倘不知道魔术的句子,那便出不来,也进不去的。

冬　住口,要给你吃一个大苦呢。

母　阿呀,你做了这样的事么?

冬　(笑着,)今年是,可要给全都冻死了。(抖着氅衣,雪大下。)

大众　母亲,母亲!

母　立刻出去!

土拨鼠　母亲,我试去调查了魔术的句子,迎接春姊姊去罢。

冬　住口,要给你吃一个大苦呢。(将雪来洒土拨鼠。)

土拨鼠　不怕的呵,要迎接春去了,我知道魔术的句子呢。

冬　畜生。(要洒去许多雪。)

母　(拿起魔术的杖来,静静的挥动着,)走,去罢。

冬　(向了土拨鼠,)记着罢,我是决不忘掉的。

土拨鼠　不怕的,我要迎接春去了。

冬　(受了自然母的抑制,快快的出门,看见门外的福寿草和水
　　仙,)畜生,已经跑出来了。给你们,可真要给吃一个大苦哩。(将
　　氅衣狂纵的抖撒着。)

大众　母亲,母亲!

母　歇了罢,岂不可怜呵。

冬　这有什么可怜呢!

　　　　　(自然母关了门。)

冬　(看见上面的世界的梅花,)连这些小子们都已经开起来了,
　　畜生。

　　　　　(雪大下。冬风又来。)

冬　不给这些东西都冻死,是不答应的。

风　冻死他们。(风大作。)

福寿草水仙等　母亲,母亲。(声音渐渐微弱下去。)

母　唉唉,好不可怜呵。

花和虫　(走近自然母去,)母亲,冷呵,冷呵。

母　是罢是罢,就给你们暖和哩。(将自己的氅衣盖住他们,又用
　　手抚摩着,)已经好了?

大众　还很冷。

　　　　（自然母坐下。蛇虫都进了伊的怀袖中，虾蟆跳到
　　膝上。）

大众　冷呵冷呵。

母　（抚摩着他们，）好罢好罢，就给你们暖和哩。

　　　　（冬在上面的世界里唱歌。）

花们　冷呵冷呵。

母　静静的罢，就给你们暖和起来……

　　　　（冬的歌还不完。）

　　　　　不安本分的草花们，讨人厌的虫豸们，
　　　　　恶作剧的树木这些畜生们，都睡觉的呵。
　　　　　不要醒，不要醒，
　　　　　醒得太早的畜生是，
　　　　　要给吃一顿大苦的。
　　　　　都睡觉，不要醒，
　　　　　单将做梦满足着罢。

　　（敲着春子的家的门，冬还是唱。）

　　　　　不安分的人类的儿也睡觉的呵，驯良的，
　　　　　醒过来时是危险的，
　　　　　醒得太早的小子是，
　　　　　就要吃一个大苦的。
　　　　　睡得熟，不要醒，
　　　　　单将做梦满足着罢。
　　　　　喂，睡觉罢，都睡觉，
　　　　　连那不安本分的草花们，讨人厌的虫豸们，

恶作剧的树木这些畜生们。

（冬唱着歌，去了。）

花　好冷好冷。

母　我不是早对你们说过，教不要顽皮的么？不听母亲的话，是无
　　论什么时候都要吃苦的。做母亲的本以为一切规则都定得很正
　　当的了，到了现在，却不知道为什么一切都不如意。我那说出来
　　的话，本来也就想打算你们的利益的……

土拨鼠　（靠在母亲的膝上，）母亲，强者生存，弱者灭亡。强者住在
　　美的，太阳照着的世界上，弱者不能不永远在泥土里受苦。这母
　　亲的第一的法则，难道也为了我们的利益么？这法则，在我已经
　　够受了……

花和蜂　我们是不赞成这样的规则的。

雨蛙　我们总是被蛇和鹤吞吃的事，是不愿意的。

蛙的群　不愿之至的。

黑蛇　住口。虾蟆被蛇吞吃这一条规则，是很好的。至于我们被别
　　的东西欺侮这一条，那自然要怎样的请删去了才是……

蛇的群　对了，请删去罢，请删去罢。

花蛇　不知道可能请另定一条规则，将人和猪都给我们吃么？

蛇的群　这好极了，真真好极了。

黑蛇　母亲，赶紧定下这样的规则来罢，大家都在拜托你。

一切蛇　拜托呵，拜托呵。

蛙的群　不行，不行。

蝇　被虾蟆吞吃，我们也不愿意的。

虫们　自然不愿意，自然不愿意。

金线蛙　不要胡说！这是当然的事，无论怎么说，总归不行的。

蛙的群　不行，不行。

虫们　我们可是不甘心呵，母亲。

母　阿阿,静静的罢,静静的罢。(用手抚摩着他们。)强者生存弱者
　　灭亡这法则,的确是我的第一的法则。然而所谓强者,是怎样的
　　呢? 有着强有力的手脚的,有锋利的爪牙的,有可怕的毒的,这样
　　的东西,就是强者么?

大众　那自然是强的呵,自然是。

母　不然的,这样的东西并不是强者。对于一切有同情,对于一切
　　都爱,以及大家互相帮助,于这些事情最优越的,这才是第一等的
　　强者呢。同情,爱,互助,全都优越的,这才永远生存下去。倘使
　　不知道同情和爱和互助的事,那便无论有着怎样强有力的手脚和
　　巨大的身体,有着怎样锋利的爪牙,有着怎样可怕的毒,也一定,
　　毫不含胡,要灭亡下去的。

黑蛇　这一层我们是不赞成。

蛇的群　自然不赞成。

大众　静静的。

母　还有一层,你们似乎专在将自己的生命和子孙的生命都竭力延
　　长起来的事,作为目的,以为靠着这事,便可以得到幸福了。殊不
　　知这是大错的。无论是十年的生命,一万年的生命,一亿年的生
　　命,对于永久,都不过一瞬息。这是时的问题,而并非心的问题
　　了。只有以弥满着美的爱的生活,作为目的的,才能够得到幸福。
　　倘能在自己的生活上,表现出自己的心的最好,最美,而且最正的
　　事来,即使那生命不过接续了一分时,这比那接续了几亿年,而表
　　不出一些心的好的,美的,正的事情的白费的生命,却尤其崇高,
　　尤其重要。为什么呢? 因为有那又美又正的爱弥满着的生命,是
　　这宇宙即使灭亡,也永远的永远的被我使用,作为永久的模范的。
　　我想要将这永久的使用的。不要忘却,牢牢记着罢。只在以美的
　　正的爱弥满着的生活作为目的者,才有幸福。

　　　　(自然母说话之间,黑蛇悄悄的从伊怀里伸出头来,想捉
　　雨蛙。)

一切蛙　阿阿,危险危险,蛇,蛇……

雨蛙　母亲,母亲。(蛙们都跳下膝髁去。)

青蛇　怎样?到手了?

黑蛇　唉唉,脱空。

花蛇　废料!

黑蛇　对我,可是谁也不给同情呵。所以都要灭亡的罢。

土拨鼠　(跳到自然母的膝上,)吃了我也可以的,如果是这样的肚
　　饿……

　　　　(都吃惊,比较的看着蛇和土拨鼠。)

黑蛇　不知道味道可好?

花蛇　唔,可好呢,没有吃过呵。

黑蛇　总之,今天姑且绝食罢。(缩进怀里。)

大众　蛇万岁!

或者　土拨鼠万岁!

母　(摩着土拨鼠,)懂得我的话了。阿,都睡罢。冬又来哩。

　　　　(风在上面的世界出现,且唱歌。)

　　　　　喂,睡觉罢,都睡觉,

　　　　　单将做梦满足着罢。

　　　　　连那不安本分的草花们,讨人厌的虫豸们,

　　　　　恶作剧的树木这些畜生们。

　　　　(都睡了觉。)

自然母　(独自说,)我本以为一切规则都定得很正当的了,到了现
　　在,却不知道为什么一切都不如意……

　　　　(于是自然母也睡了觉。上面的世界里,下着大雪。)

第 二 幕

第 一 节

（场面同前。梅花盛开，树下的雪地里，开着水仙和福寿草之类。下面的世界是暗淡的，花和虫仍然睡着。

秋子走出外面，一面劈柴，一面唱歌。）

凄凉的心，不要痛，不要痛罢，

苦恼的胸脯呵，不要汹汹的烦扰罢，

隐藏了痛苦的重伤，不要给人看罢，

将那给你重伤的人，不要忘掉罢，

不要忘掉，而又去亲近罢。

（夏子担着水，从对面走来。）

夏子　春姑娘怎么样？

秋子　总是这样子。

夏子　热可退了一点么？

秋子　退什么呢，只有加添上去罢了。

夏子　也还是说昏话？

秋子　哦哦，总一样。

夏子　怎样的？

秋子　这个，说是地下世界的黑的土拨鼠，就要来迎接了……

夏子　唉唉，好不怕人。春姑娘就要死罢。

秋子　说不定呢。

夏子　这真真可怜呵。伯母已经打电报给金儿了？

秋子　没有……

夏子　为什么不打去？

秋子　那是，即使打了去，也是空的罢。……

夏子　为什么？打去，便回来的罢？

秋子　那里会回来呢。什么时候，春姑娘不曾经说过的么，说是金
　　儿有了朋友了。

夏子　哦，还说和那朋友，愿意到死在一处……

秋子　哦哦……

夏子　只是那朋友究竟是谁呢？

秋子　那朋友么，听说是富翁的女儿。

夏子　阿阿……然而这是谣言罢？……

秋子　那里，怎么会是谣言呢，金儿现将这事写了信，寄来了。

夏子　唉唉。

秋子　伯母因为看得春姑娘可怜，到现在还没有说。然而春姑娘却
　　仿佛已经知道了似的。

夏子　但是金儿会和那女儿结婚么？

秋子　这会罢。便是金儿，也一定喜欢有钱的。

夏子　这固然就许如此罢。因为已经穷够了的。只是伯母却真可
　　怜。便是伯母，一直到现在不知道为金儿费了多少心力呢。单是
　　每月寄学费，也就不是容易的事了。

秋子　这自然。但是金儿一到那边去，就会来还钱，听说那女儿是
　　非常之有钱的。

夏子　即使这样，想起春姑娘的事来，也还教人气苦。我以为金儿
　　是有些可恶的，春姑娘这样的爱他，伯母这样的重他……

秋子　现在的世上，金钱第一呵。没有钱……（声音中断，）没有
　　钱……没有钱的是不行的。没有钱，现在是什么事都不能做。便
　　是想求学也不行，想做自由的人也不行。永是这么着，永是这么
　　着……只是，有钱的东西可真讨厌。（气急败坏模样，）我是最不
　　愿意在人面前低头的！

夏子　金儿正也这样的罢。你是,本来总和金儿合式的呵。

秋子　你说什么!?(气急败坏的,眼里溜出泪来。)

夏子　秋姑娘怎么了,也还是可惜金儿去做富翁的女婿罢?

秋子　金儿到那里去,和我有什么相干呢。

夏子　金儿还常常说:和大家一同和睦的劳动着,也如不在富翁面
　　前低头一样,要努力的并不在那男爵面前低头哩。

秋子　再不要提起这些事来了,拜托你。

夏子　这回却反而自己想做富翁了,好不教人酸心。(抱着秋子
　　啼哭。)

秋子　金儿的事,不要再提起了。

夏子　然而倘使做得到,秋姑娘也要和富家结婚的罢?

秋子　不,我已经打算不结婚了。

夏子　为什么?

秋子　无论为什么……

　　　　(秋子放了夏子,吐一口气,眼里溜下泪来。)

秋子　我是,想做一个自由的女人呢。

夏子　做一个自由的女人,那么?

秋子　那么……

夏子　那么?

秋子　(掷了劈柴的斧,)那么成了社会主义者,去运动去。

夏子　阿阿,秋姑娘!

秋子　哦,到里面去罢。(检集了木片,走进自己的家里。)

夏子　(担着水桶,)秋姑娘,也携带我罢,秋姑娘。

　　　　(两人去。

　　　　和风都唱歌。)

　　　被魔术的力睡下了的

春是不再起来了，

永是这么着，永是这么着。

（下场。雪静静的下。）

第 二 节

（场面同前。上面的世界仍然明亮。）

萝卜　好冷呵。

七草　真是的。

福寿草　我以为就要没有性命的了，达回可是不要紧了。

水仙　我也不要紧了。

萝卜　梅姊，这样的冷，要拖到什么时候呢？

梅　到什么时候呢，本来是春就该到来了的……

萝卜　说是春被囚在自己的宫殿里，不知道可是真的？

樱　那宫殿上着了魔术，是真的呵，我不愿意开花呵。

福寿草，好不屠头的姊姊。

水仙　（用了低声，）我最讨厌这样的姊姊，单知道时髦……

七草　嘘！

萝卜　虽说是倘不知道魔术的句子，要到那宫殿里去进出都不行……

梅　这是诳罢。

桃　怎么会是诳呢，冬是始终憎恶着春的妹子的，所以这回用了魔术教春吃些苦，也不是意外的事。

紫藤　那么，我们怎么办才好呢？

踯躅　我们已经冷不过了。

七草　我们也是。

桃　这也用不着啼哭的，再忍耐些时罢。弟兄们总会替我们想什么法子的罢。

500

樱　那些不安分的东西,那里靠得住。

桃　这虽然如此……

樱　都没用,又胆怯……

萝卜　并不然的,可靠的也有呢,虽然女的那些却这样。

水仙　自己正胆怯,还说人。

樱　说女的怎样?

萝卜　女的胆怯呵。

水仙　对了。

樱　可恶的小子们。

桃　阿阿,不要开口了罢。

梅　真的,静下来罢。

樱　可是实在太胡闹……

梅　静静的,似乎冬姊姊来到了。

　　　　　(冬和风上。)

风　暂时之间,还看不见春的令妹罢?

冬　岂但暂时之间呢? 如果我不愿意,怕未必能来罢。

风　在春的令妹休息着的宫殿上,听说姊姊用了魔术,不知道这可
　　是真的?

冬　这算什么呢,比这事还有紧要得多的事情哩。虽然不知道在那
　　里,却听说有一朵桃色的云。是真是假,你去查一查罢。

风　桃色的云——这云的事,从春风那里倒曾经听到过的。那一伙
　　(指着樱等,)也常常谈着这等事。听说桃色的云是始终跟着春天
　　的,所以一定在那春的宫殿里。

一切花　我们是什么也没有说,并不是这样的呵。

樱　默着罢。

风　说诳么? 不饶的呢。

冬　如果说诳,要给吃一顿大苦的呵。

樱　的确在春的宫殿里。

一切花　姊姊!

萝卜　奸细!

樱　默着罢。

冬　这当真?倘说诳,不饶的呵。

樱　何尝说什么诳呢,桃色的云是确在春的宫殿里……

大众　姊姊,奸细!

冬　(向了风,)总之托你去将那云仔细的查一回罢。因为我想要将
　　那云作为自己的朋友呢。

风　是是。

　　　　　　(冬和风俱去。下面的世界略略明亮。)

一切花　奸细。

桃　姊姊,泄露了春的秘密,不羞么?

梅　这真是怎么一回事呵。

一切花　奸细!

樱　(笑,)不要说呆话罢,春雨从那里下来的,可知道? 桃色的云不
　　出外面,春雨是不下的呵,懂么?

大众　静静的。

　　　　　　(下面的世界逐渐明亮。听得风的歌。)

紫地丁　我一听到那声音,就只害怕,只害怕,怕得挡不住了。

雏菊　我也是的。

勿忘草　我也是。

破雪草　这有什么可怕呢。

樱草　虽没有什么可怕,却教人不高兴呵。

紫云英　我也不高兴。

蒲公英　因为是女流呀。

毛茛　我是不怕的,只是水仙不在,却觉得很冷静。

紫地丁　(向了蒲公英,)即使是女流,要像你那样,从冬这里逃走出
　　来,可是并不为难的。

蒲公英　说我逃走了？再说一遍罢！

菜花　阿阿,静着罢,给听到可就糟了。

毛茛　不要紧,谁也没有来听呢。

鬼灯檠　小子！

百合　像这模样,永远是战战兢兢的生活着,实在厌了。

一切花　自然是厌了的。

牡丹　春究竟想要睡到什么时候呢？

玉蝉花　真是的,本来到差不多的时候也就可以起来了。

车前草　然而说是春的宫殿上着了魔术,不是真的么？

蕨　真倒也仿佛像真的,但是那一伙说些什么,是莫名其妙的。

玉蝉花　未必有这样的事罢。

牡丹　自然是没有的,那一伙东西总喜欢将世界看得黑暗。

破雪草　不要胡说。只有你们,却总是带了桃红的眼镜看着世
　　界的。

蒲公英　因为是一班低能儿呵。

毛茛　因为是胡涂虫呵。

鬼灯檠　喂,小子。

牡丹　说胡涂虫的,是谁呢？

破雪草　都说的。

玉蝉花　唉唉,下等的东西真讨厌。

菜花　静静的。

雏菊　如果自然母亲醒来了,不知道要怎样的给骂呢。

勿忘草　真是的。

钓钟草　的确,是的。

毛茛　不妨事,不起来的。

鬼灯檠　小子,还不静静的么？

月下香　月亮真教人相思呀。

昼颜　月亮疯子哩。

向日葵　有着很体面的太阳,却竟会有记挂月亮的呆子。

朝颜　真是的。

昼颜　月亮疯之流罢了。

燕子花　阿阿,静静的……

金线蛙　春还早么？肚子饿了呵。

　　　　（于是唱歌。）

　　　　　和好朋友在田圃里,

　　　　　看着青天游泳是,

　　　　　好不难忘呵。

　　　　　吃一个很大的虫儿是,

　　　　　好不开心呵。

胡蜂　唉唉,好不讨厌的歌。

蜜蜂　说是池塘的第一流诗人的歌哩。

　　　　（昆虫们都笑。）

雨蛙　（冷清清的,）土拨鼠那里去了呢？

金线蛙　不要去愁土拨鼠罢。到这边来,我怜惜你。

雨蛙　唉唉,不行。

金线蛙　怎么,这有什么不行呢？

一切蛙　静静的。

青蛙　蛇要来了。

黑蛇　蛇来了呵。

绿的蜥蜴　静着罢。

别的蜥蜴　真的,静静的罢。

金线蛙　本来还是静静的好。

胡蜂　自己一伙整天的闹着,却来说人。

蜜蜂　讨厌的东西呵。

蚊　将这些东西,我就想使劲的叮一叮。

金线蛙　谁呢,说要来叮我的是?

蚊　不是我呵,只不知道飞虻可说什么。

虻　说诳。

蜜蜂　孱头。

胡蜂　说诳的东西。

蝇　阿,静静的。

金色的蝶　我,就想跳舞一回呀。

银色的蝶　为什么?

金色的蝶　虽然不知道为什么。

春蝉　春还没有来,却道想要跳舞了。

金色的蝶　可是,不知道春要什么时候才来呢。

金线蛙　好,跳罢,我在这里看。

癞虾蟆　有味的罢。

金线蛙　胡蝶的跳舞么?

癞虾蟆　坤角呵。

金色的蝶　唉唉,讨厌的话。

春蝉　静静的岂不好呢。

萤　真的,没有伴奏就说要跳舞,真是外行的话了。

银色的蝶　外行? 你以为自己是内行?

萤　倘没有月光和细流的声音,我可是不跳舞的。

蝶的群　唉,奇怪。

银色的蝶　那一伙是不能和我们做谈天的对手的。

夏蝉　究竟那蝶儿,不知道为什么只摆阔。

金色的蝶　因为美好的声音呵。

夏蝉　畜生。

春蝉　静静的岂不好呢。

萤　真是畜生的忘八羔子了。

春蝉　要给母亲叱骂的呵。

萤　可是太教人生气了。

寒蝉　然而知了的声音,我却不敢领教。

蜻蜓　那些胡蝶的舞蹈,我便是一生不看见,也尽够了。

夏蝉　发了那讨厌的声音的是谁呢,金铃子么?

金铃子　连我的声音和寒蝉的声音也分不清,一定是那耳朵非常古
　　怪的东西了。

蟋蟀　对了,那样的东西,说是没有耳朵的,也不算错。

寒蝉　喂喂,老兄,你从什么时候起,也批评起声音来了?

蟋蟀　胡说。

聒聒儿　好不嚷嚷。什么也不懂,却来作音乐的批评,岂不是对于
　　艺术的罪恶么?

螽斯　喂喂,聒兄,不提罢,就是不提音乐的话罢,唉唉,已经都认
　　错了。

聒聒儿　真教人生气,音乐也不懂,却来批评。

螽斯　静静的罢,不是已经都在认错么。

蕨　诸君只是这么吵闹,不知道遭了魔术的春姊姊怎么会得救?

破雪草　岂不是对不起春姊姊和梅姊姊们么?

一切花　是呵。

樱草　梅姊姊不知道正怎么冷呢。

一切花　是罢。

紫云英　然而尽熬下去,怕未必做得到的。

一切花　自然。

毛茛　水仙和七草兄们,也不知道怎样的等着春的到来呢。

一切花　是呵。

雏菊　但是,须得怎么办,春姊姊才会来到呢?

勿忘草　真是的,怎么办才好呢?

蒲公英　总得想点法才好。

车前草　倘使春竟不来了,大家打算怎么办?

一切花　真是的呵。

月下香　便是春不来,也并非值得吵嚷的事。

夏花们　自然。

向日葵　这在春党也许是必要罢,但在我们,却即使春天永不来,也并非担心的事呢。只要有夏来,就好了。

夏花们　自然。

月下香　只要有夏来,就尽够了。

燕子花　阿,这也不能这么说的呵。

玉蝉花　春便是来,倒也不妨事的。

牡丹铃兰百合　这自然。

聒聒儿　无论是春,无论是夏,便是永不来,都并非值得担心的问题呵。我们等候的只是秋。

（略略作歌。）

　　　　相思的秋呀,快来罢,
　　　　大家等候着。

秋虫们　自然自然。

螽斯　默着罢。

蝇　土拨鼠这小子说定过,去问开门的魔术的句子的,那究竟怎么了呢?

金线蛙　将土拨鼠这小手当作正经的,只是胡涂虫罢了。

虻　这小子,我早该使劲的叮他一下的。

雨蛙　默着罢。

金线蛙　哼,有什么默着的必要呢。

大众　阿阿,静静的。

雨蛙　我试来叫他罢。列位,请都静静的罢。

（都平静。雨蛙唱歌。）

相思的我的朋友呀，

等候着什么而不来的呢？

你不知道我的胸中的凄清么？

你不见我的心的悲凉么？

早早的来罢，我等候着。

我的人呀，我的相思的人呀。

金线蛙　听了这样的歌还会不来，那就奇怪了。

蛇的群　真有味儿。

花蛇　连肚底里都震动了。

蜥蜴　默着罢。

春蝉　其实也并非了不得的声音呢。

金色的蝶　虽然比春蝉好一点……

春蝉　畜生！

萤　真是畜生呵。

金铃子　从外行的听来，这声音却也许是好的呵。

螽斯　住口，低能儿。

　　　　（土拨鼠进来，和大众招呼。）

土拨鼠　诸君，来迟了，对不起。

大众　呵，土拨鼠来了，土拨鼠来了。

　　　　（雨蛙唱一句歌。）

我的人呀，相思的人呀。

土拨鼠　（和雨蛙格外招呼，）来迟了，实在对不起。

雨蛙　那里那里。

508

（又唱一句歌。）

你不知道我的胸中的凄清么？

大众　魔术的句子怎么了，魔术的句子？

菜花　静静的。

土拨鼠　开门的魔术的句子已经知道了。

大众　土拨鼠万岁！！

菜花　静静的罢，如果母亲起来，就糟了。

毛茛　不要紧，不起来的，睡得很熟呢。

鬼灯檠　喂，小子。

雨蛙　我那土拨鼠万岁！

金线蛙　多嘴。

菜花　替大家查了烦难的事来，多谢多谢。

大众　都感谢的，感谢的。

　　　　（土拨鼠对大众应酬。）

雨蛙　我也很感谢呢。

　　　　（土拨鼠和雨蛙格外应酬。）

金线蛙　发蠢。

土拨鼠　为大家还想做尤其烦难的事哩。但是去罢，先去试开那
　　门罢。

雏菊　只是如果母亲起来了，不知道要怎样的给骂呢。

金线蛙　用言语来开门，没有把握的。

雨蛙　有什么没有把握呢？

金线蛙　多嘴。

蝇　姑且去看看罢。

蜜蜂　有趣呵。

虫们　自然有趣。

雏菊　有趣固然有趣,可不知道被母亲怎样叱骂呢。

破雪草　不去也可以的。

雏菊　然而也想去呢。

勿忘草　都去看看罢。

含羞草　我也去,但是惹着我是不行的呵。

毛茛　谁也不来惹你的。

黑蛇　那门里面,也许有许多好吃的虾蟆呢。

别的蛇　去瞧瞧罢。

金线蛙　这东西是危险的呵。

癞虾蟆　不要紧,去罢,那边有许多虫哩。

　　　　(大众静静的走。)

寒蝉　我虽然没有见过春的样子,就去看一眼罢。

金铃子　都去罢。黄莺和杜鹃和云雀这些,在春姊姊那里,该是都
　　跟着的罢。

秋虫们　去罢,去罢。

菊　我是不去的。

珂斯摩　我也不动弹。

秋的七草　我们也不去。

白苇　太烦扰了。

芒茅　那是春党的举动呵。

达理亚　我随后去望一望情形来罢,替你们。

胡枝子　费神。

秋花们　真是的。

菜花　一面唱着使母亲睡得安稳的歌,一面过去罢。

大众　是呵。

　　　　(都唱着歌,向挂着紫幕的门进行。)

　　　睡觉罢,睡觉罢,我的母亲呀,

做着过去的梦和未来的梦，
静静的睡觉罢。

　　　　(都在门前停住。)
土拨鼠　(对了门,)为爱而开。
大众　(跟着说,)为爱而开。
　　　　(门不动。)
大众　不开呵。
金线蛙　那里会开呢。
雨蛙　一定会开的。
　　　　(都反复着说,门依然不动。)
蛇　这小子在骗我们哩。
金线蛙　岂非笑话呢,说是用言语可以开门……
牡丹　不知道那一伙是否在那里骗我们?
玉蝉花　因为是下等东西,所以也未必可靠的。
破雪草　默着罢,低能儿!
黑蛇　假如吃了那小子,不知道味道可好?
蜥蜴　默着罢。
虻　倘使终于开不开门,可要使劲的叮了。
蚊　我也叮。
蜜蜂　我也叮。
胡蜂　俺也叮。
蕨　行使魔术的时候,不是这样胡乱吵闹的。
车前草　精神统一最要紧呵。
大众　静静的。
雨蛙　一定要开给你们看呢。
土拨鼠　为爱而开。为爱而开。为爱而开。
大众　为爱而开。为爱而开。为爱而开。

（门静静的开。）

大众　　开了，开了。

雨蛙　　看罢，我不说过会开的么？

金线蛙　多嘴。

大众　　静静的。

　　　　（都向门里面窥探。）

第 三 节

　　　　（里面看见栗树和枫树。正是秋的黄昏。红叶坠在各
　　处。中央有收获的稻屯，秋姊姊静静的睡在这上面。在那当
　　头的树上，依稀的闪着紫色的灯笼。秋是头戴葡萄的冠，插
　　着柿和橘子的首饰，腰间系着用梨子和苹果之类所穿成的
　　带，右手拿斧，左手持铗。衣服是质朴的。在遥远的一角里，
　　看见灰色的云。他睡着。秋风在一角里冷清清的吹笛。

　　　　大众暂时都凝视着这风景。）

菜花　　那不是春姊姊呀。

达理亚　（在后面说，）的确是秋姊姊呢。（向了秋花们，）列位，赶
　　快来罢。秋了，秋了。

　　　　（珂斯摩和秋的七草都跳着进去。）

金线蛙　说是秋了呢，糟透了。

癞虾蟆　又得睡觉么？我实在厌了。

一切蛙　自然厌了。

黑蛇　　不要开玩笑罢，我是肚子已经饿得说不出怎么样了。

别的蛇　都是这样呢。

金线蛙　我如果不吃了那蝇，怕要饿死了。

蝇　　　唉唉，不行。

大众　　静静的。

（听得秋花的歌。）

冷的风呀,秋的风,
不要吹了罢。

寒蝉　（高兴的走进里面去,）已经到了秋天哩。
　　　（别的昆虫们也跟在那后面。寒蝉跳舞着,而且唱歌。）

夏,夏,夏呀,等一等罢,
有话呢,好的话。

（金铃子也唱歌。）

有歌呢,美的歌呵。

聒聒儿　一会儿就可以,等一等罢,拜托你。
蜻蜓　有跳舞呢,好的跳舞。
金色的蝶　说是有跳舞哩,真笑话。
寒蝉　说是有歌哩,一定是无聊的歌罢了。
春虫和夏虫　是罢。
蝇　即使秋来了,也并不是值得这么嚷嚷的事呵。
大众　真是的。
蚊　倒应该悲伤。
黑蛇　岂但悲伤,简直是生命的问题了。
花蛇　什么也不吃,却又去睡觉,有这样离奇事的么?
蜥蜴　这话真对。
雨蛙　阿,静静的。
土拨鼠　这不像春的宫殿哪。

紫地丁　然而也颇有趣呢。

别的花　真是的。

雏菊　有趣固然有趣，可要给母亲叱骂的呵。

勿忘草　那自然。

钓钟草　是呀。

菜花　静静的。

　　　　（蜻蜓跳舞着，而且唱歌。）

　　　　来，早早的，早早的，早早的，

　　　　寒蝉呀，金铃子呀，出去罢，

　　　　太阳下去夜来了。出去罢。

　　　　送着太阳游玩罢。

　　　　迎着夜晚跳舞罢。

　　　　（寒蝉，金铃子加入跳舞。别的虫也跳舞。）

向日葵　说是太阳下去了，真笑话。太阳还没有上来就下去，有这
　样离奇事的么？

昼颜　真是的，这是怎的呢。

月下香　即使什么太阳之类并不上来，倒也毫不担心的。

夕颜　那自然。

月下香　既然夜晚到了，也许月亮就要出来的呢。到那边去罢。

　　　　（于是加入秋花里。）

蝇　我们也去跳舞也好。

金色的蝶　不邀我们去跳舞，好不懂规矩呵。

银色的蝶　因为是秋的一伙呀。

　　　　（蜻蜓跳舞着，而且唱歌。）

　　　　来，早早的，早早的，早早的，

514

蠡斯呀,聒聒儿呀,
早早的,到这里来罢。

（蠡斯和聒聒儿都加入,于是跳舞着,一同唱歌。）

来,早早的,早早的,早早的,
夏的虫,秋的虫,
早早的,到这里来罢。
夏过了,秋来了,
早出来,早早出来罢。
告别了夏游玩罢。
迎接着秋天跳舞罢。

（蝶,蝇,蝉等都加入。）

雏菊　说是秋来了,好怕呵。

毛茛　我不怕。

勿忘草　如果母亲起来了,不知道要怎样的给骂呢。

大众　真是的。

土拨鼠　秋姊姊动弹了。

一切花　唉唉,这可糟了。

牡丹　秋的云动着呢。

玉蝉花　唉唉,好怕。灰色的云动着呵。

破雪草　静静的。

　　　（秋花们唱歌。）

灰色的云呀,秋的云,
不要动弹罢,为了花。

蛇　　肯听你呢。

绿蜥蜴　　对咧,全不像肯听似的。

跳舞的虫们　　（扰攘着,）唉唉,可怕,糟了。

　　　　　（将下细雨模样。

　　　　　　昆虫们唱歌。）

　　　　　冷的雨呀,秋的雨,

　　　　　不要下来罢,为了虫。

花们　　为了花。

蜻蜓　　为蜻蜓。

金线蛙　　真笑话。

癞虾蟆　　好不胡涂,说是为了虫哩。

春蝉　　一伙不要脸的东西呵,说是为蜻蜓呢。

土拨鼠　　秋姊姊又动弹了。

　　　　　（秋略略起来,梦话似的说。）

　　　　　我的云呀,灰色的云,到那里去了?

　　　　　我的风呀,凄凉的风呀,吹笛子罢。

　　　　　（风大发。云次第扩张。细雨静静的下。）

虫们　　唉唉,冷呵冷呵。（纷乱的逃走。）

花们　　唉唉,怕呵怕呵。（逃走。）

菜花　　阿,静静的。

勿忘草　　如果母亲醒来了,不知道要怎样的给骂呢。

含羞草　　惹着我是不行的呵。

　　　　　（都逃入前边的场面里。）

土拨鼠　不妨事，这里是不来的。

金线蛙　那倒是……

黑蛇　未必就不来呢。

大众　是呵。（发着抖。）

雨蛙　不来的，一定不来的。

金线蛙　多嘴。

夏蝉　唉唉，好冷，好冷。

大众　真的是。

土拨鼠　已没有再迟疑的时候哩，这回试去开这一重门罢。

樱草　唱一点歌，给母亲不要醒来罢。

大众　唱罢：

　　　　忘了罢，忘了罢，自然母亲呀，
　　　　忘了现在罢。
　　　　看着恋恋的往昔和相思的未来，
　　　　忘了罢，
　　　　单将今日忘了罢。

　　　（都向挂着绿幕的门进行。）

含羞草　来惹着我是不行的呵。

毛茛　谁也不来惹你的。

鬼灯檠　小子们，静静的。

土拨鼠　（向了门，）为爱而开。

大众　为爱而开。
　　　　　　（门不动。）

黑蛇　不成不成。

金线蛙　这回可是开不开了。

雨蛙　一定会开的。

蕨　　静些,行使魔术的时候,不是这样胡乱吵闹的。

车前草　精神统一最要紧呵。

土拨鼠　为爱而开。为爱而开。

大众　为爱而开。为爱而开。

　　　（门静静的开。）

蜥蜴　这回是两遍便开了。

雨蛙　我不说过会开的么?

金线蛙　多嘴。

大众　静静的……

第 四 节

（秋的场面仍然开着,昏暗,依稀的看得见。

　　在这回开了的门里面的场面上,现出盛夏的白昼的景色来。石被日光所炙,发着光闪。美的碧绿的果树园的苹果树间,系着绳床,其中静静的躺着第三王女的夏。伊身穿游水衣,右手拿扇,左腕抱着浮囊。头发用手帕包着,那旁边放一顶游水帽。近旁有美丽的大理石的喷泉,泉水发出清凉的声音向下坠。水里是金鱼一口一口的吹起泡来。开着的荷花旁,有鹤拳了一足站着,将头插在翅子下面睡觉。在后面,夏云缩作漆黑的一团,蹲在龙背上,也睡觉。夏王女的身边站着风。风也睡着,但时时仿佛记起了似的,用扇子来扇夏王女。不知道从那里,听得渴睡似的牧童的角笛。在果园里,和果子一同挂着金银的铃子,每逢风动,便发出幽静调和的声音。

　　站在门外面的花卉和昆虫们,都暂时凝视着这景色。）

黑蛇　不是夏么?

别的蛇　仿佛是的。

黑蛇　快去罢。(进内,躺在石上,)好温暖。

　　　　(蜥蜴的群大高兴,跑着唱歌。)

　　　　　相思的我的夏呀,永是这么着,

　　　　　不要过去,留在这里罢。

黑蛇　好不渴睡呵。

夏蝉　唉唉,幸而也醒来了。原来都是梦。唉唉,真是讨厌的梦。
　　秋梦呢还是冬梦呢? 唉唉,好不无聊的梦呵。(飞到苹果树
　　上去。)

夏虫们　夏来了,夏来了。游玩罢。(进内,跳舞。)

虻　不知道有没有可叮的东西……

黑蛇　唉唉,真会嚷。

花蛇　本可以驯良的睡着……

别的蛇　是呀。

夏花们　阿阿,高兴呵高兴呵。(也进内。)

向日葵　虽然像做梦,但确乎有太阳呢,那边。(于是将自己的脸向
　　了太阳,走着,但那脸却总和太阳正相对。)

昼颜　确乎有的,阿阿,高兴呵。

月下香　倘到了夜,也许可以高兴,但现在却只是想要睡觉罢了。

夕颜　我也这样呢。

金线蛙　唉唉,好热,好热。当不住了。

癩虾蟆　那边去罢,有水呢。(向泉水奔去。)

金线蛙　一,二,三!(都跳进泉水里。)

癩虾蟆　凉水的愉快,知道的有几个呵。(没到水里面。)

　　　　(夏花们唱歌。)

　　　　相思的风,夏的风,

　　　　便是微微的,也吹一下罢。

　　　　(风略摇扇子。铃子作声。听到渴睡似的牧童的角笛。)

雨蛙　我虽然热得受不住了,却也不想到那边去呢,如果单是我。

　　(向着土拨鼠看。)

破雪草　我似乎要枯了。

菜花　我也是的。

樱草　哦哦,都这样。

紫云英　唉唉,好不难受呵。

勿忘草　还是早点回去罢。不知道要被母亲怎样的叱骂呢。

雏菊　真是的。

钓钟草　这自然。

牡丹　我虽然不像要枯,却是不舒服。

玉蝉花　我也是。

土拨鼠　我的头异样了,在我是什么都看不见。

雨蛙　这是怎的呢,定一定神罢。靠在我这里就是,定了神。

黑蛇　(渴睡的,)应该像蛇似的聪明,才好。

土拨鼠　我不行了,就要跌倒了。

雨蛙　定一定神罢,定着神。

春花们　这究竟怎么的?

蚊　略叮一下子试试罢?

春蝉　不要胡说。

春花们　这究竟怎么的?

春蝉　夏姊姊动弹哩,唉唉,这不得了了。

　　　　(夏王女略略起来,梦话似的说。)

　　　　风呀风,睡着觉是不行的。

云呀云,躲起来是不行的。

(风大发。铃子作声。云浮动。龙也醒了。电闪。雷声。蝉,蛙,蛇等都嚷着逃走。晚间的暴雨下来了。大众逃出门外。)

大众　唉唉,不得了,不得了。

含羞草　惹着我是不行的呵。

毛茛　有什么要紧呢。

(可怕的雷声,电光。)

黑蛇　(向着土拨鼠,)喂,赶快关门罢。喂;喂。

金线蛙　还迟什么呢。

雨蛙　说是不舒服呢,说是头痛呢。

癞虾蟆　说是不舒服? 不要娇气罢。

黑蛇　快关门罢,快关门,喂。

虹　使劲的叮一下,也许会见效的。

蜜蜂　我也叮一口试试看。

胡蜂　俺也叮。

(雷的大声。大众都狼狈。)

蛇和蛙　(向着土拨鼠,)喂,关上门,喂,快点。

雨蛙　静静的。

土拨鼠　我不知道关门的句子。

金线蛙　好一个不自量的小子呵,开了门,却还说不知道关起来的方法哩。

大众　真是的呵。

黑蛇　所以说,应该像蛇似的聪明才好。

雨蛙　便是聪明到你似的,却反而是损呵。

黑蛇　吞掉你。

（冬跳舞着，进了上面的世界。听到冬的歌。）

阿阿，高兴呵，高兴呵，
不安本分的草花们，讨人厌的虫豸们，
恶作剧的树木这些畜生们，都睡觉的呵。
被魔术的力睡下了的
春是不再起来了。
永是这么着，永是这么着……

（冬于是跳舞，北风，西北风也跳舞着进来。风吹雪也出现。极大的雪下起来了。

夏的场面上还有雷声。花卉们挤作一团，发着抖。）

大众　　唉唉，怕呵，怕呵。

勿忘草　　去叫起母亲来，不知道怎样？

雏菊　　也许要挨骂的，然而还是那么好罢。

土拨鼠　　如果那么办，一切可就全坏了。

　　（冬和风唱歌。）

不安本分的草花呀，
睡觉的呵，永是这么着。
单将做梦满足着罢，永是这么着。
被魔术的力睡下了的
春是不再起来了。
永是这么着，永是这么着。

破雪草　　胡说，谁睡呢。

蝇　　闹了这样的大乱子，还说什么"睡觉的呵"这些话，太没道理了。

菜花　　静静的，给听到可就糟了。

雏菊　冬姊姊倘到这里来,就糟了。

大众　唉唉,好怕。

毛茛　虽然并不怕,然而也还是不来的好。

土拨鼠　已经没有再迟疑的时候了。来,试开这最后的门罢。

大众　唉唉,可怕,可怕。

雨蛙　不要紧的。

土拨鼠　要留神!

　　　　(冬和风在上面唱歌。)

　　　　人类的儿也睡觉的呵。
　　　　醒得太早的东西是
　　　　就要吃一个大苦的,
　　　　单将做梦满足着罢。

　　　　(大众走近挂着桃色的幕的门。)

土拨鼠　为爱而开。

大众　为爱而开。

　　　　(门静静的开了大半,然而没有全开。)

蜥蜴　这回是一遍便开开了。

第五节

　　　　(现在所开的门里面,是春的场面。

　　　春的场面上,月光像瀑布一般静静的流下。在里面见有一个美丽的池。那池旁边,有蔷薇,风信子,和别的外国的花卉;树木的茂密,瀜郁的围绕着池的周围。许多小流发出美的调和的声音,经过林中,向池这一面流去。池中央浮着一个心形的花的岛,岛上的花中间站着第四王女的春。伊还是年青的少女,花的冠戴在头上。

春的衣服是将虹的七色样样的混合起来做就的。做枕衾的也是花卉。枕边有云雀和燕子站着睡觉。春的身旁立着桃色的云。那是一个强有力似的美少年;那衣服,无论什么地方,总使人联想到医学校的学生去。

离客座较远的岸上,立着春风,躲在蔷薇的影子里。他时时用了大团扇,使浮泛的岛像摇篮一般动摇。那旁边立着竖琴;风常使这静静的发响。池中有许多白鹄的群。那鹄群派一只在岸上做斥候,别的或则在池水中照着自己的姿态化妆,或则想捉那映在水中的月影而没入水里去。不知从那里,传来了水车的声音。

秋的场面上,秋风正在吹笛,细雨不住的洒在黯淡中。也时时落下通红的枫叶。

又在夏的场面上,则晚间的暴雨已经过去了,又看见先前一样的明亮的白昼的景色。渴睡似的牧童的角笛声,和清凉的泉水声以及流水的低语,伴奏起来了。

立在门外的花卉们,都暂时静静的凝视着春的场面。)

鹄甲　不行不行,很不容易捉。

鹄乙　这回我来试试罢。

鹄丙　也不行罢。

鹄甲　一齐来试试看。

大的鹄　静静的,听那黄莺的歌罢。

紫地丁　阿阿,真美。

牡丹　可怀。

玉蝉花　可念。

菜花　静静的游玩罢。(进内,成了列跳舞着。)

夏花　我到那边去罢,晚雨似乎已经下过了。

别的夏花们　我们也去。

　　　　（都回到夏的场面去。只有月下香却加入春花中间
　　游戏。）

秋花们　秋真教人相思呵。

珂斯摩　去看看来罢。

白苇　静静的。

　　　　（都回到秋的场面去。雨止,紫色的灯笼在黄昏中微微
　　发亮。秋花随意的散开。）

秋虫之一　我也去呢。

寒蝉　我看这里。

别的秋虫　我也进去了。

土拨鼠　静静的。

　　　　（黄莺唱歌。）

　　　　　我的胸呵,满了爱而凄凉了。

　　　　　我的心呵,为情热所烧而苦痛了。

　　　　　这情热以及这爱,

　　　　　是为谁而燃烧的?

　　　　　唉唉,美的爱之歌,

　　　　　是为谁而颤动的?

黑蛇　不知道可是为我?

蜥蜴　不要妄谈罢。

黑蛇　然而像我这样喜欢音乐的,可是再也没有的呢。

花蛇　便是我,也以为莺的音乐者却很好。

蜥蜴　阿,静静的……

　　　　（黄莺唱歌。）

　　　　这胸呵,为了星而燃烧的么?
　　　　美的爱之歌,为了桃色的云而响亮的么?
　　　　并不然!
　　　　春,春呵,年少的春,
　　　　我的胸是为你而燃烧的,
　　　　我的歌是为你而响亮的。
　　　　只是为你而响亮的,
　　　　唉唉,我的春。

桃色的云　为了春,是没有唱什么这样的歌的必要的。

风　静着罢,倒也还可以不至于发怒呢。因为那不过是诗人唱着
　　歌,给自己散散闷的。

桃色的云　是诗人固然不妨事,……却又在看着上面数星儿……

寒蝉　唔,不坏。然而要算作世界的音乐家,却觉得似乎还有点不
　　足的处所……

金铃子　这自然。但因为是春的诗人呵,无论怎样有名,总未必能
　　够比得上秋的诗人的。

土拨鼠　静静的……

鹄甲　我藏到那树里去,你们寻一寻看。(没入映在水中的树
　　影里。)

鹄乙　这是极容易的事,(也没入,和甲同时昂头,)不行,不行。

老鹄　静静的。

　　　　(听得风的竖琴的声音。与这相和,白鹄们唱歌。)

雄鹄　没有梦而过活的儿,
　　　　这世上是没有的。

雌鹄　活在没有爱的世上,
　　　　那是苦痛的呀。

雄鹄　　没有梦的夜,是冷的,是凄凉的。

雌鹄　　没有朋友的夜,也苦痛,而且悲凉的呀。

雄鹄　　梦要消了……就在这夜里,

　　　　我的魂也消了罢。

雌鹄　　朋友的心变了的那一日,

　　　　我的魂呀,离开了世间罢。

　　　　　（白鹄的群静静的唱着歌,游泳着。）

寒蝉　　虽然是新的形式……

聒聒儿　　是印象派呵。

金铃子　　说是未来派,也可以的。

蟋蟀　　我总以为还是古典的音乐好。

别的虫们　　这自然。

黑蛇　　那一伙,我们吞不下罢。

青蛇　　那里那里。无论如何……

花蛇　　倘若单是脑袋,却也许吞得的。

蜥蜴　　又是吃的话么?

蛙　　有味,有味。

蝉　　也还好。

上拨鼠　　赶快去叫起春姊姊来罢。

雨蛙　　桃色的云和春风都睡着呢,怎么……

黑蛇　　不忙也好,也许又要下雨的。

蜥蜴　　说不定也要动雷的。

　　　　　（听得牧童的角笛,渴睡似的。）

金线蛙　　我们也玩玩罢。

大众　　阿阿,高兴呵,高兴呵。

　　　　　（蛙的群开始跳马的游戏。）

金线蛙　　我们也唱歌罢。

黑蛇　省事些罢。听了你们的歌,只使人肚子饿。

别的蛇　是的呵。

蜥蜴　歌还是任凭他唱,那是春的第一流诗人呢。

　　　　（金线蛙独唱。）

　　　　　星儿耀耀呀,那夜里,

　　　　　和要好的朋友一同玩,

　　　　　真是高兴哪。

　　　　（合奏。）

　　　　　休息了,尤其高兴呵。

　　　　（独唱。）

　　　　　嗅着肥料的气味,那时候,

　　　　　被要好的朋友抱着而唱歌,

　　　　　好不难舍哪。

　　　　（合奏。）

　　　　　不唱歌,尤其难舍呵。

　　　　（独唱。）

　　　　　太阳晃耀的一日,白天里,

　　　　　住在凉快的泥中,

　　　　　被朋友抱着而谈心,

　　　　　诗的呵。

　　　　（合奏。）

　　　　　不开口,尤其诗的哩。

蛇的群　唉唉,不堪,不堪。（乱追蛙的群。）

蛙的群　救命,救命!（逃入池塘里。）

　　　　（斥候的白鹳递一个暗号。雄鹳飞上岸来,向了蛇,武士似的挺直的站着。）

蛇　　唉唉唉。（静静回到原地方。）

黑蛇　蛇似的聪明罢！

雨蛙　而且鸽子似的温顺……

黑蛇　再多说，便吃掉你。

土拨鼠　静静的。

　　　　（雄鹄仍然回到池里。）

鹄甲　并没有什么危险的事。

　　　　（鹄的群又静静的游泳。

　　　　蛙的群又跳上池边，聚作一堆。）

蛙甲　这回赏月罢。

寒蝉　虽说是春的第一流诗人，也不见得很可佩服呵。

金铃子　这自然，下等的。

蟋蟀　和秋的诗人不能比。

聒聒儿　那歌的催促蛇的食欲，也并不是没来由的。

蛇的群　自然不是没来由的。

夏蝉　如果春的诗人们的歌要催促食欲，那么，秋的诗人们的歌便
　　最合于睡觉了。

聒聒儿　只有你的歌，是催人呕吐的呢。

夏蝉　无礼的小子们！

秋虫们　这在说谁？

土拨鼠　静静的。

　　　　（风拨动了竖琴。萤的群飞到中间，排成轮形跳舞着。
　　听到萤的歌。）

　　　　相思的朋友们呵，
　　　　等候着什么而不来的呢？

太阳下去,月亮出来了,
等候着什么而不来的呢?
没有看见恋之光么,
没有懂得胸的凄凉么?
快来罢,等候着,
朋友们呵,相思的朋友们呵。

(暂时跳舞之后,又唱歌。)

我的人呵,我的相思的人呵,
何以不来,等着什么呢?
幽静的夜,什么歌不能唱;
眷恋的夜,什么话不能说;
在这夜里,什么梦不能做呢?
相思的这夜,正在等候你;
草花用了金刚石的泪珠,
都在哭送你。
何以不来,等着什么呢?
没有看见恋之光么,
没有懂得恋的凄凉么?
快来罢,等候着,
我的人呵,相思的我的人呵。

蛙和虫　(大叫,)杰作呀。杰作呀!(于是喝采。)
土拨鼠　静静的。
雨蛙　桃色的云动弹了。
蛇的群　又要下雨哩。
蜥蜴　说不定也要动雷的。

530

虫们　唉唉，好冷。

花们　唉唉，可怕。

　　　　（虫和花都凝视着桃色的云，准备逃走。）

金线蛙　诚然，岂不是为歌所动的么？

大众　静静的。

桃色的云　（唱歌，而且说，）以为倘是云，没有风便不动，那是大错
　　的。愿为爱和恋所动，走遍了全世界。

黑蛇　说要走遍全世界哩，好一个顽钝的东西。这等事，全世界不
　　知道要以为怎么麻烦呢。

蛇的群　那自然。

蜥蜴的群　从那样的东西的手里，很不容易逃得脱。

雨蛙　静静的，风动弹了。

金綫蛙　唔，诚然，那也像为歌所动似的。

　　　　（风弹着竖琴，而且唱歌。）

　　　　　春风是容易变的，

　　　　　春风是容易动的，

　　　　　所以不知道爱，也不知道恋：

　　　　　我被人这样说，好不凄凉呵。

　　　　　因为要爱，所以易变的，

　　　　　因为慕朋友，所以易动的，

　　　　　唉唉……

黑蛇　那一伙儿似乎在那里对谁认错呢。

蜥蜴　可不是想骗谁罢？

雨蛙　便是美的云，我也不相信。

虫们　那是谁也不信的。

紫地丁　春风即使怎样的讲好话，我们都不信。

花们　自然不信。

金线蛙　哼,这是疑问了。

女的花们　什么是疑问?

土拨鼠　静静的,静静的。

黑蛇　总之,倘不像蛇似的聪明,是不行的。

雌鹄甲　在池里面看起我们的形相来,似乎很不少呢。

同乙　有多少呢?

甲　我数一数罢。

　　　　(白鹄们游泳着点数。)

甲　不行。

丙　大家都在动,数不清的。

土拨鼠　(看着云和风,说,)总而言之,这些小子们如果不睡下,我
　　们无论如何,总未必能够叫起春来的罢。

蛙的群　不起来也好,还是来赏月罢。

蛇的群　春如果起来,一定要下雨。

蜥蜴的群　说不定也要动雷的。

勿忘草　而且不知道要被母亲怎样叱骂呢。

土拨鼠　说这些话,都不中用的。上面的世界怎样的受着冬的窘,
　　你们难道忘却了么?叫起春来,并非为自己,是为了冻着的上面
　　的世界。

花们　这固然如此……

蝇　下雨可是讨厌呵。

虫们　对了。

蜥蜴　雷也很可怕。

雨蛙　默着罢。

金线蛙　说是并非为自己哩。

菜花　那么,唱点歌,教桃色的云和春风睡去罢:

532

睡觉睡觉罢,桃色的云,
静静的睡觉罢。
做着桃色的梦,春的梦,睡觉罢。
静静的睡觉罢。

金线蛙　很不像要睡觉呢。

雨蛙　唉唉,不要性急罢。那并不是你似的渴睡汉。

别的虫　可惜!

金线蛙　胡说。

　　　　(菜花们又唱歌。)

睡觉睡觉罢,春的风,
静静的睡觉罢。
做着温柔的梦,竖琴的梦,睡觉罢,
静静的睡觉罢。

白鹄　休息罢。

　　　　(都藏在池畔的杨柳的影子里,只留下一只做斥候,后来
　　　连这也睡去了。渴睡似的牧童的角笛,秋风的笛,铃子和流
　　　水声,都和泉声成了伴奏。)

土拨鼠　似乎已经睡着了。

　　　　(大众静静的走近池畔。花卉们低声作歌。)

春呀春呀,美丽的,
起来罢,为了花。

　　　　(都暂时等候着。)

金线蛙　那里会为了你们这些东西起来呢。

虫们　让我们来叫罢：

　　　　春呀春呀，相思的，

　　　　起来罢，为了虫。

花们　不要闹笑话罢，为了你们这些东西是不见得起来的。

蝉　为了蝉！

大众　不行。

蛇　为了蛇！

大众　不行的。

蛙　为虾蟆！

大众　也不行。

蝇　为苍蝇！

大众　更不行了！

蜥蜴　为蜥蜴！

大众　唉唉，不要胡缠下去了罢。

雨蛙　究竟要怎么着，春才起来呢？

大众　真的呵，要怎么着才起来呢？

勿忘草　春姊姊遭魔术的力睡了觉，已经不再起来的事，你们竟都

　　忘记了。然而只有勿忘草是不忘掉的。

大众　的确是的。

雏菊　这怎么好呢，好不烦腻呵。

大众　真是的。

土拨鼠　我再来叫一回罢。

金线蛙　算了罢，已经尽够了，不起来的。

雨蛙　起来的。一定起来的。叫去罢。

金线蛙　多嘴。

（土拨鼠唱歌。）

春呀春，眷恋的春呀，
起来罢，为了桃色的云！

（春微微开眼，于是头略动，于是梦话似的唱歌。）

我的云呀，所爱的云呀，
不要离开我，不要忘掉我，
永是这么着，永是这么着。

（春又睡去。春起来时，通到上面的门略开。上面世界的樱树将积雪从枝上摆落，开起花来。同时，在上面和下面的世界，都听得"高兴呵，高兴呵，春起来了，春起来了"这一种声音。
　　花卉和昆虫们都向门跑去。
　　白鹄的斥候递一暗号，白鹄们都飞出。睡在枕边的云雀和燕子之类，也起来飞去了。
　　在上面的世界里，春的七草唱歌。）

喂，快快的，喂，快快的，朋友们，起来呀。
春是起来了，
虫儿呵，小鸟儿呵，起来呀。
春是起来了，
说是外面冷，诳罢了，风的诳罢了。
春是起来了，
快快出去迎春罢，朋友们呵。

大众　去哩,去哩。(都跑去。)

含羞草　惹着我是不行的呵,不行的呵。

第 六 节

自然母　(极慌张的跳起身,)孩子们,孩子们,这怎的? 静下来,不
　　要闹罢。(于是挥动魔术的杖,大众混杂着停住。)

含羞草　惹着我是不行的呵,不行的呵。

破雪草　但是,母亲,春已经来了的。

母　唉唉,这糟了,谁开了门呢?

　　　　(听得上面的世界里的歌。)

　　　　说是外面的世界冷,诳罢了,
　　　　　　风的诳罢了。

母　(挥着杖,)住口,住口。

　　　　(上面世界的歌忽而停止了。)

母　都静静的,还太早呢。谁开了门,谁叫春起来的?

蛇的群　却并不是我们……

蛙的群　也不是我们。

母　(见了土拨鼠,)这是你的淘气罢。

土拨鼠　母亲,这不是淘气。这并非为自己,是为那受了冬的凌虐
　　而冻着的上面的世界,叫起春来的。

破雪草　上面的诸位哥哥正不知道多少冷哩。

雨蛙　这并不是土拨鼠的淘气,我们也都托付他的。

金线蛙　你还是不去辩护好罢。

雨蛙　你默着罢,乏小子。

金线蛙　什么? 再说一遍看!

母　静静的。

土拨鼠　母亲，冬是已经尽够了。又冷又暗的冬是已经尽够了，
　　母亲。

大众　已经尽够了，真是已经尽够了。

土拨鼠　要太阳，要温暖光明的太阳，母亲！

大众　母亲，要太阳，要温暖光明的太阳。

母　静静的罢。（对着土拨鼠，）你自己不知道你是不能活在太阳所
　　照的世界上的么，还是明知道，却偏要到那里去呢？

土拨鼠　母亲，即使不能活，死总该能的罢。

雨蛙　母亲！

母　静静的，统统，再睡一会罢。

　　　　（自然母向池这一面去，大众都跟着。自然母歇在池边，
　　　　大众都进了怀中或跳到膝上。白鹄的群也只留下一个斥候，
　　　　别的都聚在自然母的身边。）

母　（独自说，）我本以为一切规则都定得很正当的了，不知道为什
　　么，一切都不如意。

　　　　（春的王女睡着的岛漂到岸边。自然母唱歌。）

　　　　睡觉罢，睡觉罢，我的春呀，
　　　　我的宝贝，我的心，静静的睡觉罢。
　　　　花呀，不要谈罢，将那美的话；
　　　　虫呀，不要私语罢，将朋友的梦想；
　　　　鸟呀，不要唱罢，恋的歌；
　　　　春是睡着做梦呢——桃色的云的梦。
　　　　（一面看着云，）
　　　　云呀云，春的云，
　　　　桃色的云，不要离开了我的春罢。

大众　不要离开了我的春罢。

母　友呀友,春的友。

　　桃色的友,永是这么着,

　　无论怎么着,不要离开了我的春罢。

大众　永是这么着,无论怎么着,不要离开了我的春罢。

　　　　（牧童的角笛,秋风,合了调和的铃声,细流的幽静的私
　　语,全都睡着了。说不定从那里,听得水车的声音。

　　　　冬非常急遽的进了上面的世界。风跟在那后面。）

冬　说是春起来了,不会有这等事的。

风　可是春的花卉们都这么说。

冬　不安分的东西,畜生。（看了樱）这是怎的,早说过教睡着。要
　给吃一通大苦哩。（抖动氅衣,下雪。）

樱　冬姊姊,原谅我罢。

冬　不要胡说。

春的七草　母亲,母亲!

冬　放心,母亲不会到这里来的,住口。（开了门,走进下面的
　世界去,吃惊,）花们都怎么了呢!（叫喊着四顾,）门都开了,
　有谁知道了魔术的句子了。（看见自然母,）原来,一切都是土
　拨鼠的淘气做的。这样的东西,给吃一通大苦罢。（静静的走
　近春的处所,）哈哈,桃色的云在这里,我正在这样搜寻着的那
　桃色的云。现在倘不将这带了去,怕未必再有这样好机会了。
　（静静的走到岛上,停在云的面前,）是美的人儿呵。（在那额
　上接吻。）

桃色的云　（睁开眼,）春儿!

冬　我呢。

云　冬姊么?

冬　是的,跟了我去罢。

云　（比较的看着冬和春，）去罢。

冬　那么，去罢。（起身走去。云看着春，还踌躇，）不必担心的。
　　走罢，要爱怜你呢。

云　真的，不骗我么？

　　　　　（冬笑着走。云跟在那后面。

　　　　　二人出门走去。春雨如丝的下。这瞬间，春忽然醒来。）

春　我的云，我的桃色的云，我的要紧的云怎么了？（于是跳起。）

第 七 节

　　　　　（春的门大开。春的昆虫和花卉们都向门跑去。从上面
　　　　的世界里，听得"朋友们，起来呀，春是起来了"的歌声。）

大众　阿阿，高兴呵，高兴呵，春是起来了，春是起来了。

春　（发狂似的奔走，）母亲，我的云，我的桃色的云！

自然母　（睁开眼，）怎么了，又是孩子们的淘气？

春　母亲，我的桃色的云不见了。谁偷了我的云去了。不知道可是
　　夏姊姊。（跑向夏这里，）姊姊，姊姊，将我的云怎么了？

夏　（惊起，）唉唉，吓了一跳。你的云，我不知道呢。若是我的云，
　　那倒是在这里的罢。

　　　　　（夏的云微动，雷电俱作。夏的昆虫和花卉们都向门
　　　　　跑去。）

大众　阿阿，高兴呵，高兴呵，夏是起来了，夏是起来了。

春　不知道可是秋姊姊带去的？

夏　不知道呵，快问去罢。

　　　　　（都向秋这里跑去。

　　　　　自然母什么都不知道，出惊的看着花卉和昆虫们的扰
　　　　攘。雷鸣。）

春　姊姊，姊姊，还我罢。

秋　（吃惊,跳起身,)什么呀,还你什么?

春　还了我那桃色的云……

秋　（错愕,)还了桃色的云?

夏　春儿的桃色的云不见了。有谁拐去了似的。姊姊可看见?

秋　没有呢。我这里,只有灰色的云在手头罢了。

　　　　（秋的昆虫花卉们都和秋同时起来,向着门走去。)

大众　阿阿,高兴呵,高兴呵,秋是起来了,秋是起来了。

夏　究竟桃色的云怎么了呢?

秋　不知道可是冬姊姊带去了不是?

春　是罢,是罢,一定是冬姊姊了。

夏　那一位姊姊总是恶作剧,好不苦恼人。

自然母　（向了秋这面走,而且说,)你,你怎么了?（看着昆虫和花
　　卉们,)那里去,到那里去?

虫和花　春起来了,夏起来了,秋起来了!

母　阿呀,都发狂了。我的杖呢,谁拿去了?（向着秋和夏,)你们怎
　　么了呢?都睡罢!不是还没有到你们起来的时候么?快快的,赶
　　快睡。（向着花和虫,)站住,不要跑!

　　　　（自然母的话,谁也不理,仍然大闹。)

春　母亲,我的云,我的桃色的云。（哭。)

秋和夏　冬姊姊偷了春儿的云哩。

母　阿呀,不得了,睡下,睡下!我的杖,我的杖呢?（向了虫,)停一
　　停,停一停,说是不要跑呵!

　　　　（谁也不理。雷鸣。秋的云也动弹起来,扰乱逐渐扩大。)

虫和花　春起来了,夏起来了,秋起来了!

　　　　（都向门拥挤着。在上面的世界里,听得歌声。)

母　唉唉,头里很异样了。（向了门,)为了爱,门关上罢。

　　　　（秋和夏的场面之前的幕同时垂下。花和虫都停住。)

燕子花　怎的？

向日葵　夏怎么了？

夏蝉　正以为夏是来了的呢。

秋虫们　的确见过秋天了的。

夏花们　不知道可是梦。

大众　是怎样一个奇怪的梦呵。

达理亚　那一伙春的畜生尽闹，所以闹成这样的罢。

春虫们　（也停在门前，）我们也还早呢。

蝇　虽然并没有什么早，然而下着雨哩。

　　　　（蛇和蜥蜴也浑身湿淋淋的从上面的世界回来。）

蛇　唉唉，好冷好冷。

蜥蜴　真吃了老大的苦了。

虫们　等一会罢。

黑蛇　不像蛇似的聪明，是不行的。

蜥蜴　然而不像蛇似的淋得稀湿，也不坏呵。

蛇　不要紧，就会干的。

玉蝉花　我们也仿佛还早呢。

牡丹　那自然。

铃兰百合　我们也等一会罢。

第 八 节

　　　（上面的世界里，春的花卉们成排的跳舞着，蛙和土拨鼠
　　也在那里奔走，而且唱歌。）

　　　春雨呀，春雨呀，相思的春雨呀。
　　　（花的合唱。）
　　　被春雨催起了，谁的根不欢喜，
　　　谁的花不快乐呢？

春的根是相思的；

春的花是美的。

（蛙的合唱。）

被春雨催起了，谁的胸不低昂，

谁将歌不歌唱呢？

爱之波，相思的爱之波；

恋的歌，美的恋的歌——听着春的雨。

（大众的合唱。）

被春雨催起了，谁没有朋友呢？

朋友的颜，又有谁不看呢？

春的友，相思的春的友，

友的颜，美的友的颜——春雨下来的时候。

樱　静静的，静静的，冬来哩。

　　　（冬进来，于是转北，向了男爵的府邸这面走。）

冬　唉唉，好大的雨，好大的雨呵。

桃色的云　（跟在那后面，）那却是我的雨呢，实在对不起。

冬　快点，快点。（跑去。）

　　　（花卉们唱歌。）

　　　云呀云，春的云，

　　　桃色的云，不要离开了我的春罢。

　　　（云略停，踌躇着。）

冬　畜生，住口！这已经不是春的云了，是我的云了，是我的云了。

　好，走罢。

　　　（云踌躇着。冬坚决的走去。）

冬　随意罢,不去也可以的。

云　去的去的。

　　　　(冬和云俱去。春子只穿一件寝衣,然而赤着脚,从屋里
　　迸跳出来,头发蓬松的散乱着,径奔二人走去的方向。春子
　　的母亲,夏子,秋子,都吃惊的在后面赶。)

春子　还我,还我。冬姊,还我罢。

母　(赶上春子,从背后拖住,)春儿,孩子呵,怎么了? 到那里去呢?

春子　(想逃出母亲的手中,挣扎着,)放手罢,母亲,放手。那男爵
　　的女儿冬儿,将我那桃色的云拿走了。放手罢。

母　春儿,孩子呵,这是昏话罢,那里有什么桃色的云呢。

　　　　(夏子和秋子也赶到,帮着春子的母亲,不使春子挣出。)

秋子　并没有什么桃色的云的呵。

夏子　这都是发热的昏话罢了。

春子　不的,不的。的确,那男爵的女儿偷了我那要紧的云去了。

夏子　唉唉,好不吓人的昏话。

秋子　(低声,)伯母,那事情春姑娘什么都知道?

母　(也用了低声,)本该还没有知道的。

秋子　总之,还是去请医生来罢?

母　哦哦,就这么罢。

秋子　这就请去。(跑去。)

夏子　给金儿打一个电报,不行?

母　唔,那么,就这么罢。

夏子　这就打去。(跑去。)

　　　　(母亲像抱小孩似的抱了春子,走进家里去。)

春子　我的云,我的桃色的云!(哭。)

第三幕

第一节

（场面同前。樱，桃，和此处各样的花都开着。下面的世界里，晚春的花和秋花，夏花，都睡在原地方。夏和秋的昆虫们也睡在花下。在先前一场的时候见得昏暗的门，这回却分明了。那门显出古城的情形。上面的世界正照着太阳，青空上有美丽的虹，远远的离了客座出现。池里有白鹄游泳。花间则春虫们恣意的跳舞着。说不定从那里，传来了水车的声音。也有小鸟的鸣声听到。蛙和蜥蜴在角落里分成两排，作跳马的游戏，闹着。只有雨蛙却惘然的立着，远眺着虹的桥。

听得花的歌。）

谁的根不欢喜呢，对那温暖的春日。
谁的花不快乐呢，对那美的青空。
谁的胸中不相思呢，对那七色的虹的桥。

（蛙们且跳且唱歌。）

太阳晃耀的一日，春的日，
和要好的朋友一同跳，是高兴的。
（合唱。）
不同跳，尤其高兴哩。

（昆虫们唱歌。）

　　　　　　虹的桥是美丽的；

　　　　　　虹的桥是相思的。

　　　　　　虹的桥上是想要上去的；

　　　　　　虹的桥上是想要过去的。

金线蛙　　唉唉,很美的桥。

大众　　这真美呀。

蜥蜴　　到那地方为止,跳一跳罢,看那一队先跳到。

大众　　跳罢,跳罢。

癞虾蟆　　那样的地方,跳得到的么?

蜥蜴　　并不很远呢。

绿蜥蜴　　就在那边。

大众　　来,跳罢。

蛙的群　　要跳也可以的。一,二,三!(都跳。)

雨蛙　　那边,那边,那桥的那边,就有幸福呢。

　　　　　(昆虫和花卉们一齐唱歌。)

　　　　　　那桥的那边有美的国,

　　　　　　相思的虹的国。

蝇　我本也想要飞到那边去……

春蝉　　大家一同飞一飞罢。

蜜蜂　　飞一飞原也好,但是做蜜忙呵。

胡蜂　　我也因为蜜的事务,正忙着。

蝇　我虽然幸而不是劳动者,但要自己飞到那边,却也不高兴呢,如
　　果有马,那自然骑了去也可以……

金色的蝶　　我们虽然也不是劳动者,可是须得练习跳舞哩。

银色的蝶　　因为是艺术家呵。

春蝉　这真不错，像我们似的艺术家，是全没有到虹的国里去的闲
　　工夫的。

蛇　倘是看的工夫，那倒还有。

蝇　所谓艺术这件事，并不是谁也能会的呀。

大众　那自然。

金线蛙　（离了列去追虫，）艺术家的小子们，单议论虹的国的工夫，
　　似乎倒不少。

虫们　唉唉，危险，危险。（逃去。）

蜥蜴　我们胜了，胜了。

蛙　说诳。

金线蛙　休息了之后，再玩一遍罢。

大众　好，再玩罢，再玩罢。

　　　　（蜥蜴的群都舒服的坐下。昆虫们又渐次出现，唱歌。）

　　　和了你，那桥上是想要过去的，

　　　和了你，那国里是想去居住的。

雨蛙　谁肯携带我到那国里去呢？

金线蛙　只有这一件，我是敬谢不敏的。

癞虾蟆　我也不敢当。

雨蛙　也并不想要你们携带呵。

金线蛙　唉唉，多谢。

雨蛙　能够带我到那地方去的，只有土拨鼠。

癞虾蟆　噢噢，那么全凭那小子去。

青蛙　唉唉，乏了，乏了。

　　　　（金线蛙一面噢，一面唱歌。）

　　　和要好的朋友谈天虽高兴，

546

（合唱。）
不谈天，尤其高兴呵。

（雨蛙也唱歌。）

我的人呵，相思的我的人呵。
等候着什么而不来的？
没有懂得恋的凄凉么，
没有知道胸的苦痛么？
快来罢，等候着，
我的人呵，相思的。

土拨鼠　（出来，）来了，来了。（但忽被日光瞎了眼，竦立着。）
雨蛙　快点，快点，到这里来。真不知道怎样的等候你呢。
　　　（土拨鼠摸索着，略略近前。）
雨蛙　快到这里来，看这青空罢。
　　　（于是唱歌。）

虹的桥是美的；
虹的国是相思的。

土拨鼠　我什么也看不见。
　　　（雨蛙唱歌。）

那桥上是想要上去的；
那桥上是想要过去的。

雨蛙　（向土拨鼠，）和你一同去的呵。

土拨鼠　然而我什么也看不见。

　　　　（合唱。）
　　　　那桥的那边有美的国，
　　　　相思的虹的国。

雨蛙　我就想住在那样的国里去，和你。

土拨鼠　（失望，）可是我什么也看不见，什么都不……

南蛙　（吃惊，）什么都不？

土拨鼠　什么都不！

雨蛙　连那青空？

土拨鼠　什么都不。

雨蛙　连那虹的桥？

土拨鼠　什么都不。我在这世界上，是瞎眼的。

雨蛙　说诳，说诳，这样明亮的白天，还说什么都看不见，有这样的
　　怪事的么？你在那里说笑话罢。来，睁开眼来看罢。

土拨鼠　不行的，什么也看不见。

　　　　（合唱。）
　　　　和了你，那桥上是想要过去的，
　　　　和了你，那国里是想去居住的。

雨蛙　那么，你不肯带我到虹的国里去么？

土拨鼠　并非不肯带你去，那是我所做不到的。我很愿意带你到无
　　论什么地方去，然而这事我现在做不到。我现在什么也看不见。
　　我虽然相信倘在这明亮的世界上，接连的住过多少年，我的眼睛
　　该可以和这光相习惯，但现在却不行！

548

（合唱。）

虹的桥是美的；

虹的国是相思的。

雨蛙　唉唉，可怜，我错了。我以为只有你是强者，能够很容易的带
　　我到虹的国里去，在长长的一冬之间，只梦着这一件事，只望着这
　　一件事而活着的呵。

（合唱。）

那桥上是想要上去的，

那桥上是想要过去的。

雨蛙　然而全都不行了。我竟想不到你是瞎眼。既然是瞎眼，为什
　　么到这世界来的？快回到黑暗的世界去罢。明亮的世界，并不是
　　瞎眼所住的世界呵。

（合唱。）

那桥的那边有美的国……

土拨鼠　略等一等罢，略略的。

（蛇的群进来。）

青蛇　有愿意上那虹的桥的，都到这边来。有愿意到那虹的国里去
　　的，都到这边来。

蛙的群　蛇，蛇，危险。（想要逃走。）

青蛇　放心罢，并不是平常蛇。全是学者。全是毫无私欲的蛇。因
　　为都是不吃鸟雀和虾蟆，是素食主义的，只吃草。

蛙的群　说不定……

金线蛙　相信不得的呵。

癞虾蟆　科学者里面也有靠不住的呵。

紫地丁　说是只吃草的蛇的学者哩,这可糟了。

一切花　是呵,真的。

蒲公英　有牛马,已经够受了。

菜花　况且素食主义又只管扩张到人类里去……

车前草　这似乎连蛇的学者也传染了。

一切花　这真窘哩,这真窘哩。

青蛇　蛇的学者们因为哀怜那些仰慕着虹的国的大众,所以定下决
　　心,来作往那国土里去的引导。

金线蛙　不知是否不至于将那些仰慕着虹的国的东西,当作食
　　料的?

雨蛙　可是,不是说,统统是不食蛙主义么?

金线蛙　学者的话,靠得住的么?

雨蛙　我是去的。带我去罢。

别的蛙　我也去,我也去。

金线蛙　我客气一点罢。

土拨鼠　雨蛙呵,也带我一同去罢。

雨蛙　这意思是要我搀了你去么?

土拨鼠　(低头,)哦哦。

雨蛙　说是永远这么着,一直到死,搀着你走么?

　　　　(土拨鼠默然。)

雨蛙　你以为这是我做得到的么? 以为我便是一直到死,便是住在
　　虹的国里,也能做瞎眼的搀扶者的么?

土拨鼠　只要如果相爱。

雨蛙　还说只要如果相爱哩,除了也是瞎眼的土拨鼠之外,怕未必
　　有相爱的罢,即使到了虹的国。(笑着走去。)

青蛇　快快的,快快的,到虹的国里去的都请过来,已没有再迟疑的

时候了。

（蛙们匆匆的聚集。那蛙群被蛇围绕着，绕场的走。场上听到歌声。）

　　　　　　虹的桥是美的，
　　　　　　虹的桥是相思的。
　　　　　　虹的桥上是想要上去的，
　　　　　　虹的桥上是想要过去的。

（那歌渐渐远去，隐约的消失。）

金线蛙　我远远的跟去瞧瞧罢。

土拨鼠　母亲，母亲，自然的母亲呀，给我眼睛，为了居住在明亮的世界上的缘故，给我眼睛罢！（倒在地上。）

一切花　好不可怜呵。

菜花　给遮一点阴，不要晒着太阳罢。

一切花　就这么办罢。（用叶遮了土拨鼠。）

　　　　（花卉们唱歌。）

　　　　　　谁的胸中不企慕呢，对那美的青空；
　　　　　　谁的心不相思呢，对那七色的虹的桥。

虫们　静静的，静静的，人类来了。

　　　　（都很快的躲去。）

第 二 节

（金儿和春子进来，挽着臂膊，暂时凝视着虹的桥。）

春子　我想，那桥的那边，是有着美的国土的。

金儿　不要讲孩子气的话,那不过是光的现象罢了。

春子　那该是的罢,然而我和你这样的走着,便仿佛觉得渐渐的接
　　　近了那国土。而且,又觉得被你带领着,过了那虹的桥,到那虹的
　　　国,是毫不费力的事似的。然而你不在,我便无论如何,总不能到
　　　那国土去。

金儿　为什么不能去呢?

春子　一个人到那边去,没有这么多的元气呵。(泪下。)

金儿　歇了罢,又是哭。真窘人,什么时候总是哭的,自己说了呆
　　　话,却又哭起来,你是怎样的一个没志气的女人呵。

春子　对不起,再不哭了。但是,金儿,我似乎觉得倘使你不在旁,
　　　便只能到那土拨鼠所住的黑暗的世界去。

金儿　又说呆话。

春子　你不在旁,我总是想着异样的事的。我是,时时很分明的看
　　　见那黑暗的土拨鼠所住的世界。而且,在那世界里,也分明的看
　　　见像关在牢狱里一样,住着昆虫,花卉,以及别的柔弱的东西。而
　　　且呵,金儿倘不在旁,我除了到那土拨鼠所住的黑暗的世界去之
　　　外,更没有别的路。这一节,也分明的觉着了。

金儿　你因为荏弱,所以这样想的。不强些起来,是不行的。这世
　　　间,并不是弱者的世界。在这世界上,弱者是没有生存的权利的。
　　　这世间,是强的壮健者的世界。像你刚才看见的一样,被蛇盘着
　　　的虾蟆,全都被蛇吞吃了。我们也就是被蛇盘着的虾蟆呵;我们
　　　倘不比蛇更其强,倘不到能够吃蛇这么强,便只有被蛇去吞吃罢
　　　了。强者胜,弱者败,强者生存,弱者灭亡,强者得食,弱者被食。
　　　春儿,你须得成一个强的壮健的女人才好。

春子　像那男爵的女儿似的?

金儿　对了,像那冬儿似的。

春子　可以的,一定可以的。我从今以后,每天练体操,浮水,赛跑,
　　　骑马,打枪,一定练成一个强壮的女人给你看。只是金儿倘不是

始终在我的身边，是不行的。金儿。

金儿　又说呆话。我是男人呢。我不是看护妇，也不是保姆。从今以后，我也还得成一个更强的男人。

春子　这虽然是如此，但和强者在一处，我也就会强起来的。

金儿　你以为我是强者，这可非常之错了。我也弱。我也正在寻强者。

春子　现在，寻到了罢。

　　　　（金儿默然，眼看着地面。）

春子　金儿，已经寻到了罢，那强者？

金儿　（在花丛中发见了土拨鼠，）土拨鼠，土拨鼠，好看的土拨鼠。

春子　这是我的土拨鼠，是我的东西。（敏捷的取了土拨鼠，抱在胸前，）来迎接我了么？我以为还早呢。

金儿　说什么梦话。交给我。

春子　不行，这是我的。这是来迎接我的。

金儿　胡说，说是交给我。（想要强抢。）

春子　不给的，不给的，不给的。你想拿去剥制罢。不给的。（拒绝。）

金儿　春儿，好好的听着我的话罢，你不是爱我的么？

春子　哦哦。

金儿　而我也爱你。

春子　真的？

金儿　自然真的。我曾经允许过一个朋友，一定给做一个土拨鼠的标本的。我的朋友，我的最爱的朋友，现正等候着呢。不是为我，却为了爱我的，最爱我的朋友，拿出这土拨鼠来罢。

春子　但是治死他，岂不可怜呢。

金儿　春儿，说这种伤感派的话，不觉得羞么？不成一个更坚实，更强的女人，是不行的。土拨鼠可怜等等，是心强的女人所说的话么？

春子　然而要交出来，却是不愿意呢。

金儿　我不是爱你的么？为了这爱，好罢。

春子　这我不知道。

金儿　我给你接一回吻，就将这交给我罢，你是好人儿呵。（于是接
　　吻）

　　　　（金儿再接吻。春子交出土拨鼠来，金儿接了往家里走。
　　春子跟在后面。）

春子　那最爱的朋友是谁？告诉我真话罢。

金儿　为什么？

春子　还说为什么，那朋友是女的？

金儿　女的又怎样呢？

春子　那名字是？

金儿　为什么要问？

春子　那名字，告诉我那女的名字罢。（激昂着。）

金儿　胡闹。（走进家里。）

春子　这女的是冬儿，是那男爵的女儿冬儿罢。将真话告诉我，将
　　真话告诉我。（哭着，跑进家里去。）

　　　　（听得花的歌。）

　　　　谁的根不欢喜呢，对那温暖的春日。
　　　　谁的花不快乐呢，对那美的青空。
　　　　谁的胸中不相思呢，对那七色的虹的桥。

　　　　（昆虫们跳舞。）

花们　土拨鼠好不可怜呵。

蜜蜂　那些不安分的池塘诗人们都给蛇吞吃了的话，真的么？

胡蜂　　真的呀。

虫们　　阿阿,高兴呵,高兴呵。

金色的蝶　　会有这样的好事情,难于相信的。

蝇　　虽然很想赶快去谢谢蛇……

虻　　没有虾蟆,我们真不知道要平安多少哩。

大众　　阿阿,高兴呵。

　　　　（都跳舞着唱歌。）

　　　　　　虾蟆和癞团,受了蛇学者的骗,吞掉了,
　　　　　　高兴呀,高兴呀。
　　　　　　听到这消息,谁的心不欢喜呢,
　　　　　　谁的脚不舞蹈呢,
　　　　　　谁的翅子不振动呢?
　　　　　　虾蟆和癞团,受了蛇学者的骗,吞掉了,
　　　　　　快意呀,快意呀。

金线蛙　　（跳出,）可恶的东西呀。并没有全给蛇吞去呢,剩下的还
　　有我呢。可恶的东西,这可要给吃一个大苦哩。

　　　　（拼命的追赶昆虫们。）

花们　　静静的,人类来了。

　　　　（昆虫们都躲去。）

第 三 节

　　　　（春子的母亲走到院子里。）

母　　到这里来,有话呢。

　　　　（金儿出来。两人都坐在草上。）

金儿　　伯母,无论怎么说,已经都不中用了。这问题早完了。

母 金儿，我的好孩子，你要给男爵的女儿做女婿去，也不是无理的。你想娶那标致的体面的姑娘来做新妇，也是当然的事。你已经厌了贫穷，耐不住穷人的学生生活了罢。你想要赶快的度那自由舒适的生活，这事在我比什么都分明懂得。但是金儿，我的宝贝的孩子，再一遍，只要再一遍，去想一想罢。

金儿 伯母，你还教我想一遍，我曾经几日几夜没有睡的想过，伯母怕未必知道罢。伯母深相信，我是天才，是聪明人，以为我一在学校毕了业，立刻便是一个像样的医生，能过适意的生活的。殊不知我并非天才。我也并没有别的才绪。我是一个最普通的平常人，不过比平常人尤其厌了贫穷罢了。伯母以为我是聪明人，虽然很感激，然而我其实并非聪明人。我是一个最普通的人。伯母，我是年青的呆子呵。我也如别人一样，愿意住体面的房屋，吃美味的东西，上等的葡萄酒也想喝，漂亮的衣服也想穿，自动车也想坐，也愿意和朋友们舒畅的玩笑着到戏园和音乐会去的。伯母，便是我，也年青的。我直到现在，除了度那学生生活，熬些生活的苦痛之外，全没有尝过什么味。毕业之后，仍得做一日事，才能够敷衍食用的生活，我已经不高兴了。我不希望这事。我愿意尝一尝舒畅的一切的快乐。这是我最后的希望，而这也就是结末了。这事在穷人是做不到的；倘不是有钱，这样的事，是做不到的。

母 住口，说出这样的话来，不羞么？为了阔绰的生活，到男爵家做女婿去，不觉得羞么？这模样，你还自以为是人么？你是不长进的东西了，畜生了。

金儿 伯母，并非为了阔绰，所以到男爵家去的。冬姑娘不但是一个体面的女儿，像伊一样的聪明女人也就少。伊似的深通学问的，便在男人中间也不多见呢。我尊敬伊；我从心底里爱着伊；即使和伊一同遭了不幸，也毫不介意的。

母 好，好，懂了，已经不要春子了罢。

金儿　伯母,并非不要春子。然而春姑娘还是孩子呢。况且,伯母,春姑娘不是肺结核么?

母　金儿,再听几句话罢。春子是比性命还爱你的。你一出去,春子的病怕要沉重起来,不远就会死罢。一定要死的。然而如果你仍旧住在家里,帮帮春子,那病也就好了。医生这样说过的。我也这样想。

金儿　伯母,我也是医生呢。那样的柔弱的孩子,是医不好的呵。春姑娘似的人,即使病好了,也无论到什么时候,总不能成一个壮健的强的女人的。还有,伯母,冬儿的事,春姑娘是已经知道的了。

母　你已经告诉了?

金儿　便不告诉,也已经知道的了。

母　唉唉,那可完了。

金儿　伯母,我愿意过健康的生活;我愿意要精神上肉体上,全都健康的强壮的友人。而且倘有了孩子,也想将那孩子养成强的壮健的孩子。这是我做男人的对于社会的首先的义务。

母　金儿,很懂了。无论什么时候,出去就是。

金儿　伯母宽恕我罢。便是我,也是年青的男人呢,并不是调理病人的看护手。调理病人这些事,在我是做不到的。(哭。)

母　哦哦,明白了。好罢好罢,不要哭,好孩子。(摩他的头。)

金儿　伯母,宽恕我罢。

母　哦哦,什么都宽恕你。好,不要哭了罢,好孩子。

金儿　伯母的恩,我是永远永远不忘记的。而且出去之后,还要尽了我的力量,使伯母和春姑娘能够安乐的过日子。使伯母能够带了春姑娘到什么地方去转地疗养的事,我也一定设法的。单是看护病人这一节,却恳你免了我。伯母,我还年青呢,而且我直到现在,还没有尝过人生的欢乐哩。

母　哦哦,很明白了。照着自己以为不错的做去罢。

金儿　伯母,宽恕我罢。在法律上,我已经是男爵家的人了。

母　哦,这很好。可是不要哭了,不要哭了罢,好孩子。(抱着金儿,
　　走进家里去。)

　　　　(昆虫们出现,于是唱歌。)

　　　　虹的桥是美的;

　　　　虹的国是相思的。

　　　　虹的桥上是想要上去的;

　　　　虹的桥上是想要过去的。

第 四 节

　　　　(下面的世界明亮起来。)

女郎花　谁在哭着哩。

桔梗　不知道可是人?

胡枝子　畜生罢了。

白苇　虽然不像牛……

芒茅　不知道可是狗?

珂斯摩　不一样的。

菊　也还是人类呵。

女郎花　为什么哭着的呢?

芒茅　不知道可是遭了洪水了。人类是很怕洪水的呵。

珂斯摩　不知道可是给飞虫叮了,听说那是很痛的。

菊　不知道可是毛虫爬进怀里去了,听说那是害怕的。

白苇　静静的。

　　　　(在上面的世界里,听得花的歌。)

胡枝子　春的小子们嚷嚷的闹,我最讨厌。

大众　对了。

桔梗　本来驯良些也可以。

558

白苇　那一伙是最会吵闹的。

胡枝子　而且最不安分。

珂斯摩　什么也没有知道，就想跳出世间去，嚷嚷的闹着，那是花的耻辱呵。

胡枝子　也没有什么一贯的思想。

达理亚　也没有经验。

菊　道德心又薄。

向日葵　连真的光在那里这一件事都不知道。

女郎花　真是可怜的东西呵。

胡枝子　不过是不安分的东西罢了。

月下香　凡是首先要跑到世上去的，大抵是趋时髦的东西呵。

珂斯摩　不是趋时髦，便是不安分。

菊　而且道德也薄。

玉蝉花　真的，就如樱姊姊似的。

达理亚　樱姊姊真没法，那么时髦，我便是一想到，也就脸红了。

牡丹　哼，有这样羞么？

珂斯摩　桃哥哥也是男人里面的耻辱。

牡丹　哼，这样的么？

白苇　藤姊姊也没法想。

月下香　便是踯躅姊姊，也一样的。

牡丹　哼哼，这样的么？

达理亚　而且那一伙，又都是很大的架子呢。

菊　因为是下等社会的东西呵。

达理亚　在那样的社会里，仿佛无所谓羞耻似的。

铃兰　静静的罢，姊姊们倘听到，要骂的。

别的花　对了。

胡枝子　不要紧的，不安分的和时髦的东西，会有羞耻么？全没有什么思想。

珂斯摩　也不懂什么道理。

达理亚　也没有经验。

菊　道德又薄。

女郎花　真是可叹的东西呵。

胡枝子　不过是不安分的东西罢了。

珂斯摩　无论是不安分，是时髦，总之头里和心里，都是精空的。

大众　是呵。

月下香　凡是时髦的一定是下流。

达理亚　上等的是不肯时髦的。

珂斯摩　上等的对于时髦的事和趋时的东西，都轻蔑的。

大众　是呵。

牡丹　对于说些不安本分的话的东西，也轻蔑的呢。

珂斯摩　那是谁呀？

牡丹　我呵。

燕子花　阿阿，静静的罢。

达理亚　招人争吵，是全不知道礼数的下流东西所做的事罢了，
　　我想。

珂斯摩　小心着罢！

燕子花　招人争吵，只有那些下等的全没有什么教育的东西罢了。

胡枝子　这是只有春初的小子们，或是夏初的小子们的。

达理亚　那便是经验不够的明证呵。

菊　那便是道德不很发达的证据了。

向日葵　那正是不知道光在那里的第一明验。

大众　静静的。

　　　　　（土拨鼠祖父和祖母进来。）

祖父　春要什么时候才去呢？

祖母　春是不见得要去，也不听得要去呵。

祖父　春再长住下去，孩子们都要古怪了。

祖母　总得想点什么法才好。

祖父　那小子那里去了？

祖母　想起来，也许是跑到外面去了罢。

　　　（蜥蜴从上面的世界里跑来。）

蜥蜴　不得了，不得了，那黑土拨鼠呵，那年青的，曾经给我们叫起春来的那土拨鼠，给人类捉去了。

祖母　阿呀，也竟是跑到外面去了呵。

祖父　真么？

蜥蜴　千真万真。还听说要剥制了，送给男爵的女儿做礼物呢。

祖父　唉唉，这全是春的小子们的造孽。因为花和虫始终赞美着太阳的世界，所以到了这田地了。

祖母　对咧，孩子听到了，便总是想出去，想出去，没有法子办。

祖父　是的，已没有再迟疑的工夫了。倘不吃尽了那些春的小子们的根，土拨鼠的孩子们不知道要成什么样子哩。

祖母　是呵。

祖父　来，赶快。（开始去吃花卉的根。）

花们　（在上面的世界里叫喊，）母亲，春姊姊！

　　　（春的王女穿着美的，而且质朴的农服出现。头戴花的冠，带上挂着桃色的灯笼，右手是小锹，左手是自然母拿过的杖。春的王女挥着杖。紫藤和踯躅开起花来。）

春　闹什么？

花们　土拨鼠，土拨鼠在啃我们的根哩。

春　讨厌的东西呵。（开了门，到下面的世界里。开了灯笼，在那里看见永久不灭的光。为那光所照耀，下面的世界显得很奇妙。看见土拨鼠，）这淘气是什么事呢？赶快歇了罢！

祖父　但是，那些小子们整天的赞美着太阳。土拨鼠的孩子们的脾气都古怪了。

祖母　因此我的孙儿也跑出外面去了。而且被人类捉去了。还听
　　说要剥制他,送给男爵的女儿做礼物呢。

春　不的。你们的孙儿是做了冬姊姊的俘虏了。但是我去给你们
　　讨回他来,静着罢。(走近秋这方面,叩门,)为爱而开,为爱而开,
　　为爱而开。

　　　　　(土拨鼠去。门静静的开,秋的场面出现。秋风凄凉的
　　　　吹笛。红叶静静的下坠。)

春　姊姊,我已经来了。准备好了没有?

秋　(带上挂着紫的灯笼,出来,)哦哦,就去的。

　　　　　(秋的花卉和昆虫们,喊着"秋来了",在秋的场面上
　　　　出现。

　　　　　蜻蜓跳舞着唱歌。)

　　　　　喂,早早的,来呵早早的。

　　　　　寒蝉呀,金铃子呀,

　　　　　出去罢,游玩罢。

秋　不安静些,是不行的。又要给母亲叱骂的呵。

　　　　　(昆虫们静静的跳舞。)

秋　(走向夏这方面,叩门,)为爱,为爱。

　　　　　(门开。夏的场面再现。清冷的泉声。)

春　夏姊,准备好了?

夏　(挂着绿的灯笼,出来,)已经好了。

　　　　　(夏的花卉和昆虫们在夏的场面上走,而且唱歌。)

　　　　　风呀风,夏的风,

　　　　　便是微微的,也吹一下罢,吹一下罢。

（夏风挥扇。起了调和的铃声。听到渴睡似的牧童的角笛。）

夏　不再驯良些,可不行,那是又要给母亲叱骂的呢。

（都向左手的门这方面走。

被三个灯笼照着的下面的世界,显得很玄妙。）

夏　好不黑暗呀。

秋　不要紧的,就到了。

春　（抖着,）唉唉,好怕。

秋　不要紧的,有姊姊们在这里呢,振作些罢。

（都近了门。）

秋　为憎而开罢。

（门静静的开。）

第五节

（在昏暗中,看见戴雪的松树和杉树。冰雪在昏暗中奇异的发光。三人都进内。被三个灯笼照耀着,那场面见得庄严。春夏秋的场面和下面世界的三个场面,一时都在客座上看见。）

夏　唉唉,冷呵。

春　我要死了。

秋　不要紧的。

（秋用自己的氅衣遮盖二人。二人拥抱秋。）

秋　再抱紧一点罢。

（三人都藏匿了自己的灯笼。）

夏　什么也看不见呵。

秋　静静的。

（极光晃耀起来,当初见得很远,很小,很弱,渐次的扩

大，不多时，一切场面便全浴了极光的奇妙的光，一切东西都
　　绚烂如宝石。)

夏　(用手掩眼,)眼睛痛呵。

春　看见了什么没有？

秋　哦哦,静静的。

　　　　(看见冬的王女在雪中间,坐在冰的宝座上。那身上是
　　海狸的衣,两足踏在白云上。前面生着少许火。)

夏　冬姊姊在和谁说话哩。

秋　哦哦,静静的。

　　　　(冬背向着看客,没有觉到三人的到来。)

冬　你在先前,曾经想要咬过我呢。你还记得向我扑来的事么？阿
　　阿,忘了？然而那样无礼的事,我是不忘记的。

　　　　(冬用手毁打着什么模样。听到声音。)

声音　唉唉,不要虐待了罢,赶快杀了我……

冬　不必忙的。

声音　唉唉,冷呵,冷的手。

夏　唉,可怜见的……

春　唉唉,那是土拨鼠,是叫起我来的土拨鼠呵。

秋　静静的。

冬　还有,查出了魔术的句子的是谁呢？你不知道罢？然而这边是
　　分明知道的。

声音　唉唉冷呵,我已经冻结了。

冬　到冻结,还早哩。我还要给你温暖起来呢。

　　　　(冬将土拨鼠烘在火旁,这才为看客所见。)

冬　使你冻结,是没有这么急急的必要的。慢慢的办也就行。唔,
　　暖和了罢？现在到这里来,我要爱抚你。

土拨鼠　赶快杀了我罢,拜托。

冬　在这里肯听你的请托的,可是一个也没有呢,不将这一节明白,是不行的。

夏　唉唉,可怜呵。

冬　(赶忙用氅衣遮了土拨鼠,转向门口,)在这里的是谁?

秋　是我们。

冬　谁?唉唉,妹子们么?好不烦厌呵,来做什么的?

春　姊姊,我今年起得太早,对不起了,请你宽恕罢。

冬　年年总一样,还说对不起对不起哩,青青年纪,却带了一伙什么也不懂得的胡涂东西们发狂似的跑到门外去,嚷嚷的吵闹,这是怎么一回不雅观的事呢。

春　对不起了,宽恕我罢。

夏　姊姊,恳你饶了妹子罢。

秋　我也恳你。自然母亲也恳你。

冬　真烦,真烦,你们究竟来干什么的?

春和夏　(发着抖,)唉唉,冷呵,冷呵。

冬　这里冷,是当然的。倘冷,可以不到这里来,谁也没有叫你们呢。究竟来干什么?

秋　姊姊,请你不要生气罢。

春　姊姊,请你还了桃色的云罢。

冬　(笑,)还了桃色的云?不行,不行,不还的。

春　姊姊,还了罢。

冬　说过不行的了,真不懂事。

秋　姊姊,大家都恳你。自然母亲也恳你。

冬　真烦腻。但是,要还桃色的云也可以,可是你有什么和我兑换呢?

春　什么都给。将那熏风奉上罢。

冬　什么熏风等辈,是不要的。

夏　送了七草也可以罢。

秋　　还有梅花。

春　　虽然可怜,送了也可以的。

冬　　还说可怜。胡涂呵。这边却还不至于这么胡涂,会肯要那样的
　　　无聊东西呢。梅花和七草,都尽够了。

夏　　还是冬姊姊想要什么,再送什么罢。

秋　　这虽然是为难的事……

春　　哦,就送姊姊想要的东西罢。

冬　　是了。在你这里,听说有美的虹的桥呢。

春　　哦哦。

冬　　说是过了那桥,便能到幸福的国的。

春　　哦哦,能到虹的国的。

冬　　我是,想要过了虹的桥,到那虹的国里去了。倘将那桥送给我,
　　　我虽然不情愿,也还可以还了桃色的云。

秋和夏　阿呀,虹的桥那里可以送给呢。

春　　这是不可以的,没有这桥,便是我,也就什么地方都不能去了。

冬　　这全在你,随便罢,如果不情愿。我并没有说硬要索取呢。然
　　　而桃色的云是不还的。

春　　姊姊!

冬　　我以为你是只要有了桃色的云,便什么地方都不必去了的。
　　　……随你的便罢!

春　　姊姊!

冬　　快回去罢。好麻烦!

夏和秋　姊姊!

冬　　事情已经完了罢。回去,麻烦。

三人　姊姊!

冬　　不回去么?来,风,酿雪云。

　　　　　　(风和酿雪云出现。下雪,发风。)

三人　唉唉,冷呵,冷呵。

秋　虽然可怜,给了怎样?

夏　虽然实在可怜,必要的时候,借了我那虹的桥去也可以的。

冬　还在胡缠么? 来,风吹雪。

　　　　（风吹雪的声音。）

夏和秋　姊姊,等一等罢。

冬　（向了风吹雪,）等一等。什么?

夏　（向了春,）给了罢,虽然可怜。

秋　桃色的云和虹的桥那一样好,赶快决定罢。

春　可是,两样都是必要的呵。

冬　喂,风吹雪。

　　　　（风吹雪近来。）

夏　等一等罢,姊姊。

冬　我没有和你们胡缠的工夫呢。

　　　　（风吹雪进来。）

三人　姊姊,等一等罢。

冬　烦腻的人呵!（向了风吹雪,）等一会。

春　姊姊,答应了。

冬　你们也都听到了罢,说过是虹的桥从此交给我,倘此后还向母
　　亲去说费话,是不答应的呵。懂了?

三人　哦哦。

冬　是了,桃色的云,这里来。春妹来迎接你了。

　　　　（云进来。

　　　　然而,这已经并非桃色,却是近于灰色的云了。但一见,
　　还可以确然知道是先前的美少年,而且也和先前一样,总有
　　什么地方给人以医学生的感得。只是那脸几乎成了灰色,眼
　　眶则显出青色的圆圈,而且头顶也似乎秃起来了。在他一切
　　动作上,脸的表情上,都能看出非常堕落的情形;在脸上,又

现出已经染了喝酒和狎妓的嗜好模样。在他肩上,见有可怕的龙。

三人都吃惊,倒退。)

春 （几乎跌倒,)交出了我那桃色的云来,交出了我那先前的桃色的云来罢。

冬 （笑,)胡涂呵,你真是胡涂虫了。你以为桃色的云,是能够永远是桃色的云的? 真胡涂呵。（向了云,)春妹已经不认识你。说是成了灰色,头也有些秃,已经不是天真烂漫的美少年了。

（桃色的云凄凉的低了头看着下面。）

冬 而且你那最要紧的朋友,仿佛也并不中春的意呢。因为是孩子呵。你虽然还年青,谅比大人尤其懂得人生罢。

春 姊姊,云已经不要了。将土拨鼠还我罢,那可怜的土拨鼠。

冬 这回说是还你土拨鼠? 不要胡说。你以为我能够涵容你的任性,可是错了。

（自然母亲进来。）

自然母 冬儿,还了土拨鼠。妹子是不当欺侮的。

夏和秋 姊姊,还了罢,还了罢。（都近冬去。）

冬 不要胡说。还的么? 喂,风吹雪。

（风吹雪暴烈起来。）

夏 喂,云。

（背在龙脊上的夏云出现。动雷。）

秋 来,秋风。

（秋风出现。都逼冬。）

夏和秋 姊姊,还了罢,还了罢。

冬 （防卫着自己,)还的么?

（北风,西北风,落叶风,一一进来。场面上发生了非常的大混乱,有可怕的雷声,电闪。在先前的夏的场面——绿

幕内——的夏虫和花,秋的场面——紫幕内——的秋虫和
　　花,都吃了大惊,向门口跑去。)

虫和花　不得了了,不得了了。

　　　　(然而在上面的场面里,却太阳静静的照耀。青空上看
　　不见一片云。美的虹的桥仍然挂在空际。春的昆虫们在那
　　里跳舞,唱歌。)

　　　　虹的桥的那边,有着美的国⋯⋯

　　　　(在下面的世界里,自然母亲挥着杖。)

母　歇了罢,歇了罢,宇宙不知道要怎么样了。

冬　管什么宇宙。宇宙如果没有了,那顶好。

春　取到了,取到了。

　　　　(春取了土拨鼠逃走。夏和秋跟着逃走。)

冬　到过一回我的手里的东西,便是取了去,也早是不中用的了。
　(讥讽的笑。)

　　　　(可怕的雷声。暴风雨声。)

母　(挥着杖。)为爱,为爱。

　　　　(门一时俱合。)

花们　唉唉,可怕极了。

胡枝子　究竟那是怎么一回事呢?

芒茅　不知道可是洪水?

珂斯摩　确乎动了雷的。

桔梗　秋风也发过了。

女郎花　不说罢,又给听到,便糟了。

蜻蜓　不去看一看外面的样子来么?那地方仿佛也不见得这么可
　怕似的。

虫和花　看去罢,看去罢。(都向外走,近门。)

　　　　(土拨鼠出现。)

祖父　孙子不知道怎么了。

祖母　似乎得了救哩。

祖父　到门口去望一望罢。

祖母　去也好,可是险呵,人类也走着,猫头鹰也飞着。

祖父　不要紧,只在门口。

　　　　(二人和花卉们一同站在门口向外看。)

第六节

　　　　(上面的世界里,春子,夏子,秋子从家里跑出,金儿在伊
　　们的后面追着出现。)

春子　取到了,取到了。

金儿　还我罢,还我。

夏子　还的么? 奸细。

秋子　男爵的狗。

春子　(将土拨鼠交给夏子,)赶快的拿到稳当地方去罢。

夏子　(接过土拨鼠来,)出了社会主义者的丑,不觉得羞么?

秋子　做了富家的狗,恭喜恭喜。

夏子　畜生!

秋子　富家的狗子。

　　　　(两人叠连的说着,走去。)

金儿　(赶上春子,想要打,)说了还我还我,昏人。

春子　早已去了。什么也没有了。

金儿　畜生!(批春子的颊。)

春子　再打也好。我实在错了。将那么可怜的动物交给你去杀掉,
　　是怎样的残酷的事呢。为了冬儿,那男爵的女儿,为了剥制,交付

570

了那么可怜的动物，我实在错了。

金儿　昏人。你怨恨冬儿，所以这样说的罢。

春子　不不，怨恨之类是一点也没有。

金儿　说诳。冬儿比你美，比你健壮，而且比你聪明，所以你只艳羡
　　只艳羡，至于没法可想了。

春子　不不，没有这样的事。便是美，便是壮健，都毫没有什么的。

金儿　因为我爱着冬儿，你因此憎恶着那人罢了。我是仔细的看着
　　你的心的。

春子　憎恶倒也并不……

金儿　我只得和你绝交了。我从此走出这家里，不再回来了。忘了
　　我就是，因为我也要立刻忘掉你。保重罢。（向了男爵的邸宅静
　　静走去。）

春子　金儿，金儿，金儿……

　　　　（金儿略略回顾。）

春子　保重罢，冬姑娘面前给我问问好。

　　　　（金儿走去。

　　　　花和虫唱歌。）

　　　　云呀云，春的云，桃色的云，
　　　　不要离开了我的春罢。

春子　金儿，金儿。（向前追去。）

　　　　（金儿站住，又回顾。）

春子　（也立刻站住，）保重罢，冬姑娘那里问问好。

　　　　（金儿走去。

　　　　花和虫唱歌。）

友呀友，春的友，桃色的友，

永是这么着，无论怎么着，

不要离开了我的春罢。

春子　（又追去，）金儿，金儿，金儿。

　　　（金儿进了对面的邸宅里，看不见了。春子坐在樱树下
　　的草上。）

春子　金儿，金儿，金儿。（剧烈的咳嗽，于是吐血。）

　　　（樱花的瓣落在伊身上。听得杜鹃的啼声；水车的幽静
　　的声响。与风的竖琴合奏着，听到白鹄们的歌声。）

梦要消了……就在这夜里，

我的魂也消了罢。

朋友的心变了的那一日，

我的魂呀，离开了世间罢。

　　　（春子的母亲进来。）

母　春儿，春儿，我的心爱的孩子呵。（将春子坐在膝上，泡向自己
　　的胸前。又将自己的颊偎着春子的颊，哭泣起来，）春儿，春儿，
　　我的心爱的孩子呵。

春子　母亲，我终于，被冬儿，那男爵的女儿，取了桃色的云去了。

　　（于是咳嗽，又吐血。）

母　春儿，我的可怜的孩子。

　　　（秋子和夏子拿着土拨鼠进来。）

夏子　想放他走，却已经是死了的。

母　因为在太阳光下晒得太久了呵。

春子　拿到这里来罢。

572

夏子　要这做什么呢？（交去。）

春子　（抱了土拨鼠，）这是，那下面世界的使者呵。来迎接我的。
　　（于是吐血。）

　　　　（花的歌。）

　　　　　人类的儿，不要哭，不要悲伤罢，
　　　　　美的梦，相思的梦，
　　　　　是不离清白的心的，永是这么着。

春子　夏姑娘，秋姑娘，我终于，被冬儿，被那男爵的女儿，取了桃色
　　的云去了。败在那男爵的女儿的手里了。（吐血。）

　　　　（秋子，夏子都哭。）

夏子　不要再睬这些罢。

秋子　早早的忘了那奸细罢。

　　　　（虫的歌。）

　　　　　人类的儿，不要哭，不要悲伤罢，
　　　　　为了好人儿，美丽的花是不枯的，
　　　　　永是这么着，永是这么着。

春子　那虹的桥已经消下去了。（诵俳句：）
　　和消散的虹一齐的，连着我的虹。

夏子　为了那富家的狗，是用不着伤心的。

秋子　将那富家的狗子立刻忘了罢。

　　　　（花和虫一齐唱歌。）

　　　　　人类的儿，不要哭，不要悲伤罢，

> 好人儿的心里,眷恋的春是不逝的,
>
> 永是这么着,永是这么着。

春子　母亲,就只是使那虹不要消去罢。夏姑娘,秋姑娘,单是那
　　虹,不要给消去。那虹的桥一消掉,我便什么地方都不能去了。
　　除了那黑暗的下面的世界之外,什么地方都不能去了。母亲,就
　　只是使那虹不要消去罢。(吐血。)

夏子　伯母,这是谵语罢?

　　　　(母以点头回答。)

秋子　去请医生来罢?

母　医生是已经不要了。

秋子和夏子　只是,伯母?

虫和花　(祈祷,)恳切的神呵!

花们　花的神。

虫们　虫的神。

土拨鼠　土拨鼠的神呀。

大众　以幸福与欢喜,给人类的儿罢。

春子　夏姑娘,秋姑娘,哭是不行的。我已经决意了。我决意,拼到
　　那下面的黑暗的世界去了。然而我不死。我是不会死的。谁也
　　不能够致死我。我是不死者。我是春呵。

夏子　唉唉,异样的谵语。

秋子　伯母,请医生来罢?

母　医生是已经不要了。

春子　我现在虽然去,可是还要来的。我每年不得不到这世上来。
　　每年,我不得不和那冷的心已经冻结了的冬姊姊战斗。为了花,
　　为了虫,为桃色的云,为虹的桥,为土拨鼠,我每年不得不为一切
　　弱的美的东西战斗。假使我一年不来,这世界便要冰冷,人心便
　　要冻结,而且美的东西,桃色的东西,所有一切,都要变成灰色的

574

罢。我是春。我并不死。我是不死的。

（从男爵的邸宅里，传出竖琴的声音来。）

春子　（起来，）金儿，金儿，金儿，保重，冬姑娘那里问问好。上面的
　　世界，光明的世界，告别了。然而又来的呢。我并不死。我是春。
　　我是不死的。（跌倒。）

夏子和秋子　伯母，伯母。（弯身，将脸靠近春子。）

　　（樱花零落。杜鹃的啼声。虹的桥渐渐消去。从男爵的
　　邸宅里，不住的响着竖琴的声音。）

　　　　虹的桥是美的，

　　　　虹的桥是相思的。

　　　　虹的桥上是想要上去的，

　　　　虹的桥上是想要过去的。

（和花卉昆虫们的歌声一同，幕静静的下。）

　　　　原载 1922 年 5 月 13 日至 6 月 25 日《晨报副刊》。1923
年 7 月，由北京新潮社作为"文艺丛书"之一出版，同时北新
书局据此版纸型重印。1934 年 10 月改由上海生活书店
印行。

六月

本月

白　光

　　陈士成看过县考的榜，回到家里的时候，已经是下午了。他去得本很早，一见榜，便先在这上面寻陈字。陈字也不少，似乎也都争先恐后的跳进他眼睛里来，然而接着的却全不是士成这两个字。他于是重新再在十二张榜的圆图里细细地搜寻，看的人全已散尽了，而陈士成在榜上终于没有见，单站在试院的照壁的面前。

　　凉风虽然拂拂的吹动他斑白的短发，初冬的太阳却还是很温和的来晒他。但他似乎被太阳晒得头晕了，脸色越加变成灰白，从劳乏的红肿的两眼里，发出古怪的闪光。这时他其实早已不看到什么墙上的榜文了，只见有许多乌黑的圆圈，在眼前泛泛的游走。

　　隽了秀才，上省去乡试，一径联捷上去，……绅士们既然千方百计的来攀亲，人们又都像看见神明似的敬畏，深悔先前的轻薄，发昏，……赶走了租住在自己破宅门里的杂姓——那是不劳说赶，自己就搬的，——屋宇全新了，门口是旗竿和扁额，……要清高可以做京官，否则不如谋外放。……他平日安排停当的前程，这时候又像受潮的糖塔一般，刹时倒塌，只剩下一堆碎片了。他不自觉的旋转了觉得涣散了的身躯，惘惘的走向归家的路。

　　他刚到自己的房门口，七个学童便一齐放开喉咙，吱的念起书来。他大吃一惊，耳朵边似乎敲了一声磬，只见七个头拖了小辫子

576

在眼前幌，幌得满房，黑圈子也夹着跳舞。他坐下了，他们送上晚课来，脸上都显出小觑他的神色。

"回去罢。"他迟疑了片时，这才悲惨的说。

他们胡乱的包了书包，挟着，一溜烟跑走了。

陈士成还看见许多小头夹着黑圆圈在眼前跳舞，有时杂乱，有时也排成异样的阵图，然而渐渐的减少，模胡了。

"这回又完了！"

他大吃一惊，直跳起来，分明就在耳朵边的话，回过头去却并没有什么人，仿佛又听得嗡的敲了一声磬，自己的嘴也说道：

"这回又完了！"

他忽而举起一只手来，屈指计数着想，十一，十三回，连今年是十六回，竟没有一个考官懂得文章，有眼无珠，也是可怜的事，便不由嘻嘻的失了笑。然而他愤然了，蓦地从书包布底下抽出誊真的制艺和试帖来，拿着往外走，刚近房门，却看见满眼都明亮，连一群鸡也正在笑他，便禁不住心头突突的狂跳，只好缩回里面了。

他又就了坐，眼光格外的闪烁；他目睹着许多东西，然而很模胡，——是倒塌了的糖塔一般的前程躺在他面前，这前程又只是广大起来，阻住了他的一切路。

别家的炊烟早消歇了，碗筷也洗过了，而陈士成还不去做饭。寓在这里的杂姓是知道老例的，凡遇到县考的年头，看见发榜后的这样的眼光，不如及早关了门，不要多管事。最先就绝了人声，接着是陆续的熄了灯火，独有月亮，却缓缓的出现在寒夜的空中。

空中青碧到如一片海，略有些浮云，仿佛有谁将粉笔洗在笔洗里似的摇曳。月亮对着陈士成注下寒冷的光波来，当初也不过像是一面新磨的铁镜罢了，而这镜却诡秘的照透了陈士成的全身，就在他身上映出铁的月亮的影。

他还在房外的院子里徘徊，眼里颇清净了，四近也寂静。但这寂静忽又无端的纷扰起来，他耳边又确凿听到急促的低声说：

"左弯右弯……"

他耸然了,倾耳听时,那声音却又提高的复述道:

"右弯!"

他记得了。这院子,是他家还未如此雕零的时候,一到夏天的夜间,夜夜和他的祖母在此纳凉的院子。那时他不过十岁有零的孩子,躺在竹榻上,祖母便坐在榻旁边,讲给他有趣的故事听。伊说是曾经听得伊的祖母说,陈氏的祖宗是巨富的,这屋子便是祖基,祖宗埋着无数的银子,有福气的子孙一定会得到的罢,然而至今还没有现。至于处所,那是藏在一个谜语的中间:

"左弯右弯,前走后走,量金量银不论斗。"

对于这谜语,陈士成便在平时,本也常常暗地里加以揣测的,可惜大抵刚以为可通,却又立刻觉得不合了。有一回,他确有把握,知道这是在租给唐家的房底下的了,然而总没有前去发掘的勇气;过了几时,可又觉得太不相像了。至于他自己房子里的几个掘过的旧痕迹,那却全是先前几回下第以后的发了怔忡的举动,后来自己一看到,也还感到惭愧而且羞人。

但今天铁的光罩住了陈士成,又软软的来劝他了,他或者偶一迟疑,便给他正经的证明,又加上阴森的催逼,使他不得不又向自己的房里转过眼光去。

白光如一柄白团扇,摇摇摆摆的闪起在他房里了。

"也终于在这里!"

他说着,狮子似的赶快走进那房里去,但跨进里面的时候,便不见了白光的影踪,只有莽苍苍的一间旧房,和几个破书桌都没在昏暗里。他爽然的站着,慢慢的再定睛,然而白光却分明的又起来了,这回更广大,比硫黄火更白净,比朝雾更霏微,而且便在靠东墙的一张书桌下。

陈士成狮子似的奔到门后边,伸手去摸锄头,撞着一条黑影。他不知怎的有些怕了,张惶的点了灯,看锄头无非倚着。他移开桌子,用锄头一气掘起四块大方砖,蹲身一看,照例是黄澄澄的细沙,揎了袖爬开细沙,便露出下面的黑土来。他极小心的,幽静的,一锄一锄往下掘,然而深夜究竟太寂静了,尖铁触土的声音,总是钝重的不肯瞒人的发响。

土坑深到二尺多了,并不见有瓮口,陈士成正心焦,一声脆响,颇震得手腕痛,锄尖碰着什么坚硬的东西了;他急忙抛下锄头,摸索着看时,一块大方砖在下面。他的心抖得很利害,聚精会神的挖起那方砖来,下面也满是先前一样的黑土,爬松了许多土,下面似乎还无穷。但忽而又触着坚硬的小东西了,圆的,大约是一个锈铜钱;此外也还有几片破碎的磁片。

陈士成心里仿佛觉得空虚了,浑身流汗,急躁的只爬搔;这其间,心在空中一抖动,又触着一种古怪的小东西了,这似乎约略有些马掌形的,但触手很松脆。他又聚精会神的挖起那东西来,谨慎的撮着,就灯光下仔细的看时,那东西斑斑剥剥的像是烂骨头,上面还带着一排零落不全的牙齿。他已经悟到这许是下巴骨了,而那下巴骨也便在他手里索索的动弹起来,而且笑吟吟的显出笑影,终于听得他开口道:

"这回又完了!"

他栗然的发了大冷,同时也放了手,下巴骨轻飘飘的回到坑底里不多久,他也就逃到院子里了。他偷看房里面,灯火如此辉煌,下巴骨如此嘲笑,异乎寻常的怕人,便再不敢向那边看。他躲在远处的檐下的阴影里,觉得较为平安了;但在这平安中,忽而耳朵边又听得窃窃的低声说:

"这里没有……到山里去……"

陈士成似乎记得白天在街上也曾听得有人说这种话,他不待再听完,已经恍然大悟了。他突然仰面向天,月亮已向西高峰这方面隐去,远想离城三十五里的西高峰正在眼前,朝笋一般黑魆魆的挺立着,周围便放出浩大闪烁的白光来。

而且这白光又远远的就在前面了。

"是的,到山里去!"

他决定的想,惨然的奔出去了。几回的开门声之后,门里面便再不闻一些声息。灯火结了大灯花照着空屋和坑洞,毕毕剥剥的炸了几声之后,便渐渐的缩小以至于无有,那是残油已经烧尽了。

"开城门来～～～～"

含着大希望的恐怖的悲声,游丝似的在西关门前的黎明中,战战兢兢的叫喊。

第二天的日中,有人在离西门十五里的万流湖里看见一个浮尸,当即传扬开去,终于传到地保的耳朵里了,便叫乡下人捞将上来。那是一个男尸,五十多岁,"身中面白无须",浑身也没有什么衣裤。或者说这就是陈士成。但邻居懒得去看,也并无尸亲认领,于是经县委员相验之后,便由地保抬埋了。至于死因,那当然是没有问题的,剥取死尸的衣服本来是常有的事,够不上疑心到谋害去;而且仵作也证明是生前的落水,因为他确凿曾在水底里挣命,所以十个指甲里都满嵌着河底泥。

一九二二年六月。

原载 1922 年 7 月 10 日《东方杂志》第 19 卷第 13 号。

初收 1923 年 8 月北京新潮社版"文艺丛书"之一《呐喊》。

端 午 节

方玄绰近来爱说"差不多"这一句话,几乎成了"口头禅"似的;而且不但说,的确也盘据在他脑里了。他最初说的是"都一样",后来大约觉得欠稳当了，便改为"差不多"，一直使用到现在。

他自从发见了这一句平凡的警句以后，虽然引起了不少的新感慨，同时却也得到许多新慰安。譬如看见老辈威压青年，在先是要愤愤的，但现在却就转念道，将来这少年有了儿孙时，大抵也要摆这架子的罢，便再没有什么不平了。又如看见兵士打车夫，在先也要愤愤的，但现在也就转念道，倘使这车夫当了兵，这兵拉了车，大抵也就这么打，便再也不放在心上了。他这样想着的时候，有时也疑心是因为自己没有和恶社会奋斗的勇气，所以瞒心昧己的故意造出来的一条逃路，很近于"无是非之心"，远不如改正了好。然而这意见，总反而在他脑里生长起来。

他将这"差不多说"最初公表的时候是在北京首善学校的讲堂上，其时大概是提起关于历史上的事情来，于是说到"古今人不相远"，说到各色人等的"性相近"，终于牵扯到学生和官僚身上，大发其议论道：

"现在社会上时髦的都通行骂官僚，而学生骂得尤利害。然而官僚并不是天生的特别种族，就是平民变就的。现在学生出身的官僚就不少，和老官僚有什么两样呢？'易地则皆然'，思想言论举动丰采都没有什么大区别……便是学生团体新办的许多事业，不是也已经难免出弊病，大半烟消火灭了么？差不多的。但中国将来之可虑就在此……"

散坐在讲堂里的二十多个听讲者，有的怅然了，或者是以为这话对；有的勃然了，大约是以为侮辱了神圣的青年；有几个却对他微笑了，大约以为这是他替自己的辩解：因为方玄绰就是兼做官僚的。

而其实却是都错误。这不过是他的一种新不平；虽说不平，又只是他的一种安分的空论。他自己虽然不知道是因为懒，还是因为无用，总之觉得是一个不肯运动，十分安分守己的人。总长冤他有神经病，只要地位还不至于动摇，他决不开一开口；教员的薪水欠到大半年了，只要别有官俸支持，他也决不开一开口。不但不开口，当教员联合索薪的时候,他还暗地里以为欠斟酌,太嚷嚷;直到听得同僚过分的奚落他们了,这才略有些小感慨,后来一转念,这或者因为自己正缺钱,而别的官并不兼做教员的缘故罢,于是也就释然了。

他虽然也缺钱,但从没有加入教员的团体内,大家议决罢课,可是不去上课了。政府说"上了课才给钱",他才略恨他们的类乎用果子要猴子;一个大教育家说道"教员一手挟书包一手要钱不高尚",他才对于他的太太正式的发牢骚了。

"喂,怎么只有两盘?"听了"不高尚说"这一日的晚餐时候,他看着菜蔬说。

他们是没有受过新教育的,太太并无学名或雅号,所以也就没有什么称呼,照老例虽然也可以叫"太太",但他又不愿意太守旧,于是就发明了一个"喂"字。太太对他却连"喂"字也没有,只要脸向着他说话,依据习惯法,他就知道这话是对他而发的。

"可是上月领来的一成半都完了……昨天的米,也还是好容易才赊来的呢。"伊站在桌旁,脸对着他说。

"你看,还说教书的要薪水是卑鄙哩。这种东西似乎连人要吃饭,饭要米做,米要钱买这一点粗浅事情都不知道……"

"对啦,没有钱怎么买米,没有米怎么煮……"

他两颊都鼓起来了,仿佛气恼这答案正和他的议论"差不多",近乎随声附和模样;接着便将头转向别一面去了,依据习惯法,这是宣告讨论中止的表示。

待到凄风冷雨这一天,教员们因为向政府去索欠薪,在新华门前烂泥里被国军打得头破血出之后,倒居然也发了一点薪水。方玄绰不费一举手之劳的领了钱,酌还些旧债,却还缺一大笔款,这是因为官俸也颇有些拖欠了。当是时,便是廉吏清官们也渐以为薪之不可不索,而况兼做教员的方玄绰,自然更表同情于学界起来,所以大家主张继续罢课的时候,他虽然仍未到场,事后却尤其心悦诚服的确守了公共的决议。

然而政府竟又付钱,学校也就开课了。但在前几天,却有学生总会上一个呈文给政府,说"教员倘若不上课,便不要付欠薪。"这虽然并无效,而方玄绰却忽而记起前回政府所说的"上了课才给钱"的话来,"差不多"这一个影子在他眼前又一幌,而且并不消灭,于是他便在讲堂上公表了。

　　准此,可见如果将"差不多说"锻炼罗织起来,自然也可以判作一种挟带私心的不平,但总不能说是专为自己做官的辩解。只是每到这些时,他又常常喜欢拉上中国将来的命运之类的问题,一不小心,便连自己也以为是一个忧国的志士:人们是每苦于没有"自知之明"的。

　　但是"差不多"的事实又发生了,政府当初虽只不理那些招人头痛的教员,后来竟不理到无关痛痒的官吏,欠而又欠,终于逼得先前鄙薄教员要钱的好官,也很有几员化为索薪大会里的骁将了。惟有几种日报上却很发了些鄙薄讥笑他们的文字。方玄绰也毫不为奇,毫不介意,因为他根据了他的"差不多说",知道这是新闻记者还未缺少润笔的缘故,万一政府或是阔人停了津贴,他们多半也要开大会的。

　　他既已表同情于教员的索薪,自然也赞成同寮的索俸,然而他仍然安坐在衙门中,照例的并不一同去讨债。至于有人疑心他孤高,那可也不过是一种误解罢了。他自己说,他是自从出世以来,只有人向他来要债,他从没有向人去讨过债,所以这一端是"非其所长"。而且他最不敢见手握经济之权的人物,这种人待到失了权势之后,捧着一本《大乘起信论》讲佛学的时候,固然也很是"蔼然可亲"的了,但还在宝座上时,却总是一副阎王脸,将别人都当奴才看,自以为手操着你们这些穷小子们的生杀之权。他因此不敢见,也不愿见他们。这种脾气,虽然有时连自己也觉得是孤高,但往往同时也疑心这其实是没本领。

　　大家左索右索,总算一节一节的挨过去了,但比起先前来,方玄绰究竟是万分的拮据,所以使用的小厮和交易的店家不消说,便是方太太对于他也渐渐的缺了敬意,只要看伊近来不很附和,而且常常提出独创的意见,有些唐突的举动,也就可以了然了。到了阴历五月初四的午前,他一回来,伊便将一叠账单塞在他的鼻子跟前,这也是往常所没有的。

"一总总得一百八十块钱才够开消……发了么?"伊并不对着他看的说。

"哼,我明天不做官了。钱的支票是领来的了,可是索薪大会的代表不发放,先说是没有同去的人都不发,后来又说是要到他们跟前去亲领。他们今天单捏着支票,就变了阎王脸了,我实在怕看见……我钱也不要了,官也不做了,这样无限量的卑屈……"

方太大见了这少见的义愤,倒有些愕然了,但也就沉静下来。

"我想,还不如去亲领罢,这算什么呢。"伊看着他的脸说。

"我不去!这是官俸,不是赏钱,照例应该由会计科送来的。"

"可是不送来又怎么好呢……哦,昨夜忘记说了,孩子们说那学费,学校里已经催过好几次了,说是倘若再不缴……"

"胡说!做老子的办事教书都不给钱,儿子去念几句书倒要钱?"

伊觉得他已经不很顾忌道理,似乎就要将自己当作校长来出气,犯不上,便不再言语了。

两个默默的吃了午饭。他想了一会,又懊恼的出去了。

照旧例,近年是每逢节根或年关的前一天,他一定须在夜里的十二点钟才回家,一面走,一面掏着怀中,一面大声的叫道,"喂,领来了!"于是递给伊一叠簇新的中交票,脸上很有些得意的形色。谁知道初四这一天却破了例,他不到七点钟便回家来。方太太很惊疑,以为他竟已辞了职,但暗暗地察看他脸上,却也并不见有什么格外倒运的神情。

"怎么了?……这样早?……"伊看定了他说。

"发不及了,领不出了,银行已经关了门,得等初八。"

"亲领?……"伊惴惴的问。

"亲领这一层,倒也已经取消了,听说仍旧由会计科分送。可是银行今天已经关了门,休息三天,得等到初八的上午。"他坐下,眼睛看着地面了,喝过一口茶,才又慢慢的开口说,"幸而衙门里也没有什么问题了,大约到初八就准有钱……向不相干的亲戚朋友去借钱,实在是一件烦难事。我午后硬着头皮去寻金永生,谈了一会,他先恭维我不去索薪,不肯亲领,非常之清高,一个人正应该这样做;待到知道我想要向他通融五十元,就像我在他嘴里塞了一大把盐似的,凡有脸上可以打皱的地方都打起皱来,说房租怎样的收不起,买卖怎样的赔本,在同事面前亲身领款,也不算什么的,即刻将我支使出来了。"

"这样紧急的节根,谁还肯借出钱去呢。"方太太却只淡淡的说,并没有什么慨然。

方玄绰低下头来了,觉得这也无怪其然的,况且自己和金永生本来很疏远。他接着就记起去年年关的事来,那时有一个同乡来借十块钱,他其时明明已经收到了衙门的领款凭单的了,因为恐怕这人将来未必会还钱,便装了一副为难的神色,说道衙门里既然领不到俸钱,学校里又不发薪水,实在"爱莫能助",将他空手送走了。他虽然自己并不看见装了怎样的脸,但此时却觉得很局促,嘴唇微微一动,又摇一摇头。

然而不多久,他忽而恍然大悟似的发命令了:叫小厮即刻上街去赊一瓶莲花白。他知道店家希图明天多还账,大抵是不敢不赊的,假如不赊,则明天分文不还,正是他们应得的惩罚。

莲花白竟赊来了,他喝了两杯,青白色的脸上泛了红,吃完饭,又颇有些高兴了。他点上一枝大号哈德门香烟,从桌上抓起一本《尝试集》来,躺在床上就要看。

"那么,明天怎么对付店家呢?"方太太追上去,站在床面前,看着他的脸说。

"店家？……教他们初八的下半天来。"

"我可不能这么说。他们不相信，不答应的。"

"有什么不相信。他们可以问去，全衙门里什么人也没有领到，都得初八！"他戟着第二个指头在帐子里的空中画了一个半圆，方太太跟着指头也看了一个半圆，只见这手便去翻开了《尝试集》。

方太太见他强横到出乎情理之外了，也暂时开不得口。

"我想，这模样是闹不下去的，将来总得想点法，做点什么别的事……"伊终于寻到了别的路，说。

"什么法呢？我'文不像誊录生，武不像救火兵'，别的做什么？"

"你不是给上海的书铺子做过文章么？"

"上海的书铺子？买稿要一个一个的算字，空格不算数。你看我做在那里的白话诗去，空白有多少，怕只值三百大钱一本罢。收版权税又半年六月没消息，'远水救不得近火'，谁耐烦。"

"那么，给这里的报馆里……"

"给报馆里？便在这里很大的报馆里，我靠着一个学生在那里做编辑的大情面，一千字也就是这几个钱，即使一早做到夜，能够养活你们么？况且我肚子里也没有这许多文章。"

"那么，过了节怎么办呢？"

"过了节么？——仍旧做官……明天店家来要钱，你只要说初八的下午。"

他又要看《尝试集》了。方太太怕失了机会，连忙吞吞吐吐的说：

"我想，过了节，到了初八，我们……倒不如去买一张彩票……"

"胡说！会说出这样无教育的……"

这时候，他忽而又记起被金永生支使出来以后的事了。那时他惘惘的走过稻香村，看见店门口竖着许多斗大的字的广告道"头彩几万元"，仿佛记得心里也一动，或者也许放慢了脚步的罢，但似乎因为舍不得皮夹里仅存的六角钱,所以竟也毅然决然的走远了。他脸色一变,方太太料想他是在恼着伊的无教育,便赶紧退开,没有说完话。方玄绰也没有说完话,将腰一伸,咿咿呜呜的就念《尝试集》。

一九二二年六月。

原载 1922 年 9 月 10 日《小说月报》第 13 卷第 9 号。

初收 1923 年 8 月北京新潮社版"文艺丛书"之一《呐喊》。

七月

一日

记剧中人物的译名

我因为十分不得已,对于植物的名字,只好采取了不一律的用法。那大旨是:

一,用见于书上的中国名的。如蒲公英(Taraxacum Officinale),紫地丁(Viola patrinü var. chinensis),鬼灯檠(Rodgersia podophylla),胡枝子(Lespedeza sieboldi),燕子花(Iris laevigata),玉蝉花(Iris sibirica var. orientalis)等。此外尚多。

二,用未见于书上的中国名的。如月下香(Oenothera biennis var. Lamarckiana),日本称为月见草,我们的许多译籍都沿用了,但现在却照着北京的名称。

三,中国虽有名称而仍用日本名的。这因为美丑太相悬殊,一翻便损了作品的美。如女郎花(Patrinia scabiosaefolia)就是败酱,铃兰(Convallaria majalis)就是鹿蹄草,都不翻。还有朝颜(Pharbitis hederacea)是早上开花的,昼颜(Calystegia sepium)日里开,夕颜(Lagenaria vulgaris)晚开,若改作牵牛花,旋花,匏,便索然无味了,也不翻。至于福寿草(Adonis opennina var. dahurica)之为侧金盏花或元日草,樱草(Primula cortusoides)之为莲馨花,本来也还可译,但因为太累坠及一样的偏僻,所以竟也不翻了。

四,中国无名而袭用日本名的。如钓钟草(Clematis heracleifolia

var. stans)，雏菊（Bellis perennis）是。但其一却译了意，即破雪草本来是雪割草（Primula Fauriae）。生造了一个，即白苇就是日本之所谓刈萱（Themeda Forskalli var. japonica）。

五，译西洋名称的意的。如勿忘草（Myosotis palustris）是。

六，译西洋名称的音的。如风信子（Hyacinthus orientalis），珂斯摩（Cosmos bipinnatus）是。达理亚（Dahlia variabilis）在中国南方也称为大理菊，现在因为怕人误认为云南省大理县出产的菊花，所以也译了音。

动物的名称较为没有什么问题，但也用了一个日本名：就是雨蛙（Hyla arborea）。雨蛙者，很小的身子，碧绿色或灰色，也会变成灰褐色，趾尖有黑泡，能用以上树，将雨时必鸣。中国书上称为雨蛤或树蛤，但太不普通了，倒不如雨蛙容易懂。

土拨鼠（Talpa europaea）我不知道是否即中国古书上所谓"饮河不过满腹"的鼹鼠，或谓就是北京尊为"仓神"的田鼠，那可是不对的。总之，这是鼠属，身子扁而且肥，有淡红色的尖嘴和淡红色的脚，脚前小后大，拨着土前进，住在近于田圃的土中，吃蚯蚓，也害草木的根，一遇到太阳光，便看不见东西，不能动弹了。作者在《天明前之歌》的序文上，自说在《桃色的云》的人物中最爱的是土拨鼠，足见这在本书中是一个重要脚色了。

七草在日本有两样，是春天的和秋天的。春的七草为芹，荠，鼠麴草，繁缕，鸡肠草，菘，萝卜，都可食。秋的七草本于《万叶集》的歌辞，是胡枝子，芒茅，葛，瞿麦，女郎花，兰草，朝颜，近来或换以桔梗，则全都是赏玩的植物了。他们旧时用春的七草来煮粥，以为喝了可避病，惟这时有几个用别名：鼠麴草称为御行，鸡肠草称为佛座，萝卜称为清白。但在本书却不过用作春天的植物的一群，和故事没有关系了。秋的七草也一样。

所谓递送夫者，专做分送报章信件电报牛乳之类的人，大抵年青，其中出产不良少年很不少，中国还没有这一类人。

一九二二年五月四日记，七月一日改定。

原载 1922 年 5 月 15 日《晨报副刊》。

初收 1923 年 7 月北京新潮社版《桃色的云》。

二日

《桃色的云》序

爱罗先珂君的创作集第二册是《最后的叹息》，去年十二月初由丛文阁在日本东京出版，内容是这一篇童话剧《桃色的云》，和两篇短的童话，一曰《海的王女和渔夫》，一曰《两个小小的死》。那第三篇，已经由我译出，于今年正月间绍介到中国了。

然而著者的意思却愿意我早译《桃色的云》：因为他自己也觉得这一篇更胜于先前的作品，而且想从速赠与中国的青年。佃这在我是一件烦难事。日本语原是很能优婉的，而著者又善于捉住他的美点和特长，这就使我很失了传达的能力。可是延到四月，为要救自己的爽约的苦痛计，也终于定下开译的决心了，而又正如豫料一般，至少也毁损了原作的美妙的一半，成为一件失败的工作；所可以自解者，只是"聊胜于无"罢了。惟其内容，总该还在，这或者还能够稍慰读者的心罢。

至于意义，大约是可以无须乎详说的。因为无论何人，在风雪的呼号中，花卉的议论中，虫鸟的歌舞中，谅必都能够更洪亮的听得自然母的言辞，更锋利的看见土拨鼠和春子的运命。世间本没有别的言说，能比诗人以语言文字画出自己的心和梦，更为明白晓畅的了。

在翻译之前，承 S.F.君借给我详细校过豫备再版的底本，使我改正了许多旧印本中错误的地方；翻译的时候，SH君又时时指点我，使我懂得许多难解的地方；初稿印在《晨报副镌》上的时候，孙伏园君加以细心的校正；译到终结的时候，著者又加上四句白鹄的歌，使这本子最为完全；我都很感谢。

我于动植物的名字译得很杂乱，别有一篇小记附在卷尾，是希望读者去参看的。

一九二二年七月二日重校毕，并记。

未另发表。

初收 1923 年 7 月北京新潮社版《桃色的云》。

三日

日记　晴。休假。晨 E 君启行向芬兰。

五日

小鸡的悲剧

［俄国］爱罗先珂

一

这几时，家里的小小的鸡雏的一匹，落在掘在院子里给家里的小鸭游泳的池里面，淹死了。

那小鸡,是一匹古怪的小鸡。无论什么时候,毫不和鸡的队伙一同玩,却总是进了鸭的一伙里,和那好看的小鸭去玩耍。家里的主母也曾经想:"小鸡总是还是和小鸡玩耍好,而小鸭便去和小鸭。"然而什么也不说,只是看着罢了。这其间,那小鸡却逐渐的瘦弱下去了。家里的主母吃了惊,说道:

"唉唉,那小东西怎么了呢。不知道可是生了病。"

于是捉住了那小鸡,仔细的来看病。但是片时之后,主母独自说:

"小鸡的病是看不出的。因为便是人类的病,也不是容易明白的呵。"

一面却将那生着看不出的病的小病夫,给吃蓖麻油,用针刺出翅子上的血来,想医治那看不出的病,然而一切都无效。小鸡只是逐渐的瘦下去了。他常常垂了头,惘然的似乎在那里想些什么事。主母看见这,说道:

"唉唉,那小东西,不过是鸡,不过是小鸡,却在想什么呢?便是人类想,也就尽够了。"

这样说着,自己也常常不知不觉的落在默想里了。而且这些时,主母的嘴里便低声说:

"仍然是,小鸡总还是和小鸡玩耍好,而小鸭便去和小鸭。"

二

有一天,小鸡仍照常和小鸭游玩着。这时候,太阳已经要落山了。小鸡对着小鸭说:

"你最喜欢什么呢?"

"水呵。"小鸭回答说。

"你有过恋爱么?"

"并没有有过恋爱,但曾经吃过鲤儿。"

"好么?"

"唔唔,也还不错。"

白天渐渐的向晚了。小鸡垂了头,看着这白天的向晚。

"你在浮水的时候,始终想着什么事呢?"

"就想着捉那泥鳅的事呵。"

"单是这事?"

"单是这事。"

"在岸上玩耍的时候,想些什么呢?"

"在岸上的时候,就想那浮水的事。"

"总是这样?"

"总是这样的。"

白天渐渐的向晚了。小鸡已经不再看,只是垂了头。他又用了低声说:

"你睡觉的时候,可曾做过鸡的梦么?"

"没有。却曾做过鱼的梦。梦见很大的,比太太给我们的那泥鳅还要大的。"

"我可是不这样。……"

沉默又接连起来了。

"你早上起来,首先去寻谁?"

"就去寻那给我们拿泥鳅来的太太呀。你也这样的罢。"

"我是不这样,……"

已经是黄昏了。然而垂着头的小鸡,却没有留心到。

"我想,我如果能够到池里,在你的身边游泳,这才好。"

"但是,怕也无聊罢,你是不吃泥鳅的。"

"然而到池里,难道单是吃泥鳅么?"

"唔,不知道可是呢。"

到了黄昏之后,家里的主母便来唤小鸡。小鸭和别的小鸡都去了。只有这一匹,却垂了头,也垂了翅子,茫然的没有动。主母一看

到,说道:

"唉唉,这小东西怎么了呢。"

三

第二天,清晨一大早,小鸡是投在池子里,死掉了。听到了这事的小鸭,便很美的伸着颈子,骄傲的浮着水说:

"并不能在水面上浮游,即使捉了泥鳅,也并不能吃,却偏要下水里去,那真是胡涂虫呵。"

家里的主母从池子里捞出淹死的小鸡来,对着那因为看不出的病而瘦损了的死尸,暂时惘然的只是看。

"唉唉,可怜的东西呵。并不会浮水,却怎么跑到池里去了呢。不知道可是死掉还比活着好。

但是无论怎样,也仍然,小鸡总还是和小鸡玩耍好,小鸭去和小鸭,……我虽然这样想,……虽然这样想,……"

伊独自说,对着那因为看不出的病而瘦损了的小小的死尸,永远是惘然的只是看。

朝日渐渐的上来了。

这一篇小品,是作者在六月底写出的,所以可以说是最近的创作。原稿是日本文。

日本话于恋爱和鲤鱼都是 Koi,因此第二段中的两句对话便双关,在中国无法可译。作者虽曾说不妨改换,但我以为恋鲤两音也近似,竟不再改换了。

一九二二年七月五日附记。

原载 1922 年 9 月 1 日《妇女杂志》月刊第 8 卷第 9 号。

初收 1931 年 3 月上海开明书店版《幸福的船》。

十六日

日记 昙。星期休息。……晚往季市寓,小憩乃同赴通商饭馆,应潘企莘之约,同席八人。夜归。

二十八日

日记 晴,热。上午寄季市信……

三十一日

日记 晴,热。午得季市信。

八月

三日

《遂初堂书目》抄校说明

明抄《说郛》原本与见行刻本绝异，京师图书馆有残本十余卷。此目在第二十八卷，注云：一卷，全抄，海昌张阆声。又叚得别本，因复叚以迻录，并注二本违异者于字侧。虽敚误甚多，而甚有胜于海山仙馆刻本者，倘加雠校，则为一佳书矣。十一年八月三日俟堂灯右写讫记之。

《说郛》无总目，海山仙馆本有之，今据本文补写。八月三日夜记。

未另发表。据手稿编入。
初未收集。

七日

日记 雨。午后校《嵇康集》起。

十日

日记 昙……下午收商务印书馆编辑所所寄《桃色之云》稿本

一卷,又印本《爱罗先珂童话集》二册,以一册赠季市。

十四日

致 胡 适

适之先生:

关于《西游记》作者事迹的材料,现在录奉五纸,可以不必寄还。《山阳志遗》末段论断甚误,大约吴山夫未见长春真人《西游记》也。

昨日偶在直隶官书局买《曲苑》一部上海古书流通处石印,内有焦循《剧说》引《茶余客话》说《西游记》作者事,亦与《山阳志遗》所记略同。从前曾见商务馆排印之《茶余客话》,不记有此一条,当是节本,其足本在《小方壶斋丛书》中,然而舍间无之。

《剧说》又云,“元人吴昌龄《西游》词与俗所传《西游记》小说小异”,似乎元人本焦循曾见。既云“小异”,则大致当同,可推知射阳山人演义,多据旧说。又《曲苑》内之王国维《曲录》亦颇有与《西游记》相关之名目数种,其一云《二郎神锁齐天大圣》,恐是明初之作,在吴之前。

倘能买得《射阳存稿》,想当更有贵重之材料,但必甚难耳。明重刻李邕《婆罗树碑》,原本系射阳山人所藏,其诗又有买得油渍云林画竹题,似此君亦颇好擦骨董者也。

同文局印之有关于《品花》考证之宝书,便中希见借一观。

树　上　八月十四日

二十一日

致 胡 适

适之先生：

前回承借我许多书，后来又得来信。书都大略看过了，现在送还，谢谢。

大稿已经读讫，警辟之至，大快人心！我很希望早日印成，因为这种历史的的提示，胜于许多空理论。但白话的生长，总当以《新青年》主张以后为大关键，因为态度很平正，若夫以前文豪之偶用白话入诗文者，看起来总觉得和运用"僻典"有同等之精神也。

现在大稿亦奉还，李伯元八字已钞在上方。

《七侠五义》的原本为《三侠五义》，在北京容易得，最初似乎是木聚珍板，一共四套廿四本，问起北京人来，只知道《三侠五义》，而南方人却只见有曲园老人的改本，此老实在可谓多此一举。

《纳书楹曲谱》中所摘《西游》，已经难以想见原本。《俗西游》中的《思春》，不知是甚事。《唐三藏》中的《回回》，似乎唐三藏到西夏，一回回先捣乱而后皈依，演义中无此事。只有补遗中的《西游》似乎和演义最相近，心猿意马，花果山，紧箍咒，无不有之。《揭钵》虽演义所无，但火焰山红孩儿当即由此化出。杨掌生笔记中曾说演《西游》，扮女儿国王，殆当时尚演此剧，或者即今也可以觅得全曲本子的。

树人　上　八月二十一日

再《西游》中两提"无支祁"一作巫枝祇，盖元时盛行此故事，作《西游》者或亦受此事影响。其根本见《太平广记》卷四六七《李汤》条。

二十七日

日记 晴。星期休息。下午寄伏园信。夜抄《遂初堂书目》起。

二十九日

日记 晴。上午文学研究会寄来《一个青年之梦》五册,送季市一册。

九月

三日

日记 晴。星期休息。夜抄《遂初堂书目》讫。

十二日

日记 晴。夜以明抄《说郛》校《桂海虞衡志》。

《桂海虞衡志》抄校本题注

明弘治间所抄,原本《说郛》中有此书,因取校一过,颇有隹胜者。

> 未另发表。据手稿编入。
> 题目系编者所拟。

十四日

日记 昙。……晚小雨。夜抄《隋遗录》。

十六日

日记 小雨。托陶书臣买榆木圆卓一个,晚送来,其价八圆。夜订书。

十七日

日记 昙。星期休息。仍订旧书。

二十日

"以震其艰深"*

上海租界上的"国学家",以为做白话文的大抵是青年,总该没有看过古董书的,于是乎用了所谓"国学"来吓呼他们。

《时报》上载着一篇署名"涵秋"的《文字感想》,其中有一段说:

"新学家薄国学为不足道故为钩𨍭格磔之文以震其艰深也一读之欲呕再读之昏昏睡去矣"

领教。我先前只以为"钩𨍭格磔"是古人用他来形容鹧鸪的啼声,并无别的深意思;亏得这《文字感想》,才明白这是怪鹧鸪啼得"艰深"了,以此责备他的。但无论如何,"艰深"却不能令人"欲呕",闻鹧鸪啼而呕者,世固无之,即以文章论,"粤若稽古",注释纷纭,"绛即东雍",圈点不断,这总该可以算是艰深的了,可是也从未听说,有人因此反胃。呕吐的原因决不在乎别人文章的"艰深",是在乎自己的身体里,大约因为"国学"积蓄得太多,笔不及写,所以涌出来了罢。

"以震其艰深也"的"震"字,从国学的门外汉看来也不通,但也许是为手民所误的,因为排字印报也是新学,或者也不免要"以震其艰深"。

否则,如此"国学",虽不艰深,却是恶作,真是"一读之欲呕",再读之必呕矣。

国学国学,新学家既"薄为不足道",国学家又道而不能亨,你真要道尽途穷了!

九月二十日。

原载 1922 年 9 月 20 日《晨报副刊》。署名某生者。
初收 1925 年 11 月北京北新书局版《热风》。

二十一日

日记 晴。……午后寄季市信。

二十三日

日记 昙。订书至夜。

二十四日

日记 昙。星期休息。仍订书。下午雷雨一陈即霁。

三十日

日记 晴。……夜订旧书。

十月

一日

儿歌的"反动"

一　儿　歌　　　　　　　胡怀琛

"月亮！月亮！

还有半个那里去了?"

"被人家偷去了。"

"偷去做甚么?"

"当镜子照。"

二　反　动　歌　　　　　　　小孩子

天上半个月亮，

我道是"破镜飞上天"，

原来却是被人偷下地了。

有趣呀，有趣呀，成了镜子了！

可是我见过圆的方的长方的八角六角

　　的菱花式的宝相花式的镜子矣，

　　　　没有见过半月形的镜子也。

我于是乎很不有趣也！

谨案小孩子略受新潮，辄敢妄行诘难，人心不古，良足慨然！然拜读原诗，亦存小失，倘能改第二句为"两半个都那里去了"，即成全璧矣。胡先生夙擅改削，当不以鄙言为河汉也。夏历中秋前五日，某生者谨注。

十月九日。

原载 1922 年 10 月 9 日《晨报副刊》。署名某生者。

初收 1925 年 11 月北京北新书局版《热风》。

三日

破《唐人说荟》*

近来在《小说月报》上看见《小说的研究》这一篇文章里，有"《唐人说荟》一书为唐人小说之中心"的话，这诚然是不错的，因为我们要看唐人小说，实在寻不出第二部来了。然而这一部书，倘若单以消闲，自然不成问题，假如用作历史的研究的材料，可就误人很不浅。我也被这书瞒过了许多年，现在觉察了，所以要趁这机会来揭破他。

《唐人说荟》也称为《唐代丛书》，早有小木板，现在却有了石印本了，然而反加添了许多脱落，误字，破句。全书分十六集，每集的书目都很光怪陆离，但是很荒谬，大约是书坊欺人的手段罢，只是因为是小说，从前的儒者是不屑辩的，所以竟没有人来掊击，到现在还是印而又印，流行到"不亦乐乎"。

604

我现在略举些他那胡闹的例：

一是删节。从第一集《隋唐嘉话》到第六集《北户录》止三十九种书，没有一种完全，甚而至于有不到二十分之一的，此后还不少。

二是硬派。如《洛中九老会》，《五木经》，《锦裙记》等，都不过是各人文集中的一篇文章，不成为一部书，他却硬将他们派作一种。

三是乱分。如《诺皋记》，《支诺皋》，《肉攫部》，《金刚经鸠异》，都是《酉阳杂俎》中的一篇，他却分为四种，又别出一种《酉阳杂俎》。又如《花九锡》，《药谱》，《黑心符》，都是《清异录》中的一条，他却算作三种。

四是乱改句子。如《义山杂纂》中，颇有当时的俗语，他不懂了，便任意的改篡。

五是乱题撰人。如《幽怪录》是牛僧孺做的，他却道王恽。《枕中记》是沈既济做的，他却道李泌。《迷楼记》《海山记》《开河记》不知撰人，或是宋人所作，他却道韩偓。

六是妄造书名而且乱题撰人。如什么《雷民传》，《垅上记》，《鬼冢志》之类，全无此书，他却从《太平广记》中略抄几条，题上段成式褚遂良等姓名以欺人。此外还不少。最误人的是题作段成式做的《剑侠传》，现在几乎已经公认为一部真的完书了，其实段成式何尝有这著作。

七是错了时代。如做《太真外传》的乐史是宋人，他却将他收入《唐人说荟》里，做《梅妃传》的人提起叶少蕴，一定也是宋人，他却将撰人题为曹邺，于是害得以目录学自豪的叶德辉也将这两种收入自刻的《唐人小说》里去了。

其余谬点还多，讲起来话太长，就此中止了。

然而这胡闹的下手人却不是《唐人说荟》，是明人的《古今说海》和《五朝小说》，还有清初的假《说郛》也跟着，《说荟》只是采取他们的罢了。那些胡闹祖师都是旧板，现已归入宝贝书类中，我们无力购阅，倒不必怕为其所惑的。目下可恶的就只是《唐人说荟》。

为避免《说荟》之祸起见，我想出一部书来，就是《太平广记》。这书的不佳的小板本，不过五元而有六十多本，南边或者更便宜。虽有错字，但也无法，因为再好便是明板，又是宝贝之类，非我辈之力所能得了。我以为《太平广记》的好处有二，一是从六朝到宋初的小说几乎全收在内，倘若大略的研究，即可以不必别买许多书。二是精怪，鬼神，和尚，道士，一类一类的分得很清楚，聚得很多，可以使我们看到厌而又厌，对于现在谈狐鬼的《太平广记》的子孙，再没有拜读的勇气。

　　　　原载 1922 年 10 月 3 日《晨报副刊》。署名风声。
　　　　初未收集。

四日

所谓"国学"*

　　现在暴发的"国学家"之所谓"国学"是什么？

　　一是商人遗老们翻印了几十部旧书赚钱，二是洋场上的文豪又做了几篇鸳鸯蝴蝶体小说出版。

　　商人遗老们的印书是书籍的古董化，其置重不在书籍而在古董。遗老有钱，或者也不过聊以自娱罢了，而商人便大吹大擂的借此获利。还有茶商盐贩，本来是不齿于"士类"的，现在也趁着新旧纷扰的时候，借刻书为名，想挨进遗老遗少的"士林"里去。他们所刻的书都无民国年月，辨不出是元版是清版，都是古董性质，至少每本两三元，绵连，锦帙，古色古香，学生们是买不起的。这就是他们之所谓"国学"。

然而巧妙的商人可也决不肯放过学生们的钱的,便用坏纸恶墨别印什么"菁华"什么"大全"之类来搜括。定价并不大,但和纸墨一比较却是大价了,至于这些"国学"书的校勘,新学家不行,当然是出于上海的所谓"国学家"的了,然而错字叠出,破句连篇(用的并不是新式圈点),简直是拿少年来开玩笑。这是他们之所谓"国学"。

洋场上的往古所谓文豪,"卿卿我我""蝴蝶鸳鸯"诚然做过一小堆,可是自有洋场以来,从没有人称这些文章(?)为国学,他们自己也并不以"国学家"自命的。现在不知何以,忽而奇想天开,也学了盐贩茶商,要凭空挨进"国学家"队里去了。然而事实很可惨,他们之所谓国学,是"拆白之事各处皆有而以上海一隅为最甚(中略)余于课馀之暇不惜浪费笔墨编纂事实作一篇小说以饷阅者想亦阅者所乐闻也"。(原本每句都密圈,今从略,以省排工,阅者谅之。)

"国学"乃如此而已乎?

试去翻一翻历史里的儒林和文苑传罢,可有一个将旧书当古董的鸿儒,可有一个以拆白饷阅者的文士?

倘说,从今年起,这些就是"国学",那又是"新"例了。你们不是讲"国学"的么?

原载 1922 年 10 月 4 日《晨报副刊》。署名某生者。
初收 1925 年 11 月北京北新书局版《热风》。

五日

日记 晴。旧历中秋,休假。……寄季市信。

十五日

日记 晴。星期休息。上午同二弟往留黎厂买《元曲选》一部四十八本,十三元六角;又《韦江州集》一部二本,六角。午至西吉庆午餐。

十九日

日记　晴。晚往西单牌楼左近觅寓所。

三十日

日记　昙。上午寄许季市信。

本月

兔 和 猫

　　住在我们后进院子里的三太太,在夏间买了一对白兔,是给伊的孩子们看的。

　　这一对白兔,似乎离娘并不久,虽然是异类,也可以看出他们的天真烂熳来。但也竖直了小小的通红的长耳朵,动着鼻子,眼睛里颇现些惊疑的神色,大约究竟觉得人地生疏,没有在老家时候的安心了。这种东西,倘到庙会日期自己出去买,每个至多不过两吊钱,而三太太却花了一元,因为是叫小使上店买来的。

　　孩子们自然大得意了,嚷着围住了看;大人也都围着看;还有一匹小狗名叫S的也跑来,闯过去一嗅,打了一个喷嚏,退了几步。三太太吆喝道,"S,听着,不准你咬他!"于是在他头上打了一掌,S便退开了,从此并不咬。

　　这一对兔总是关在后窗后面的小院子里的时候多,听说是因为太喜欢撕壁纸,也常常啃木器脚。这小院子里有一株野桑树,桑子落地,他们最爱吃,便连喂他们的波菜也不吃了。乌鸦喜鹊想要下来时,他们便躬着身子用后脚在地上使劲的一弹,君的一声直跳上来,像飞起了一团雪,鸦鹊吓得赶紧走,这样的几回,再也不敢近来了。三太太说,鸦鹊倒不打紧,至多也不过抢吃一点食料,可恶的是一匹大黑猫,常在矮墙上恶狠狠的看,这却要防的,幸而S和猫是对头,或者还不至于有什么罢。

孩子们时时捉他们来玩耍;他们很和气,竖起耳朵,动着鼻子,驯良的站在小手的圈子里,但一有空,却也就溜开去了。他们夜里的卧榻是一个小木箱,里面铺些稻草,就在后窗的房檐下。

这样的几个月之后,他们忽而自己掘土了,掘得非常快,前脚一抓,后脚一踢,不到半天,已经掘成一个深洞。大家都奇怪,后来仔细看时,原来一个的肚子比别一个的大得多了。他们第二天便将干草和树叶衔进洞里去,忙了大半天。

大家都高兴,说又有小兔可看了;三太太便对孩子们下了戒严令,从此不许再去捉。我的母亲也很喜欢他们家族的繁荣,还说待生下来的离了乳,也要去讨两匹来养在自己的窗外面。

他们从此便住在自造的洞府里,有时也出来吃些食,后来不见了,可不知道他们是预先运粮存在里面呢还是竟不吃。过了十多天,三太太对我说,那两匹又出来了,大约小兔是生下来又都死掉了,因为雌的一匹的奶非常多,却并不见有进去哺养孩子的形迹。伊言语之间颇气愤,然而也没有法。

有一天,太阳很温暖,也没有风,树叶都不动,我忽听得许多人在那里笑,寻声看时,却见许多人都靠着三太太的后窗看;原来有一个小兔,在院子里跳跃了。这比他的父母买来的时候还小得远,但也已经能用后脚一弹地,迸跳起来了。孩子们争着告诉我说,还看见一个小兔到洞口来探一探头,但是即刻缩回去了,那该是他的弟弟罢。

那小的也检些草叶吃,然而大的似乎不许他,往往夹口的抢去了,而自己并不吃。孩子们笑得响,那小的终于吃惊了,便跳着钻进洞里去;大的也跟到洞门口,用前脚推着他的孩子的脊梁,推进之后,又爬开泥土来封了洞。

从此小院子里更热闹,窗口也时时有人窥探了。

然而竟又全不见了那小的和大的。这时是连日的阴天,三太太又虑到遭了那大黑猫的毒手的事去。我说不然,那是天气冷,当然都躲着,太阳一出,一定出来的。

太阳出来了,他们却都不见。于是大家就忘却了。

惟有三太太是常在那里喂他们波菜的,所以常想到。伊有一回走进窗后的小院子去,忽然在墙角上发见了一个别的洞,再看旧洞口,却依稀的还见有许多爪痕。这爪痕倘说是大兔的,爪该不会有这样大,伊又疑心到那常在墙上的大黑猫去了,伊于是也就不能不定下发掘的决心了。伊终于出来取了锄子,一路掘下去,虽然疑心,却也希望着意外的见了小白兔的,但是待到底,却只见一堆烂草夹些兔毛,怕还是临蓐时候所铺的罢,此外是冷清清的,全没有什么雪白的小兔的踪迹,以及他那只一探头未出洞外的弟弟了。

气愤和失望和凄凉,使伊不能不再掘那墙角上的新洞了。一动手,那大的两匹便先窜出洞外面。伊以为他们搬了家了,很高兴,然而仍然掘,待见底,那里面也铺着草叶和兔毛,而上面却睡着七个很小的兔,遍身肉红色,细看时,眼睛全都没有开。

一切都明白了,三太太先前的预料果不错。伊为预防危险起见,便将七个小的都装在木箱中,搬进自己的房里,又将大的也捺进箱里面,勒令伊去哺乳。

三太太从此不但深恨黑猫,而且颇不以大兔为然了。据说当初那两个被害之先,死掉的该还有,因为他们生一回,决不至于只两个,但为了哺乳不匀,不能争食的就先死了。这大概也不错的,现在七个之中,就有两个很瘦弱。所以三太太一有闲空,便捉住母兔,将小兔一个一个轮流的摆在肚子上来喝奶,不准有多少。

母亲对我说，那样麻烦的养兔法，伊历来连听也未曾听到过，恐怕是可以收入《无双谱》的。

白兔的家族更繁荣；大家也又都高兴了。

但自此之后，我总觉得凄凉。夜半在灯下坐着想，那两条小性命，竟是人不知鬼不觉的早在不知什么时候丧失了，生物史上不着一些痕迹，并 S 也不叫一声。我于是记起旧事来，先前我住在会馆里，清早起身，只见大槐树下一片散乱的鸽子毛，这明明是膏于鹰吻的了，上午长班来一打扫，便什么都不见，谁知道曾有一个生命断送在这里呢？我又曾路过西四牌楼，看见一匹小狗被马车轧得快死，待回来时，什么也不见了，搬掉了罢，过往行人憧憧的走着，谁知道曾有一个生命断送在这里呢？夏夜，窗外面，常听到苍蝇的悠长的吱吱的叫声，这一定是给蝇虎咬住了，然而我向来无所容心于其间，而别人并且不听到……

假使造物也可以责备，那么，我以为他实在将生命造得太滥，毁得太滥了。

嗥的一声，又是两条猫在窗外打起架来，

"迅儿！你又在那里打猫了？"

"不，他们自己咬。他那里会给我打呢。"

我的母亲是素来很不以我的虐待猫为然的，现在大约疑心我要替小兔抱不平，下什么辣手，便起来探问了。而我在全家的口碑上，却的确算一个猫敌。我曾经害过猫，平时也常打猫，尤其是在他们配合的时候。但我之所以打的原因并非因为他们配合，是因为他们嚷，嚷到使我睡不着，我以为配合是不必这样大嚷而特嚷的。

况且黑猫害了小兔，我更是"师出有名"的了。我觉得母亲实在太修善，于是不由的就说出模棱的近乎不以为然的答话来。

造物太胡闹，我不能不反抗他了，虽然也许是倒是帮他的忙……

那黑猫是不能久在矮墙上高视阔步的了，我决定的想，于是又不由的一瞥那藏在书箱里的一瓶青酸钾。

一九二二年十月。

原载 1922 年 10 月 10 日《晨报副刊》。

初收 1923 年 8 月北京新潮社版"文艺丛书"之一《呐喊》。

鸭的喜剧

俄国的盲诗人爱罗先珂君带了他那六弦琴到北京之后不多久，便向我诉苦说：

"寂寞呀，寂寞呀，在沙漠上似的寂寞呀！"

这应该是真实的，但在我却未曾感得；我住得久了，"入芝兰之室，久而不闻其香"，只以为很是嚷嚷罢了。然而我之所谓嚷嚷，或者也就是他之所谓寂寞罢。

我可是觉得在北京仿佛没有春和秋。老于北京的人说，地气北转了，这里在先是没有这么和暖。只是我总以为没有春和秋；冬末和夏初衔接起来，夏才去，冬又开始了。

一日就是这冬末夏初的时候，而且是夜间，我偶而得了闲暇，去访问爱罗先珂君。他一向寓在仲密君的家里；这时一家的人都睡了觉了，天下很安静。他独自靠在自己的卧榻上，很高的眉棱在金黄色的长发之间微蹙了，是在想他旧游之地的缅甸，缅甸的夏夜。

"这样的夜间，"他说，"在缅甸是遍地是音乐。房里，草间，树上，都有昆虫吟叫，各种声音，成为合奏，很神奇。其间时时夹着蛇鸣：'嘶嘶！'可是也与虫声相和协……"他沉思了，似乎想要追想起那时的情景来。

我开不得口。这样奇妙的音乐，我在北京确乎未曾听到过，所以即使如何爱国，也辩护不得，因为他虽然目无所见，耳朵是没有聋的。

"北京却连蛙鸣也没有……"他又叹息说。

"蛙鸣是有的！"这叹息，却使我勇猛起来了，于是抗议说，"到夏天，大雨之后，你便能听到许多虾蟆叫，那是都在沟里面的，因为北京到处都有沟。"

"哦……"

过了几天，我的话居然证实了，因为爱罗先珂君已经买到了十几个科斗子。他买来便放在他窗外的院子中央的小池里。那池的长有三尺，宽有二尺，是仲密所掘，以种荷花的荷池。从这荷池里，虽然从来没有见过养出半朵荷花来，然而养虾蟆却实在是一个极合式的处所。

科斗成群结队的在水里面游泳；爱罗先珂君也常常踱来访他们。有时候，孩子告诉他说，"爱罗先珂先生，他们生了脚了。"他便高兴的微笑道，"哦！"

然而养成池沼的音乐家却只是爱罗先珂君的一件事。他是向来主张自食其力的，常说女人可以畜牧，男人就应该种田。所以遇到很熟的友人，他便要劝诱他就在院子里种白菜；也屡次对仲密夫人劝告，劝伊养蜂，养鸡，养猪，养牛，养骆驼。后来仲密家里果然有了许多小鸡，满院飞跑，啄完了铺地锦的嫩叶，大约也许就是这劝告的结果了。

从此卖小鸡的乡下人也时常来，来一回便买几只，因为小鸡是容易积食，发痧，很难得长寿的；而且有一匹还成了爱罗先珂君在北京所作唯一的小说《小鸡的悲剧》里的主人公。有一天的上午，那乡下人竟意外的带了小鸭来了，咻咻的叫着；但是仲密夫人说不要。爱罗先珂君也跑出来，他们就放一个在他两手里，而小鸭便在他两手里咻咻的叫。他以为这也很可爱，于是又不能不买了，一共买了四个,每个八十文。

小鸭也诚然是可爱,遍身松花黄,放在地上,便蹒跚的走,互相招呼,总是在一处。大家都说好,明天去买泥鳅来喂他们罢。爱罗先珂君说,"这钱也可以归我出的。"

他于是教书去了;大家也走散。不一会,仲密夫人拿冷饭来喂他们时,在远处已听得泼水的声音,跑到一看,原来那四个小鸭都在荷池里洗澡了,而且还翻筋斗,吃东西呢。等到拦他们上了岸,全池已经是浑水,过了半天,澄清了,只见泥里露出几条细藕来;而且再也寻不出一个已经生了脚的科斗了。

"伊和希珂先,没有了,虾蟆的儿子。"傍晚时候,孩子们一见他回来,最小的一个便赶紧说。

"唔,虾蟆?"

仲密夫人也出来了,报告了小鸭吃完科斗的故事。

"唉,唉! ……"他说。

待到小鸭褪了黄毛,爱罗先珂君却忽而渴念着他的"俄罗斯母亲"了,便匆匆的向赤塔去。

待到四处蛙鸣的时候,小鸭也已经长成,两个白的,两个花的,而且不复咻咻的叫,都是"鸭鸭"的叫了。荷花池也早已容不下他们盘桓了,幸而仲密的住家的地势是很低的,夏雨一降,院子里满积了水,他们便欣欣然,游水,钻水,拍翅子,"鸭鸭"的叫。

现在又从夏末交了冬初,而爱罗先珂君还是绝无消息,不知道究竟在那里了。

只有四个鸭,却还在沙漠上"鸭鸭"的叫。

一九二二年十月。

原载 1922 年 11 月 29 日《民国日报》副刊《妇女评论》第 69 期。

初收 1923 年 8 月北京新潮社版"文艺丛书"之一《呐喊》。

社　戏

　　我在倒数上去的二十年中,只看过两回中国戏,前十年是绝不看,因为没有看戏的意思和机会,那两回全在后十年,然而都没有看出什么来就走了。

　　第一回是民国元年我初到北京的时候,当时一个朋友对我说,北京戏最好,你不去见见世面么？我想,看戏是有味的,而况在北京呢。于是都兴致勃勃的跑到什么园,戏文已经开场了,在外面也早听到冬冬地响。我们挨进门,几个红的绿的在我的眼前一闪烁,便又看见戏台下满是许多头,再定神四面看,却见中间也还有几个空座,挤过去要坐时,又有人对我发议论,我因为耳朵已经喤喤的响着了,用了心,才听到他是说"有人,不行!"

　　我们退到后面,一个辫子很光的却来领我们到了侧面,指出一个地位来。这所谓地位者,原来是一条长凳,然而他那坐板比我的上腿要狭到四分之三,他的脚比我的下腿要长过三分之二。我先是没有爬上去的勇气,接着便联想到私刑拷打的刑具,不由的毛骨悚然的走出了。

　　走了许多路,忽听得我的朋友的声音道,"究竟怎的?"我回过脸去,原来他也被我带出来了。他很诧异的说,"怎么总是走,不答应?"我说,"朋友,对不起,我耳朵只在冬冬喤喤的响,并没有听到你的话。"

　　后来我每一想到,便很以为奇怪,似乎这戏太不好,——否则便是我近来在戏台下不适于生存了。

第二回忘记了那一年，总之是募集湖北水灾捐而谭叫天还没有死。捐法是两元钱买一张戏票，可以到第一舞台去看戏，扮演的多是名角，其一就是小叫天。我买了一张票，本是对于劝募人聊以塞责的，然而似乎又有好事家乘机对我说了些叫天不可不看的大法要了。我于是忘了前几年的冬冬喤喤之灾，竟到第一舞台去了，但大约一半也因为重价购来的宝票，总得使用了才舒服。我打听得叫天出台是迟的，而第一舞台却是新式构造，用不着争座位，便放了心，延宕到九点钟才出去，谁料照例，人都满了，连立足也难，我只得挤在远处的人丛中看一个老旦在台上唱。那老旦嘴边插着两个点火的纸捻子，旁边有一个鬼卒，我费尽思量，才疑心他或者是目连的母亲，因为后来又出来了一个和尚。然而我又不知道那名角是谁，就去问挤小在我的左边的一位胖绅士。他很看不起似的斜瞥了我一眼，说道，"龚云甫！"我深愧浅陋而且粗疏，脸上一热，同时脑里也制出了决不再问的定章，于是看小旦唱，看花旦唱，看老生唱，看不知什么角色唱，看一大班人乱打，看两三个人互打，从九点多到十点，从十点到十一点，从十一点到十一点半，从十一点半到十二点，——然而叫天竟还没有来。

我向来没有这样忍耐的等候过什么事物，而况这身边的胖绅士的吁吁的喘气，这台上的冬冬喤喤的敲打，红红绿绿的晃荡，加之以十二点，忽而使我省悟到在这里不适于生存了。我同时便机械的拧转身子，用力往外只一挤，觉得背后便已满满的，大约那弹性的胖绅士早在我的空处胖开了他的右半身了。我后无回路，自然挤而又挤，终于出了大门。街上除了专等看客的车辆之外，几乎没有什么行人了，大门口却还有十几个人昂着头看戏目，别有一堆人站着并不看什么，我想：他们大概是看散戏之后出来的女人们的，而叫天却还没有来……

然而夜气很清爽，真所谓"沁人心脾"，我在北京遇着这样的好空气，仿佛这是第一遭了。

这一夜,就是我对于中国戏告了别的一夜,此后再没有想到他,即使偶而经过戏园,我们也漠不相关,精神上早已一在天之南一在地之北了。

但是前几天,我忽在无意之中看到一本日本文的书,可惜忘记了书名和著者,总之是关于中国戏的。其中有一篇,大意仿佛说,中国戏是大敲,大叫,大跳,使看客头昏脑眩,很不适于剧场,但若在野外散漫的所在,远远的看起来,也自有他的风致。我当时觉着这正是说了在我意中而未曾想到的话,因为我确记得在野外看过很好的好戏,到北京以后的连进两回戏园去,也许还是受了那时的影响哩。可惜我不知道怎么一来,竟将书名忘却了。

至于我看那好戏的时候,却实在已经是"远哉遥遥"的了,其时恐怕我还不过十一二岁。我们鲁镇的习惯,本来是凡有出嫁的女儿,倘自己还未当家,夏间便大抵回到母家去消夏。那时我的祖母虽然还康健,但母亲也已分担了些家务,所以夏期便不能多日的归省了,只得在扫墓完毕之后,抽空去住几天,这时我便每年跟了我的母亲住在外祖母的家里。那地方叫平桥村,是一个离海边不远,极偏僻的,临河的小村庄;住户不满三十家,都种田,打鱼,只有一家很小的杂货店。但在我是乐土:因为我在这里不但得到优待,又可以免念"秩秩斯干幽幽南山"了。

和我一同玩的是许多小朋友,因为有了远客,他们也都从父母那里得了减少工作的许可,伴我来游戏。在小村里,一家的客,几乎也就是公共的。我们年纪都相仿,但论起行辈来,却至少是叔子,有几个还是太公,因为他们合村都同姓,是本家。然而我们是朋友,即使偶而吵闹起来,打了太公,一村的老老小小,也决没有一个会想出"犯上"这两个字来,而他们也百分之九十九不识字。

我们每天的事情大概是掘蚯蚓,掘来穿在铜丝做的小钩上,伏在河沿上去钓虾。虾是水世界里的呆子,决不惮用了自己的两个钳捧着钩尖送到嘴里去的,所以不半天便可以钓到一大碗。这虾照例是归我吃的。其次便是一同去放牛,但或者因为高等动物了的缘故罢,黄牛水牛都欺生,敢于欺侮我,因此我也总不敢走近身,只好远远地跟着,站着。这时候,小朋友们便不再原谅我会读"秩秩斯干",却全都嘲笑起来了。

　　至于我在那里所第一盼望的,却在到赵庄去看戏。赵庄是离平桥村五里的较大的村庄;平桥村太小,自己演不起戏,每年总付给赵庄多少钱,算作合做的。当时我并不想到他们为什么年年要演戏。现在想,那或者是春赛,是社戏了。

　　就在我十一二岁时候的这一年,这日期也看看等到了。不料这一年真可惜,在早上就叫不到船。平桥村只有一只早出晚归的航船是大船,决没有留用的道理。其余的都是小船,不合用;央人到邻村去问,也没有,早都给别人定下了。外祖母很气恼,怪家里的人不早定,絮叨起来。母亲便宽慰伊,说我们鲁镇的戏比小村里的好得多,一年看几回,今天就算了。只有我急得要哭,母亲却竭力的嘱咐我,说万不能装模装样,怕又招外祖母生气,又不准和别人一同去,说是怕外祖母要担心。

　　总之,是完了。到下午,我的朋友都去了,戏已经开场了,我似乎听到锣鼓的声音,而且知道他们在戏台下买豆浆喝。

　　这一天我不钓虾,东西也少吃,母亲很为难,没有法子想。到晚饭时候,外祖母也终于觉察了,并且说我应当不高兴,他们太怠慢,是待客的礼数里从来所没有的。吃饭之后,看过戏的少年们也都聚拢来了,高高兴兴的来讲戏。只有我不开口;他们都叹息而且表同情。忽然间,一个最聪明的双喜大悟似的提议了,他说,"大船? 八叔的航船不是回来了么?"十几个别的少年也大悟,立刻撺掇起来,说可以坐了这航船和我一同去。我高兴了。然而外祖母又怕都是孩子们,不可靠;母亲又说是若叫大人一同去,他们白天全有工作,要他熬夜,是不合情理的。在这迟疑之中,双喜可又看出底细来了,便又大声的说道,"我写包票! 船又大;迅哥儿向来不乱跑;我们又都是识水性的!"

诚然!这十多个少年,委实没有一个不会凫水的,而且两三个还是弄潮的好手。

外祖母和母亲也相信,便不再驳回,都微笑了。我们立刻一哄的出了门。

我的很重的心忽而轻松了,身体也似乎舒展到说不出的大。一出门,便望见月下的平桥内泊着一只白篷的航船,大家跳下船,双喜拔前篙,阿发拔后篙,年幼的都陪我坐在舱中,较大的聚在船尾。母亲送出来吩咐"要小心"的时候,我们已经点开船,在桥石上一磕,退后几尺,即又上前出了桥。于是架起两支橹,一支两人,一里一换,有说笑的,有嚷的,夹着潺潺的船头激水的声音,在左右都是碧绿的豆麦田地的河流中,飞一般径向赵庄前进了。

两岸的豆麦和河底的水草所发散出来的清香,夹杂在水气中扑面的吹来;月色便朦胧在这水气里。淡黑的起伏的连山,仿佛是踊跃的铁的兽脊似的,都远远地向船尾跑去了,但我却还以为船慢。他们换了四回手,渐望见依稀的赵庄,而且似乎听到歌吹了,还有几点火,料想便是戏台,但或者也许是渔火。

那声音大概是横笛,宛转,悠扬,使我的心也沉静,然而又自失起来,觉得要和他弥散在含着豆麦蕴藻之香的夜气里。

那火接近了,果然是渔火;我才记得先前望见的也不是赵庄。那是正对船头的一丛松柏林,我去年也曾经去游玩过,还看见破的石马倒在地下,一个石羊蹲在草里呢。过了那林,船便弯进了叉港,于是赵庄便真在眼前了。

最惹眼的是屹立在庄外临河的空地上的一座戏台,模胡在远处的月夜中,和空间几乎分不出界限,我疑心画上见过的仙境,就在这里出现了。这时船走得更快,不多时,在台上显出人物来,红红绿绿的动,近台的河里一望乌黑的是看戏的人家的船篷。

"近台没有什么空了,我们远远的看罢。"阿发说。

这时船慢了,不久就到,果然近不得台旁,大家只能下了篙,比那正对戏台的神棚还要远,其实我们这白篷的航船,本也不愿意和乌篷的船在一处,而况并没有空地呢……

在停船的匆忙中,看见台上有一个黑的长胡子的背上插着四张旗,捏着长枪,和一群赤膊的人正打仗。双喜说,那就是有名的铁头老生,能连翻八十四个筋斗,他日里亲自数过的。

我们便都挤在船头上看打仗,但那铁头老生却又并不翻筋斗,只有几个赤膊的人翻,翻了一阵,都进去了,接着走出一个小旦来,咿咿呀呀的唱。双喜说,"晚上看客少,铁头老生也懈了,谁肯显本领给白地看呢?"我相信这话对,因为其时台下已经不很有人,乡下人为了明天的工作,熬不得夜,早都睡觉去了,疏疏朗朗的站着的不过是几十个本村和邻村的闲汉。乌篷船里的那些土财主的家眷固然在,然而他们也不在乎看戏,多半是专到戏台下来吃糕饼水果和瓜子的。所以简直可以算白地。

然而我的意思却也并不在乎看翻筋斗。我最愿意看的是一个人蒙了白布,两手在头上捧着一支棒似的蛇头的蛇精,其次是套了黄布衣跳老虎。但是等了许多时都不见,小旦虽然进去了,立刻又出来了一个很老的小生。我有些疲倦了,托桂生买豆浆去。他去了一刻,回来说,"没有。卖豆浆的聋子也回去了。日里倒有,我还喝了两碗呢。现在去舀一瓢水来给你喝罢。"

我不喝水,支撑着仍然看,也说不出见了些什么,只觉得戏子的脸都渐渐的有些稀奇了,那五官渐不明显,似乎融成一片的再没有什么高低。年纪小的几个多打呵欠了,大的也各管自己谈话。忽而一个红衫的小丑被绑在台柱子上,给一个花白胡子的用马鞭打起来了,大家才又振作精神的笑着看。在这一夜里,我以为这实在要算是最好的一折。

然而老旦终于出台了。老旦本来是我所最怕的东西,尤其是怕他坐下了唱。这时候,看见大家也都很扫兴,才知道他们的意见是和我一致的。那老旦当初还只是踱来踱去的唱,后来竟在中间的一把交椅上坐下了。我很担心;双喜他们却就破口喃喃的骂。我忍耐的等着,许多工夫,只见那老旦将手一抬,我以为就要站起来了,不料他却又慢慢的放下在原地方,仍旧唱,全船里几个人不住的吁气,其余的也打起呵欠来。双喜终于熬不住了,说道,怕他会唱到天明还不完,还是我们走的好罢。大家立刻都赞成,和开船时候一样踊跃,三四人径奔船尾,拔了篙,点退几丈,回转船头,架起橹,骂着老旦,又向那松柏林前进了。

月还没有落,仿佛看戏也并不很久似的,而一离赵庄,月光又显得格外的皎洁。回望戏台在灯火光中,却又如初来未到时候一般,又漂渺得像一座仙山楼阁,满被红霞罩着了。吹到耳边来的又是横笛,很悠扬;我疑心老旦已经进去了,但也不好意思说再回去看。

不多久,松柏林早在船后了,船行也并不慢,但周围的黑暗只是浓,可知已经到了深夜。他们一面议论着戏子,或骂,或笑,一面加紧的摇船。这一次船头的激水声更其响亮了,那航船,就像一条大白鱼背着一群孩子在浪花里蹿,连夜渔的几个老渔父,也停了艇子看着喝采起来。

离平桥村还有一里模样,船行却慢了,摇船的都说很疲乏,因为太用力,而且许久没有东西吃。这回想出来的是桂生,说是罗汉豆正旺相,柴火又现成,我们可以偷一点来煮吃的。大家都赞成,立刻近岸停了船;岸上的田里,乌油油的便都是结实的罗汉豆。

"阿阿,阿发,这边是你家的,这边是老六一家的,我们偷那一边的呢?"双喜先跳下去了,在岸上说。

我们也都跳上岸。阿发一面跳,一面说道,"且慢,让我来看一看罢,"他于是往来的摸了一回,直起身来说道,"偷我们的罢,我们的大得多呢。"一声答应,大家便散开在阿发家的豆田里,各摘了一大捧,抛入船舱中。双喜以为再多偷,倘给阿发的娘知道是要哭骂的,于是各人便到六一公公的田里又各偷了一大捧。

我们中间几个年长的仍然慢慢的摇着船，几个到后舱去生火，年幼的和我都剥豆。不久豆熟了，便任凭航船浮在水面上，都围起来用手撮着吃。吃完豆，又开船，一面洗器具，豆荚豆壳全抛在河水里，什么痕迹也没有了。双喜所虑的是用了八公公船上的盐和柴，这老头子很细心，一定要知道，会骂的。然而大家议论之后，归结是不怕。他如果骂，我们便要他归还去年在岸边拾去的一枝枯柏树，而且当面叫他"八癞子"。

"都回来了！那里会错。我原说过写包票的！"双喜在船头上忽而大声的说。

我向船头一望，前面已经是平桥。桥脚上站着一个人，却是我的母亲，双喜便是对伊说着话。我走出前舱去，船也就进了平桥了，停了船，我们纷纷都上岸。母亲颇有些生气，说是过了三更了，怎么回来得这样迟，但也就高兴了，笑着邀大家去吃炒米。

大家都说已经吃了点心，又渴睡，不如及早睡的好，各自回去了。

第二天，我向午才起来，并没有听到什么关系八公公盐柴事件的纠葛，下午仍然去钓虾。

"双喜，你们这班小鬼，昨天偷了我的豆了罢？又不肯好好的摘，踏坏了不少。"我抬头看时，是六一公公掉着小船，卖了豆回来了，船肚里还有剩下的一堆豆。

"是的。我们请客。我们当初还不要你的呢。你看，你把我的虾吓跑了！"双喜说。

六一公公看见我，便停了楫，笑道，"请客？——这是应该的。"于是对我说，"迅哥儿，昨天的戏可好么？"

我点一点头，说道，"好。"

"豆可中吃呢？"

我又点一点头，说道，"很好。"

不料六一公公竟非常感激起来，将大拇指一翘，得意的说道，

"这真是大市镇里出来的读过书的人才识货！我的豆种是粒粒挑选过的，乡下人不识好歹，还说我的豆比不上别人的呢。我今天也要送些给我们的姑奶奶尝尝去……"他于是打着楫子过去了。

待到母亲叫我回去吃晚饭的时候，桌上便有一大碗煮熟了的罗汉豆，就是六一公公送给母亲和我吃的。听说他还对母亲极口夸奖我，说"小小年纪便有见识，将来一定要中状元。姑奶奶，你的福气是可以写包票的了。"但我吃了豆，却并没有昨夜的豆那么好。

真的，一直到现在，我实在再没有吃到那夜似的好豆，——也不再看到那夜似的好戏了。

一九二二年十月。

　　　　原载 1922 年 12 月 10 日《小说月报》第 13 卷第 12 号。
　　　　初收 1923 年 8 月北京新潮社版"文艺丛书"之一《呐喊》。

十一月

三日

"一是之学说"*

我从《学灯》上看见驳吴宓君《新文化运动之反应》这一篇文章之后，才去寻《中华新报》来看他的原文。

那是一篇浩浩洋洋的长文，该有一万多字罢，——而且还有作者吴宓君的照相。记者又在论前介绍说，"泾阳吴宓君美国哈佛大学硕士现为国立东南大学西洋文学教授君既精通西方文学得其神髓而国学复涵养甚深近主撰学衡杂志以提倡实学为任时论崇之"。

但这篇大文的内容是很简单的。说大意，就是新文化本也可以提倡的，但提倡者"当思以博大之眼光。宽宏之态度。肆力学术。深窥精研。观其全体。而贯通澈悟。然后平情衡理。执中驭物。造成一是之学说。融合中西之精华。以为一国一时之用。"而可恨"近年有所谓新文化运动者。本其偏激之主张。佐以宣传之良法。……加之喜新盲从者之多。"便忽而声势浩大起来。殊不知"物极必反。理有固然。"于是"近顷于新文化运动怀疑而批评之书报渐多"了。这就谓之"新文化运动之反应"。然而"又所谓反应者非反抗之谓……读者幸勿因吾论列于此。而遂疑其为不赞成新文化者"云。

反应的书报一共举了七种，大体上都是"执中驭物"，宣传"正轨"的新文化的。现在我也来绍介一回：一《民心周报》，二《经世报》，三《亚洲学术杂志》，四《史地学报》，五《文哲学报》，六《学衡》，七《湘君》。

此外便是吴君对于这七种书报的"平情衡理"的批评（？）了。例如《民心周报》，"自发刊以至停版。除小说及一二来稿外。全用文言。不用所谓新式标点。即此一端。在新潮方盛之时。亦可谓砥柱中流矣。"至于《湘君》之用白话及标点，却又别有道理，那是"《学衡》本事理之真。故拒斥粗劣白话及英文标点。《湘君》求文艺之美。故兼用通妥白话及新式标点"的。总而言之，主张偏激，连标点也就偏激，那白话自然更不"通妥"了。即如我的白话，离通妥就很远；而我的标点则是"英文标点"。

但最"贯通澈悟"的是拉《经世报》来做"反应"，当《经世报》出版的时候，还没有"万恶孝为先"的谣言，而他们却早已发过许多崇圣的高论，可惜现在从日报变了月刊，实在有些萎缩现象了。至于"其于君臣之伦。另下新解"，"《亚洲学术杂志》议其牵强附会。必以君为帝王"，实在并不错，这才可以算得"新文化之反应"，而吴君又以为"则过矣"，那可是自己"则过矣"了。因为时代的关系，那时的君，当然是帝王而不是大总统。又如民国以前的议论，也因为时代的关系，自然多含革命的精神，《国粹学报》便是其一，而吴君却怪他谈学术而兼涉革命，也就是过于"融合"了时间的先后的原因。

此外还有一个太没见识处，就是遗漏了《长青》，《红》，《快活》，《礼拜六》等近顷风起云涌的书报，这些实在都是"新文化运动的反应"，而且说"通妥白话"的。

　　　　　　　　　　　　　　　　十一月三日。

原载 1922 年 11 月 3 日《晨报副刊》。署名风声。
初收 1925 年 11 月北京北新书局版《热风》。

四日

日记 昙。上午爱罗先珂君至。

不懂的音译(一)*

凡有一件事,总是永远缠夹不清的,大约莫过于在我们中国了。

翻外国人的姓名用音译,原是一件极正当,极平常的事,倘不是毫无常识的人们,似乎决不至于还会说费话。然而在上海报(我记不清楚什么报了,总之不是《新申报》便是《时报》)上,却又有伏在暗地里掷石子的人来嘲笑了。他说,做新文学家的秘诀,其一是要用些"屠介纳夫""郭歌里"之类使人不懂的字样的。

凡有旧来音译的名目:靴,狮子,葡萄,萝卜,佛,伊犁等……都毫不为奇的使用,而独独对于几个新译字来作怪;若是明知的,便可笑;倘不,更可怜。

其实是,现在的许多翻译者,比起往古的翻译家来,已经含有加倍的顽固性的了。例如南北朝人译印度的人名:阿难陀,实叉难陀,鸠摩罗什婆……决不肯附会成中国的人名模样,所以我们到了现在,还可以依了他们的译例推出原音来。不料直到光绪末年,在留学生的书报上,说是外国出了一个"柯伯坚",倘使粗粗一看,大约总不免要疑心他是柯府上的老爷柯仲软的令兄的罢,但幸而还有照相在,可知道并不如此,其实是俄国的 Kropotkin。那书上又有一个"陶斯道",我已经记不清是 Dostoievski 呢,还是 Tolstoi 了。

这"屠介纳夫"和"郭歌里",虽然古雅赶不上"柯伯坚",但于外国人的氏姓上定要加一个《百家姓》里所有的字,却几乎成了现在译界的常习,比起六朝和尚来,已可谓很"安本分"的了。然而竟还有人从暗中来掷石子,装鬼脸,难道真所谓"人心不古"么?

我想，现在的翻译家倒大可以学学"古之和尚"，凡有人名地名，什么音便怎么译，不但用不着白费心思去嵌镶，而且还须去改正。即如"柯伯坚"，现在虽然改译"苦鲁巴金"了，但第一音既然是 K 不是 Ku，我们便该将"苦"改作"克"，因为 K 和 Ku 的分别，在中国字音上是办得到的。

而中国却是更没有注意到，所以去年 Kropotkin 死去的消息传来的时候，上海《时报》便用日俄战争时旅顺败将 Kuropatkin 的照相，把这位无治主义老英雄的面目来顶替了。

十一月四日。

原载 1922 年 11 月 4 日《晨报副刊》。署名风声。

初收 1925 年 11 月北京北新书局版《热风》。

六日

不懂的音译（二）*

自命为"国学家"的对于译音也加以嘲笑，确可以算得一种古今的奇闻；但这不特显示他的昏愚，实在也足以看出他的悲惨。

倘如他的尊意，则怎么办呢？我想，这只有三条计。上策是凡有外国的事物都不谈；中策是凡有外国人都称之为洋鬼子，例如屠介纳夫的《猎人日记》，郭歌里的《巡按使》，都题为"洋鬼子著"；下策是，只好将外国人名改为王羲之唐伯虎黄三太之类，例如进化论是唐伯虎提倡的，相对论是王羲之发明的，而发见美洲的则为黄三太。

倘不能，则为自命为国学家所不懂的新的音译语，可是要侵入

627

真的国学的地域里来了。

中国有一部《流沙坠简》，印了将有十年了。要谈国学，那才可以算一种研究国学的书。开首有一篇长序，是王国维先生做的，要谈国学，他才可以算一个研究国学的人物。而他的序文中有一段说，"案古简所出为地凡三（中略）其三则和阗东北之尼雅城及马咱托拉拔拉滑史德三地也"。

这些译音，并不比"屠介纳夫"之类更古雅，更易懂。然而何以非用不可呢？就因为有三处地方，是这样的称呼；即使上海的国学家怎样冷笑，他们也仍然还是这样的称呼。当假的国学家正在打牌喝酒，真的国学家正在稳坐高斋读古书的时候，沙士比亚的同乡斯坦因博士却已经在甘肃新疆这些地方的沙碛里，将汉晋简牍掘去了；不但掘去，而且做出书来了。所以真要研究国学，便不能不翻回来；因为真要研究，所以也就不能行我的三策：或绝口不提，或但云"得于华夏"，或改为"获之于春申浦畔"了。

而且不特这一事。此外如真要研究元朝的历史，便不能不懂"屠介纳夫"的国文，因为单用些"鸳鸯""蝴蝶"这些字样，实在是不够敷衍的。所以中国的国学不发达则已，万一发达起来，则敢请恕我直言，可是断不是洋场上的自命为国学家"所能厕足其间者也"的了。

但我于序文里所谓三处中的"马咱托拉拔拉滑史德"，起初却实在不知道怎样断句，读下去才明白二是"马咱托拉"，三是"拔拉滑史德"。

所以要清清楚楚的讲国学，也仍然须嵌外国字，须用新式的标点的。

十一月六日。

原载 1922 年 11 月 6 日《晨报副刊》。署名风声。

初收 1925 年 11 月北京北新书局版《热风》。

九日

对于批评家的希望*

前两三年的书报上，关于文艺的大抵只有几篇创作（姑且这样说）和翻译，于是读者颇有批评家出现的要求，现在批评家已经出现了，而且日见其多了。

以文艺如此幼稚的时候，而批评家还要发掘美点，想扇起文艺的火焰来，那好意实在很可感。即不然，或则叹息现代作品的浅薄，那是望著作家更其深，或则叹息现代作品之没有血泪，那是怕著作界复归于轻佻。虽然似乎微辞过多，其实却是对于文艺的热烈的好意，那也实在是很可感谢的，

独有靠了一两本"西方"的旧批评论，或则捞一点头脑板滞的先生们的唾余，或则仗着中国固有的什么天经地义之类的，也到文坛上来践踏，则我以为委实太滥用了批评的权威。试将粗浅的事来比罢：譬如厨子做菜，有人品评他坏，他固不应该将厨刀铁釜交给批评者，说道你试来做一碗好的看：但他却可以有几条希望，就是望吃菜的没有"嗜痂之癖"，没有喝醉了酒，没有害着热病，舌苔厚到二三分。

我对于文艺批评家的希望却还要小。我不敢望他们于解剖裁判别人的作品之前，先将自己的精神来解剖裁判一回，看本身有无浅薄卑劣荒谬之处，因为这事情是颇不容易的。我所希望的不过愿其有一点常识，例如知道裸体画和春画的区别，接吻和性交的区别，尸体解剖和戮尸的区别，出洋留学和"放诸四夷"的区别，笋和竹的区别，猫和老虎的区别，老虎和番菜馆的区别……。更进一步，则批

评以英美的老先生学说为主，自然是悉听尊便的，但尤希望知道世界上不止英美两国；看不起托尔斯泰，自然也自由的，但尤希望先调查一点他的行实，真看过几本他所做的书。

　　还有几位批评家，当批评译本的时候，往往诋为不足齿数的劳力，而怪他何不去创作。创作之可尊，想来翻译家该是知道的，然而他竟止于翻译者，一定因为他只能翻译，或者偏爱翻译的缘故。所以批评家若不就事论事，而说些应当去如此如彼，是溢出于事权以外的事，因为这类言语，是商量教训而不是批评。现在还将厨子来比，则吃菜的只要说出品味如何就尽够，若于此之外，又怪他何以不去做裁缝或造房子，那是无论怎样的呆厨子，也难免要说这位客官是痰迷心窍的了。

十一月九日。

　　原载 1922 年 11 月 9 日《晨报副刊》。署名风声。
　　初收 1925 年 11 月北京北新书局版《热风》。

十一日

反对"含泪"的批评家

　　现在对于文艺的批评日见其多了，是好现象；然而批评日见其怪了，是坏现象，愈多反而愈坏。

　　我看了很觉得不以为然的是胡梦华君对于汪静之君《蕙的风》的批评，尤其觉得非常不以为然的是胡君答复章鸿熙君的信。

　　一，胡君因为《蕙的风》里有一句"一步一回头瞟我意中人"，便科以和《金瓶梅》一样的罪：这是锻炼周纳的。《金瓶梅》卷首诚然有"意中人"三个字，但不能因为有三个字相同，便说这书和那书是一模样。例如胡君要青年去忏悔，而《金瓶梅》也明明说是一部"改过的书"，若因为这一点意思偶合，而说胡君的主张也等于《金瓶梅》，我实在没有这样的粗心和大胆。我以为中国之所谓道德家的神经，自古以来，未免过敏而又过敏了，看见一句"意中人"，便即想到《金瓶梅》，看见一个"瞟"字，便即穿凿到别的事情上去。然而一切青年的心，却未必都如此不净；倘竟如此不净，则即使"授受不亲"，后来也就会"瞟"，以至于瞟以上的等等事，那时便是一部《礼记》，也即等于《金瓶梅》了，又何有于《蕙的风》？

二，胡君因为诗里有"一个和尚悔出家"的话，便说是诬蔑了普天下和尚，而且大呼释迦牟尼佛：这是近于宗教家而且援引多数来恫吓，失了批评的态度的。其实一个和尚悔出家，并不是怪事，若普天下的和尚没有一个悔出家的，那倒是大怪事。中国岂不是常有酒肉和尚，还俗和尚么？非"悔出家"而何？倘说那些是坏和尚，则那诗里的便是坏和尚之一，又何至诬蔑了普天下的和尚呢？这正如胡君说一本诗集是不道德，并不算诬蔑了普天下的诗人。至于释迦牟尼，可更与文艺界"风马牛"了，据他老先生的教训，则做诗便犯了"绮语戒"，无论道德或不道德，都不免受些孽报，可怕得很的！

三，胡君说汪君的诗比不上歌德和雪利，我以为是对的。但后来又说，"论到人格，歌德一生而十九娶，为世诟病，正无可讳。然而歌德所以垂世不朽者，乃五十岁以后忏悔的歌德，我们也知道么？"这可奇特了。雪利我不知道，若歌德即 Goethe，则我敢替他呼几句冤，就是他并没有"一生而十九娶"，并没有"为世诟病"，并没有"五十岁以后忏悔"。而且对于胡君所说的"自'耳食'之风盛，歌德，雪利之真人格遂不为国人所知，无识者流，更妄相援引，可悲亦复可笑！"这一段话，也要请收回一些去。

我不知道汪君可曾过了五十岁，倘没有，则即使用了胡君的论调来裁判,似乎也还不妨做"一步一回头瞟我意中人"的诗,因为以歌德为例,也还没有到"忏悔"的时候。

临末,则我对于胡君的"悲哀的青年,我对于他们只有不可思议的眼泪!""我还想多写几句,我对于悲哀的青年底不可思议的泪已盈眶了。"这一类话,实在不明白"其意何居"。批评文艺,万不能以眼泪的多少来定是非。文艺界可以收到创作家的眼泪,而沾了批评家的眼泪却是污点。胡君的眼泪的确洒得非其地,非其时,未免万分可惜了。

　　起稿已完,才看见《青光》上的一段文章,说近人用先生和君,含有尊敬和小觑的差别意见。我在这文章里正用君,但初意却不过贪图少写一个字,并非有什么《春秋》笔法。现在声明于此,却反而多写了许多字了。

十一月十七日。

原载 1922 年 11 月 17 日《晨报副刊》。署名风声。

初收 1925 年 11 月北京北新书局版《热风》。

十五日

日记　雨。……晤季市。

十七日

日记　晴。上午往高师讲。午后往女高师访许季市。

十八日

日记　昙。下午得季市信,即复,并赠以片上氏著书二册。

即小见大 *

北京大学的反对讲义收费风潮，芒硝火焰似的起来，又芒硝火焰似的消灭了，其间就是开除了一个学生冯省三。

这事很奇特，一回风潮的起灭，竟只关于一个人。倘使诚然如此，则一个人的魄力何其太大，而许多人的魄力又何其太无呢。

现在讲义费已经取消，学生是得胜了，然而并没有听得有谁为那做了这次的牺牲者祝福。

即小见大，我于是竟悟出一件长久不解的事来，就是：三贝子花园里面，有谋刺良弼和袁世凯而死的四烈士坟，其中有三块墓碑，何以直到民国十一年还没有人去刻一个字。

凡有牺牲在祭坛前沥血之后，所留给大家的，实在只有"散胙"这一件事了。

十一月十八日。

原载 1922 年 11 月 18 日《晨报副刊》。

初收 1925 年 11 月北京北新书局版《热风》。

二十日

日记 晴。上午寄季市信。

二十二日

日记 晴。午后往赴人艺戏剧学校开学式。下午往女子师范学校访季市。

二十四日

　日记　晴。……下午往女师校听 E 君讲演。夜伏园来,交去小说稿,译稿各一篇。大风。

补　天

一

　女娲忽然醒来了。

　伊似乎是从梦中惊醒的,然而已经记不清做了什么梦;只是很懊恼,觉得有什么不足,又觉得有什么太多了。煽动的和风,暖嗳的将伊的气力吹得弥漫在宇宙里。

　伊揉一揉自己的眼睛。

　粉红的天空中,曲曲折折的漂着许多条石绿色的浮云,星便在那后面忽明忽灭的映眼。天边的血红的云彩里有一个光芒四射的太阳,如流动的金球包在荒古的熔岩中;那一边,却是一个生铁一般的冷而且白的月亮。然而伊并不理会谁是下去,和谁是上来。

　地上都嫩绿了,便是不很换叶的松柏也显得格外的娇嫩。桃红和青白色的斗大的杂花,在眼前还分明,到远处可就成为斑斓的烟霭了。

　“唉唉,我从来没有这样的无聊过!”伊想着,猛然间站立起来了,擎上那非常圆满而精力洋溢的臂膊,向天打一个欠伸,天空便突然失了色,化为神异的肉红,暂时再也辨不出伊所在的处所。

　伊在这肉红色的天地间走到海边,全身的曲线都消融在淡玫瑰似的光海里,直到身中央才浓成一段纯白。波涛都惊异,起伏得很有秩序了,然而浪花溅在伊身上。这纯白的影子在海水里动摇,仿

634

佛全体都正在四面八方的迸散。但伊自己并没有见,只是不由的跪下一足,伸手掬起带水的软泥来,同时又揉捏几回,便有一个和自己差不多的小东西在两手里。

“阿,阿!”伊固然以为是自己做的,但也疑心这东西就白薯似的原在泥土里,禁不住很诧异了。

然而这诧异使伊喜欢,以未曾有的勇往和愉快继续着伊的事业,呼吸吹嘘着,汗混和着……

“Nga!nga!”那些小东西可是叫起来了。

“阿,阿!”伊又吃了惊,觉得全身的毛孔中无不有什么东西飞散,于是地上便罩满了乳白色的烟云,伊才定了神,那些小东西也住了口。

“Akon,Agon!”有些东西向伊说。

“阿阿,可爱的宝贝。”伊看定他们,伸出带着泥土的手指去拨他肥白的脸。

“Uvu,Ahaha!”他们笑了。这是伊第一回在天地间看见的笑,于是自己也第一回笑得合不上嘴唇来。

伊一面抚弄他们,一面还是做,被做的都在伊的身边打圈,但他们渐渐的走得远,说得多了,伊也渐渐的懂不得,只觉得耳朵边满是嘈杂的嚷,嚷得颇有些头昏。

伊在长久的欢喜中,早已带着疲乏了。几乎吹完了呼吸,流完了汗,而况又头昏,两眼便蒙胧起来,两颊也渐渐的发了热,自己觉得无所谓了,而且不耐烦。然而伊还是照旧的不歇手,不自觉的只是做。

终于,腰腿的酸痛逼得伊站立起来,倚在一座较为光滑的高山上,仰面一看,满天是鱼鳞样的白云,下面则是黑压压的浓绿。伊自己也不知道怎样,总觉得左右不如意了,便焦躁的伸出手去,信手一拉,拔起一株从山上长到天边的紫藤,一房一房的刚开着大不可言的紫花,伊一挥,那藤便横搭在地面上,遍地散满了半紫半白的花瓣。

伊接着一摆手，紫藤便在泥和水里一翻身，同时也溅出拌着水的泥土来，待到落在地上，就成了许多伊先前做过了一般的小东西，只是大半呆头呆脑，獐头鼠目的有些讨厌。然而伊不暇理会这等事了，单是有趣而且烦躁，夹着恶作剧的将手只是抡，愈抡愈飞速了，那藤便拖泥带水的在地上滚，像一条给沸水烫伤了的赤练蛇。泥点也就暴雨似的从藤身上飞溅开来，还在空中便成了哇哇地啼哭的小东西，爬来爬去的撒得满地。

伊近于失神了，更其抡，但是不独腰腿痛，连两条臂膊也都乏了力，伊于是不由的蹲下身子去，将头靠着高山，头发漆黑的搭在山顶上，喘息一回之后，叹一口气，两眼就合上了。紫藤从伊的手里落了下来，也困顿不堪似的懒洋洋的躺在地面上。

二

轰！！！

在这天崩地塌价的声音中，女娲猛然醒来，同时也就向东南方直溜下去了。伊伸了脚想踏住，然而什么也踹不到，连忙一舒臂揪住了山峰，这才没有再向下滑的形势。

但伊又觉得水和沙石都从背后向伊头上和身边滚泼过去了，略一回头，便灌了一口和两耳朵的水，伊赶紧低了头，又只见地面不住的动摇。幸而这动摇也似乎平静下去了，伊向后一移，坐稳了身子，这才挪出手来拭去额角上和眼睛边的水，细看是怎样的情形。

情形很不清楚，遍地是瀑布般的流水；大概是海里罢，有几处更站起很尖的波浪来。伊只得呆呆的等着。

可是终于大平静了，大波不过高如从前的山，像是陆地的处所便露出棱棱的石骨。伊正向海上看，只见几座山奔流过来，一面又在波浪堆里打旋子。伊恐怕那些山碰了自己的脚，便伸手将他们撮住,望那山坳里,还伏着许多未曾见过的东西。

伊将手一缩,拉近山来仔细的看,只见那些东西旁边的地上吐得很狼藉,似乎是金玉的粉末,又夹杂些嚼碎的松柏叶和鱼肉。他们也慢慢的陆续抬起头来了,女娲圆睁了眼睛,好容易才省悟到这便是自己先前所做的小东西,只是怪模怪样的已经都用什么包了身子,有几个还在脸的下半截长着雪白的毛毛了,虽然被海水粘得像一片尖尖的白杨叶。

"阿,阿!"伊诧异而且害怕的叫,皮肤上都起粟,就像触着一支毛刺虫。

"上真救命……"一个脸的下半截长着白毛的昂了头,一面呕吐,一面断断续续的说,"救命……臣等……是学仙的。谁料坏劫到来,天地分崩了。……现在幸而……遇到上真,……请救蚁命,……并赐仙……仙药……"他于是将头一起一落的做出异样的举动。

伊都茫然,只得又说,"什么?"

他们中的许多也都开口了,一样的是一面呕吐,一面"上真上真"的只是嚷,接着又都做出异样的举动。伊被他们闹得心烦,颇后悔这一拉,竟至于惹了莫名其妙的祸。伊无法可想的向四处看,便看见有一队巨鳌正在海面上游玩,伊不由的喜出望外了,立刻将那些山都搁在他们的脊梁上,嘱咐道,"给我驼到平稳点的地方去罢!"巨鳌们似乎点一点头,成群结队的驼远了。可是先前拉得过于猛,以致从山上摔下一个脸有白毛的来,此时赶不上,又不会凫水,便伏在海边自己打嘴巴。这倒使女娲觉得可怜了,然而也不管,因为伊实在也没有工夫来管这些事。

伊嘘一口气,心地较为轻松了,再转过眼光来看自己的身边,流水已经退得不少,处处也露出广阔的土石,石缝里又嵌着许多东西,有的是直挺挺的了,有的却还在动。伊瞥见有一个正在白着眼睛呆看伊;那是遍身多用铁片包起来的,脸上的神情似乎很失望而且害怕。

"那是怎么一回事呢?"伊顺便的问。

"呜呼,天降丧。"那一个便凄凉可怜的说,"颛顼不道,抗我后,我后躬行天讨,战于郊,天不祐德,我师反走,……"

"什么?"伊向来没有听过这类话,非常诧异了。

"我师反走,我后爰以厥首触不周之山,折天柱,绝地维,我后亦殂落。呜呼,是实惟……"

"够了够了,我不懂你的意思。"伊转过脸去了,却又看见一个高兴而且骄傲的脸,也多用铁片包了全身的。

"那是怎么一回事呢?"伊到此时才知道这些小东西竟会变这么花样不同的脸,所以也想问出别样的可懂的答话来。

"人心不古,康回实有豕心,觊天位,我后躬行天讨,战于郊,天实祐德,我师攻战无敌,殛康回于不周之山。"

"什么?"伊大约仍然没有懂。

"人心不古,……"

"够了够了,又是这一套!"伊气得从两颊立刻红到耳根,火速背转头,另外去寻觅,好容易才看见一个不包铁片的东西,身子精光,带着伤痕还在流血,只是腰间却也围着一块破布片。他正从别一个直挺挺的东西的腰间解下那破布来,慌忙系上自己的腰,但神色倒也很平淡。

伊料想他和包铁片的那些是别一种,应该可以探出一些头绪了,便问道:

"那是怎么一回事呢?"

"那是怎么一回事呵。"他略一抬头,说。

"那刚才闹出来的是?……"

"那刚才闹出来的么?"

"是打仗罢?"伊没有法,只好自己来猜测了。

"打仗罢?"然而他也问。

女娲倒抽了一口冷气,同时也仰了脸去看天。天上一条大裂

638

纹,非常深,也非常阔。伊站起来,用指甲去一弹,一点不清脆,竟和破碗的声音相差无几了。伊皱着眉心,向四面察看一番,又想了一会,便拧去头发里的水,分开了搭在左右肩膀上,打起精神来向各处拔芦柴:伊已经打定了"修补起来再说"的主意了。

伊从此日日夜夜堆芦柴,柴堆高多少,伊也就瘦多少,因为情形不比先前,——仰面是歪斜开裂的天,低头是龌龊破烂的地,毫没有一些可以赏心悦目的东西了。

芦柴堆到裂口,伊才去寻青石头。当初本想用和天一色的纯青石的,然而地上没有这么多,大山又舍不得用,有时到热闹处所去寻些零碎,看见的又冷笑,痛骂,或者抢回去,甚而至于还咬伊的手。伊于是只好挽些白石,再不够,便凑上些红黄的和灰黑的,后来总算将就的填满了裂口,止要一点火,一熔化,事情便完成,然而伊也累得眼花耳响,支持不住了。

"唉唉,我从来没有这样的无聊过。"伊坐在一座山顶上,两手捧着头,上气不接下气的说。

这时昆仑山上的古森林的大火还没有熄,西边的天际都通红。伊向西一瞟,决计从那里拿过一株带火的大树来点芦柴积,正要伸手,又觉得脚趾上有什么东西刺着了。

伊顺下眼去看,照例是先前所做的小东西,然而更异样了,累累坠坠的用什么布似的东西挂了一身,腰间又格外挂上十几条布,头上也罩着些不知什么,顶上是一块乌黑的小小的长方板,手里拿着一片物件,刺伊脚趾的便是这东西。

那顶着长方板的却偏站在女娲的两腿之间向上看,见伊一顺眼,便仓皇的将那小片递上来了。伊接过来看时,是一条很光滑的青竹片,上面还有两行黑色的细点,比檞树叶上的黑斑小得多。伊倒也很佩服这手段的细巧。

"这是什么?"伊还不免于好奇,又忍不住要问了。

顶长方板的便指着竹片,背诵如流的说道,"裸裎淫佚,失德蔑礼败度,禽兽行。国有常刑,惟禁!"

女娲对那小方板瞪了一眼,倒暗笑自己问得太悖了,伊本已知道和这类东西扳谈,照例是说不通的,于是不再开口,随手将竹片搁在那头顶上面的方板上,回手便从火树林里抽出一株烧着的大树来,要向芦柴堆上去点火。

忽而听到呜呜咽咽的声音了,可也是闻所未闻的玩艺,伊姑且向下再一瞟,却见方板底下的小眼睛里含着两粒比芥子还小的眼泪。因为这和伊先前听惯的"nga nga"的哭声大不同了,所以竟不知道这也是一种哭。

伊就去点上火,而且不止一地方。

火势并不旺,那芦柴是没有干透的,但居然也烘烘的响,很久很久,终于伸出无数火焰的舌头来,一伸一缩的向上舔,又很久,便合成火焰的重台花,又成了火焰的柱,赫赫的压倒了昆仑山上的红光。大风忽地起来,火柱旋转着发吼,青的和杂色的石块都一色通红了,饴糖似的流布在裂缝中间,像一条不灭的闪电。

风和火势卷得伊的头发都四散而且旋转,汗水如瀑布一般奔流,大光焰烘托了伊的身躯,使宇宙间现出最后的肉红色。

火柱逐渐上升了,只留下一堆芦柴灰。伊待到天上一色青碧的时候,才伸手去一摸,指面上却觉得还很有些参差。

"养回了力气,再来罢。……"伊自己想。

伊于是弯腰去捧芦灰了,一捧一捧的填在地上的大水里,芦灰还未冷透,蒸得水渐渐的沸涌,灰水泼满了伊的周身。大风又不肯停,夹着灰扑来,使伊成了灰土的颜色。

"吁!……"伊吐出最后的呼吸来。

天边的血红的云彩里有一个光芒四射的太阳,如流动的金球包在荒古的熔岩中;那一边,却是一个生铁一般的冷而且白的月亮。但不知道谁是下去和谁是上来。这时候,伊的以自己用尽了自己一切的躯壳,便在这中间躺倒,而且不再呼吸了。

上下四方是死灭以上的寂静。

三

有一日，天气很寒冷，却听到一点喧嚣，那是禁军终于杀到了，因为他们等候着望不见火光和烟尘的时候，所以到得迟。他们左边一柄黄斧头，右边一柄黑斧头，后面一柄极大极古的大纛，躲躲闪闪的攻到女娲死尸的旁边，却并不见有什么动静。他们就在死尸的肚皮上扎了寨，因为这一处最膏腴，他们检选这些事是很伶俐的。然而他们却突然变了口风，说惟有他们是女娲的嫡派，同时也就改换了大纛旗上的科斗字，写道"女娲氏之肠"。

落在海岸上的老道士也传了无数代了。他临死的时候，才将仙山被巨鳌背到海上这一件要闻传授徒弟，徒弟又传给徒孙，后来一个方士想讨好，竟去奏闻了秦始皇，秦始皇便教方士去寻去。

方士寻不到仙山，秦始皇终于死掉了；汉武帝又教寻，也一样的没有影。

大约巨鳌们是并没有懂得女娲的话的，那时不过偶而凑巧的点了点头。模模胡胡的背了一程之后，大家便走散去睡觉，仙山也就跟着沉下了，所以直到现在，总没有人看见半座神仙山，至多也不外乎发见了若干野蛮岛。

一九二二年十一月作。

原载 1922 年 12 月 1 日《晨报四周年纪念增刊》，题作《不周山》。

初收 1923 年 8 月北京新潮社版《呐喊》，1930 年 1 月上海北新书局第 13 版起抽出。后更名《补天》，收 1936 年 1 月上海文化生活出版社"文学丛刊"之一《故事新编》。

时光老人

［俄国］爱罗先珂

一

的确有一个大而热闹的北京,然而我的北京又小又幽静的。的确有一个住着阔气的体面的人们的北京,然而住在我的北京的人们,却全是质朴幽静而且诚实的。住在这样幽静的地方,混在这样幽静的人们里,我的心也本该平静一点的了。然而不然,无论如何,无论如何,总不平静,而且也不像会平静。到夜间,我尤其觉得寂寞,因为夜间是始终总是一个人的。一上床,我虽然竭力的想要做些什么梦,赶快的睡去,但是我的北京虽然睡着,却并非(使人)能睡的地方。

我的北京并不是做些美的梦的所在;便是先前什么时候做过的梦,也要给忘掉的了。一想起先前和那墨斯科的东京的朋友们,一同到剧场,音乐会,社会主义者的集会这些地方去,夜里嚷嚷的闹过的事来,我就悲凉的叹息。一想起那时和三四个朋友在一处,拥抱着朋友,为朋友所拥抱,立定从那富翁和野心家,以及一切罪人(的手里)救出社会,国,全人类的方针;并且做过梦,是从我们的手里成了自由的乐园的世界。想到这些事,我就寂寞的欷歔了。太寂寞了的我,有时更将时辰钟放在身旁,想从那"滴答滴答"的音响中,听到辽远的朋友们的相思的声息。我是诗人,以为这该是能够的。

然而一直到现在,在时辰钟的"滴答滴答"的音响中,却并没有听到相思的朋友的声息。只听得始终训斥我的那时光老人的严厉的声音罢了。但在老人自己高兴时,也就说我可怜,讲给听各样的话,虽然也并非什么愉快的话,……

有一回,我非常之寂寞了。就如诸君所知道:我所相信,是以为人类大抵是向着自由,平等,同胞主义,和正义而前进的;我所希望,是想这不幸的世界,逃出了虐待弱者和穷人的利己主义者的迫压,变成爱人类,要求人类的幸福的主义者的天下的;而且无昼无夜,就是等候着,祈愿着这一回事。但看见青年的人们学着老年,许多回重复了自己的父亲和祖父的错处和罪恶,还说道我们也是人,昂然的阔步着,我对于人类的正在进步的事,就疑心起来了。不但这一件,还有一看见无论在个人的生活上,在家庭间,在社会上,在政治上,重复着老年的错处和罪恶的青年,我就很忧虑,怕这幸福的人类接连的为难了几千年,到底不能不退化的了。想到这事的时候,在我是最为寂寞的。

有一回,正适当时候了。一面想,这一回,青年的人们是一定要改正了父亲和祖父的错处,赎清了老年人对于人类的一切罪恶,绝无阻碍的,自由的进向幸福的时代的了。这样的安慰着自己,一面就上床,因为记挂着人类的事是苦痛的,便拿了时辰钟,以为这一次,在这"滴答滴答"的音响里,总该可以听到从富翁和野心家,和一切罪人的压迫中救了出来的朋友们的声音的了。于是将时辰钟放在自己的身旁,殊不料不到二三分,替代了朋友的声音,却是严厉的时光老人的絮絮叨叨训斥我的声音,又渐渐的听到了。时光老人开始了下面的那些话。⋯⋯

二

人的蠢才。滴答滴答,⋯⋯滴答滴答,⋯⋯并不是现在才成蠢才的,什么时候都如此。⋯⋯便是过去,⋯⋯便是现在,⋯⋯便是将来,⋯⋯滴答滴答,⋯⋯滴答滴答,⋯⋯

人是不会聪明的了。没有可能的理。滴答滴答⋯⋯

蠢才生蠢才,这蠢才又生下比自己更蠢的蠢才来。滴答滴答，……滴答滴答，……这就是人类的发达。羡慕罢？住口！滴答滴答，……滴答滴答，……

想说是可怜罢？有什么可怜！滴答滴答，……滴答滴答，……

因为并非从别个教做蠢才。是自己教自己做蠢才的，有什么可怜呢？滴答滴答，……滴答滴答，……你也是蠢才，连你的父亲……和祖父……住口！滴答滴答，……滴答滴答，……

你想说，即使父亲和祖父是怎么样的蠢才，也非尊敬不可的罢？请便请便。滴答滴答，……滴答滴答，……

跪在蠢才的祖宗面前，随意的拜他们去！横竖是不能更蠢上去的了。滴答滴答，……滴答滴答，……

你的孩子们也一定以蠢才生，做许多蠢才的事，而以蠢才死的。一面拜着蠢才的你，和你的祖宗。滴答滴答，……滴答滴答，……

蠢才生蠢才，蠢才拜蠢才，人类开出来的是怎么样奇怪的花呵！住口！滴答滴答，……滴答滴答，……

想要说，靠了现在之所谓新教育，人类便会好起来的罢？什么是新教育？就是讲英国话么？以为年青人学好了打弹子，野球，足球，人类就得救么？蠢才，滴答滴答，……滴答滴答，……滴答滴答，……滴答滴答，……

我含了泪，默默的听着老人的说话。

暂时之后，老人又开始了说话了。

三

在这世界上有一所又大又古的寺院，有无从想象的那么大，也有无从想象的那么古。滴答滴答，……滴答滴答，……

在这里面便站着许多做成各式形状，涂着各样颜色的，有无从想象的那么古的神道们。滴答滴答，……滴答滴答，……

年老的人们，是拜着这古老的诸神，在他们面前奉行合样的仪式,年青的人们是不论昼不论夜,拼了自己的性命,守着这古老的诸神,管着这古老的寺院,帮助着对于诸神的仪式。滴答滴答,……滴答滴答,……

贵重的供养品之中,最多的是人的泪,人的汗,人的血。然而诸神最爱的供养,却是在年青人的脑和心里面的东西。滴答滴答,……滴答滴答,……

住在寺院里,守护着诸神的人们的最大的职务,是在于将太阳的光和新的空气,丝毫也不放进寺里去。滴答滴答,……滴答滴答,……

有一个很古的传说,说是新的空气和太阳的光一入寺,就在这瞬间,住在寺里的人们便即一个不留的死掉了:这便是古的诸神的罚。所以这寺院里,什么时候总黑暗;那空气,只是一天一天的坏下去罢了。滴答滴答,……滴答滴答,……

古的诸神映着微弱的蜡烛光,笼着线香的烟篆,见得像是伟大而且神秘的活着的巨灵。一面念着神秘而含深意的圣经,一面行着将人们的脑和心献给古的诸神的仪式,是无可言喻的庄严。滴答滴答,……滴答滴答,……

在沉重的空气里,因为神秘的音乐,谁也听不出献给诸神的人们的惜命的声音,和诅咒诸神的句子来;因为照着微弱的烛光,笼着线香的烟篆,谁也看不见变了血的泪,怕死而青白了的脸,为苦恼而发的周身的可怕的痉挛。滴答滴答,……滴答滴答,……

谁也相信,供养了古的诸神的人们是最幸福,这是无论什么时候总如此。滴答滴答,……滴答滴答,……

虽然无论什么时候总如此,但是有一春,滴答滴答,……滴答滴答,……

那是一个不可思议的春天。这一春的太阳,比无论那一春的太阳更明亮;那空气比无论那一春的空气更纯净,更暖和;这一春的花,比无论那一春的花更芬芳;鸟的歌也比无论那一春的鸟的歌更可爱。滴答滴答,……滴答滴答,……

　　躲在寺院里,管着古的诸神的年青人们的心,在这一春,便比无论那一春更寂寞,比无论什么时候更其想着太阳的光了。滴答滴答,……滴答滴答,……

　　在这春天,献给古的诸神的,人们的惜命的声音,以及诅咒诸神的句子,也比无论什么时候更强大,分明的听到了。那些人们的变了血的泪,怕死而青白了的脸,为苦恼而发的周身的可怕的痉挛,在这春天,也给谁都看见了。而且在这春天,管寺的年青的人们这才起了疑,以为在烛光中见得像是活着的巨灵的诸神,也许不过是石头所做的怪物。滴答滴答,……滴答滴答,……

　　他们试去略略的开了一扇窗。滴答滴答,……滴答滴答,……

　　春的天空比无论什么时候更其青,走在这天空中的明亮的小小的云,也比无论什么时候更其美。见这些的年青人们的心,便慕起真理来了。滴答滴答,……滴答滴答,……

　　从略开的窗间射进来的太阳照着古的诸神,也分明的知道了不过是石头所做的怪物。滴答滴答,……滴答滴答,……

　　年青的人们,忘却了太阳的光和新的空气一进寺院里,住在寺里的人们便要瞬息死完的这一种很古的传说,一回就大开了寺院的窗和门。滴答滴答,……滴答滴答,……

　　从大开的窗和门,涌进太阳的光和新的空气来,古的诸神立刻都跌倒,全从高座上落在年青的人们的头上,年青的人们全都被压坏了。滴答滴答,……滴答滴答,……

　　很古的时候传下来的传说,并不是诳话。开了寺院的窗和门户的人们,是一个不留的死掉了。然临死的时候,他们却也没有一个吝惜性命的。滴答滴答……滴答滴答,……

　　而且临死的时候,他们还对着聚在他们身旁的,从古的诸神解放出来的年青的人们说,说是古的诸神不毁坏,人们便不会有幸福,作为最后的遗言。但是为自由的欢喜所醉的年青的人们,看见倒在地上的古的诸神,却立刻将他们忘却了。滴答滴答,……滴答滴答,……

醉在自由的欢喜里,或者去喝酒,下棋;或者神魂颠倒的,去耍野球,斗足球;或者又做些恋爱的歌,而且去歌唱。无忧无愁的玩耍着,暂时之间,那古的诸神不必说,便是为了自由而被压碎的人们,以及那些人们所遗留下来的言语,也全都忘却了。滴答滴答,……滴答滴答,……

然而当诸神倒坏的时候,惊得暂时惘然的年老的人们,却一分时也忘不了这诸神。诸神倒后不多久,那老年的人们便悄悄的再聚在古的寺院里,不怀好意的叫道,"倒了的诸神,并不是不能再修好;大开了的寺院的窗和门户,也并不是不能比先前关得更紧的。"滴答滴答,……滴答滴答,……

他们一面咒骂着太阳的光和芬芳的春的空气,一面修整着破了的诸神,将新的颜色,来涂改了丑恶的颜色,动手又要将他们摆在高座上。在紧闭了窗户的暗空气的沉重里,他们又在做起将人献给古的诸神的仪式的梦来了。滴答滴答,……滴答滴答,……

但是为自由的欢喜所醉了的年青的人们,却毫没有觉察到这一件事,或者是喝酒下棋,或者是神魂颠倒的去耍野球,斗足球,或者又做些歌而且去歌唱,竟将那古的诸神不毁坏,人们便不会有幸福的事,完全忘却了。滴答滴答,……滴答滴答,……

滴答滴答,……滴答滴答,……但是,古的寺院就要修好了,将年青的人们献给古的诸神的仪式,就要开始了!……

"且住且住,老翁,略等一等罢。所谓古的诸神,究竟是什么?而那古的寺院,又在那里呢?"我迷惘的大声说。作为回答,时辰钟便铛的报了两点半。

四

我从床上起来,胸脯痛得要哭,头里是昏昏然,耳朵边还听到喊声，说是古的诸神不毁坏，人们便不会有幸福。唉唉！奉献了这不幸的生命，使人类能够幸福，这虽然是很好的事，……我独自言语着，便走出外面了。北京的十一月的夜间是冷的。十一月的夜间的北京是静的。唉唉！使我的心也像北京的十一月的夜间这么冷，也像十一月的夜间的北京这么静，这才好哩！向着一个谁，我这样的叫出来了！

原载 1922 年 12 月 1 日《晨报四周年纪念增刊》。

初收 1924 年 12 月上海商务印书馆版"小说月报丛刊"第二种《世界的火灾》。

二十九日

日记　晴。……寄季市信。

十二月

三日

《呐喊》自序

我在年青时候也曾经做过许多梦，后来大半忘却了，但自己也并不以为可惜。所谓回忆者，虽说可以使人欢欣，有时也不免使人寂寞，使精神的丝缕还牵着已逝的寂寞的时光，又有什么意味呢，而我偏苦于不能全忘却，这不能全忘的一部分，到现在便成了《呐喊》的来由。

我有四年多，曾经常常，——几乎是每天，出入于质铺和药店里，年纪可是忘却了，总之是药店的柜台正和我一样高，质铺的是比我高一倍，我从一倍高的柜台外送上衣服或首饰去，在侮蔑里接了钱，再到一样高的柜台上给我久病的父亲去买药。回家之后，又须忙别的事了，因为开方的医生是最有名的，以此所用的药引也奇特：冬天的芦根，经霜三年的甘蔗，蟋蟀要原对的，结子的平地木，……多不是容易办到的东西。然而我的父亲终于日重一日的亡故了。

有谁从小康人家而坠入困顿的么，我以为在这途路中，大概可以看见世人的真面目；我要到 N 进 K 学堂去了，仿佛是想走异路，逃异地，去寻求别样的人们。我的母亲没有法，办了八元的川资，说是由我的自便；然而伊哭了，这正是情理中的事，因为那时读书应试是正路，所谓学洋务，社会上便以为是一种走投无路的人，只得将灵魂卖给鬼子，要加倍的奚落而且排斥的，而况伊又看不见自己的儿子了。然而我也顾不得这些事，终于到 N 去进了 K 学堂了，在这学堂里，我才知道世上还有所谓格致，算学，地理，历史，绘图和体操。生理学并不教，但我们却看到些木版的《全体新论》和《化学卫生论》之类了。我还记得先前的医生的议论和方药，和现在所知道的比较起来，便渐渐的悟得中医不过是一种有意的或无意的骗子，同时又很起了对于被骗的病人和他的家族的同情；而且从译出的历史上，又知道了日本维新是大半发端于西方医学的事实。

因为这些幼稚的知识，后来便使我的学籍列在日本一个乡间的医学专门学校里了。我的梦很美满，预备卒业回来，救治像我父亲似的被误的病人的疾苦，战争时候便去当军医，一面又促进了国人对于维新的信仰。我已不知道教授微生物学的方法，现在又有了怎样的进步了，总之那时是用了电影，来显示微生物的形状的，因此有时讲义的一段落已完，而时间还没有到，教师便映些风景或时事的画片给学生看，以用去这多余的光阴。其时正当日俄战争的时候，关于战事的画片自然也就比较的多了，我在这一个讲堂中，便须常常随喜我那同学们的拍手和喝采。有一回，我竟在画片上忽然会见我久违的许多中国人了，一个绑在中间，许多站在左右，一样是强壮的体格，而显出麻木的神情。据解说，则绑着的是替俄国做了军事上的侦探，正要被日军砍下头颅来示众，而围着的便是来赏鉴这示众的盛举的人们。

这一学年没有完毕，我已经到了东京了，因为从那一回以后，我便觉得医学并非一件紧要事，凡是愚弱的国民，即使体格如何健全，如何茁壮，也只能做毫无意义的示众的材料和看客，病死多少是不必以为不幸的，所以我们的第一要著，是在改变他们的精神，而善于改变精神的是，我那时以为当然要推文艺，于是想提倡文艺运动了。在东京的留学生很有学法政理化以至警察工业的，但没有人治文学和美术；可是在冷淡的空气中，也幸而寻到几个同志了，此外又邀集了必须的几个人，商量之后，第一步当然是出杂志，名目是取"新的生命"的意思，因为我们那时大抵带些复古的倾向，所以只谓之《新生》。

《新生》的出版之期接近了，但最先就隐去了若干担当文字的人，接着又逃走了资本，结果只剩下不名一钱的三个人。创始时候既已背时，失败时候当然无可告语，而其后却连这三个人也都为各自的运命所驱策，不能在一处纵谈将来的好梦了，这就是我们的并未产生的《新生》的结局。

我感到未尝经验的无聊，是自此以后的事。我当初是不知其所以然的；后来想，凡有一人的主张，得了赞和，是促其前进的，得了反对，是促其奋斗的，独有叫喊于生人中，而生人并无反应，既非赞同，也无反对，如置身毫无边际的荒原，无可措手的了，这是怎样的悲哀呵，我于是以我所感到者为寂寞。

这寂寞又一天一天的长大起来，如大毒蛇，缠住了我的灵魂了。

然而我虽然自有无端的悲哀，却也并不愤懑，因为这经验使我反省，看见自己了：就是我决不是一个振臂一呼应者云集的英雄。

只是我自己的寂寞是不可不驱除的，因为这于我太痛苦。我于是用了种种法，来麻醉自己的灵魂，使我沉入于国民中，使我回到古代去，后来也亲历或旁观过几样更寂寞更悲哀的事，都为我所不愿追怀，甘心使他们和我的脑一同消灭在泥土里的，但我的麻醉法却也似乎已经奏了功，再没有青年时候的慷慨激昂的意思了。

S会馆里有三间屋，相传是往昔曾在院子里的槐树上缢死过一个女人的，现在槐树已经高不可攀了，而这屋还没有人住；许多年，我便寓在这屋里钞古碑。客中少有人来，古碑中也遇不到什么问题和主义，而我的生命却居然暗暗的消去了，这也就是我惟一的愿望。夏夜，蚊子多了，便摇着蒲扇坐在槐树下，从密叶缝里看那一点一点的青天，晚出的槐蚕又每每冰冷的落在头颈上。

那时偶或来谈的是一个老朋友金心异，将手提的大皮夹放在破桌上,脱下长衫,对面坐下了,因为怕狗,似乎心房还在怦怦的跳动。

"你钞了这些有什么用?"有一夜,他翻着我那古碑的钞本,发了研究的质问了。

"没有什么用。"

"那么,你钞他是什么意思呢?"

"没有什么意思。"

"我想,你可以做点文章……"

我懂得他的意思了,他们正办《新青年》,然而那时仿佛不特没有人来赞同,并且也还没有人来反对,我想,他们许是感到寂寞了,但是说:

"假如一间铁屋子,是绝无窗户而万难破毁的,里面有许多熟睡的人们,不久都要闷死了,然而是从昏睡入死灭,并不感到就死的悲哀。现在你大嚷起来,惊起了较为清醒的几个人,使这不幸的少数者来受无可挽救的临终的苦楚,你倒以为对得起他们么?"

"然而几个人既然起来,你不能说决没有毁坏这铁屋的希望。"

是的,我虽然自有我的确信,然而说到希望,却是不能抹杀的,因为希望是在于将来,决不能以我之必无的证明,来折服了他之所谓可有,于是我终于答应他也做文章了,这便是最初的一篇《狂人日记》。从此以后,便一发而不可收,每写些小说模样的文章,以敷衍朋友们的嘱托,积久就有了十余篇。

在我自己,本以为现在是已经并非一个切迫而不能已于言的人了,但或者也还未能忘怀于当日自己的寂寞的悲哀罢,所以有时候仍不免呐喊几声,聊以慰藉那在寂寞里奔驰的猛士,使他不惮于前驱。至于我的喊声是勇猛或是悲哀,是可憎或是可笑,那倒是不暇顾及的;但既然是呐喊,则当然须听将令的了,所以我往往不恤用了曲笔,在《药》的瑜儿的坟上平空添上一个花环,在《明天》里也不叙单四嫂子竟没有做到看见儿子的梦,因为那时的主将是不主张消极的。至于自己,却也并不愿将自以为苦的寂寞,再来传染给也如我那年青时候似的正做着好梦的青年。

　　这样说来，我的小说和艺术的距离之远，也就可想而知了，然而到今日还能蒙着小说的名，甚而至于且有成集的机会，无论如何总不能不说是一件侥幸的事，但侥幸虽使我不安于心，而悬揣人间暂时还有读者，则究竟也仍然是高兴的。

　　所以我竟将我的短篇小说结集起来，而且付印了，又因为上面所说的缘由，便称之为《呐喊》。

　　一九二二年十二月三日，鲁迅记于北京。

　　　　　　　原载 1923 年 8 月 21 日《晨报·文学旬刊》。

　　　　　　　初收 1923 年 8 月北京新潮社版"文艺丛书"之一《呐

　　喊》。

六日

　　日记　晴。下午收七月分奉泉百四十元。访季市二次，皆不值。……夜以日文译自作小说一篇写讫。

兎 と 猫

　　自分の家の後に住んで居た三郎君の奥さんは、夏頃子供達に見せるのだと云つて、二匹の白い兎を買ひ込んだ。

　　其の二匹の白い兎は親を離れたばかりらしかつた。異類とは云ひながら矢張り無邪気な所がよく見えた。併し小い桃色の耳を立たして鼻の穴を動かしながら、目には頗る驚いた様な又疑ふ様な様子をも表はして居た、多分周囲の有様が変に成つたから、怎し

ても元の家に居たときの様に安心して遊ぶことが出来なかつたの
だらう。若し縁日に自分で買ひに行くと、こんなものは大抵一匹
二十銭で沢山だけれど、奥さんは一円程出したさうだ、其は小使
に店で買はしたからである。

　小供達は云ふまでもなく大に悦んで騒ぎながら集つて見に来た
が、大人までも見物に幾人も集つた。又エスと云ふ犬が一匹居た
から其も飛んで来た、併し近づいてちよつと兎を嗅ぐとくしやみ
を一つして少し退いた。奥さんは手を挙げて「エス、覚えておい
で、咬み附いちやいけないぞ」と叱りながらびちやんとエスの頭の
上に一撃を加へた。エスは行つて仕舞つた、それから後には本当
に一度も咬み附いたことがなかつた。

　併し此の二匹の兎は余りに部屋の壁に張つてある紙を破いた
り、木の家具の足を咬んだりするため終ひには大抵後の窓の外の
小い庭に閉込められて居る時が多かつた。其庭には野生の桑が
一本ある、桑の実が落ちて来ると兎は彼等に食べさせる為めに特
に置かれてある波稜草をも忘れて却つて其を悦んで食べて居た。
鳥や鵲が下りて来やうとする時には、彼等は忽ち身を丸め、さうし
て後足で力一杯に地面を打つと、どんと音を立てて、白い雪の塊
が飛び上がつた様に跳ね上がるので、鳥や鵲などが其を見ると大
抵びつくりして早速逃げて仕舞ふ。それを幾度か繰返したら遂に
近づかない様になつた。併し奥さんは中々安心しない、或時「鳥
や鵲は構ひません、来ても食物を少し食べられる丈ですが、一番憎
らしいのはあの大い黒猫で、時々あの低い塀の上から怖しい目附
で狙ひに来ます。中々気を附けなければならない様です、併し幸
にエスと猫とは敵ですから多分大丈夫でしよう」と云つてゐた。

　小供達は時々彼等を捉へて一所に遊んで居た。彼等もおとな
しく耳を立てて鼻の穴を動かしながら、よく云ふことを聞く様に
小い手の囲の中に立つて居たが、何か機会があると矢張りそつと

654

逃げて仕舞ふのであつた。夜のベッドは一の小い木の箱で、其の中に乾草を敷いて窓の軒の下に置かれてあつた。

　かうして幾月か立つてから、彼等は突然土を掘り始めた。その掘方は非常に速いもので、前足で掻けば後足で蹴て半日も立たない内にもう一の深い穴になつた。皆が不思議に思つたがあとでよく見ると、一匹の腹が他の一匹よりもズット大きくなつて居た。其次の日になると彼等は乾いた草や木の葉などを穴の中へ啣み込む為に半日あまり多忙であつた。

　皆んなが又兎の子が見られると云つて随分悦んだ。奥さんは即座に「これから兎を捕ふべからず」と云ふ戒厳令を小供達に伝へた。私の御母様も彼等の家族の繁栄に対して悦び、「若し子が生まれて乳を飲まなくてもよい時になつたら、私も二匹貰つて自分の窓の下に飼つて置かう」と云つた。

　其日から彼等は自分で拵へた家の中に住む様になつた。時には食物を捜しに出てることも有つたが、仕舞には全く見えなくなつた。食料を疾くから準備しておいたのか、或は食べなくなつたのか誰も知らなかつた。十日程立つと奥さんは私に向つて「あの二匹は又出て来ましたよ、子が生まれたが皆んな死んだらしい。雌兎の乳が非常に張つて居るが飲むものがないらしいから」と云つた。彼女がそう云ふときには頗る不平な様子であつたが、何うも仕方がなかつた。

　或る日、太陽の光暖く照して風が少しもなく、木の葉も動かなかつた。突然多勢の人の笑声が聞えて来た、其声のする方に向つて行くと、人々が奥さんの窓に寄掛つて窺いて居るのを見た。自分も行つて見ると庭には一匹の小い白い兎が跳んで居るのが見えた。其は彼の親が此所に来た時よりももつと小かつたけれども、もう後足で地面を打つて跳び上がることが出来るのであつた。小供達が私を見ると皆先を争つて「まだ一匹小いのが居るよ、穴の口までちよつと窺きに来たが直ぐ引込んだ、あれは、これの弟さんでしよう」と知らせた。

　小いものも草葉などを捜して食べる心算だつたが、親はそれを許さないらしい、大抵口から奪ひ取つて仕舞つた、併し自分も決して食べなかつた。小供達の笑声が余り高かつたので小い兎は遂に驚いて穴へ逃げて潜り込もうとした、親兎も穴の旁までついて行つて前足で自分の子の背中を推して助けてやつた。推し入れてからは又土を掻き拡げて穴の口を埋めて仕舞つた。

　此日から小い庭は一層繁栄になり、窓の所にも窺きに行く人が時々あつた。

　併し暫くの後に又親も子も全く見えなくなつた。其間は毎日曇天で奥さんは又黒猫の毒手に掛つたのではないかと心配し出した。けれども私は「さうじやない、此頃は天気が寒いから隠れて仕舞ふ、日が出たら屹度出て来る」と云つて安心さした。

　日が出たが、彼等は見えない、併し人々も段々忘れて仕舞ふ様になつた。

　併し奥さんだけは毎日波稜草などをやつて居るのだから矢張り時々思ひ出すのである。或る時彼女は窓の後の小い庭に行つた、此所彼所見て居る内にふつと庭の隅に一の別な穴を発見した。又古い穴の所を調べて見るとはつきりではなかつたけれど沢山の爪跡が見えた、その爪跡を親兎のものとすればどうしても足が大き過ぎる。そこで彼は常に塀の上に居たあの大い黒猫のことを疑ひ出して、仕舞には発掘しなければ気がすまない様になつた。直ぐ鋤を持つて来て段々発掘して行くうち、疑つて居たには居たが、意外に子兎を発見することをも望んで居たのに、底まで達しても、只兎の毛の雑つた腐つた草葉ばかりで、其は恐く出産する時に敷いたものであらうが、此の外は一面に淋しくあの真白な小い兎も、又彼の只ちよつと窺いただけで穴の外へ出なかつた弟さんの方も何の痕跡もなかつた。

　腹立たしさと失望と淋しさは彼女を又隅にある新しい穴をも掘らなければやまない様な気にならしめた。つづいて又掘り始めると先づ二匹の親兎が穴の外へ飛び出して来た。彼女は兎達が住居を引越したのだらうと考へて随分悦んだが、矢張りやすまずに掘つて行つた。底が現はれて来ると中にも兎の毛と草葉とを敷いて居る、併し其上には極く小い、全体薄紅色した、よく見れば目も未だ開かない兎の子が七匹寐て居た。

　総てのことは皆んなはつきりした。三郎君の奥さんの預言も到頭間違はなかつた。今度は危険を預防するのだと云つて先づ七匹の小いものを皆木の箱に入れて自分に運び、親兎をも箱の中に押し込んで強迫的に哺乳した。

　其日から奥さんはあの黒猫を非常に憎んだばかりでなく親兎に対しても頗る感心しない様になつた。其説に依れば、あの二匹が殺された前にも屹度死んだのがあつたのだ、彼等が一度子を産むとたつた二匹しかない筈がないから、哺乳が平均でない為めに争へないものは先に死んで仕舞つたのだらうと。それは大体確らしい、今の七匹の内にも二匹が非常に瘠せて弱つて居た。こんな有様だから彼女は少しでも暇が有れば直ぐ親兎を捉へてその腹の上に小い子を一匹一匹並べて代り番こに乳を呑ませて居た。

　私の御母様は何時か私に「あんな兎飼の方法を私は聞いたことさへもなかつた、無双譜(支那歴史上無類の人物を取つて肖像を描き又詩で詠する本)の中に書き入れてもよからう」と云つた。

　白い兎の家族はもう一層繁栄になつて人々は又悦んで居た。

　併し其後私には何んだかどうしても淋しい様な気持がした。夜中ランプの前に坐つて考へるとあの二の小い生命はとう〳〵誰も知らない間に失はれて仕舞つた。生物の歴史には無論何の痕跡もなくエスまでも一と吠もしない。さうして昔のことも考へ出して来た、私は或る倶楽部に寄宿したことがあつた、朝早く起た時に大な槐の木の下に鳩の毛が一面に散乱して居るのを見た。それは確に鷹に喰はれたのだが、午前小使が来て掃除すれば何もかもなくなつて、誰が此所に一の生命の失はれたことのあつたことを知り得るであらう。又私は西四牌楼の道を通つた時に馬車に轢かれて死にさうになつて居た一匹の犬の子を見た、併し帰る時にはもう何もなかつた、何処かへ捨てたのだらう、人々は忙しさうに行つたり来たりしてゐて、誰が此所に一の生命の失はれたことのあつたことを知り得るであらう。夏の晩に折々窓の外面から蠅の長く引張つたチイへと云ふ鳴声が聞えて来る、それは屹度蠅捕蜘蛛に咬まれて居るのに違ひないが、併し私は何とも思はない、さうして他人には聞えもしない……。

若し自然に不平を申込んでもよいとすれば、実に彼は余りに生命を無暗に拵へ又それを無暗に壊すのだと私は云ひたかつた。

ギヤアと云つて又二匹の猫が私の窓の下で喧嘩し出した。

「迅児、御前又猫を撲つてるのか」

「何、彼等は自分同志で互に咬合つてるのよ、僕に撲らせるものですか」

私の御母様はずつと前から私の猫を虐待することに対して不平を持つて居た、今も大分小い兎の敵を打つ為めに又何かの手を出すだらうと思つて聞いたのである。私も家中の口碑の上にあつては確に一の猫の敵で、猫を害したことがあつたばかりでなく、平日も時々猫を打つて追払ひ、殊に彼等のサカリのときに酷く打つて追払ふのであつた。併しその原因はサカリになつたからではなく、騒ぐ為めである、騒いで騒いで私を睡らせないからだ。いくらサカリだと云つてもサカリに特別な大騒ぎを演ずる必要もないのだと私は思つて居るのである。

其上黒猫はあの兎の子を殺したのではないか、私に取つてはもう一層正々堂々たる征伐の名があるのだ。それで御母様は余り善人になりたがり過ぎると思つたから、私はつい我知らずに要領の得ない様な感心しない様な答をして仕舞つた。

自然は余り変挺こなことをするから私は反抗しなければならないのだ、それは返つて彼の仕事を助長するかも知らないけれど……。

あの黒猫は後の低い塀の上をぶら〳〵散歩することもさう永くないだらうと思ひつめると、私は又我知らずに木箱の中にあるCyankaliumの瓶をちよつと見た。

　　　　　　鲁迅自译为日文，载 1923 年 1 月 1 日日文版《北京周报》第 47 号。
　　　　初未收集。

七日
　　日记　晴。上午还季市泉五十，由二弟交去。

十三日
　　日记　晴。……下午买太平天国玉玺印本五张，每张一角二分。夜微雪。

十九日
　　日记　晴。下午访季市，赠以太平天国玺印本一枚。

二十一日
　　日记　晴。下午访季市。

二十六日

日记 晴。夜往东城观燕京女校学生演剧。

书帐总计用泉一百九十九元,每月平均一六·四二。